Katrin Roth

Ein Jahr mit einem Narzissten

Die Wahrheit hinter den Fifty Shades

Impressum

Softcoverversion Ausgabe Januar 2018

Druck: ePubli - ein Service der neopubli GmbH, Berlin

epubli

Inhalt

Wer bei Christian Grey und seinen 50 Facetten immer noch das Leuchten in den Augen hat und glaubt, mit solch einem scheinbar verführerischen Mann endlich wahre Liebe finden zu können, wird wahrscheinlich sehr schockiert sein herauszufinden, was wirklich hinter den 50 Facetten steckt. Katrin Roth war überzeugt davon, das Glück ihres Lebens gefunden zu haben bis eines Tages das böse Erwachen kommt: im Zustand großer Angst und Verzweiflung findet sie heraus, was wirklich hinter der Maske ihres dominanten Partners steckt und versteht, dass Dominanz in ihrer Reinform nichts anderes ist als eine narzisstische Persönlichkeitsstörung. Der Weg zu dieser Erkenntnis ist schwer und führt durch tiefen Schmerz und bösartige Manipulationen bis hin zu Selbstmordgedanken ...

»Sich die Wahrheit über sich selbst eizugestehen, ist das Erschreckendste und Befreiendste zugleich.«

(K.H)

Ein Jahr mit einem Narzissten

Die Wahrheit hinter den Fifty Shades

Autobiografie

Vorwort

Liebe Leserin und lieber Leser,

bitte nimm dir diese Worte zu Herzen, während du diese Autobiografie liest.
Das Buch ist auf Anfrage geschrieben worden, nachdem die hier beschriebenen Vorfälle schon längst von der Autorin verarbeitet worden waren.
Das Thema pathologischer Narzissmus spielt eine zentrale Rolle in diesem Buch, wobei es in den letzteren Kapiteln immer mehr in den Hintergrund tritt und vorrangig Themen der Selbstfindung behandelt werden.
Das Buch ist in zwei Teile unterteil.
Der erste Teil beschreibt das Beziehungsdrama und enthält explizite Sex-Szenen. Zudem könnte dieser Teil des Buches vom Narzissmus betroffene Leser triggern.
Es ist wichtig für den Leser im Hinterkopf zu behalten, dass hier eine Beziehung zwischen zwei persönlichkeitsgestörten Menschen beschrieben wird: dem Narzissten und dem Co-Narzissten. Die Schilderung soll aufzeigen, welche fatalen Folgen die freiwillige Unterwerfung eines Partners unter den anderen Partner haben kann, vor allem wenn die Co-Narzisstin glaubt, die Liebe ihres

Lebens gefunden zu haben. In narzisstischen Beziehungen gibt es leider, wie in der heißbegehrten fiktiven Fifty Shades of Grey Romanze, niemals ein glückliches Ende. Neben der Schilderung der narzisstischen Beziehung, in deren Rahmen einige Tabu-Themen angesprochen werden, wird darauf abgezielt, den Leser auch über diese Themen zum Nachdenken anzuregen.
Der zweite Teil des Buches behandelt die Trennungsphase und den darauffolgenden Selbstfindungsprozess, wobei die Frage: *Was bedeutet es normal zu sein und wer legt dies fest?*, die wichtigste Rolle spielt. Auch dieser Teil soll den Leser dazu bewegen, zu reflektieren, da jeder Mensch, unbestreitbar, sein eigenes ›Paket‹ mit sich zu tragen hat und es unser aller Lebensziel ist, herauszufinden wer wir sein wollen.
Es wird vom wahren Leben und von Herausforderungen berichtet, die alle Menschen beschäftigen oder auch direkt betreffen. Ziel ist es aufzuzeigen, wie schnell sich ein Mensch verlieren kann, aber auch, dass es nie zu spät ist, um sich wiederzufinden und sein eigenes Leben in neue Bahnen zu lenken.

Teil 1 - Das Beziehungsdrama

Prolog

Als ob es ein unwirklicher Albtraum gewesen wäre, welcher vor langer Zeit einmal der Realität entsprungen war, erinnere ich mich an dieses dramatische Ereignis. Plötzlich befand ich mich im fünften Stock der großen Einkaufspassage. Wie ich hierhergekommen war, wusste ich nicht. Meine Wahrnehmung fühlte sich an, als ob sie in eine Trance versetzt sei. Es fühlte sich an, als ob ich neben mir stünde und nicht mehr in meinem eigenen Körper steckte. Eine Art Schwebezustand, welcher sich angenehm, aber auch beängstigend zugleich in mir ausbreitete.
Eine fremde Kraft arbeitete in mir und trieb mich voran. Sie drängte mich immer näher an das Geländer. Alles fühlte sich so offen und frei an. Durch die großen hohen Fensterwände, welche helles Licht hereinströmten ließen, wurde dieses Gefühl von Freiheit und Grenzenlosigkeit nochmals verstärkt.
Plötzlich berührte meine Hand die kalte metallene Geländerstange. Dieses beängstigend angenehme Gefühl, welches die absolute Kontrolle über mich gewonnen hatte, nahm mich für einen Augenblick vollkommen ein. Langsam trieb mich die Kraft immer näher an das Geländer. Mein Kopf war

einfach nur leer und frei. Es herrschte eine wunderbare Stille und unendliche Ruhe in mir, bis plötzlich die Gedanken der Verzweiflung, welche einen Ausweg suchten, wiederkehrten. Stimmen fingen an durcheinander zu schreien und gegeneinander anzukämpfen. Sie holten mich für einen kurzen Moment wieder in die Realität zurück. Dann formte sich das Gedankenchaos langsam zu einem einzigen zielstrebigen Entschluss. Die in mir arbeitende Kraft wollte mich über das Geländer ziehen. Eine Stimme in mir schrie: »Spring! Lass los!« Ich konnte mich nur schwer widersetzen. Es wäre so leicht gewesen mich einfach über das Geländer fallenzulassen. Alles in mir schrie danach, das Gefühl des freien Falls zu spüren. Es würde schnell gehen. Jeder Schmerz, alle Angst und das Gefühl der Sinnlosigkeit und der Leere wären innerhalb eines kurzen Augenblickes für immer ausgelöscht. Der Kampf gegen mich selbst schien in dem Moment endlos. Die Zeit stand still. Panik überkam mich plötzlich. Mir wurde furchtbar schwindelig. Ich durfte es nicht zulassen die Kontrolle über mich und mein Leben komplett zu verlieren. Zur gleichen Zeit wollte ich nicht mehr kämpfen, sondern einfach nur loslassen.

Ich wäre endlich für immer frei.

Vor dem Anfang

Einige Monate zuvor hatte ich mich von meinem letzten Freund getrennt. Die Beziehung war nicht das gewesen, was die meisten unter einer normalen Beziehung verstehen würden. Um es genauer zu sagen, sie war vor allem in sexueller Hinsicht, laut der Norm unserer Gesellschaft, ganz und gar nicht moralisch korrekt gewesen. Ich hatte mir diesen Mann nach meinen ganz speziell entwickelten Kriterien ausgesucht. Diese Kriterien waren meiner damaligen Meinung nach der sicherste Weg zu meiner persönlichen Erfüllung im Hinblick auf Partnersuche und Beziehung. Dominant sollte er sein. Dies bedeutete für mich ein sehr selbstbewusstes und starkes Auftreten sowie Durchsetzungsvermögen und Willensstärke. Ein Mann mit klaren Zielen, der genau weiß, was er will. Einen gewissen Grad an Bildung und Intelligenz sollte er haben, einen festen Stand im Leben sowie beruflichen Erfolg. Ein Mann mit körperlichen Attributen, die für mich wahre Stärke und Männlichkeit ausstrahlten, wie zum Beispiel eine angemessene Körpergröße. Ich hatte einmal einen Partner gehabt, der einen Kopf kleiner als ich war. Er hatte mir nie das Gefühl des Beschützers vermitteln können, nach dem ich mich mein Leben lang gesehnt hatte. Eine tiefe Stimme war ein weiteres Merkmal, auf das ich achtete - hohe Stimmen verband ich mit Weiblichkeit und somit

Schwäche. Zudem sollte er eine kräftige Statur haben, die Stärke ausstrahlt. Mittlerweile suchte ich auch gezielt nach älteren Männern. Ich hatte festgestellt, dass die meisten Männer in meiner Altersgruppe Erwartungen und Vorstellungen haben, welche sich gewaltig von meinen unterscheiden. Themen wie Familiengründung, Hochzeit und Ehe hatte ich zum Beispiel schon lange für mich abgehakt. Männer Anfang dreißig wollten aber genau das, was ich nicht bereit war zu geben. Auch hatte ich das Gefühl, dass die meisten nicht mit meinen Lebenserfahrungen und den dadurch entwickelten Werten und meiner Lebensanschauung mithalten konnten. Was das Thema Sex betraf, waren mir Männer in meinem Alter einfach zu unerfahren und konnten mir nicht die Reife und das Einfühlungsvermögen entgegenbringen, nach denen ich suchte. Ich brauchte erfahrene Männer, die nicht nur auf Rumfummelei und schnelle Nummern aus waren.

Nach meiner gescheiterten Ehe und der darauffolgenden chaotischen Wiederfindungsphase, hatte mir eine flüchtige Affäre erklärt, dass ich sexuell ›devot‹ ausgerichtet bin. Der Begriff und dessen Bedeutung sagten mir zu dem Zeitpunkt nicht viel. Ich hatte noch nie einen Schwerpunkt auf mein Sexleben gelegt und mir folglich auch noch nie ernsthafte Gedanken über meine sexuelle Ausrichtung oder bestimmte Vorlieben gemacht. Auf die Frage hin, was mich denn sexuell am meisten erregt, erklärte ich, dass ich mich einfach immer meinem Partner und seinen Wünschen anpasse. Genau dieses unterwürfige Verhalten sei *devotes Verhalten*, lernte ich. Meine Affäre erklärte mir, dass ich einen dominanten Partner bräuchte, welcher mich führen und leiten würde. Bei den Worten kam mir sofort der ganze *Fifty Shades* Mist in den Kopf: *Das kann ja wohl nicht dein Ernst sein!*, dachte ich und machte mich ein wenig lächerlich über ihn. »Quatsch, von so einem Kinderkram rede ich doch nicht. Wahre Devotion und Dominanz sind viel mehr als ein bloßes Spiel. Was du von Natur aus bist, kann man nicht lernen«, verdeutlichte er mir. Devotion sei in meinem tiefsten Inneren verankert und wenn ich sie ausleben würde, fände ich nicht nur wahre Erfüllung in meinem Sexleben, sondern auch in meiner Beziehung und in mir selbst.

Nach seiner Enthüllung über die angebliche Natur meines Wesens, machte ich mir sehr viele Gedanken über die Beziehungen aus meiner Vergangenheit. Auf einmal wurde mir klar, dass ich unbewusster Weise schon immer überwiegend dominante Männer ausgewählt und dann auch automatisch die unterwürfige Rolle eingenommen hatte. Das starke Selbstbewusstsein und die Bestimmtheit waren es, welche diese Ex-Partner so interessant und anziehend für mich gemacht hatten. Um es genauer zu sagen: einfach unwiderstehlich erregend.

»Er hat Recht«, schlussfolgerte ich, »anscheinend bin ich wirklich devot und kann nur mit einem dominanten Partner glücklich werden.«
Zu diesem Zeitpunkt hätte ich niemals erahnt, auf welch dramatische Art und Weise diese Erkenntnis mein weiteres Leben beeinflussen würde.
Wer ich wirklich bin oder wie ich sein sollte, beschäftigte mich schon seit meiner Kindheit. Ich hatte immer das Gefühl gehabt, dass etwas nicht mit mir stimmte, dass ich irgendwie anders sein sollte, da ich nirgends dazu zu passen schien.
Viele definieren sich durch ihre Zugehörigkeit zu einer Religion, ihrem Beruf, Familie oder Sport. Man weiß dann, was von der gesellschaftlichen Rolle erwartet wird und wo man hingehört. Das gibt Sicherheit. Eben dieses Gefühl der Zugehörigkeit hatte mir immer gefehlt. Ich passte einfach nicht.
Meine neugewonnene Erkenntnis über mein scheinbar ›wahres Ich‹ änderte nun alles. Sie war wie ein Wegweiser, der mir nun eine gewisse Sicherheit in Hinblick auf meine Bestimmung in meinem Leben gab. Zu verstehen, dass ich aus meinem tiefsten Inneren heraus devot bin, verlieh mir Halt. Endlich konnte ich mein Leben besser verstehen und wusste zudem auch, welche sexuelle Rolle für mich bestimmt war.
Die Weichen für mein neues Leben waren gestellt. Nachdem die besagte Affäre beendet war, machte ich mich gezielt auf die Suche nach einem

dominanten Partner, der mein passendes Gegenstück verkörpern würde.
Als alleinerziehende Mutter von zwei Kindern und dazu voll ausgelastet mit einem Haupt- und einem Nebenjob, war ich zeitlich so eingeschränkt, dass Dating in Bars oder auf Partys für mich unmöglich war. Hinzu kam ein weiteres Problem: Woher würde ich wissen, dass ein Mann, der mir optisch gefiel, dominant war oder nicht? Männern, welche mir auf der Straße begegneten, stand immerhin nicht auf der Stirn geschrieben, wie sie sexuell ausgerichtet sind. Ich suchte also nach Dating-Plattformen und als auch dort klar wurde, dass aus den Profilen nicht die benötigten Informationen hervorgingen, fand ich eine Webseite, welche Partnersuche gezielt nach sexuellen Ausrichtungen möglich machte.
Über diese Webseite war es ein Leichtes, schnell neue Kontakte zu knüpfen. Ich tauchte in eine komplett neue Welt ein, in der sich Menschen zu befinden schienen, die so waren wie ich. Hier wurde ich verstanden, ohne mich für meine sexuellen Vorlieben rechtfertigen zu müssen.
Mein bisheriges Sexleben kam mir auf einmal ausnehmend langweilig und spießig vor. Die meisten Dinge, die dort geboten wurden, hätte ich mir nicht einmal in meinen wildesten Träumen vorstellen können. Hier konnte man an regelrechten Sexorgien teilnehmen, ohne sich für irgendetwas schämen zu müssen. Viele der zur Auswahl

stehenden Spielarten wie zum Beispiel Fisting, Fußerotik und Squirting musste ich erst einmal nachlesen. Bondage kannte ich, aber hatte es selbst noch nie ausprobiert. Anderes wie Dreier, Vierer, Frivoles Ausgehen und Strip hatte ich auch noch nicht selbst ausprobiert. Bei der Auswahl an Spielarten interessierte mich natürlich am meisten SM und BDSM, denn danach suchte ich ja.
Seit meiner Jugend war ich eher reserviert und vorsichtig gewesen und hatte vor allem beim Sex vieles abgelehnt, weil es meinen damaligen Werten und Vorstellungen vom richtigen sexuellen Verhalten nicht entsprach und ich schlichtweg zu großen Ekel empfunden hatte. In anderen Bereichen meines Lebens, paradoxerweise, war ich recht offen und abenteuerlich gewesen. Zum Beispiel reiste ich nach meinem Abitur spontan alleine ins Ausland, weshalb mich zu der Zeit alle für komplett verrückt erklärten. Noch verblüffter waren alle, als ich verkündete, dass ich für meine damalige große Liebe für immer dortbleiben würde. Für immer blieb ich zwar nicht, aber immerhin neun Jahre. Dass meine Auswanderung eine Flucht vor mir selbst war, ist mir heute bewusst. Eine Flucht, die mein Leben am Ende nur noch verschlimmert hatte, anstatt Probleme, die ich schon seit meiner Kindheit mit mir trug, zu lösen und mich vor mir selbst zu retten.
Nun stand ich kurz vor meinem dreißigsten Geburtstag. Ein neuer Lebensabschnitt. Laut meiner

Mutter war ich jetzt schon fast eine Oma. *Danke für die aufmunternden Worte!*, dachte ich vorwurfsvoll. Von der Gesellschaft sei ich nun so gut wie abgeschrieben und als Frau würde der Wert meiner Attraktivität in eine niedrigere Preisklasse rutschen. Ich fasste einen Entschluss: Ab jetzt würde in meinem Leben alles anders laufen - besser! Es gab noch so vieles, was ich nicht gesehen oder erlebt hatte. So vieles, was ich ausprobieren wollte – sowohl sexuell als auch in anderen Lebensbereichen. Bereichernde Erfahrungen und Erlebnisse verpassen, nur weil ich zu viel Angst oder Vorurteile habe, würde mir nicht mehr passieren.

Von jetzt an bist du allem Neuen und Unbekannten gegenüber komplett offen - ohne Ausnahme!, schwor ich mir. *Fast ohne Ausnahmen*, korrigierte ich schnell. Von nun an lebte ich ganz nach dem Motto: »Probieren geht über Studieren.« Und einen Rückzieher machen war nicht erlaubt!

Über die Webseite lernte ich meinen nächsten Freund kennen, welcher die passende sexuelle Ausrichtung zu haben schien. Er war bedeutend älter als ich. Auf seinem Profilbild war er auf einer Kommode sitzend und mit einer Gerte neben sich liegend abgebildet. *Okay*, dachte ich beeindruckt, *aussagekräftiges Bild, aber wer weiß, wie er wirklich ist.*

Vor unserem ersten Treffen hatten wir häufiger telefoniert. Gegen meinen Wunsch rief er mich jeden Abend an und drängte sich mir regelrecht auf. Ehrlich gesagt war mir das alles schon vor

unserem ersten Treffen zu viel gewesen. *Kann er kein ›Nein‹ akzeptieren?*, fragte ich mich anfangs verärgert, aber hatte mich nie getraut ihn darauf anzusprechen, denn ich wollte nicht unhöflich erscheinen. Meine Meinung zu äußern, wenn mir etwas nicht gefiel, lag nicht in meiner Natur.
Er erklärte mir, dass er eine wirklich devote Frau suche und quetschte mich förmlich über meine bisherigen Erfahrungen aus. Teilweise war es mir fast wie ein Verhör vorgekommen. Er wollte alles genauestens wissen, vor allem, wo meine Grenzen lagen und wie ich mit Schmerz umgehen könne. Mit meinen Antworten war ich sehr vorsichtig gewesen, da ich im SM Bereich noch keine Erfahrungen gesammelt hatte und nun befürchtete, dass ich für ihn nicht erfahren genug sein würde. Bei unseren Gesprächen überkam mich immer mehr das Gefühl, als versuche er sich für seine Neigungen zu rechtfertigen, indem er mir erklärte, dass er Frauen eigentlich nichts Böses tun wolle.

»Ich bin kein Schwein, ich will Frauen nicht wehtun. Ich bin einfach so und schäme mich auch nicht mehr für mein Verhalten. Meine Vorlieben lebe ich in der Öffentlichkeit aus - ist mir egal, was andere denken«, erklärte er. *Okay ..., wenigstens ist er offen und ehrlich*, dachte ich. Trotzdem konnte ich zu all dem, was er mir erzählte, keine Stellung nehmen und keinen Bezug herstellen, da ich noch keinerlei Erfahrungen im SM-Bereich gesammelt hatte.

Bei unserem allerersten Treffen war ich zunächst eher abgeneigt, ja, sogar recht angeekelt von seiner arroganten Art. Er kam in einem protzigen Auto vorgefahren. Nach seiner Aufforderung stieg ich widerwillig ein. *Was machst du hier eigentlich!?*, fragte ich mich kopfschüttelnd.
Auf der Straße benahm er sich absolut proletenhaft und auf dem Parkplatz belegte er dreist den Behindertenparkplatz.
Während unseres gemeinsamen Essens redete er ständig auf mich ein, nahm meine Hand gegen meinen Willen und sagte mir, dass er nur mich wolle. Dabei fiel mir auf, dass er gleichzeitig die blonde Bedienung mit seinen Blicken verfolgte, was mich doch etwas verärgerte.
Durch unsere vorangegangenen Telefonate kannte ich seine ungefähren Absichten, auch wenn ich mir nicht vorstellen konnte, was genau er mit mir vorhatte. Er erzählte mir kurz von seiner Ex-Frau, die sein dominantes Verhalten immer verachtet und abgelehnt hatte. Seine sexuellen Vorlieben waren scheinbar der Grund für das Ende seiner Ehe gewesen. Später zeigte er mir Bilder von seiner letzten Gespielin, die sich ihm mehrere Jahre völlig unterworfen hatte.
Warum zeigst du mir Bilder von dieser Frau? Glaubst du, ich werde eifersüchtig? Und warum genau willst du gerade mich?, dachte ich schnippisch. Komplimente machen Männer doch nur, um eine Frau ins Bett zu kriegen.

Ich war nicht von ihm überzeugt, wohl aber beeindruckt von seiner Art nicht lockerzulassen und mich um jeden Preis haben zu wollen. Er erklärte mir immer wieder, was für ein Gentleman er sei und dass er mich immer gut behandeln würde.
Am Ende unseres gemeinsamen Abendessens stellte er mich vor die Wahl: »Entweder ich bringe dich wieder zu dir nach Hause und du musst mich nie wiedersehen oder du kommst mit zu mir.« Er warnte mich, dass, wenn ich erst einmal in sein Reich eingetreten wäre, es kein Zurück mehr für mich gäbe. Ich würde ihm gehören und es würde ganz klar nur noch nach seinen Regeln laufen. Mit dem was passieren würde müsse ich dann klarkommen.

»Auch wenn du dann noch so laut schreist, das ist mir egal«, sagte er mit kalter, strenger Stimme. Ich glaubte ihm nicht. Gerade die Schmerzen, so hatte er mir erklärt, die er Frauen zufüge und die Unterwerfung seien es, die ihn am meisten erregten.

Obwohl mein Bauchgefühl ganz laut *Nein!* schrie, überwog meine Neugier auf das Neue und Unbekannte. Gegen meine Intuition entschied ich mich mit ihm zu gehen. Ich konnte meinen Schwur mir gegenüber nicht gleich bei der ersten Probe brechen und zudem konnte ich der Verlockung auf ein Abenteuer nicht widerstehen. Bevor ich seine Wohnung betrat, warnte er mich nochmals, dass, sobald die Tür hinter mir zufallen würde, ich ihm bedingungslos zu seinem Vergnügen zur Verfügung stünde. Ein leicht mulmiges Gefühl hatte ich in mir verspürt, obwohl ich zur selben Zeit seine Worte nicht wirklich ernstnahm und dachte: *Was soll denn schon Schlimmes passieren?* Langsam schritt ich durch seine Wohnungstür und stieg die Treppe zu seinem Wohnzimmer empor. Oben angekommen schaute ich mich vorsichtig um. Von der Treppe aus konnte man direkt in die Küche sehen, in deren Mitte ein Springbock stand. *Sehr bizarr! Was er wohl damit macht?*, wunderte ich mich. Zu meiner Rechten erspähte ich unter der Esszimmerdecke einen großen Metallhaken.

Die Zimmer, soweit ich sehen konnte, waren ordentlich, geschmackvoll und modern eingerichtet und vermittelten ein heimisches, gemütliches Gefühl.

Er trat vor mich und musterte mich kurz.

»Zieh dich aus!«, befahl er dann plötzlich streng. Als ich ihn zögernd und leicht verwirrt anguckte, schlug er mir mit seiner flachen Hand sofort ins Gesicht. Vor Überraschung und dem Schmerz, welcher sofort in meine Wange schoss, war ich wie gelähmt. »Muss ich es nochmal sagen?«, fragte er forsch. Nun war klar, dass er es wirklich ernst meinte. Perplex schaute ich ihn an und gehorchte dann schnell. Es mir mehr als unangenehm gewesen, mich völlig vor ihm zu entkleiden.

Ich sollte meine Augen schließen und er verband sie mit einem schwarzen Tuch.

»Siehst du etwas?«, fragte er testend.

»Nein.« Alles war absolut dunkel. Plötzlich wurde mir sehr kalt und ich fing vor Nervosität an zu zittern.

»Warte hier!«

Ich stand eine scheinbar endlos lange Zeit auf derselben Stelle und wartete.

Wo ist er? Was macht er bloß?, fragte ich mich leicht verängstigt.

Auf einmal konnte ich entfernte Geräusche aus einem Nachbarzimmer hören. Eine Schublade wurde geöffnet und wieder geschlossen. Dann hörte ich Schritte - er kam zurück.

Mit seinen Händen ergriff er meine Handgelenke, zog meine Arme hoch zu sich und legte mir Lederhandschellen an. Dann befestigte er dieselben an meinen Fußgelenken. Die Schellen waren recht eng geschnallt und fühlten sich schwer und kalt an.

Da ich keine Vorstellung hatte, was nun passieren würde, fragte ich mich ständig, was er wohl vorhatte. Er zog mich ein paar Schritte zur Seite, wobei ich fast gestolpert wäre. Das metallene Geräusch von Ketten war zu hören, welche er an den Schellen an meinen Händen und Füßen anbrachte. Mit einem Ruck zog er meine Arme an der Kette hoch und befestigte diese an dem Metallhaken. Meine Füße kettete er so zusammen, dass ich trotzdem noch etwas Bewegungsfreiheit hatte.

»Mach die Beine breit!«, befahl er kalt.
Mit einem Mal fühlte ich mich in meiner Freiheit stark eingeschränkt und in meiner Sicherheit bedroht. Eine leichte Panik stieg in mir auf. Ich konnte spüren, dass er sich von mir entfernte und hörte, wie er sich leise durch den Raum bewegte. Dann vernahm ich abermals Geräusche von einer Tür und von Schubladen, die geöffnet und geschlossen wurden. Leise näherte er sich mir wieder. Ich vernahm ein klickendes Geräusch, wie das einer metallenen Spange, die geöffnet wird und spürte dann einen starken Schmerz in meinen Brustwarzen. Ich musste mich zusammenreißen nicht laut aufzuschreien. Zum Glück waren meine Brüste nach dem Stillen von drei Kindern ziemlich abgehärtet, sodass der Schmerz schnell erträglicher wurde.

»Du scheinst ziemlich schmerzresistent zu sein«, bemerkte er beeindruckt. Dann spürte ich den gleichen stechenden Schmerz an meinen Schamlippen. Dieser Schmerz war viel schlimmer zu ertragen. Außerdem wurde ein Gewicht angebracht, welches meine Schamlippen herunterzog. Der Schmerz wurde so intensiv, dass ich auf meine Unterlippe beißen musste, um einen Aufschrei zu unterdrücken.

»Kreise mit den Hüften!«, vernahm ich seine gefühlskalte Stimme, »Und wehe, das Gewicht hält an!«

Eine unendlich lange Zeit war es dann erdrückend still gewesen. Ich fragte mich, was er wohl tat. *Sieht er mich einfach an? Wird er bei dem Anblick geil? Befriedigt er sich selbst?* - solche und andere Gedanken schossen mir durch den Kopf.

»Das machst du gut!«, lobte er mich mit ruhiger Stimme.

Arschloch!, dachte ich. Mein Körper zitterte immer mehr und das Gefühl der Kälte breitet sich weiter in mir aus. Ich versuchte mich innerlich zu beruhigen. *So schlimm ist es ja gar nicht*, redete ich mir ein. In meiner einsamen Dunkelheit versank ich kurz in meine Gedankenwelt, aus der ich schnell wieder wachgerissen wurde, als mich ein brennender Schlag von hinten traf.

Etwas schmales Hartes schnitt in meinen Oberschenkel. Vor Schreck schrie ich auf. Dann strich es an meinem Innenschenkel entlang. Noch ein Schlag. Es war ein brennender kurzer Hieb, welcher einen heißen Schmerz auf meinem Bein hinterließ. Anfangs ließ er noch längere Pausen zwischen den Hieben, aber schlug dann immer schneller und heftiger zu.

»Der Schmerz ist zu viel!«, schrie es in mir.

Ich hatte mich nicht wehren können und meine Schreie, welche ich nun nicht mehr unterdrücken konnte, ließen ihn kalt.

Obwohl ich keine Lust mehr auf dieses Spiel hatte, erregte es mich doch auf ungewohnte und auch zugleich abstoßende Art und Weise.

Es erschien mir wie eine Ewigkeit vor ihm nackt und immer noch in derselben Pose stehen zu müssen. Ich merkte wie meine Kraft langsam schwand.
Nach einer Weile löste er die Ketten und das Gewicht, welches immer noch unter mir hing.

»Dreh dich um!« Ich konnte seinen Atem in meinem Nacken spüren, welcher mir Gänsehaut bereitete.
Plötzlich fasste er mir in den Schritt, wobei ich überrascht zusammenzuckte.

»Schön feucht bist du«, sagte er mit ruhiger, scheinbar zufriedener, Stimme.
Ich hatte gehofft, er würde mich länger berühren, mich anfassen und mir dabei ein Stück Sicherheit und das Gefühl von Nähe geben, aber das tat er nicht. Stattdessen konnte ich etwas Kaltes auf meiner Haut spüren. Ich schreckte zusammen. Meine Vorahnung ließ mich erraten, was nun passieren würde. Es strich über meinen Po. Stille. Plötzlich ein Hieb, so stark, stechend und schmerzhaft, dass mir die Luft wegblieb.
Ich schrie laut auf.

»Sei leise!«, fuhr er mich schroff an.
Ich versuchte mich schnell wieder zu fangen und seinem Befehl zu gehorchen. Zur selben Zeit wollte ich Stärke zeigen. Der nächste Hieb kam, welcher in seiner Intensität noch schlimmer zu sein schien als der Erste. Zwischen den Hieben machte er kurze Pausen, was den Schmerz in

seiner Intensität noch weiter ausreifen ließ. Meine Gedanken waren für einen Moment komplett ausgeschaltet. Das Einzige, was ich in dieser schwarzen Leere spüren konnte, war unendlich qualvoller pochender Schmerz, welcher mich völlig betäubte.
Beim sechsten Hieb waren die Schmerzen so stark geworden, dass ich lieber gestorben wäre, als noch mehr davon aushalten zu müssen. Innerlich betete ich, dass es endlich zu Ende sein möge. Er hörte auf. Es war, als hätte er genau abschätzen können, wie viel ich ertragen konnte. Er nahm alle Ketten ab, packte mich an meinem Hals und drückte mich runter auf den Boden. Dort band er meine Hände und meine Füße wieder so zusammen, dass ich alleine nicht mehr hätte aufstehen können.

»Bleib genauso!«

Seine Schritte entfernten sich. Für einen Moment atmete ich erleichtert auf. Als er wiederkam, konnte ich einen merkwürdigen unangenehmen Geruch wahrnehmen. Dann spürte ich, wie er mir mit einem kalten nassen Lappen über meinen Körper und mein Gesicht wischte. Es stank fürchterlich. Der Geruch war so stark, dass mir schlagartig schlecht wurde. Plötzlich konnte ich den schneidenden aufdringlichen Duft zuordnen - es war Urin! Ich versuchte meinen Würgereiz zu unterdrücken.

»Ich will, dass du meinen Geruch annimmst«,

flüsterte er mir zu.
»Du gehörst jetzt mir!«
Dann stopfte er mir den ganzen Lappen in meinen Mund und befahl ihn auszusaugen und die Flüssigkeit zu schlucken. Ich weigerte mich, versuchte zu schreien und diesen Lappen auszuspucken. Es ging nicht.

»Schluck!«, vernahm ich in seinem Befehlston. Ich schreckte zusammen. Das war endgültig zu viel! Ich schüttelte meinen Kopf und bekam daraufhin direkt einen Hieb auf meinen Rücken. »Schluck!«, zischte er noch einmal. Diesmal folgte ich seiner Forderung, um weitere Hiebe zu vermeiden. »So ist es brav«, lobte er mich dann. Ich kann gar nicht sagen, welches Gefühl in diesem Moment in mir überwog: meine Übelkeit, die Abscheu dem gegenüber, was ich gerade ertragen musste oder die Wut gegenüber der Person, die mir dies angetan hatte. Er hörte auf, löste mich von allen Fesseln und zog mich zu sich hoch. Mir war furchtbar kalt, ich zitterte und hatte absolut keine Kraft mehr. Endlich nahm er mir die Augenbinde ab. Am liebsten wäre ich sofort in sein Badezimmer gestürzt, um mich zu duschen und mich von diesem Gestank zu befreien. Verärgert blieb ich aber still stehen und sagte kein Wort. Unschuldig schaute er mich an, nahm mich in seinen Arm und drückte mich fest an sich. Obwohl ich ihn gerade unsagbar hasste, war das schlagartige Gefühl von Geborgenheit sehr schön und befreiend gewesen.

»Bist du jetzt böse auf mich?«, fragte er mich mit sanfter Stimme.

»Nein«, sagte ich, obwohl es ganz laut, »Oh ja und wie ich dich hasse und wütend auf dich bin!«, in mir schrie.

»Mir ist schlecht«, hängte ich leise an, »und mir tut alles weh«.

»Das tut mir leid«, beteuerte er und fragte mich, warum ich denn nichts gesagt hätte. Wirklich beschweren hätte ich mich nicht können, musste ich mir eingestehen, denn ich hatte mir ja alles selber eingebrockt und er hatte mich vorab gewarnt. Zudem hatte er auch gedroht, dass es kein ›Safeword‹ oder Stopp geben und nur nach seinen Regeln gehen würde.

»Ich kann das nicht«, sagte ich dann langsam. »Das mit den Schmerzen kann ich nicht, tut mir leid.«

»Komm her«, er drückte mich wieder fester an sich. »Ich will dir doch nicht wehtun. Warum hast du denn nicht geschrien oder mir zwischendurch irgendein Zeichen gegeben?«, fragte er mit ruhiger Stimme.

Sehr witzig. Er hatte absichtlich jeden meiner Hilfeschreie mit Schlägen verstummen lassen.

»Ich möchte, dass du mir vertraust. Wir werden uns langsam herantasten und deine Grenzen immer mehr erweitern. Du warst gerade eben doch ganz schön erregt, oder? Da war ja eine richtige Pfütze unter dir auf dem Boden.« Er schaute mir

in die Augen und grinste mich an. »Ich werde deine Lust immer mehr steigern. Du wirst die Schmerzen bald lieben lernen und danach verlangen, von mir geschlagen zu werden«, versprach er. *Das bezweifle ich stark*, dachte ich und schüttelte dabei abgeneigt mit dem Kopf.
Obwohl sich anfangs alles so ekelig angefühlt hatte und ich mich ihm nur voller Abscheu und Widerwillen hingab, kam es am Ende doch so, wie er es vorausgesagt hatte. Er schaffte es, mich mit seiner charmanten Art immer wieder um den Finger zu wickeln und letztendlich die Oberhand zu behalten.
Wir blieben circa drei Monate zusammen. Zurückblickend kann man die Beziehung wohl eine ›Zweckbeziehung‹ nennen. Ich bekam seine scheinbare Zuwendung und ließ mich im Gegenzug von ihm benutzen und gehorchte. Zudem gab er mir Halt und ich fühlte mich nicht einsam. Im Laufe der ersten Wochen hatte er mich in seine Vorlieben eingeweiht und mir gezeigt, wie ich mich ihm gegenüber und in seiner Gegenwart verhalten solle. »Du wirst mich nur mit ›Mein Herr‹ ansprechen, dich immer für alles bedanken und wenn ich es verlange, meine Füße küssen. Zudem wirst du von nun an deinen Kopf in meiner Gegenwart gesenkt halten und mir niemals direkt in die Augen gucken, bis ich es dir erlaube.« Bald stellte er immer absurdere Regeln auf, welche ich unmöglich einhalten konnte. Zum Beispiel durfte

ich bestimmte Wörter nicht mehr benutzen, welche sich in meinem alltäglichen Wortgebrauch verfestigt hatten. Die Bestrafung bei Verstoß dieser Regeln fiel meist in Form von Schlägen aus. Ich widersprach nicht und spielte sein Spiel mit. Hätte ich keinen Gehorsam gezeigt, wäre die Beziehung wahrscheinlich sehr schnell beendet gewesen.

Mein Verlangen nach Schmerz und die dadurch neu gewonnene Lust wurden mit der Zeit immer größer. Es war wie eine unerklärliche Hass-Liebe. Ich fühlte mich schlecht und ausgenutzt, schmutzig und oft beschämt, aber doch zugleich auch lebendig und sehr erregt.

Immer wieder ließ ich mich auf Dinge ein, die ich mir nicht einmal in meinen wildesten Fantasien hätte vorstellen können und mir vor allem nie hätte träumen lassen, sie wirklich auszuleben.

Indem ich mir selbst beibrachte, immer größere Schmerzen zu ertragen, wollte ich mir selbst beweisen, dass ich stark war und ich meinen Körper und meine Gefühle unter Kontrolle hatte. Ich ließ mich demütigen, auch wenn ich es verabscheute, aber konnte zugleich meinen Stolz nicht besiegen und wollte keine Schwäche zeigen.

Gefallen wollte ich ihm, so wie all meinen Ex-Partnern in meinen vorherigen Beziehungen. Im Gegenzug sollte er nur mich lieben, mich begehren. Ich wollte wertvoll und unersetzbar für ihn

sein. Durch meinen Gehorsam versuchte ich dies zu erzwingen.
Unsere Beziehung lief so eine Zeit lang gut, mit anfangs täglichem Kontakt und Telefonaten. Nach ein paar Wochen wurde dies allerdings stetig weniger und das Gefühl, dass ich für ihn plötzlich zur Nebensache geworden war, breitete sich in mir aus.
Nach seiner anfangs überschwänglichen und fast erdrückenden Zuwendung und Aufmerksamkeit kam auf einmal, scheinbar grundlos, fast gar nichts mehr von ihm. Er war ständig am Arbeiten und schickte mir oft Bilder von irgendwelchen Meetings, die er mit Geschäftsleuten führte. Diese Alibibilder ließen mein Misstrauen nur noch mehr wachsen. Ab und zu, wenn ich dann mal in seiner Wohnung war, bemerkte ich, dass diverse Utensilien, wie Gerte und Seile, nicht an ihrem normalen Platz lagen. Mein schlechtes Bauchgefühl meldete sich: »Hier stimmt doch etwas nicht!«, davon war ich überzeugt. Jedes Mal, wenn ich ihn misstrauisch darauf ansprach, fragte er empört, was ich ihm unterstellen würde.

»Da war meine Putzfrau wohl wieder einmal schlampig«, lautete seine faule Ausrede.
Es dauerte eine ganze Zeit, bis ich bereit war mich von ihm zu lösen. Ich mochte ihn und wollte ihn nicht verlieren, andererseits wollte ich aber nicht länger als Sexspielzeug und bloßer Zeitvertreib dienen.

Irgendwie hatte er es geschafft, mich emotional komplett abhängig von ihm zu machen. Letztendlich half mir meine Überzeugung von seiner Unehrlichkeit mir gegenüber, den Schritt der Trennung zu gehen. Er hatte andere Frauen neben mir, das wusste ich, auch wenn ich keine konkreten Beweise hatte. Der Gedanke, dass er mich belog und hinterging, stimmte mich sehr traurig. Er hatte mein Vertrauen, welches ich ihm bedingungslos geschenkt hatte, verraten.
Das letzte Mal, als wir uns auf meine Bitte hin trafen, tat er so, als ob er nicht wüsste, worauf ich anspielte. Dennoch verrieten ihn seine grinsenden Augen. Er schien fast traurig, als ich ihm sagte, dass ich mich trennen will.
»Du kannst mich doch nicht einfach verlassen!« warf er mir vor.
Und ob ich das kann!, dachte ich höhnisch. Ich hatte ihm meine Befürchtungen hinsichtlich seiner Affären offenbaren wollen, aber entschloss mich es nicht zu tun, da ich wusste, dass er mir die Wahrheit sowieso nicht sagen würde.
»Ich kann und will eine Beziehung so nicht - ich brauche mehr«, erklärte ich knapp.

»Wir können doch erst einmal eine Pause machen, uns beiden Zeit geben und dann weitersehen?«, schlug er fragend vor.
Pause machen, dachte ich, *wie alt sind wir denn?* Wenn man mit jemandem zusammen sein will, dann tut man alles dafür, um das möglich zu machen.

›Pause machen‹ bedeutete für mich ›hinhalten‹. Ich fragte mich langsam, ob er vielleicht gerade zwischen einer anderen Frau und mir abwägte. Falls es mit der anderen nicht klappen würde, hätte er immer noch mich auf der Warmhalteplatte. *So einen Scheiß mache ich nicht mit!,* dachte ich entschlossen.

»Ich will keine Pause«, brachte ich mit selbstsicheren Worten hervor, »und wenn ich mich einmal getrennt habe, dann ist das auch meine endgültige Entscheidung.« Das ist wirklich so, das hatte ich mir schon früher geschworen. Aus Erfahrung habe ich gelernt, dass es beim zweiten Anlauf mit dem Ex-Partner sowieso nichts wird, da die alten Probleme meist weiterhin bestehen bleiben. Also stellte ich mir die Regel auf, dass eine Trennung ein wirklich endgültiger Schlussstrich für mich bedeutet.

»Bringst du mich jetzt bitte zurück zum Bahnhof?«, bat ich ihn nach einer Weile des Schweigens. Er nickte wiederwillig. Während der kurzen Fahrt in seinem Auto guckte er mich immer wieder mit traurigem Blick an. *Das kannst du dir sparen, damit kriegst du mich nicht wieder rum!*

»Du wirst schon ohne mich klarkommen«, sagte ich überzeugt und selbstbewusst. Innerlich empfand ich dabei ein kleines Triumphgefühl. Endlich setzte ich einmal meinen Willen durch. In gewisser Weise war ich auch froh, mit meiner Entscheidung endlich die Probleme, die negativen

Gedanken und die Eifersucht, welche mich die letzten Wochen über gequält hatten, gelöst zu haben. Ich gab ihm einen flüchtigen Abschiedskuss und stieg aus. Auf dem Weg über den Bürgersteig hin zum Bahnhofseingang drehte ich mich nicht um.

Das war das letzte Mal, dass ich ihn sah.

Die neue Beziehung

Diese sich danach einstellende Leere des Alleinseins plagte mich von Tag zu Tag und wurde über die nächsten Wochen und Monate fast unerträglich. Ich empfand ein unbefriedigendes Gefühl der Einsamkeit und Unzufriedenheit in mir, welches ich mir nicht erklären konnte. Eigentlich hätte ich doch glücklich und zufrieden sein müssen. Mir ging es gut, ich hatte meine Kinder und einen neuen Job, der mich auf neue Art und Weise herausforderte. Dieser Job war mein rettender Absprung gewesen, da er mir die nötige finanzielle Unabhängigkeit brachte, die mir endlich den Umzug in meine erste eigene Wohnung ermöglichte, weg von meinen Eltern. Der Umzug in die Großstadt würde mir viele neue Möglichkeiten eröffnen.

Von der Hilfe meiner Eltern, die unsere erste Anlaufstelle nach der Trennung meines Mannes und unserem Rückzug von Neuseeland nach Deutschland gewesen waren, konnte ich mich nun auch endlich lösen.

Trotz der Freude verspürte ich zur gleichen Zeit eine riesengroße Angst. Ich war noch nie zuvor als Alleinerziehende komplett auf mich selbst gestellt gewesen, in einer Stadt, die ich nicht kannte und in einem Land, in welchem ich seit gut neun Jahren nicht mehr gelebt hatte. Meine Mutter war der Überzeugung, dass ich das alleine sowieso nicht

schaffen würde und es sicherer für mich und meine Kinder sei, bei ihnen zu bleiben. *Vielen Dank für die aufmunternden und ermutigenden Worte*, dachte ich sauer. Ich hatte oft das Gefühl, dass meine Mutter alles nur pessimistisch und negativ sehen konnte, was mich sehr verärgerte. *Man muss auch mal was wagen, sonst kommt man im Leben ja gar nicht voran!*, versuchet ich mich selbst zu ermutigen. Das Leben bei meinen Eltern war extrem anstrengend und belastend geworden - für alle Betroffenen. Dort zu bleiben war absolut keine Option gewesen.
Dieses Gefühl, dass ich zur Selbstständigkeit unfähig bin, welches mir meine Eltern schon seit meiner Jugend vermittelten, machte mich wütend. Mein automatischer Trotz, den ich über die Jahre entwickelt hatte, setzte sofort ein. Ich würde mir selbst und allen anderen, die an mir und meiner Fähigkeit mein Leben alleine meistern zu können zweifelten, beweisen, dass ich es alleine doch schaffen würde - und zwar erfolgreich!
Meine erste Arbeitsstelle hier in Deutschland im Krankenhaus, musste ich wegen eines Burn Outs aufgeben. Die Ärztin riet mir damals, im Rahmen der Diagnose, erst einmal zu mir selbst zu kommen und mich deshalb auch von Männern fernzuhalten, um jeglichen Stress zu vermeiden.

»Tun Sie nichts, was Sie nervlich zu sehr belasten könnte«, riet sie mir besorgt.

Meine kurze berufliche Pause hatte mir zwar etwas Kraft und Erholung gebracht, war aber mit diesem unerwarteten Arbeitsangebot als Lehrkraft in der Erwachsenenbildung schnell zu Ende gegangen. In gewisser Weise war ich froh darüber gewesen, weil ich es jeden Tag alleine zu Hause mit meinen Kindern nicht aushielt. Ich war unausgelastet und vermisste den sozialen Kontakt zu anderen Menschen. Endlich konnte ich auch wieder als Lehrerin arbeiten, denn als solche war ich immerhin qualifiziert. Nur, dass ich nun keine Kinder, sondern Erwachsene unterrichtete.
Ungeachtet des Rates der Ärztin war ich ein paar Abenteuer mit Männern eingegangen. Die Sex-Freundschaften hatten mir einen kurzen Kick gegeben und etwas Abwechslung in mein Leben gebracht, aber sie erfüllten mich nicht. Mir fehlten die dauerhafte Zuwendung und Nähe. Ich fühlte mich einsam und sehnte mich nach einer festen Beziehung.
Als ich eines Tages meine E-Mails sortierte, stolperte ich über einen alten Kontakt, den ich über die Internetseite gefunden hatte, über welche ich auch meinen letzten Ex-Partner kennengelernt hatte.
Mit diesem Kontakt hatte ich ein paar Mal kurz geschrieben und versucht ein Date zu arrangieren. Da es damals bei uns beiden zeitlich nie gepasst hatte, war der Kontakt irgendwann eingeschlafen. Sein Profil und die darin aufgelisteten Interessen

reizten mich immer noch. Er schien auch dominanter Natur zu sein und suchte eine devote Frau. Nachdem ich sichergestellt hatte, dass sein Profil immer noch aktiv war, schrieb ich ihn an. Wir vereinbarten ein spontanes Treffen abends nach seiner Arbeit in einem Café, welches sich um die Ecke seiner Arbeitsstelle befand. Bis zu dem Treffen gab es keinen weiteren Informationsaustausch. Nur ein Bild hatte er mir von sich geschickt, auf welchem man ihn entspannt auf einem Sofa sitzen sah. *Sieht ganz attraktiv und sympathisch aus*, dachte ich bei der Betrachtung des Bildes. *Aber, erst einmal abwarten wie er real so drauf ist*, entschloss ich mich dann. Ich würde ihn einfach ganz ungezwungen treffen und dann entscheiden, ob tiefergehendes Interesse besteht oder nicht. Bei zu viel Geschreibe mit einer fremden Person kann schnell ein falsches Bild entstehen und die Erwartungen können sich so hochschrauben, dass man bei der realen Begegnung am Ende enttäuscht ist. Zudem werden persönliche Informationen teils überspitzt oder so zurechtgebogen, dass nicht mal die Hälfte davon auf die reale Person zutrifft. Deswegen war mir mittlerweile ein schnelles privates Treffen lieber, als langes Schreiben.

Ich wartete vor der Tür des Cafés auf ihn. Obwohl es sehr kalt war, trug ich einen kurzen Rock, Strapse, meine Lieblingsbluse und Pumps. Durch meinen Ex-Partner und all das, was ich durch ihn

über Devotion gelernt hatte - wie sich eine devote Frau zu kleiden und zu präsentieren hat - wusste ich, dass er ein solches Auftreten wahrscheinlich zu schätzen wissen würde und vielleicht sogar erwartete. Ich wollte ihm gefallen und ihn auch ein wenig scharfmachen.
Ein sehr großer stattlicher, mit einer braunen Schirmmütze und Schal winterlich gekleideter, Mann kam auf mich zu.

»Entschuldige die Verspätung«, brachte er etwas gestresst hervor. Ich lächelte ihn an: »Kein Problem.«
Er öffnete mir die Tür und wir betraten zusammen das Café. Im ersten Augenblick machte er einen eher zurückhaltenden Eindruck auf mich.

»Was möchtest du trinken?«, fragte er, wobei er auf mich herabsah. Durch seine Größe strahlte er eine unheimliche Präsenz aus. Mir fiel auf, dass seine Körperhaltung sehr gerade und standhaft war. Sein Kinn hielt er etwas höher, wodurch er einen leicht arroganten Eindruck auf mich machte.
Er bestellte zwei Cappuccino für uns.
In dem Café schien er sich gut auszukennen und wies mir den Weg an. Am Ende des langen Raumes führte eine Treppe zu einer Sitzecke im ersten Stock. Dort fanden wir einen ruhigen Platz. Während er seine Jacke ablegte musterte ich ihn mit unauffälligen Blicken und bemerkte, dass seine Figur nicht ganz so sportlich war, wie auf dem Bild,

welches er mir geschickt hatte. *Aha*, dachte ich anmaßend, *wieder mal die irreführende Nummer des nicht aktuellen Bildes.* Es lag auch auf der Hand, dass er nicht der Mann war, dessen Oberkörper man auf seinem Profilbild hatte sehen können. Die Anatomie stimmte überhaupt nicht.
Wir setzten uns an einen kleinen runden Tisch. Er nahm gegenüber von mir Platz und faltete sachlich seine Hände. Mir fiel auf, dass diese sehr gepflegt waren.
Nun, da ich ihn etwas besser auf Augenhöhe betrachten konnte, war ich unentschieden, ob ich ihn attraktiv fand oder nicht. Sehr sympathisch sah er schon aus, mit seinem perfekt getrimmten Dreitagebart, welcher die kurz rasierten Haare auf seinem Kopf komplimentierte und seinen großen freundlichen Augen, die Vertrauenswürdigkeit und Wärme ausstrahlten. Wäre er mir auf der Straße begegnet, hätte ich ihm allerdings aufgrund seines Aussehens eher weniger Beachtung geschenkt. Aufgefallen wäre er mir vorrangig wegen seiner beachtlichen Körpergröße.
An unser genaues Gespräch kann ich mich nicht mehr erinnern, nur an Eindrücke, Gefühle und Brocken von Informationen. In unserem Austausch über Privates kam heraus, dass die Altersangabe, die in seinem Profil stand, nicht seinem wirklichen Alter entsprach. Es bestand ein Unterschied von fünf Jahren, die er sich jünger gemacht hatte. Seine Erklärung für die falsche Angabe

lautete, dass er Angst habe, Patienten könnten ihn über sein Profil auf dieser unkonventionellen Webseite wiedererkennen. *Verständlich*, dachte ich, wobei man sich in dem Falle fragen könnte: »Was suchen die Patienten auf der Webseite?«. Ich konnte seine Erklärung nachvollziehen. Ich würde auch nicht wollen, dass mich einer meiner Arbeitskollegen oder gar Schüler auf dieser Webseite erkennt. Das wäre mir mehr als unangenehm und peinlich gewesen!
Das Schlüsselwort ›Patient‹ löste meine nächste Frage aus: »Was machst du eigentlich beruflich?« Seine Antwort kam etwas zögernd. Er sagte, er sei Arzt, aber die Sorte Arzt, vor der die meisten Menschen Angst hätten. *Das könnte jeder Arzt sein!*, lachte ich in mich hinein. Meine erste Annahme war Zahnarzt. *Vor dem hätte ich am meisten Angst*, überlegte ich, fand aber, dass er irgendwie nicht wie ein Zahnarzt aussah. Dann erklärte er, dass er die ›Verrückten‹ heile. Jetzt war mein Interesse geweckt. Psychologie hatte mich schon immer sehr interessiert und mit Aspekten davon, vor allem was die Entwicklung und das Lernverhalten von Kindern betraf, hatte ich mich bereits in meinem Studium intensiv beschäftigt.

»Sehr interessant!«, bemerkte ich.

Im weiteren Gespräch stellte sich heraus, dass er einen meiner Berufe, nämlich die Fotografie, als Hobby teilte. Wir schienen also, zumindest was die Interessen betraf, einiges gemeinsam zu haben. *Das ist ja schon mal keine schlechte Basis für eine potentielle Partnerschaft*, lautete mein Fazit.

Plötzlich fiel mir auf, dass er einen Ring trug. Ich versuchte mich daran zu erinnern, was genau in seinem Profil gestanden hatte. Ich war mir sicher, dass in seinem Status ›Single‹ angegeben war. *Vielleicht noch eine falsche Angabe?* Ich zeigte auf den Ring: »Du bist verheiratet?«.

»Nein, ich war verheiratet, aber bin schon seit ein paar Jahren geschieden. Ich trage den Ring schon länger, sozusagen alibimäßig«, erklärte er. Ein Stein fiel mir vom Herzen. Auf einen verheirateten Mann hätte ich mich niemals eingelassen.

»Warum alibimäßig?«, wollte ich sofort wissen. Er machte eine Andeutung, dass er sich vor möglichen Annäherungsversuchen von weiblichen Patienten schützen wolle. Seine Erklärung hörte sich plausibel an. *Ich trage immerhin gelegentlich auch einen Ring an meinem rechten Ringfinger*, überlegte ich.

Ich fragte ihn, wie es mit Ex-Beziehungen bei ihm aussah.

»Ich hatte ein paar. Manche dauerten nur wenige Wochen und andere einige Monate bis Jahre«, erklärte er knapp. Normalerweise hätte ich mir nach solch einer Aussage ernsthafte Gedanken machen müssen, ob dieser Mensch überhaupt beziehungsfähig ist, aber ich wusste ja, dass er schon eine sehr lange Ehe hinter sich gebracht hatte.

»Was suchst du denn jetzt genau?«, fragte ich

und erklärte, dass ich persönlich eher eine feste Beziehung anstrebte, wenn es denn passte.

»Ich möchte auch eine feste Beziehung, Liebschaften sind mir zu oberflächlich«, antwortete er. Seine Antwort erfreute mich. Wir schienen zumindest schon einmal dasselbe Ziel zu verfolgen. Das Thema Sex, Dominanz und Devotion war nur kurz zur Sprache gekommen. Alles war eher sachlich und distanziert besprochen worden. Ich erzählte ihm von meiner Ehe und dass mein Sexleben während dieses Lebensabschnittes so gut wie abgeebbt war und offenbarte ihm, dass ich lange Zeit überhaupt nicht gewusst hatte, was ich denn genau wollte und brauchte.

»Und jetzt weißt du es?«, fragte er gespannt.

»Ja, ganz sicher. Devot war ich schon immer, nur war mir eben nicht bewusst, dass man das so nennt«, erklärte ich selbstbewusst und etwas stolz. Ich erwähnte meine letzte Beziehung und wie ich dadurch gelernt hatte, dass mich Dominanz zwar unheimlich anturnt, aber dass ich diesen Quatsch mit irgendwelchen Regeln nicht noch einmal mitmachen würde. Wir waren uns beide einig, dass wahre Dominanz keine Regeln brauchte.

»Ich finde so etwas auch völlig unangebracht«, bekräftigte er. »Das sind immer diese ›Möchtegern-Doms‹«, fuhr er sachlich fort. Bei ihm gäbe es keine in Worte gefassten Regeln, da eine wirklich devote Frau ihm das, was er brauchte, aus Liebe heraus freiwillig geben würde, konkretisierte er. Diese neue Definition der Devotion hörte sich für mich wunderschön und romantisch an. *So sollte es doch eigentlich in jeder Beziehung sein*, dachte ich, *dass der Partner aus Liebe und Wohlwollen heraus bereit ist zu geben.*

Er sprach von einem Beziehungsmodell, welches auf vollstem Vertrauen und bedingungsloser Hingabe basiert. Seine Erläuterungen deckten sich mit meiner Vorstellung einer glücklichen und erfüllten Beziehung.

Ich hatte nicht nur das Gefühl, dass er mich verstand, sondern auch, dass er wirklich ein Mann war, der mir genau das geben konnte, wonach ich schon mein ganzes Leben lang gesucht hatte. Dies erfreute mich.

Die Art und Weise, wie er redete war die ganze Zeit über sehr ruhig, sachlich und gelassen gewesen. Solch ein Verhalten war ich nicht gewohnt von Männern. Die meisten schienen oft so unentspannt, redeten viel zu viel und dann auch ausschließlich nur über sich selbst. Ich merkte, wie sich seine Ruhe auf mich übertrug, was ich als sehr angenehm empfand und verlor langsam meine innere Nervosität und Aufgeregtheit.

Diesmal war ich diejenige gewesen, die wie ein Wasserfall sprach. *Du redest dich schon wieder um Kopf und Kragen!*, warnte ich mich.

Beim ersten Treffen redete ich oft zu viel, um meinen inneren Drang mich selbst zu erklären - ja rechtfertigen zu müssen - zu befriedigen. *Was er jetzt wohl über mich denkt?*, fragte ich mich nervös. Ein leicht mulmiges Gefühl stieg in mir auf. Nachdem ich nun wusste, was er beruflich machte, fühlte ich mich durchschaut. Wahrscheinlich hatte er mich bereits komplett analysiert.

»Keine Angst, ich analysiere nicht gleich jeden und bleibe erst einmal neutral«, versicherte er mir. *Was für ein Quatsch – jeder macht sich automatisch ein Bild von seinem Gegenüber. Das kann man doch nicht einfach abschalten*, dachte ich skeptisch. Schnell beruhigte mich jedoch der Gedanken, dass er auch nur ein Mensch ist und sicherlich ebenso seine Schwächen und Fehler hatte wie jeder.

Unser Gespräch war, meiner Ansicht nach, alles in allem sehr angenehm, zugleich aber auch recht unspektakulär verlaufen.

Als wir nach knapp über zwei Stunden auseinandergingen, hätte ich nicht sagen können, dass er mich total umgehauen hatte.

Es folgten ein paar Tage Funkstille. Dann erhielt ich unerwartet eine Nachricht von ihm: »Sehen wir uns nochmal?« Hätte er sich nicht gemeldet, wäre von meiner Seite her wahrscheinlich nichts mehr gekommen. Ich hatte nicht das große Bedürfnis empfunden, ihn unbedingt wiedersehen zu müssen. Das Gefühl ihm gegenüber war eher gleichgültiger und neutraler Natur gewesen. Trotzdem freute ich mich über seine Nachricht und fühlte mich geschmeichelt, da offensichtlich

Interesse seinerseits bestand, weshalb meine Antwort »Ja gerne!« lautete.
Unser zweites Date war zeitlich sehr begrenzt gewesen. Er hatte sich eine Stunde über Mittag zwischen seinen Arbeitsterminen freihalten können. Es war ein schöner Frühlingstag, an dem wir uns wiedersahen. Kalt war es noch, aber die Sonne schien und die Temperatur war zumindest etwas gestiegen, weshalb wir beschlossen einen kleinen Spaziergang zu machen - beide mit einem ›To Go‹ Kaffee in der Hand. Noch eine Gemeinsamkeit, wie wir feststellten – wir waren beide leidenschaftliche Kaffeetrinker.
Er schien dieses Mal fröhlicher gestimmt und nicht ganz so müde wie bei unserem ersten Treffen. Am Anfang unseres Spazierganges bemerkte er beiläufig, dass er noch nie zuvor solch eine Art von Date gehabt hatte.

»Wie meinst du das?«, fragte ich interessiert. Bei seinen vorherigen Dates war es wohl immer recht schnell zur Sache gegangen, berichtete er mir.

»Im Café hast du sehr sexy ausgesehen. Am liebsten hätte ich dich dort auf der Stelle genommen«, grinste er mich an. Seine Worte verblüfften mich. Innerlich freute ich mich über das Kompliment und merkte, wie meine Wangen heiß wurden. Während unseres Café-Dates hatte er keine Komplimente oder Bemerkungen hinsichtlich meines Aussehens gemacht. Die Vorstellung von ihm genommen zu werden, erregte mich etwas.

Mein früheres Ich hätte niemals solche Unterhaltungen geführt. Meinem früheren Ich wäre es viel zu peinlich gewesen, auch nur das Wort Sex auszusprechen. Aber mittlerweile, vor allem nach meiner letzten Beziehung, war fast jede Scham von mir gewichen und ich hatte keine Hemmungen mehr über intime Details zu reden. Sex hat doch sowieso jeder, warum also nicht offen darüber sprechen?

»Ich hätte dir im Café unter dem Tisch einen geblasen«, führte ich diese Fantasie fort.

»Oh ja – das hätte mir gut gefallen. Ich hätte dir schön in den Mund abgespritzt!« Sein Grinsen wurde immer breiter. Seine plötzliche Direktheit überraschte mich positiv. Im Café hatte er so sachlich und spießig korrekt gewirkt.

Unser immer langsam werdender Spaziergang kam zum endgültigen Stillstand. Mit seiner rechten Hand fuhr er an meinen Nacken, zog mich ruckartig an sich und küsste mich. Es war ein inniger fordernder Kuss. Nicht der beste, den ich je gehabt hatte - ich mochte eher langsamere, innige und leidenschaftliche Küsse – aber gut genug. Manchmal frage ich mich, ob man von der Art und Weise, wie jemand küsst, auf dessen Persönlichkeit schließen kann. Die Kategorisierung könnte dann etwa so aussehen: Langsam und innig – vielleicht ein romantischer, eher weich und zart besaiteter Charakter; schnell und fordernd – ein selbstbewusst- und stark auftretender

Charakter. *Wer weiß*, dachte ich, den Gedanken beiseiteschiebend.
Ab dem zweiten Date schrieben wir uns regelmäßig jeden Tag. Ich hatte auf einmal ein ganz anderes Bild von ihm. Seine Art und Offenheit reizten mich sehr und der Umgang mit ihm war mir schnell vertraut geworden. Er war anders als die meisten Männer, denen ich bis jetzt begegnet war – nicht so verklemmt und aufgesetzt.
Die Meinung, dass man sich Zeit lassen sollte, wenn man jemanden gerade erst kennengelernt hat, vertrete ich nicht. Was ist denn falsch daran einer Person sofort persönliche Fragen zu stellen, wenn sie mich sehr interessiert? Und was ist falsch daran viel Zeit mit der Person verbringen zu wollen? Nur so lernt man sich doch überhaupt kennen.

»Ich möchte gerne alles über dich wissen«, teilte ich ihm neugierig, aber zugleich etwas verlegen, mit.
»Frag einfach. Wenn ich etwas nicht beantworten möchte, werde ich es dir schon sagen«, ermutigte er mich.
Dass er nicht gerne über seine Kindheit und Jugend sprach, lernte ich schnell. Alle anderen Fragen beantwortete er sofort und seine Einstellungen und Ansichten schienen immer perfekt mit meinen übereinzustimmen.
Wir hatten unser Kennenlernen in ein Spiel verwandelt. Ich mochte dieses Spiel und er ließ sich

gerne darauf ein. Jeder durfte insgesamt drei Fragen pro Tag an den anderen stellen. Wir schrieben uns überwiegend per Handy. Ich hatte mich in der Vergangenheit oft zu schnell auf Männer eingelassen, obwohl ich gar nichts über sie wusste. Das wollte ich nun ändern.

»Was spendet dir Trost?«, lautete eine meiner ersten Fragen.

»Trost spendet mir im Moment leider niemand. Alle in meiner Umgebung sind nicht stark und verständnisvoll genug, aber es kommen auch wieder bessere Zeiten«, erklärte er. Seine Antwort hatte etwas Trauriges und klang in gewisser Weise bemitleidenswert. Genau diesen Eindruck hatte er mir auch bei unserem ersten Treffen im Café vermittelt.

Nun kam seine Frage: »Wie devot bist du und was gefällt dir daran devot zu sein?« *Gute Frage,* überlegte ich. »Ich ordne mich meinem Partner gerne unter und erteile ungerne Befehle. Mir ist es wichtig meinem Partner zu gefallen und ihn zufriedenzustellen. Gerade beim Sex mag ich es, wenn mein Partner dominant ist – das macht mich an. Was mir daran gefällt? Dass ich mich fallen lassen kann. Devotion bedeutet für mich Freiheit - so kann ich mich fallen lassen. Ich hoffe, dass macht Sinn?«, erklärte ich kurz.

»Sehr gut!« Meine Antwort schien ihn zu erfreuen.

»Und was ist deine tiefste devot-masochistische

Fantasie?« Bei der Frage kam ich etwas ins Schwitzen. Sollte ich dies ehrlich beantworten? »Vergewaltigt zu werden, aber von einem geilen Typen«, schrieb ich nach langem Zögern und hoffte, dass er mich nach dieser Antwort nicht für völlig verrückt erklären würde.

»Ist das ein Traum oder reale Fantasie, also, ein aktueller Wunsch?«, hakte er nach.

»Es war ursprünglich ein Traum, aber der hat sich mittlerweile zu einem Wunsch entwickelt«, gestand ich.

Das hört sich irgendwie falsch und brutal an, dachte ich beschämt. Wobei – Wünsche und Träume sind so ein Thema. Was in der Fantasie passiert und was man dann in der Realität umsetzt, sieht oftmals ganz anders aus. In der Realität fühlt sich alles anders an und spielt sich meist abweichend von den eigenen Vorstellungen ab.

»Ein schönes Spiel. Ich bin gespannt, was du mir die nächsten Tage noch so alles von dir verraten wirst«, schrieb er und fuhr fort, »Ich hätte dich jetzt gerne bei mir. Ich stelle mir gerade vor, was ich mit dir machen würde, wenn du, auch mit deinen Kindern, mir gehören würdest. Wie ich den Tag für dich planen würde und was ich mit dir täglich anstellen würde.«

»Freut mich zu hören, dass du dir darüber Gedanken machst!«, antwortete ich mit leichten Schmetterlingsgefühlen im Bauch. Endlich ein Mann, der sich konkret seine Zukunft zusammen mit mir und meinen Kindern vorstellen konnte. Nicht so eine Romanze, die langsam vor sich hinvegetierte, nach dem Motto »Lassen wir es einfach mal laufen und gucken, was sich daraus entwickelt« und am Ende verläuft sich alles, weil sich beide Parteien der Beziehung nicht verpflichtet genug fühlen.

Die oberflächliche und unverbindliche Einstellung vieler, vor allem was das Thema Partnerschaft anging, nervte mich gewaltig! Mir war dabei bewusst, dass ich ihn gerade erst kennengelernt hatte, aber man hat ja oft automatisch diverse Vorstellungen und Erwartungen, was die Zukunft mit einem neuen Partner anbelangt.

»Erzähl mir mehr von deinen Vorstellungen«, bat ich ihn.

Ich befand mich gerade auf der Arbeit. Meine Schüler schrieben einen Test und ich war kurz vor dem Einschlafen vor Langeweile. Ein junger Mann spielte direkt vor dem Fenster wunderschöne, leichte und fließende Musik auf einem Klavier, welches er mitten auf der Fußgängerzone aufgebaut hatte. Die bittersüße Melodie ließ meine Gedanken wandern, wobei ich in romantischen Vorstellungen versank. Ich dachte an ihn.

Meine Vorfreude auf das Arbeitsende und unser baldiges Treffen war groß. Sie verlieh mir neue Kraft und Motivation, die letzten Stunden auch noch durchzuhalten.

Unsere Treffen machten meinen gewöhnlichen

Alltagstrott und mein Leben auf eine spannende Art und Weise wieder lebendig. Wir hatten uns schon einige Male unter der Woche, meist zwischen oder nach unserer Arbeit, getroffen.

»Ich wünschte, es wäre schon halb sieben«, schrieb ich ihm.

»Ja, das will ich von dir hören. Ich freue mich auch schon sehr auf dich! Meine Gedanken zu dem, was du gefragt hattest: Ich sehe dich nackt bei mir zu Hause, wenn die Kleinen im Kindergarten oder in der Schule sind. Du kümmerst dich darum, dass es mir gut geht und danach kommt dann dein Alltag für dich.«

»Die Vorstellung gefällt mir sehr!«, freute ich mich.

Ich träumte schon immer von einem Partner, der nur mich wollte. Dessen sexuelle Bedürfnisse und Fantasien nur ich erfüllen konnte. Eine erotische und leidenschaftliche Beziehung, in der wir beide eins sein würden. »Deine Wünsche würde ich dir liebend gerne erfüllen und dich eventuell zwischendurch auf deiner Arbeit besuchen«, schrieb ich.

»Und mir Essen bringen«, führte er meinen Satz fort, »Und ich brauche meinen Mittagsfick. Oder wenn ich dich bei meinen Telefonkonferenzen dabeihabe, will ich deinen Mund an meinem Schwanz«, veranschaulichte er mir seine erotischen Vorstellungen.

»Es freut mich wirklich sehr, dass du dir

zumindest vorstellen kannst, mit der Situation und meinen Kindern klarzukommen.«

»Klar! Ich bin Realist und kein Möchtegern Dom-Sad-Kerl«, bekundete er. »Außerdem mag ich deine Kleinen. Sie gehören zu dir und deinem Leben. Ich will dich entspannt und ich will dich ganz für mich, wenn deine Süßen nicht im Mittelpunkt stehen.«

Seine Worte hörten sich perfekt und glaubwürdig an. Dass ich Kinder habe, kann ich nun mal nicht ändern. Die meisten Männer kamen damit nicht klar. Liebschaften waren okay, aber feste Beziehungen – niemals! Alleinerziehende zu sein ist wirklich in jeglicher Hinsicht eine Herausforderung. Das musste ich leider immer wieder feststellen.

»Ich will dich, verstehst du? Ich will, dass du nur mir gehörst!«

Bedeutet das, dass er so schnell eine feste Beziehung möchte?, wunderte ich mich, aber traute mich nicht direkt nachzufragen.

Das erste Mal, als er uns besuchte, war er mit einem Blumenstrauß gekommen und führte uns zum Mittagessen aus. Solch eine Art von Aufmerksamkeit kannte ich gar nicht. Ich freute mich sehr über seine Bemühung mich zu beeindrucken. Auch bei meinen Kindern hatte er einen guten Eindruck hinterlassen. Für einen Augenblick fühlte sich alles wie eine richtige kleine, glückliche und harmonische Familie an. Eigenwillig übernahm er die vorbildliche Vaterrolle und kümmerte sich darum, dass es uns allen gut ging. Meine Kinder benahmen sich zum Glück gut. Nur meine Jüngste stellte wie immer ihre Forderungen. Ich machte mir Sorgen, dass ihr leicht aufmüpfiges Benehmen vielleicht seine Entscheidung, eine feste Beziehung mit mir eingehen zu wollen, ändern könnte.

»Benimm dich«, bat ich sie und fühlte mich dabei etwas angespannt.

»Die Kleine ist ja eine richtige Diva«, bemerkte er grinsend, »das gefällt mir. Sie wird später im Leben weit kommen!«

»Mein Ziel ist es eigentlich nicht, sie zu einer kleinen Diva zu erziehen«, widersprach ich sofort. Ich mochte solch ein aufmüpfiges Benehmen nicht.

Bei unserem ersten Date hatte er mir erzählt, dass er Kinder sehr liebe und sich schon immer welche gewünscht hatte - am liebsten Mädchen. Er und seine damalige Frau hatten wohl sehr lange probiert ein Kind zu zeugen, allerdings ohne Erfolg. Ich empfand deswegen Mitleid mit ihm, da ich genau wusste, wie sich der unerfüllte Kinderwunsch anfühlt. Meine allererste Schwangerschaft war nach drei Monaten unerwartet in einer ›verpassten Abtreibung‹ geendet. Bei der zweiten Ultraschalluntersuchung hatte mir die Ärztin kurz und kalt mittgeteilt, dass sie keinen Herzschlag feststellen könne und war dann einfach aus dem

Untersuchungsraum gestürmt. In diesem Moment war die Welt über mir zusammengebrochen und all mein Glück innerhalb von Sekunden vollkommen zerstört. Ich fiel in eine schwere Depression und zu allem Überfluss musste ich auch noch einer OP unterziehen, um den toten Fötus ausschaben zu lassen und somit mögliche Infektionen in meiner Gebärmutter zu verhindern. Aber das Allerschlimmste war, dass ich die nächsten Monate das Schwangerschaftsglück meiner Freundin hatte miterleben müssen, die zum gleichen Zeitpunkt wie ich schwanger geworden war.
Mein neuer Freund und ich hatten uns kurz vor dem Geburtstag meiner mittleren Tochter kennengelernt. An der Feier konnte er leider nicht teilnehmen, was mir auch ganz recht gewesen war, da er sonst sofort meine Eltern hätte kennenlernen müssen. Trotzdem hatte er meiner Tochter ein Geschenk gekauft. Das heißt, er hatte das Kleid bezahlt, welches ich ihr hatte schenken wollen. Diese nette Geste seinerseits rührte mich.
Meine Kinder fragten mit der Zeit immer öfter nach ihm. Ich bemerkte, dass sie es sehr genossen, endlich wieder eine männliche Bezugsperson in ihrem Leben zu haben, auch wenn diese nicht tagtäglich präsent war. Sie fragten immer wieder, wann er denn zu Besuch kommen würde und immer häufiger, ob wir nicht mehr zusammen unternehmen könnten. Da wir aber beide in Vollzeit berufstätig waren, schien es fast unmöglich, etwas

gemeinsame Zeit zu finden. Die Trennungsphasen kompensierten wir, indem meine Kinder und ich ihm regelmäßig Bilder und Videos von uns schickten und er uns Bilder von sich. »Eure Bilder heitern mich immer auf«, schrieb er jedes Mal erfreut.

Trotz der Entfernung und der unterschiedlichen Tätigkeiten entstand durch diese Art von Informationsaustausch ein Gefühl der Verbundenheit und es gewährte mir zudem einen kleinen Einblick in sein Leben und seinen Alltag. Ansonsten war ich mit ihm tagsüber in regelmäßigem Kontakt und abends telefonierten oder skypten wir meisten. Noch nie zuvor hatte ich einen Partner gehabt, der sich trotz seines Alltagsstresses so oft und viel bei mir gemeldet hatte. Dies gab mir die Bestätigung, dass ich einen festen Platz in seinem Leben eingenommen hatte.

Wie macht er das eigentlich, während er mit seinen Patienten arbeitet?, wunderte ich mich allerdings oft.

Die Beziehung entwickelt sich

Sein Arbeitsplatz lag nur zehn Minuten um die Ecke von meinem entfernt, von daher konnte ich ihn schnell zu Fuß oder mit dem Bus erreichen. Wir waren in seiner Praxis verabredet. Der Morgen zog sich wie immer endlos lange hin. Der Gedanke ihn schon sehr bald sehen zu können motivierte mich jedoch. *Endlich - nur noch fünfundvierzig Minuten! Die längsten fünfundvierzig Minuten meines Lebens!* Als ich mich auf den Weg zu ihm machte, wollte er genau wissen, wo ich mich genau befand. »Melde dich zwischendurch«, wies er mich an. Ich wunderte mich ein wenig über seine Ungeduld, aber meine Vorfreude auf ihn verdrängte jede Skepsis. »Wo steckst du? Sag mir Bescheid, wenn du unten bist«, schrieb er.

»Okay, mache ich. Bin jetzt da.«

»Sehr gut. Komm hoch«, forderte er mich auf. Ich nahm den Aufzug. Als ich oben angekommen war, empfing er mich herzlich mit einem großen Lächeln auf seinem Gesicht. Ich hatte ein etwas komisches Gefühl, da die Mitarbeiterinnen an der Rezeption wahrscheinlich annahmen, ich sei eine seiner Patientinnen. *Ich bin nicht eine von den Kranken*, dachte ich und hätte das am liebsten lauthals verkündigt.

»Komm rein«, bat er mich und wies mir dabei den Weg in seine Praxis an. Nachdem er die Tür hinter uns geschlossen hatte, kam er mir endlich

näher, umarmte und küsste mich. »Möchtest du einen Kaffee?«, fragte er in seinem typisch gelassenen Ton. »Ja, gerne«, lächelte ich ihn an.
Das Zimmer war recht klein und wirkte etwas bedrückend.

»Wo möchtest du sitzen?«, wollte er beiläufig wissen, während er irgendwelchen Papierkram auf seinem Schreibtisch ordnete.

»Ist mir egal«, antwortete ich, obwohl es mir eigentlich nicht egal war. Ich hatte die Auswahl zwischen seinem Sessel rechts oder dem Patientensessel links. Ich wählte bewusst die linke Seite, da ich wissen wollte, wie es sich wohl anfühlte ihm als Patient gegenüber zu sitzen. Wahrscheinlich wählte ich die linke Seite auch unbewusst, um die normale Ordnung einzuhalten. Wir saßen uns eine Weile lang gegenüber und tranken unseren Kaffee, wobei er mich nach dem Verlauf meines bisherigen Tages fragte. Als mein Kaffee leer war, sagte er plötzlich fordernd: »Komm her. Knie dich nieder.« Ich hatte darauf gewartet.

»Ja, Herr«, antwortete ich sofort automatisch. Diesen Ton kannte ich aus meiner Ex-Beziehung. Er gefiel mir. Die fordernde Art eines Mannes mochte ich sehr. Sofort kniete mich vor ihn. »Mach die Beine breit und guck mich an«, befahl er. Ich gehorchte. Dann legte ich schnell meine Hände, mit den Handflächen noch oben, auf meine Knie, öffnete meinen Mund soweit es ging und streckte meine Zunge raus. So hatte es mein Ex-Freund immer verlangt, erinnerte ich mich.

»Ich sehe, du hast schon einiges gelernt – sehr gut!«, sagte er zufrieden, mit lobender Stimme. Innerlich freute ich mich. Ich wollte ihn zufriedenstellen und ihm gefallen. Schon alleine seine Stimme erregte mich unheimlich. Sie war sehr ruhig und gefasst, wusste aber genau, was sie wollte.
»Schau mich an.«
Widerwillig schaute ich ihm direkt in seine Augen, welche vor Verlangen strahlten. Zugleich sah ich aber auch etwas anderes, etwas, das mir einen Schauder der Angst über meinen Rücken laufen ließ.
Er öffnete den Reißverschluss seiner Hose und zog meinen Kopf zu sich. Ich bemerkte einen Fleck auf seiner Hose. Sein Saft tropfte nur so heraus. Seine Geilheit sehen zu können, steigerte mein Verlangen nach ihm noch mehr.

»Du nimmst ihn jetzt schön tief in den Mund!«, bei den Worten presste er seinen Schwanz so tief in meinen Rachen, dass ich würgen musste. Tränen schossen in meine Augen. Ich versuchte mich zu entspannen, was nicht einfach war.

»So ist es gut«, lobte er.
Nach einer kurzen Pause tat er das gleiche noch einmal und dann noch einmal. Am liebsten hätte ich laut geschrien: »Das ist zu viel, es reicht!« Mein

Rachen schmerzte und mein Gesicht war Tränen verschmiert.

»Du bläst ihn jetzt schön langsam weiter«, zischte er. Ich versuchte mir Mühe zu geben, wobei ich Angst hatte, dass ich es nicht zu seiner Zufriedenheit tun würde.

»Nimm die Hände weg!«

Ich hatte meine Technik in meiner letzten Beziehung verbessert und war auf mein Können bis jetzt recht stolz gewesen.

»Guck mich an, wenn du meinen Schwanz bläst! Merk dir das, du wirst mich immer dabei ansehen!«, ermahnte er mich.

Anfangs musste ich mich dazu zwingen ihn ununterbrochen anzugucken. Meine Augen tränten und mein Nacken schmerzte. Normalerweise bevorzugte ich es meine Augen geschlossen zu halten, gehorchte aber seinem Befehl. Er saß gelassen in seinem Sessel und grinste mich zufrieden an.

»So gefällst du mir. Sag, dass du mein kleines Fickstück bist.« Ich befolgte seinen Befehl und wiederholte seine Worte.

»Steh auf und zieh deine Hose aus«, forderte er plötzlich. Wortlos gehorchte ich.

Als ich ausgezogen war, packte er mich bei den Haaren und zerrte mich rüber zu dem Patientensessel, wo er mich anwies mich nach vorne zu beugen.

»Ich will wissen, wie sich deine nasse Fotze anfühlt.«

Dann rammte er plötzlich seinen Schwanz in mich, wobei ich leise aufstöhnte. Es fühlte sich so gut an, ihn endlich tief in mir zu spüren. Langsamen, aber mit harten Stößen, fickte er mich. Während ich mich immer mehr fallen ließ, wurde ich unbewusst lauter.

»Sei still, sonst hört man uns«, befahl er in einem leisen, aber scharfen Ton.

Zwischendurch wurde er in seinem Tempo etwas schneller. Ich versuchte seinen Stößen entgegenzukommen, indem ich mich energischer gegen den Sessel stemmte. Dieser rutschte nach vorne und stieß gegen eins der Bücherregale. Für eine Sekunde befürchtete ich, dass uns dadurch seine Arbeitskollegin im Nachbarraum hören könnte.

Ich fühlte mich wie in einer Ekstase. Auf einmal merkte ich, wie er sich fester an mein Becken hielt und seine Stöße langsamer wurden. Er stöhnte leise auf. Mit geschlossenen Augen genoss ich den Moment, wobei ich mir wünschte, er würde niemals enden. Meine Beine zitterten stark und fühlten sich butterweich an. Da ich nicht gekommen war, spürte ich immer noch eine quälende Erregung in mir und das Verlangen danach berührt zu werden.

»Jetzt fühle ich mich schon viel entspannter«, sagte er zufrieden.

»Das freut mich sehr«, lächelte ich ihn an, wobei ich mich überhaupt nicht entspannt fühlte - ganz im Gegenteil! Meine unbefriedigte Geilheit quälte

mich weiter.
Plötzlich fuhr er mich in einem harschen Ton und finsterer Miene an: »Bedank dich gefälligst!« In meinem Rausch hatte ich jegliche Regeln völlig vergessen.

»Danke«, sagte ich leise, wobei ich mich etwas schuldig fühlte. Ich wusste, dass ich mich immer für alles zu bedanken hatte.

»Danke für was?«, fragte er erbost nach.

»Danke für deinen Saft«, korrigierte ich mich schnell und hoffte, er würde mir verzeihen.

»Vergiss das nie wieder und sag immer wofür du dich bedankst!«, ermahnte er mich.
»Und jetzt zieh dich an.«
Später schrieben wir uns. »Wann hattest du das erste Mal Sex und wie waren die Umstände?«, fragte ich ihn.
Er erklärte, dass er als Kind von einer deutlich älteren Nachbarin verführt und dann sexuell missbraucht worden war. Seine Antwort schockierte mich sehr. »Und das hat dich nicht völlig fertiggemacht?«, fragte ich entsetzt.
Er erklärte, dass es für ihn nichts weiter als ein seltsames Gefühl gewesen wäre - eben nur eine Erfahrung.
»Ich habe niemals irgendjemandem davon erzählt«, offenbarte er mir. Vielleicht sah er jetzt die abgeschwächte Erinnerung nur so locker, fragte ich mich. Ich konnte mir nicht vorstellen, dass ihn dieses Vorkommnis als Junge nicht in irgendeiner

Weise negativ belastet und geprägt hatte. *Vielleicht ist er deshalb so kontrollierend*, wunderte ich mich.

Mein erstes Mal war damals ganz anders abgelaufen, mit meiner ersten richtigen großen Liebe. Meine Vernarrtheit in diesen Menschen war so stark gewesen, dass dieses Gefühl noch mein halbes Leben angehalten hatte. Der erste Sex mit ihm war fast unerträglich gewesen. Die Schmerzen waren so furchtbar, dass ich überzeugt war, mein Leben als Nonne verbringen zu müssen. Bei weiteren Versuchen wurde es dann zum Glück besser, sodass ich den Sex, wenn auch ohne Orgasmus, genießen konnte.

Mein Freund stellte die nächste Frage, welche eher eine Forderung gewesen war: »Ich möchte, dass du mir ein Bild all deiner jetzt vorhandenen Sex-Toys machst und es mir bis spätestens einundzwanzig Uhr sendest.«

Das ist machbar, dachte ich etwas erleichtert. Er hätte ganz andere Dinge fordern können. Sehr viele Sex-Toys besaß ich nicht und die meisten benutzte ich auch nicht. Genaugenommen hatte ich bis vor knapp über einem Jahr noch nie irgendwelche Sex-Toys benutzt. So etwas hatte ich immer als schmutzig und unmoralisch angesehen. Heute fragte ich mich: *Warum überhaupt?* Sex-Toys können gerade für Frauen sehr hilfreich sein, um sich sexuell auf sichere Art und Weise auszuprobieren, ohne sich einem Partner oder Liebhaber in irgendeiner Weise verpflichtet zu fühlen.

Seine nächste Frage folgte: »Bleiben wir beim Thema Sex - wie oft befriedigst du dich in der Woche selbst? Und, welche Fantasien hast du dabei?«

»Kommt immer drauf an. Manchmal zwei- bis dreimal täglich, manchmal eine Woche lang gar nicht«, erklärte ich und fuhr fort, »Bevor ich dich kennengelernt habe, eher häufiger. Mit den Fantasien ist das so eine Sache. Ich denke nicht konkret an eine Person, sondern eher an Gefühle, also zum Beispiel, wie es sich anfühlt, wenn ein harter Schwanz in mich eindringt oder Ausschnitte einer emotionalen Erinnerung.«

»Was hat sich geändert und warum, betreffend die Häufigkeit und eventuell auch deiner Fantasien?«, wollte er wissen.

»Was sich geändert hat? Du hast mich angewiesen, dass ich dir sagen soll, wenn ich es mir mache und du willst, dass ich dich frage, ob ich kommen darf. Du hast mich ja erst gefickt und das reicht mir. Ich warte lieber manchmal bis zum nächsten Mal, als es mir ständig selbst zu machen, aber dann dabei nicht richtig befriedigt zu sein. Zu zweit ist es einfach schöner. Die Vorlage bist jetzt ganz klar nur du und dein geiler Schwanz!«

»Sehr interessant!«, bemerkte er.

»Warum?«

»Ich finde es interessant, dass du von heute auf morgen, von zwei bis dreimal am Tag Selbermachen, plötzlich auf null runterschraubst. Natürlich verstehe ich, dass du auch sehr viel Stress momentan hast«, erklärte er.

»Interessant im positiven oder im negativen Sinne?«, ich hoffte, er würde dies nicht als etwas Negatives sehen.

»Im Positiven.« Er gab mir zu verstehen, dass er mehr Kontrolle über mich haben wolle. Dass er wissen wolle, wann und wie groß meine Begierde ist - einfach jedes kleinste Detail. Alles, was mit meinem Verlangen nach Sex, Devotion und Unterwerfung zu tun hat. Wann und wo ich es brauchte, wie oft und mit wem und was genau mich erregt. Seit ich ihn kannte, hatte sich mein Verlangen nach Sex immens gesteigert. Ich war regelrecht abhängig von ihm und seiner Nähe geworden.

»Seitdem ich dich besser kenne, denke ich auch täglich an dich, sowohl sexuell, als auch was die alltäglichen Dinge anbelangt«, offenbarte er mir. »Oft frage ich mich, wie ich dich haben und halten möchte im Alltag.«

Dass er sich über das Alltagsleben - unser gemeinsames Leben - Gedanken machte, freute mich.

»Das wird aber trotzdem nicht alles ganz so einfach«, bemerkte ich. Wir beide waren immerhin zeitlich sehr eingeschränkt und ich war zudem mit zwei Kindern beschäftigt.

»Das ist mir bewusst und bitte versteh mich nicht falsch, es sind nur Wünsche und Gedanken«, beschwichtigte er mich. Gut. Ich war erst einmal beruhigt, dass wir die Beziehung langsam angehen

würden.
Ich durfte noch eine Frage stellen. »Wo hast du am liebsten Sex?«, interessierte mich.

»Überall dort, wo ich dich ficken kann, ohne gestört zu werden.«

»Wirst du nervös in der Öffentlichkeit?«, fragte ich neckend.

»Magst du es nervös Sex in der Öffentlichkeit zu haben?«, stellte er sofort als Gegenfrage.

»Naja, ich finde es draußen recht anturnend und es kommt immer auf die Situation an«, schrieb ich und dachte dabei an einen One-Night-Stand, welchen ich vor einiger Zeit gehabt hatte. Damals war ich bei einer Freundin, in einer für mich fremden Stadt, zu Besuch gewesen. Wir hatten dort ihren Geburtstag in einer Disko gefeiert. Disko ist eigentlich überhaupt nicht mein Ding und meine Freundin war völlig betrunken frühzeitig abgezogen. Ein paar von ihren anderen Freuden und ich beschlossen aber trotzdem zu bleiben und zu tanzen. Ich mag Tanzen, auch wenn ich keine sonderlich gute Tänzerin bin.

Auf der Tanzfläche hatte ich einen jungen Mann bemerkt, der es sichtlich verstand seinen Körper gekonnt zu bewegen. Eine Zeit lang beobachtete ich ihn fasziniert. Schließlich fragte ich ihn, ob er mit mir tanzen würde. Ohne zu antworten, zog er mich an sich. Die Art und Weise, wie er sich gegen mich bewegte und mich dabei immer mehr mit seinen Händen berührte, hatte mich sehr angemacht. Ich ließ mich beim Tanzen von ihm führen. Nach einer Weile fing er an mich zu küssen. Alles um mich herum blendete ich dabei komplett aus. Es gab nur noch diesen Moment - meinen Körper und seine Berührungen. Das Gefühl war unglaublich intensiv und erotisch. Es fühlte sich befreiend an.

Während er sich rhythmisch zu der Musik bewegte, schob seine Hände unter mein Kleid und zog es immer höher über meinen Po. Die Menschenmenge auf der Tanzfläche war sehr dicht und es war recht dunkel gewesen, sodass man nur schemenhafte Gestalten wahrnehmen konnte. Aufgefallen waren wir bestimmt nicht. Aber, selbst wenn man irgendetwas hätte sehen können - wenn uns irgendjemand beobachtet hätte - wäre es mir in diesem Augenblick völlig egal gewesen. Unser Tanz und die Berührungen wurden immer leidenschaftlicher. Ich gab mich ihm völlig hin und ließ mich von ihm führen. Seine Hände streichelten mich, bis er mit seiner Hand in meinen Slip fuhr. Wir hatten Sex auf der Tanzfläche. Alles kam mir wie Traum vor. Plötzlich fragte er, ob wir nicht an einen anderen Ort gehen sollten. Bevor ich antworten konnte, zog er mich aus der Disko. Draußen war es völlig dunkel gewesen, bis auf das dimme Licht der Laternen, welches den einen kleinen Weg in der Grünanlage beleuchtete. Das Licht ließ gelegentlich ein paar schattenhafte Gestalten erkennen.

Wir gingen zu einer Bank. Er setzte sich und zog mich auf sich, wobei er mein Kleid soweit hochschob, dass es noch meinen Po bedeckte. Nach dem er seinen Reißverschluss geöffnet hatte, fing ich an auf seinem harten Schwanz zu reiten. Menschen gingen an uns vorbei, die ich aber gar nicht wirklich wahrnahm. Ich genoss den Augenblick und das Gefühl der Wärme, welches sich in mir ausbreitete. Nach einer Weile merkte ich, wie er kam und sich sein Körper etwas entspannte. Dennoch versuchte er standhaft zu bleiben, bis ich auch kommen würde. Endlich die Erleichterung zu spüren war wie eine erlösende Befreiung, wobei sie leider auch das Ende dieser Ekstase bedeutete.

»Spontan in der Öffentlichkeit kann sehr heiß sein!«, das wusste ich aus eigener Erfahrung.

»Wieder zum Thema«, schrieb er.

»Ich nehme mir den Sex, wenn ich ihn haben will. Dabei ist es mir egal, ob du willst oder nicht, kannst oder nicht und ob du kommst oder nicht. Deshalb will ich, dass du immer geil und feucht bist. Hast du das verstanden?«, fragte er nachdrücklich.

»Ja«, erwiderte ich sofort.

Ich hatte noch eine weitere Frage offen: »Welcher Person vertraust du am meisten?«, wollte ich wissen.

Er erklärte mir, dass er einen deutschen Freund in den USA hätte, den er schon seit einigen Jahren kannte. Durch Zufall hätten sie sich über seine damalige Frau kennengelernt. »Ich würde ihm mein Leben anvertrauen«, beteuerte er.

»Warum vertraust du ihm so sehr?«, fragte ich interessiert. Sein Freund sei der loyalste Mensch, der auch immer offen und ehrlich mit ihm ist, lautete seine Erklärung.

»Er sagt mir auch Dinge, die ich nicht hören möchte, die mich aber dann doch zum Nachdenken bringen. Wir haben schon einige Krisen zusammen durchgestanden. Er ist ein bisschen anders und hat außer mir auch keine anderen Freunde. Mit Frauen hat er auch so ein Problem.«
Hört sich kompliziert an, dieser Freund!, schien mir.
Einen guten Freund zu haben ist ein wahres Glück. Im Leben passiert es nicht so oft, dass man wirklich ehrliche Menschen findet, denen man bedingungslos vertrauen kann und die einem immer treu bleiben. Man sollte deshalb sehr dankbar für diese Menschen sein!
Er fuhr fort, dass Loyalität auch seine größte Charakterstärke sei, welche nicht mit Treue zu verwechseln ist.

»Loyalität, ja und Treue, nein? Wo ist denn da bitte der Unterschied?«, wollte ich wissen. Ich hatte mich noch nie wirklich mit diesen beiden Begriffen auseinandergesetzt und war gespannt auf seine Erklärung. Er erläuterte, dass Loyalität zu der Leidenschaft gehöre und Treue zu der Liebe. Liebe und Leidenschaft wiederum seien auch zwei verschiedene Dinge.

»Obgleich auch kombinierbar«, fügte er hinzu. Aha - das machte irgendwie keinen wirklichen Sinn für mich. Als ich diese beiden Begriffe nachgelesen hatte, kam ich zu dem Verständnis, dass Loyalität ein Wert ist, welchem moralische Leitsprüche zugrunde liegen. Treue hingegen kommt von ›fest und sicher sein‹, wird meist durch Taten bewiesen und ist eine Tugend.

Wenn man von der Liebe zwischen zwei Liebespartnern ausgeht, sind dann nicht immer Loyalität und Treue erforderlich? Da eine Liebesbeziehung, neben der Liebe, doch niemals ohne Leidenschaft überleben kann, wunderte ich mich.

»Welche Art von Liebe?«, wollte ich wissen, »Liebe ist doch nicht immer gleich Liebe, oder?«. Die Unterhaltung wurde immer verwirrender und philosophischer, weshalb wir beschlossen, diese bei einem Treffen, ausführlich und mit genügend Zeit weiterzuführen. »Eins steht fest«, schrieb er dann, »ich bin nicht gewöhnlich, aber auch nicht ungewöhnlich.«

Okay, und was sollte das nun wieder bedeuten? *Was für eine komische Aussage – wer ist denn schon gewöhnlich?*, fragte ich mich. Er erklärte, dass er verrückt sei, bescheuert und dickköpfig. Naja, das war ich wohl auch alles - so wie wahrscheinlich die meisten Menschen.

»Warum, um alles in der Welt, bist du denn bescheuert?«, fragte ich verständnislos. Er erklärte mir, dass er ständig bescheuerte Dinge in seinem Leben tat - normaler Sex, normales Verlangen, normaler Job und normale Beziehungen. *Wenn das deine Definition von ›bescheuerte Dinge tun‹ ist, dann ist wohl auch fast alles in meinem Leben bescheuert!*, dachte ich etwas verärgert.

»Ich habe bis vor kurzem auch eine normale langweilige Ehe geführt - da war aber auch viel Gutes mit dabei und ich bezeichne mich deswegen nicht als bescheuert. Er war einfach nur nicht der Richtige für mich. Hinterher ist man doch immer schlauer. Und was man aus seinem Alltag macht, entscheidet man doch selbst«, verteidigte ich meinen Standpunkt.

»Da hast du Recht«, stimmte er zu.

Seine nächste Frage folgte: »Seit wann weißt du, dass du devot-masochistisch bist?«

»Meine masochistische Seite hat sich definitiv durch meine letzte Beziehung geformt und ausgeprägt. Dominantes Verhalten bei Männern hat mich aber schon immer angezogen. Das ist mir in meiner Jugend auch oft zum Verhängnis geworden«, offenbarte ich.

»Wie genau?«

»Ich hatte einfach schon immer den Drang zufriedenzustellen«, schrieb ich kurz.

Ihn interessierte, wieso der Drang zufriedenstellen zu wollen nicht gut für mich gewesen war. »Ich bin als Jugendliche von einem der besten Freunde meines damaligen Ex-Freundes vergewaltigt worden. Ich war einfach so naiv gewesen und hatte ihm vertraut. Ich kann es nicht genau erklären, aber in gewisser Weise bin ich selbst schuld an dem, was passiert ist«, bei der Erinnerung kam mir ein bitterer Geschmack auf und verzerrte Bilder des Geschehens schossen in meinen Kopf. Das rote schweißgebadete Gesicht dieses Mannes hatte ich nie vergessen können. Und seine Augen, in welchen jegliche Menschlichkeit erloschen gewesen war. Er hatte sich, wie ein Tier auf seine Beute, auf mich gestürzt und nicht mehr abgelassen.

»Mir fehlen gerade die Worte – vielleicht können wir da nochmal persönlich drüber sprechen? Wie alt warst du?«

»Ungefähr siebzehn Jahre.«

Als nächstes interessierte mich, seit wann er sich seiner dominanten Seite bewusst war. Er erklärte mir, dass er dies erst seit den letzten fünfzehn Jahren bewusst ausgelebt hätte. Davor hätte er immer versucht seine dominante Art zu unterdrücken.

»Ich merkte, dass ich mein ganzes Leben immer führen wollte, doch ich verstand es nie. Ich merkte, dass ich nicht der liebe Mann sein kann. Zufrieden war ich nur, wenn ich absoluten Gehorsam bekam«, erläuterte er.

»Und was sagt die Psychologie darüber, Kontrolle um jeden Preis haben zu müssen?«, erkundigte ich mich.

»Kindheitstrauma - also, bei mir jedenfalls. Dafür kann es aber auch viele andere Gründe geben«, lautete seine Antwort. Ich wollte nicht weiter nach Details fragen.
Meine eigene Kindheit war auch nicht allzu schön gewesen. Ich hatte meinen Vater immer als sehr kalt, emotionslos und emotional erpresserisch empfunden. Geliebt hatte er mich nie.

»Ich finde es sehr anziehend, dass du von Natur aus zufriedenstellen willst«, er schien sich wirklich sehr darüber zu freuen.

»Naja, manchmal stehe ich mir, wie gesagt, selbst damit im Weg. Aber ich denke, ich kann jetzt besser damit umgehen. Außerdem bin ich froh, dass du so bist wie du bist!«

Im Verlauf dieser Unterhaltung kam noch ein für mich heikles Thema auf - Essen. Ein weiteres Kindheitstrauma. Wir waren damals als Kinder immer dazu gezwungen worden alles aufzuessen, ganz egal, wie viel auf dem Teller lag. Essen darf man ja nicht verschwenden. Und egal ob es schmeckte oder nicht, ob wir noch hungrig waren oder nicht, der Teller musste leer sein. Ich hatte nie richtig gelernt, wie es sich anfühlt satt zu sein und dann mit dem Essen aufzuhören. Ich war zwar als Kind nicht übergewichtig, trieb auch immer Sport, aber zu den Schlanken hatte ich sicherlich nicht gezählt. Mich selbst so zu akzeptieren wie ich aussah und meinen Körper zu respektieren, das vermochte ich einfach nicht. Wegen

meines Aussehens war ich schon immer sehr gehemmt und unsicher gewesen.
Zu allem Überfluss kam dann später, als ich ungefähr fünfzehn Jahre alt war, die Trennung von meiner ersten großen Liebe. Er hatte sich mit der Begründung von mir getrennt, er hätte das Gefühl, dass er mir nicht genug bedeute. Dass das ein billiger Vorwand war, wussten wir beide.
Ich bin ein Mensch, der Trauer in sich hineinfrisst. Es fühlt sich dann so an, als ob mir jemand den Hals zu schnürt und darin ein riesiger Kloß festsitzt.

Damals war ich zwei Wochen lang in einem unfreiwilligen Hungerzustand geblieben - ich hatte einfach nichts herunterbekommen können. Meine Eltern entschieden, dass sie sowieso nicht viel tun könnten und ließen mich einfach trauern. Mir war es stetig schlechter gegangen – ich hatte damals das Gefühl gehabt, nicht mehr leben zu wollen.
Mein Hungern hatte sich dann irgendwann in eine Anorexie verwandelt. Sie hatte mir zum allerersten Mal ein Gefühl absoluter Kontrolle über mich und mein Leben gegeben. Plötzlich hatte ich eine unbeschreiblich machtvolle unerschütterliche Stärke in mir gespürt, welche mich glauben ließ, auf einmal alles erreichen zu können.

In der Schule war ich durch meinen drastischen Gewichtsverlust schlagartig sehr beliebt geworden und bekam Komplimente von Mädchen, die vorher nichts mit mir zu tun haben wollten. Ich

hasste sie dafür, aber zur gleichen Zeit fühlte ich mich geschmeichelt und ihnen überlegen - sie bewunderten mich, nicht andersherum! Mein Selbstbild war für lange Zeit völlig verzerrt gewesen. Ich steckte in einem Teufelskreis fest, der meine Gedanken nur noch um ein Thema kreisen ließ - Essen, oder besser gesagt, nichts essen. Der Zustand war furchtbar gewesen, aber zur gleichen Zeit spürte ich ungeahnte Kräfte in mir, welche vor allem mein Selbstbewusstsein ins Unermessliche steigen ließen.
Viele verstehen nicht, wie schlimm und verheerend diese Krankheit wirklich ist. Die meisten denken sich verständnislos: »Ja, dann iss doch einfach was.« Das Problem ist, dass man in dieser surrealen Gedankenwelt gefangen ist, aus der man es alleine nicht mehr schafft auszubrechen und auch überhaupt keinen Grund dafür sieht etwas ändern zu müssen, da man sich selbst nicht als krank empfindet. Vor allem durch die Bewunderung anderer fühlt man sich besser als je zuvor und positiv bestätigt in dem, was man sich selbst antut. Niemand hatte verstanden, welche Leere und Verzweiflung ich wirklich in mir trug.

Ich kann von Glück sagen, dass ich nach einem Monat, ohne etwas Substantielles gegessen zu haben, einen Punkt erreichte, an dem mein Leben ohne Rettung sehr wahrscheinlich sein Ende genommen hätte. Die Rettung war damals von meinem Vater gekommen.

Nachdem ich den ersten Krisenpunkt überwunden hatte, folgte der nächste Teufelskreis - ein Wechselspiel zwischen Bulimie und erneuter Anorexie. Einfach wie gewohnt essen ging ja nicht, da sich so natürlich schnell die Kilos wieder anhäuften. Ich habe mich immer gefragt, warum mich niemand auf mein Problem angesprochen hat. Es scheint oft so zu sein, dass Probleme lieber ignoriert werden, als sie anzuerkennen und Hilfe nur angeboten wird, wenn es wirklich zum Äußersten kommt. Alle, vor allem meine Familie, wussten, dass es mir schlecht ging und dass etwas nicht stimmte. Nur eine Person, nämlich die Mutter meines Ex-Freundes, hatte mich damals direkt und besorgt auf mein Problem angesprochen.
Auch nach meiner kritischen Phase der Anorexie hatte ich noch viele Jahre mit dem Problem zu kämpfen. Zwar nicht in solch einem schlimmen Ausmaß, aber häufig verstärkt in Lebensphasen, welche von bedrückenden persönlichen Problemen und Depression geprägt waren.
Mein letzter Ex-Freund hatte oft darauf bestanden, dass wir zusammen essen gingen und dass ich dann auch etwas mitessen müsse. Er hatte mich förmlich zum Essen gezwungen. Warum musste ich essen? Damit er sich besser fühlte? Überhaupt immer dieser gesellschaftliche Druck, sich vor allem auf sozialen Veranstaltungen vollzustopfen. Wenn ich Hunger habe esse ich, wenn nicht dann

eben nicht. Dieser ganze Zwang führt nur zu falschem Essverhalten.

Mein Freund stimmte mir bei allem zu.

»Das verstehe ich und würde ich niemals von dir verlangen«, beteuerte er. Da war ich beruhigt.

»Am wichtigsten ist deine reale Devotion und dass du mich zufriedenstellst. So eine wie dich habe ich schon immer gesucht!« Solche Worte von ihm zu lesen, machte mich jedes Mal überglücklich. So einen Mann wie ihn hatte ich auch schon immer gesucht!

»Dass du auch noch maso bist, ist wirklich die Krönung!«, schwärmte er.

Ich grinste. Ja, diese relativ neue und noch weitgehend unbekannte Seite an mir gefiel mir und verlieh mir zugleich auch ein Gefühl von Stärke. Masochismus verlangt Willenskraft und Disziplin und ich konnte beides aufbringen.

»Meine Grenzen kenne ich da überhaupt nicht. Ich bin offen für vieles, aber dauerhaft verletzen lassen möchte ich mich nicht!«, schrieb ich ihm, nur damit er Bescheid wusste, dass ich nicht alles mitmachen würde.

»Deine Grenzen werde ich schon herausfinden und keine Angst, ich bin Realist - zu viel ist das, was dein Leben negativ beeinflusst oder beeinträchtigt.«

Seine Antwort erleichterte mich. Ich hatte bereits erlebt, wie schnell Schmerz zu einer Art Abhängigkeit, einer Droge, werden konnte. Auf einmal

braucht man immer mehr davon, um überhaupt etwas spüren zu können.
Ich musste an einen guten Freund denken, der mir erzählt hatte, dass er, ohne einer Frau Schmerzen zuzufügen, keine sexuelle Erregung mehr verspüren konnte. Ich beabsichtigte nicht, gefühllos zu werden und in völliger Abhängigkeit von irgendetwas leben zu müssen! Für mich stellt jede Art von Abhängigkeit eine Schwäche dar - eine Schwäche im Selbst. *Und es gibt immer einen Grund, warum man die Abhängigkeit braucht.*
Bei diesem Gedanken realisierte ich nicht, dass ich mich selbst bereits in meine nächste Abhängigkeit gestürzt hatte!

Die Erwartungen

Er verabschiedete sich mit: »Gute Nacht, Hübsche«, und erinnerte mich an die zwei Bilder, welche ich ihm täglich morgens und abends schicken sollte. Mein letzter und erster Gedanke an jedem Tag galt ihm. Er regierte nicht nur meinen Geist, sondern immer mehr mein ganzes Leben. Seine Forderungen und die dadurch entstandenen Routinen gaben meinem Leben Struktur und Halt, wodurch ich wiederum Sicherheit gewann. Dabei merkte ich allerdings nicht, wie sehr mich der Druck seinen Forderungen nachzukommen, stresste und mich von anderen Aufgaben in meinem Leben ablenkte.

Das Senden von intimen Bildern war für mich mittlerweile zu einer Selbstverständlichkeit geworden. Diesmal schickte ich ihm Bilder aus der Dusche. Das hatte mich selbst ziemlich erregt.

»Sehr gut!«, kommentierte er meine Schnappschüsse.

»Ich war heute Morgen super geil auf dich! Ich habe beim Ausziehen an dich gedacht und hätte dich so gerne in mir gespürt!«, schwärmte ich später, als ich mich schon auf der Arbeit befand.

»So mag ich mein Dreckstück am liebsten – geil und willig«, erwiderte er. »Du bist wunderbar so wie du bist. Exakt das, was ich brauche und will.«

Ich fühlte mich sehr glücklich. Mein Gefühl, dass ich endlich mein passendes Gegenstück gefunden hatte, wurde immer wieder durch seine Reaktionen bestätigt.

Seine Motivation mich auch in alltäglichen Dingen zu unterstützen, bewies mir, dass ich ihm wirklich am Herzen zu liegen schien. Es ging nicht nur um Sex, davon war ich damals überzeugt.
Da ich ja erst seit relativ kurzer Zeit wieder in Deutschland war, versuchte ich immer noch, mich in diesem chaotischen Leben zurechtzufinden. Als Fotografin musste ich mir eine komplett neue Existenz aufbauen, wobei ich jegliche Unterstützung sehr willkommen hieß. Er lobte meine Arbeit und erklärte, dass mein Talent gefördert und unterstützt werden sollte. Seine positive Rückmeldung hatte mich in meiner Zielverfolgung bestärkt und half mir oft meine eigenen Selbstzweifel und negativen Gedanken zu überwinden.

Mein Ehe-Mann, im Gegensatz, hatte nie etwas mit meiner Selbstständigkeit zu tun haben wollen. Ich hatte nur sehr selten Lob oder überhaupt irgendwelches Interesse an dem, was ich tat, von ihm bekommen.

Manchmal hatte ich sogar das Gefühl gehabt, dass er eifersüchtig auf meine Leidenschaft zu meiner Arbeit und meinen Erfolg gewesen war. Dass ich eine Leidenschaft gefunden hatte, mit der ich auch noch Geld verdiente, hatte ihm scheinbar überhaupt nicht gefallen. Ich konnte so etwas ganz und gar nicht verstehen. In einer Partnerschaft oder Ehe muss man nicht alle Hobbys

teilen, aber man sollte sich doch für das, was der Partner tut, interessieren. Es ist dem Partner immerhin wichtig und ein Teil von ihm. Aufgrund des Desinteresses meines Mannes hatte ich ein gewisses Desinteresse seinerseits an mir als Person gefolgert. Mir ist es sehr wichtig, dass mich mein Partner versteht und unterstützt. Was wäre es denn sonst auch für ein Partner, wenn er dieses Verständnis nicht aufbringen kann?
Wenn ich nun Fragen oder Probleme hatte, schien mein Freund sich sofort damit zu beschäftigen. Auch wenn er mir nicht direkt helfen konnte, versuchte er immerhin für mich mögliche Antworten auf anderen Wegen zu finden. Das rechnete ich ihm sehr hoch an, vor allem, weil ich wusste, wie viel er selbst mit seiner Arbeit und seinem Leben zu tun hatte.
»Alles Eigennutz«, versicherte er mir.
Diese Aussage hatte ich damals als einen Scherz aufgefasst.

»Wenigstens bist du da ehrlich«, schrieb ich mit ironischem Unterton zurück.

»Bin ich sonst nicht ehrlich?«, testete er mich sofort.
Nun, ja, ich glaubte schon. Jedenfalls hatte ich keinen Grund zur Annahme, dass er es nicht war. Überhaupt schien alles mit ihm einfach richtig gut zu laufen - ja fast schon perfekt.
Er wollte nur mich. Und er wollte, dass ich ihn glücklich mache - das wollte ich auch! Ich war

wissbegierig alles über ihn zu lernen, über seine Vorlieben und was ich tun könnte, um ihm zu gefallen. Er erklärte mir, dass er bestimmte Vorstellungen hat, was das Erscheinungsbild einer Frau anbelangt. Eine Frau sollte sich weiblich geben und weiblich anziehen - das heißt, zum Beispiel keine Hosen tragen, sondern nur Röcke oder Kleider.

Er hatte mir mitgeteilt, dass mir Kleider am besten stünden. Ich guckte in etwas skeptisch an, woraufhin er mir mit leicht arroganter Mine mitteilte: »Ich habe einen sehr guten Geschmack und Sinn für Mode.«

»Ach ja? Und woher kommt das?«, fragte ich ungläubig. Dass er so stilvoll und modebewusst war, sah man ihm definitiv nicht an, fand ich. Er trug jeden Tag dieselben abgetragenen Schuhe und Hosen, die aufgrund ihrer Überlänge umgekrempelt waren.

»Meine Ex-Freundin war Modedesignerin. Von ihr habe ich einiges gelernt«, erklärte er stolz. *Was das wohl für eine Modedesignerin ist?*, lachte ich etwas in mich hinein, sagte aber nichts.

Was meine Kleidung und mein Erscheinungsbild anbelangte, war es mir bis jetzt eigentlich immer recht egal gewesen, was ich trug - Hauptsache es war praktisch! Mit zwei Kindern hat man nie viel Zeit morgens Stunden im Bad zu verbringen, verschiedene Outfits anzuprobieren und alles abzustimmen. Und Kindern auf Stöckelschuhen hinterherjagen zu müssen - am besten noch im engen Rock - macht auch keinen Spaß. *Wie bekommen manche Frauen sowas hin!?* Trotzdem musste ich zugeben, dass ich mein Äußeres über die letzten Monate schon etwas hatte schleifen lassen. Auch als Mutter sollte man nicht aufhören auf sich selbst zu achten. Meinen Kleiderschrank etwas auszumisten konnte sicherlich nicht schaden.

Manchmal fühlte ich mich wie ein Chamäleon. Ich hatte meine Garderobe bereits für meine letzte Beziehung verändert und mir überwiegend Röcke zugelegt, weil mein Ex-Freund Röcke bevorzugt hatte. Da ich für so einiges offen bin und Veränderungen eigentlich immer willkommen heiße, hatte ich seine Wünsche nicht als Eingriff in meine Privatsphäre empfunden. Bei meinem Ex-Freund hatte es allerdings beim Nicht-Einhalten seiner Kleiderordnung Bestrafungen gegeben. So einen Quatsch würde ich nicht noch einmal mitmachen!

Nun bemühte ich mich also Kleider anzuschaffen, die meinem neuen Freund gefallen würden. Seinem Partner gefallen zu wollen und sich ihm zuliebe zu verändern, sah ich als etwas Natürliches und Selbstverständliches an.

Mittlerweile hatte ich mich an Kleider und auch an Strumpfhosen gewöhnt. Da wir als Kinder oft dazu gezwungen worden waren, kratzige Wollstrumpfhosen zu tragen, hatte ich Strumpfhosen immer gehasst! Halterlose-Strümpfe gehörten nun schon seit längerem zu meinem Repertoire. Sie waren in gewisser Weise Teil des Spiels. Wenn ich sie trug, fühlte ich mich automatisch anders - attraktiver. Vielleicht weil ich wusste, dass sie meinem Partner gefielen und ihn in Erregung brachten.

»Ich möchte, dass du für mich und neben mir immer gut aussiehst«, betont er. »Ich will, dass andere Männer sehen wie heiß du bist. Mir gefällt es dich vorzuführen.«

Über das Thema Kleidung und Vorführen landeten wir wieder beim Thema Sex. Ich fragte ihn, was er von Pornografie hielt. Ihm schienen Pornos zu gefallen und er guckte sie wohl auch recht häufig. Prinzipiell konnten Pornos sicherlich als Medium dienen, um sexuelle Fantasien anzuregen oder die Lust im Allgemeinen zu steigern. Trotzdem, ich habe noch keinen Porno gesehen, welcher ein Paar zeigt, das auf erotische und natürlich verspielte Art und Weise Nähe, reale Zuneigung und Leidenschaft darstellt. Meistens drehen sich Pornos nur um hartes emotionsloses Ficken. Welche Frau würde auf so etwas in der Realität stehen - ohne Leidenschaft, Berührung, Vorspiel, Küssen, Streicheln, Lecken, Massieren, erregende Worte, Necken und so weiter? Welches Bild vermitteln Pornos von gesundem ›gutem‹ Sex? Ich habe nichts gegen die Idee von Pornos, aber bin fest davon überzeugt, dass sie, wenn natürlicher dargestellt, mehr Menschen ansprechen würden.

Sie könnten zudem gerade Jugendlichen helfen ihre Sexualität zu entdecken und auch das andere Geschlecht besser zu verstehen. Pornos stellen für mich kalten Sex und Gewalt dar, sonst nichts. Bei diesem Thema fanden wir keine Meinungsübereinstimmung. Für ihn schien es gerade die Gewalt zu sein, die ihn erregte. *Typisch Mann*, dachte ich.

»Wie steht es denn bei dir mit der Eifersucht? Wirst du schnell eifersüchtig?«, wechselte ich das Thema.

»Nein, gar nicht.« Seine Antwort folgte überraschend schnell. Laut seiner Auffassung sei Eifersucht nur mangelndes Selbstbewusstsein. Eigentlich stimmte ich dem zu, war aber gleichzeitig der Meinung, dass in einer Beziehung ein bisschen Eifersucht eigentlich ganz gesund ist.

»Früher war ich sehr eifersüchtig. Es hat mich verrückt gemacht«, offenbarte er mir.

»Das Gefühl kenne ich. Bei meinem allerersten Freund war ich immer furchtbar eifersüchtig gewesen. Er war auch so ein Mädchenschwarm, den fast jede haben wollte«, erzählte ich ihm, wobei ich in Gedanken das Bild meines Ex-Freundes vor mir hatte. Trotzdem war ich der Meinung, dass ein bisschen Eifersucht in Maßen gut ist, da sie gelegentlich die Lust und das Verlangen zwischen einem Paar steigern kann. Wenn ein Partner gar keine Eifersucht verspürt, im gesunden Rahmen natürlich, heißt das dann nicht, dass es ihm letztendlich völlig egal ist, ob der andere flirtet, potentiell fremdgeht und vielleicht sogar jemand anderen als geeigneter für eine Beziehung erachtet? Wenn man vom Partner als selbstverständlich genommen wird, ist das in meinen Augen kein gutes Zeichen. Geringes Interesse oder noch schlimmer - Gleichgültigkeit - führt meist schnell zur Trennung.

»Ich liebe es meine Partnerin vorzuführen und mag es, wenn sie von anderen verehrt und begehrt wird. Es macht mich an, meine Partnerin von anderen ficken zu lassen«, gab er mir direkt zu verstehen.

»Dabei würdest du keine Eifersucht verspüren?«, fragte ich zweifelnd.

»Nein. Es geht mir hier um das Machtgefühl und um die Kontrolle. Wenn wir von Liebe sprechen, ist das wieder was anderes«, erhellte er mich.

»Und ficken lässt du nur unter deiner Kontrolle und deinem Beisein?«, erkundigte ich mich neugierig.

»Nein, ich lasse auch ficken, wenn ich nicht dabei bin. Es geht mir nur um das Gefühl der Macht und darum, Einfluss und Kontrolle ausüben zu können - das kickt mich, macht mich geil. Ich würde dir genaue Anweisungen geben, was du für mich tun sollst oder was du darfst und was nicht. Ich würde den Kerlen vorschreiben, wie sie dich ficken dürfen.«

Diese Vorstellungen machten mich etwas nervös. *Also, bevor alles potenziell außer Kontrolle gerät, lässt er*

alles willentlich zu. Diese Kontrollausübung ist doch nur ein Vorwand, um das Gefühl zu gewährleisten, die Oberhand zu haben!, revidierte ich.
Was er sich vorstellte, hatte ich zwar noch nie erlebt, aber mein Kopfkino dabei erregte mich ein wenig.

»Macht haben zu wollen ist in sich auch Unsicherheit und ein Mangel an Selbstbewusstsein«, bemerkte ich. Seine Antwort verstand ich nicht. Er sprach von Projektionsebenen und brachte als Gegenbeispiel, dass Sex, außerhalb der Fortpflanzung, ja auch nur mangelndes Selbstbewusstsein wäre. Dem konnte ich nun wirklich überhaupt nicht zustimmen. Alle Menschen haben Sex, ob nun mit sich selbst oder mit anderen. Das ist doch eine völlig normale und gesunde Sache und zudem ein Trieb in uns, der nicht einfach abgeschaltet werden kann. Diesen Trieb kann man höchstens unterdrücken.
Was hat das mit mangelndem Selbstbewusstsein zu tun?, grübelte ich.

»Das würde ja bedeuten, dass wir alle einen Mangel haben«, folgerte ich, »aber Sex gehört zu unserer Natur - was natürlich ist, kann kein Mangel sein!«, folgerte ich endgültig.
Er erklärte weiter, dass er sehr viel darüber gelesen hätte und dass Sex benutzt wird, um Nähe zu bekommen und Macht und Kontrolle.
Sehr negativ und aggressiv hört sich das an. Wie sollte man denn auch Sex mit einem Partner ohne Nähe haben?

Genaugenommen sind es doch auch erst die Nähe, die Berührungen und die entstehenden Erregung dadurch, die das Verlangen erwecken und gewisse Reize zustande kommen lassen. Was wäre denn Sex ohne Nähe? Bloßes Ficken! Und noch viel wichtiger, Nähe gehört zur Liebe, überlegte ich. Ganz offensichtlich gingen auch hier unsere Meinungen und unser Verständnis stark auseinander. Wie so oft entschlossen wir uns dieses Thema nochmal bei einem persönlichen Treffen aufzugreifen.

Seine nächste Frage kam. Er wollte wissen, ob ich Bestrafung bräuchte, wenn ich seinen Anforderungen und Erwartungen nicht gerecht würde. Diese Frage konnte ich nicht direkt beantworten. Ich musste sofort an meinen Ex-Freund denken, der dämliche Regeln aufgestellt hatte, wohlwissend, dass ich diese nicht erfüllen konnte. Er hatte sich daran aufgegeilt, mich mit Schlägen oder anderen Demütigungen zu bestrafen. Anfangs war dies eine Art Spiel für mich gewesen. Ein Spiel, welches er für seine Befriedigung missbraucht hatte. Zu der Erkenntnis war ich allerdings erst später gekommen. Auch hatte er Bestrafungen angedroht, wie anketten oder mich in einen Käfig sperren. Zum Glück war es nicht dazu gekommen, da ich die Beziehung rechtzeitig beendet hatte. Manche scheinen solche Bestrafungen erregend zu finden. So etwas konnte ich nicht nachvollziehen.

»Ob ich Bestrafung brauche oder nicht ist

relativ. Ich würde nie etwas von dir verlangen oder fordern. Wenn du mich bestrafen willst, dann würde ich tun was du verlangst. Wenn es dich anmacht, dann macht es mich auch an!«, erklärte ich.

»Das ist genau das, was ich in meinem Leben gesucht habe. Du hältst meinen Schwanz in dauergeiler Erregtheit.«

Ich fasste seine Worte als großes Kompliment auf. »Von jemand anderem gefickt zu werden als dir - um nochmal darauf zurückzukommen«, fuhr ich fort, »würde ich als Bestrafung empfinden. Aber, ich würde es dir zuliebe tun, wenn ich wüsste, dass es dir Befriedigung bringt.«

»Würdest du es auch tun, wenn es keine Bestrafung ist, sondern ich es einfach nur von dir verlange?«

»Ja, ficken lassen, aber vielleicht dann trotzdem durch dich kommen oder gar nicht kommen, aber zu wissen, dass du abgespritzt hast.« Bei meinen Worten gingen mir erotische Bilder und Fantasien durch den Kopf.

»Sehr gut. Ich will, dass du deinen Plug benutzt und mir dann ein Bild davon schickst - innerhalb der nächsten halben Stunde!«, befahl er. »Deine Devotion und Unterwürfigkeit und dein Verlangen mich glücklich zu machen, ist alles, was ich brauche und will. So bist du für mich perfekt.«

Seine Worte fühlten sich unheimlich gut an. Ich wollte für ihn perfekt sein. Obwohl ich beschäftigt gewesen war, ließ ich alles stehen und liegen.

Etwas gestresst schaute ich immer wieder auf die Uhr, um sicher zu gehen, dass ich sein Zeitlimit einhalten würde. Dann schickte ich ihm die gewünschten Bilder, wobei ich selbst das Verlangen nach Sex bekam.

»Ich will deinen Arsch benutzen und deine anderen Löcher und überall in dir abspritzen.«
Seine Worte steigerten meine Lust noch mehr. »Darf ich kommen?«, fragte ich in der Hoffnung, er würde ja sagen und mich von meiner Qual erlösen. Aber, er untersagte es und wies mich stattdessen an, einige Minuten zu warten. Ich litt an meiner eigenen Lust und wünschte er wäre jetzt bei mir. »Jetzt darfst du kommen und ich will, dass du es mir zeigst«, forderte er.

Ich tat was er verlangte und ließ die Aufnahme auf dem Handy laufen, während ich mich berührte und mir vorstellte, wie es sich anfühlte, würde sein Schwanz jetzt in mich eindringen. Dann kam ich für ihn. Er lobte mich. »Ich will, dass du mir bis einundzwanzig Uhr Bilder von dir zeigst, auf denen man deutlich meinen Namen an all deinen Löchern geschrieben sieht. Schreib, dass du mir gehörst«, wies er mich an.

Solch Forderungen kannte ich bereits, weshalb mich diese nicht überraschte. Ich schickte ihm die gewünschten Bilder. Die ersten bemängelte er mit den Worten: »Meinen Namen kann man gar nicht lesen - mach es gefälligst besser!« Nach dem ich alles viermal wiederholt hatte, schien er zufrieden damit. »Du gehörst mir. Du bist mein Eigentum! Hast du das verstanden?« Automatisch wiederholte ich seine Worte, so wie er es immer verlangte. Dabei fühlte ich mich überglücklich, dass ich ihn gefunden hatte. »Ich gehöre nur dir«, versprach ich. Ich wusste, dass er mich durch dieses Ritual offiziell als sein Eigentum anerkannt hatte.

Psychopathen

Seit neuestem schien er ständig gestresst und übermüdet. Ich kannte den Druck der Selbstständigkeit und wusste auch, wie es ist mit Patienten zu arbeiten. Sich den ganzen Tag mit den Problemen anderer zu beschäftigen ist belastend und anstrengend. Die Arbeit auf seinem Fachgebiet konnte ich natürlich nicht konkret nachvollziehen, aber für kurze Zeit hatte ich in einem Krankenhaus gearbeitet. Dort war ich auf der Inneren-Station tätig gewesen und hatte den täglichen Umgang mit Patienten hautnah erlebt. *Ich im Krankenhaus als Krankenschwester* - bei der Erinnerung musste ich immer noch lachen. Damit hatte ich nun wirklich gar nichts am Hut, aber war für den Job zu der Zeit sehr dankbar gewesen.

Dank unseres tollen deutschen bürokratischen Systems wurde mein neuseeländischer Studienabschluss nicht voll anerkannt. Neben einem guten Studienabschluss hatte ich auch hervorragende Referenzen vorzuweisen, aber was zählt das schon, wenn man nicht das richtige Papier in der Hand hält? Zwangsweise musste ich also nach Alternativen suchen und in meiner Verzweiflung war mir fast jeder Job recht gewesen.

Letztendlich bin ich sehr dankbar für die Erfahrungen, die ich im Krankenhaus machen durfte. Nachdem ich etliche Leute in furchtbaren Qualen, mit schmerzhaften Krankheiten und viele

Sterbende gesehen habe, weiß ich das Leben und die Gesundheit nun viel mehr zu schätzen. Wie viele Menschen freuen sich schon tagtäglich darüber, dass sie keine ernsthaften Leiden, Krankheiten oder Behinderungen haben? So gut wie niemand! Wir merken immer erst wie gut es uns ging, wenn es uns plötzlich richtig dreckig geht.

Ich glaube, im Krankenhaus ist ein kleiner Teil meiner Empathiefähigkeit gestorben. Nach der ersten Woche auf der Station fragte ich mich ernsthaft, wie ich das ganze Leid, die ekligen Anblicke und Gerüche noch länger ertragen sollte. Ich hatte eine Frau gesehen, welche am ganzen Körper mit Herpes übersäht war, einen Mann mit genitalem Pilzbefall, bei dem der weiße Pilz erst einmal abgekratzt werden musste, um darunter nur noch blutige aufgerissene Haut zu finden und einen Mann mit Speiseröhrenkrebs, der einen beißenden Gestank von Verwesung verbreitet hatte, sodass man es auf der ganzen Station roch.

Aber dann lernte ich, wie schnell ein Mensch abhärten kann. Anders geht es wohl auch nicht, sonst hätten mich ständig Bilder, Albträume und dunkle Gedanken gequält. Wahrscheinlich wäre ich dadurch in einem Sog der Verzweiflung und Traurigkeit versunken. Damals im Krankenhaus zwang ich mich meinen Ekel und die oft aufsteigende Übelkeit zu unterdrücken und musste einige Male Schwindelanfälle abwehren. Die Kranken brauchten Hilfe und meine Aufgabe war es zu helfen. Am Ende konnte ich sogar Blut und Spritzen sehen, ohne sofort ohnmächtig zu werden. Was mir mit der Zeit bewusst wurde und mir half meine Ängste und Ekel zu überkommen war zu verstehen, dass Krankheit und vor allem der Tod ein ganz natürlicher Teil unseres Lebens sind. Man muss sie einfach akzeptieren. Sie sind unabdinglich und unvermeidbar. Krankheiten sagen sehr viel über uns und unsere Lebensweise aus, deshalb sollte man lieber die Hintergründe dafür erforschen, als sich über die Krankheit zu ärgern. Ich verstand, dass dies unsere Aufgabe im Krankenhaus war und dass die Ärzte auch nur bis zu einem gewissen Grad helfen können. Sie sind leider keine Wunderheiler, so wie viele Patienten es oft annehmen oder sich erhoffen.

Aufgrund dessen, was ich tagtäglich im Krankenhaus miterlebte, merkte ich allerdings, dass es mir immer schwerer fiel, für kleinere Leiden Empathie zu empfinden. Ich wusste, dass es noch viel schlimmer ging. Ansatzweise verstand ich mit der Zeit auch, warum so viele Ärzte oft kühl und emotionslos erscheinen. Ich fragte mich bei diesen Gedanken, wie mein Freund wohl seinen Patienten gegenübertritt. *Ist er eher kühl oder sehr empathisch?* Als Psychologe muss man ja zwangsläufig empathisch sein, um sich in seine Patienten einfühlen zu können.

Mein Freund beendete fast jeden Abend gegen einundzwanzig Uhr seine Arbeit. Ich bewunderte stets seinen Fleiß. Während er arbeitete, waren wir in ständigem Kontakt, wobei ich mich oft fragte, wie er sich dabei auf seine Patienten konzentrieren konnte. Verständlicherweise war er nach seiner Arbeit erschöpft, weshalb er selten die Zeit und Kraft hatte, mich danach auch noch zu besuchen. Ihn in seiner Wohnung zu besuchen war keine Option, da ich wegen meiner noch jungen Kinder nicht sehr flexibel war und mir zudem nicht ständig einen Babysitter leisten konnte.

»Ich muss jetzt noch zwei gute Freunde treffen. Ich bin zwar müde und muss morgen früh raus, aber ich habe es ihnen versprochen«, schrieb er nach Feierabend. Er tat mir sehr leid.

»Warum musst du denn morgen früh raus, es ist doch Wochenende?«, stellte ich verwundert fest. Er hatte gar nicht erwähnt, dass er etwas vorhatte.

»Ich fliege zu meiner Familie. Der Flug dauert zum Glück nur zweieinhalb Stunden«, teilte er mir mit. Zu gerne nur wäre ich mitgeflogen, aber es ging ja nicht wegen meiner Kinder.

»Erholsam wird es bestimmt nicht. Wir müssen wichtige Familienangelegenheiten besprechen. Seit mein Vater verstorben ist, bin ich nun das Familienoberhaupt und muss somit die Verantwortung für alles übernehmen«, erklärte er.

»Geht es um deine Mutter?«

»Ja, und um viel Geld und viel Macht. Das ist alles nicht so einfach.«

Ich hatte zwar keine genaue Ahnung, was sich in

seiner Familie abspielte, stellte mir die Situation aber ziemlich kompliziert und emotional aufreibend vor. Sein Vater war schon seit einigen Jahren tot. Er war nach einem langen Kampf gegen Krebs verstorben. Furchtbarerweise hatte nun auch seine Mutter mit Krebs zu kämpfen. Vor einem Jahr war die Diagnose Gehirntumor bestätigt worden. Gegen den Rat des Arztes hatte sie sich gegen eine Operation entschieden, da ihre Angst vor den damit verbundenen Schmerzen einfach zu groß war. Seine Familie hatte sie daraufhin dazu gedrängt, wenigstens einer Chemotherapie zuzustimmen, um den Wachstumsprozess des Tumors zu verlangsamen.

Während meiner Krankenhauszeit hatte ich einige Krebspatienten leiden sehen. Insbesondere erinnere ich mich an eine Mutter von drei Kindern. Ihre Geschichte ist mir damals sehr nahegegangen. Ihr Mann kam sie jeden Tag mit den Kindern im Krankenhaus besuchen. Sie hatte der Chemotherapie zugestimmt und alle hofften, sie würde dadurch wieder gesund. Sie steckte wochenlang in einem lieblosen Zimmer fest, in welchem sie nach einigen Wochen den Tod fand. Sie und ihre Familie, vor allem die Kinder, hatten mir unendlich leidgetan. Ich kann mir nichts Schlimmeres für Kinder vorstellen, als die eigene Mutter langsam sterben sehen zu müssen. Damals schwor ich mir, dass ich freiwillig niemals einer Chemotherapie zustimmen würde, sollte ich jemals mit Krebs diagnostiziert werden. Lieber würde ich meine restliche Lebenszeit so gut es ging mit meinen Kindern verbringen. Der eigene Lebenswille und das eigene Wohlbefinden dürfen, meiner Meinung nach, bei der Heilung nicht unterschätzt werden. Manchmal passieren Wunder. *Aber sind es wirklich Wunder?*

Die Geschichte seiner Familie gab mir nun sehr zu denken. Es ist immer traurig zu hören, dass sich Familien in Krisensituationen, anstatt sich zu unterstützen und gegenseitig zu ermutigen, entzweiten und zerstreiten.

»Sag deinen Geschwistern mal, dass sie sich in die Lage deiner Mutter versetzen sollen. Ihnen werden die Streiterei und das ganze unnötige Drama später noch leidtun.«

Ich fühlte mich innerlich aufgewühlt. Bevor ich schlafen ging, fragte ich ihn, ob er mir ein gutes Buch empfehlen könnte. *Auf dünnem Eis: Die Psychologie des Bösen* von Lydia Beneke, schlug er vor. Interessant! Solch eine Wahl hätte ich sicherlich nicht getroffen und musste gleich im Internet recherchieren. Ich stieß auf einen sehr interessanten Podcast mit der Autorin und weitere Interviews. Das Thema fesselte mich sofort. Die Hannibal Lecter Geschichten kamen mir in den Kopf und bei dem Wort ›Psychopath‹ stellte ich mir sofort Menschen vor, denen man ganz klar ansehen konnte, dass sie einfach böse und verrückt sein mussten. Durch Beneke lernte ich jedoch, dass der Großteil aller Psychopathen tatsächlich nicht auffällig, straffällig oder gar gewalttätig wird. Die meisten Psychopathen sind nicht nur hochmanipulativ, sondern können auch kein oder nur sehr wenig Empathie empfinden und leben unerkannt unter uns. Ich lernte, dass die gekonnten Manipulationen der Psychopathen, welche in keinem Fall automatisch mit höherer Intelligenz zu verwechseln sind, es schwer machten das wahre Ich dieser Menschen zu erkennen. Ihre Aggressivität lassen sie meist nur an den eigenen Kindern und Familienmitgliedern aus, welche sich nur selten trauen diese Vorfälle zu melden. Psychopathen findet man, laut Beneke, häufig in Beziehungen, welche sie natürlich auch nur für ihre eigenen Zwecke und Spiele missbrauchen. Oft ist das Ziel Geld zu bekommen oder ihre sexuellen Fantasien auszuleben. Es gibt ein Spektrum der Psychopathie - also Psychopath ist nicht gleich Psychopath. Der Anteil in einem Menschen kann verschieden hoch sein. Ich konnte mir nicht verkneifen, selbst einen Psychopathen-Test durchzuführen und war erstaunt über das Ergebnis.

Dass es mir schwerfiel in gewissen Situationen oder gewissen Personen gegenüber Gefühle zu zeigen, wusste ich. »Du bist viel zu emotional und aufopferungsvoll, um dem vollen Bild einer Psychopathin zu entsprechen«, beruhigte ich mich dann aber schnell.

Meine nächste Frage an meinen Freund lag auf der

Hand: »Wie sehr ähnelst du einem Psychopathen oder hast du psychopathische Züge?«
Mir war an diesem Punkt bewusst, dass er definitiv einige davon hatte.

»Sehr«, bekundete er, »aber laut Benekes Definition ist jeder ein Psychopath. Der Unterschied zwischen uns und den Psychopathen ist, dass wir eine sehr viel höhere Hemmschwelle haben. Meine Gedanken sind extrem, aber es sind eben nur Gedanken«, beschwichtigte er.

»Welche Gedanken hast du denn zum Beispiel?«

»Manipulation, Drang nach Macht und anderen Schmerzen verursachen«, offenbarte er.

»Und konkrete Vorstellungen?«, fragte ich weiter.

»Würgen bis zur Ohnmacht oder bis zum Tod, brutale Schläge bis zur Bewusstlosigkeit«, exemplifizierte er. Okay, das waren in der Tat extreme Gedanken, aber wie er schon geschrieben hatte, es waren eben nur Gedanken. Wem passiert so etwas nicht, dass er Vorstellungen oder Gedanken hat, die moralisch nicht korrekt sind? Kein Mensch ist komplett unschuldig und perfekt. Was richtig oder falsch ist basiert sowieso immer nur auf subjektiver Empfindung und Bewertung.
Eine weitere Frage interessierte mich noch: »Inwiefern fällt es dir leicht oder schwer Emotionen zu zeigen?«

»Es fällt mir sehr leicht keine Emotionen zu zeigen, mir fällt es extrem schwer, welche zu zeigen«, lautete seine Antwort. Das konnte ich nicht glauben und fand die Antwort ziemlich überspitzt und nicht vereinbar mit dem, wie ich ihn bis jetzt erlebt hatte. Er zeigte immer sehr viel Freude, wenn wir uns sahen und auch Trauer und Mitgefühl, wenn er zum Beispiel von seiner Mutter sprach. Er stellte sich hier definitiv schlechter dar, als er in Wirklichkeit ist. Auch was meine Kinder anbelangte, verhielt er sich einfach unglaublich tolerant und verständnisvoll. Seit ich Alleinerziehende war, kam ich mir oft vor wie eine Behinderte. Welcher Mann will schon eine Frau mit Kindern von einem anderen Mann? Das ist ja viel zu kompliziert und viel zu viel Arbeit. *Dabei bereichern Kinder das Leben!*

In den Augen der meisten sind Kinder ein Störfaktor. Er hingegen hatte meine Kinder mit offenen Armen empfangen. Er hatte ihnen Zuwendung geschenkt. Seine Bemühungen rührten mich sehr. »Sie gehören zu dir und sind ein Teil von dir und deinem Leben. Auch wenn es mir primär um dich geht, dürfen deine Kinder nicht unter unserer Beziehung leiden und dein Leben sollte nicht aufgrund deiner Kinder eingeschränkt sein. Es macht alles ein wenig schwieriger, aber du bist dadurch nicht weniger wertvoll für mich. Egal, was aus uns wird, du bist ein toller Mensch und ich werde den Kontakt zu euch halten, denn jemanden wie dich findet man nicht allzu oft. Und solange wir uns nicht anders entscheiden, gehörst du definitiv mir.

Deine Kinder werden das nicht ändern und auch kein Problem für mich sein«, bekundete er.

In meinen Augen war er einfach perfekt und liebenswürdig, so wie er war. Das Thema Psychopathie war hiermit erst einmal abgehakt.

»Ich werde dir alles geben. Ich will dir guttun und dich glücklich machen«, antwortete ich, »aber ich möchte auch meine Kinder schützen und verhindern, dass ständig Fremde in ihr Leben treten, die dann nach kurzer Zeit wieder verschwinden. Das Trennungstrauma ist sowieso schon schlimm genug für sie. Mein letzter Ex-Freund hatte sich allein mir zuliebe mit meinen Kindern abgegeben und eine richtige Show abgezogen, nur um mich zu beeindrucken.«

»Ich weiß, dass du mir so viel geben wirst wie du kannst, und zwar nicht nur im Sexuellen, sondern in jeder Hinsicht. Ich werde dich unterstützen, denn ich will ein Eigentum haben, das Freude und Kraft am Leben hat. Deinen Kindern soll es dabei auch gut gehen«, beruhigte er mich. Endlich mal ein Mann, der die Dinge locker und sachlich sah und nicht gleich nach Problemen suchte, wo eigentlich keine waren!

Der Swinger Club

Wie jedes Wochenende war er auf einer seiner Fortbildungen gewesen. Nun näherte sich der Sonntag seinem Ende zu. Seine Fortbildung würde bald vorbei sein, er würde sich wieder zum Flughafen und auf den Rückweg nach Hause begeben. Ich freute mich schon sehr auf die nächste Woche, weil ich ihn endlich wiedersehen konnte. Bevor wir uns am Telefon für den Tag verabschiedeten, schickte ich ihm wie immer Bilder von mir. »Genau das, was ich von meinem kleinen süßen Dreckstück haben will! Jetzt kann ich gut schlafen«, bekam ich als Antwort und fühlte mich durch seine Zufriedenheit bestätigt.

»Meine Pussy sehnt sich gerade sehr nach dir«, schwärmte ich.

»Das tut sie nicht nur jetzt, oder?«, fragte er nachdrucksvoll.

»Immer!«, antwortete ich schnell. Tatsächlich gab es nichts anderes mehr, an das ich denken konnte, außer ihn und seine Geilheit: »Ich werde bestimmt von dir träumen und dich zumindest da gut befriedigen.«

»So ist es brav, so will ich dich haben. Ich werde auch von dir träumen, wie du mir deine Löcher bereithältst und mir deine Geilheit gibst, damit es mir gut geht, wenn ich dich benutze.«

Mein Kopfkino fing bei seinen Worten wieder an zu laufen.

»Alle Löcher ficken, deinen hübschen Arsch, bis du zum Schluss an meinem Schwanz einschläfst. Am nächsten Morgen bläst du ihn und mich dann wach, und bevor du das erste Mal gefickt wirst und ich in deiner Fotze abspritze, bringst du mir meinen Morgenkaffee. So soll jeder Tag für dich starten«, fasste er seine Vorstellungen in Worte.

»Ich freue mich schon auf unser gemeinsames Wochenende!«, schrieb ich voller Vorfreude. Ich war schon im Halbschlaf gewesen, aber seine Worte hatten mich wieder wachgemacht.

»Auf unser Wochenende freue ich mich auch schon«, stimmte er zu.

Kurz nachdem wir uns kennenlernten hatte er mir mitgeteilt, dass er unbedingt auf eine Party gehen wolle, um mich all seinen Freunden vorzuführen.

Obwohl wir uns noch nicht sehr lange kannten, hatte er seinen Freunden schon einige Bilder von mir gezeigt, wie er mir dann hinterher stets sehr stolz erzählte. Laut seiner Erklärung waren seine Freunde sehr neidisch auf das, was wir hatten. »Deren Frauen sind nicht so devot wie du«, hatte er mir sichtlich erfreut mitgeteilt.

Er hatte vorgeschlagen, gemeinsam zu einer privaten Swinger-Party zu gehen, für welche es nur eine selektierte Gästeliste geben würde. Ich willigte sofort ein, wobei ich mich eigentlich mehr auf die gemeinsame Zeit mit ihm freute als auf die Party. »Endlich mal mehr, als nur für ein paar Stunden zusammen sein!«, freute ich mich.

Eine Erfahrung mit solch einer Party hatte ich schon gemacht. Damals war ich mit einem Mann verabredet gewesen, mit dem ich zuvor nur ein Kaffeedate gehabt hatte. Zwischen uns war zunächst nichts gelaufen und der Kontakt brach nach diesem ersten Date ab. Bevor wir auseinandergingen, hatte er mich gefragt, ob ich generell an einer Swinger-Erfahrung interessiert wäre. »Ja, warum nicht«, antwortete ich nach kurzer Überlegung. *Ausprobieren kann man es ja mal.*

Tatsächlich meldete er sich dann fast ein Jahr später unerwartet wieder und erinnerte mich daran, dass ich mein Interesse, an einer Swinger-Party teilzunehmen, ausgedrückt hatte. Gesagt getan.

Als ich an dem Abend der Swinger-Party an unserem Treffpunkt angelangt war, wurde mir plötzlich bewusst, wie verrückt das Ganze war - ich konnte mich nicht mal erinnern, wie dieser Mann überhaupt genau aussah! Wie sich später herausstellte, waren ihm wohl ähnliche Gedanken durch den Kopf gegangen.

Ein Taxi fuhr vor und ein attraktiver Mann im lässigen Anzug stieg aus. Ich zögerte etwas, bevor ich auf ihn zuging und ihn ansprach. Er hingegen ging zielstrebig auf mich zu, begrüßte mich mit den Worten: »Hey, schön dich zu sehen!«, umarmt mich dabei und küsste mich auf meine Wange. Mit solch einer stürmischen Begrüßung hatte ich nicht gerechnet. *Er scheint locker und entspannt zu sein*, dachte ich, *das ist gut!*

Da wir etwas zu früh dran waren und ich mich sehr nervös fühlte, entschieden wir uns, erst einmal ein paar Drinks in einer Bar zu nehmen. „Gin Tonic?«, hatte er gefragt. »Gerne, mit doppeltem Schuss!« Er nickte grinsend. Gemeinsam legten wir die Regeln fest und machten eine kurze Lagebesprechung. Er war erfahrener Swinger, während für mich alles komplettes Neuland war. Ich hatte absolut keine Ahnung, was genau mich erwarten würde und verspürte deshalb eine leichte innere Unruhe. »Ich habe nur eine Bitte an dich«, äußerte ich besorgt, »verlass bloß nicht meine Seite, egal was passiert!« Er versprach, dass er sich um mich kümmern würde. Das erleichterte mich. Wir waren uns einig, dass, egal was kommen würde, es das Wichtigste sei, Spaß zu haben und den Abend zu genießen. ›Alles kann, nichts muss‹ lautete unser Motto. »Fühl dich zu nichts gezwungen - auch nicht mir gegenüber«, beruhigte er mich.

Als wir auf der Party ankamen, trafen wir auf die verschiedensten Menschen. In dem Umkleideraum stießen wir bereits auf einen halbnackten Mann in einem schwarzen Netzhemd. *Na, das kann ja was werden*, graute es mir.

»Gucken wir uns erst einmal um?«

»Ja, gerne.« Ich zitterte etwas. *Sei nicht so ein Schisser - was soll denn schon passieren!*, sagte ich mir.

Wir gingen eine Wendeltreppe runter und betraten einen großen Raum, welcher relativ leer war. Ein paar Männer, gekleidet in Hemd und Anzug, saßen an einer kleinen Bar. »Die sehen aber spießig aus«, flüsterte ich meiner Begleitung zu. Die meisten Frauen hingegen waren sehr leicht bekleidet. Einige von ihnen trugen bunte kurze Kleider mit weitem Ausschnitt. Andere zeigten mehr Haut, aber niemand war komplett nackt. Der Altersdurchschnitt lag geschätzt bei fünfundvierzig. Inmitten der scheinbar spießigen Männer- und exotisch aussehenden Frauengruppe gab es auch ein paar Menschen, die richtige Kostüme trugen. Der ganze Anblick, welcher sich mir bot, war sehr bizarr. In meiner Vorstellung hatte ich nur Bilder von hocherotischen und attraktiven Menschen gesehen, die es leidenschaftlich miteinander trieben. Die Realität hingegen kam mehr einer verklemmten Faschingsparty für Erwachsene gleich.

Ich selbst trug einen schwarzen kurzen Tulpenrock und eine durchsichtige beige Bluse mit schwarzen Pumps dazu. »Sexy siehst du aus«, komplimentierte er. Ich freute mich, dass ich ihm gefiel. Dann hatte er mich um meine Meinung zu seinem Outfit gebeten. Ursprünglich hatte er auch einen Anzug getragen, legte später aber zumindest auf meinen Rat hin sein Jackett und sein Hemd ab, sodass er am Ende nur noch seine Anzughose mit Hosenträgern trug. Man konnte nun seinen durchtrainierten Oberkörper sehen und ich kam mir, zumindest was uns beide betraf, nicht mehr ganz so nackt vor. »Gut siehst du aus«, erwiderte ich sein Kompliment. Gut war untertrieben. Eigentlich hatte er ziemlich heiß ausgesehen.

Wir stellten uns an die Bar und tranken jeder ein Glas Champagner, welchen es als Begrüßungsgetränk gab. *Erst drei Gin Tonic und jetzt auch noch Champagner hinterher.* Mach langsam, dein Limit liegt bei zwei Gläsern! Wir stießen an. »Auf eine heiße Nacht«, sagte er. »Auf eine heiße Nacht«, zwinkerte ich ihm zu. Während ich langsam an meinem Glas nippte, beobachtete ich ein paar Menschen, die auf einer kleinen Tanzfläche hin und her schaukelten. Neben uns standen einige Paare, die alle aufeinander klebten und etwas gelangweilt dreinsahen. Ich hatte erwartet, dass sich alle Gäste mehr vermischen würden.

In dem Gebäude gab es mehrere Ebenen, welche offen für alle Gäste waren, außer den privaten abschließbaren Räumen im Untergeschoss. *Warum kommt man auf solch eine Party, um sich dann in einem Zimmer einzuschließen?*, wunderte ich mich. Nachdem wir uns schon eine ganze Weile auf der Party aufgehalten hatten, bemerkte ich, dass wir beobachtet wurden. Ein Mann war uns schon seit einiger Zeit gefolgt. Er sah nicht deutsch aus - vielleicht war er indischer Abstammung.

Mein Partner hatte irgendwann den ersten

Schritt gemacht und mich plötzlich an sich gezogen. Wild und leidenschaftlich fing er an mich zu küssen. Es gefiel mir, vielleicht auch gerade, weil ich seine fordernde Art mochte. Plötzlich bemerkte ich, wie der Beobachter immer näherkam und uns schließlich vorsichtig und höflich ansprach. Er wollte wissen, ob er sich uns nicht anschließen könne. Als er anfing mit einem ganz offensichtlich süddeutschen, gemischt mit indischem, Akzent zu sprechen, hatte ich Mühe mir ein Lachen zu verkneifen. Zum Glück übernahm mein Partner das Sprechen, da ich sicherlich kein klares Wort herausbekommen hätte.
Während mein Partner sprach, sah ich ihn panisch an und schüttelte nur mit dem Kopf. Er nickte mir zu - für uns beide stand fest, dass mit diesem Mann nichts laufen würde.
Mein Partner verpasste ihm dankend eine Abfuhr.
Zum Glück ist der weg, dachte ich erleichtert.
Später sprachen wir dann ein jüngeres Pärchen an. Die beiden waren scheinbar unerfahren und wollten aus dem Grund alles erst einmal nur beobachten.

Am Ende suchten wir uns, etwas gelangweilt, eine versteckte Liegefläche und hatten Sex. Ich war auf ihm und versuchte einfach nur den Moment zu genießen und das Gefühl ihn zu spüren, als ich auf einmal mindesten fünf bis sechs schemenhafte Gestallten hinter mir bemerkte. Zuschauer hätten mich prinzipiell nicht gestört - ich fand es auch recht anturnend beim Sex beobachtet zu werden - aber nicht von irgendwelchen notgeilen sabbernden Kerlen, die sich im Halbdunklen versteckten und sich lautlos einen runterholten! Das war meiner Meinung nach einfach nur geschmacklos und abstoßend.

Wir entschieden uns dort zu verschwinden, gingen runter zu den Privaträumen und schlossen uns in dem hintersten ein.

In dem Raum befanden sich ein hölzernes Andreaskreuz und gegenüber davon ein Wasserbett. »Interessante Einrichtung«, bemerkte ich. »Soll ich dich festbinden?«, grinste mich mein Partner helmisch an.

»Sehr witzig. Und dann? Willst du mich auspeitschen, oder wie?«, witzelte ich.

Wir versuchten unseren Sex auf dem Wasserbett fortzuführen - es war absolut unmöglich gewesen! Wer auch immer dieses Zimmer eingerichtet hatte, hatte erstens keinen Geschmack für Ästhetik und wusste ganz offensichtlich auch nicht, was für Sex praktikabel ist und was nicht.

Die Situation war zu komisch. Bei jedem seiner Stöße rutschte ich ein Stückchen weiter weg und nachdem sich bei uns beiden Rückenschmerzen anbahnten, gaben wir auf. Wir mussten lachen.

Ein guter Bekannter meinerseits war zu derselben Zeit in der Nähe unserer Party mit seiner weiblichen Begleitung unterwegs gewesen. Er schrieb mir, dass wir die beiden treffen könnten, falls unsere Party ein Flopp werden sollte.

»Vielleicht besteht Interesse an einem Vierer«, erwähnte er beiläufig.

Mein Partner und ich beschlossen, die beiden erst einmal auf gemeinsame Drinks zu treffen. Ein Taxi brachte uns zu dem Hotel, in dessen Bar wir die beiden finden würden. Ich freute mich, meinen Bekannten wiederzusehen und begrüßte ihn herzlich. Seine Begleitung hingegen sah ziemlich desinteressiert aus. Sie sah nicht wie der Typ Frau aus, mit dem ich mich normalerweise abgab, beziehungsweise ich das Gefühl hatte, eine schnelle Verbindung aufbauen zu können. Sie war deutlich älter als ich. Diese Tatsache störte mich nicht. Aber die Tatsache, dass sie falsche Fingernägel trug und Sonnenstudio verbrannt war, stieß mich etwas ab. *Natürlicher würde sie viel hübscher aussehen*, dachte ich.

Erfahrung mit einem Dreier oder Vierer hatte ich noch nicht gesammelt. Durch Erzählungen wusste ich aber, dass es wohl in den meisten Fällen eine Herausforderung für alle Beteiligten war sicherzustellen, dass auch alle Befriedigung fanden. In dem Punkt hatten mir meine Begleitung und auch mein Bekannter einiges voraus. Sie beide hatten Erfahrungen mit mehreren Partnern im Bett gemacht, ja sogar an großen Sexorgien teilgenommen. Für mich stand jedenfalls sofort fest, dass ich mich mit dieser Frau in kein Bett begeben würde. Mein Partner war glücklicherweise gleicher

Meinung und raunte mir sofort zu: »Die fass ich nicht an!«

»Gut«, antwortete ich erleichtert, »ich auch nicht!«

Auf dem Weg zur Toilette traf ich auf meinen Bekannten. Vielleicht war es ein Zufall, aber ich glaube eher, dass er absichtlich versucht hatte, mich alleine abzufangen. »Hey«, lächelte ich ihn an und bekam kein weiteres Wort mehr heraus, da er mich abrupt gegen die Wand drückte und anfing mich leidenschaftlich zu küssen.

»Das musste sein«, sagte er dann scheinbar erleichtert, wobei seine Augen vor Verlangen strahlten.

Da wir nun unter uns sprechen konnten, hatte ich ihm mitteilen können, dass meine Begleitung und ich sein Angebot ablehnen würden. »Was ist das für eine?«, fragte ich ihn leicht vorwurfsvoll, mit einem Hauch von Eifersucht. Etwas beleidigt teilte er mir mit, dass er auch nicht mit meinem Partner ins Bett steigen würde.

»Das ist ja ein schräger Vogel«, bemerkte er. Sein Kommentar kränkte mich wiederum.

»Er ist total nett und witzig«, erwiderte ich beleidigt.

»Du siehst geil aus, dich würde ich gerne ficken«, flüsterte er mir dann plötzlich zu. Meine Beine wurden weich und es zuckte in mir. Ich war in Begleitung und auch wenn wir nicht fest zusammen waren, fühlte es sich ein wenig wie Verrat an,

heimlich mit meinem Bekannten rumzuknutschen.
»Ich würde gerne von dir gefickt werden«, antwortete ich, »aber das wäre nicht fair.«
Er ließ nach einer kurzen Weile ab und stimmte zu, dass die anderen sowieso merken würden, wenn wir jetzt auf der Toilette einen Quickie hätten. Stark erregt von seinem Kuss und mit der Vorstellung, jetzt von ihm berührt zu werden, ging ich schnell wieder zurück in die Bar.
Wir plauderten noch eine kurze Weile und am Ende verließen mein Bekannter und seine Freundin die Bar. Meine Begleitung und ich hingegen nahmen spontan ein Hotelzimmer. Das schien am einfachsten, da wir beide sehr müde waren und es bereits kurz vor vier Uhr in der Früh war.

Der Sex mit ihm war in Ordnung, wobei ich in Gedanken bei meinem Bekannten war. Später verließ meine Begleitung mich. Er bestand darauf, nicht zu bleiben.

»Vielleicht machen wir das irgendwann nochmal?«, fragte er bevor er ging.

»Vielleicht.«

Soviel zu meinem ersten Swinger-Erlebnis und den damit verbundenen Erinnerungen, memorierte ich.

Die Party

Ein paar Wochen später war es endlich soweit: Wir hatten ein ganzes Wochenende nur für uns! Mein Freund holte mich ab und zusammen fuhren wir zum Hotel. Ich fühlte mich die ganze Zeit über eigentlich recht entspannt. Wir hatten uns im Auto über Themen wie Lieblingsmusik und die damit verbundenen Erinnerungen unterhalten und dabei *Hotel California* gehört. Unter anderem hatte er mir auch von seinen vorherigen Erlebnissen auf diversen vergangenen Swinger-Events erzählt.

»Ich bin in der Szene ziemlich bekannt«, erklärte er stolz, »Die meisten lieben mich und die anderen verachten mich, weil sie neidisch sind.«

»Und worauf genau sind sie neidisch?«

»Auf meine Dominanz und dass ich sie offen auslebe. Und weil ich so erfolgreich bin«, erklärte er und kam mir dabei fast schon ein bisschen zu arrogant vor.

Als wir im Hotel ankamen, regte sich plötzlich die Nervosität in mir. Während er uns an der Rezeption anmeldete, stand ich ein paar Schritte hinter ihm und fühlte mich plötzlich sehr merkwürdig - ein wenig wie eine Hündin, die ihrem Herrchen hinterherlief. Der Rezeptionist beäugte mich mit einem fragenden Blick. Wahrscheinlich wunderte er sich, ob ich die Tochter, Geliebte oder Freundin war. Immerhin lag ein sichtbarer

Altersunterschied von elf Jahren zwischen uns.

Auf dem sehr kleinen, aber heimisch eingerichteten Zimmer ging ich mich duschen, während er sich umzog. Ich hatte ein schwarzes kurzes Kleid mitgenommen, welches zwar die Schultern bedeckte, aber trotzdem durch die schwarze Spitze leicht durchsichtig war. Darunter trug ich einen schwarzen trägerlosen BH und schwarze Pumps, sonst nichts. Er sah elegant aus, aber trotzdem schlicht gekleidet, in seinem weißen Hemd, dunklen Lederschuhen und dunkler Stoffhose. Er hatte mich in den Arm genommen, geküsst, mir ein Kompliment gemacht und dann fuhren wir zu der Party.

Draußen war es sehr kalt gewesen. Zum Glück mussten wir vom Auto aus nicht weit laufen. Auf unserem kurzen Fußweg trafen wir schon einige Paare, welche ihrer Kleidung nach ganz offensichtlich zu derselben Party wollten. An der Tür begrüßte mein Freund den Gastgeber überschwänglich. Der Mann war angeblich ein sehr guter Bekannter von ihm. Die Reaktion des anderen hatte mich etwas verwundert. Dafür, dass sie so gute Freunde waren, zeigte er keine so große Begeisterung, meines Eindruckes nach.

Wir wurden von weiteren Menschen im Eingangsbereich begrüßt und hereingeführt. Innen war alles recht bunt und mit vielen Lichtern und winterlichen Dekorationen geschmückt. Der Stil schwankte zwischen klassischem Chic und kitschiger Moderne. Da er hier schon einige Partys besucht hatte, kannte er sich gut aus. Er wies mich an eine Wendeltreppe hochzugehen. Ich fühlte mich etwas unwohl und zudem unsicher, da ich nicht gut in Pumps laufen konnte. Langsam stieg ich die Stufen empor, wobei ich betete nicht zu stolpern und womöglich noch zu stürzen. Das wäre wirklich äußerst peinlich gewesen. Vor allem ihn wollte ich nicht blamieren.

Wir schauten uns erst einmal um. Ich fand es immer wieder erstaunlich, welche Menschen sich auf solchen Partys herumtrieben. Menschen, bei denen, wenn sie einem auf der Straße begegnen würden, man wahrscheinlich nie im Leben vermuteten würde, dass sie solche sexuellen Neigungen und Interessen haben.

Naja, bei mir würde man so etwas sicherlich auch nicht erwarten, dachte ich. Die meisten Vorstellungen, die man von anderen hat, treffen sowieso nur selten zu. Das hatte ich schon oft festgestellt.

In der Villa gab es viele verschiedene Räume – unter anderem einen FKK-Bereich und eine Bar. Wir holten uns Drinks und setzten uns dann in die Nähe einer kleinen Tanzfläche. An den Wänden waren zwei große Monitore angebracht, auf denen billige Pornos liefen. *Wer sich wohl so etwas freiwillig anguckt?*, fragte ich mich. Wir setzten uns eng nebeneinander. Gegenüber von uns saß ein Pärchen, das mehr als peinlich berührt dreinschaute.

Man konnte sofort sehen, welche Pärchen sich

miteinander wohlfühlten und welche nicht. In dem ganzen Getümmel stach besonders ein Pärchen hervor, bei dem der Mann seine Frau stolz an einer Kette herumführte. Das Bizarre daran war, dass die Frau sehr selbstsicher auftrat und sichtlich dazu angeregt war zu tanzen, während der Mann - ihr ›Herr‹ - eher unsicher aussah und still neben ihr stand.

Wir waren uns einig, dass dies nicht der Kracher von einer Party war. Dennoch bemerkte ich, dass mein Freund ein Dauergrinsen auf seinem Gesicht hatte und sich sichtlich glücklich und wohlfühlte. Das freute mich.

»Hol mir einen neuen Drink«, wies er mich an. Ich gehorchte. Wir saßen eine ganze Weile zusammen und redeten hauptsächlich über die anderen Gäste, die wir beobachten konnten. Später entschlossen wir uns dann zu tanzen. Ich war nicht die beste Tänzerin, das wusste ich. Laut seiner Angaben hatte er auch zwei linke Füße. *Gut*, dachte ich beruhigt, *dann falle ich wenigstens nicht so peinlich auf.* Auf der Tanzfläche aber haute er mich um. Nachdem er sich anfänglich langsam und scheinbar etwas unbeholfen beweget hatte, begann er plötzlich wie ein Chippendale zu tanzen. Ich war absolut sprachlos und konnte nicht aufhören, ihn anzustarren. Noch mehr staunte ich, als er sich dann auch noch sein Hemd während seiner Tanz-Show vom Leibe riß.

»Und du kannst nicht tanzen!?«, fragte ich ihn

ungläubig. Er sah definitiv nicht wie der Party-Typ aus und schon gar nicht wie ein Profitänzer. Generell behielt er auch immer eine sehr geradlinige, aufrechte, ja schon fast starre Pose ein. Ihn sich nun so frei bewegen zu sehen, war unfassbar. In seiner Jugend habe er nebenjobmäßig als Gogo-Tänzer gearbeitet, offenbarte er mir. *In einem Menschen steckt man doch wirklich nicht drin!*

Es dauerte eine ganze Weile, bis ich meine Fassung wiedergewann. Beim Tanzen streifte er mir immer wieder meinen Rock hoch, sodass von hinten wahrscheinlich mein blanker Po zu sehen gewesen war. Dabei strich er flüchtig mit seinen Händen über meine Haut. Es kribbelte in mir. Dann presste er seinen Körper enger an mich. Es war erregend seine Wärme und seine Berührungen an meinen Innenschenkeln zu spüren. Am liebsten hätte ich beide seiner Hände an mir gehabt und für immer so mit ihm weitergetanzt.

Später aßen wir ein paar Canapés und schauten uns nach seinen Freuden um, die angeblich auch zu der Party kommen wollten. Nachdem wir sie nicht finden konnten und die Party auch so nicht reizvoller wurde, entschieden wir uns gegen ein Uhr zurück zum Hotel zu fahren. Auf dem Zimmer landeten wir sofort im Bett. Er befahl mir seinen Schwanz rauszuholen und ihn zu blasen. Ich tat wie er angewiesen hatte. Kurze Zeit darauf zog er sich komplett aus.

»Nimm ihn wieder in den Mund!«, befahl er auf

ein Neues. Plötzlich fuhr er mich mit erboster Stimme an: »Wer hat dir eigentlich beigebracht so zu blasen?« Ich erschrak. Im ersten Moment wusste ich gar nicht, wie ich auf seinen plötzlichen Wutanfall reagieren sollte.

»Du bist wie eine Maschine«, sagte er dann erbost. Ich war komplett verwirrt. Bis jetzt hatte ich es immer so getan und er hatte nie etwas bemängelt. Dennoch hatte er Recht - ich ›machte‹ einfach, ohne etwas dabei zu empfinden. Das habe ich schon immer so getan.

»Wer hat dir das beigebracht?«, fragte er noch einmal mit Nachdruck. Ich wusste genau, warum ich so war. Tausende Gedanken kreisten plötzlich in meinem Kopf - Erinnerungen und Schuldgefühle. Er hatte keine Ahnung, was in mir in diesem Augenblick vorging. Meine Kehle hatte sich zugeschnürt, sodass ich keinen Ton herausbekam. Ich guckte ihn nur beschämt an und konnte die Tränen, welche in meine Augen schossen, nicht unterdrücken. Er packte mein Kinn mit seiner rechten Hand und zog mich zu sich. »Antworte mir!«, zischte er.

»Ich weiß es nicht«, log ich und versuchte seinem Blick auszuweichen.

»Ich will, dass du mich fickst«, befahl er dann in einem scharfen Ton. Ich befolgte seine Anweisungen und fing an auf seinem harten Schwanz zu reiten.

»Ist das alles? Fick mich gefälligst richtig«,

befahl er nochmals. Dieser innere Schmerz, der in mir aufstieg, breitete sich immer mehr aus.

»Ich will, dass du weitermachst, auch wenn dir deine Pussy wehtut!«, sagte er streng, ergriff dabei mein Becken und bewegte es mit einem festen Griff heftiger. Meine Tränen liefen weiter. »Was ist los?«, fragte er schroff.

Ich versuchte meine Stimme und Worte wiederzufinden, die mir irgendwo tief in meinem Hals feststeckten.

»Ich habe schon immer nur das getan, was Männer von mir verlangt haben«, sagte ich dann leise, »egal ob ich es wollte oder nicht. Ich bin immer nur benutzt worden und habe mich benutzen lassen, um zu gefallen.« Mein Körper sackte in sich zusammen. Ich fühlte mich schrecklich. Tiefer Schmerz und Trauer hatten sich in mir breitgemacht und seine Herzlosigkeit und abweisende Art halfen mir in dem Augenblick überhaupt nicht.

»Komm her«, er zog mich zu sich runter. Seine angespannten Gesichtsmuskeln lösten sich plötzlich. Er schien nicht mehr wütend zu sein. »Ich weiß«, sagte er mitfühlend, »ich werde das nicht tun.« Bei den Worten nahm er mich in seinen Arm. Er gab mir zu verstehen, dass er mich besser behandeln würde als die anderen Männer es getan hatten - mit Respekt, Zuneigung und Verständnis. Er würde mich beschützen und mir dabei helfen, mich neu zu entdecken.

Sein Wutausbruch kurz zuvor hatte mich verängstigt, aber nun fühlte ich mich sicher und geborgen bei ihm. Es war ein unheimlich beruhigendes Gefühl in seinem Arm zu liegen.

»Ich will nicht, dass du dich für mich verstellst. Ich will, dass du mir wahre Leidenschaft zeigst«, betonte er. Plötzlich verspürte ich eine unheimliche Erleichterung, weil er mir sein Okay dafür gab, so zu sein, wie ich wirklich bin. Es war wie ein Schalter, welchen er plötzlich in meinem Kopf umgelegt hatte. Meine gespielte Show hatte er durchschaut, aber gab mir trotzdem noch eine Chance. Auf einmal hatte ich neuen Mut und neue Kraft, mich ihm gegenüber zu öffnen und einfach nur ich zu sein. Bisher hatte ich immer große Angst gehabt, meine Partner zu verlieren, wenn ich nicht das tat, was sie von mir verlangten. Durch seine Worte fühlte ich mich frei und mein Vertrauen zu ihm wuchs. Durch ihn würde ich wieder zu mir selbst finden und mich von meinen inneren Zwängen befreien können.

»Fick mich weiter!«, sagte er nach kurzer Zeit, wieder in einem etwas härterem Ton. Ich hatte keine Kraft mehr und alles schmerzte, aber gehorchte trotzdem.

»Ich will, dass deine Pussy brennt!«

Als wir beide am nächsten Tag wieder in unser Alltagsleben zurückkehrten, schrieb er mir, dass ich ihm sehr gut getan hätte und dass er sich seit dem Wochenende wieder viel ruhiger und entspannter fühlte. Das Wochenende mit ihm hatte mir auch sehr gut gefallen, allerdings beschäftigten mich immer noch aufgewühlte Emotionen. Ich entschuldigte mich bei ihm, dass ich so angespannt gewesen war und erklärte ihm, dass ich mich, umso näher mir ein Mann kam, automatisch immer mehr verschloss. Meinen eigenen Willen hatte ich einem Partner gegenüber noch nie zum Ausdruck bringen können. Das war schier unmöglich. Ich befolgte einfach das, was von mir verlangt wurde und war so immer auf der sicheren Seite. Ich durfte nicht zulassen, durch Eigenregie etwas Falsches zu tun. Er beteuerte mir noch einmal, dass er mir Zeit geben würde, um mein Selbstvertrauen wiederzufinden. »Entschuldige meine Unersättlichkeit. Oft scheint es, als ob ich nicht zufrieden sein kann, ignorier das einfach«, bat er.

»Ist schon in Ordnung, ich nehme es dir nicht übel.« Trotzdem legte er Betonung auf seine Ansprüche und Anforderungen, welche er stetig steigern und meine Grenzen kontinuierlich ausweiten würde.

»Das ist okay. Du machst dir um mich und mein Wohlbefinden Gedanken und berücksichtigst meine Wünsche in gewissem Maße«, bestätigte ich.

»Natürlich, denn du weißt nicht, wer ich bin und was ich von dir erwarte und umgekehrt. Wir werden uns langsam herantasten und zusammen daran arbeiten«, versicherte er. »Deine Potentiale werden wir steigern, nicht nur in sexueller Hinsicht, sondern auch in deinem Privatleben«, versicherte er mir.

Devotion definiert

Die nächste Woche trafen wir uns endlich wieder. Ich erzählte ihm von meinen Fotoprojekten und Ideen, an welchen ich, neben meinem Hauptberuf als Lehrerin, arbeitete. Seine eigenen kreativen Kunstwerke hatte er mir bereits gezeigt. Bevorzug schien er Frauen zu fotografieren. *Natürlich, was auch sonst. Typisch Mann,* dachte ich sarkastisch. Anscheinend hatte er an verschiedenen Foto-Workshops teilgenommen und erzählte mir, dass alle Teilnehmer außer ihm keinen Sinn für Ästhetik gehabt hätten.

»Die waren alle total unfähig«, lauteten seine Worte. »Schau mal hier«, er hielt mir sein Smartphone unter die Nase. »So einen geilen Shot hat keiner hinbekommen und ich hab das sogar mit meinem Handy geschafft!« Das Bild sah mir nicht nach einem Handybild aus, aber ich sagte nichts. Scheinbar war er sehr von sich und seinem Talent überzeugt. Aus professioneller Sicht wollte ich nicht zu kritisch sein, auch wollte ich ihn nicht in irgendeiner Weise kränken. Kritik mochte er gar nicht, genauso wie Widersprüche. Meine wirkliche Meinung hielt ich deshalb zurück und stimmte allem, was er sagte, einfach zu.

Durch meine Tätigkeit als Fotografin kam ich in Kontakt mit den verschiedensten Menschen. Das war ein wichtiger Teil, der mir daran so gut gefiel. Unter anderem arbeitete ich oft mit Single-

Männern zusammen und es kam nicht selten vor, dass der ein oder andere fragte, ob ich einen Freund hätte. Über Eifersucht hatte ich mit meinem Freund bereits gesprochen. Es gab sowieso keinen Grund für ihn eifersüchtig zu sein, da ich in Beziehungen immer treu bleibe.

Meiner Meinung nach sollte man sich an Versprechen seinem Partner gegenüber, vor allem was Treue anbelangt, halten und ehrlich bleiben. Wenn man auch nur in Erwägung zieht seinen Partner zu betrügen, sollte man sich fragen, was die dahinterliegenden Probleme sind und sich mit ihnen auseinandersetzen. Kann man diese nicht klären, so ist eine Trennung natürlich auch eine Option. ›Auf diese Art verletzt zu werden möchte keiner, also tue es auch keinem an!‹, lautet mein Motto zu dem Thema.

Es schien kein Problem für ihn, dass ich rein professionell mit Männern in Kontakt kam und diese teils recht leicht oder unbekleidet sah. Trotzdem machte er mir immer wieder klar, dass er über alles Kontrolle haben wollte. Egal was passierte, er wollte ständig Berichte über das, was ich gerade tat. Teilweise empfand ich dies als etwas anstrengend, gerade wenn ich beschäftigt und unter Zeitdruck war. Wenn ich nicht sofort antwortete, hakte er nach warum und forderte weiter, bis er bekam was er wollte.

Mit welchen Männern ich aktuell in Kontakt stand und wie meine Beziehung zu ihnen aussieht, wollte er auch wissen. Eigentlich war mir das nicht sehr recht gewesen. Ein bisschen Privatsphäre stand mir meiner Meinung nach zu. Alle meine männlichen Kontakte waren aus Affären oder zumindest mit dem anfänglichen Potential dazu entstanden. Es gab nur eine Ausnahme: mein bester Freund. Wir hatten uns vor einiger Zeit durch meine Tätigkeit im Krankenhaus kennengelernt. Ich vertraue ihm vollkommen. Bei den anderen Kontakten war es mir unangenehm, ihm alle Details erläutern zu müssen. *Er wird zu jedem einzelnen Fragen stellen*, befürchtete ich – und so kam es auch. *Naja, schließlich hat er auch eine Vergangenheit mit Frauen. Die ist ihm bestimmt auch nicht peinlich*, dachte ich dann und beantwortete seine Fragen. Ehrlichkeit hatte ich versprochen, also erzählte ich ihm alles. Insbesondere berichtete ich von einem Bekannten, den ich sehr anziehend gefunden hatte, bevor wir zusammengekommen waren.

Dieser Bekannte hieß es ganz und gar nicht gut, dass ich eine feste Beziehung eingegangen war. Was feste Beziehungen anbelangte, teilten wir ganz und gar nicht dieselben Ansichten. Mein Bekannter führte eine offene Beziehung, wobei es einen kleinen Haken gab - seine Beziehung war nur aus seiner Sicht offen.

»Wie würdest du reagieren, wenn du herausfinden würdest, dass dich deine Frau schon hunderte Male betrogen hat?«, fragte ich ihn irgendwann einmal.

»Ich würde es nicht wissen wollen«, antwortete er knapp. Wie man so etwas tun kann, war mir unbegreiflich. *Warum braucht man mehr als einen Partner?*

»Ich kann verstehen, wenn jemand die Abwechslung sucht und deshalb mehrere Affären hat, obwohl ich mir das auch anstrengend vorstelle. Nicht in Ordnung finde ich es, wenn man mit seinem Partner nicht darüber spricht und alles heimlich abläuft«, so sah ich es.

»Will dein Bekannter dich ficken?«, fragte mein Freund direkt.

»Ja, will er«, gab ich mit der leisen Hoffnung zu, er würde doch etwas eifersüchtig sein.

»Okay, ich will genau wissen, wer dich ficken will und ich werde bestimmen wann, wo und wie. Ist das klar?«

Sein Ton gefiel mir nicht. »Verstanden«, antwortete ich etwas widerwillig. In meiner Fantasie war dieser Gedanke durch seine Kontrolle von anderen benutzt zu werden recht erregend, allerdings war ich mir nicht sicher, ob ich dies in der Realität tatsächlich umsetzten wollte. Schon gar nicht wollte ich, dass er Kontakt zu meinem Bekanntenkreis aufnahm!

Schnell wechselte ich das Thema. »Ich habe ein Problem, etwas, das mich momentan sehr beschäftigt«, schrieb ich. »Meine Ärztin hatte mir letztes Jahr schon vorgeschlagen, als ich kurz vor einem totalen Zusammenbruch stand, psychologische Hilfe zu suchen. Leider gab es keine freien Therapieplätze. Jetzt überlege ich, ob ich doch eine machen soll«, erklärte ich.

»Ich helfe dir gerne einen Therapeuten zu finden«, bot er an.

»Danke, das ist lieb. Ich mache mir da wirklich Sorgen. Ich weiß nicht, ob ich mich einem Therapeuten anvertrauen könnte und ich habe Angst davor, wie mich eine Therapie beeinflussen oder verändern könnte.«

»Wovor genau hast du Angst? Dass es deine Devotion beeinflussen wird?«, fragte er.

»Ja, unter anderem«, gestand ich.

»Das wird nicht passieren. Deine Devotion wirst du nie verlieren, du wirst sie nur anders erleben und intensiver ausleben können, wenn du gelernt hast besser mit ihr umzugehen«, verdeutlichte er und fuhr fort, »Ich werde dir helfen deine Devotion zu intensivieren, sie zu verbessern.« Er hatte schon häufiger solche Andeutungen gemacht, aber nie genau erklärt, wie er mir helfen würde.

»Inwiefern? Was genau meinst du?« Ich war gespannt darauf von ihm zu lernen, da er sich auf diesem Gebiet wesentlich besser auskannte und mehr Erfahrung hatte als ich.

»Ich werde dich qualitativ verbessern. Du wirst lernen zu spüren was ich brauche und wann, ohne dass ich es in Worte fassen muss. Du wirst perfekt sein in allem was du tust«, machte er mir

begreiflich.
Man kann sich sicherlich immer verbessern und lernbereit war ich sowieso.

»Ich werde dich so formen, wie ich dich haben will. Es gibt einige Dinge, die geändert werden müssen, die ich normalerweise nicht dulden würde. Aber das kannst du noch nicht wissen«, deutete er an.

»Und welche Dinge wären das genau?« Ich war leicht beunruhigt.

»Deine Kleidung, Körperhaltung, deine Kommunikationsweise und die Art und Weise, wie du dich mir gegenüber verhältst«, feuerte er auf mich los.

Was stimmt denn nicht mit meinem Verhalten und meiner Kommunikationsweise?, wunderte ich mich verärgert.

»Ich möchte, dass du auf mein Wort gehorchst, mehr gibst als du nimmst, für mich mitdenkst und immer alles dafür tust, um mir zu gefallen. Beunruhige dich nicht, ich werde es dir langsam zeigen und beibringen. Du bist scheinbar sehr schlau und lernst recht schnell.«

Einerseits war ich empört über meine von ihm angedeuteten Imperfektionen, aber zugleich gespannt, wie sich unsere Beziehung entwickeln und intensivieren würde. Diese Perfektion meiner Devotion, von der er sprach, wollte ich um jeden Preis erreichen. Mein Leben lang hatte ich schon immer das Verlangen danach gehabt, mich zu etwas Besserem zu entwickeln. Etwas, was ich noch nicht war.

»Ich habe dich nie nach deinem ersten Eindruck von mir gefragt«, fiel mir beiläufig ein.

»Etwas zurückhaltend, zu selbstsicher und eher bedacht in der Art und Weise wie du dich verhältst«, erklärte er.

»Zu selbstsicher?« Ich versuche mich eigentlich immer natürlich zu geben.

»Und wie sieht es bei dir aus?«, wollte er dann wissen.

»Also, von den Bildern, die du mir von dir geschickt hattest, hatte ich eher einen Macho-Typ erwartet, aber der reale Eindruck war dann doch das Gegenteil. Ich empfand dich als sehr ruhig, ausgeglichen und freundlich.«

»Mmh, dann muss ich dringend an meiner Macho-Nummer arbeiten«, witzelte er.

Wir kehrten zum Thema Devotion zurück. »Viele Frauen und Partnerinnen von Freunden, die ich kenne, könnten einiges von dir lernen«, offenbarte er.

Ich war überrascht: *Was genau sollen andere Frauen denn von mir lernen!?*

»Die sind alle nur sexuell devot, aber im Privatleben dominant«, schilderte er.

»Aber ich bin eigentlich auch recht dominant, das muss ich auch oft sein«, betonte ich. *Irgendwie muss man sich ja durchs Leben schlagen und ein Weichei bin ich bestimmt nicht!*, dachte ich dabei.

»Das stimmt, das sollst du ja auch, aber das

Wichtigste ist - du hast den Willen deinem Partner gut zu tun im Leben«, erwiderte er. »Dazu kommt, dass du eine gute Mutter bist und einfach eine tolle Frau!«

Ich schien etwas zu sein, was man anscheinend nicht oft fand. Etwas Besonderes, was ihm andere Frauen nicht geben könnten. Meine Natur und mein Charakter waren auf natürliche Art devot. Darauf war ich sehr stolz.

Sex

Die darauffolgenden Wochen und Tage verliefen immer gleich. Wir schrieben uns tagtäglich von früh bis spät. Ich schickte ihm morgens Bilder und bemühte mich, durch das Ausprobieren verschiedener Posen kreativ und abwechslungsreich zu bleiben. Was meine Selfies anbelangte, so hatte ich mich schon sehr gebessert und war in Bezug auf meinen Körper nicht mehr ganz so selbstkritisch.

Am meisten störte mich seit der Geburt meiner Kinder mein Bauch. Alle drei waren an die fünf Kilo Babys gewesen, weshalb ich jedes Mal so viel zugenommen hatte, dass mein Bindegewebe gerissen war. Nun bildete es sich nicht mehr zurück. Durch die Bilder, welche er verlangte, schaute ich meinen Körper nach wirklich langer Zeit zum ersten Mal wieder bewusst an. Anfangs zögerte ich lange und brauchte für jede Aufnahme eine Ewigkeit, bis sie mir gut genug gefiel und ich mich als halbwegs schlank empfand. Dabei verschwendete ich Zeit, die ich sowieso nicht hatte. Um die Bilder für ihn machen zu können, musste ich lernen die kritische Stimme in mir abzuschalten und einfach zu machen. Irgendwann fragte ich mich, warum ich mich die ganze Zeit eigentlich gesorgt hatte. *Er weiß doch sowieso wie du aussiehst und ihm macht es nichts aus!*, verdeutlichte ich mir.

Nachdem ich mich zwangsweise tagtäglich auf den Bildern betrachten musste, war mir mein

Äußeres irgendwann egal geworden. *Auch eine gute Therapie*, dachte ich.
Neben den unbekleideten Aufnahmen wies er mich an, ihm täglich Bilder von meiner Kleidung zu schicken. Er wollte wissen, was genau ich trug und gab mir entweder sein Okay oder machte Veränderungsvorschläge. Bilder von ihm bekam ich auch jeden Morgen. Es war ein schönes Ritual, welches mir, trotz unserer Entfernung voneinander, stets ein Gefühl der Verbundenheit und Nähe zu ihm vermittelte. Zudem wusste ich, dass er an mich dachte.
Ich genoss die aufsteigende Lust, welche meistens morgens begann und sich dann so sehr steigerte, dass ich mich oft tagsüber nicht mehr richtig auf meine Arbeit konzentrieren konnte, bis ich bei unserem Mittagstreffen endlich von ihm genommen wurde. Mein Schritt war ständig feucht und das Gefühl von Geilheit hielt aufgrund unseres Sex-Chats durchgehend an.

»Ich würde dich leiden lassen, dich an mein Bett fesseln, deinen Arsch ficken und dir dabei einen riesen Dildo in dein Loch schieben! Du würdest liegen bleiben, so wie du bist und am nächsten Morgen würde ich dich gleich nochmal benutzen«, fantasierte er. Es war wie eine Dauerekstase, in der sich all meine Gedanken nur noch um ihn drehten und das Gefühl, endlich wieder von ihm benutzt zu werden. Er brachte mir Erleichterung. Er hatte eine Art mich anzufassen, wenn seine

Hand langsam in meinen Schritt glitt, um zu testen, ob ich feucht war. Von einem Mann war ich noch nie zuvor so gefühlvoll und doch mit solcher Stärke berührt worden. Er schien genau zu wissen, was sich für mich gut anfühlt. Die meisten Männer rubbeln einfach nur irgendwie, so nach dem Motto: ›Umso schneller, desto eher kommt sie.‹ *Warum fragen die wenigsten Männer eigentlich nach, was einer Frau wirklich gefällt?*, wunderte ich mich immer wieder.

An seinem Schwanz zu sein und mit meinem Kopf auf seinem Schoß zu liegen, hatte etwas Beruhigendes. Ich wusste, dass er dies am meisten mochte. Und von seinem Saft war ich abhängig geworden. Er konnte seine Erektion sehr lange halten und genoss es mir beim Blasen direkt in die Augen zu sehen. Sein Blick sagte ganz klar: »Du gehörst mir!«

Deepthroating verlangte er jedes Mal, egal ob ich wollte oder nicht. Es erregte ihn zu sehen, dass ich litt. Beschweren tat ich mich nie, da ich wusste, dass dieses Leiden von meiner Devotion abverlangt wurde. Zudem war mein Stolz zu groß, um Schwäche zu zeigen.

Mit der Zeit hatte ich mir antrainiert dabei ruhig zu bleiben und den Würgereflex zu unterdrücken. Anfangs waren mir oft Tränen dabei gekommen, doch er hatte meinen Kopf immer wieder und immer weiter runtergedrückt.

»Das machst du gut«, lobte er mich und ich

versuchte standhaft zu bleiben. Auch wenn mein Rachen vom Vortag schmerzte, tat ich es am nächsten Tag, ohne zu jammern, wieder. In diesen Momenten fragte ich mich, wie es wohl sein würde, wenn wir tatsächlich zusammenleben und uns jeden Tag sähen. Wahrscheinlich würde ich nach dem dritten Tag spätestens kraftlos aufgeben.

Trotz des Schmerzes turnte mich sein Verlangen an. Für den Sex mit ihm hätte ich sterben können, auch wenn er manchmal zu viel forderte. Ich gehörte ihm und war stolz darauf.

Wenn er Sex mit mir hatte, tauchte ich jedes Mal in eine andere Welt ab. Das Gefühl der Lust war einfach unbeschreiblich. Unfair war nur, dass er mich am Ende meistens nicht kommen ließ.

»Beim Sex zu kommen ist für mich nicht wichtig. Und dafür, dass du kommen kannst, hast du selbst zu sorgen«, gab er mir zu verstehen.

»Turnt es dich nicht an, wenn ich komme?«, wollte ich wissen.

Seine Antwort darauf lautete, dass ihn der Akt an sich und das bloße Benutzen viel geiler machten.

»Verstehe. Einerseits finde ich es ja irgendwie gut. Mein Ex-Freund hat mich immer dazu gezwungen zu kommen. Unter Druck kann ich so etwas sowieso nicht. Mir ist das Vorspiel am wichtigsten«, erklärte ich.

»Siehst du, deshalb bist du bei mir«, antwortete er und fuhr fort, »Ich will, dass du mir das gibst,

was ich brauche.«
Es war aufregend, nicht nur Fantasien mit ihm auszutauschen, sondern diese auch wirklich auszuleben.
Obwohl alles schnell zu einer Routine geworden war, fühlte sich jedes unserer Treffen trotzdem wie ein unvergessliches Abenteuer an. Es war verboten, dreckig und einfach nur geil. Die Gefahr jederzeit erwischt zu werden spielte natürlich auch ein wenig mit ein. Wenn wir in seiner Praxis waren, saßen draußen immerhin viele Patienten und es hätte jederzeit eine der Helferinnen hereinkommen können. Aus diesem Grund hatte er mich angewiesen, nichts auf seine Kleidung kommen zu lassen. Wegen einem versehentlichen Make-up Fleck auf seinem weißen Poloshirt, hatte er mir einmal eine gehörige Ohrfeige verpasst und mir klargemacht, dass das nicht noch einmal passieren durfte.
»Es ist dein Job, in Zukunft besser darauf zu achten!«, schimpfte er verärgert. Aus dieser Besorgnis heraus wies er mich wahrscheinlich später auch an, nicht mehr so viel Make-up zu tragen.

Sein Saft durfte auch nirgendwo hinkommen, weshalb er immer in mir abspritzte oder es mich schlucken ließ. Dass ich gelegentlich Flecken auf seinem Patientensessel oder auf dem Boden hinterließ, konnte ich nicht verhindern.
»Das macht auch nichts«, beschwichtigte er. Er wies mich an, seinen Saft so lange innezuhalten

wie möglich, was mir sehr peinlich war, da ich hinterher zurück auf meine Arbeit musste. Irgendwann spürte ich dann, wie der Saft plötzlich unkontrolliert wieder aus mir tropfte. Dabei musste ich die ganze Zeit an ihn denken.

»Du bist jetzt schon der Grund, warum ich mich gut fühle und warum ich mich auf die kommenden Wochen und Monate freue. Bald werden wir viel mehr Zeit zusammen haben, wenn meine Arbeit nicht mehr ganz so stressig ist und ich mit meiner Buchbearbeitung fertig bin. Dann wirst du bald komplett mir gehören. Darauf freue ich mich schon sehr«, schrieb er vorfreudig und machte mir Hoffnung auf mehr Zeit mit ihm zusammen.
Ich konnte geduldig sein und war gewillt auf ihn zu warten. Die meiste Zeit war ich sowieso selbst sehr gestresst und unter Zeitdruck. Meine Freiräume zu haben, war mir außerdem wichtig. Und dadurch, dass wir uns nicht ständig auf der Pelle hingen, blieb die Beziehung in gewisser Weise frisch und aufregend.

Während sich unsere Beziehung entwickelte, hatte ich das Gefühl, dass alles andere in meinem Leben immer mehr außer Kontrolle geriet. Er war der einzige Mensch, der mir Halt und Beständigkeit gab. Er war mein Fixpunkt.

»Du bist eine wunderbare Person und ich habe dich mehr als gern. Hoffentlich bin ich nicht der Einzige, der dir das sagt.« Seine Worte waren sehr gütig. Am liebsten hätte ich geantwortet: »Ich liebe dich«, tat es aber nicht.

»Ich bin auch mehr als froh, dich in meinem Leben zu haben. Es geht mir einfach sehr gut bei und mit dir«, stimmte ich zu. Diese Worte waren absolut ehrlich. Meiner Meinung nach werden Worte schnell missbraucht. Wenn man überlegt, wie oft und auch viel zu voreilig man Menschen sagt, dass sie toll sind. Später, wenn man sie dann besser kennt, wundert man sich warum man so etwas jemals ausgesprochen hat!

Aber diesmal konnte ich wirklich sagen, dass ich solch starke Gefühle noch nie zuvor empfunden hatte. Das Gefühl von Freiheit und einfach so akzeptiert zu werden wie ich war, ohne dass irgendwelche Zwänge oder wirkliche Verpflichtungen bestanden, welche mich in irgendeiner Weise belasteten oder gar einengten, war wunderschön. Er bestätigte mir auch dasselbe für sich. Vorherige Partnerinnen hatten wohl immer nur spielen wollen, den Sex gewollt, aber hatten sich sonst nicht für ihn interessiert.

»Du bist unkompliziert, forderst und nörgelst nicht ständig. Devot und willig, mir zu gehören, bist du auch - einfach perfekt«, schrieb er mit freudigem Unterton.

»Und du bist nicht so ein narzisstisches, selbstverliebtes Arschloch, wie zum Beispiel mein Ex«, erwiderte ich mit leicht bitterem Geschmack im Mund bei den Erinnerungen, die dabei hochkamen.

Die Offenheit meines Freundes und seine Ansichten und Vorstellungen schätzte ich und seine leichte Verrücktheit reizte mich. Nicht nur der Sex mit ihm war unglaublich, sondern auch er als Person war etwas absolut Besonderes.
Hätte ich zu diesem Zeitpunkt nur geahnt, wie besonders er wirklich ist.

Zukunftspläne

Seine Mutter war häufig bei ihm zu Besuch. Er klagte zwar oft darüber, aber ich war mir sicher, dass es für seine Mutter gerade in ihrer Situation mit der Krankheit schön war, Zeit mit ihrem Sohn verbringen zu können. Persönlich kannte ich sie nicht, aber hatte einige Bilder und kurze Videos von ihr gesehen. Für mich sah sie wie die typische gefürchtete Schwiegermutter aus. Auch seiner Beschreibung nach schien das wohl zu zutreffen. Sie sei sehr dickköpfig, traditionell und prinzipiell nie daran interessiert, seine Partnerin oder irgendwelche Frauen in seinem Leben kennenzulernen. Vor ihr hatte er mich gleich zu Anfang unserer Beziehung gewarnt.

Mit antipathischen Schwiegermüttern in Spe hatte ich schon Erfahrung. Der Mutter meines ersten Freundes stand damals ins Gesicht geschrieben, dass ich ihrer Meinung nach nicht gut genug für ihren Sohn war. Sie hatte mich nicht schlecht oder respektlos behandelt, aber sich mir gegenüber immer eher distanziert und kühl verhalten.

Ein gutes Verhältnis zu den Eltern meines Partners aufzubauen ist mir sehr wichtig, da Familie ein wesentlicher Teil in jedermanns Leben ist. Ich überlegte mir also jetzt schon Taktiken, wie ich seine Mutter von mir überzeugen könnte. Sie kocht gerne, wie fast jede Mutter. *Ein Potential für gemeinsame Aktivitäten*, überlegte ich.

»Ich bin eine Niete im Kochen, aber richtig kochen lernen würde ich schon gerne«, erklärte ich ihm. Vor allem würde ich auch ihm damit eine Freude machen, denn welchem Mann ist Essen nicht wichtig?

»Das ist eine gute Idee«, bejahte er, »aber meine Mutter würde das niemals mitmachen. Sie würde kein Wort mit dir reden.«

Das wollen wir doch mal sehen, dachte ich entschlossen. Er kannte meinen Kampfgeist und meine Hartnäckigkeit noch nicht, die sich gelegentlich zeigen, wenn ich etwas wirklich durchsetzen will. Ihr Sohn, mein Freund, hatte bis jetzt keine Kinder zeugen können und seine Mutter wartete schon lange sehnlichst auf Enkelkinder. Meine Kinder hätten seine Mutter sicherlich auch erfreut. Da er ständig mit Arbeit und Fortbildungen beschäftigt und unterwegs war, bat ich Gesellschaft für seine Mutter an.

»Wir könnten sie doch einmal zum Kaffeetrinken einladen«, schlug ich vor.

»Das ist wirklich sehr lieb von dir. Danke, dass du dir so viele Gedanken um meine Mutter machst«, entgegnete er. Anscheinend fing sie oft an über ihre Krankheit und den Tod zu grübeln und weinte dann stunden- oder sogar tagelang. Ich stellte mir diese Umstände einfach furchtbar, grausam und belastend vor. Meine Hilfe und Gesellschaft lehnte er allerdings trotzdem dankend ab, mit den Worten: »Du selbst hast schon genug

zu tun. Nimm es bitte nicht persönlich, aber so ist sie nun einmal, sie möchte alleine sein.«
Eine Woche später reisten andere Teile seiner Familie an und Freunde seiner Mutter kamen und gingen, da wollte ich mich nicht aufdrängen. Besuche bei ihm waren deshalb auch nicht möglich.
»Ich hätte dich und die Kinder wirklich sehr gerne hier, aber es herrscht einfach nur Chaos«, bedauerte er. »Schon gut. Ich hoffe, für dich ist das alles nicht zu stressig!« Er tat mir leid.
Zwischendurch versuchte er Ruhe zu finden, um sein Buch zu bearbeiten, an dem er schon drei Jahre lang schrieb und welches nun endlich kurz vor der Publikation zu stehen schien. Ich war sehr gespannt, denn es sollte ein Ratgeber speziell für Frauen werden, welcher auf sachliche Art und Weise, aber ohne Fachjargon, Tipps zum persönlichen Wachstum gibt. Laut seinen Angaben hatte er schon einige erfolgreiche Bücher veröffentlicht und war sogar international bekannt mit seiner Arbeit.

»Bekomme ich eine Leseprobe?«, fragte ich gespannt.

»Erst einmal soll meine Mutter es lesen. Wenn sie es versteht, dann weiß ich, dass ich es gut geschrieben habe. Du bekommst dann auf jeden Fall den ersten signierten Druck«, versprach er.
Er schien wirklich populär und gefragt zu sein. Auch jetzt stand wieder ein Interview an - diesmal für den BBC. *Wow, das ist ja schon eine größere Sache!*,

dachte ich beeindruckt. Er sollte ein paar Fragen zum Thema Angst beantworten, wobei ich ihm half, seine Antworten ins Englische zu übersetzen. Wegen meines neunjährigen Auslandaufenthaltes beherrsche ich Englisch ließend. Zuvor hatte er mir zwar erklärt, dass sein Englisch sehr gut sei, bald stellte ich aber fest, dass das nicht der Fall war. Während ich einige Korrekturen vornahm, kommentierte ich seine Fehler nicht, da ich ihn nicht kränken wollte. Ich freute mich einfach, dass ich ihn zum ersten Mal bei seiner Arbeit begleiten und aktiv unterstützen konnte.
Als die Kameraleute in seiner Praxis ankamen, wunderte ich mich, dass es nur zwei waren und dass sie auch nur eine recht billige Ausrüstung dabeihatten. *Und die arbeiten für den BBC?,* fragte ich mich verwundert. Meine Skepsis wurde dann aber von meiner Aufgeregtheit überdeckt. Vor dem Interview erlebte ich ihn zum ersten Mal ein wenig nervös. *Manchmal zeigt er also doch Schwäche*, bemerkte ich. Wegen seiner Aussprache und seines deutschen Akzents war er sehr unsicher und nachdem er ein paar Sprachfehler gemacht hatte, standen ihm Schweißperlen auf der Stirn. Seine sichtbare Nervosität schob er auf die Hitze im Raum, welche durch die Kamerabeleuchtung verursacht wurde. Ich genoss es fast, zur Abwechslung einmal eine schwache Seite von ihm zu sehen. In dieser Situation nahm ich ihn auf einmal ganz anders wahr, irgendwie menschlicher. Für einen kurzen

Moment fühlte ich mich sogar zur Abwechslung einmal stärker als er.
Nach dem Interview gingen wir etwas trinken und redeten über Lebenspläne. Ideen habe ich immer viele und so vieles interessiert mich. Mit anderen Menschen zusammenzuarbeiten sehe ich als synergetisch an, da man voneinander lernen und Wissen austauschen kann.

»Vielleicht suche ich mir einen Businesspartner«, erzählte ich ihm.

»Das ist keine schlechte Idee«, stimmte er zu. Er hingegen plante sich ein zweites Standbein aufzubauen. »Wir sollten etwas zusammen starten«, schlug er vor. Etwas Großes. Seine Ideen hörten sich toll an, aber waren in meiner Vorstellung nicht realisierbar. Schon alleine von der finanziellen Seite her fragte ich mich, wie er das nötige Startkapital auftreiben wollte.

»Ich bin nicht reich, dass weißt du hoffentlich?«, bemerkte ich ironisch. Jegliche finanziellen Abenteuer wollte ich vermeiden.
Er beruhigte mich und versicherte mir, dass uns seine zahlreichen Kontakte und Freunde sicherlich tatkräftig unterstützen und die Kosten deshalb nicht so hoch werden würden. Er stellte sich gigantische Foto-Workshops mit Hubschraubern, Jachten und anderen teuren Angeboten vor. Die Details und Businesspläne müssten natürlich erst einmal ausgearbeitet werden, aber seine Ideen klangen für mich schlichtweg größenwahnsinnig.

Zudem wollte er privat investieren und hatte sich auch schon eines der neuesten Elektroautos für 2019 vorbestellt. Ich konnte nur staunen. Immobilien gehörten ihm auch, unter anderem ein Haus in den USA und er wollte seine jetzige Praxis erweitern. Solche Vorstellungen und Wünsche waren für mich völlig utopisch. Wahrscheinlich würde ich niemals in meinem Leben so viel Geld besitzen, um in irgendetwas investieren zu können. Anstreben tat ich das auch gar nicht. Alles, was ich wollte, war ohne Geldsorgen glücklich zu leben und meine Kinder finanzieren zu können. Eine komplette Neuorientierung in meinem Beruf konnte ich mir vorstellen. Man lernt nie aus und ich mochte es generell zu studieren und neue Themen zu erforschen. Durch neues Wissen eröffnen sich immer neue Wege, neue Herausforderungen, die positive Veränderungen mit sich bringen und durch welche man sich weiterentwickeln kann. *Wer denkt, er hat ausgelernt, kann sich gleich ins Grab legen*, davon bin ich überzeugt. Sein Beruf interessierte mich zum Beispiel sehr, allerdings hätte ich es mir nicht erlauben können, weder zeitlich noch finanziell, jetzt alleine mit Kindern nochmal Vollzeit zu studieren. Sechs Jahre sind eine ziemlich lange Zeit und dann auch noch eine Doktorarbeit schreiben: »Das würde ich nicht schaffen!«

Er wies mich aber darauf hin, dass es auch andere Wege gibt, kürzere Studiengänge, welche man in ein paar Jahren schaffen konnte. Die

Option zog ich sicherlich in Betracht. Und die Vorstellung etwas mit ihm zusammen aufzubauen reizte mich sehr. Sie gab mir neue Motivation bestrebter zu arbeiten. Neue Perspektiven taten sich auf und ich freute mich umso mehr auf das, was die Zukunft für uns beide bringen würde.

Veränderungen

»Du sollst immer gut aussehen, wenn du an meiner Seite bist«, das hatte er oft wiederholt. Enttäuschen wollte ich ihn nicht und ließ mich deshalb, obwohl ich es immer abgelehnte hatte, dazu überreden mir meine Wimpern verlängern zu lassen. Falsche Wimpern hatten ihm an seiner Ex-Freundin so gut gefallen, dass ich mich dazu entschied, es nun auch mal auszuprobieren. Als ich seine Begeisterung sah, freute ich mich.

Ich mag es eigentlich nicht, wenn Frauen etwas als echt verkaufen, was nicht zu ihrem Körper gehört. Wimpern, falsche Haare, Brüste und Fingernägel. Meistens sieht es einfach nur billig aus, da man auf den ersten Blick sieht, dass es eben nicht echt ist. Freunde bestätigen dann oft die Fehlentscheidung mit falscher Bewunderung, weil die Wahrheit zu verletzten Gefühlen führen würde.
Als Teenager hatte ich irgendwann die fixe Idee gehabt, meine Augenbrauen fast komplett wegzuzupfen. Ich wünschte, meine Mutter hätte mich auch nur einmal darauf hingewiesen, wie furchtbar und unnatürlich ich aussah. Später, als erwachsene Frau, entschied ich mich dann irgendwann dazu, meine Augenbrauen nachtätowieren zu lassen, da die Härchen nicht mehr wuchsen und meine halbe Augenbraue weg war. In meiner Jugend kam eine Phase des Haareblondfärbens dazu, wobei ich teilweise eher wie eine Karotte

ausgesehen habe. Blau gefärbte Kontaktlinsen probierte ich mit einer Freundin zusammen auch aus. Alles war mir recht gewesen, um mein Aussehen irgendwie zu verändern – zu verbessern. Ich hatte mir nie erklären können, warum es mir so schwerfiel, mich einfach so zu akzeptieren wie ich war.

Mein Freund kündigte oft an, dass er meine Garderobe unbedingt ändern wollte. Dazu war es zum Glück nie gekommen. Ich kann mich an eine kurze Shopping-Tour mit ihm erinnern. Die Kleidungsstücke, die er mir gezeigt hatte, entsprachen ganz und gar nicht meinem Geschmack. Zum Schuhekaufen lud er mich auch ein. Am Ende bezahlte ich alles selbst. Das war eigentlich völlig in Ordnung, nur für einen kurzen Augenblick war ich verunsichert, ob ich nun zahlen sollte oder nicht, weil er anfangs darauf bestanden hatte mich einzuladen. Ohne seine Einladung hätte ich mir gar keine Schuhe kaufen wollen!

Shoppen ist nicht mein Ding, aber für ihn machte ich mich nun gelegentlich auf, um neue Unterwäsche und diverse andere Kleidungsstücke zu kaufen. Ich schickte ihm jedes Mal Bilder aus der Umkleide und wartete auf sein Urteil, bevor ich etwas kaufte.

Bei seiner Vorliebe was Unterwäsche anbelangte tippte ich, dass er auf knappe Strings stehen würde, lag damit aber komplett falsch. Stilvolle hochgeschnittene Slips mochte er, mit Spitze oder schlichten Verzierungen. Das gefiel mir. Es ist doch viel spannender und erotischer, wenn alles geschmackvoll verpackt ist und man erst einmal nur ein bisschen Haut sehen kann. Meine nicht vorhandenen Brüste konnte ich ganz nett verpacken bei der ganzen Auswahl, die es an tollen BHs gibt. Eine große Oberweite hatte ich nie gehabt und war darüber auch sehr froh. Mir war es schon immer peinlich gewesen, die Aufmerksamkeit von Männern durch meine Brüste auf mich zu ziehen. Spätestens nach meiner dritten Schwangerschaft war das Bisschen, was noch vorhanden war, fast völlig weggeschrumpelt.

Mein Bauch hingegen hatte sich leider vergrößert. Mit hochgeschnittenen Slips konnte ich diesen aber nun auch recht gut kaschieren. *In gute Unterwäsche zu investieren lohnt sich doch*, musste ich zugeben. Mein Freund meinte zwar, dass er meinen Bauch nicht so schlimm fände, aber konnte verstehen, dass ich mich so wie ich war unwohl fühlte. Er hatte wohl einen guten Bekannten, der als plastischer Chirurg arbeitete. Nach einem Telefongespräch hatte der Chirurg sofort angeboten, mich zu einer Vorbesprechung einzuladen. Über dieses Angebot freute ich mich natürlich. Insgeheim wünschte ich mir nichts sehnlicher, als wieder einen flachen Bauch zu haben. Bei dem Gedanken an eine OP hatte ich dann allerdings doch ein etwas mulmiges Gefühl. *Ist es wirklich so schlimm, dass du dich operieren lassen würdest?*, fragte ich mich ernsthaft. Zudem war die Überlegung einer weiteren Schwangerschaft noch nicht ganz vom Tisch. Mit dem Kinderwunsch hatte ich eigentlich schon lange abgeschlossen, aber seitdem ich wusste, wie sehr er sich Kinder wünschte, war ich mir nicht sicher, ob ich nicht doch noch einmal, rein hypothetisch, eine Schwangerschaft durchmachen würde. Für ihn. Ich hatte versprochen, ihm alles zu geben und die Vorstellung eine neue Familie mit ihm zu gründen, verbunden durch ein gemeinsames Kind, erschien mir erfüllend.

Es ist ja nur ein Gedanke, beschwichtigte ich mich, *jeder Mensch hat Wünsche und Fantasien, die er nicht ignorieren kann.*

Angeblich hatte er das Thema Kaiserschnitt nach einer Bauchstraffungs-OP mit dem Chirurgen angesprochen, welcher ihm versicherte, dass dies kein Problem wäre. Ich hatte da meine Bedenken, welche noch größer wurden, als mein Freund meinte, dass dann gleich das ganze Rundumpacket durchgezogen werden sollte. Ich wollte es ja nicht übertreiben und mit OPs ist nicht zu spaßen. Zudem dauert die Genesung ja auch ihre Zeit, was für mich wiederum auf längeren Arbeitsausfall und somit Verdienstausfall hinauslaufen würde.

Zum Glück waren wir momentan erst einmal nur beim Thema Anziehsachen. Er wollte, dass ich öfter Heels trage. Kleider und Röcke trug ich nun sowieso fast ausschließlich. Von den

Temperaturen her war dies auch mittlerweile angenehmer, da es langsam in den Sommer überging.

Abgesehen von der richtigen Kleidung bestand er darauf, dass ich mehr lächeln sollte. Er erklärte mir, dass ein Lächeln bei einer Frau das ist, was den Mann anzieht und die Frau unwiderstehlich sexy macht. Ich musste innerlich lachen.

»Das ist also der Grund, warum ich Männer nicht anspreche«, folgerte ich. Mein Gesichtsausdruck war gewöhnlich grimmig. Das passiert automatisch, wenn ich in Gedanken versunken bin - und das bin ich so gut wie immer.

Dass ich mir immer so viele Gedanken über alles machte, störte ihn sowieso. Deshalb bekam ich oft den Vorwurf zu hören: »Kannst du nicht einfach mal deinen Kopf abschalten!« Leichter gesagt, als getan! Mich zu entspannen musste ich definitiv lernen. Da ich Veränderungen willkommen hieß, fasste ich seine Kritik nicht wirklich negativ auf, sondern sah sie als positiven Orientierungspunkt, um mich dorthin zu entwickeln.

Mir fiel ein witziges Erlebnis ein, bei welchem ich tatsächlich einmal aufgrund meines seltenen Lächelns angesprochen worden war. Damals war ich im Urlaub in Amsterdam von einem Radiointerviewer mit den Worten: »Sie haben aber ein hübsches Lächeln«, angesprochen worden. Er hatte mir folgende Frage gestellt: »Was würden Sie tun, wenn Sie morgens als Mann aufwachen würden?«

»Was würdest du als Frau tun?«, fragte ich nun meinen Freund.

»Mich riesig erschrecken und dann sofort feststellen, dass ich lesbisch bin«, antwortete er.
Ich musste lachen.

»Bin ich sexy, intelligent und gutaussehend?«, wollte er wissen. »Ich würde wahrscheinlich sehr lange vorm Spiegel stehen - ich bin so schon sehr eitel«, offenbarte er.

»Du bist sehr eitel?«, fragte ich erstaunt nach. Mein Ex-Freund war extrem eitel gewesen. Er tendierte dazu stundenlang im Badzimmer zu verbringen und war, trotz fast nicht mehr vorhandener Haare, alle fünf Tage zum Friseur gegangen. Dieses Verhalten hatte ich als völlig übertrieben und schon fast lächerlich empfunden.

»Ja. Und dann, als Frau, würde ich noch länger vorm Spiegel stehen und shoppen gehen ohne Ende«, fuhr er fort.

»Na klar, weil das ja alles ist, was Frauen tun! Würdest du dich nicht anfassen wollen? Ausprobieren wie es ist, als Frau einen Orgasmus zu bekommen?« Mich hätte so etwas sofort interessiert!

»Vielleicht kurz. Aber ist ja dann mein Körper und deshalb nichts Besonderes«, meinte er.

»Ich fände es spannend ein Mann zu sein. Ich würde sofort testen, ob ich Frauen rumkriege«, schrieb ich.

»Wirklich? Du bist ja witzig!«

»Ich glaube Männer haben es viel leichter Frauen rumzukriegen, als umgekehrt. Männer können sich Schmeicheleien und freche Sprüche erlauben, von Frauen wird ja eher erwartet, dass sie sich ansprechen lassen«, so empfand ich es. »Ich glaube ich wäre ein cooler Typ«, fuhr ich witzelnd fort.

»Glaube ich auch, wenn du dich weiter wie ein Mann benimmst.«

»Sehr witzig! So männlich benehme ich mich gar nicht!«, antwortete ich beleidigt.

An meinem Körper und an meiner Körperhaltung sollte ich auch arbeiten. Dass ich automatisch eine verkrampfte und verschlossene Haltung einnahm, hatte ich selbst schon oft bemerkt. Das wollte ich ändern. Sport wollte ich auch wieder treiben und war deshalb auf der Suche nach einer neuen Sportart. Etwas, was meinen ganzen Körper beanspruchten würde und wodurch ich meine Körperkontrolle und auch Haltung trainieren konnte. Er hatte mal erwähnt, dass er eine Stripperin gedatet hatte. Als ich mich daran erinnerte, kam ich auf die Idee Pole Dance auszuprobieren. Ich hatte mir einige Webseiten und Videos angeguckt und war sofort begeistert, aber dachte zur selben Zeit: *Das werde ich niemals hinkriegen!* Trotzdem stellte ich mich meinen Ängsten. Ich war begeistert, auch wenn mir nach jeder Trainingsstunde mein ganzer Körper wehtat.

»Finde ich toll, dass du das machst«, bekräftigte

er mich.
Nach einiger Zeit, als ich meine Muskeln etwas aufgebaut hatte, wurde ich immer besser. Als ich dann irgendwann einen Rückwärtsaufschwung schaffte und mich freihändig an der drehenden Stange halten konnte, empfand ich ein unglaubliches Gefühl des Stolzes und der Freude meine Angst überwunden zu haben. *Man darf eben nicht lockerlassen, dann klappt es auch*!
Als meine Mutter von meinem neuen Sport erfuhr, kam sofort ein für sie typischer Kommentar: »Dann kannst du ja gleich im Puff auftreten.« *Immer sofort negativ!* Für mich hatte Pole Dance nichts mit Sex oder Ähnlichem zu tun, sondern ich lernte dadurch Körperbeherrschung und entdeckte dabei ungeahnte Kräfte in mir. Ich lernte, wie wichtig und bedeutend die eigene Mentalität ist - das Mind-Set - um Ziele zu erreichen. Vor allem den Kopf abschalten zu können war wichtig, womit ich sowieso schon immer ein Problem gehabt hatte. Das Training beeinflusste nicht nur mein Wohlbefinden und meine Kondition, sondern ich fühlte mich auch ein Stück weit selbstbewusster. Später machte ich dann auch noch einen Lapdance-Kurs mit. Mein Ziel war es, meine weiblich-erotische Seite weiter zu entdecken, welche ich aufgrund aller möglichen Ängste fast mein ganzes Leben lang unterdrückt hatte.
Alles was ich tat, alle Veränderungen die ich vornahm, waren für ihn. Ich wollte für ihn die

perfekte Weiblichkeit verkörpern. Er sollte nur Verlangen nach mir haben und mich nie verlassen.

Weicher Kern

Mit der Zeit lernte ich ihn immer besser kennen. Ich wusste genau, was er von mir erwartete und konnte sein Verhalten und seine Reaktionen relativ gut abschätzen. Er gab sich immer sehr selbstsicher, gesammelt, ruhig, aber bestimmend und autoritär in dem was er tat und sagte. Seine gerade Körperhaltung und kontrollierten Bewegungen und Gestik unterstrichen dies und strahlten sein Selbstbewusstsein auf überzeugende Art und Weise aus.

In diesem starken Mann schien aber auch ein sehr weicher Kern zu stecken. Ich mochte diese sanfte, ja fast schon verletzlich wirkende Seite an ihm. Sie machte ihn gleichzeitig menschlich und nahbar. Viel zu oft hatte ich das Gefühl, dass ich mich auf ihn stützte und bei ihm Halt suchte. Die seltenen Momente, in denen es umgekehrt war, genoss ich, da er mir zeigte, dass er mir auch vertraute. Er hatte oft in meinem Arm geweint, vor allem, wenn es um seine Mutter ging. Aber auch mit seiner Kindheit schien er nicht abgeschlossen zu haben. Es gab wohl einiges, was in seinem tiefsten Inneren verdrängt schlummerte und ihm seelischen Schmerz bereitete.

Er machte sich immer sehr viele Gedanken und Sorgen um seine Familie. Seine Geschwister verstanden sich wohl nicht sonderlich gut, was ihn sehr belastete Obwohl er mir, wenn er gelegentlich bei seinen Brüdern zu Besuch war, lächelnde Bilder von allen zusammen schickte. *Der Schein trügt wohl*, dachte ich. In der Tat hatte er sich sehr oft bei mir über seine Familie beschwert und geärgert, da sie seine Gastfreundschaft ständig ausnutzen. Insbesondere die Frau seines Bruders schien sich unhöflich zu benehmen, da sie diejenige war, die bei den regelmäßigen Besuchen seine Wohnung verunstaltete und überall Krempel rumliegen ließ. »Sie könnte wenigstens hinter sich saubermachen und ihre Haare aus der Dusche entfernen«, hatte er sich geärgert. Oft schrieb er mir noch um Mitternacht oder früh in den Morgenstunden, dass es wieder nur Streit gegeben hatte oder dicke Luft herrschte. Laut seiner Worte lag es hauptsächlich an einem großen Mangel an Selbstreflektion. »Es ist schön, dass ich mit dir reden kann und du für mich da bist. Wenigstens ein Mensch, der mir guttut«, schrieb er mir oft.

Familie war bei uns ein häufiges Gesprächsthema. Auch ich trug einigen Schmerz in mir nach der Trennung von meinem Mann und nachdem er das älteste unserer drei Kinder mit sich nach Neuseeland genommen hatte.

»Ich wüsste nicht, was ich in solch einer Situation tun würde, aber ich würde meine Kinder nie hergeben«, erklärte er und beteuert, dass die Familie für ihn das Heiligste auf der Welt sei. Freiwillig hatte ich meine Tochter auch nicht hergegeben und die ungewollte Trennung belastete mich sehr.

Welchem Elternteil stehen nach einer Trennung die Kinder zu? Diese Frage war in meinem Familien- und Freundeskreis schon hunderte Mal debattiert worden.
Er machte mir Hoffnung, indem er sagte, dass Kinder sehr resistent seien und große Veränderungen aushalten könnten, ohne einen bleibenden Schaden davonzutragen. Er lobte mich für die Art und Weise, wie gut ich mit der Situation umging und wie wohl meine Kinder erzogen sind. Dennoch bot er mir seine Hilfe an, mehr Führung in das Leben meiner Kinder einzubinden. Ich sah dafür zwar keine Notwendigkeit, aber empfand es dennoch als positiv, dass er sich als Vaterfigur in das Leben meiner Kinder einbringen wollte.

Ich konnte mich immer bei ihm aussprechen, was mich oft sehr entlastete. Wenn er mich nach seiner Arbeit besuchte, teilte er auch oft seine Gedanken und Sorgen mit mir, die ihn den Tag über belastet hatten. Wir unterhielten uns und er konnte sich neben mir entspannen. Es war mir schon immer sehr wichtig gewesen, dass ich mich mit meinem Partner über das Leben und die Welt austauschen konnte. Dazu gehörten auch unschöne Dinge. »Immer, wenn wir uns länger sehen, fühle ich mich besser, gelöster und entspannter. Du bringst wieder etwas Ruhe in mein Leben. Dafür bin ich dir sehr dankbar«, schrieb er mir oft nach seinen Besuchen. Es freute mich, dass ich ihm guttat.

Seine humorvolle Seite schätze ich, unter anderem, auch sehr. Flache und leicht sarkastische Witze und Wortspiele waren auch mein Ding. Wir waren beide genervt von dem typischen Verhalten, welches man immer wieder und jeden Tag aufs Neue bei anderen Menschen feststellen musste. Es fing schon an bei den morgendlichen Fahrten mit den öffentlichen Verkehrsmitteln. Jeder stürzt sich in die U-Bahn, als ob es die Letzte wäre, die jemals fahren würde. Fast niemand nimmt Rücksicht auf seine Mitmenschen, alle sitzen schweigend da mit ihren Handys und gucken nur grimmig drein. Er erzählte mir, dass er sich früher öfter morgens in die U-Bahn gesetzt hätte, mit einem Notizzettel auf der Brust geklebt, auf welchem stand: »Ich hatte heute Morgen schon zwei Stunden Sex, und du?« Solche Aktionen fand ich super! Man kann Menschen so leicht irritieren und sie erröten lassen, wenn man so etwas Unerwartetes tut.

Wir spielten oft kleine Spiele zum Zeitvertreib. Andere Männer hätten mich dafür wahrscheinlich als zu kindisch abgestempelt. *Ist es Pflicht als Erwachsene immer todernst zu sein?*, fragte ich mich oft. Ihm gefiel mein Spiel, was mich wiederum erfreute. Ich schickte ihm zum Beispiel, wenn ich in der Stadt unterwegs war, kurze Geräuschaufnahmen von dem, was sich gerade in meiner Umgebung befand. »Wo bin ich?«, ließ ich ihn raten. Oder wir schickten uns kleine Bildausschnitte von

Dingen oder Gebäuden, die sich in unserer unmittelbaren Nähe befanden, welche dann erraten werden mussten. Am Ende änderte sich dies in Bildausschnitte bestimmter Körperteile.
Im Starbucks dachten wir uns regelmäßig extra komplizierte Namen aus, so wie: »Don Juan Giovanni« oder wir gaben uns Namen des anderen Geschlechts, was die Verkäufer meistens zum Lachen brachte

Mit den bekannten Autokorrekturfehlern bei Handynachrichten hatten wir auch so unseren Spaß. Ich frage mich immer noch, warum die Autokorrektur Wörter wie »Popelliese« vorschlägt oder aus »sorry« einfach »Sex« macht. Bei seinen Nachrichten musste ich in der U-Bahn oft anfangen laut zu lachen, wobei mir die Tränen kamen.

»Dein Handy braucht auch Fröhlichkeit«, meinte er witzelnd dazu.

»Wenn Menschen anderen nur genauso viel Fröhlichkeit entgegenbringen würden, wie sie es bei ihren Handys tun, dann sähe die Welt schon ganz anderes aus!«

»Stimmt«, bestätigte er. Es war schön jemanden gefunden zu haben, der auf meiner Wellenlänge war. Jemand der lachen konnte und nicht alles so ernst und verkniffen sah. Das Leben soll immerhin Spaß machen. Dass er mein Leben bald in einen Albtraum verwandeln würde, hätte ich niemals auch nur ansatzweise vermutet!

Du gehörst mir!

Obwohl wir, auf seinen Wunsch hin, recht schnell zusammengekommen waren, gab es nach einigen Monaten trotzdem immer noch nicht so viel Zweisamkeit, wie ich es mir erhofft hatte. Aufgrund seiner andauernden Fortbildungen, Seminare und Vorträge, die er ständig halten und besuchen musste, sahen wir uns kaum. Und dann war da ja auch noch das Lektorat seines Buches, an welchem er in seiner restlichen Freizeit arbeitete.

Ich hatte ihn gebeten, mir etwas von ihm zu geben. Etwas, das ich immer bei mir tragen könnte, was seine Nähe symbolisieren würde. Eines Abends, als er bei uns zu Besuch war, überraschte er mich mit einem Geschenk. Bis jetzt hatte er mir keinerlei Geschenke oder ähnliches gemacht, bis auf den einen Blumenstrauß ganz am Anfang. Ich empfing ihn wie immer so wie er es mochte. Voller Vorfreude erwartete ich ihn an meiner Haustür, in Heels und einer durchsichtigen dünnen Bluse. Er begrüßte mich mit einem breiten Lächeln und den Worten: »Dreh dich um und mach die Augen zu«. Ich war seiner Anweisung gefolgt und spürte bald etwas sehr Kaltes an meinem Hals. »Ein Zeichen, dass du mir gehörst«, sagte er und fuhr zufrieden fort, »Er gefällt mir gut an dir.« Ich konnte nur erahnen, was er mir um den Hals gelegt hatte. Mein Herz schlug schneller. Extra für mich hatte er ihn anfertigen lassen, erklärte er mir stolz. Ich konnte spüren, dass es ein Reif war, mit einer ganz besonderen Bedeutung.

»Seine Form passt sich perfekt der Wölbung deines Schlüsselbeines an. So, nun probiere du ihn aus- und wieder anzuziehen«, forderte er mich auf. Nun, da ich den Reif in meinen Händen hielt, konnte ich ihn richtig betrachten. Er war schlicht, aber sah edel aus. Das Metall war matt und völlig glattgeschliffen. Den Verschluss des Halsreifs konnte man nicht sehen, sondern nur erfühlen. Ein daumenlanges Teil konnte mit etwas Druck aus dem Reif gelöst werden, sodass man ihn dann, etwas zur Seite gedreht, vom Hals nehmen konnte. Als ich ihn wieder angezogen hatte, spürte ich einen plötzlichen Ruck, der mich nach hinten riss. Der Reif löste sich, weshalb ich beinahe zu Boden gefallen wäre.

»Das hätte eigentlich nicht passieren dürfen. Das muss ich nochmal umändern lassen. Ich will an dem Reif ziehen können«, bemerkte er gelassen. Ich hielt den Reif wider in meinen Händen als er erklärte, dass noch etwas fehlte. Er zog einen passenden kleinen matten metallenen Ring aus seiner Hosentasche hervor.

»Hör mir jetzt gut zu«, sagte er in streng.

»Du wirst diesen Halsreif ab jetzt immer tragen und niemals ablegen. Sobald du nach Hause kommst, wirst du diesen Ring sofort anbringen und wirst ihn so zu Hause tragen. Ich erwarte, dass du mir davon Bilder schickst sobald du ihn trägst - zusätzlich zu den anderen Bildern, die ich sowieso von dir erwarte. Hast du mich verstanden?«, fragte er nachdrücklich und schaute mich dabei ernst an.

Ich nickte. Ja, das hatte ich verstanden und freute mich innerlich mehr, als ich mich je zuvor über irgendein Geschenk gefreut hatte. Er hatte sich Gedanken gemacht, es geplant und es speziell für mich anfertigen lassen.

»Vielen Dank«, brachte ich hervor und gab ihm einen Kuss. Dieses Geschenk war persönlich. Es war nicht nur ein Zeichen für unsere besondere sexuelle Beziehung, sondern drückte auch unsere innige Verbundenheit aus. Ich war überglücklich! Die meisten würden nicht wissen, was er bedeutete. »Die aus der Szene werden sofort sehen können, dass du mein Eigentum bist. Ich will, dass du das geilste kleine Dreckstück wirst, bei dem jedem Mann, der dich sieht, sofort der Sabber anfängt zu laufen«. Bei den Worten hatte er ein Funkeln in den Augen und grinste mich breit und zufrieden an.

»Ist dir dein Handy wichtig?«, fragte er plötzlich. Ich verstand die Frage nicht ganz.

Klar, ich brauchte es ja täglich, schon alleine wegen meiner Arbeit.

»Ich will, dass dir klar ist, dass ich in Zukunft noch viel mehr von dir erwarten werde und dafür brauchst du ein besseres Handy. Ich werde dir

auch ein iPhone besorgen«, erklärte er.
Ich wusste nicht, was ich dazu sagen sollte. Ich mochte solche Art von Geschenk nicht. Dabei hatte ich immer ein schlechtes Gewissen. Ich wollte vermeiden, dass hinterher Vorwürfe kommen, nach dem Motto: »Du hast mich ja nur ausgenutzt«. Ich widersprach erst, aber er bestand darauf, wobei es am Ende nur bei seinem Versprechen blieb.
Fortan schickte ich ihm jeden Morgen und Abend die gewünschten Bilder von dem Halsreif. Diese Routine des Bilderschickens gab meinem chaotischen Leben eine gewisse Struktur. Zudem gab es mir auch ein Gefühl von Sicherheit, dass unsere Beziehung, trotz der komplizierten Umstände, weitgehend gefestigt war.

Sein Verhalten hatte sich neuerdings etwas geändert. Jedes Mal, wenn ich mit Männern beruflich zu tun hatte oder mich mit einem Freund traf und ihm davon berichtete, so wie er es immer von mir verlangte, bestand er direkt darauf, mich am selben Tag noch hinterher zu treffen. Außerdem schickte er mir nun häufiger Bilder von sich mit einer ›Denk an mich‹-Erinnerung dabei.
Wird er jetzt auf einmal doch eifersüchtig?, wunderte ich mich. Der Gedanke erfreute mich ein wenig.
Neuerdings fragte er auch ständig, ob ich etwas gegessen hatte, was und wie viel. Und abends kontrollierte er anhand meines Online-Status, ob ich pünktlich schlafen ging. »Du bist ja noch wach«,

schrieb er gelegentlich. »Ja, bin ich«, antwortete ich und dachte dabei, *Spät aufbleiben ist ja wohl kein Verbrechen. Ich bin erwachsen!* Er wollte alles detailliert wissen, egal was es war. Plötzlich wollte er auch wissen, zu welchem Zeitpunkt genau ich meinen Eisprung hatte. *Warum will er das alles kontrollieren?*, wunderte ich mich, aber fragte ihn nicht, da ich seine Antwort kannte, »Frag nicht so viel, gehorche lieber.«

Seit neuestem nannte er mich nur noch »Kleines Eigentum« oder »Hübsche«. Beides schmeichelte mir gleichermaßen. Dabei fiel mir auf, dass ich keinen Kosenamen für ihn hatte. Das typische »Schatz« mochte ich überhaupt nicht. Irgendwann fiel mir dann der perfekte Kosename ein – was würde besser passen als »mein Herz«? Denn das war er schließlich. Er war zu der treibenden Kraft meines Lebens geworden, die mich jeden Tag auf ein Neues motivierte und mir Freude brachte.

»Das gefällt mir sehr«, bestätigte er meine Wahl. Ich war zufrieden.

»Was brauchst du genau, um glücklich zu sein?«, fragte er.

»Eigentlich nicht viel«, antwortete ich und überlegte eine Weile. Ich wollte dasselbe wie jeder Mensch: Liebe, Zuneigung und Vertrauen. Seine Liebe zu mir konnte ich nicht wirklich beeinflussen, das war mir bewusst, deshalb sagte ich: »Ich muss wissen, dass ich dir vertrauen kann.«

»Verstehe. Aber ich meinte eher, was brauchst

du in Hinblick auf deine Devotion«, korrigierte er. *Ach so meint er das*, ich verstand. »Dasselbe eigentlich. Ohne Vertrauen kann ich mich nicht fallen lassen und würde mich auch nicht bedingungslos hingeben. Mir gefällt alles so, wie es momentan ist. Nur mehr Zeit mit dir wäre toll«, teilte ich ihm mit.

»Das werden wir bald ändern«, versicherte er. *Wann!?*, schrie es in mir.

Er plante weiter, wie er mich verändern wollte und betonte immer wieder, dass er es für notwendig erachte, dass Frauen ihren Pflichten gegenüber ihren Männern nachkamen und dass Gehorsam dabei das Wichtigste sei. Abends saß er oft auf seinem Sofa und schrieb seine Zukunftspläne und Fantasien eines gemeinsamen Lebens mit mir auf.

»Ich werde deinen Tagesablauf genauestens für dich planen und jeden deiner Schritte kontrollieren. Und es wird bestimmte Regeln geben«, deutete er an.

Wir sprachen oft über Partnerschaft und Beziehung und waren uns einig, dass heutzutage die meisten ihre Beziehungen einfach zu schnell aufgeben.

»Die Gründe vieler Beziehungsprobleme haben mit Verlustängsten und Mangel an Wertschätzung zu tun«, war seine Meinung.

Dem stimmte ich zu. Meine Ehe war an einem Mangel an Wertschätzung gescheitert.

»Und Sex spielt immer eine wichtige Rolle. Viele Beziehungen scheitern, weil es im Bett nicht mehr läuft«, fuhr er fort.

»Vertrauen ist für mich ein sehr wichtiger Faktor.«

»Vertrauen darauf, dass der Partner der einzig Richtige ist und einen für immer lieben wird?«, hatte er gefragt.

»Nein, ein Vertrauen auf Ehrlichkeit, emotionale Unterstützung und Zuverlässigkeit«, erläuterte ich.

Seiner Meinung nach war der größte Fehler eine Beziehung in sich als abgeschlossenes Ziel zu sehen. Richtiger wäre es, eine Beziehung als Anfang eines gemeinsamen Weges zu betrachten. Dem konnte ich nur zustimmen. Vielen kämpfen, um ihren neuen Partner zu bekommen und wenn sie ihn dann erobert haben, wird er schnell zur Nebensache.

Zudem, erklärte er weiter, suchen die meisten Frauen eine feste und geborgene Bindung, während Männer eher auf den Kick und Status aus sind. Hierzu gehört, mit mehreren Frauen zu schlafen. Diese Diskrepanz birgt in sich Probleme für beide Geschlechter.

»Dazu kann ich nichts sagen. Ich kann mir aber nicht vorstellen, dass wirklich alle Männer so sind - zumindest hoffe ich, dass du nicht zu der Sorte Mann gehörst«, sagte ich.

»Nein, tue ich nicht. Mir reicht eine intensive Beziehung mit einer Frau, die mir gibt, was ich brauchte. Das reicht mir und macht mich glücklich«, versicherte er mir.

Ich war sehr froh, dass unsere Meinungen hier übereinstimmten.

»Mir reicht auch ein Partner«, stimmte ich zu. Ich konnte nicht verstehen, warum manche Männer ständig Neues suchen mussten, wenn ihnen ihre Frau bereits alles gab. Dass das Unbekannte kickt ist klar, aber auch Unbekanntes wird irgendwann zur Routine und langweilig. *Neu ist nicht immer gleich besser*, dachte ich. Sich einfach mal zufrieden und glücklich schätzen, mit dem was man hat, ist in meinen Augen eine viel größere Kunst. Und wer lernt wahre Wertschätzung schon noch in unserer heutigen Gesellschaft?

Er merkte an: »Es ist wichtig zu wissen, wer man ist, damit man weiß, was man braucht - auch in einer Beziehung.« Das stimmt wohl.

Was ich wollte und brauchte, wusste ich genau - ihn!

Die ersten Vorfälle

Wie so oft war ich auf dem Weg zu seiner Praxis. Ich brachte ihm Essen mit, weil ich wusste, wie gestresst er immer war und deshalb meistens nicht zum Essen kam. Er würde sich darüber freuen, was mich wiederum freute. Auf dem Weg zu ihm wollte er wie immer genau wissen wo ich mich befand. »Gleich an deiner Tür«, schrieb ich.

»Okay, komm hoch!«, kam sofort als Antwort. Mein Herz schlug schneller. Meine Vorfreude verfolg allerdings schnell als er die Tür öffnete und ich seinem Gesicht sofort ansehen konnte, dass etwas nicht stimmte. Er sah sehr verärgert und aufgebracht aus.

»Komm rein«, sagte er ein wenig ausdruckslos. Ich fühlte mich augenblicklich schlecht und betroffen und wollte natürlich wissen, was denn passiert ist.

»Ich bin beraubt worden. Irgend so ein Arschloch hat mein Bankkonto geplündert«, erklärte er verärgert. Ich war fassungslos. Wie hatte so etwas passieren können? Angeblich waren fünfzehntausend Euro geklaut worden.

»Ich werde immer benachrichtigt über mein Handy, wenn ich eine Überweisung getätigt habe. Als ich heute Morgen aufwachte, machte es nur ›ding ding ding‹ und ich musste zugucken, wie das Geld von meinem Konto verschwand.«

Obwohl ich selbst Online-Banking nutzte, hatte

ich mich noch nie mit den Sicherheitssystemen der Banken auseinandergesetzt.

»Hast du die Bank denn schon kontaktiert? Woher hatten die denn deine Daten und Geheimnummer überhaupt?«, fragte ich fassungslos.

»Die habe ich natürlich gleich angerufen. Die von der Bank meinten, dass die Diebe durch PayPal an meine Bankdaten gekommen sind«, schilderte er.

»Sehr komisch, ist PayPal nicht extra dafür da, um maximale Sicherheit zu gewähren?«, wunderte ich mich. »Das ist ja ein richtiger Skandal! Bin ich froh, dass ich kein PayPal benutze!«, wobei ich eine innerliche Erleichterung verspürte. *Was doch alles passieren kann - unfassbar!* Er tat mir sehr leid und ich konnte seine Verärgerung sehr gut nachvollziehen. »Und was passiert jetzt? Was hat die Bank gesagt?«, fragte ich aufgebracht weiter.

»Die werden jetzt in dem Fall investigieren. Mein Konto ist erstmal gesperrt und ich muss neue Karten und Pins beantragen«, dabei zeigte er mir sämtliche Bankkarten.

Wir gingen zusammen einen Kaffee trinken, damit er seine Nerven ein bisschen beruhigen konnte. An der Kasse fiel ihm auf, dass er seine Karte ja nicht mehr benutzen konnte.

»Kein Problem, ich bezahle für uns«, sagte ich schnell.

Nach unserem Treffen, wieder zurück auf meiner Arbeit, erzählte ich meinen Mitarbeiterinnen von dem Vorfall. Niemand hatte fassen können, wie so etwas passieren konnte. Es kamen heftige Diskussionen auf über die Sicherheit des Online-Bankings. Einige kontrollierten sofort ihr Konto. Ich schrieb natürlich auch meiner Familie und erzählte meinen Geschwistern von dem Geschehnis.

Die nächsten Tage half ich ihm öfter mit kleinen Beträgen aus. Es war ja nur Kaffee. Ohne Bankkarte ist man heutzutage schon ziemlich aufgeschmissen. Zum Glück hatte er sich bald wieder beruhigt und wir warteten alle gespannt darauf, was die Bank durch ihre Ermittlungen herausfinden würde.

Meine Schwester, ihr Mann und Baby kamen einige Tage später zu Besuch. Ich hatte mich entschlossen, meinen neuen Freund bei einem gemeinsamen Essen vorzustellen.

»Ist deine Schwester so wie du?«, fragte er interessiert.

»Keine Angst, sie ist nicht dein Typ«, versicherte ich ihm mit ironischem Unterton.

»Ach ja, und warum nicht?« Seine Stimme klang leicht eingeschnappt.

»Weil sie viel zu trotzig und dickköpfig ist und definitiv nicht devot. Du bist auch nicht ihr Typ«, antwortete ich mit einem kleinen Lachen.

»Sie kennt mich ja noch nicht. Mir kann sie bestimmt nicht widerstehen«, erklärte er mit einem breiten Grinsen auf dem Gesicht. *Ist das jetzt sein*

Ernst? Will er sich etwa an meine Schwester ranmachen? Ich war leicht genervt von seiner Reaktion.

»Ziemlich selbstsicher, was?«, fragt ich spöttisch. Wortlos grinste er mich weiter an.

Meine Schwester und ich bereiteten das Abendessen vor, als es klingelte. Ich freute mich auf ihn, war aber zur gleichen Zeit auch sehr nervös. Meine Schwester konnte ziemlich offen, direkt und kritisierend sein, wenn sie wollte und mein Freund war auch immer sehr rechthaberisch. *Hoffentlich kriegen sich die beiden nicht in die Haare*, betete ich.

Als er zur Tür hereinkam, begrüßte er mich nicht wie gewohnt mit einem Kuss, sondern sagte nur: »Hallo.« Mir war die ganze Situation etwas unbehaglich. Ich stellte meine Schwester und ihren Freund mit Namen vor und alle schüttelten sich die Hand. Nachdem er seine Jacke abgelegt hatte, kam er zu uns in die Küche und bemängelte sofort meine Kochkünste. Scherzend sagte er, er würde mich auf jeden Fall bald einmal zu sich einladen und mir zeigen, wie man richtige Pizza macht.

Idiot!, dachte ich sauer.

»Anstatt zu kritisieren, kannst du hier mal lieber mithelfen«. Bei den Worten deutete ich auf das Gemüse, welches geschnitten werden musste. Er lehnte ab und ging ins Wohnzimmer.

Später saßen wir alle zusammen am Tisch, welchen wir an das Sofa hatten schieben müssen, da ich nicht genug Stühle für so viele Gäste hatte. Er verhielt sich auffällig ruhig und zurückhaltend. Das überraschte und irritierte mich etwas. Ich hoffte, er würde von sich aus Gesprächsthemen einleiten und ein wenig von seinem Leben erzählen. Zum Glück stellte meine Schwester ihm, wie erwartet, viele Fragen. Wir sprachen kurz über seine Arbeit, aber dann hatte sich der Gesprächsfokus, nach relativ knappen Antworten seinerseits, schnell wieder von ihm abgewandt. *Warum benimmt er sich bloß so komisch?*, wunderte ich mich die ganze Zeit über.

Das Thema Kinder und Erziehung wurde angesprochen, bei welchem er natürlich nicht mitreden konnte. Eine Diskussion entwickelte sich zwischen mir und meiner Schwester, welche immer hitziger wurde. Unsere Ansichten, was einige Punkte der Kindererziehung anbelangte, waren sehr unterschiedlich. Ich bemerkte, dass er sich absichtlich aus der Diskussion heraushielt, es allerdings irgendwie zu genießen schien, dass wir uns uneinig waren. Ich ärgerte mich, dass er sich nicht auf meine Seite stellte und mich unterstützte.

Als später der Tisch abgeräumt werden sollte, nahm er freiwillig das Baby meiner Schwester auf seinen Arm. Ich beobachtete ihn. Sein Gesichtsausdruck und sein Lächeln dabei strahlten absolutes Glück und Freude aus. Mir wurde innerlich warm ums Herz. Für einen kurzen Augenblick stellte ich mir vor, wie es wäre, hielte er gerade unser Kind auf seinem Arm.

Er verabschiedete sich relativ früh, mit der Entschuldigung, dass er ja morgen wieder früh raus müsse. Wir saßen noch eine Weile und natürlich fragte ich meine Schwester, welchen Eindruck mein neuer Freund auf sie gemacht hatte.

»Sehr sympathisch«, sagte sie. Ich glaubte ihr, da meine Schwester keine Person ist, die etwas anderen zuliebe beschönigte. Es freute mich, dass die beiden ihn mochten.

Am nächsten Tag sprach ich meinen Freund auch auf meine Schwester an.

»Sehr nett sind die beiden.« Er ging aber nicht weiter darauf ein, sondern bemerkte: »Eure Diskussion war interessant«.

Jetzt kommt es, dachte ich mir nur, *die Meinung eines Professionellen.* »Ach ja, und warum genau?«, wollte ich etwas genervt wissen.

»Man hat die Rivalität zwischen euch gespürt«, konkretisierte er. *Freut dich sowas etwa!?*

»Eigentlich verstehen wir uns sehr gut«, tat ich das ganze schnell ab. *Er solle mal schön still sein, bei den ständigen Streitereien, die er laufend mit seiner Familie hat*, dachte ich vorwurfsvoll, sprach dies aber nicht laut aus, da ich einen Streit vermeiden wollte. Ich mochte seinen unterschwelligen Hohn ganz und gar nicht. Zudem war ich der Meinung, dass ihm jegliche Kritik angesichts der Tatsache, dass er meine Familie und Schwester nun wirklich nicht gut kannte, nicht zustand. Innerlich war ich zum ersten Mal etwas verärgert über sein Verhalten mir gegenüber.

Am folgenden Wochenende war er wieder einmal auf einer Fortbildungsreise. Er meldete sich trotzdem ständig, was mich immer sehr freute.
Am Morgen war er wohl sehr früh durch laute Nachbarn im Nebenzimmer seines Hotelzimmers geweckt worden. Es tat mir immer irgendwie leid, dass er scheinbar nie Freizeit hatte und nicht mal an seinen Wochenenden entspannt zur Ruhe kommen konnte. Ständig hin und her reisen zu müssen und ständiger Arbeits- und Familienstress konnten nicht gut für seine Gesundheit sein. Gerade er sollte das doch eigentlich wissen!
Ich war an diesem Wochenende bei meinen Eltern zum Grillen eingeladen. Ursprünglich hatte er sich überlegt, seine Pläne zu ändern und spontan zu uns zu kommen, um meine Eltern kennenzulernen. Am Ende wäre dies von den Kosten und dem Aufwand her jedoch zu hoch gewesen.
Ich erzählte meinen Eltern von ihm, die ganz begeistert waren, dass ich nun doch endlich einmal einen netten, bodenständigen und fürsorglichen Mann kennengelernt hatte. Meine Schwester bestätigte, dass mein neuer Freund tatsächlich ein sehr netter Mensch ist.
Wüssten sie alles über ihn und unsere Beziehung, wären sie wahrscheinlich nicht mehr ganz so begeistert, lachte ich in mich.

Wir schrieben uns wie immer das ganze

Wochenende über pausenlos und schwelgten in Fantasien wie es wäre zusammenzuleben und einfach nur Ruhe und Zeit miteinander zu genießen, ohne Hektik. Ich schickte ihm viele Bilder von meiner Familie, meinen Kindern und mir. »Schön sieht es bei euch aus. Deine Familie sieht auch sehr sympathisch aus«, kommentierte er.
Vor allem Bilder von meinen Kindern zu sehen, erfreute ihn immer sehr. »Deine Kleinen sind wirklich sehr süß«, schrieb er. »Du bist einfach das Perfekteste, das ich je hatte«, fuhr er fort. Ich fühlte mich sehr geschmeichelt. So etwas hört wohl jede Frau gerne von ihrem Partner.

Am nächsten Montag sahen wir uns sofort wieder bei ihm auf der Arbeit. Der Sex mit ihm war wie immer unglaublich geil gewesen. Aus vergangenen Beziehungen kannte ich es so, dass sich die Vorfreude und die erotische Spannung nach den ersten paar Wochen relativ schnell abbauten, aber bei ihm war das ganz und gar nicht der Fall gewesen. Es fühlte sich immer wieder aufs Neue so an, als würden wir uns zum ersten Mal begegnen. Für mich waren unsere Treffen kostbar, da sie zeitlich sehr begrenzt waren und ich ihn sowieso nicht so oft sehen konnte. Wenn ich bei ihm war, war ich frei. In seiner Gegenwart blieb die Zeit für einen Augenblick stehen. Ich vergaß einfach alles – all meine Sorgen und Probleme. Ich konnte einfach nur genießen und mich völlig fallenlassen. Es war wie ein Traum. Nach einer Stunde, manchmal auch zwei, nahm alles dann ein abruptes Ende und ich musste wieder in die Realität zurückkehren.

Am folgenden Tag kam die nächste schockierende Nachricht von ihm. Es war wieder Geld gestohlen worden. Über zehntausend Euro. Diesmal konnte der unberechtigte Zugriff auf sein Konto durch seine Bank über Russland zurück nach Italien verfolgt werden. Ich konnte nicht nachvollziehen, wie so etwas ein zweites Mal hätte passieren können. Sein Konto war doch gesichert worden!? Als seine Bank ihn kontaktiert hatte, war er schon auf der Arbeit gewesen. Nach dem Anruf hatte er sich wohl so sehr aufgeregt, dass er auf dem Weg nach draußen die Treppe heruntergestürzt und mit seinem Hinterkopf hart auf einer der Treppenstufen aufgestoßen war. Nun saß er wartend bei der Polizei und klagte über heftige Kopfschmerzen.

»Du musst unbedingt zum Arzt oder ins Krankenhaus!«, riet ich ihm mit großer Besorgnis.

»Meinst du wirklich?«

Was für eine dumme Frage! »Natürlich! Das kann eine Gehirnerschütterung sein«, antwortete ich. Das Ganze beunruhigte mich sehr. Ich hätte ihn gerne unterstützt, ihm irgendwie geholfen, aber ich war auf meiner Arbeit und konnte nicht einfach weg.

»Ich glaube ich gehe doch zum Arzt«, schrieb er später.

Endlich hört er mal auf mich, dachte ich erleichtert. Nachdem er den Arzt besucht hatte, meldete er sich wieder.

»Und was sagt er?«, wollte ich sofort wissen.

»Schwere Prellungen und eine leichte Gehirnerschütterung. Ich bin noch im Krankenhaus.« Zum Glück musste er nicht dortbleiben und wurde nach ein paar Stunden wieder nach Hause entlassen. Die Arbeitstermine für die nächsten Tage hatte er bereits durch seine Rezeptionistinnen absagen lassen.

»Ich gehe sofort ins Bett«, schrieb er mir später, »Morgen muss ich dann nochmal zu meinem Hausarzt.«

Das ist ja alles mal wieder ganz tolles Timing. Immer wenn ich frei habe, ist er krank, dachte ich verärgert. Ich hatte zwangsweise einen kurzen Urlaub nehmen müssen und gehofft, endlich einmal ein wenig mehr Zeit mit ihm verbringen zu können.

»Wenn es mir nicht so schlecht gehen würde, hätte ich euch gerne zu mir eingeladen. Aber meine Kopfschmerzen sind wirklich unerträglich«, erklärte er.

»Ist schon okay, das verstehe ich«, beschwichtigte ich ihn. Er schickte mir ab und zu Bilder, auf denen er sichtbar krank und müde auf seinem Bett liegend zu sehen war. *Mein armes Herz!*, dachte ich. Ein paar Tage später ging es ihm dann zum Glück wieder etwas besser und er kam kurz zu Besuch vorbei. Er sah sehr kränklich aus und klagte nun auch über Rückenschmerzen, da er so lange und viel hatte liegen müssen.

»Es ist schön euch zu sehen.«

»Ich freue mich auch wirklich sehr, dich endlich wiederzusehen!«, antwortete ich. Ich bediente ihn mit Getränken, während er entspannt auf dem Sofa lag.

Als er wieder nach Hause gefahren war, beklagte er sich, dass der Besuch doch zu viel und zu anstrengend für ihn gewesen sei und es ihm jetzt noch schlechter ginge. Ich fühlte mich schuldig. Es war meine Schuld, dass er sich nun wieder schlechter fühlte, da ich ihn gebeten hatte mich zu besuchen.

Die nächsten Tage klagte er ständig über Schmerzen, obwohl es ihm zwischendurch eigentlich sehr gut zu gehen schien. Ich fragte ihn, ob er denn nicht noch einmal zum Arzt gehen wolle, aber das lehnte er ab. Er verdoppelte seine Schmerztablettendosis und buchte sich für eine Massage ein, obwohl er diese absolut hasste.

»Ich versuche das mit der Massage doch einmal«, erklärte er.

Zwischendurch versuchten wir ihn mit Bildern und witzigen Sprachnachrichten aufzuheitern. Zumindest das schien ihm zu gefallen. In der Hoffnung, ihn ein bisschen von seinem Schmerzen abzulenken, schickte ich ihm außerdem wie immer Bilder von mir.

Ex-Mann

Seitdem ich wieder Vollzeit arbeitete, merkte ich, wie mein Stresspegel stetig anstieg. Private Probleme meiner Schüler, die ich leider nicht für sie lösen konnte, belasteten mich. Hinzu kamen lange Arbeitszeiten an der Schule und tägliche Übermüdung. Oft wurde ich von meinen Kindern schon um kurz nach fünf Uhr morgens geweckt. Wenn sie dann abends im Bett lagen, musste ich weiter an meiner Bildbearbeitung arbeiten, obwohl ich kaum ein Auge offenhalten konnte. Trotzdem liebte ich diese Arbeit.

»Ich beneide dich um deine Leidenschaft«, bemerkte er oft. »Ich wäre auch gerne so bestrebt wie du.«

»Deine Arbeit ist doch auch deine Leidenschaft, oder?«, fragte ich.

»Schon, aber nicht so. So motiviert wie du bin ich nicht«, erklärte er.

Da hatte er vielleicht Recht.

Zu meinem alltäglichen Stress kamen ständige Krankheiten, welche meine Kinder mit nach Hause brachten. Arbeitsausfälle konnte ich mir aufgrund mangelnder finanzieller Rücklagen nicht leisten. Das hieß, es musste jedes Mal schnell ein Babysitter organisiert werden, da meine Eltern zeitlich nicht in der Lage waren, sich um ihre kranken Enkel zu kümmern. Selbst konnte ich mir keine Krankheit leisten. Egal ob Kopfschmerzen,

Halsschmerzen oder verschnupfte Nase, alles musste weitergehen. Es fühlte sich oft wie eine Endlosschleife an - ein Dauerkampf, den ich einfach nicht gewinnen konnte.

Jeder Tag verlief gleich und jeden Tag ging es mir etwas schlechter. Ich hatte einige somatische Symptome entwickelt, welche ich krampfhaft versuchte zu unterdrücken. Nervöses Augenzucken bekam ich plötzlich, hinzukamen häufige Magenprobleme und Migräne und mein Rücken schmerzte oft so sehr bis zu dem Punkt, dass ich nicht mehr aufrecht gehen konnte. In solch einem Zustand dann auch noch adäquat für meine Kinder zu sorgen, war fast unmöglich gewesen. Wenn es besonders schlimm wurde war ich gezwungen, den restlichen Tag nach meiner Arbeit im Bett zu verbringen und meine Kinder mit Fernsehen abzulenken.

Der ständige Terror von meinem Ex Mann, welcher zum Glück weit weg lebt, belastete mich auch sehr. Trennungen sind nie schön und in den allerwenigsten Fällen einfach. Besonders schwer ist es allerdings, wenn ein Teil nicht loslassen kann. Er hatte eins unserer Kinder behalten und versuchte ständig die anderen beiden auch zu sich zurückzuholen. Für ihn schien es eine Art Machtspiel zu sein, ganz nach dem Motto: »Wer die Kinder bekommt gewinnt«. Ich hatte die Beleidigungen und sinnlosen Diskussionen so satt. Es zog mich alles noch weiter runter und raubte mir Kraft. Ich war froh, dass ich jetzt zumindest ein wenig emotionale Unterstützung von meinem Freund bekam. Bei ihm konnte ich mein Herz ausschütten und er hörte zu. Er war ja auch schon einmal verheiratet gewesen.

»Zum Glück hatte ich damals die Scheidung sofort eingeleitet. Die Sache ist für mich abgehakt!«, erklärte er erleichtert. *Nie wieder heiraten!*, das stand für mich fest.

»Würdest du noch einmal heiraten?«, interessierte mich.

»Meiner Meinung nach werden Hochzeiten überbewertet«, sagte er und fuhr fort, »Es ist nur eine Unterschrift mit einer Riesenparty hinterher und viel Geld fliegt aus dem Fenster.«

Ja, da hatte er recht.

»Trotzdem«, fügte er dann hinzu, »würde ich immer wieder gerne und oft heiraten.«

Die Aussage verstand ich gar nicht, nachdem er mir erklärt hatte, dass eine Hochzeit reine Zeit- und Geldverschwendung ist.

»Und warum?«, fragte ich verdutzt.

»Es macht einfach Spaß große Partys zu feiern«, dabei grinste er mich an.

Naja, wenn man es sich leisten kann. *Obwohl eine große Party doch auch ohne ein legales Schreiben möglich ist*, dachte ich. Ich konnte mir die Vorstellung einfach nicht verkneifen, wie es wohl wäre, neben ihm in einem Hochzeitskleid zu stehen, mit seinem Ring an meinem Finger.

Insgeheim träumt wohl jeder von einer traumhaften Hochzeit mit einem Happy End, bis dass der Tod das glückliche Paar scheidet. Aber wie oft passiert das wirklich?

Ich musste zugeben, dass ich mich immer noch sehr nach einer heilen Familie sehnte. Aber diese Vorstellung einer Hochzeit verwarf ich schnell wieder.

Er hatte mir bereits erklärt, dass er in einer Beziehung eine traditionelle Rollenverteilung bevorzugte.

»Frau passt auf die Kinder auf und sieht sexy und geil aus und der Mann arbeitet«, beschrieb er seine Vorstellungen.

Ähnliches hatte mein Ex-Mann auch von mir verlangt. Damals war ich ganz und gar nicht glücklich mit der Hausfrauenrolle gewesen. Zumal ich nie einfach nur Hausfrau und Mutter war, sondern immer auch nebenher gearbeitet und studiert hatte.

»Würdest du mir denn trotzdem meine Freiräume lassen und mich meine Leidenschaft ausüben lassen?«, fragte ich prüfend.

»Ja, natürlich«, antwortete er, »Ich will ja, dass du glücklich bist und es dir gut geht. Wenn es dir nicht gut geht, kannst du auch kein gutes Eigentum für mich sein.«

Damals wünschte ich mir noch, mehr Männer würden das so sehen und verstehen, wie er es tat.

»Du weißt, was ich von dir erwarte. Du solltest dir immer genug Zeit für mich nehmen, wenn ich dich brauche. Vor allem, wenn ich zu Hause bin, komme ich zuerst. Ansonsten kannst du deine Freizeit gestalten wie du möchtest. Wir werden sehen, dass du Unterstützung mit den Kindern bekommst«, erklärte er weiter. »Ich will, dass ich dich immer benutzen kann und du immer für meinen Schwanz bereit bist. Ich werde dich dann im Haushalt unterstützen. Die Küche sauber halten wird zum Beispiel meine Aufgabe sein.«

Ich dachte, ich lese nicht richtig. So etwas hätte mein Ex-Mann niemals gemacht oder freiwillig angeboten! Unsere Unterhaltung wurde plötzlich unterbrochen, da er in eine Gruppensitzung musste.

Er hatte mir knapp erklärt, dass es bei der Sitzung um konstruktive Kommunikation in Beziehungen ging. Das passte ja ein wenig zu unserem momentanen Thema. Nach seiner Gruppensitzung schrieb er mir, dass er immer verstärkter merke, wie er mich an seiner Seite brauchte.

Das Gespräch lenkte sich irgendwie auf ein anderes Thema. Er merkte an, dass er eine scharfe Frau wollte.

»Wie definierst du denn bitte »scharf«?«, fragte ich und musste dabei etwas lachen.

»Du bist scharf«, kam als Antwort.

»Und warum genau bin ich scharf?«, fragte ich voller Selbstzweifel.

»Die Ausstrahlung und das Aussehen müssen stimmen«, konkretisierte er.

»Und das ist alles? Was ist mit dem Charakter?« *Das konnte ja wohl nicht sein Ernst sein!*

»Na ja, Aussehen ist nicht alles. Die meisten Frauen mit gutem Aussehen, die ich kennengelernt habe, konnten leider nicht gut ficken«, sinnierte er.

»Aha - ich kann auch nicht gut ficken«, antwortete ich. *Er scherzt wohl!*

»Oh doch! Vor allem bist du das, was meinen Kopf fickt!«, beteuerte er. Ich mochte diese Worte, ich wollte in seinem Kopf sein. Ich wollte diejenige sein, die all seine Gedanken einnahm und ihm den Verstand raubte. Trotzdem wollte ich auch, dass er mich für mehr schätzte, als nur mein Aussehen und den Sex mit mir.

»Und wenn ich bedenke, dass ich dich noch nicht einmal richtig benutzt habe - noch nicht wirklich angefasst habe und ins Gesicht geschlagen habe …«, fuhr er nachdenklich fort.

Das stimmte, wir waren noch nicht annähernd so weit gegangen, wie ich es durch meinen Ex-Freund schon fast gewohnt war.

Bei unserem nächsten Treffen versuchte er ganz offensichtlich einiges nachzuholen. Als ich bei seiner Arbeit vorbeischaute, war die Praxis gerade wegen Mittagspause geschlossen. Nachdem ich in sein Zimmer getreten war, packte er mich kurzerhand an meinen Haaren, zerrte mich zu sich und schlug mir mit seiner rechten Hand in mein Gesicht. Normalerweise turnte mich so etwas an, aber in dem Moment war ich ganz und gar nicht darauf vorbereitet gewesen. Für eine Sekunde blieb ich sprachlos. Er befahl mir, mich ganz auszuziehen. Ich folgte seinem Befehl. Dann zerrte er mich an meinen Haaren rüber in das Nachbarzimmer seiner Arbeitskollegin. Riesige Angst stieg in mir auf. Was würde passieren, wenn seine Arbeitskollegin plötzlich von ihrer Mittagspause zurückkehrte!?

»Entspann dich«, sagte er mit harscher aber leiser Stimme, »die kommt nicht so schnell wieder.« *Leichter gesagt als getan!* Ich musste immer wieder zur Tür blicken, während er mich auf die Patientenliege stieß. Dann nahm er mich hart. Ich genoss es ihn zu spüren, auch wenn ich innerlich zur gleichen Zeit vor Angst und Nervosität starb.

»Dich wieder richtig benutzen zu können, hat mir sehr gutgetan«, schrieb er später.

»Das freut mich.«

»Ich erzähle gerade einem Freund von dir«, fuhr er fort.

»Schon wieder? Hoffentlich keine Details oder Intimes«, erwiderte ich etwas beunruhigt. Er erklärte, dass sein Freund einer von den ›Normalen‹ sei.

»Der ist nicht so wie wir - er ist eher prüde.«

»Also, ich sehe mich nicht als unnormal, nur weil ich bestimmte Vorlieben habe«, schrieb ich etwas empört zurück.

Ich wusste, dass es einige Menschen gab, die das,

was mich anturnte, nicht verstanden oder vielleicht sogar als abstoßend empfanden. Sie mussten es ja nicht so machen. Außerdem waren das meist diejenigen, die Angst vor allem Neuen haben und sich auch nicht trauen sich sexuell auszuprobieren.
Ich war früher auch sehr prüde gewesen und hatte so ziemlich alles, was Sexpraktiken anbelangte, strikt abgelehnt. Aber man weiß nie, was einem gefällt, wenn man es nicht zumindest einmal ausprobiert hat! So vieles wird als nicht normal abgestempelt - *was ist denn schon normal? Und wer bestimmt das?*

»Egal wie, ich mag was du mit mir tust. Durch dich fühl ich mich frei«, schrieb ich zum Abschluss.

»Du tust mir auch gut«, entgegnete er, »und ich finde es sehr schön mit dir.«
Die nächsten Tage sahen wir uns nicht, da er Nachtschicht in einer Klinik übernehmen musste. Er hatte zuvor gar nicht erwähnt, dass er gelegentlich auch dort arbeitete.
Seine Mutter war zudem wieder einmal zu Besuch gekommen. Sie schien ihn ja immer auf Trab zu halten. Trotz alledem freute ich mich, dass wir regelmäßig telefonieren oder skypen konnten und ich ihn wenigstens so zu sehen bekam.

Unglaubliche Dreistigkeit

Wir hatten beide ständig so viel Arbeit und Termine. Ich war froh und dankbar, dass er mich trotz seines vielen Stresses noch nicht völlig abgeschrieben hatte.

»Du bist eine wunderbare tolle und sexy Frau, die ich in meinem Leben nicht missen will«, versicherte er mir oft. Hingegen fragte er mich, ob unsere Beziehung nicht zu viel für mich wäre und erklärte, dass er mich nicht zusätzlich belasten wolle.

»Wie kommst du darauf? Ich bin unglaublich froh, dass ich dich habe!«

Er war das Einzige in meinem Leben, das mir Halt und Unterstützung gab. Meine täglichen Lasten alleine ohne sein Dasein zu bewältigen, konnte ich mir nicht vorstellen.

Ich kam immer noch nicht mit meiner heiklen finanziellen Lage klar und hatte ständig mit der Angst zu kämpfen, plötzlich meine Kinder nicht mehr unterstützen zu können. Da mein Ex-Mann seine Unterhaltszahlungen verweigerte, trug ich alle Kosten alleine.

Von einem Bekannten hatte ich mehrere Jobangebote bekommen, mit der Aussicht auf weitere Zusammenarbeit, sollte der Auftrag gut laufen. Ich freute mich über eine neue fotografische Herausforderung. Interior Fotografie war eigentlich nicht mein Gebiet, aber ich bin ja lernfähig. Wir

arbeiteten erst zur Probe zusammen und kurz darauf bot mir sein Boss einen Arbeitsvertrag an. Ich war hin und her gerissen, da mir die Arbeit an sich zusagte, allerdings lag der Verdienst weit unter meinem derzeitigen Einkommen.
Auf diesen ersten Auftrag folgten überraschenderweise noch weitere private Aufträge, welche mir mein Bekannter anbot. Ich nahm alle Angebote an, obwohl ich zeitlich schon voll ausgelastet war. Aber Geld ist Geld und man braucht es leider, um zu überleben. Zudem reizte mich die Abwechslung.
Das Ende vom Lied war, dass sich mein vertrauenswürdiger Bekannter als Lügner und Betrüger entpuppte, welcher mir nach den Aufträgen die Auszahlung des vereinbarten Honorars verweigerte. Dass ein Mensch so hinterlistig und gemein sein kann, konnte ich nicht fassen. Ich hatte ihm vertraut und meine Arbeit war bereits von dem Hotel im Internet für Marketing-Zwecke veröffentlicht worden. *Du bist so bescheuert!*, warf ich mir selbst vor. *Warum musst du nur immer anderen sofort blind vertrauen?*, warf ich mir selbst verärgert vor.

»Warum schickst du ihm keine Mahnung?«, schlug mein Freund vor. Ich hatte keine Ahnung, wie so etwas funktioniert und musste nun erst einmal lernen, wie man ein Mahnverfahren in die Wege leitet. Da ich mir keinen Anwalt leisten konnte, musste ich mir selbst das nötige Wissen dafür aneignen. Ich hatte wirklich die Nase voll.

Es schien mir, als ob ich von allen Seiten in meinem Leben nur verarscht und ausgenutzt wurde. Zum Glück stand mir mein Freund zur Seite. Zumindest ihm konnte ich vertrauen - dachte ich damals!

»Unglaublich diese Dreistigkeit. Und der war doch ein guter Freund von dir, oder!?«, äußerte er mit absoluter Unfassbarkeit. Mein Freund bemühte sich Rat von Dritten für mich einzuholen. Angeblich hatte er einen guten Anwalt, der eventuell helfen konnte. Am Ende war dies leider nicht der Fall gewesen.

Zu allem Überfluss wurde ich selbst kurz darauf auch noch angeklagt. Zuerst nahm ich an, dass das ein schlechter Scherz sein musste, als ich die E-Mail erhielt. *Was habe ich denn bitte verbrochen?*, wunderte ich mich ratlos. Noch nie in meinem Leben hatte ich eine kriminelle Tat begangen! Es stellte sich heraus, dass ich Teile eines Gedichtes unrechtmäßig auf meiner Webseite unter einer meiner Bilder veröffentlich hatte. Ich wusste nicht einmal, dass diese zwei Sätze - genaugenommen acht Wörter! - die ich unter »Sprüche des Tages« im Internet gefunden hatte, Teil eines Gedichtes waren. Dass sie Copyright geschützt waren, hatte ich natürlich auch nicht gewusst.

Alles kam mir zu diesem Zeitpunkt wie ein bloßer Albtraum vor. Mal eben ein paar tausend Euro Strafe zahlen war nicht gerade wenig und keine Summe, die ich mir als Alleinerziehende leicht aus dem Ärmel schütteln konnte.

Ärgerlicherweise kam auch noch heraus, dass diese Gedichtschreiberin absichtlich darauf abzielte, dass ihre Gedichte kopiert wurden. Sie hatte schon hunderte von anderen Nicht-Wissenden deswegen angeklagt. Als ich versuchte sie telefonisch zu erreichen, nahm sie nicht ab. Ich hinterließ ihr eine Nachricht mit einer persönlichen Entschuldigung und erklärte ihr die Umstände. Einen Rückruf habe ich nie von ihr erhalten, nur über ihre Webseite erfuhr ich, dass sie als Hellseherin und Psychotherapeutin tätig ist. *Na das passt ja!*, dachte ich sauer. Manche Menschen auf dieser Welt sind einfach unfassbar herzlos. Freundlichkeit und soziales Verhalten werden im Leben immer bestraft, so kam es mir in dem Moment vor.

Meinem Freund hatte ich von dem Vorfall sofort erzählt und war dabei in Tränen ausgebrochen. Meine Nerven waren wegen dem ganzen Druck, der sich in meinem Leben aufgebaut hatte, völlig am Ende.

»Ich will einfach nicht mehr«, schluchzte ich. »Beruhig dich erstmal, das kostet nur unnötige Energie«, riet er mir. Er hatte ja Recht, aber das war leichter gesagt als getan. In solchen Fällen tendiere ich sofort dazu panisch zu reagieren und immer mit dem Schlimmsten zu rechnen. Das habe ich wohl von meiner Mutter geerbt.

Seine ruhigen Worte beschwichtigten mich etwas und ich vertraute darauf, dass es nicht so

schlimm kommen würde wie erwartet. Er erklärte mir, dass Anwälte zuerst einmal immer die höchste Summe forderten, die dann oftmals runtergehandelt werden könnte. Ich war wirklich froh, dass mein Freund sich mit so etwas auskannte. Leider hatte er nur wie immer nicht direkt bei mir sein können, da er wieder auf einer seiner Fortbildungen war.
Er erzählte mir immer von seinen Fortbildungen. Meistens waren es wohl dieselben Teilnehmer, die sich dann schon kannten. Es waren nur Spezialisten seiner Profession anwesend, also laut seinen Worten: »Nur Verrückte«. Die Themen hörten sich für mich komplex an. Zeit, mir etwas ausführlicher davon zu erzählen oder erklären, hatte er leider nie. Auch dieses Mal schien es wieder sehr stressig für ihn zu sein.

»Ich bekomme gerade leider nicht sehr viel Ruhe für mich«, schrieb er. Auf die Frage: »Wieso?«, antwortete er, »Weil hier alle so viele Fachfragen an mich haben.«

»Oha, so populär?«, witzelte ich.

»Tja, ich habe ein schweres Los gezogen. Querdenker zu sein und damit auch noch erfolgreich, macht mich heißbegehrt«, erklärte er.
Ich war stolz, dass er in seiner Profession so geachtet zu sein schien und dass seine Meinung und Expertise gefragt und geschätzt waren. Er schien ein wirklicher Fachmann auf seinem Gebiet zu sein.

»Ich kann deine Kollegen verstehen, ich schätze auch vieles an dir«, schrieb ich mit neckendem Unterton.

»Danke, dann muss ich dir das Kompliment auch zurückgeben.«

»Ach ja, und was wäre das genau?«, wollte ich sofort wissen.

»Ich schätze deine Ruhe, Geduld und besonders deine Beharrlichkeit und dass man dich leicht faszinieren kann. Deinen Mut neue Dinge auszuprobieren, deine kreative Ader und in vielen Dingen deine Einfachheit«, eröffnete er mir und fügte dann hinzu, »Aber, an deinem Lächeln müssen wir immer noch etwas arbeiten.«

»Na klar, und schon folgt Kritik«, scherzte ich.

»Das war keine Kritik. Du gefällst mir sehr, aber wenn ich etwas geändert haben möchte, dann sage ich es dir und ich weiß, dass du das dann auch für mich ändern wirst.«

Natürlich würde ich alles für ihn ändern, das wusste er.

Angeblich hatte er einen Ausbildungsplan für mich aufgestellt. Das hörte sich irgendwie sehr merkwürdig an, aber ich wusste, dass er mich zu meinem Besten verändern wollte - meine Stärken hervorholen wollte - also ließ ich mich darauf ein und widersprach nicht. Das Thema war mit den Worten: »Versteh mich nicht falsch, du bist wirklich fast perfekt, aber ich möchte noch mehr von dir haben«, abgeschlossen. Ich kümmerte mich

auch nicht weiter darum, da ich erstmal mit meinen eigenen Problemen beschäftigt war.
Zum Glück hatte ich Hilfe von dem Mann meiner Vorgesetzten angeboten bekommen, um das rechtliche Problem, in welches ich verwickelt war, zu lösen. Er arbeitet als Spezialist im Bereich Medienrechte.

»Solche hinterlistigen Spielchen kenne ich. Machen Sie sich da keine Sorgen. Die wollen erstmal nur Druck auf Sie ausüben«, erklärte er. Ja, das mit dem Druck ausüben hatte sehr gut funktioniert. Er bat mir seine Hilfe an - kostenlos! Mir fehlten die Worte. Ich dankte ihm tausendfach dafür, wobei ich mich schon wesentlich erleichterter fühlte. Nachdem ich mit ihm telefoniert hatte, fiel mir ein großer Stein vom Herzen. *Es gibt doch nette und hilfsbereite Menschen auf dieser Welt!,* dachte ich.

Wie man Mahnprozesse einleitet und wie diese generell ablaufen, wusste ich mittlerweile. Ich ärgerte mich immer noch über die kostbare Zeit, welche ich in dem Kampf gegen meinen sogenannten guten Bekannten verschwendet hatte.

»Das muss doch wirklich alles nicht sein!«, sagte ich mir immer wieder kopfschüttelnd.
Obwohl ich wusste, dass ich Hilfe bekommen würde, war ich trotzdem ständig am Zittern. Nachts konnte ich auch nicht schlafen.
Währenddessen war mein Freund noch unterwegs auf seiner Fortbildung. Er beschwerte sich mal wieder über laute Nachbarn und dass die Vorträge

recht langweilig seien.

»Ich wäre jetzt lieber bei dir«, schrieb er.

»Ich hätte dich auch sehr gerne hier«, antwortete ich. Gerade jetzt, wo es mir wirklich nicht gut ging, wollte ich ihn umso mehr bei mir haben.

Nachdem ich eine Woche später endlich Rückmeldung von den Anwälten bekam, senkte sich mein Stresspegel wieder etwas. Mein Anwalt hatte die Strafe von mehreren tausenden von Euro auf eine Summe von knapp über vierhundert Euro heruntergehandelt.

»Noch weiter runter wollte die Klägerin nicht gehen«, hatte er mir mitgeteilt. *Wahrscheinlich, weil sie sonst ihre Miete nicht bezahlen kann, oder warum!?*, dachte ich höhnisch. *Trotzdem ärgerlich, aber damit muss ich wohl leben.*

Hinsichtlich meiner Mahnsache habe ich auch bis heute noch kein Geld erhalten, da seine Konten Pfändungsgeschützt sind. Er ist als angeblicher Wohltäter in Köln und Berlin bekannt, wo er den Obdachlosen hilft - mit dem Geld anderer Menschen! Gelernt habe ich daraus, dass vor allem wenn es um das liebe Geld geht, man scheinbaren Freunden nicht blind vertrauen sollte, ohne sich vorher abgesichert zu haben. Wie auch immer, ich bin fest davon überzeugt, dass alle unehrlichen Menschen früher oder später ihre gerechte Strafe bekommen!

Seine Freunde und meine

Ich hatte immer noch niemanden aus seinem engeren Freundeskreis kennengelernt. Oft schickte er mir Bilder, wenn er sich mit jemandem traf, aber ich hatte nie bei diesen Treffen mit dabei sein können.

»Deine Freunde würde ich gerne kennenlernen«, sagte ich ihm oft, mit einem leichten unterschwelligen Vorwurf. Jetzt waren auf einmal mehrere Einladungen und Treffen geplant. Ich freute mich schon darauf, durch seine Freunde endlich einen neuen Teil von ihm kennenlernen zu können.

»Ich möchte dich zeigen und mit dir angeben«, freute er sich. Seine Worte schmeichelten mir jedes Mal, obwohl ich mehr daran interessiert war, diese Menschen zu treffen.

»An deinem Halsreif sollen sie sofort erkennen, dass du mir gehörst«, sagte er stolz, mit seinem typischen überlegenen Grinsen im Gesicht. Bis zu dem Datum des Treffens mit seinen Freunden war es allerdings noch eine Weile hin.

Zwischenzeitlich trafen wir uns unter der Woche wie gewohnt und führten unsere Rituale durch. Was um mich herum in meinem Leben passierte, wurde mir immer gleichgültiger oder zumindest an zweite Stelle gestellt. Mir wuchs einfach alles über den Kopf und ich versuchte mich meinen Problemen weitgehendst zu entziehen oder sie

ganz zu ignorieren. In erster Linie war ich immer nur für ihn da. Ich schickte ihm Bilder und wir tauschten Sexfantasien aus. Das machte meinen Alltag zumindest etwas erträglich und abwechslungsreich.
Er hatte mir Liebeskugeln geschenkt, die ich tagsüber für ihn tragen sollte, bis wir uns dann später nachmittags sahen. Als ich in seine Praxis eingetreten war, wies er mich sofort an meinen Slip auszuziehen. Ich tat wie er verlangte.

»Setz dich!«, bei den Worten betrachtete er mich eine Weile. Ich setzte mich ihm gegenüber auf den Patientensessel. »Zieh deinen Rock hoch!«, befahl er. Ich stand kurz auf und zog meinen Rock langsam hoch. Als ich mich wieder setzte und das kalte Leder an meiner Haut spürte, schreckte leicht zusammen. Ich liebte es ihn zu beobachten und zu sehen, wie geil er auf mich war. Dabei bemerkte ich, wie es aus mir tropfte und alles unter mir feucht wurde. Er grinste zufrieden und leitete mich an, die Kugeln langsam herauszuziehen.

»Mach die Beine breiter! Fass dich an und zeig mir wie dein Saft aus dir läuft!«, forderte er dann. Er beobachtete mich, während ich die Kugeln langsam herauszog.

»Komm zu mir«, sagte er und drückte mich runter an seinen Schwanz. »Ich brauch dich, du tust mir so gut«, sagte er mit seiner ruhigen Stimme. Wir beide genossen den Augenblick. Später nahm er mich, wie immer, von hinten und kam nach einiger Zeit. Es fühlte sich so berauschend gut an ihn zu spüren. Zum Orgasmus kommen ließ er mich wieder nicht. Ich ärgerte mich darüber. Er wusste genau, dass ich auch kommen wollte und so keine vollkomme Befriedigung finden konnte. Ich zog mich an und verließ ihn kurze Zeit später. Den Tag darauf besuchte mich eine gute Freundin. Wir hatten uns mit dreizehn Jahren bei einem Urlaub in Frankreich kennengelernt.

Während wir in der Stadt unterwegs waren, forderte er wie gewöhnlich regelmäßig Updates über unseren Standort und Berichte von dem, was wir taten. Er benahm sich schon wieder etwas merkwürdig und schrieb sehr häufig. Da er gerade ein paar Minuten Zeit hatte und wir in der Nähe seiner Arbeitsstelle waren, bat er mich kurz vorbeizukommen und meine Freundin auch mitzubringen. Als wir bei ihm ankamen, begrüßte er uns und wies meine Freundin freundlich an, sich auf seinen Sessel zu setzen. Er setzte sich auf seinen Schreibtischstuhl und zog mich zu sich auf seinen Schoß. Mir war das sehr unangenehm gewesen. Ich kam mir vor wie ein kleines Kind auf dem Schoss ihres Vaters. Er küsste mich und schien dies ganz absichtlich und demonstrativ vor meiner Freundin zu tun. Verwundert fragte ich mich, warum er sich so komisch benahm. *Er denkt doch nicht etwa, er könnte meine Freundin damit eifersüchtig machen!?* Ich kannte ihren Gesichtsausdruck und wusste genau, was sie in dem Moment dachte:

Muss das jetzt sein!?
Ich war mir sicher, dass mein Gesicht eine knallrote Farbe angenommen hatte. Zum Glück verabschiedeten wir uns nach einer kurzen Weile wieder von ihm, da er weiterarbeiten musste.
Später, als wir wieder bei mir zu Hause waren und uns über ihre Sorgen mit den Männern unterhielten, schrieb er: »Ich habe ihr sofort angesehen, dass sie Männerprobleme hat« und fuhr fort, »Sie hat eine hohe Schutzmauer um sich gebaut, weil sie in ihrem Leben schon oft verletzt wurde. Sie versucht durch äußere Stärken innere Schwächen auszugleichen und hat jede Menge Komplexe. Sie ist dickköpfig und rechthaberisch.« Dass er das alles so direkt geschrieben hatte, auch wenn es vielleicht hypothetisch teilweise oder sogar ganz der Wahrheit entsprach, fand ich sehr dreist. Er kannte sie ja gar nicht! Außerdem traf das mit den Komplexen wohl auf die meisten Menschen zu.

Den Abend darauf war er auf einer Hochzeit eingeladen. Die Hochzeit schien wohl recht langweilig zu sein, da er sich oft bei mir meldete.

»Es gibt nicht einmal sexy Trauzeuginnen oder Bardamen«, teilte er mir mit.

»Oh wie fruchtbar!«, antwortete ich zynisch. Darauf folgte ein Bild von ihm mit einer etwas korpulenteren Dame im seinem Arm.

»Ich habe eine neue Verehrerin gefunden«, stand unter dem Bild geschrieben.

»Soll ich jetzt eifersüchtig werden oder was?«, schrieb ich leicht kopfschüttelnd zurück, während ich dieses merkwürdige Bild betrachtete. Sowas konnte er sich sparen, das zog nicht bei mir. Manchmal hatte ich wirklich das Gefühl, als ob er davon überzeugt war, dass alle Frauen auf ihn stehen, weil er scheinbar so unwiderstehlich ist. *Na ja, ich lasse ihn mal in dem Glauben,* entschied ich.

Die Krankheit

Seine Mutter war wieder einmal zu Besuch bei ihm. Sie wollte für ihn auf den Haushalt aufpassen, wobei es ihr wirklich nicht gut zu gehen schien. Wegen der vielen Medikamente, welche sie nehmen musste, hatte sie angeblich an die zwanzig Kilo zugenommen und fühlte sich völlig aufgeschwemmt und müde.

Er hatte mir ab und zu Bilder und kurze Videos von sich und seiner Mutter geschickt. In meinen Augen sah sie eigentlich erstaunlich gut und fit aus dafür, dass sie so krank war.

Dass seine Mutter da war freute ihn, aber er ärgerte sich auch ständig über ihr Verhalten. Sie meckerte wohl recht viel darüber, wie seine Wohnung aussah und dass er nachts zu laut schnarchte. Es war irgendwie immer dasselbe.

»Warum sagst du ihr denn nicht mal die Meinung?«, fragte ich forsch. »Verstehe, sie ist deine Mutter, aber sich ständig zu beschweren ist auch keine Art.«

»Auf mich hört sie nicht«, erklärte er. Ich hatte wie immer meine Hilfe angeboten, die er aber dankend ablehnte.

Wie immer!, dachte ich genervt. Auf der anderen Seite war ich eigentlich froh, dass er ablehnte, da ich selbst zu viel um die Ohren hatte. Ich versuchte meine zwei Jobs auf die Reihe zu kriegen und meine so gut wie nicht vorhandene Freizeit mit meinen Kindern zu verbringen. Durch den vielen Stress hatten sich meine Magenprobleme und Rückenschmerzen wieder gemeldet.

Bei ihm schien es zumindest einigermaßen gut zu laufen. Er hatte sein Haus in den USA, welches nun schon länger auf dem Markt gewesen war, endlich verkaufen können. Der finanzielle Druck war bei uns beiden recht hoch und ich wusste, dass dies seine finanzielle Lage zumindest etwas erleichtern würde. Ich blieb weiterhin optimistisch und suchte nach neuen Wegen, wie ich mein Fotobusiness auch zum Laufen bringen könnte. Ich hatte Konzeptentwürfe erstellt, die ich ihm zeigen wollte, um eine zweite Meinung und eventuell neue oder ausgereiftere Ideen einzuholen. Er gab mir ein paar Tipps. Seiner Meinung nach steckte ich meine Ziele viel zu niedrig.

»Du solltest deine Preise erhöhen«, schlug er vor. Wir diskutierten lange darüber, da ich nicht verstand, wie mir erhöhte Preise helfen sollten, wenn meine jetzigen schon nicht gezahlt wurden. »Du musst deine richtige Zielgruppe erreichen«, verdeutlichte er mir. Er gab mir weitere Tipps, um Kunden zu gewinnen und wie ich meine Online-Präsenz verbessern könnte. *Das muss doch machbar sein*, dachte ich, *er hat es ja auch geschafft*.

Zeit zu finden war wie immer schwer. Neben der Arbeit und den Sorgen, die er mit seiner Mutter hatte, war er hauptsächlich damit beschäftigt sein Buch zu überarbeiten. Er hatte es schon vor einiger Zeit fertiggestellt, aber nun sollten Teile davon wieder geändert und gekürzt werden. Er schien dort im Zwiespalt mit seiner Lektorin zu sein, die gewisse Textstellen für unwichtig erachtete, welche seiner Meinung nach aber nicht in dem Buch fehlen durften. Komischerweise rief diese Lektorin ihn wohl des Öfteren nachts an.

»Was ist das denn für eine rücksichtslose Person?«, wollte ich wissen.

»Ist schon in Ordnung«, erklärte er, »es ist eben ihr Job.«

Job hin oder her, dachte ich, *man muss Menschen doch nicht nachts in ihrer Freizeit belästigen.*

Mir war das Ganze ziemlich komisch vorgekommen.

Mit der Arbeit kam er nur sehr langsam voran, da er neben seinem Mangel an Motivation auch noch ständig von Heuschnupfen geplagt wurde. Ich wunderte mich immer, wie er überhaupt mit irgendeiner Arbeit fertig wurde, weil er mir meistens abends schrieb, dass er vor seinem Fernseher saß. Na ja, es war ja seine Sache!

Seitdem ich Probleme mit meinem Rücken hatte, hatte er komischerweise plötzlich auch Rückenprobleme. Wir schienen beide einfach zu gestresst zu sein.

Im vergangenen Jahr war mir durch meine Hausärztin bereits eine Mutter-Kind-Kur verordnet worden, welche ich hatte beantragen wollen, bis ich dann doch immer wieder meine Arbeit vorgeschoben hatte. Ein schlechtes Gewissen deswegen hatte ich schon, aber der finanzielle Druck trieb mich weiter in meiner Arbeit an. Jetzt, wo ich langsam merkte, dass mir alles wieder über den Kopf zu wachsen schien und ich mich einfach völlig schwach und ausgelaugt fühlte, zog ich die Option einer Kur doch wieder in den Betracht.

Ich genoss es zwar als Freiberufliche flexibel zu sein, aber die finanzielle Unsicherheit und der Gedanke, plötzlich nicht mehr genug zu verdienen, um meine Kinder unterstützen zu können, plagte und stresste mich ständig. Zumindest hatte ich es geschafft, meinen Kindern Unterstützung durch einen Kindertherapeuten zu holen. Es ging nicht darum, dass meine Kinder in dem Sinne krank waren oder ernsthafte sichtliche Probleme hatten. Dennoch, die Trennung von ihrem Vater belastete sie und es gab sicherlich einiges, was sie beschäftigte, das sie nicht unbedingt mit ihrer Mutter besprechen wollten oder konnten.

Meinem Freund hatte ich angeboten, ihm bei unserem nächsten Treffen den Rücken zu massieren und dadurch hoffentlich seine Schmerzen doch etwas zu lindern.

»Das ist lieb gemeint - ich überlege es mir«, sagte er nur zu dem Angebot. Zu meiner Überraschung nahm er es am Ende tatsächlich an, obwohl er Massagen hasste.

Dafür, dass er solche Rückenschmerzen hatte, legte er sich ziemlich schnell und flexibel alleine auf mein Sofa. Er zögerte anfangs zwar etwas, aber sagte dann ich solle einfach machen. Ich war sehr vorsichtig, da ich wusste, dass er es ja nicht wirklich mochte.

»So vorsichtig musst du jetzt auch nicht sein«, sagte er etwas schnippisch. Na ja, wirklichen Schaden konnte ich bei einem solchen großen muskulösen Mann mit meinen kleinen Händen sowieso nicht anrichten. Nach einer Weile hatte ich sogar fast den Eindruck, er schien das Ganze zu genießen, bis er plötzlich laut aufschrie. Ich schreckte zurück.

»Tut mir leid«, sagte ich sofort. *Hatte ich ihn wirklich so doll angefasst?*

»Alles gut, aber sei ein bisschen vorsichtiger«, sagte er schroff. Kurze Zeit später verkündete er, dass er nicht mehr ertragen könne und erklärte, dass ihm jetzt wirklich alles noch mehr wehtat.
Ich hatte ein unheimlich schlechtes Gewissen. Meine Absicht war es nicht gewesen, seine Schmerzen zu verschlimmern, sondern sie zu lindern.

»Mach dir keinen Kopf«, sagte er, mit einem etwas genervten und gequälten Gesichtsausdruck. *Natürlich mache ich mir jetzt Gedanken darum!*, dachte ich, aber empfand sein Verhalten zur selben Zeit etwas übertrieben und fast schon gekünstelt. Mein Eindruck wurde verstärkt, als er recht zügig vom Sofa aufstand. *Also, wenn ich starke Rückenschmerzen habe, kann ich mich nicht so schnell bewegen!*, dachte ich

misstrauisch.
Am nächsten Morgen schrieb er mir, dass sich sein Rücken um einiges verschlimmert habe.

»Und das alles nur wegen mir. Tut mir wirklich leid«, antwortete ich mit schlechtem Gewissen. Dabei fragte ich mich die ganze Zeit, ob ich ihn wirklich so hart angefasst hatte.

Er erklärte mir, dass er aufgrund seiner Schmerzen im Bett bleiben würde. Nachrichten schickten wir uns trotzdem wie immer kontinuierlich. Es gab noch so vieles, das ich nicht über ihn wusste. Allerdings war ich immer sehr bedacht ihm Fragen zu stellen, vor allem solche in Bezug auf seine Vergangenheit, da er darauf jedes Mal fast verärgert reagierte.

»Warum willst du sowas wissen?«, fragte er dann immer skeptisch.
Wer möchte denn nicht mehr über seinen Partner erfahren? Irgendwann hatte er doch einmal nachgegeben und mir Zeitungsauschnitte mit Bildern von sich darauf gezeigt.

»Ich habe früher als Model für Hugo Boss gearbeitet«, erklärte er. *Die Bilder wurden für Hugo Boss gemacht!?,* wunderte ich mich ungläubig, aber sagte nichts. Ich war immer wieder überrascht von der Bandbreite an Dingen, welche er schon getan hatte. Er war eine wirklich interessante und facettenreiche Persönlichkeit! Das hätte ich ihm alles niemals zugetraut. Leider blieb es nur bei diesen zwei Bildern. Weitere Modelbilder hatte er mir zeigen wollen, aber es dann doch leider nie getan.

»Im Internet kann man ja auch keine Bilder von dir finden«, schrieb enttäuscht. Ich hatte es mir nicht verkneifen können, doch einmal heimlich zu recherchieren.

»Nein, sämtliche Bilder und Informationen über mich habe ich aus dem Internet löschen lassen, als ich meinen neuen Beruf angefangen habe. Ich wollte nicht unprofessionell aussehen«, lautete seine Erklärung.

Es ist schon witzig, wie jeder Mensch eine reine Weste vorzutäuschen versucht. Warum kann man nicht einfach ehrlich zu dem stehen, was man getan hat? Jeder hat schließlich eine Vergangenheit und muss einmal klein anfangen.

»Mich würde auch sehr interessieren, wie du dich vom Charakter und Verhalten her von früher bis heute verändert hast«, fragte ich ihn dann mit großem Interesse. Ich fand es immer spannend zu erfahren, wie sich Menschen über die Jahre in ihrem Leben entwickelt und verändert haben und was die Gründe dafür sind.

Zu meiner Überraschung erzählte er mir, dass er früher eher der weiche Typ gewesen war.

»Ich wollte immer genügen und habe immer alles dafür getan, um beliebt zu sein«, erklärte er. Das konnte ich mir bei ihm nun gar nicht vorstellen. Er war doch immer recht ruhig, gesammelt und eher zurückhaltend.

»Hast du jemals was Schlimmes angestellt?«,

wollte ich wissen.

»Ich bin ab und zu mal beim Klauen erwischt worden«, gestand er, »Nur kleine Sachen. Von meinen Eltern habe ich dafür einen Riesenärger bekommen. Später als Jugendlicher war ich eher der Schleimer«, fuhr er fort. »Heute habe ich genug Erfahrungen gesammelt und weiß, was ich wirklich will im Leben«, berichtete er.

»Und was genau wäre das?«, hakte ich sofort nach.

»Ruhe in meinem Kopf«, elaborierte er. »Und mein Verständnis von glücklich sein«, fügte er hinzu. »Mein Ziel ist es, etwas für die Menschheit zu hinterlassen und anderen zu helfen, glücklicher zu sein«.

Das hörte sich für mich nach einem sehr noblen und erstrebenswerten Ziel an. Mir lag es auch am Herzen anderen Menschen zu helfen.

»Bist du der Lieblingssohn deiner Mutter?«

»Nein - oder wenn, dann will ich es nicht wissen. Meine Mutter liebt uns alle«, antwortete er sofort. »Wenn meine Mutter von meinen sexuellen Neigungen wüsste, würde sie mich allerdings umbringen«, merkte er witzelnd an.

Ich musste innerlich etwas schmunzeln. Das Gleiche war wohl auch bei mir der Fall. Meine Mutter und ich vertraten völlig unterschiedliche Ansichten, was das Thema Sex und alles, was damit zu tun hat, anbelangt. Ich konnte nicht verstehen warum. Immerhin lag es auf der Hand, dass meine

Mutter wohl auch schon mehrmals Sex gehabt haben musste, um zumindest uns Kinder zu zeugen. Und Sex war faktisch gesehen eine Sache, die alle Menschen taten, auf die ein oder andere Weise.

»Ich bekomme hier gerade einen gehörigen Einlauf gemacht«, schrieb er plötzlich. Ich fragte mich sofort von wem und warum und vor allem: *Um diese Uhrzeit!?* Es war bereits kurz vor Mitternacht. »Von meinem Verlag«, schrieb er.

»Ihr telefoniert um diese Uhrzeit schon wieder?«, fragte ich völlig verwundert. »Warum einen Einlauf?«, wollte ich wissen.

»Weil ich angeblich zu viel arbeite«, erklärte er. Na ja, das stimmte und das sagte er ja selbst auch immer.

»Da gebe ich ihr ganz Recht!«

»Ich brauche dringend Urlaub«, erklärte er. »Nach Kuba, wo es den besten Rum und die geilsten Autos gibt und tolle Strände!«

Ja, Urlaub brauchten wir wohl beide.

»Ich werde alles hinschmeißen und nach Kuba auswandern«, schrieb er ab und zu, wenn er richtig gestresst war.

»Nein, bitte nicht! Du würdest mir das Herz brechen!« Allein der Gedanke, ihn nicht mehr sehen zu können, war für mich unerträglich. Natürlich wusste ich, dass es eine leere Androhung war. »Aber ein zweites Standbein will ich mir auf jeden Fall aufbauen, damit ich weniger arbeiten muss und weniger Stress habe«, teilte er mir mit.

Die Idee, etwas zusammen aufzubauen gefiel uns beiden immer noch und sollte weiter besprochen und geplant werden. Allerdings würde das noch einige Zeit dauern. Er kam uns zwar öfter besuchen, aber war dann meistens erschöpft und müde nach der Arbeit. Abends stand mir auch nicht mehr wirklich der Kopf nach tiefschürfenden Diskussionen und Ideenergründung. Einfach einen Drink zusammen zu nehmen und entspannen war dann das Beste.

Er hatte mich gleich zu Anfang unserer Beziehung auf den Geschmack von Gin Tonic gebracht. Ich war sonst - und bin es auch jetzt nicht - kein großer Alkoholfreund oder Trinker. Zudem die Alkoholabhängigkeit meines Ex-Mannes zu meiner Aversion größtenteils beigetragen hatte. Von Alkohol wurde mir nur schlecht und ich bekam jedes Mal furchtbare Kopfschmerzen. Außerdem bestand bei mir schon immer eine sehr hohe Abhängigkeitsgefahr, vor der ich mich in Acht nahm.
Muss man trinken, um eine gute Zeit haben zu können oder sich entspannen zu können?, hatte ich mich vor allem oft auf Feiern gefragt. Aber abends in seiner Gesellschaft war es wirklich schön gewesen, ab und zu mal ein Glas zu trinken, besonders bei dem heißen Wetter.

Den nächsten Tag schrieb er mal wieder, wie furchtbar seine Familie zu ihm sei. Sein Bruder war zu Besuch gekommen und es hatte wieder einmal Streit gegeben. »Es reicht mir, ich ziehe aus!«, verkündete er. »Warum setzt du dich denn nicht einmal durch? Und warum spazieren die bei dir überhaupt einfach so aus und ein!?«, fragte ich ihn etwas genervt und verständnislos. Sonst war er immer so bestimmend und konnte sich überall durchsetzen, aber bei seiner Familie ging das nicht?

»Meine Brüder haben damals die Wohnung mitfinanziert und alle einen Haustürschlüssel bekommen. Ich konnte ja nicht ahnen, dass das mit den Besuchen so ausartet. Ich bin doch kein Hotel!«, erklärte er sauer. Ich konnte nur mit dem Kopf schütteln: »Und warum lässt du das Schloss nicht austauschen!?« Laut seiner Erklärung wäre dies nicht so einfach und zudem sehr kostspielig. Ich gab die Diskussion auf.

Seiner Mutter schien es auch nicht gutzugehen und sie schlief viel. Einen halben Tag lang hörte ich gar nichts von ihm. Sonst schrieb er ständig und die Stille beunruhigte mich etwas. Später abends kam eine Nachricht: »Ich bin im Krankenhaus.« Ich bekam sofort einen riesigen Schreck.

»Ist alles in Ordnung?«, fragte ich beängstigt. *Dumme Frage*, dachte ich. *Wenn man ins Krankenhaus muss, liegt wohl auf der Hand, dass etwas nicht stimmt!*

»Ja, meine Mutter … ich möchte gerade nicht darüber sprechen. Ich bin nur froh, dass du bei mir bist«, schrieb er. Mir lief ein Schauder über meinen Rücken.

Was um alles in der Welt ist passiert?, fragte ich mich. Ich hatte mich sowieso schon den ganzen Tag über gesorgt und nun machte ich mir noch mehr Gedanken.

»Bist du alleine?«, fragte ich beunruhigt.

»Nicht mehr. Mein Onkel ist gekommen. Er betet gerade«, erklärte er und fügte hinzu, »Du glaubst gar nicht, wie sehr ich dich brauche.«

»Ich könnte vorbeikommen oder dich irgendwie ablenken, wenn ich nicht arbeiten müsste«, antwortete ich sehr bedrückt.

»Das ist okay, das weiß ich doch«, antwortete er. »Ich lenke mich gerade mit Gedanken an dich ab und was ich alles mit dir vorhabe und wie ich dich formen werde.«

»Gut, wenn du dich damit ein bisschen ablenken kannst«, schrieb ich beruhigt.

Ich hatte eigentlich geplant, diesen Abend ausnahmsweise einmal mit einer Freundin auszugehen. Die Lust darauf war mir nach dem Vorfall allerdings völlig vergangen. Nach längeren Diskussionen hatte er mich am Ende dazu überredet doch zu gehen und mir nicht die Laune durch seine Probleme vermiesen zu lassen. *Meine Laune ist schon im Keller,* dachte ich bedrückt. Widerwillig machte ich mich fertig. Man weiß ja nie, wie ein Abend werden kann und was alles passieren wird, versuchte ich mich selbst zu motivieren.

Meine Freundin und ich waren in einer kleinen Disko gelandet, in welcher eine Party unter dem

Motto ›Herzschmerz‹ veranstaltet wurde. Ich hatte lachen müssen - *das Motto passt ja!* Überhaupt hatte ich mich fragen müssen, wer eine Party unter solch einem Trauermotto veranstaltete.
Der Abend war recht schön gewesen. Wir tanzten viel und machten witzige Schnappschüsse in der Fotokabine. Gekonnter Weise hatten wir alle vier Kameraauslöser verpasst und waren auf der Hälfte der Bilder nicht richtig zu sehen gewesen. Wir mussten Tränen lachen. Später lernten wir zwei nette junge Männer kennen, welche aus Holland kamen und gerade für ein paar Tage in unserer Stadt Urlaub machten.
Obwohl ich Spaß gehabt hatte, hatte ich trotzdem ständig an ihn denken müssen und konnte auch, als ich später im Bett lag, vor Sorge lange nicht einschlafen.

Am nächsten Morgen erfuhr ich dann endlich, was genau am Vortag passiert war. Seine Mutter war wohl in eine Ohnmacht gefallen und dann bewusstlos geblieben.
»Bist du schon im Krankenhaus?«, fragte ich gleich als erstes.

»Ja«, antwortete er.

»Und gibt es Neuigkeiten«, fragte ich erwartungsvoll. Warum konnte er nicht einfach sofort Bescheid geben, was Sache war?

»Sie ist wach. Alle sind erleichtert«, schrieb er.
Ja, das war ich auch! Er schickte mir ein Bild von sich zusammen mit seiner Cousine.

»Sympathisch sieht sie aus«, bemerkte ich. Die ganze Familie war wohl aus Sorge angereist. Ich freute mich, dass er lächelte. Er sah gut und erleichtert aus, was mich wiederum beruhigte und etwas entspannte.

Er blieb erstmal bei seiner Familie. Fast alle seine Verwandten waren aus verschiedenen Ländern angereist. »Toll, dass du so eine große Familie hast!«, schrieb ich. Es ist immer schön, wenn alle zusammenkommen, man zusammen isst und lacht und einfach die Gesellschaft genießt, während man sich die vielen Erlebnisse der anderen anhört und in Erinnerungen schwelgt. Natürlich war der Anlass hier alles andere als positiv. Aber gerade in schlechten Zeiten ist die familiäre Unterstützung sehr wichtig.

»Was macht ihr? Wie geht es dir?«, fragte ich ihn immer wieder in meinen Arbeitspausen.

»Wir sitzen gerade zusammen am Esstisch in der Wohnung meiner Mutter«, erklärte er. Er schickte mir ein abfotografiertes Bild von sich in seiner Jugend, welches seine Mutter in ihrem Wohnzimmer hängen hatte. Er war wirklich schon immer ein sehr gutaussehender und attraktiver Mann gewesen. Das Bild erinnerte mich an einen coolen Cowboy, der lässig in seinen Jeans und Stiefeln, angelehnt an eine Wand, auf dem Boden saß. »Ich denke an dich und hoffe wirklich, dass deine Mutter bald wieder aufwacht!«

Ich hatte ein paar Tage Urlaub und steckte zu

Hause fest wegen schlechtem Wetter. Meine Langeweile konnte ich nicht besiegen. Normalerweise fiel es mir nicht schwer, mich selbst zu beschäftigen, aber meine Gedanken an ihn hinderten mich daran, mich auf irgendetwas konzentrieren zu können.
Einen Film könntest du gucken, überlegte ich. Fernsehen habe ich nicht, da ich mich für solch einen Müll, bis auf Dokumentationen oder dergleichen, nicht interessiere. Ich fragte meinen Freund nach einem Filmtipp. »Guck dir mal ›Das Leben der O‹ an, falls du den noch nicht kennst - das ist ein Klassiker«, empfahl er.
Das tat ich dann auch und musste dabei fast pausenlos mit dem Kopfschütteln. *Was ist das für eine kranke Geschichte? Ein Frauenbasar für Männer? Unglaublich!*

»Das ist ja der allergrößte Müll«, kommentierte ich immer wieder.

»Schalt einfach deinen Kopf ab. Du darfst sowas nicht ernst nehmen«, riet er mir.
Mit seinen Worten hatte er absolut recht. Ich schaute weiter. Als die ›O‹ sich für ihren Herren im Film piercen ließ, musste ich ihn fragen: »Haben sich irgendwelche Ex-Freundinnen für dich diverse permanente Körper-Markierungen machen lassen?«
Mir gefiel die Idee, ein permanentes Zeichen zu tragen, welches unsere innere Verbundenheit und Zuneigung zu einander symbolisierte. *Im Falle einer*

Trennung ist so etwas dann natürlich sehr unvorteilhaft, musste ich mir selbst eingestehen.
Mein Ex-Freund hatte so etwas von mir verlangt. Ein Piercing im Intimbereich, um genau zu sein. Schon alleine der Gedanke hatte mir nicht gefallen.

»Das tut doch bestimmt scheiß weh?«

»Es ist halb so wild«, hatte mein Ex-Freund damals geantwortet.
Halb so wild!, hallte es in meinem Kopf wieder, *Du hast dich ja noch nie piercen lassen!*
So ein Piercing da unten stellte ich mir auch unheimlich unpraktisch vor. Im Nachhinein, als ich mich trennte, war ich natürlich umso erleichterter gewesen, dass ich es nicht hatte machen lassen.

»Ja, zwei Ex-Freundinnen haben eine Markierung«, antwortete mein Freund.

»Was genau haben sie denn machen lassen?«, fragte ich neugierig. »Eine einen Strichcode und die andere … möchte ich nicht sagen«, erklärte er. Irgendwie war mir ein leicht bitterer Geschmack aufgestiegen bei dem Gedanken, dass andere Frauen mit seinem Zeichen herumliefen. Natürlich war dieser Gedanke absolut schwachsinnig und die damit verbundene Eifersucht auch.
Was meine Eifersucht anbelangte, hatte ich mich schon sehr gebessert. Früher war ich in der Hinsicht absolut unmöglich und teilweise verrückt gewesen. Schon alleine der Gedanke, dass mein Partner eine andere Frau angucken könnte, hatte

mich vor Eifersucht krankgemacht.
Mein allererster fester Freund, den ich wirklich über alles liebte, hatte mich damals betrogen. Es war wohl nur ein Kuss gewesen, wie er mir später beichtete. Darüber was Betrug ist und was nicht hatten wir lange gestritten. Er war der Auffassung gewesen, dass ein Kuss nicht so schlimm sei. Meiner Meinung nach ist alles, was heimlich und hinter dem Rücken des Partners geschieht, Betrug. Dieser Schmerz, welcher dadurch in mir ausgelöst worden war, dieser Verrat an meinem Vertrauen und meiner Liebe zu ihm, hatten mich sehr gebrandmarkt. Als er mich nach der Trennung doch unbedingt wieder zurückhaben wollte, ließ ich ihn fallen wie einen heißen Stein, um mich so an ihm zu rächen und ihm Schmerz zu zufügen.
Mein jetziger Freund hatte mir noch keinen Anlass zur Eifersucht gegeben und bis auf diesen Moment hatte ich meine Eifersucht auch wirklich sehr gut unter Kontrolle gehabt. *Er ist jetzt mit dir zusammen, also mach dir keinen Kopf darum!*, versuchte ich mich selbst zu beruhigen. Meine plötzliche Eifersucht ärgerte mich und noch viel mehr ärgerte mich, dass ich sie nicht kontrollieren konnte. Jeder hat Ex-Partner - das ist eben so! Die eigene Vergangenheit kann man ja nicht ändern.
Was mich in Zusammenhang mit dem Thema permanentes Merkmal und Trennung aber auch störte, waren die sich immer wiederholenden Sprüche und dieselben Versprechen in

Beziehungen.
Wie oft sagt man einem Partner, dass man nur ihn liebt und für immer bei ihm bleiben wird?, fragte ich mich vorwurfsvoll, *und dann lernt man den nächsten kennen und verspricht wieder dasselbe!* Es ist eigentlich schon fast lächerlich, solche Versprechen zu machen, denn in den meisten Fällen hält man sie sowieso nicht ein. Ehrlicher wäre es zu sagen: »Ich liebe nur dich in diesem Moment.« Oder einfach: »Die Zeit mit dir zusammen ist wunderschön.«
Seine Mutter war mittlerweile aus ihrem Koma erwacht. Nachdem sie anfangs sehr verwirrt gewesen war, kam ihr Gedächtnis nun langsam wieder zurück. Alle waren erleichtert, als sie wieder völlig stabil war und entlassen werden konnte.
»Meine Familie richtet ganz liebe Grüße und gute Besserung aus«, teilte ich ihm mit. Ich hatte meiner ganzen Familie von dem Vorfall mit seiner Mutter erzählt.

»Danke, das ist lieb - ich leite es weiter«, antwortete er.
Er hatte seinen Besuch für den nächsten Tag angekündigt und ich freute wie immer sehr, ihn endlich wiederzusehen. Meine Gedanken kreisten ständig nur um ihn. Ich vermisste seine Nähe so sehr, dass die Tage zwischen unseren Treffen für mich unerträglich waren.

»Ich muss gestehen, dass ich auch zu oft an dich denke und mir immer wieder vorstelle, was du mir alles geben wirst«, schrieb er und fügte hinzu, »Ich freue mich schon darauf, morgen von dir an deiner Tür empfangen zu werden.«

Ja, das Begrüßungsritual hatte ich mittlerweile sehr gut drauf. Er mochte es von mir in High Heels und in sexy Lingerie oder nur in einer leichten Bluse empfangen zu werden. Der Moment, wenn er mich dann freudestrahlend anlächelte, war immer am schönsten für mich.

Durch seine fehlenden Arbeitstage, welche er im Krankenhaus bei seiner Mutter verbracht hatte, häuften sich seine E-Mails von Patienten an, die ihre Termine absagen wollten. Auch zwischendurch schienen Patienten einfach nicht zu erscheinen. Er schrieb mir immer öfter, dass er deshalb längere Pausen hätte und diese freie Zeit für Marketing nutze. Dies sorgte mich etwas.

»Das ist schon okay, das wird sich auch wieder ändern«, versicherte er mir.

Na ja, solange er die Arbeitsflaute so entspannt hinnehmen konnte, war ja alles in Ordnung. Ich fragte mich nur, warum er diese Lücken nicht mit Patienten von seiner langen Warteliste füllte. Er hatte mir immer erzählt, wie begehrt er war und dass er so viele Patienten auf seine Warteliste schieben musste.

»Ich habe eine neue Businessidee«, schrieb er.

»Was ist das denn für eine Idee?«, wollte ich wissen.

»Partys«, antwortete er knapp. *Was? Die gibt es doch schon zur Genüge*, dachte ich zweifelnd. Wie sollte man Partys als dauerhafte und lukrative Nebeneinnahme nutzen könnte, wunderte ich mich.

»Und was genau wird es auf deinen Partys geben, was es nicht schon längst auf anderen gibt?«, interessierte mich.

»Selektierte Gästelisten, ausgewählte teure Locations, wie zum Beispiel Luxus Apartments, Yachten und sowas in der Art«, erklärte er kurz.
Das konnte man sicherlich umsetzen, aber dann nur mit hohen Kosten und viel Zeitaufwand verbunden. Und eigentlich wollte er doch Zeit sparen. Das Ganze musste ja auch erstmal vernünftig vermarktet werden. Ich war zwar im ersten Moment nicht von seiner Idee überzeugt, aber wollte ihn nicht anzweifeln oder seine Idee direkt negativ bewerten.

»Und was wird an deinen Partys so besonders sein? Ich meine, das Programm ist ja auch wichtig«, fragte ich weiter nach.

»Das Programm soll ähnlich sein wie das auf der Party, wo wir waren - aber eben noch besser. VIP-Sexpartys«, erläuterte er.
Also die Party, auf welcher wir waren, war wirklich nicht der Kracher gewesen. Eine selektierte Gästeliste hätte da sicherlich auch nicht sehr viel geändert. Die ganze Atmosphäre und die Aufmachung hatten mich nicht begeistert.

»Was bleibt dir denn nach einer Party am ehesten oder in schönster Erinnerung?«, fragte ich und versuchte dadurch seine Gedanken anzuregen.

»Der Sex«, kam sofort zurück.

War ja klar, auf die Antwort hätte ich wetten können – typisch Mann!

»Sex verkauft sich immer«, versicherte er.

Warum muss sich immer alles nur um Sex drehen?, fragte ich mich etwas verärgert.

Das folgende Wochenende war er wie immer auf einer Fortbildung. Ich wunderte mich, dass das wirklich jedes Wochenende sein musste.

»Ich habe letztes Jahr alle Fortbildungen abgesagt, um mehr Zeit für meine Arbeit zu gewinnen. Dieses Jahr muss ich also doppelt so viele absolvieren«, erklärte er. Er müsse jedes Jahr eine gewisse Punktezahl für seine Fortbildungen erreichen und zudem die abschließenden Prüfungen schaffen, um in seinem Beruf weiterhin zugelassen zu sein, hatte er mir erläutert.

»Dieses Jahr wird es auch wirklich knapp. Ich weiß nicht, ob ich die Punkte bekommen werde«, teilte er mir besorgt mit.

»Na toll, das ist ja wirklich nervig«, antwortete ich.

»Tut mir wirklich leid - ich hatte ja nicht ahnen können, dass wir uns kennenlernen«, bedauerte er. Von dem ganzen System und Vorschriften hatte ich keine Ahnung. Seiner Erklärung mit dem Punktesystem glaubte ich deshalb einfach. Altes auffrischen konnte ja nicht verkehrt sein und kam seinen Patienten sicherlich auch zugute, folgerte ich. Aber jedes Wochenende auf Achse sein zu müssen fand ich doch schon ein bisschen zu viel verlangt.

Während seiner Fortbildungen schrieb er mir wie immer ununterbrochen. *Viel kann er ja von der Fortbildung nicht mitbekommen, bei seiner nicht vorhandenen Konzentration*, dachte ich.

»Es ist schwer zu lesen und zu schreiben, wenn jemand neben einem sitzt, der einen beobachtet«, entschuldigte er sich oft, wenn er mir nicht direkt antworten konnte.

»Dann pass bloß auf, dass du nicht erwischt wirst«, witzelte ich.

»Keine Angst. Ich habe mich schon extra ganz nach hinten in die letzte Reihe gesetzt«, erklärte er und gestand, »Ich würde dir gerne mehr Zeit schenken.«

Ja, mehr Zeit mit ihm hätte ich mir auch sehr gewünscht.

Bud Spencer und sexuelle Dystonie

»Guten Morgen! Wie geht es dir heute?«, schrieb ich ihm wie immer gleich nach dem Aufstehen.

»Guten Morgen. Ich bin ziemlich traurig im Moment«, las ich.

»Wieso das denn?«, fragte ich besorgt. Ich dachte, es wäre eventuell wieder etwas mit der Familie passiert.

»Mein Lieblingsschauspieler ist verstorben. Meine Familie war eng mit seiner befreundet. Sie haben ihnen gerade ihr Beileid ausgesprochen«, erklärte er. Noch ein neues Detail, von dem ich vorher nichts gewusst hatte. Man trifft ja nicht alle Tage jemanden, dessen Familie mit einem bekannten Schauspieler befreundet ist und der eigene Freund kennt die Berühmtheit sogar persönlich.

»Wer ist denn gestorben? Ich habe noch keine Nachrichten gelesen«, erklärte ich.

»Bud Spencer«, schrieb er.

»Den kenne ich. Die Filme habe ich als Kind oft mit meinem Opa zusammen geguckt«, teilte ich ihm mit. »Das er verstorben ist, tut mir leid«, schrieb ich dann.

»Ich bin wirklich so froh, dass ich dich habe - mein kleines Eigentum. Bevor du in mein Leben gekommen bist, hatte ich wirklich den Glauben an die echte klassische Devotion verloren«, schrieb er plötzlich.

Ich freute mich immer sehr zu wissen, dass ich ihm guttue und er mich gerne in seinem Leben hat.

»Oh Mann, ich muss mich beeilen, sonst komm ich zu spät zur Arbeit. Wer hat bloß die Uhr erfunden?«, witzelte ich.

»Das waren damals die Engländer, um die Ankunftszeiten der Eisenbahnen zu synchronisieren«, erläuterte er. Man konnte doch immer wieder etwas Neues lernen.

»Die ersten mechanischen Uhren hatte es doch schon vor der Bahn gegeben?«, wunderte ich mich. Er schien es wohl besser zu wissen.

»Bist du schon bei deiner Mutter?«, wollte ich wissen.

»Ja, sie duscht gerade. Ich werde aber nicht lange bleiben. Ich habe ihr versprochen, dass ich die nächsten Tage gleich nach der Arbeit vorbeikomme.«

Na toll, noch weniger Zeit zusammen und bald werden wir uns überhaupt nicht mehr sehen! Der Gedanke verärgerte mich.

Es war natürlich schön, dass er sich so rührend um seine Mutter kümmerte und das traurigerweise auch noch als Einziger. Seine Geschwister schienen sich überhaupt nicht blicken zu lassen.

Ich befand mich bereits auf der Arbeit. Es hatte Handgreiflichkeiten unter meinen Schülern gegeben. Der Grund war scheinbar ein offenes Fenster gewesen, aber letztendlich ging es um kulturelle

Diskrepanzen. *Erwachsene sind meistens wirklich schlimmer als Kinder!* Dieser unerfreuliche Vorfall hatte mich sehr verärgert, enttäuscht und zudem sehr aufgewühlt. Zwei Menschen, die ich ganz anders eingeschätzt hatte, waren plötzlich aggressiv aufeinander losgegangen. Mein Vorgesetzter riet mir, nächstes Mal direkt die Polizei zu rufen. So etwas hatte ich noch nie zuvor erlebt.

»Das wird ja immer schlimmer bei dir auf der Arbeit«, bemerkte er.

Ja, das wurde es tatsächlich, deshalb zog ich die Option meine Arbeitsstelle als Lehrkraft aufzugeben immer häufiger in Betracht. Meine Arbeit belastete mich von Woche zu Woche mehr. Ich merkte, wie sich mein emotionaler Zustand sehr negativ auf mein Privatleben und auf den Umgang mit meinen Kindern auswirkte. Ich war nur noch erschöpft, angespannt und fand keine Erholung mehr.

Kündigen - gut und schön, aber wo finde ich auf die Schnelle einen neuen Job!?, fragte ich mich. Alle meine Bewerbungen waren dankend abgelehnt worden. Allgemeine Verzweiflung hatte sich in mir breitgemacht. Einfach nichts in meinem Leben schien positiv und normal zu verlaufen!

Am folgenden Wochenende war mein Freund wieder unterwegs.

»Was ist das Thema der Fortbildung diesmal?«, wollte ich wissen.

»Wir besprechen heute sexuelle Dystonie«,

erklärte er.
Interessant! Ich hatte zwar keine Ahnung was das sein sollte, versuchte aber Informationen darüber im Internet zu finden. »Vegetative Dystonie - Erregung des vegetativen Nervensystems«, las ich, konnte aber nichts über sexuelle Dystonie finden. Na ja, *er weiß schon wovon er spricht, er ist immerhin der Fachmann,* dachte ich.

»Musst du mir alles mal erklären bei Gelegenheit«, antwortete ich.

»Gerne. Wir haben hier wirklich prüde Menschen sitzen. Es wird viel diskutiert und die meisten reagieren gleich aggressiv, nur weil sie eine andere Meinung haben«, schilderte er seine gegenwärtige Situation.

»Denke mir immer nur - jedem das seine! Solange man mit sich selbst und seinen Neigungen glücklich ist. Andere sollte man aber nicht verurteilen oder schräg angucken«, so lautete meine Meinung dazu.

»Die meisten hier finden es verwerflich, dass man überhaupt einen Fetisch hat und sagen es ist krank«, fuhr er fort. Ich verstand nicht, warum sich manche Menschen nicht einfach auf sich selbst konzentrieren können und immer nur darauf achten, was andere tun. Und dann kritisieren diese Menschen andere wegen Dingen, die sie selbst nicht mal ansatzweise verstehen oder überhaupt nachvollziehen können. Besonders schlimm ist es dann, wenn Professionelle in der

Medizin solche Haltungen einnehmen. Ich konnte mir gut vorstellen, dass dies verheerende negative Konsequenzen für die betreffenden Patienten haben würde.

»Vor allem die Frauen hier regen sich auf«, schrieb er. »Sie sagen, dass es nicht normal ist für eine Frau, sich zu unterwerfen - es sei nicht natürlich.«

»Was ist denn bitte schon normal und wer bestimmt das?«, fragte ich und fügte hinzu, »Genaugenommen dient Sex an sich ja nur der Fortpflanzung und dass Sex meistens nicht deshalb praktiziert wird, liegt ja wohl auf der Hand. Sex macht einfach Spaß und wenn man weiß, wie man es am besten genießen kann, ist es doch perfekt.«

»Normal ist monogamer Blümchensex«, schrieb er mit sarkastischem Unterton.

»Ja, und in anderen Ländern ist es das Normalste der Welt mehrere Frauen zu haben. Ich habe mal einen Film über die Massai in Afrika gesehen. Die nehmen die Frau von hinten - rein raus und fertig. Ist das dann normal oder besser? Für die Frauen bestimmt nicht«, sinnierte ich.

Ich war froh, dass er so offen und unbefangen diesem Thema gegenüber war. Ich verstand wirklich nicht, warum sich so viele vor dem Thema Sex verschließen und es ihnen peinlich ist, darüber zu sprechen. Es gehört zu uns allen und ist ein wichtiger Teil unseres Lebens.

Unsere Unterhaltung hatte sich fortgeführt und

war in das Thema Beziehung übergegangen. In einem Punkt waren wir uns uneinig. Er war der Meinung, dass Seitensprünge in Beziehungen verheimlicht werden sollten.

»Seitensprünge sollten nicht mitgeteilt werden, nein. Es gibt keinen einzigen Vorteil, welcher dafürsprechen würde«, erklärte er mir. »Doch, es gibt einen«, fügte er dann hinzu, »wenn du die Beziehung beenden möchtest.«

»Es gibt auch noch einen anderen«, versuchte ich zu erklären. »Es gibt immer einen Grund, der die entsprechende Person zu der Entscheidung, einen Seitensprung zu begehen, bewegt hat. Dieser Grund sollte, zusammen mit dem Geständnis der Affäre, angesprochen und gelöst werden. Außer, man ist sich sicher, wie du schon gesagt hast, dass die Beziehung beendet werden soll«, schrieb ich, mit der Überzeugung, dass Heimlichkeiten in einer Beziehung nie gut sind. Alles kommt irgendwann ans Tageslicht.

»Das Problem ist, dass die meisten Betrogenen nicht verzeihen können und die Beziehung dann oft zu Ende geht«, erklärte er.

»Mag sein, aber dann ist es eben so. Wie würdest du denn mit dem Ganzen umgehen?«, wollte ich wissen.

»Ich würde versuchen, mit meiner Partnerin zu sprechen und ihr erklären, warum ich unglücklich bin. Dann würde ich überlegen was ich ändern kann oder ob ich mich ändern kann und dann, ob sich etwas durch den Seitensprung ändern würde«, schilderte er seine Vorgehensweise.

»Okay, es ist mir nämlich wichtig zu wissen, wie mein Partner damit umgehen würde«, schrieb ich zurück und fügte hinzu, »Unehrlichkeit ist für mich Feigheit - bloße Angst vor den Konsequenzen. Ich würde dich gerne darum bitten immer erst mit mir zu reden und mir, zumindest zu versuchen, deine Gefühle und Gedanken zu erklären. Ich weiß, wirklich versprechen kann man nie etwas, aber zumindest versuchen.«

»Ich werde mein Bestes geben«, versprach er. »Und außerdem ist es so, dass du mir extrem am Herzen liegst und ich lieber Wege suchen würde, dich als Mensch zu behalten, anstatt dich zu verletzen«, fügte er hinzu.

Seine Worte waren wirklich lieb und trafen mich direkt in mein Herz. Er schien so ein netter und liebenswerter, respektvoller und auch verständnisvoller Mann zu sein, dass ich mich immer wieder wunderte, warum er nicht schon seit Jahren glücklich vergeben ist.

»Ich schätze mich wirklich unheimlich glücklich, dass ich dich gefunden habe«, ließ ich ihn überglücklich wissen.

»Ich bin jetzt wieder zu Hause und mein Bruder und seine Frau sind auch noch hier. Ich bin wirklich sehr genervt gerade. Hab sie erstmal rausgeschmissen und muss hier aufräumen«, schrieb er mir später. »Es wäre so schön, jeden Abend nach

Hause zu kommen und dich hier zu haben - wartend. Und dann mit Freunden auf dem Balkon zu sitzen und dich an meinem Schwanz zu haben«, schwärmte er.

»Ja, das ist eine verrückte, aber erregende Vorstellung«, gab ich zu.

Am nächsten Morgen ärgerte er sich, weil sein Bruder und seine Frau wohl schon um sechs Uhr morgens aufgestanden waren und dann angefangen hatten zu frühstücken.

»Warum schmeißt du die beiden denn nicht ganz raus?«, ich konnte sein Genörgel bald nicht mehr hören.

»Dann hätte ich ja niemanden mehr, der auf meine Wohnung aufpasst«, erklärte er.

Was ist das denn für eine schwachsinnige Antwort!?, dachte ich, aber sagte nichts weiter dazu.

Die Mutter

»Wie geht es eigentlich deiner Mutter?«, fiel mir ein. Sie war wieder einmal im Krankenhaus. Er erklärte mir, dass er total fertig sei. Seine Mutter hatte mehrere Schlaganfälle gehabt und der Arzt hatte bereits vorgewarnt, dass dies nicht das letzte Mal sein würde. Ich schickte ihm wie immer Bilder von uns zur Aufheiterung. »Ihr seid alle so süß, vor allem du! Vielen Dank, jetzt geht es mir etwas besser«, schrieb er.

Ich wusste, dass ihn die ganze Situation mit seiner Mutter sehr belastete und das schon über eine sehr lange Zeit. Deswegen hatte er auch seit längerem schon Schlafstörungen und war mit seiner Arbeit und den ständigen Fortbildungen völlig überlastet. Dieses Wochenende war er in Münster. Wie immer schrieb er zwischendurch und berichtete, was er mit seinen Kollegen so anstellte.

»Wolltest du mich nicht einmal mitnehmen?«, erinnerte ich ihn.

»Ja, stimmt. Ich gebe dir nochmal Bescheid, an welchem Wochenende es am besten passen könnte«, antwortete er. Seine Antwort befriedigte mich nicht. *Er hat völlig vergessen, dass er mich mitnehmen wollte,* dachte ich enttäuscht.

Wegen des Stresses und der emotionalen Belastung hatte ich unter der Woche ständig Migräne und Rückenschmerzen. Das drückende Wetter machte mir auch zu schaffen. Meine Gedanken

kreisten um so vieles, aber hauptsächlich um seine Mutter und wie es mit ihr weitergehen würde.
Dann wurde ich krank. Das schien in der letzten Zeit öfter als sonst zu passieren. Ich versuchte meine Arbeit trotzdem durchzuziehen, da es immer das gleiche Dilemma war - keine Arbeit, kein Geld. Eine Arbeitsunfähigkeitsversicherung konnte ich mir nicht leisten. Ich versuchte solange durchzuhalten, bis es wirklich nicht mehr ging und ich mit hohem Fieber nach Hause gehen musste.

»Sollen wir uns noch kurz treffen? Nur wenn es geht und du möchtest. Ich hätte um zwölf Uhr kurz Pause«, schrieb er.
Mir ging es zwar unheimlich schlecht, aber ihn wollte ich trotzdem gerne wenigsten kurz sehen. Wir trafen uns nur auf einen schnellen Kaffee, bevor ich dann nach Hause und sofort in mein Bett ging. Eins meiner Kinder war auch krank geworden. Das war immer am schlimmsten - Kinder krank und man selber auch. Ich krümmte mich vor Magenschmerzen, während sich mein Kind neben mir übergab. Am liebsten wäre ich einfach gestorben!
Den nächsten Morgen teilte er mir mit, dass er unheimlich wütend sei, weil er krank werde.

»Oh Mann, das tut mir so leid«, schrieb ich ihm mit sehr schlechtem Gewissen.

»Ist ja nicht deine Schuld, ich hätte damit rechnen müssen mich anzustecken«, antwortete er.

Seine Antwort änderte leider nichts an meinem schlechten Gewissen.

»Ich habe so eine Wut in mir, wenn du jetzt hier wärst, würde ich sie an dir auslassen. Am meisten ärgere ich mich gerade darüber, dass ich jetzt nicht ins Krankenhaus zu meiner Mutter kann«, schrieb er. Ich hätte mich wirklich nicht schlechter fühlen können, als ich es sowieso schon tat und wusste nicht was ich sonst noch außer: »Tut mir leid« hätte sagen sollen, um die Situation für ihn irgendwie besser zu machen.

»Wenn du Hilfe brauchst, dann gebe mir Bescheid«, bat ich ihn.

Warum bietest du eigentlich deine Hilfe an, wenn du wirklich nicht in der Lage dazu bist zu helfen!?, warf ich mir selbst vor.

Ich musste dringend zum Arzt. Meine Stimme war mittlerweile komplett verstummt und das Fieber trotz Tabletten unerträglich geworden.

»Ich hoffe ja, dass ich nicht auch meine Stimme verlieren werde und dass es nur bei den Kopfschmerzen bleibt«, sorgte er sich. »Ich musste mich jetzt schon dreimal umziehen, weil ich so schwitze. Die Kopfschmerzen habe ich zum Glück mit Tabletten unter Kontrolle.«

Ich hatte mich währenddessen zum HNO geschleppt, welcher mir Enzyme und Antibiotika verschrieb. Da es zeitlich passte und er gerade Mittagspause hatte, trafen wir uns ganz kurz bei ihm. Er sah eigentlich gar nicht so schlecht aus dafür, dass er so sterbenskrank war. Vielleicht war er einfach einer von der Sorte Mensch, denen man Krankheit nicht gleich ansah, bis er oder sie gefühlt kurz vor dem Tod stand.

»Dir geht es wirklich nicht gut, oder?«, fragte er und sah mich besorgt an.

»Nein, mir geht es nicht gut. Ich hätte doch lieber nach Hause gehen sollen.« Mein Gesicht fühlte sich ganz heiß an und richtig anwesend war ich auch nicht. Wir tranken schnell einen Kaffee, bevor ich ihn wieder verließ.

Die folgenden Tage schickte er mir immer wieder Bilder und auch kurze Videos, wie er elend in seinem Bett lag. Seine Arbeitstermine hatte er alle abgesagt.

»Oh Mann, du Armer«, bemitleidete ich ihn.

»Ist schon in Ordnung, jetzt kann ich mich wenigstens einmal von meiner Arbeit erholen«, erklärte er.

Ich konnte immer noch nicht glauben, dass es ihm wirklich so schlecht ging. Er sah jedenfalls immer noch um einiges fitter aus als ich.

Eine Woche später ging es ihm dann besser. Er hatte lange überlegt, ob er zu seiner nächsten Fortbildung nach Berlin fahren sollte oder nicht und hatte sich am Ende dafür entschieden.

»Solltest du nicht lieber zu Hause und im Bett bleiben?«, warf ich ihm verständnislos vor.

»Ich gehe es entspannt an und fahre vorsichtshalber mit dem Zug. Deshalb muss ich auch

schon etwas früher los«, hatte er mir erklärt.
Natürlich, dachte ich etwas genervt, *das heißt, er hat vorher auch keine Zeit mehr, um bei mir zu übernachten.* Diesmal war das Thema der Fortbildung Psychodrama. Das passte ja! Da hätte ich sicher auch gut mitmachen können bei dem Psychodrama, welches ich tagtäglich auf der Arbeit miterleben musste.
Später kam eine Nachricht von ihm, dass er wegen plötzlicher Übelkeit die Fortbildung hatte abbrechen müssen. Den nächsten Tag verbrachte er auf seinem Hotelzimmer, da ihm zu übel war, um mit dem Zug wieder nach Hause zu fahren. Seine Krankheitsphase schien irgendwie endlos zu sein. Ich hatte noch keinen Menschen getroffen, der so viel und so lange krank gewesen war wie er. Es lag wohl immer noch an seinem hohen Stresspegel und daran, dass sein Immunsystem dadurch komplett geschwächt worden war.

Ich hatte währenddessen mit meinen alten Dämonen zu kämpfen. Ich versuchte mein Business voranzubringen, aber hatte ständig Stimmen im Ohr, die mir einredeten, ich könne das alles nicht schaffen. Diese Stimmen wurden hauptsächlich durch meine Mutter verstärkt: »Dann hättest du keine Kinder bekommen sollen, wenn du Karriere machen willst!«, sagte sie mir vorwurfsvoll. Das war einer der aufbauendsten Kommentare gewesen, welchen ich seit Langem gehört hatte! »Denn wenn man Kinder hat, wird alles andere im Leben

unmöglich«, erklärte sie nachdrücklich.
Als ich diese Worte von ihr hörte, war ich erst einmal schockiert gewesen und dann war Wut und Verärgerung in mir aufgestiegen. Was sollte solch eine Bemerkung!? Ich liebe meine Kinder! Aber leben möchte ich trotzdem. *Ich bin eben nicht die geborene Hausfrau, so wie du. Und ich habe schon einiges trotz Kinder erreicht - unteranderem zwei Studiengänge! Dir werde ich schon beweisen, dass ich auch mein Business alleine aufbauen kann*, dachte ich verärgert.

»Ich weiß, das wirst du alles schnell schaffen und erfolgreich sein«, bestärkte mein Freund mich, »denn, ich weiß, dass du große Willensstärke besitzt.«
Ich wusste seine Worte und seine emotionale Unterstützung sehr zu schätzen. *Wenigstens ein Mensch, der an mich, meine Fähigkeiten und mein Durchsetzungsvermögen glaubt!*

»Und so gut wie du aussiehst und mit deiner Intelligenz kannst du jedem alles verkaufen. Im Leben geht es doch immer nur darum, überzeugend zu sein und sich verkaufen zu können«, fügte er hinzu.
Das mochte vielleicht stimmen, wobei ich wirklich nicht die geborene Schauspielerin bin, die es ohne große Mühe vermag, sich selbst zu vermarkten. Außerdem wollte ich, dass mich Kunden kontaktieren, weil ihnen meine Bilder gefallen und nicht, weil sie ein gutes Verkaufsangebot anzog!
»Ich bin einfach keine Geschäftsfrau, sondern

Künstlerin. Und meine Kunden will ich auch nicht über den Tisch ziehen«, bekräftigte ich.

Über die nächsten Tage war mein Freund oft bei seinem Hausarzt, weil er wieder Fieber bekommen hatte, welches auch mit Medikamenten nicht bezwungen werden konnte. Der Arzt hatte absolute Bettruhe angeordnet und vor jeglichem äußeren Kontakt gewarnt, da wohl eine sehr hohe Ansteckungsgefahr bei ihm bestünde.

»Na toll! Das heißt wir sehen uns diese Woche wieder nicht?«, fragte ich enttäuscht.

»Tut mir wirklich leid, Hübsche«, antwortete er. Trotz allem gab es einige Neuigkeiten, eine gute und eine schlechte, wie er mir mittgeteilt hatte.

»Okay, erzähl mir erst die Schlechte«, schrieb ich, in der Hoffnung, es würde nichts allzu Schlimmes sein. Die Biopsie des Gehirntumors seiner Mutter hatte endlich bestätigt, dass der Gehirntumor bösartig war und nun weitere Vorgehensweisen besprochen werden müssten. Die gute Nachricht war, dass die Frau seines Bruders zum zweiten Mal schwanger war. Er hatte mir erzählt, dass sein Bruder allerdings weniger darüber erfreut sei, da die Schwangerschaft ungeplant war und seine Frau ihm dieses kleine Geheimnis bis vor drei Tagen verheimlicht hatte. Jetzt war sie schon im sechsten Monat schwanger. Ursprünglich wollte sie gar keine Kinder haben.

»Warum wird man dann nochmal schwanger, wenn man sowieso keine Kinder möchte? Und wie kann man denn nicht merken, dass die eigene Frau schon im sechsten Monat schwanger ist!?«, fragte ich ihn ungläubig.

»Verstehe ich auch nicht, die beiden streiten sich gerade aufs Heftigste«, schilderte er.

Seine Schwägerin war am Ende kurzerhand abgehauen. Mein Freund hatte beiden eine Paartherapie vorgeschlagen, aber dieser Vorschlag war abgelehnt worden.

»Warum hat sie eigentlich nicht die Pille danach genommen, wenn sie nicht schwanger sein wollte?«, fragte ich.

»Hat sie nicht gesagt. Und jetzt im siebten Monat abtreiben geht natürlich auch nicht«, antwortete er.

»Ich denke, sie ist im sechsten Monat schwanger?«, fragte ich nochmal nach.

»Ja, das meinte ich ja«, korrigierte er sich. »Das Problem ist, sie ist eine Partyqueen und Kinder sind ihr dabei im Weg«, erklärte er.

Sowas fand ich wirklich sehr traurig. Wenn man sich dazu entschließt Kinder zu bekommen, dann muss man auch genügend Zeit mit ihnen verbringen. Kinder verändern nun mal das Leben, aber es sind schöne Veränderungen.

Mein Freund musste den folgenden Tag ins Krankenhaus. Er hatte plötzlich starke Schmerzen und nun bestand der Verdacht auf ein Magengeschwür.

»Gastroskopie nennt man das«, klärte er mich

auf.

»Ich weiß, wie man das nennt«, teilte ich ihm mit, »ich war ja schließlich für eine Weile auf der Inneren tätig gewesen, wie du weißt.«

Nun durfte er zwölf Stunden vorher nichts mehr essen. Er erzählte mir, dass er schonmal eine solche Untersuchung hatte machen lassen müssen. Damals war der Befund negativen gewesen.

Ich befand mich auf der Arbeit und erzählte meinem Freund nun von einem Gespräch, welches ich mit einem Arbeitskollegen geführt hatte. Irgendwie war das Thema Swinger Club aufgekommen. Angeblich seien die Deutschen wohl eher offen für sowas. Mein Arbeitskollege hatte angedeutet, dass er Lust hätte das Swingen auch mal auszuprobieren, aber seine Freundin war nicht von der Idee angetan. Im Laufe des Gespräches war herausgekommen, dass er gerne Erfahrungen mit anderen Frauen machen würde, ihm aber nicht der Gedanke gefiel, dass seine Freundin das Gleiche mit anderen Männern machen könnte. Ich hatte innerlich lachen müssen. Was war das denn für eine Logik? Was erwartete er von seiner Freundin?

»Ich habe ihm vorgeschlagen, dass er ja einen Dreier oder Vierer mit seiner Frau zusammen ausprobieren könnte«, erklärte ich meinem Freund.

»Das wäre eine Lösung«, stimmte er zu. »Ich habe dir ja bereits erklärt, dass ich es sehr anturnend finde, wenn meine Frau sich von anderen ficken lässt. Wenn man seinem Partner wirklich vertraut, wäre ein Partnertausch oder dergleichen auch kein Problem.«

»Dass das Ganze sehr viel mit Vertrauen zu tun hat, hat mein Arbeitskollege schon eingesehen. Ich denke, dazu kommt auch noch das Selbstbewusstsein«, antwortete ich. »Egal wie, es sollte immer fair für beide bleiben und beide sollten mit gemeinsamen Entscheidungen glücklich sein«, hängte ich an.

»Das stimmt. Und, ich bin zu der Erkenntnis gekommen, dass die Fähigkeit vertrauen zu können immer damit zu tun hat, ob man und wie sehr man sich selbst vertraut. Je weniger Selbstvertrauen man hat, umso geringer ist das Vertrauen in andere«, schrieb er.

»Ja, da stimme ich voll und ganz zu!«, bestätigte ich.

»Und wenn er dann trotz großem Selbstbewusstsein enttäuscht wird, dann ist zumindest der Schmerz nicht so groß«, schrieb er weiter.

Dem Kommentar konnte ich eher weniger zustimmen. »Ich denke, dass einen geliebten Menschen zu verlieren schon schwer sein kann und schmerzt - egal wie ausgeprägt das Selbstbewusstsein ist. Vielleicht versteht man dann nur besser, dass es immer einen Grund gibt, warum ein Partner die Entscheidung getroffen hat einen zu verlassen. Und man versteht, dass es andere Menschen gibt, die genauso gut oder wahrscheinlich

noch besser als Partner geeignet sind«, lautete meine Meinung dazu.
Am nächsten Tag kam, nach seiner Untersuchung, die Rückmeldung, dass er keine Magengeschwüre hatte, sondern nur einen gereizten Magen. Ich war erleichtert. Er war nun auf dem Weg zu seiner Mutter ins Krankenhaus. Ihm ging es überraschenderweise schlagartig wieder gut.
Interessant, dachte ich und seine plötzliche Heilung sehr merkwürdig.

Seine Mutter sollte nun operiert werden, um den Tumor vollständig zu entfernen. An dem Abend vor ihrer OP war er nochmal bei uns gewesen. Es schien ihm soweit gut zu gehen. Genaugenommen schien er extrem entspannt und ruhig zu sein.

»Ich wäre, glaube ich, nicht so ruhig, wäre ich jetzt in deiner Situation«, meinte ich.
Am Folgetag wurde die OP durchgeführt. Ich fühlte mich innerlich sehr angespannt und nervös. Gespannt wartete ich auf eine Nachricht von ihm. Nichts. Keine Nachrichten, was mir noch größere Sorgen machte. Ich zog meinen, wie immer stressigen Arbeitstag durch und versuchte abends Ablenkung durch Aktivitäten mit meinen Kindern zu finden. Dann, kurz nach sieben Uhr, kam endlich ein Lebenszeichen von ihm.

»Tut mir leid, dass ich mich noch nicht gemeldet habe. Mein Handy hat sich mal wieder aktualisiert und in dem Prozess den Benachrichtigungston abgestellt«, schrieb er.

Du hättest ja auch von dir aus schreiben können!?, dachte ich sauer. *Was ist das für eine dumme Ausrede!?*

»Und, wie ist es gelaufen?«, fragte ich nervös.

»Alles gut soweit. Wir müssen jetzt warten, bis sie wieder aufwacht. Die OP lief gut«, berichtete er.

Ich wäre ja zu gerne ins Krankenhaus gefahren. In dem Falle hätte ich mich aber seiner Familie vorstellen müssen und dafür war gerade jetzt wirklich nicht der richtige Zeitpunkt!

Wie immer!, dachte ich frustriert.

Die nächsten Tage verbrachte er im Krankenhaus und alle warteten darauf, dass seine Mutter endlich aufwachen würde und alles in Ordnung wäre. Er entschuldigte sich immer wieder bei mir, dass er nicht genug für mich da sein konnte. Ich sah absolut keine Notwendigkeit für eine Entschuldigung. Er konnte ja schließlich nichts für die gegebene Situation.

»Ich denke an dich und vermisse dich sehr«, schrieb ich ihm oft.

»Ich dich auch«, antwortete er.

Am nächsten Tag gab es endlich Neuigkeiten. Seine Mutter war aufgewacht. »Sie ist wach, doch es ist etwas passiert«, schrieb er. Bei den Worten wurde mir sofort schlecht. »Was ist passiert?«

»Sie ist zwar wach, aber geistig nicht anwesend und die Ärzte sagen, dass sie wahrscheinlich bleibende geistige als auch körperliche Schäden davongetragen hat«, erklärte er. Diese Nachricht war einfach furchtbar. Die OP war doch so gut gelaufen und jetzt so etwas!

»Das tut mir so furchtbar leid!«, schrieb ich ihm. Ich war nur schockiert und wusste nicht, was ich ihm hätte schreiben sollen.

»Es ist schon okay, wir alle haben mittlerweile den ersten Schock überwunden. Das genaue Ausmaß ist noch nicht bekannt. Wir hoffen natürlich alle, dass es doch nicht so schlimm ist, wie zuerst angenommen. Sie war nur kurz wach und ist dann gleich wieder eingeschlafen«, erklärte er.

Ich war wirklich sehr über seine scheinbare Gelassenheit verwundert. Wenn meine Mutter in solch einem Zustand im Krankenhaus liegen würde, wäre ich wahrscheinlich am Boden zerstört. *Auf der anderen Seite - Panikmache und unnötige Sorgen bringen natürlich auch nichts*, machte ich mir bewusst.

»Ich hoffe ja sehr, dass sie sich doch wieder erholt«, schrieb ich mitleidvoll.

»Ja, das tun wir alle. Sollen wir morgen telefonieren?«, fragte er.

»Natürlich, gerne - wann immer du willst!«

Die nächsten Tage waren wir wie immer in ständigem Kontakt, aber sahen uns nicht. Er pendelte täglich zwischen Arbeit, Zuhause und Krankenhaus hin und her. Ich vermisste ihn so sehr, dass es schmerzte. Gelegentlich war mir danach, die ganze Beziehung einfach zu beenden, weil ich die andauernde Trennung und die fehlende Nähe nicht ertrug. Meine Sehnsucht nach ihm war unerträglich. Ich wollte gar nicht viel, nur in seinem Arm zu liegen hätte mir schon gereicht. Trotz allem war ich sehr dankbar, dass er immer, auch in diesen für ihn sehr schwierigen Zeiten, für mich da war - wenn auch nicht direkt.

»Ich bin auch sehr dankbar, dass ich dich habe. Schon alleine, dass du mir zuhörst und mich verstehst ist schön«, schrieb er oft. Ich musste an all die Paare denken, die jede Sekunde zusammen verbrachten, aber emotional doch Meilen voneinander entfernt waren.

Lieber so, als eine völlig lieb- und emotionslose Beziehung und lieber einen Freund als keinen, dachte ich und schob dabei den Gedanken an eine Trennung beiseite.

Wir warteten alle darauf, dass sich der Zustand seiner Mutter verbessern würde. Ich erzählte einigen Freunden und meiner Familie von dem tragischen Vorfall und alle hatten ihr Beileid ausgesprochen.

»Vielen Dank, das ist sehr lieb von allen! Hier ist es im Moment ruhig. Meine Verwandten sind gerade unterwegs«, berichtete er.

»Können die sich eigentlich alle leisten, einfach so alles hinzuschmeißen und hier so viele Wochen zu verbringen?«, fragte ich verwundert.

»Das macht man bei uns so für die Familie«, erklärte er.

Zwischendurch musste ich mich mit Alltagssorgen herumschlagen. Die neue Freundin meines

Ex-Mannes hatte ihn wohl verlassen. *Verdammt!*, war mein erster Gedanke. Nun traktierte er mich wieder und bombierte mich mit Nachrichten und ständigen Anrufversuchen. Es war immer das Gleiche, wenn es ihm schlecht ging, schien er mich als Sündenbock zu benutzen. Ich entschied mich nach kurzer Zeit ihn auf meinem Handy zu blockieren. Den Kontakt ganz abbrechen konnte ich der Kinder wegen ja leider nicht.

In meiner Wohnung gab es zudem auch Probleme. Seit neuestem tropfte bei uns Wasser durch die Flurdecke und die Hausverwaltung versuchte mal wieder, mir die Schuld dafür in die Schuhe zu schieben. *Das muss jetzt auch noch passieren!*, dachte ich verärgert. Oft fragte ich mich, was noch alles in meinem Leben schiefgehen würde - es konnte eigentlich nicht viel schlimmer kommen.

Auf meiner Arbeit war es auch wie immer stressig. Dadurch bekam ich täglich Migräne. Dann gab es ab und an auch mal wieder einen Vorfall von plötzlichem Hexenschuss. *Mist!*, schrie ich innerlich vor Schmerzen. Einige Schüler kamen sofort angerannt, um mir zu helfen.

»Bitte einfach nicht anfassen«, sagte ich und war mir bewusst, dass mir diese Worte in einem ziemlich schroffen Ton entwichen waren. Ich musste mich zwangsweise erst einmal eine ganze Weile flach auf den Boden legen und tief einatmen, um mich zu entspannen. Nach einer Weile konnte ich zwar wieder aufstehen, aber nur gekrümmt laufen.

Wie soll ich das alles noch länger ertragen ohne völlig durchzudrehen?, fragte ich mich jeden Tag.
Zu Hause schien mein Jüngstes immerhin langsam zu verstehen, dass in die Hose machen doch nicht so toll ist und war nun schon zum zweiten Mal in Folge auf die Toilette gegangen.
»Wenigstens ein kleiner Erfolg!«, freute ich mich.
»Ich glaube, ich brauche einen Therapeuten!«, schrieb ironisch. In wirklich schlimmen Situationen fiel mir wieder ein, dass ich ja schon längst einen hatte kontaktieren wollen. Jedes Mal, wenn ich mein Handy in der Hand hielt, um einen Termin zu vereinbaren, redete ich mir dann aber ein, dass mir ein Therapeut sowieso nicht helfen könnte. *Ich schaffe das schon alleine!*, davon war ich überzeugt.

»Ich glaube, ich kenn da einen guten Therapeuten«, antwortete er keck.

»Ja, du bist sowieso die beste Therapie!«, witzelte ich.

»Und du bist ein absoluter Glücksgriff!«

»Ja, ein Gewinn mit zwei Extras. Also, drei zum Preis von einem«, lachte ich. »Das kann man wohl Glücksgriff nennen!«

»Das ist ein Superdeal. Vor allem sind deine beiden genau das, was ich schon immer haben wollte«, offenbarte er mir. »Und du bist sowieso das Einzige, was mein Leben momentan lebenswert macht«, fügte er hinzu. Seine Worte rührten mich.

Am Wochenende war er wieder auf einer Fortbildung. Er hatte mir vorher nichts davon erzählt und meldete sich erst vom Flughafen aus. Diesmal war er in Köln. Er schickte mir eine Adresse: Alte Mauer am Bach. Ich suchte im Internet danach, aber konnte unter der angegebenen Hausnummer nichts finden.

»Dort muss aber wohl das Treffen stattfinden«, reimte ich mir zusammen.

»Du hast mir immer noch nicht gesagt, an welchem Wochenende ich dich begleiten kann«, erinnerte ich ihn.

»Irgendwann arrangieren wir das mal«, tat er das ganze flüchtig ab.

»Na toll! Irgendwann. Irgendwann werde ich vor Einsamkeit und Verlangen nach dir verrückt«, ließ ich ihn verärgert wissen.

In der nächsten Woche bahnte sich bei mir eine erneute Krankheitswelle an. Es waren schon wieder starke Magenschmerzen. Ich schien mir ständig von allen Seiten etwas einzufangen. Diesmal war ich so krank geworden, dass ich meine Eltern bitten musste, meine Kinder so schnell wie möglich abzuholen, da ich vor Bauchschmerzen gar nicht mehr aus dem Bett kam. Mein Freund brachte mir netterweise Fencheltee. Er war doch immer da, wenn ich wirklich dringend Hilfe brauchte.

Schon wieder Gehaltsausfall, ich mochte gar nicht daran denken. Dieser ständige finanzielle Druck war einfach furchtbar. Ich war mir sicher, dass mich diese Gedanken noch kranker machten! Über eine Woche lang lag ich nur im Bett. Der Kontakt zu ihm und seine Aufheiterungsversuche linderten mein Leiden etwas. Trotzdem hatte ich mich danach furchtbar schlapp und motivationslos gefühlt. An Gewicht hatte ich so viel verloren, dass mein Gesicht wirklich hager aussah und meine Klamotten schlabbrig an mir herunterhingen.

Als ich mich wieder auf dem Weg der Besserung befand, meldete sich mein Opa. Er brauchte dringend Hilfe und wollte, dass ich sofort vorbeikomme.

»Deine Oma liegt schon wieder im Krankenhaus«, erklärte er mir aufgebracht am Telefon. Auch das noch! Ich hoffte jeden Tag auf ein Wunder und dass mein Leben einfach mal sorgen- und stressfrei sein möge. Ich konnte mich oft nicht entscheiden, ob ich weinen, schreien oder lachen soll.

Alles muss irgendwann besser werden!, redete ich mir immer wieder ein.

Die Familie meines Freundes schien ihn auch schon wieder zu ärgern und seiner Mutter ging es schlechter.

Als ich wieder zu Hause war und es mir endlich besserging, besuchte ich meinen Freund wieder öfter auf seiner Arbeit. Unter anderem auch nachmittags, zusammen mit meinen Kindern.

»Hallo ihr Süßen!«, empfing er uns herzlich in

seiner Praxis. Alle strahlten vor Freude - ich wahrscheinlich am allermeisten. Wir brachten ihm Kuchen und hatten zumindest kurze Momente, die sich fast wie eine kleine heile Familie anfühlten. Dann, nach ein paar Tagen, kam endlich die Nachricht, dass sich seine Mutter doch wieder etwas stabilisiert hatte und zumindest ihre Motorik wieder besser zu funktionieren schien. Mit dem Sprechen hatte sie wohl immer noch Probleme, aber auch da zeigte sich eine Verbesserung. Plötzlich bestand ein Hoffnungsschimmer, dass diese ganzen traumatischen Ereignisse ein Happy End haben würden. Ich freute mich für ihn und seine Familie. Es ging endlich wieder bergauf.

Erkältung und Niereninsuffizienz

Unser Alltag ging weiter. Auf seinen Rat hin hatte ich mich dazu entschieden, mein Arbeits-Equipment aufzurüsten. Ich sah ein, dass dies nötig war, trotz höherer Kosten, da sich meine Arbeitszeit verkürzen und sich mein Arbeitsfluss im Allgemeinen wahrscheinlich auch sehr verbessern würde. Ich hatte mir also, unter anderem, einen neuen, schnelleren PC besorgt. Er war zwar gebraucht, aber trotzdem in gutem Zustand und zudem mit den neuesten Techniken ausgestattet. *Wie kann ich dieses Riesenteil jetzt bloß ohne Auto zu mir nach Hause transportieren?*, grübelte ich. Ich erzählte meinem Freund davon, aber traute mich nicht, ihn direkt um Hilfe zu bitten, da ich wusste, wie wenig Zeit er sowieso schon hatte.

»Klar hole ich den PC für dich ab. Gar kein Problem!«, sagte er gleich von sich aus. Da war ich erleichtert.

»Super, vielen Dank! Wann würde es dir denn passen?«, fragte ich, damit ich einen Abholtermin mit dem Verkäufer vereinbaren konnte.

»Nächste Woche Montag ginge«, schrieb er.

Das Wochenende davor war er wieder einmal auf einer seiner Fortbildungen. »Scheiß Hotelbetten«, beschwerte er sich wie immer.

»Denkst du an Montag?«, wollte ich ihn noch einmal unterschwellig erinnern.

»Ja, ist in meinem Terminkalender gespeichert«,

bestätigte er.
Am Montagmorgen begrüßte er mich routinemäßig mit derselben Nachricht: »Guten Morgen, Hübsche, wie geht es dir heute?«

»Ganz gut mein Herz, und dir?«, fragte ich zurück.

»Es geht so. Mein Morgen war ziemlich stressig und ich versuche mich gerade etwas von meinem Schock zu erholen«, kam als Antwort.

»Wieso Schock? Was ist denn passiert!?«, ich war sofort beunruhigt.

»Ich bin heute Morgen wie gewohnt zur Arbeit gefahren und als ich mir einen Kaffee kaufen wollte, habe ich bemerkt, dass mein Portemonnaie verschwunden ist«, schrieb er und fuhr fort: »Ich hatte es aber definitiv vor meiner Ankunft im Hotel noch gehabt. Das weiß ich, da ich tanken musste und dort mit Karte bezahlt habe«.

»Und hast du es jetzt gefunden?«, wollte ich wissen.

»Ich habe im Hotel angerufen, die haben es. Die Putzfrau hat es gefunden und zum Glück abgegeben.«

»Da hast du aber Glück gehabt!«

»Ja! Mir ist es überhaupt nicht aufgefallen, weil ich meine Karte danach gar nicht mehr benutzen musste«, antwortete er. »Dabei fällt mir gerade etwas ein - ich kann den PC heute nicht für dich abholen. Ich kann ja kein Geld abheben, um ihn zu bezahlen«, fuhr er fort.

»Das ist doch kein Problem! Ich kann dir das Geld auch später schnell vorbeibringen, wenn das für dich okay ist. Ich muss dir das Geld ja sowieso geben«, schrieb ich.

»Das wäre wirklich toll, dann kann ich dich auch kurz sehen«, schrieb er freudig.

Wir trafen uns wie besprochen in der Mittagspause und tranken in unserem Stammcafé einen Cappuccino zusammen. Danach ging ich wie gewohnt zurück zu meiner Arbeit und wir führten unsere Konversationen per Handy fort.

»Sag mal«, schrieb ich, »hast du eigentlich, in Bezug auf mich, vor irgendetwas Angst?«

»Wie meinst du das? In Richtung, ich könnte dir dein Geld wegnehmen?«, fragte er.

Was für ein komisches Beispiel, dachte ich.

»Nein. Also ich meine, ob du Angst hast, ich könnte etwas Schlimmes tun. Aber, ich meinte eher etwas Verletzendes im emotionalen Sinne«, erklärte ich.

»Ach so. Keine Ahnung. Ich denke, niemand will hintergangen werden«, antwortete er.

»Glaubst du, ich würde dich hintergehen?«, wollte ich wissen.

»Nein, glaube ich nicht. Oder hoffe zumindest, dass du es nicht tust«, schrieb er.

»Würdest du mich hintergehen?«, fragte ich weiter.

»Nein. Jedenfalls versuche ich es nicht zu tun«, antwortete er.

Seine Antwort freute mich, wobei mir bewusst war, dass es für Treue und Ehrlichkeit niemals eine Garantie gibt.
Später teilte er mir mit, dass er sich nicht wohl fühle. Er war, wie er mir erzählte, ständig am Schwitzen.

»Das kann doch nicht sein, dass du schon wieder krank wirst!?«, fragte ich ungläubig.

»Ja, es nervt mich gewaltig. Ich werde heute früher Schluss machen müssen und dann noch schnell deinen PC abholen«, erklärte er. Diese Krankheitsphase schien überhaupt gar kein Ende mehr zu nehmen!
Er brachte mir den Computer später vorbei und ging dann sofort wieder, weil es ihm nicht gut ging. Von zu Hause aus schrieb er mir, dass er plötzlich Fieber bekommen hatte und nun auch noch mit Schüttelfrost im Bett lang. Seine Verwandtschaft war immer noch da und seine Tante sorgte sich um ihn.

»Ich hoffe, du bekommst auch genug Ruhe?«, fragte ich. Ich stellte es mir ziemlich stressig vor, ständig Besuch zu haben und krank zu sein. Es war zwar seine Familie, aber er kam ja trotzdem nie zur Ruhe.

»Es tut mir wirklich so leid, Süße, dass ich nicht genug für dich da sein kann«, ließ er mich wissen. Was für ein Blödsinn! Für das Kranksein konnte er ja nun wirklich nichts.

»Du musst dich doch nicht entschuldigen. Ich

hoffe, du wirst schnell wieder gesund«, antwortete ich.

Meine Tochter hatte in der folgenden Woche Einschulung. Ich hoffte sehr, dass er mitkommen würde. Bis dahin würde es ihm auch bestimmt wieder bessergehen. Die nächsten Tage lag er nur im Bett. Ich hätte ihm wie immer gerne geholfen, aber er lehnte ab. »Meine Tante ist ja hier und ich möchte dich und die Kids nicht anstecken«, schrieb er. Er hatte ja Recht. Noch mehr Krankheitstage oder Arbeitsausfall wegen kranken Kindern konnte ich mir nun wirklich nicht mehr für dieses Jahr leisten. Ein paar Tage später schrieb er mir, dass sich alles verschlimmert hätte. Er hatte so heftige Schweißausbrüche, dass er am Ende zum Arzt gegangen war, der wohl bereits Witze über ihn machte, weil er zu einem seiner Stammkunden geworden war.

»Und, was sagt der Arzt?«

»Medikamente und viel Ruhe«, antworte er.

Ja, das schien am vernünftigsten. Medikamente unterdrücken ja auch nur die Symptome. Man muss sich eben einfach auskurieren. »Er hat auch Bluttests gemacht und Urinproben genommen«, erklärte er.

Er schlief viel und meldete sich gelegentlich zwischendurch. Durch die Krankheit hatte er anscheinend einen ziemlich unruhigen und nicht sehr tiefen Schlaf. Er erzählte mir eines Morgens von einem sehr lebhaften Traum, welchen er

gehabt hatte.
»Du kamst in meinem Traum vor. Wir fuhren in einem Auto und es ist etwas passiert«, deutete er an.

»Wie, etwas passiert? Hatten wir einen Unfall?«, fragte ich beunruhigt.

»Nein, es war eher so, dass wir in meinem Auto zu einem Krankenhaus gefahren sind, du wurdest operiert und danach sind wir wieder nach Hause gefahren. Es war kein Albtraum«, erklärte er.
Das hörte sich für mich aber nicht nach einem schönen Traum an. Jedes Mal, wenn ich in der Realität in einem Krankenhaus gewesen war, war es, um eins meiner Kinder auf die Welt zu bringen und die deshalb nötigen Kaiserschnitte durchführen zu lassen.

»Klingt für mich nicht sehr schön«, bemerkte ich, während sich mir unschöne Erinnerungen aufdrängten. *Wer weiß, ob er das tatsächlich geträumt hat - vielleicht ist es auch nur sein Wunschdenken,* überlegte ich dann.

Den folgenden Tag meldete er sich morgens überhaupt nicht. Etwas Sorgen machte ich mir, aber spekulierte dann, dass er sicherlich einfach länger schlief.
Später kam eine Nachricht: »Ich habe schlechte Neuigkeiten«, leitete er ein. »Heute Morgen hat mich mein Hausarzt angerufen und meinte, ich müsse sofort zu ihm in die Praxis kommen«, erklärte er.

»Und wieso?«, fragte ich aufgeregt.

»Meine Blutwerte stimmten nicht und deuten darauf hin, dass ich eine Niereninsuffizienz habe«, schrieb er weiter. Ich wusste zwar nicht, was genau das bedeutete, aber es hörte sich auf keinen Fall gut an.

»Es ist schon ziemlich fortgeschritten, GFR G3b«, las ich. Das alles sagte mir nichts.

»Die Merkmale dafür sind Augen- und Hautverfärbungen«, erläuterte er.

Komisch, diese Veränderungen waren mir gar nicht bei ihm aufgefallen.

»Ich habe mich schon mal wegen den Medikamenten, die ich jetzt nehmen muss, erkundigt. Da gibt es wohl einige starke Nebenwirkungen, so wie zum Beispiel Konzentrationsminderung. Das beunruhigt mich jetzt schon.« Er schien sehr besorgt. Das konnte ich nachvollziehen. Gerade in seinem Beruf war es besonders wichtig, immer hochkonzentriert zu sein. *Aber*, dachte ich, *erstmal abwarten, vielleicht wird es ja gar nicht so schlimm.*

»Die nächsten Tage und wahrscheinlich sogar Wochen muss ich öfter zum Arzt, bis sich das mit den Medikamenten eingestellt hat«, warnte er vor. »Aber es ist ja nur eine temporäre Phase.«

»Ich hoffe sehr, dass es dir bald bessergeht. Wenigstens weißt du jetzt, was Sache ist und es kann behandelt werden«, versuchte ich ihn zu beruhigen. *Das muss wohl der Grund dafür sein, warum es ihm die letzten Wochen und Monate pausenlos so schlecht ging.*

Ein Leben zusammen

Über die folgenden Wochen schien sich alles wieder etwas zu normalisieren. Er sah zwar müde aus, aber dafür, dass er doch so krank war, den Umständen entsprechend ausgesprochen gut.
Ich besuchte ihn fast täglich in seiner Praxis. Beim Sex bemerkte ich, dass er irgendwie aggressiver geworden war. Wie er selbst gesagt hatte, war Sex für ihn in gewisser Weise ein Stressventil.

Solange es ihm danach bessergeht, rechtfertigte ich sein Verhalten, *immerhin ist er sehr krank*.
Er schrieb mir zwischendurch immer wieder, welche Pläne und Vorstellungen er in Bezug auf uns und unsere gemeinsame Zukunft hatte.

»Ich hoffe und möchte, dass wir bald sehr viel mehr Zeit miteinander verbringen und dass wir auch mehr miteinander unternehmen«, erklärte er.
Das war natürlich auch mein größter Wunsch, aber wie oft hatte er mir dies schon versprochen.

»Ich habe einen Suchagenten beauftragt, der sich nach einem passenden Familienhaus für uns umsehen soll«, teilte er mit.

»Wirklich!?« Ich war fassungslos, ja sprachlos, zugleich aber voller Vorfreude und bei dem Gedanken unheimlich aufgeregt. Das wäre ein langersehnter Traum, der endlich in Erfüllung gehen würde.

»Ich stelle es mir so vor, dass ich mir eine größere Wohnung oder ein Haus miete und ihr dann öfter bei mir seid«, schilderte er und fuhr fort, »Deine Kids müssten dann natürlich ein eigenes Zimmer haben. Am besten wäre es, wenn es etwas Mehrstöckiges ist, dann könnten die Kinder eine eigene Etage für sich bekommen und wir eine. Ich möchte natürlich, dass wir unseren eigenen Bereich haben, damit du auch immer in meiner Nähe und für mich bereit bist«.

Die Vorstellung gefiel mir sehr und in Gedanken sah ich bereits, wie sich unser gemeinsamer Alltag abspielen könnte. Auch bestärkte sie meine Geduld, ihm mehr Zeit zu geben und abzuwarten, in der Hoffnung, dass sich doch alles in unsere Beziehung zum Guten wenden würde.

»Das wäre toll! Aber, das mit dem ständigen Pendeln mit den Kindern wird dann sicherlich ein Problem und ziemlich stressig für uns. Ich müsste sie ja erstmal trotzdem weiterhin hier zur Schule und in den Kindergarten bringen«, stellte ich etwas besorgt fest.

»Ja, darüber habe ich mir auch schon Gedanken gemacht. Ich dachte, ich suche mir deshalb etwas, was in eurem Stadtteil liegt«, erklärte er.

»Das würdest du wirklich tun?« Ich war erstaunt. »Deinen schönen Stadtteil und deine Wohnung in super Lage für uns aufgeben und hierherziehen!?« Ich war wirklich verblüfft, fand es auf der anderen Seite aber auch bewundernswert, dass er das, was er jetzt hatte, wirklich bereit war für uns aufzugeben.

»Ja klar, warum nicht? Ist ja bloß eine Wohnung und ihr seid mir wichtiger. Außerdem sieht das Haus echt geil aus!«, begründete er. Stimmte auch wieder, eine Wohnung ist bloß eine Wohnung. Trotzdem war ich gerührt.

Als er mich das nächste Mal besuchte, zeigte er mir das Haus, welches in Frage kommen würde. Er wollte, dass ich mir erst einmal Bilder davon ansah, bevor wir es dann gemeinsam besichtigen würden. Ich war sprachlos, als er mir die Bilder zeigte. Es sah aus wie eine absolute noble Villa, mit allem möglichen Schnickschnack und der neuesten Technik und einer riesigen Küche mit Insel. Er bestand darauf, dass ihm eine große moderne Küche sehr wichtig sei.

»Ich würde dich täglich auf der Kücheninsel nehmen«, fantasierte er und grinste mich dabei an. Gegen die Vorstellung hatte ich sicherlich nichts einzuwenden. Ein großer Essraum und ein großes Wohnzimmer waren ihm auch wichtig. Er plante dort regelmäßig Partys zu veranstalten und wollte deshalb sichergehen, dass dort Platz für einen großen Tisch sein würde und genug Raum, um viele Gäste zu hospitieren.

Große Partys waren eigentlich nicht so mein Ding und solch ein modernes Haus brauchte ich auch nicht. Überhaupt schien er aufgeregter zu sein über dieses Haus, als über die Tatsache dann endlich richtig zusammenzuleben. Mir war es nur wichtig, endlich mehr Zeit miteinander verbringen zu können. *Aber, wenn ihn das alles so glücklich macht, dann ist es mir auch so recht*, entschloss ich.

»Wir werden dann auch sofort, sobald ich den finanziellen Zuschuss für das Haus bekomme, einen Ordnungsplan für dich aufstellen«, erklärte er. »Ich will dann die komplette Kontrolle über dich und über deinen Alltag haben«, fuhr er fort. *Hatte er sowas nicht schon öfter angedeutet?*, versuchte ich mich zu erinnern.

»Was genau meinst du mit Ordnungsplan?«, wollte ich wissen.

»Ich will deinen Tagesablauf genau bestimmen. Ich will genau bestimmen und wissen was du machst, wo und mit wem«, erklärte er.
Das kontrollierst du doch sowieso schon ständig, dachte ich zu mir selbst.
»Und was meinst du sonst genau mit *Ordnungsplan* - Hausarbeit und Putzen, oder was?« Ich verstand immer noch nicht ganz.

»Meine täglichen Anforderungen, was zum Beispiel deine Kleiderordnung anbelangt. Ich will, dass du dich immer nach meinem Geschmack kleidest. Außerdem will ich, dass du in deiner Alltagsroutine genügend Freiraum für mich schaffst. Du sollst mir morgens zur Verfügung stehen, damit ich meinen ersten Druck in dir ablassen kann. So wird jeder Tag beginnen. Mittags sollst du dann bei mir auf der Arbeit vorbeikommen, damit ich dich nochmal ficken kann. Den restlichen Tag

kannst du dir frei gestalten. Wenn ich dann nach Hause komme, erwarte ich, dass du dich schick kleidest und auf mich wartest«, erläuterte er.
Der Gedanke, jeden Tag so mit ihm verbringen zu können, erregte mich und machte mich zugleich aber auch einfach nur sehr glücklich. Ich wollte mehr von ihm - ich wollte mehr Zeit mit ihm!

Der Alltag und der Krebs

In den folgenden Wochen merkte ich, wie sich mein ohnehin hoher Stresspegel noch mehr erhöhte. Mein Ex-Mann war wieder einmal umgezogen und wollte mir seine neue Adresse nicht mitteilen. Ich hatte mich furchtbar darüber aufgeregt. Mir stand es immerhin zu wenigstens zu wissen, wo mein Kind lebt! Ich hatte ein Päckchen schicken wollen, aber nun natürlich keine Empfangsadresse. »Schick es doch einfach an meinen Vater«, schlug mein Ex-Mann mir netterweise vor. Natürlich hätte ich das tun können, das war aber nicht der Punkt. Ich fragte mich, welchen Sinn es für ihn machte, die neue Adresse zu verheimlich, außer mich damit absichtlich zu verärgern. Mein Freund stimmte mir zu, dass mein Ex-Mann einfach nur ein zu bemitleidender Mensch war, der es offensichtlich immer noch nötig hatte, seinen eigenen Frust an seiner Ex-Frau auszulassen.
Schön, solle er doch sein Machtspielchen spielen!, entschloss ich. Ich entschied, mich nicht weiter dadurch verärgern zu lassen. Ich fragte mich jedoch gerade in solchen Situationen immer wieder, ob wir es jemals schaffen würden, wenigstens den Kindern zu liebe, einen positiven und neutralen Kommunikationsweg zu finden. Realistisch gesehen standen die Chancen dafür mehr als schlecht. Ich bewundere die Paare, die es schafften, sich trotz Trennung gemeinsam um ihre Kinder zu

kümmern. Denn letztendlich geht es um der Kinder Wohl. Kinder haben ein Recht auf beide Elternteile und darauf, mit beiden Seiten gleichermaßen Kontakt zu haben und trotz allem geliebt zu werden.

»Du hast einfach tolle Kinder und kannst dich dafür sehr glücklich schätzen«, sagte mein Freund mir immer wieder. Ja, da hatte er sehr Recht.

»Auch wenn momentan alles sehr stressig ist - ich liebe meine Kinder über alles!«, erklärte ich.

»Ich spiele auch wieder öfter mit dem Gedanken, wie es wäre ein Kind mit dir zu haben«, schrieb er plötzlich.

»Ich weiß, du hast schon drei und bist sicherlich nicht besonders scharf auf eine vierte Schwangerschaft, aber die Vorstellung gefällt mir«, fuhr er fort.

»Ja, den Gedanken dir ein Kind zu schenken, finde ich auch schön, aber die Vorstellung nochmal schwanger zu sein, gefällt mir eher weniger«, antwortete ich mit Bedenken. Wir hatten ja bereits schon öfter darüber gesprochen und mir wurde immer klarer, dass mir zwar die Fantasievorstellung gefiel, aber ich in der Realität wirklich nicht zu einer weiteren Schwangerschaft bereit war. Tatsache war ja auch, dass es nicht nur bei der Schwangerschaft bleiben würde. Dann wäre da ein Baby, welches Tag und Nacht meine volle Aufmerksamkeit benötigen würde. Mein ganzes Leben würde wieder zum Stillstand kommen.

Ganz ehrlich musste ich mir eingestehen, dass ich dazu einfach nicht die nötige Kraft und auch nicht den Willen hatte. Ich hatte andere Pläne. Ich wollte ein Business aufbauen und nicht wieder nur Hausfrau spielen.

»Ich habe übrigens mit Daniel heute Morgen gefrühstückt«, schrieb er.

»Wer ist Daniel?«, wollte ich wissen.

»Der Schönheitschirurg. Er sagt, dass er dich gerne sehen möchte.«

»Das hört sich ja interessant an«, antwortete ich und fragte mich zur selben Zeit, *Hatte er nicht schon mit ihm darüber gesprochen?*

»Er hat mir versichert, dass das mit einer Schwangerschaft hinterher auch kein Problem wäre, wenn die Narben gut verheilen«, schrieb er weiter.

Die Chance auf eine OP machte mich in gewisser Weise glücklich, da ich mich mit meinem Bauch immer noch nicht wohl fühlte.

»Ich will, dass du mit deinem Körper zufrieden bist. Das ist erstmal wichtiger als eine Schwangerschaft«, lautete seine Meinung.

Ich war gespannt darauf, was der Chirurg sagen würde. Zur gleichen Zeit hatte ich bei dem Gedanken an eine OP aber auch unheimlich große Angst.

Die folgenden Tage versuchte ich mich wieder mehr auf den Ausbau meines Business zu konzentrieren. Ich designte eine komplett neue

Webseite, welche vom Optischen her ansprechender war als die alte und im Gesamtbild einfach professioneller aussah.

»Du solltest dir mal überlegen, deine Seite zu überarbeiten«, schlug ich ihm vor.

»Wieso? Was stimmt denn mit meiner Seite nicht?«, fragte er gleich etwas trotzig.

»Naja, ich persönlich finde sie nicht sehr ansprechend und der Text zum Beispiel ist schwer zu lesen«, kritisierte ich vorsichtig.

Er lehnte meinen Vorschlag mit den beleidigten Worten: »Die benutze ich schon seit Jahren so«, ab.

Überraschenderweise präsentierte er mir ein paar Tage später eine komplett neue Webseite, welche er, wie er mir erzählte, hatte extra von einem Webdesigner erstellen lassen.

»Sieht super aus«, lautete mein erstes Feedback. »Viel freundlicher und ansprechender als die alte Seite. Ich würde nur ein zwei kleine Veränderungen vornehmen«, fügte ich hinzu.

»Und welche Veränderungen wären das?«, fragte er nach.

»Ich würde den Font ändern und den Zeilenabstand vergrößern und würde das Bild von der Frau auf der Startseite austauschen - macht den Anschein, als ob sie eine Mitarbeiterin ist - und auch die Farbe der Tabs würde ich an die Hintergrundfarbe anpassen. Sind nur ein paar Kleinigkeiten, sonst ist alles aber richtig gut!«

»Okay, ich werde es an den Webseitendesigner weitergeben«, verkündete er.
Innerhalb von ein paar Minuten waren die Änderungen auf der Webseite durchgeführt. Das verwunderte mich sehr und ich fragte mich, ob es da wirklich einen Designer gab oder ob er nicht vielleicht selbst dahintersteckte. *Warum würde er mir nicht sagen wollen, dass er die Webseite entworfen hat?*, fragte ich mich.

»Mir ist noch was aufgefallen«, bemerkte ich dann.

»Was denn?«

»Du schreibst immer in der dritten Person - da bist doch nur du«, hakte ich nach.

»Nein, das macht man immer so. Ein ganzes Team erweckt einen professionelleren Anschein. Solltest du auf deiner Webseite auch so machen.«
Mir kam das etwas betrügerisch vor. Vor allem, was sollte ich sagen, wenn mich meine Kunden tatsächlich auf mein ›Team‹ ansprachen!?

»Meine Webseiten-Analyse sieht auch super aus, die Besucherzahl ist deutlich gestiegen«, erzählte er. Er hatte mir bei seinem nächsten Besuch diese Zahlen gezeigt. Ein paar hunderte Klicks hatte seine Seite erzielt.
Sieht nicht so überragend aus, dachte ich, sagte aber nichts.

»Meine Webseite war von Anfang an auf Platz eins, weil ich die Key Words so gut eingestellt hatte. Ich mache jetzt auch wieder gezielt

Werbung«, ließ er mich wissen.
Das verstand ich irgendwie nicht. Wenn die Besucherzahlen doch so gut waren und er sowieso immer voll ausgebucht war und jetzt schon eine lange Warteliste an Patienten hatte, warum wollte er dann wieder bezahlte Werbung machen?

»Ich will meine Warteliste verlängern. Man weiß ja nie was passiert. Wenn meine aktuellen Patienten abspringen, kann ich die Lücken gleich füllen«, begründete er seine Entscheidung.
Na gut, wie er meinte, es war ja seine Sache, obwohl seine Worte und Taten für mich nicht logisch nachvollziehbar waren.

Die Zukunft meiner Kinder und meiner selbst beschäftigte mich immer mehr. Momentan lebten wir eigentlich recht gut, auch wenn ich mich dafür zu Tode arbeitete. Ich hatte einen Bescheid bekommen, dass mein Antrag auf einen verlängerten Bewilligungszeitraum meiner Tätigkeit für das kommende Jahr abgelehnt worden war. Diese Nachricht beunruhigte mich sehr. Es würde bedeuten, dass ich bald noch mehr arbeiten müsste, als ich es sowieso schon tat, um auf das gleiche Gehalt zu kommen. Ich hatte dabei vor allem immer die Sorge im Hinterkopf, mir überhaupt keine Zeit mehr für meine Kinder nehmen zu können. Ich zog immer wieder alternative Arbeitsmöglichkeiten in Betracht und versuchte Wege zu finden, wie ich ohne Gehaltsverlust mehr Zeit gewinnen könnte. »Würde mein Ex wenigstens diese blöden

Unterhaltspapiere unterschreiben!«, ärgerte ich mich immer wieder. Da mein Ex-Mann weit entfernt im Ausland lebt, konnte ich keine rechtliche Klage gegen ihn durchsetzen. Mein Ex-Mann hatte mir mitgeteilt, dass er mir kein Geld zahlen würde, um mir mein Leben zu versüßen. Als ich das hörte, hätte ich glatt aus der Haut fahren können. *Zwangsläufig muss ich wohl meine Kinder finanzieren und Essen auf den Tisch bringen. Und mein Leben ist alles andere als ein Paradies*, dachte ich sauer. Dass er mich damit fertigmachen wollte, war mir bewusst.

In dem Zusammenhang und dem immer größer werdenden Zeitmangel, machte ich mir auch Sorgen um meine Beziehung. Wir würden nie wirklich eine Chance bekommen, uns als Paar und in unserer Beziehung weiterzuentwickeln, weil einfach keine Zeit dafür da war.

»Bin momentan etwas verwirrt. Nicht nur wegen dir, aber teils auch. Ich muss Entscheidungen treffen und will mein Leben nicht nach dir richten, aber irgendwie schon, weil ich dir das geben will was du möchtest. Ich habe das Gefühl, obwohl ich weiß, was ich will, dass ich trotzdem keinen konkreten Plan habe und nicht weiß, wie ich meine Ziele erreichen kann. Ich habe auch etwas Angst, dass sich Fehler aus meiner Vergangenheit wiederholen könnten«, schrieb ich.

»Wie meinst du das? Welche Fehler genau?«, fragte er mich.

»Das ist irgendwie schwer zu erklären. Ich habe

Angst, etwas zu tun, weil es von mir erwartet wird, obwohl ich weiß, dass es eine falsche Entscheidung für mich wäre, ich es dann aber trotzdem tue. Verstehst du?«, versuchte ich zu erklären.

»Ich weiß nicht, ob ich dir ganz folgen kann.«

»Es ist so ein innerer Zwang in mir, der mich drängt, es anderen immer recht machen zu wollen. Deswegen habe ich schon sehr häufig falsche Entscheidungen in meinem Leben getroffen«, versuchte ich zu verdeutlichen.

»Und du machst dir Sorgen wegen mir? Sollte das der Fall sein, das brauchst du nicht«, schrieb er.

»Natürlich mache ich mir Sorgen wegen dir! Sonst wäre es ja, als ob ich dich in meinem Leben gar nicht berücksichtigen würde - jedenfalls nicht als festen Freund. Aber im Moment fühlt es sich schon eher wie eine Affäre an«, erklärte ich und hatte etwas Angst vor seiner Reaktion.

Seine Antwort lautete nur: »Okay.«

Ich wusste nicht, was ich mit dieser Antwort anfangen sollte.

»Ich habe eine Beziehung wie mit dir noch nie zuvor so erlebt oder geführt«, schrieb ich. Ich verstand, warum wir uns nur so wenig sehen konnten, aber es belastete mich immer mehr.

Später telefonierten wir, wobei ich keine Antworten auf meine Fragen bekam und auch keine Lösungsansätze gefunden wurden. Er sagte nur, dass es endlich mal Zeit würde, dass gute Dinge passieren. Ich fühlte mich mehr als frustriert. Es war wie eine Zwickmühle - einerseits wollte ich ihn nicht mit meinem Genörgel und meinen Problemen belasten, aber andererseits ging es mir in dieser Beziehung mittlerweile so schlecht, dass es mein alltägliches Leben zu stark belastete. Ich hoffte immer, er würde mir irgendwie entgegenkommen, mir doch mehr Zeit schenken und sich etwas mehr um mich bemühen. Doch es kam nichts.

Von seiner Mutter berichtete er zwischendurch gelegentlich. Sie schien wieder besser sprechen zu können und lachte auch gelegentlich. Wenigstens dies konnte man vielleicht als kleinen positiven Lichtstrahl sehen, ansonsten wurde ich immer unmotivierter und verzweifelter in meinem Versuch, die richtigen Entscheidungen zu treffen.

Mittlerweile hatte der Arzt meines Freundes ihm geraten, wegen seiner Nierenwerte und dem diagnostizierten Diabetes mehr Sport zu machen und seine Ernährung umzustellen. Er sorgte sich darüber, da er nicht wusste, wie er auch noch ein striktes Sportprogramm in seinen Alltag einbauen sollte.

Klasse! Noch weniger Zeit für uns!, ich wurde immer genervter. Nichts wurde besser. Es war einfach nicht fair, so wie alles lief.

Bei seinen Übernachtungen bei uns ließ er sich wie immer bewirten. Er bestand jeden Mal darauf, morgens ein paar Schokokekse zu bekommen.

Um seine gesündere Ernährung zu unterstützen, kaufte ich diese nicht mehr, was ihn etwas verärgerte. Obwohl ich mich mit Diabetes nicht sehr gut auskenne, fand ich es doch sehr suspekt, dass er seine Werte nicht regelmäßig testete. Von meiner Arbeit im Krankenhaus kannte ich es zumindest so, dass vor jeder Mahlzeit der Blutzuckerspiegel gemessen wurde. Auch war ich mir sicher, dass er mit seiner angeblichen Niereninsuffizienz ganz offensichtlich übertrieb, traute mich aber nicht, ihn darauf anzusprechen. Er arbeitete immerhin im Gesundheitsbereich und wusste über die Krankheiten wahrscheinlich besser Bescheid als ich. Er jammerte viel über die ganzen Tabletten, die er nun nehmen musste und zeigte mir öfter sein Medikamentenbuffet. Ein wenig fühlte ich mich schlecht, da ich nicht so viel Mitgefühl aufbringen konnte, wie er es wohl erwartete. Sein gesundes Aussehen und seine Kraft und Energie- trotz seiner Krankheiten, ließen mich einfach immer wieder zweifeln. Die Zweifel schob ich leider naiv beiseite.
Die nächsten Tage sahen wir uns zwar ab und zu, allerdings hatte er weniger Zeit als sonst, da er versuchte mehr Sport zu treiben. Dadurch war ich etwas genervt.

»Wir können auch gerne einmal zusammen laufen«, schlug ich ihm vor, in der Hoffnung er würde meinen Vorschlag annehmen.

»Ja, können wir gerne irgendwann mal

zusammen machen«, kam als Antwort.
Irgendwann mal, irgendwann mal! Ich hatte wirklich genug davon, ständig auf die Einlösung irgendwelcher Versprechen warten zu müssen.
Er schickte mir ein posiertes Bild in seinem Sportoutfit und prahlte später förmlich damit, wie schnell und weit er gelaufen sei. *Beeindruckend,* dachte ich spöttisch. Er war gerade einmal eine halbe Stunde unterwegs gewesen und maximal an die vier Kilometer gelaufen. Ich hatte schon öfter zuvor bemerkt, dass er sich gerne als ein Supersportler präsentierte, dabei war er das wirklich ganz und gar nicht. Ich wusste, dass er so gut wie nie Sport trieb.
Während unseres Schriftverkehrs schickte er mir ein paar Tage später den Profilnamen von einer Frau, deren Profil er auf unserer Webseite gefunden hatte.

»Warum schickst du mir das?«, fragte ich argwöhnisch.

»Guck dir das Profil mal an, könnte eine potentielle Kundin für dich sein«, erklärte er.

»Ich fotografiere nicht umsonst«, antwortete ich etwas genervt und fragte mich, warum er auf das Profil dieser Frau gegangen war. *Und überhaupt - was machte er wieder auf dieser Dating-Plattform!?*

»Wieso? Bezahlt sie etwa nicht?«, fragte er.

»Woher soll ich das wissen, du bist doch auf ihrem Profil!«, ich war jetzt schon fast wütend und fuhr fort, »Du weißt, dass mein Profil nicht aktiv ist und ich auch nicht wieder auf diese Seite gehen möchte.«

Während ich dies schrieb, fragte ich mich selbst sehr verärgert, warum er nicht das Gleiche getan hatte und offensichtlicher Weise immer noch aktiv dort unterwegs war.

»Ich wollte dir nur helfen«, schrieb er vorwurfsvoll. *Natürlich, alles ist wieder einmal meine Schuld!*

Es herrschte daraufhin erst einmal Sendepause. Später entschuldigte ich mich bei ihm, weil ich ein schlechtes Gewissen bekommen hatte. Ich hatte kein Recht dazu ihn so anzumachen und indirekt Sachen zu unterstellen, die wahrscheinlich gar nicht zutrafen. Er war immerhin ein freier Mensch und konnte tun und lassen, was er wollte.

»Ist schon okay«, las ich später. »Ich glaube, wir sind momentan beide einfach zu angespannt und gestresst.« Dann schickte er mir einige Nachrichten mit virtuellen Küssen, was mich sehr verwunderte, da er so etwas normalerweise nie tat. Versuchte er sich jetzt etwa einzuschleimen?

»Wofür sind die?«, fragte ich.

»Du bist einfach so toll«, antwortete er. *Macht er sich gerade über mich lustig!?*

»Ich meine das ganz ernst. Ich bin froh, dass ich dich habe!«

Naja, wenn es so ist, dann glaube ich das auch, beruhigte ich mich selber

In der Folgewoche gab es einige gute Nachrichten. Einerseits hatte ich ein paar neue, interessante und vor allem ausnahmsweise einmal gut bezahlte Arbeitsaufträge erhalten. Zudem bekam ich auch die Nachricht, dass ich meine Zulassung für das nächste Jahr doch bewilligt bekommen würde. Das erleichterte mich. Andererseits stand in ein paar Wochen mein Geburtstag an. Dies erfreute mich weniger. Ab einem bestimmten Alter machen Geburtstage einfach keinen wirklichen Spaß mehr.

Er hatte mich bereits vor einiger Zeit gefragt, was ich mir wünschen würde und hatte vorgeschlagen, dass er etwas zu meiner Fotoausrüstung beisteuern könnte.

»Das wird aber teuer. Ich möchte nicht, dass du mir teure Sachen kaufst«, warnte ich ihn.

»Das bist du mir wert«, entgegnete er.

Mir war es eigentlich ganz egal, was er mir schenkte, aber gerade bei sehr teuren Sachen hatte ich eher ein schlechtes Gewissen. Freuen würde ich mich natürlich, das wollte ich nicht leugnen. Einfach zusammen ausgehen und miteinander Zeit verbringen würde mich allerdings noch viel mehr erfreuen!

Die Woche vor meinem Geburtstag bekam er plötzlich sehr starke Rückenschmerzen. Manchmal fragte ich mich, wie schlimm das mit seinem Rücken wirklich ist. Ich hatte sogar fast das Gefühl, als würde er sich damit absichtlich etwas über mich lustig machen, da ich so oft über meinen Rücken klagte.

»Soll ich dir Schmerzmittel bringen?«, hatte ihn gefragt.

»Nein, danke, das ist ganz lieb von dir, aber ich gehe ja gleich zum Arzt. Der ist ja zum Glück direkt fünf Häuser neben mir«, antwortete er.

Komisch. Das musste mal wieder einer seiner Tippfehler sein. Ich war mir sicher, dass er das letzte Mal schrieb, dass sein Arzt nur drei Häuser von ihm entfernt war. Na ja, es war ja auch eigentlich egal.

Er schickte mir ein Bild von sich im Bett liegend.

»Süße Bettwäsche hast du da«, bemerkte ich. Neben ihm auf dem Bett war ein geblümtes Kissen zu sehen.

»Was meinst du? Ach, das Kissen - ja, das gehört meiner Tante«, erklärte er.

»Okay«, antwortete ich nur und fand das Ganze sehr merkwürdig.

Warum liegt das Kissen seiner Tante in seinem Bett direkt neben ihm?, fragte ich mich und hatte dabei ein komisches Gefühl.

Am nächsten Tag beschwerte er sich über noch größere Rückenschmerzen und dass er sich gar nicht mehr bewegen könne. Ich kannte diesen furchtbaren Zustand. Nach meiner dritten Schwangerschaft hatte ich plötzlich solch schlimme Rückenbeschwerden bekommen, dass ich mich fast vier Monate nicht mehr bewegen konnte. Zu dem Zeitpunkt wäre ich lieber gestorben, als diese Schmerzen tagtäglich ertragen zu müssen. Ich konnte nicht alleine aus meinem Bett, geschweige denn mein Baby hochheben, um es zu stillen. Mein Mann hatte mich ständig hochheben oder hochziehen müssen und jegliche Bewegung war nur unter großen Qualen möglich gewesen.

Nun wollte mein Freund nochmals alleine zum Arzt und ich fragte mich ernsthaft, ob er das überhaupt schaffen würde.

»Mein Onkel hilft mir, er kommt mit«, beruhigte er mich. Später schrieb er mir, dass das CT in Ordnung gewesen wäre und er nur zwei Spritzen gegen den Schmerz bekommen hätte. Ich wunderte mich immer wieder, wie schnell sein Hausarzt mit den Überweisungen und allem war. Es lag wahrscheinlich daran, dass er Privatpatient war. *Wer das nötige Geld hat wird besser behandelt. So läuft das wohl leider im Leben*, dachte ich.

Nach den Spritzen war er zurück in seine Praxis gekehrt und später abends schrieb er mir dann, dass er schon wieder mit Schmerzen im Bett lag.

»Solche Spritzen helfen doch eigentlich immer sofort?«, bemerkte ich zweifelnd.

»Ich hoffe, dass sie das bald tun«, klagte er. »Ich kann wirklich nicht mehr sitzen.«

Am nächsten Tag dann schickte er mir wie so oft ein Bild von sich zur morgendlichen Begrüßung. Er lächelte und sah sehr gut aus.

»Dir geht es also besser?«, stellte ich fragend fest.

»Ja, die Spritzen scheinen jetzt zu wirken«,

antwortete er. Da war ich beruhigt.
Die nächste Woche war ich so gestresst gewesen und so viele Dinge beschäftigten mich, dass ich zwei Mal in den falschen Zug gestiegen war. So etwas passierte mir sonst nie! Regelmäßig zu essen vergaß ich auch oder hatte meistens einfach keine Zeit dafür. Dass meine Anziehsachen schon wieder um einiges lockerer geworden waren, war nicht zu leugnen.

»Hast du schon was gegessen?«, kontrollierte er so wie jeden Tag. »Du musst mehr essen«, schimpfte er dann mit mir. Das wusste ich und versuchte es ja auch. Seine ständige Kontrolle nervte mich gelegentlich.

An meinem Geburtstag trafen wir uns in meiner Mittagspause im Café. Zuvor schrieb er mir nachts noch, dass er hoffe, ich würde einen ganz besonders tollen Geburtstag haben.
Morgens kam dann ein: »Guten Morgen Geburtstagskind! Wie fühlt man sich denn mit zweiundzwanzig?« *Sehr witzig!*
»Top! Es könnte nicht bessergehen! Sex-Drive ist auf dem Höhepunkt, perfekte Figur und hunderte von Verehrern, plus dicke Knete auf dem Bankkonto«, erwiderter ich keck.

»Das hört sich nach einem ziemlich langweilig perfekten Leben an«, witzelte er.

»Ich habe später leider nur eine kurze Pause. Treffen wir uns auf einen Kaffee?« Ich willigte ein. Ich startete meine Mittagspause pünktlich und war als Erste am Café angekommen. Er verspätete sich um fünf Minuten, wofür er sich entschuldigte. Als Geschenk hatte er mir mehrere Postkarten mit witzigen Sprüchen besorgt - ich mochte so etwas, genauso wie er.

»Eigentlich wollte ich dir ein riesiges Plakat besorgen, das gab es aber leider nicht«, grinste er.

»Super Idee! Und wo hätte ich das bitte hinhängen sollen?«

Einen Amazon-Gutschein im Wert von fünfzehn Euro bekam ich auch. Wegen des Geschenks war ich etwas enttäuscht gewesen, das sagte ich ihm aber nicht, denn schließlich ist ein Geschenk ein Geschenk. Mir ging es auch nicht um den Wert des Geschenks, aber ich hatte etwas Persönlicheres erwartet. Zumindest wäre es schön gewesen, hätte er sich ein paar Gedanken gemacht und nicht einfach irgendetwas auf den letzten Drücker gekauft. Ich bedankte mich trotzdem bei ihm und täuschte große Freude vor.

Zurück auf der Arbeit wurde ich dann von meinen Schülern förmlich von Geschenken überschüttet. Unter anderem erhielt ich einen persönlichen Brief, mehrere Blumensträuße, Bilder und sogar Anziehsachen und ein Parfüm. Davon war ich ziemlich überwältigt und leicht peinlich berührt gewesen. Zur gleichen Zeit fühlte ich mich noch einmal umso mehr enttäuscht, da diese Geschenke, im Vergleich zu dem meines Freundes, wirklich von Herzen kamen. *Etwas mehr Mühe hätte er sich wirklich machen können*, dachte ich etwas traurig.

Mit meinem Freund wäre ich abends gerne ausgegangen, aber das ging nicht, da er immer noch mit seinem Rücken zu tun hatte. Er erklärte mir, dass sein Arzt ihm dringendes Bauchmuskeltraining verordnet hatte. Das komische Gefühl, dass das Ganze eine unterschwellige Nachricht von meinem Freund an mich war und nicht von seinem Arzt an ihn, verließ mich nicht. Ich verbrachte einen schönen Geburtstag mit meinen Kindern und versuchte meinen Abend alleine zu genießen. Geplant hatte ich nichts, da ich insgeheim gehofft hatte, mein Freund würde mich doch besuchen oder mich überraschen.
Das war aber nicht der Fall. *Was ist denn auch schon an einem Geburtstag so besonders? Letztendlich ist es doch nur ein Tag wie jeder andere*, versuchte ich mir einzureden, wobei eine Trauer in mir aufstieg, die ich zu unterdrücken versuchte. Unter Tränen schlief ich dann später ein.

Die nächsten Wochen verliefen erstmal Vorfalls los. Wir trafen uns wieder öfter, meisten bei ihm in der Praxis. Da er sich gerade beim Sex ziemlich flexibel bewegen konnte, war ich mir sicher, dass es um seinen Rücken doch nicht so schlimm bestellt war, wie er es immer schilderte. Ich versuchte ihm trotzdem mein Mitleid und Verständnis für seine gesamte Leidenssituation zu zeigen. Immerhin waren die Umstände, auch wenn er vielleicht einfach eine etwas sensiblere Persönlichkeit war, für ihn sicherlich sehr belastend. Seine Mutter lag im Krankenhaus, er hatte schlimmen Diabetes und dazu kam der ganze Stress mit seiner Arbeit und ständige Streitereien mit seiner Familie. Das alles konnte einen körperlich auch nur krankmachen!

Wir überlegten, ob vielleicht in absehbarer Zeit, ein gemeinsamer Urlaub möglich wäre, zusammen mit meinen Kindern. Allerdings war dann der Urlaubstraum sehr schnell geplatzt, als ich die Rechnung von meinem Zahnarzt erhielt. Ich ärgerte mich.

Über die nächsten Tage kam meine Schwester zu Besuch, was mich etwas aufheiterte. Meinen Freund hingegen hatte ich schon seit einigen Tagen nicht mehr sehen können, da er nun eine leichte Erkältung hatte.

»Wir haben uns ja bald wieder«, beschwichtigte er mich.

Natürlich war es so, aber genervt war ich trotzdem.

Aufgrund meiner ungewollten Abstinenz war meine Sehnsucht nach seiner Nähe an den meisten Tagen einfach unerträglich. Der Sex-Chat machte zwar Spaß, aber verstärkte diese Sehnsucht nochmal gewaltig.

»Ich vermisse deinen harten Schwanz«, schrieb ich.

»Und ich deine geilen Löcher!«

»Ich bin so scharf auf dich - dieses Gefühl von Dauergeilheit ist unerträglich!«, fuhr ich fort, in der Hoffnung, wir könnten uns doch bald wieder einmal sehen.

»Ich würde dir jetzt zu gerne deine Pussy wund ficken.« Seine Worte erregten mich noch mehr.

»Hör auf! Meine Klitoris pulsiert und ich kann mich nicht auf meine Arbeit konzentrieren«, antwortete ich und merkte, wie das Kribbeln verstärkte.

»Was meinst du, wie es mir geht. Ich liege hier mit dauergeilem Schwanz, der schon wehtut. Diese Medikamente haben so eine Nebenwirkung. Komme mir vor, als hätte ich Viagra genommen. Ich muss dich unbedingt bald haben, um meinen Druck abzulassen.« *Jetzt spinnt er aber wirklich. Das soll wohl ein Scherz sein!*

»Ich finde es immer noch bewundernswert, wie lange du geil bleibst. Also, wie lange du ficken kannst«, gestand ich.

»Ist das denn bei anderen nicht so?«, fragte er verwundert.

»Ich hab's jedenfalls noch nie so erlebt, dass ein Mann zwei drei Mal in relativ kurzen Abständen kommen kann. Finde ich natürlich gut«, erklärte ich.

»Das ist auch sicherlich nicht immer so bei mir. Unter Stress funktioniert gar nichts.«
Ich wunderte mich, dass ich diese Sex-Flaute dann noch nicht miterlebt hatte, denn schließlich war er

über die letzten Wochen und Monate nur gestresst und krank gewesen.

»Ich hätte gedacht, es wäre genau andersherum bei dir. Oder zumindest, dass dein Sex-Drive durch Stress verstärkt wird. Ich hatte immer das Gefühl, dass du, als du gestresster warst, auch aggressiver beim Sex warst«, bemerkte ich.

»Aggressiver ist ja was anderes. Das kommt, wenn ich wütend bin«, verdeutlichte er.

»Na ja, egal wie - du fehlst mir!«, schloss ich ab. »Meine Schwester hatte übrigens nach dir gefragt«, wechselte ich das Thema.

»Ach ja, was habt ihr denn über mich gesprochen? Hoffentlich nur über alle dreckigen Details«, witzelte er.

»Ja, klar, ich habe meiner Schwester erzählt, wie du es liebst deinen Schwanz geblasen zu bekommen und wie ich deinen Saft schlucke und wie du in den Arsch fickst - bis hin zum Gesicht schlagen. Fand sie alles total geil«, schrieb ich in sarkastischem Ton.

»Das ist ja langweilig! Du hättest ihr mal erzählen sollen, wie toll ich mit deinen Kleinen umgehe und wie gut wir uns verstehen.«

»Ja, hätte ich mal«, antwortete ich.

»Aber ich würde dich gerne fester ins Gesicht schlagen«, erklärte er beiläufig.

»Solange ich keine blauen Flecke bekomme - die kriege ich nämlich schnell - kannst du machen, was du willst«, warnte ich ihn vor.

Am nächsten Tag teilte er mir mit, dass er umschulen wolle.

»Aha, und warum? Du übst doch schon deinen Traumjob aus, der offensichtlich auch richtig gut läuft«, hakte ich nach. Ich hatte öfter das Gefühl, dass er seine Arbeit nicht wirklich so zu lieben schien und ernst nahm, wie er es immer vorgab.

»Was willst du denn überhaupt werden? Löwenbändiger?«

»Nein, ich werde eine Ausbildung zur Fachkraft für spontane Eigentumsübertragung machen«, teilte er mir mit.

Ich musste laut lachen. Was sollte das denn bitte für ein Beruf sein? Wollte er jetzt lernen, wie er andere Menschen dazu überreden konnte, ihm spontan ihr Geld zu überweisen und Eigentum zu schenken?

»Das heißt, dass ich professioneller Dieb werden will«, erklärte er.

Aha, also hatte ich doch Recht.

»Dann mal zu. Aber guck bitte, dass du nicht im Knast landest, ich würde dich sehr vermissen«, scherzte ich.

»Studiere mal lieber meinen Beruf, dann können wir zusammenarbeiten«, hängte ich an.

»Gute Idee. Allerdings würde ich dann wahrscheinlich nicht viel arbeiten, sondern dich die ganze Zeit ficken wollen.«

»Wir hätten bestimmt viel Spaß und wären ein gutes Team«, elaborierte ich, mit der Vorstellung

im Kopf, wie dieses Szenario wohl tatsächlich ablaufen könnte.
»Jetzt mal Spaß bei Seite. Ich glaube wirklich, dass du dir mal eine längere Pause nehmen solltest, um dich richtig zu erholen«, schrieb ich mit großer Besorgnis.

»Ja, da hast du wohl Recht. Ich merke auch schon wieder, wie sich die nächste Erkältung anbahnt. Ich mache mir momentan wirklich große Sorgen und viele Gedanken über meine ständigen Erkrankungen. Das meiste davon ist wahrscheinlich psychosomatisch bedingt. Ich muss mein Leben irgendwie wieder besser in den Griff bekommen«, erklärte er mir.
Für meine Lehrtätigkeit hatte ich überraschend eine Gehaltserhöhung bekommen und verdiente nun fast das Doppelte. Auch in der Fotografie lief alles plötzlich sehr gut, sodass sich meine finanzielle Lage schlagartig gebessert hatte. Als ich meinem Freund davon erzählte, reagierte er fast ein bisschen neidisch, wobei ich mich fragte warum. Nach eigenen Angaben war er doch selbst Topverdiener.
Freu dich doch einfach für mich, dachte ich leicht verärgert, ohne ein Wort davon laut auszusprechen.
Zur Belohnung für meinen Erfolg entschied ich mich zur Abwechslung doch einmal Shoppen zu gehen. Als ich verschiedene Kleidungsstücke anprobierte, verlangte er, dass ich ihm Bilder schicken solle. Ich fand es immer irgendwie spannend

und auch ein wenig stimulierend, ihm Bilder aus der Umkleide zu schicken. Vor allem wenn ich neue Unterwäsche anprobierte.

»Toll siehst du aus«, kommentierte er ab und zu. Es freute mich, dass ich ihm gefiel.

»Ich habe auch etwas speziell für dich gekauft«, neckte ich ihn.

»Oh, da bin ich aber gespannt! Was ist es denn?«, fragte er neugierig. Obwohl ich es nicht verraten wollte, ließ ich mich doch dazu überreden, jetzt schon ein paar Bilder zu zeigen.

»Oh, das gefällt mir!« Er schien begeistert.

»Wenn du es live erleben willst, musst du schnell wieder zu mir kommen«, neckte ich weiter, in der Hoffnung er würde einwilligen.

»Oh ja, das werde ich bestimmt! Und ich werde dich dann so benutzen. Ich will deine grenzenlose und bedingungslose Hingabe. Ich will dich feucht und geil!« Seine Worte waren wie immer erregend. Die nächsten Tage hatte er wieder mehrfach Arzttermine. Ich fragte mich immer öfter, warum das so häufig sein musste. Er hatte doch jetzt eine konkrete Diagnose und auch seine Medikamente. »Ich muss nur nochmal zur Kontrolle hin«, erklärte er. Ich vermutete langsam, dass er an Hypochondrie litt.

Ein paar Tage später kam er dann zu uns. Ich begrüßte ihn in dem Dessous, welches ich extra für ihn gekauft hatte und war auf seine Reaktion gespannt. Sein typisches Grinsen machte sich auf

seinem Gesicht breit. Er war sichtlich erfreut. Ruckartig packte er mich am Hals, zog mich an sich und fing an mich leidenschaftlich zu küssen. Dann packte er mich an meinen Haaren und zerrte mich weiter in meine Wohnung, bis in mein Wohnzimmer. Plötzlich drehte er mich um und drückte meinen Oberkörper nach vorne. Automatisch stütze ich mich mit den Händen auf der Kommodenkante ab, die vor mir stand. Er schob mein Dessous hoch und nahm mich hart von hinten. Seine direkte dominante Art turnte mich unheimlich an. Ich mochte es, dass er sich einfach nahm, was er wollte, ohne großes Gerede. Er kam ein erstes Mal in mir und später kamen wir noch einmal zusammen. Der Sex, den wir hatten, war einfach unglaublich. Später dann neben ihm einzuschlafen war das Allerschönste. Ich liebte es, in seinem Arm zu liegen, wo ich mich absolut geborgen und sicher fühlte. Ich hatte es satt ständig die starke Frau spielen zu müssen, die immer nur für andere da war. Bei ihm konnte ich mich fallen lassen, musste für nichts Verantwortung übernehmen und fühlte mich deshalb unheimlich erleichtert und befreit.
Am Tag nach seinem Besuch teilte er mir mit, dass sein Hals kratzte.

»Oh nein, es tut mir leid, wenn ich dich schon wieder angesteckt habe.« Ich hatte jedes Mal ein furchtbar schlechtes Gewissen, da ich ihn so oft anzustecken schien.

Meine Freundin war zu Besuch gekommen. Sie bestand darauf, mich als nachträgliches Geburtstagsgeschenk zum Essen einzuladen. Wir gingen sowieso jedes Mal essen, weil sie dies einfach gerne tat. Mein Ding war es eher nicht, aber ich willigte jedes Mal ihr zuliebe ein. Diesmal waren wir in einem absoluten Nobelrestaurant gelandet, welches einem international bekannten Fünf-Sterne-Koch gehörte. Ich mochte diesen Wirbel um bekannte Menschen nicht, da viele anzunehmen schienen, dass Bekanntheit gleichzusetzen ist mit besserer Qualität. Prominente sind letztendlich auch nur Menschen und nicht unbedingt besser als andere. Jedenfalls verbrachten wir einen schönen Abend in diesem Restaurant inmitten der Oberschicht, die rings um uns dinierte. Ich beobachtete die rausgeputzte Vorzeigefamilie, die neben uns saß. Das Pärchen hatte zwei Kinder, die gelangweilt neben ihren schweigenden Eltern saßen. Die beiden Erwachsenen schauten sehr verdrießlich drein. Vielleicht hatten sie gerade einen Ehestreit? *Geld kauft eben kein Glück und rettet auch keine Beziehung*, dachte ich.
Das Essen war sehr gut gewesen, das musste ich zugeben. Wir bestellten verschiedene Varianten an Sushi und anderen Speisen. Die Gerichte sahen wie kleine Kunstwerke aus, welche zu schön waren, um sie zu zerstören. Geschmacklich war alles perfekt aufeinander abgestimmt.
Obwohl ich die Gesellschaft meiner Freundin

sehr schätze und genoss, wünschte ich mir doch, dass mein Freund jetzt neben mir an diesem Tisch sitzen würde. Wir waren noch nie zusammen ausgegangen. Dieser Gedanke ließ meine Stimmung in den Keller sinken. *Sicherlich ist er oft krank und hat viel zu tun, aber wenigstens einmal mit mir ausgehen hätte er können!,* dachte ich sauer. In diesem Moment überlegte ich wieder, ob eine Trennung nicht doch besser sei.

Mein Freund verlangte wie immer ständige Berichterstattung und schrieb mir dann, dass er früh ins Bett gehen würde, da es ihm nicht gut ging.

»Ich vermisse dich sehr! Hoffe, es geht dir bald besser!«

»Ja, bestimmt. Sei mir bitte nicht böse, aber ich schlafe jetzt«, antwortete er.

Das nächste Wochenende kam.

»Bist du wieder unterwegs?«, fragte ich in der Hoffnung, er würde mir endlich einmal schreiben, dass er ein Wochenende frei hätte und sich Zeit für uns nehmen würde.

»Ja - warum willst du das wissen?« *Blöde Frage – warum wohl!?*

»Darf ich nicht fragen?«

»Fühl dich doch nicht gleich angegriffen«, schrieb er vorwurfsvoll.

Was sollte das? Konnte er mir nicht einfach eine normale Antwort geben?

»Klar kannst du fragen. Ich bin in Hannover dieses Wochenende. Ich dachte nur, du fragst aus

einem bestimmten Grund«, erklärte er.
Natürlich hatte meine Frage einen Grund!

»Ich mach mir Sorgen um dich und um deine Gesundheit«, lenkte ich ab. *Und, ich habe gehofft, du kommst zu uns!*

»Das liebe ich so an dir, du bist so fürsorglich«, kam von ihm zurück.
Am Wochenende gingen wir auf einen Flohmarkt, welcher in der Nähe seiner Wohnung war.

»Was wollt ihr denn da? Der ist doch total langweilig!«, fragte er scheinbar verständnislos. Empfand ich ganz und gar nicht so. Ganz im Gegenteil, ich würde dort gerne wieder hingehen. So wie er weiterschrieb, schien es mir beinahe, als wolle er uns aus seinem Wohnviertel weglocken.
Obwohl wir einen tollen Tag hatten, bemerkte ich, wie meine Genervtheit wieder in mir aufstieg. Es wäre viel schöner gewesen, wenn er auch mal etwas mit uns unternehmen würde. Wenn ich sauer war, meldete ich ihm automatisch gar nicht.

»Alles okay? Lebst du noch?«, kontrollierte er gleich.
Ja klar lebe ich, dachte ich genervt.
Seine Fortbildung brach er am nächsten Tag aufgrund von Übelkeit ab. Na klar! Das hieß also, dass er nicht mehr bei uns vorbeikommen würde. Ich war schon wieder verärgert. Er schrieb mir, dass er schon auf dem Nachhauseweg war und nur noch eine Stunde fahren musste. Nach ungefähr einer Stunde fragte ich, ob er schon heil

angekommen wäre.

»Nein, wie kommst du darauf?«

»Nur so. Du hattest doch geschrieben, du seist schon auf dem Weg?«, antwortete ich etwas verwirrt und leicht empört über seine Reaktion. Daraufhin schickte er mir seinen Standort und erklärte, dass er gerade noch auf der Autobahn sei.
»Wenn du glaubst, ich bin nicht ehrlich mit dir, dann sag es«, schrieb er beleidigt. Seine Reaktion war wirklich sehr übertrieben.

»Es tut mir leid, ich hätte nicht fragen sollen«, antwortete ich schnell, um einen möglichen Streit zu verhindern. Seine Reaktion und Verhalten fand ich überhaupt nicht gerechtfertigt. Auf der anderen Seite hatte ich ein schlechtes Gewissen und fragte mich, ob ich vielleicht diejenige war, die überreagiert hatte.

»Das scheint bei dir in der letzten Zeit häufiger vorzukommen«, kritisierte er.

»So misstrauisch bin ich auch normalerweise nicht! Ich habe mich außerdem entschuldigt - es tut mir wirklich leid«, schrieb ich noch einmal. Plötzlich hatte ich große Angst, dass er jetzt denken könnte, ich würde ihn kontrollieren wollen oder würde ihm nicht vertrauen.

»Keine Angst, das denke ich schon nicht von dir«, versicherte er mir am Ende.
Trotz seiner Worte kam ich mir sehr schlecht vor. *Er wird sich bestimmt bald trennen, wenn du so weitermachst!*, warf ich mir selber vor.

Die Temperaturen waren stark gesunken. Pünktlich zum kalten Herbstwetter fiel unsere Heizung aus. *Das war ja klar! Wenn mal was nicht schieflaufen würde, wäre es auch ein Wunder!*, dachte ich erbost. Meine Kinder hatten schon begonnen, für den Weihnachtsmann aufzuräumen, dabei war es bis Weihnachten noch lange hin. Währenddessen lag mein Freund wieder krank im Bett. Er schien viel Fernsehen nebenher zu gucken - meistens seine zwei Lieblingssendungen: *Dr. House* und *Sherlock Holmes*. Von den übermenschlichen Fähigkeiten, welche die beiden Hauptcharaktere besaßen, schien er absolut begeistert zu sein. Sie konnten blitzschnell agieren, ihre Mitmenschen sofort durchschauen und zu ihren Gunsten manipulieren. Ich fand die Serien ziemlich blöd. Gerade Dr. House wegen seines unrealistischen, klugscheißerischen Getues. Aber, jedem das seine. Ich guckte seit neuestem Dexter, was er wiederum nicht verstehen konnte.

»Warum guckst du so etwas Krankes?«, fragte er mich vorwurfsvoll. »Du solltest sowas nicht gucken!« Er hatte sich richtig darüber aufgeregt. *Manchmal benimmt er sich wirklich sehr komisch*, dachte ich.

»Weißt du was«, bemerkte ich, »eigentlich freue ich mich auf den Herbst und Winter, dann hast du doch keine Fortbildungen mehr, richtig?«

»Ja, stimmt. Ich freue mich auch schon sehr, bald mehr Zeit für dich und die Kids zu haben.«

»Vielleicht können wir dann mehr zusammen unternehmen«, freute ich mich und schrieb dann nachdenklich, »Einerseits habe ich das Gefühl dich zu kennen, aber eigentlich weiß ich noch fast gar nichts über dich. Es gibt so vieles, was ich gerne wissen möchte.«

»Wieso? Du kennst mich, meinen Namen, weißt wo ich wohne und wo ich arbeite«, entgegnete er.

»Du wirst mich schon richtig kennenlernen. So etwas braucht eben Zeit und die haben wir ja«, fügte er hinzu.

Ja, er hatte ja Recht. Es bestand kein Zeitdruck und kein Zwang. Rein hypothetisch hatten wir noch unser restliches Leben vor uns, um uns wirklich gut kennenzulernen, redete ich mir ein

Trotz kälterem Wetter bemühte ich mich, weiterhin Kleider für ihn zu tragen und mich immer schick zu kleiden. Absatzschuhe trug ich auch gelegentlich für ihn, obwohl ich mich darin überhaupt nicht wohlfühlte. Überhaupt musste ich oft das Gefühl in mir verdrängen, dass es mir nicht zu stand oder ich nicht gut genug dafür war, solch elegante Kleidung zu tragen. Wie sagte meine Mutter immer: »Ihr lauft rum wie kleine Babiepüppchen. Die jungen Frauen heutzutage ziehen alle eine Show ab - lächerlich ist das!«

»Hast du heute eventuell Zeit mich zu sehen?« Ich war es schon beinahe leid, ihm jeden Tag diese Frage zu stellen.

»Nein leider nicht, ich arbeite heute durch bis

spät.«
Ich war enttäuscht.

»Schade, ich habe mir extra einen kurzen Rock angezogen«, erklärte ich neckisch.

»Warum das denn?«, wollte er wissen.

Ich verstand nicht, warum er fragte, da es eine Selbstverständlichkeit sein sollte, mich so für ihn zu kleiden, egal ob ich ihn sah oder nicht - laut seiner Anordnung!

»Für dich natürlich. Ich dachte, ich könnte dich vielleicht etwas aufheitern«, erklärte ich.

»Ach so. Schick mal ein Bild«, ordnete er an.

Ich schlich mich in die Damentoilette, zog meinen Rock hoch und nahm ein Bild in aufreizender Pose von hinten auf, sodass er eine nette Aussicht auf meine Löcher hatte.

»Wow! Ich will dich sofort hier haben!«

Seine Reaktion erfreute mich.

»Schade, dass ich wirklich keine Zeit habe«, bedauerte er dann.

Na gut, dein Verlust, dachte ich trotzig.

Wir schrieben später darüber, wie wir uns kennengelernt hatten. Ich bemerkte, wie schon so oft zuvor, dass er doch ganz und gar nicht dem Bild entsprach, welches ich anfangs von ihm gehabt hatte.

»Mein erster Eindruck war auch, dass du eher verklemmt und vor allem sehr ernst bist«, schrieb er.

»Na vielen Dank«, antwortete ich schnippisch.

Mir war etwas eingefallen, was er mir bei unserem

zweiten Treffen gesagt hatte und ich fragte, »Warum meintest du, ich solle dir nicht vertrauen?«

»Weil ich dein Vertrauen bestimmt irgendwann einmal brechen werde«, erklärte er.

»Warum solltest du das tun? Oder, woher weißt du das?«, fragte ich verwundert.

»Weil man den Partner immer irgendwie einmal verletzten kann - natürlich nicht absichtlich. Man sollte immer nur so weit vertrauen, wie man den möglichen Fall ertragen kann.« Ich machte mir lange Gedanken über seine Worte.
Na ja, dass man mal verletzt werden könnte, ist wohl klar.

»Okay, verstehe. Aber auf der anderen Seite - das Leben besteht eben aus Höhen und Tiefen und wenn man versuchen würde, jede mögliche Gefahr des Verletztwerdens aus dem Weg zu räumen, also sich praktisch in Zuckerwatte wickelt, dann wäre das Leben ja absolut eintönig. Es kommt doch auch drauf an, wie genau man verletzt wird«, schrieb ich nachdenklich.

»Zum Beispiel?«

»Na ja, würdest du mir sagen, du liebst mich nicht mehr und verlässt mich, dann wäre ich sicherlich enttäuscht, aber könnte es verstehen. Gefühle kann man ja nicht erzwingen und wenn die Liebe weg ist, dann ist es so. Aber solltest du mich absichtlich belügen, dann wäre ich sicherlich stinksauer«, erläuterte ich.

»Ja, da hast du Recht«, stimmte er zu.

»Also, muss man doch nicht absichtlich vorwarnen, oder?«

»Nun ja, wenn du das meinst. Deine Erfahrung wirst du da sicherlich noch machen«, antwortete er. »Wie kommst du eigentlich auf das Thema?«, fragte er plötzlich.

»Ich weiß nicht. Es hat mich einfach schon länger beschäftigt, was dein Hintergedanke bei dieser Aussage war«, erklärte ich.

»Du hast ja ein Gedächtnis! Mit so etwas beschäftige ich mich nie. Das ist viel zu zeitaufwendig und verbraucht zu viel Energie«, bei seinen Worten wurde mir wieder einmal bewusst, dass ich wirklich lernen musste, mir um wichtige Dinge im Leben Gedanken zu machen.

Ich grübelte ständig über Dinge nach, die mir Menschen irgendwann einmal gesagt hatten. Worte und Kommentare blieben oft jahrelang in meinem Kopf hängen und kamen dann immer mal wieder hoch. Das Grübeln kann ich dann nicht mehr abstellen.

»Ich speichere immer nur die guten wichtigen Informationen bildlich ab und rufe die Informationen dann wieder, wenn ich sie brauche«, schilderte er seine scheinbar besondere Gabe. Ich hatte ihm das nicht wirklich abkaufen können. Es hörte sich für mich etwas nach diesem Dr. House Blödsinn an.

Später, als ich im Bett lag, dachte ich immer noch über seine Worte nach. Zu seiner

Verletzungstheorie war mir folgender Vergleich eingefallen. Es wäre, als wenn man einem unerfahrenen Autofahrer Angst macht, indem man ihm sagte, er solle sich direkt auf seinen ersten Unfall einstellen. Damit würde man ihn folglich in Dauerpanik versetzen! Man muss seinem Partner einfach vertrauen können. Ohne Vertrauen wäre die zwangsläufige Reaktion des Partners auch Dauerpanik, sprich: Eifersucht, Misstrauen und Dergleichen. Ich hatte mich entschieden ihm zu vertrauen und das würde ich auch weiterhin tun.

Bei den Bluttests, die vor einer Weile bei meinem Freund gemacht worden waren, hatte der Hausarzt etwas Beunruhigendes festgestellt. Plötzlich bestand der Verdacht auf Hodenkrebs. Ich war fassungslos. *Kann ein Mensch wirklich so viel Pech haben und so viele Krankheiten bekommen!?*, fragte ich mich immer wieder zweifelnd. Natürlich hoffte ich sehr, dass der Arzt damit falsch lag. Auf der anderen Seite würde es vielleicht erklären, warum sein Immunsystem weiterhin so geschwächt war und er ständig krank wurde. Eine Biopsie wurde bei ihm durchgeführt, um Genaueres herauszufinden.

Am Tag seines Arzttermins, bei welchem die Ergebnisse der Biopsie besprochen wurden, waren wir in einem Café verabredet. Wegen der ganzen Sache war ich schon seit Tagen unheimlich aufgebracht und innerlich aufgewühlt. Vor allem konnte ich wirklich nicht glauben, dass er nun auch Krebs haben sollte. *Erst sein Vater, dann seine Mutter und nun er!*, dachte ich immer noch fassungslos. *Wahrscheinlich ist es genetisch bedingt*, erklärte ich mir.

Ich erzählte meiner Freundin von seiner Krankheit, die mir erklärte, dass auch einer ihrer Bekannten wegen Hodenkrebs operiert worden war. »Der Eingriff an sich gar nicht so schlimm«, beschwichtigte sie. Bei ihrem Bekannten war, nach der Entnahme des krebsbefallenen Hoden, einfach ein Implantat eingesetzt worden, sodass dem bloßen Auge gar keine Veränderung auffiel. Nachdem sie mir dies geschildert hatte, verspürte ich etwas Erleichterung. Natürlich ist eine OP so oder so nicht schön. Aber der Eingriff schien nicht so dramatisch zu sein, wie ich dachte. Und auch die Chance auf eine vollkommene Genesung war sehr hoch.

Vor unserem Treffen war ich dann doch so nervös und durcheinander, dass ich vor dem falschen Café wartete. Wir trafen uns deshalb viel zu spät.

»Wo bist du?«, schrieb er verärgert. Als er auf seinem Fahrrad um die Ecke kam, sah er sichtlich gestresst aus. Ich wollte ihn natürlich sofort auf das Biopsie-Ergebnis ansprechen, aber wartete erst einmal ab, was er von sich aus erzählen würde. Mir fiel auf, dass er anders gekleidet war als sonst. Er hatte eine sehr schicke Anzughose an. *Irgendwie unpassend, gerade für einen Arztbesuch*, dachte ich.

Auch sein Verhalten irritierte mich etwas.

Schließlich fragte ich dann doch: »Und was hat der Arzt gesagt?«

»Der Befund ist positiv«, antwortete er kurz. Mein Herz raste und ich wusste nicht, was ich darauf antworten sollte. Das Schlimmste war, dass ich aus irgendeinem Grund kein Mitgefühl für ihn empfinden konnte. Die ganze Situation erschien mir komplett surreal. »Das tut mir furchtbar leid! Ich kann mir nicht mal ansatzweise vorstellen, wie du dich jetzt fühlst«, brachte ich dann nach einer Weile langsam heraus. Das Gefühl, dass etwas nicht stimmte wich nicht, aber ich konnte nicht festmachen, was es genau war.

»Ist schon okay, mir geht es im Moment gut«, antwortete er leicht abwesend. Seinen Gesichtsausdruck hätte ich nicht beschreiben können, aber er sah alles andere als betroffen aus.

Wahrscheinlich steht er unter Schock und muss das Ganze erst einmal verarbeiten, erklärte ich mir.

»Und wie geht es jetzt weiter?«, fragte ich vorsichtig.

»Der Arzt meint, es müsste so schnell wie möglich operiert werden. Ich warte jetzt auf einen Termin - den bekomme ich wahrscheinlich in den nächsten Tagen. Er hat mir einen Spezialisten in Berlin empfohlen.«

Wieso nach Berlin zu einem Spezialisten?, wunderte ich mich. Ich hatte angenommen, es wäre eher ein relativ kleiner Eingriff, der auch ohne Bedenken hier im Krankenhaus durchgeführt werden könnte.

»Ich werde dann dort wahrscheinlich auch noch eine Weile zur Beobachtung bleiben müssen«, fügte er hinzu.

Den restlichen Tag beschäftigte ich mich mit allen möglichen Fragen rund um das Thema Hodenkrebs. Auch machte ich mir Gedanken über seinen Kinderwunsch. Seine Spermienqualität war sowieso nicht gut und wenn nun auch noch ein Hoden fehlen würde, wäre die Chance auf eine Schwangerschaft wahrscheinlich sowieso gleich null.

Später fragte ich ihn nochmal, wie es ihm ginge. Er schrieb, dass er jetzt noch mehr Stress hätte, da er seine ganzen Patienten umbuchen und sich auf den Arbeitsausfall durch die anstehende OP vorbereiten musste.

»Würdest du es denn wollen, dass ich dich besuchen komme?«, fragte ich vorsichtig.

»Ist momentan schwer zu sagen für mich. Ich weiß nicht, wie ich mich nach der OP fühlen werde. Ich will auch nicht, dass du dir Stress machst und nur wegen mir extra nach Berlin fährst. Wer würde denn auf die Kids aufpassen?«, erkundigte er sich.

»Na also die Kinder sind ja kein Problem, das bekomme ich schon geregelt«, schrieb ich etwas empört. *Du bist schließlich krank und ich will dich unterstützen!*, das war für mich selbstverständlich.

»Wir gucken mal, ja? Ich würde dich prinzipiell

gerne zu Besuch bei mir haben, aber ich kann dir jetzt noch keine Antwort geben.« Na gut, ich ließ ab und diskutierte nicht weiter, wobei ich nicht sehr glücklich über seine Antwort war.

»Ich komme dich vorher noch einmal besuchen, ja?« Sein Angebot mich vorher nochmal kurz zu sehen kam mir wie eine Art Vertröstungsversuch vor. An dem Punkt war mir klar, dass er meinem Besuch sehr wahrscheinlich nicht zustimmen würde.

»Klar gerne! Musst du doch gar nicht fragen. Du kannst gerne jeden Abend zu uns kommen!«, machte ich ihm klar.

»Mir fällt gerade noch eine Sache ein, was machst du dann eigentlich mit deinem Hund, solange du weg bist? Wenn du möchtest, könnte ich wenigstens ab und zu bei deiner Wohnung vorbeischauen und mich um ihn kümmern«, bot ich an.

»Vielen Dank, aber das ist alles schon geregelt«, kam nur knapp zurück. Natürlich! Mich beschlich wie immer das Gefühl, dass er meine Hilfe einfach nur nicht annehmen wollte. Aber warum?

Als er bei mir übernachtete, gingen wir direkt ins Bett schlafen, da er so müde war. So hatte ich ihn noch nie erlebt. Er teilte mir auch gleich mit, dass er morgens wieder ganz früh losmüsse, da sein Arzttermin schon um halb acht sei. *Jetzt können wir nicht mal mehr morgens in Ruhe einen Kaffee zusammen trinken,* dachte ich verärgert. *Und welcher Arzt macht denn so früh seine Praxis auf?* Ich fand das Ganze doch recht merkwürdig. Um neun Uhr teilte er mir mit, dass er schon wieder zu Hause in seinem Bett läge. Etwas übertrieb er ja schon, meiner Meinung nach. Auf der anderen Seite - was wusste ich, wie es sich anfühlte, wenn ein Mann Hodenkrebs hat?

»Wie war es beim Arzt?«, fragte ich.

»Komisch interessant. So hat mir noch niemand zuvor an den Eiern herumgefummelt«, scherzte er.

Ich hatte lachen müssen. *Wenigstens hat er seinen Humor nicht verloren*, dachte ich, aber zugleich fragte ich mich, ob er durch seine manchmal flachen Scherze versuchte, seine Angst zu überspielen. Alles in allem war er, meiner Meinung nach, seit der Diagnose mit der Tatsache, dass er Krebs hatte, ziemlich locker umgegangen.

»Meine Mutter will morgen für eine Weile zu mir kommen«, erklärte er. *Was?* Das hatte ich nun wirklich nicht fassen können. Ihm ging es so schlecht und nun wollte er auch noch seine, aufgrund von ihrer OP, ›behinderte‹ Mutter pflegen. *Das ist doch alles schon wieder viel zu viel für ihn*, dachte ich verständnislos.

»Wie geht es dir momentan überhaupt?«

»Wenn ich mich nicht bewegen muss, ist alles gut«, erklärte er. Was hatte er sich da nur alles aufgehalst? Ich konnte es einfach nicht verstehen. Aber es zeigte mal wieder, was für ein fürsorglicher Sohn er doch war und welch großes Herz er

besaß, sich trotz seiner eigenen Schmerzen immer noch für andere aufzuopfern.
Die nächsten Tage verbrachte er nur im Bett. Er klagte über heftige Schmerzen und konnte deswegen auch nicht sehr gut schlafen. Albträume plagten ihn ständig, wie er mir erzählte.
Seine Mutter schlief im Gästezimmer nebenan. »Sie beschwert sich ständig, dass ich zu laut schnarche«, schrieb er.

»Sie soll mal einen Punkt machen. Du bist sehr krank, kann sie das nicht verstehen?«, ich war empört. Ich fragte mich immer, wie alles rund um ihre medizinische Versorgung geregelt war. Dass Patienten nach einer so großen OP, auch wenn diese jetzt schon einige Woche zurücklag, einfach zu ihrer Familie entlassen und dort gepflegt werden durften, hatte ich während meiner Zeit im Krankenhaus nie miterlebt. Vor allem unter dem Gesichtspunkt, dass der Pflegende selbst Hilfe brauchte.

»Du wirst merken, dass ich, was Hilfe annehmen anbelangt, ein absoluter Sturkopf bin. Ich weiß, da habe ich ein Problem, aber ich versuche es lieber erst einmal alles allein hinzubekommen.«
Dass er keine Hilfe annehmen konnte, hatte ich schon bemerkt und es verletzte mich auf gewisse Weise sehr. Ich war ja schließlich nicht irgendjemand, sondern seine feste Freundin!

»Okay, verstehe ich und will dir eigentlich auch keine Vorwürfe machen, aber du gibst mir umso mehr das Gefühl, dass ich nicht wirklich zu dir gehöre und du mir auch nicht wirklich vertraust. Gut, vielleicht ist das einfach mein Problem und ich muss damit irgendwie klarkommen, aber gefallen tut es mir nicht!«, schrieb ich mit einem enttäuschten Gefühl der Hilflosigkeit. Oft hatte ich das Gefühl, dass es nicht um mein Hilfsangebot ging, sondern vielmehr darum, dass er mich nicht um sich haben wollte. Dies traute ich mich allerdings nicht offen anzusprechen.

»Ich merke, wir müssen dringend reden«, schrieb er besorgt.

Ja, das war das andere Problem - wir hatten eben nie Zeit, um wirklich miteinander zu reden.

»Ich sagte ja bereits schon oft, so eine Beziehung wie mit dir habe ich noch nie zuvor geführt. Und ja, wir müssen dringend reden, das Geschreibe nervt!« Meine Verärgerung dabei wuchs immer mehr.

Ich wusste, dass mein Freund stur bleiben und sich nicht helfen lassen würde und auch nicht weiter über das Thema sprechen wollte. Also versuchte ich, jegliche weiteren Diskussionen zu vermeiden, aber fühlte mich wie immer schlecht, da ich rummeckerte, während er schwer krank war.

Die Situation belastete mich mehr, als ich mir eingestehen wollte. Meine körperlichen Beschwerden meldeten sich auch wieder: starke Rückenschmerzen und Magenprobleme. Neuerdings bekam ich auch meine Periode unregelmäßig und

viel länger als sonst. Ich versuchte alle Probleme, soweit es ging, zu ignorieren - ich konnte und durfte einfach nicht krank sein!
Am nächsten Tag machte ich mich mit meinen Kindern auf den Weg zu meinen Eltern.

»Ich bin so müde. Beide Kinder waren die ganze Nacht lang wach«, schrieb ich ihm.

»Oh Mann, du Arme - erstmal Kaffee!«, schlug er mir vor.

»Ja, bitte, sofort! Ich würde auch nur die Bohnen essen!«, scherzte ich.
Er hatte lachen müssen: »Den muss ich mir merken!«

»Es hört sich wirklich fies an, aber ich bin froh, endlich einmal eine Woche ohne Kinder zu haben«, schrieb ich.

»Das kann ich verstehen, du brauchst ja auch einmal eine Pause!«
Natürlich passte alles wieder einmal perfekt zusammen - ich hatte endlich Urlaub und mein Freund musste ausgerechnet jetzt operiert werden. Daran hatte er natürlich keine Schuld. Hätte er es sich aussuchen können, hätte er die Woche sicherlich lieber mit mir zusammen verbracht. »Bist du mit deinen Schmerzen überhaupt in der Lage alleine nach Berlin und zurück zu fahren? Soll ich dich fahren?«, bot ich ihm an.
Seine Antwort darauf lautete wie immer: »Nein, danke, brauchst du nicht. Ein Freund hat mir bereits angeboten, dass er mich mitnehmen kann –

er muss sowieso rüberfahren.«
Typisch! Wie immer lehnte er meine Hilfe ab.

»Das heißt ja, du müsstest mit dem Zug zurückfahren. Das wird doch viel zu stressig für dich!«

»Nein, ich regle das schon alles. Mein Onkel wird mich wahrscheinlich abholen«, erklärte er.
An seinem OP-Tag war ich sehr angespannt und musste lange auf seine Nachricht warten. Nachmittags meldete er sich dann endlich. Laut seines Berichtes war alles sehr gut und reibungslos verlaufen. Er hatte nur ein wenig Schmerzen und war müde.

»Ich bin so erleichtert, dass alles gut geklappt hat und dass es dir gut geht!«, schrieb ich ihm, wobei mir ein Stein vom Herzen fiel.

»Ja, mir geht es gut und ich bin auch froh. Ich ruhe mich jetzt erstmal ein wenig aus und melde mich dann wieder.« Ich fühlte ein kleines Hoch in mir. Wenigstens dieses Drama schien jetzt vorbei zu sein.

»Wir schauen mal, wie es mir nach der OP geht. Vielleicht kann ich ja sofort wieder nach Hause«, versuchte er mich aufzumuntern. So kam es tatsächlich auch. Nachdem er sich ein paar Tage in der Klinik erholt hatte, wurde er nach Hause entlassen.
Ich hingegen war zum ersten Mal nach einer wirklich langen Zeit eine ganze Woche für mich alleine, ohne meine Kinder. Eigentlich hätte ich die Ruhe genießen sollen, aber stattdessen kam ich

mir unendlich einsam und verlassen vor. Nachdem ich meine Kinder bei meinen Eltern abgegeben hatte, stand ich nun am Bahnhof.
Sollte ich doch kurz bei seiner Wohnung vorbeischauen und ihn überraschen?
Für eine ganze Weile blieb ich auf dem großen Platz in der Nähe des Haupteinganges stehen und führte eine innere Debatte.

»Er mag solche Überraschungsbesuche nicht«, ermahnte ich mich selbst. Mein Bauchgefühl sagte mir, ich solle mich besser von seiner Wohnung fernhalten. *Du hättest ihn auch einfach fragen können!*, warf ich mir später vor. Nein, er hätte mich sowieso abgewimmelt!

Ich beschloss, meine Zeit irgendwie produktiv zu nutzen und entschied mich kurzerhand alleine in eine Kunstaustellung zu gehen. Ich konnte es nicht genießen und ärgerte mich deshalb über mich selbst.

Die nächsten Tage nutze ich, um etwas Marketing zu betreiben. *Eigentlich wolltest du doch nicht arbeiten!*, schimpfte ich mit mir selbst. Ich konnte mich einfach nicht entspannen. Die Stille machte mich verrückt. Zwischendurch ging ich viel spazieren, so kam ich zumindest unter Menschen. Eigentlich wollte ich nur zu ihm, aber das ging nicht. Die Bewegung beruhigte meine Nerven und verdrängte meine innere Unruhe nur für kurze Zeit, bis mich in der Stille meines Hauses wieder meine Dämonen einholten. Mein ständiges Grübeln

konnte ich nicht abschalten: *Warum will er mich nicht sehen und mich nicht bei ihm haben? Ihm geht es doch wieder gut genug!* Meine Gedanken zogen mich runter und machten mich sehr traurig.
Am nächsten Tag erstellte ich mir einen Plan mit Aktivitäten, welche ich in meiner verbleibenden Freizeit angehen wollte. Die Tage vergingen und das Gefühl der Frustration stieg immer mehr an. Ich wartete - auf was genau wusste ich nicht. *Hör auf, ständig an ihn zu denken!*, sagte ich mir selbst immer wieder.

Am Ende meines Urlaubs hatte ich nichts von meinem Plan erledigt. Ich war einfach zu müde und zu unmotiviert.

»Ich vermisse dich einfach so sehr«, schrieb ich ihm und fühlte mich dabei unendlich traurig.

»Ach Hübsche, es tut mir wirklich so unendlich leid, dass du wegen mir so leidest«, beteuerte er. *Das glaube ich nicht, dass es dir leidtut!* Ich konnte nicht verstehen, warum er mich nicht wenigstens einmal kurz zu sich nach Hause einlud. Wir waren nun schließlich schon fast ein Jahr zusammen und ich wollte auch endlich einmal seine Mutter kennenlernen - ganz egal wie krank und schlimm sie aussah.

»Ich habe mir im Januar bereits eine Woche blockiert und werde dann wahrscheinlich irgendwohin in den Urlaub fliegen. Ich bin froh, wenn dies alles vorbei ist. Ich fühle mich momentan wirklich unheimlich gestresst, deswegen habe ich auch schon meine Therapeutin kontaktiert«, teilte er mir mit. Dass er nicht einmal fragte, ob ich mit ihm fliegen wolle, kränkte mich sehr.

»Was stresst dich denn momentan am meisten?«, fragte ich.

»Ich kann gar nicht sagen, was mich am meisten stresst - alles! Dass ich so gut wie impotent bin, meine Mutter, mein Beruf und vor allem, dass ich dir kein guter Freund bin«, schrieb er zurück. *Dann ändere doch mal was und schenk mir wenigstens ein bisschen mehr Zeit!*, schrie es in mir, aber wie immer sagte ich dies nicht, da ich mich ihm nicht aufdrängen wollte.

»Den letzten Punkt streichst du bitte, du bist ein wunderbarer Freund. Auch wenn wir uns nicht oft sehen können, bist du trotzdem immer für mich da«, bei den Worten redete ich mir ein, dass er ja doch immer mit mir in Kontakt blieb. Es war ja nicht so, als ob er mich komplett ignorieren und abschieben würde.

Während ich diese Worte schrieb, kamen mir schon wieder die Tränen. Irgendwie schien mir eine völlig glückliche Beziehung nicht vergönnt.

»Ich habe mich bis jetzt noch nicht getraut dich zu fragen, aber hat man durch das CT wenigstens feststellen können, ob der Krebs eventuell schon gestreut hat oder nicht?«, fragte ich, wobei ich mich kaum traute, diese Frage zu stellen.

»Bis jetzt sieht es wohl gut aus.«

Für einige Zeit nach seiner OP arbeitete er nicht.

Am meisten Angst schien er davor zu haben, dass ihn Leute auf seine Krankheit und die OP ansprechen würden - er wollte kein Mitleid! Nach außen hin keine Schwäche zu zeigen war ihm wichtig, das wusste ich. Wobei Schwäche absolut menschlich ist. Das versuchte ich ihm auch zu erklären. Gelegentlich musste er seine Mutter ins Krankenhaus bringen, da Nachsorgetests bei ihr durchgeführt werden sollten.

»Wie sieht es auch bei euch?«, fragte ich gespannt.

»Alles in Ordnung. Die Ärzte sind ganz zufrieden mit den Ergebnissen. Meiner Mutter geht es soweit gut«, erklärte er.

Ein paar Tage später klingelte es an meiner Haustür. Ich guckte durch den Spion und sah meinen Nachbarn. *Was macht der denn hier?*, wunderte ich mich. Wir hatten uns nur ein paar Mal zuvor flüchtig auf dem Flur getroffen. Ich guckte nochmal und sah, dass er einen Blumenstrauß in der Hand hielt. Ich war sehr verwirrt.

Sollte das eine Liebeserklärung werden?, wunderte ich mich plötzlich nervös.

»Die Blumen habe ich gerade auf der untersten Treppenstufe gefunden, sind die vielleicht für Sie?«, fragte er höflich.

»Komisch, ich wüsste nicht, wer mir Blumen schicken würde. Ist denn keine Karte dabei?«

Plötzlich schlug mein Herz schneller. Vielleicht hatte mein Freund mir Blumen geschickt?

»Nein, da ist keine Karte dabei, ich habe schon geguckt. Also, für mich sind sie ganz bestimmt nicht, Sie können die Blumen gerne behalten«, sagte er und lächelte mich an.

»Okay, in dem Fall nehme ich sie gerne, danke«, erwiderte ich knapp, wobei mir alle möglichen Gedanken durch den Kopf schossen. War vielleicht mein Ex-Freund auf die glorreiche Idee gekommen mir Blumen zu schicken? Damit würde er nichts bei mir erreichen! Mein Nachbar ging.

»Ich habe gerade einen Blumenstrauß bekommen«, schrieb ich meinem Freund aufgeregt.

»Du hast also einen heimlichen Verehrer?«, witzelte er.

»Ich bin wirklich verwirrt - die kommen nicht von dir?«, fragte ich.

»Nein, ganz bestimmt nicht. Hängt wenigstens eine Karte mit tausend Euro dran?«, scherzte er weiter.

Ich fand das alles gar nicht komisch und war sehr enttäuscht, dass der Strauß nicht von ihm zu kommen schien.

»Die sind wirklich nicht von dir?«, fragte ich noch einmal prüfend.

»Von wem sollten sie sonst sein?«

»Kannst du die Frage bitte einfach klar und direkt beantworten?«, forderte ich. Nun war ich wirklich sehr genervt und verärgert.

»Nein.«

Damit war die Sache abgehakt. Ich war so

furchtbar enttäuscht gewesen. Meine kurze Hoffnung darauf, dass er sich doch wenigstens etwas um mich bemühen würde, war mit seiner Antwort sofort gestorben.
Wenigstens kannst du dich über schöne Blumen freuen!, beruhigte ich mich.
Plötzlich sendete er mir unheimlich viele Nachrichten mit Küssen.
Schlechtes Gewissen was? Gut so! Krankheit hin oder her, dachte ich mir mittlerweile, *ein schlechtes Gewissen kann er ruhig haben!*

Schließlich war ich diejenige, die er nun schon seit Wochen aus den verschiedensten Gründen immer in den Hintergrund geschoben hatte.

»Wie sehen die Ergebnisse bei deiner Mutter eigentlich aus?«, fiel mir ein.

»Beschissen«, antwortete er knapp. Was? Wieso? Ich verstand nicht. Es ging ihr doch mittlerweile so viel besser.

»Ich erzähle dir alles später gerne am Telefon. Hier schreiben möchte ich das jetzt nicht«, erklärte er.
Ich machte mir unendlich viele Sorgen und mir gingen tausende von schlimmen Gedanken durch den Kopf. *Was ist nun schon wieder passiert?*, fragte ich mich besorgt.
Später erzählte er mir am Telefon, dass der Arzt im Krankenhaus seiner Mutter mitgeteilt hatte, dass einige Fehler bei der zweiten OP unterlaufen waren. »Sie hat maximal nur noch drei Monate zu

leben.« Bei seinen Worten blieb mir fast das Herz stehen. Mir wurde schwindelig und meine Stimme verstummte vollkommen. Es herrschte Stille. Dann sagte ich mit zitternder Stimme: »Das tut mir so leid! Wie furchtbar! Wie konnte so etwas passieren? Was sind das für Ärzte? Wieso kommt diese schreckliche Rückmeldung erst jetzt?«

»Ich weiß es auch nicht und kann es auch nicht verstehen. Es ist einfach total unfassbar.«

»Und wie geht es deiner Mutter?«, wagte ich kaum zu fragen.

»Sie hat das Ganze eigentlich relativ gut weggesteckt. Aber ich glaube, es wird ein paar Tage dauern, bis sie diese Nachricht wirklich verarbeitet hat«, erklärte er.

Seine Mutter war, in meinen Augen, ein unglaublich tapferer und willensstarker Mensch. Mir waren andere Erzählungen und Berichte über Krebspatienten in den Kopf gekommen. Schon öfter hatte ich gehört, dass Patienten gesagt bekommen hatten, sie würden nur noch wenige Monate leben, aber lebten dann doch noch einige Jahre. Ich hoffte, dass sich der Arzt auch im Fall seiner Mutter einfach irrte.

»Ich denke sehr viel und sehr oft an dich und hoffe, dass es dir gut geht«, schrieb er mir täglich.

»Bei mir ist alles in Ordnung«, log ich. Obwohl ich sehr unglücklich war, redete ich mir ein, dass meine Probleme nichtig waren im Vergleich zu dem, was seine Mutter und er gerade durchmachen mussten. In diesen Momenten ärgerte ich mich, dass ich ihm Vorwürfe dafür machte, dass wir uns nicht so häufig sahen. *Bald wird sich alles ändern*, beruhigte ich mich immer wieder selbst.

Ich musste zur Frauenärztin, wegen heftigen unregelmäßigen Blutungen. Eventuell wollte ich mir die Spirale rausnehmen lassen, da diese das Problem zu sein schien.

»Melde dich sofort bei mir, wenn du bei der Ärztin fertig bist«, verlangte er wie immer von mir. Er hatte das Entfernen der Spirale befürwortet. Im Rahmen der Untersuchung wurde ein Bluttest durchgeführt und auf meinen Wunsch hin auch meine Schilddrüsenwerte gemessen. Als das Ergebnis besprochen wurde, fragte mich meine Ärztin: »Haben Sie vor, schwanger zu werden?«

Ich zögerte kurz und sagte dann: »Momentan nein.«

»Gut, ansonsten müssten sie nämlich Hormone einnehmen, da ihre Schilddrüsenwerte etwas zu niedrig sind«, erklärte sie.

Gut, dachte ich, *das wars dann wohl - Schwangerschaftsfrage ein für alle Mal abgehakt!*

»Ich hätte da noch eine Frage«, sagte ich. Während ich dies aussprach, errötete ich leicht. »Ich spiele mit dem Gedanken meinen Bauch straffen zu lassen. Ein Schönheitschirurg, mit dem mein Freund gesprochen hatte, meinte, eine Operation vor einer möglichen Schwangerschaft wäre möglich. Was meinen Sie dazu?«

»Also, da wäre ich sehr vorsichtig. Sollten Sie doch weitere Kinder bekommen wollen, würde ich erstmal die Schwangerschaft hinter mich bringen und dann die Bauchstraffung in Angriff nehmen. Ansonsten dehnt sich die Haut aufs Neue und es könnte zu schweren Folgen führen«, lautete ihr Rat.

Genau so etwas hatte ich mir eigentlich auch gedacht. An diesem Punkt bezweifelte ich sehr stark, dass er wirklich mit einem Schönheitschirurgen gesprochen hatte.

Später wollte er sofort wissen, ob die Spirale entfernt worden war. Als ich ihm mitteilte, dass dies nicht der Fall sei, schien er enttäuscht.

»Mir gefällt der Gedanke dich zu schwängern«, teilte er mir mit. Zu dem Zeitpunkt hatte ich mir, naiv wie ich war, nicht einmal ansatzweise bewusstgemacht, welche negativen Konsequenzen eine mögliche Schwangerschaft mit sich gezogen hätte und dass mich ein Kind zwangsweise für immer an ihn gebunden hätte.

Nach der OP

Die nächsten Wochen nach seiner OP klagte er immer noch über heftige Schmerzen und dass es ihm gerade auf der Arbeit schwerfiel lange zu sitzen. Ich konnte mir gar nicht vorstellen, was da so schmerzen sollte, aber - ich bin ja auch kein Mann! Er witzelte oft, dass er nun einen von diesen Sitz-Donuts benutzen musste. Ich stellte mir vor, wie er versuchte auf einer Pobacke auf einem quietschenden Plastik-Donut zu balancieren, während der Patient versuchte ihm sein Herz auszuschütten. Ich musste innerlich lachen.

Als er dann zu uns zu Besuch kam, schien er wohl den tapferen Mann spielen zu wollen und setzte sich ohne irgendwelche Kissen oder sonstiges auf mein hartes Sofa. Seine Bewegungen waren langsam und eher schwerfällig. Oft verzerrte er sein Gesicht und klagte gelegentlich. Ich versuchte ihn beim Hinsetzen zu unterstützen, aber er lehnte alle Hilfe ab. Irgendwie kam ich mir dabei völlig dämlich vor. Ich konnte mir nicht erklären warum, aber hatte das Gefühl, dass etwas nicht stimmte.

»Geht schon«, winkte er, mit kläglicher Stimme, ab. Damit er sich nicht ständig bewegen musste, brachte ich ihm alles. Bedient zu werden schien er sowieso immer zu genießen, egal ob krank oder nicht.

»Wann darfst du eigentlich wieder Sex haben?«,

fragte ich beiläufig.

»Ich weiß es ehrlich gesagt gar nicht genau - hatte ich den Arzt gar nicht gefragt«, er schaute mich nachdenklich an. »Gestern, als das Pflaster gewechselt wurde, tat es noch scheiß weh«, erklärte er dann.

»Also, darf ich dich nicht anfassen?«, wollte ich wissen. Ich hatte ihn ja schon sehr lange nicht mehr gesehen und verspürte plötzlich ein großes Verlangen danach ihn zu spüren.

»Doch, du kannst mich schon vorsichtig anfassen«, willigte er dann etwas zögernd ein. Er öffnete unter schmerzverzerrtem Gesicht seine Hose. Irgendwie kam mir sein Verhalten sehr komisch und verdächtig vor. Für einen Moment dachte ich einen hämischen Blick in seinen Augen wahrgenommen zu haben. Ein merkwürdiges Gefühl war in mir aufgestiegen, obwohl ich mich freute ihn zu sehen, fühlte ich mich zugleich plötzlich sehr unwohl. *Das ist doch alles nur geschauspielert,* dachte ich. *Aber das würde er nicht wagen und warum sollte er so etwas tun?*, redete ich mir dann ein. Ich war überzeugt, dass ich langsam verrückt wurde. Als ich meine Hand an seinen Schwanz legte, schrie er auf. Erschrocken wich ich zurück.

»Entschuldige bitte, ich wollte dir nicht weh tun!«, sagte ich gleich, mit einem furchtbar schlechten Gewissen.

»Ist schon okay, sei einfach ein bisschen vorsichtiger!«

Er zog seine Hose nicht ganz aus, so dass ich kein Pflaster oder jegliche Narben hatte sehen können. Die Versuchung ihn zu bitten, mir seine diese jedoch einmal zu zeigen, war sehr groß. Zugleich fürchtete ich mich aber auch vor einer möglichen Blamage meinerseits und einem Streit. Alles in mir schrie, ihn auf die Narbe anzusprechen, aber ich sagte nichts aus Angst. Ich nahm seinen Schwanz sehr vorsichtig in meinen Mund, ohne seine Kronjuwelen dabei anzufassen. Plötzlich sagte er: »Komm, setz dich drauf.«
Ich guckte ihn verwirrt an. *Wie jetzt doch?*, dachte ich.

»Meinst du nicht, das wird dir zu sehr weh tun?«, fragte ich ihn besorgt, wobei ich doch eine große Lust verspürte, auf ihm zu reiten.

»Ich werde es schon überleben«, antwortete er ruhig. Diese Reaktion verstärkte meine Zweifel noch mehr.
Wir hatten Sex und er schien es zu genießen.

»Darf ich kommen?«, fragte ich.

»Ja, komm du Dreckstück«, befahl er. Es fühlte sich gut an, seine Geilheit wiederzuhaben. Dabei fragte ich mich allerdings ständig, wie groß seine Schmerzen wirklich waren. Als er auch gekommen war, schob er mich sofort von sich runter.

»Warte mal kurz, das fühlt sich gerade nicht gut an. Das Implantat verschiebt sich ständig und hängt hier gerade irgendwo an der Seite«, erklärte er mit gequältem Gesichtsausdruck, während er

sich an seinen Innenschenkel griff. Wie konnte es sein, dass das Implantat so frei verrutschen konnte? Es war nicht das erste Mal, dass ich dachte: *Er verarschte mich doch!* Bislang hatte ich ihm alles geglaubt und ihm in Zweifelssituationen doch immer wieder Vertrauen geschenkt. Die Liebe zu ihm war immer stärker gewesen als jede Alarmglocke, die versuchte hatte mich aufzuwecken. Aber das hier ging eindeutig zu weit!
Er schob seine Hand in seine Hose und benahm sich sehr merkwürdig. Plötzliche Angst breitete sich in mir aus.

»Ich muss mal dringend ins Bad das Pflaster wechseln.« Ich guckte ihn misstrauisch an und nickte ihm wortlos zu. Relativ schnell stand er auf und verschwand in meinem Badezimmer. Paranoide Gedanken kamen mir, was er wohl gerade in meinem Badezimmer anstellte. »Frag ihn einfach!«, schrie es in mir, »lass dir wenigstens einmal das besagte Pflaster zeigen!« Ich befand mich in einem großen Zwiespalt, da ich zur gleichen Zeit ich ein schlechtes Gewissen hatte, weil ich meinem Freund kein Vertrauen schenkte. Als er zurückkam guckte er mich etwas mokant an. *Er weiß, dass du ihm nicht glaubst,* dachte ich ängstlich.

Diesmal übernachtete er nicht bei mir, sondern ging frühzeitig wieder nach Hause. Seine Mutter wartete auf ihn, erklärte er.

»Sie wird sich Sorgen machen, wenn ich morgen früh nicht da bin. *Natürlich. Ich verstehe. Deine Mutter kommt nachtsüber nicht mal ein paar Stunden ohne dich aus*, dachte ich genervt. Als er meine Wohnung verließ, setzte er sich auf die oberste Treppenstufe, um seine Schuhe anzuziehen. Plötzlich stöhnte er wieder laut auf und klagte über furchtbare Schmerzen. »Ich hätte doch keinen Sex haben sollen, das war alles zu viel«, klagte er.

»Oh Mann, und da bin nur ich dran schuld«, antwortete ich beschämt, wobei ich ihm immer noch nicht glaubte, aber wollte den Schein wahren

»Mach dir keine Sorgen, das wird schon wieder.« Obwohl ich ihm nicht glaubte, konnte ich trotzdem auch mein schlechtes Gewissen nicht abstellen.

Am nächsten Morgen war keine »Guten Morgen«-Nachricht wie gewöhnlich gekommen. Auch nachmittags kam nichts von ihm. Ich machte mir sehr große Sorgen. Ein paar Stunden später erhielt ich dann endlich ein Lebenszeichen. »Ich bin im Krankenhaus«, schrieb er.

»Was? Wieso? Ist alles okay mit dir?«, fragte ich gleich panisch.

»Mir geht es gut«, erklärte er, »aber meine Mutter hatte eine Panikattacke.«
Das hatte ja so kommen müssen! Es war abzusehen gewesen, dass seine Mutter irgendwann, nach solch einer Todesnachricht, zusammenbrechen würde. »Sie liegt noch auf der Intensivstation, aber ist wieder stabil. Die Ärzte haben ihr Beruhigungstabletten gegeben und sie hat auch

Antidepressiva bekommen«, erklärte er weiter.

»Ich hoffe ja, das wird ihr helfen, und solch ein Vorfall wird nicht noch einmal passieren«, antwortete ich besorgt.

»Ja, das hoffen wir alle.«

Ich war die nächsten Tage mit so vielen Gedanken beschäftigt, dass mein Appetit sich mehr oder minder gänzlich verflüchtigt hatte. Auf meine Arbeit konnte ich mich auch nicht konzentrieren. Meine Arbeit war mir sowieso schon seit längerem ziemlich egal, da es dort sowieso nur Stress gab. Ich machte, wenn man es genau nahm, einen scheiß Job gegen scheiß Bezahlung. Es hatte mehrere aggressive Übergriffe in den Klassen gegeben, weswegen einige meiner Mitarbeiter schon vor längerer Zeit abgesprungen waren, weil ihnen der Stress einfach zu hoch war. Was ich tat hatte nicht mehr viel mit Unterrichten zu tun, sondern ich fungierte eher als eine Art Seelsorgekasten und Sozialarbeiter für meine Schüler. Hinzu kamen die häufigen Streitereien unter den Schülern, die ich schlichten musste. *Wie im Kindergarten für Erwachsene!*, dachte ich. *Warum bin ich eigentlich eine von den Dummen, die bleibt?*, warf ich mir täglich selber vor. Andererseits – was für Alternativen hatte ich? Alle meine Übersee erworbenen Studienabschlüsse und mein erlerntes Wissen waren hier in Deutschland nichts wert. Diese Tatsache ärgerte mich überhaupt am meisten. Wurden ausgebildete gute Lehrkräfte nicht gebraucht? Hätte ich nicht einfach einen Deutsch-Test absolvieren können? Denn darin schien das Problem zu liegen – ich hatte nicht auf Deutsch studiert, sondern auf Englisch.

»Wenigstens bist du für mich da und gibst mir Halt«, schrieb ich meinem Freund.

»Natürlich bin ich für dich da, meine Hübsche. Ich möchte, dass es dir gut geht«, antwortete er. In solchen Situationen der Frust vergaß ich völlig, dass er einer der Faktoren war, der zu meinem Unwohlsein beitrug.

»Ich will eigentlich nicht viel im Leben, außer für den Menschen, der ich bin, geschätzt und für das, was ich tue, verstanden zu werden. Alles andere ist für mich nicht so wichtig«, heulte ich mich bei meinem Freund aus.

»Du bist so wunderbar und verdienst es so sehr wertgeschätzt zu werden und noch viel mehr!«, versuchte er mich zu beruhigen. *Er ist doch einfach ein liebenswerter Mensch,* redete ich mir mal wieder bei seinen Worten ein, wobei ich mich von ihm eigentlich auch nicht wertgeschätzt fühlte.

»Ich weiß einfach nicht, was ich mit meinem Leben anfangen soll«, schrieb ich ihm bedrückt.

»Grübel nicht so viel, sondern genieß einfach dein Leben.« Seine Worte brachten mich noch mehr zum Nachdenken.

»Ich versuche ja nur herauszufinden, was ich wirklich im Leben will«, verdeutlichte ich.

Mein Freund erzählte, dass sich seine Mutter

entschieden hatte, zurück in ihre Wohnung zu kehren. Sie wollte ihre restliche Zeit in den eigenen vier Wänden verbringen, was ich verstehen konnte. Mein Freund fuhr seine Mutter zurück und blieb erst einmal bei ihr. Auf seiner Arbeit hatte er sich krankgemeldet und erklärt, dass ihm die Zeit mit seiner Mutter momentan einfach wichtiger als alles andere sei. Auch das konnte ich sehr gut verstehen. Wäre ich in derselben Situation mit meiner Mutter gewesen, hätte ich es wahrscheinlich genauso getan. »Wenn die Zeit sowieso begrenzt ist, dann verbringt man doch jede freie Minute zusammen!«, sagte ich mir.

Seine Sprechstundenhelferinnen beschwerten sich und baten um Hilfe, da sie nicht genau wussten, was sie den Patienten sagen sollten.

»Warum können sie denn nicht einfach deinen Patienten die Wahrheit sagen?«, fragte ich. Meiner Meinung nach war Ehrlichkeit immer die beste Option. Und wer würde nicht verstehen, dass es momentan wichtiger war für ihn, seine Zeit mit seiner sterbenden Mutter zu verbringen!?

»Nein, das möchte ich nicht. Mein Privatleben geht niemanden etwas an«, erwiderte er.

Na gut, es war ja seine Sache, wie er das alles regeln würde. Mir taten nur seine Mitarbeiterinnen etwas leid. Sie hatten ja selber keinerlei Informationen über das, was gerade passierte und machten sich vielleicht auch mittlerweile Sorgen um ihre Gehälter.

Bei seiner Mutter schlief er auf dem Sofa, da ihre Wohnung scheinbar sehr klein war und es kein Gästezimmer gab. Die Nächte konnte er nicht durchschlafen, da das Sofa wohl recht unbequem war und seine Mutter zudem ständig weinte.

»Vielleicht braucht sie doch nochmal andere Medikamente, damit sie besser zur Ruhe kommt?«, fragte ich ihn.

»Ja, wahrscheinlich hast du Recht. Wir werden nochmal zum Arzt gehen und nachfragen.«

Normalerweise befürwortete ich Medikamente nicht und schon gar nicht Antidepressiva. Meiner Meinung nach sollte man lieber die dahinterliegenden Gründe einer Depression herausfinden und bekämpfen, anstatt sie mit Medikamenten zu vertuschen. Kein Mensch ist schließlich grundlos depressiv.

In dieser Situation allerdings sah ich es etwas anders. Seine Mutter hatte nicht mehr viel Zeit. Ihr Tod war gewiss. Warum sollte sie sich also unnötig quälen? Die letzten Wochen nur mit Weinen zu verbringen, war ja nun wirklich keine schöne Aussicht.

»Ich wäre jetzt gerne bei dir«, schrieb er plötzlich. Ich fragte mich, ob bei ihm alles in Ordnung war. »Ich will dich nicht bei deiner Arbeit stören und wollte dich auch nicht beunruhigen. Mir geht nur so vieles im Kopf umher und mir wird immer mehr bewusst, wie viel in meinem Leben nicht richtig läuft. Deshalb zweifele ich immer mehr an mir«, erklärte er dann.

»Du störst nicht! Ich würde dir sehr gerne helfen. Ich weiß, das alles ist nicht einfach für dich und belastet dich sehr«, antwortete ich. »Ist es hauptsächlich wegen deiner Familie und deiner Mutter?«, fragte ich nach.

»Es ist nicht nur wegen meiner Familie, mich stört einfach so vieles an mir selbst.«

»Was genau würdest du denn an dir ändern wollen?«, hakte ich nach.

»Na ja, ich habe schon sehr viele meiner Ziele erreicht in meinem Leben, aber ich wünschte, ich hätte einfach ein spannenderes Leben«, offenbarte er mir. »Ich arbeite ja nur und sonst mache ich eigentlich nichts.«

Meiner Meinung nach war in seinem Leben in letzter Zeit gerade mehr als genug Aufregendes passiert. Innere Ruhe zu finden, das würde ich ihm wünschen. »Und, was genau willst du?«, fragte ich weiter.

»Mehr Zeit mit meinen Freunden, ich würde gerne reisen, Entspannung finden und Schönheit«, erklärte er.

Seine Antwort enttäuschte mich, da er mich nicht auf seiner Liste erwähnte.

Ein paar Tage später lud mich ein guter Bekannter zu der offiziellen Eröffnungsfeier seiner Galerie ein. »Du kommst doch, oder?«, fragte er.

»Darf ich denn in Begleitung kommen?«, wollte ich wissen.

»Natürlich. Deinen mysteriösen Partner will ich ja endlich einmal kennenlernen!«, ich hatte meinem Bekannten schon einiges von meinem Freund erzählt.

»Sehr witzig! Gut, dann komme ich«, entgegnete ich freudig. Mein Freund willigte, zu meiner sehr großen Überraschung, sofort ein mitzukommen und teilte mir mit, dass er mich sehr gerne begleiten würde. »Wirklich, du kommst mit!?«, fragte ich ungläubig und zugleich sehr erfreut.

»Ja, natürlich«, antwortete er. *Natürlich ist das überhaupt nicht*, dacht ich, du bist bis jetzt noch nie mit mir ausgegangen!

An dem Tag der Feier war ich sehr heiter gestimmt. Ich freute mich schon auf den Abend, aber noch mehr auf ihn! Ich hatte mir extra ein schönes Kleid besorgt, weil ich ihm gefallen wollte. Ich wusste, wie wichtig ihm sein Ruf und ein dafür stilvoller Auftritt war. Bereits nachmittags fühlte ich mich innerlich schon etwas nervös. Ich hatte ihn nun schon eine ganze Weile nicht mehr gesehen. *Wie wird es wohl sein mit ihm zusammen auf der Feier?*, fragte ich mich, während sich verschiedene Szenarien in meinem Kopf abspielten. Ich konnte uns Arm in Arm die Treppe hoch und in die Galerie schreiten sehen. Wie er sich mit meinem Bekannten, welcher einen ausgesprochenen lauten und witzigen Charakter hatte, verstehen würde, fragte ich mich auch. Mein Bauchgefühl sagte mir, dass die beiden sich nicht verstehen würden.

Ich fing gerade an, mich für den Abend fertig zu machen, als eine Nachricht von meinem Freund kam: »Hey Hübsche, es tut mir sehr leid, aber ich muss für heute Abend absagen.«

Ich hatte es nicht fassen können.

»Warum? Was ist passiert?«, wollte ich wissen.

»Ich habe Magenschmerzen und bleibe lieber mit einer Wärmflasche im Bett«, erklärte er.

Natürlich, das war ja mal wieder typisch. Er wurde krank, wenn wir uns hätten treffen sollen – wie immer! Im ersten Moment brach ich in Tränen aus. Mein Herz fühlte sich unsagbar schwer an.

»Du wirst bestimmt auch ohne mich einen schönen Abend haben«, schrieb er weiter.

Klar würde ich das - ich war doch immer gerne alleine! Gerade alleine auf eine Feier gehen macht Spaß!

Ich war maßlos enttäuscht. In meinem Freundeskreis wurden auch schon länger Witze über meinen angeblich vorhandenen Freund gemacht: »Bist du dir sicher, dass er wirklich existiert und bildest dir das alles nicht nur ein?«

Am liebsten wäre ich einfach zu Hause geblieben und heulend in einer Ecke verkümmert.

Reiß dich zusammen - du gehst trotzdem!, sagte ich mir dann trotzig.

Die Galerie war leer als ich ankam.

»Hallo, meine Hübsche«, begrüßte mich mein Bekannter, so wie immer. Ich guckte ihn verwirrt an: »Habe ich das falsche Datum erwischt?«

»Nein«, grinste er mich an.
»Und deine Gäste?«, fragte ich, wobei ich hoffte, seine Feier würde kein Reinfall werden.
»Du bist viel zu früh meine Liebe«, lachte er.
»Was? Das ist aber peinlich. Ich hatte mir zwanzig Uhr aufgeschrieben«, erklärte ich.
»Stimmt ja auch – aber es ist erst neunzehn Uhr«, lachte er wieder.

Ich war so durcheinander. Das passierte mir oft, wenn ich gestresst und mit meinen Gedanken ganz woanders bin.
»Möchtest du etwas trinken?«, fragte er und hängte an, »Wo ist eigentlich dein Partner?«
»Frag nicht«, sagte ich knapp. Er hatte wohl meinem Gesicht ansehen können, dass ich sauer war und fragte nicht weiter. Später füllte sich die Galerie rasch. Ich führte ein paar oberflächliche Gespräche, wobei ich mit meinen Gedanken Meilen entfernt war. Ich versuchte mich trotz meiner Enttäuschung zu entspannen und Spaß zu haben – es gelang mir einfach nicht! Später am Abend wurde ich von einem deutlich älteren Herrn angemacht, welcher in der Immobilienbranche tätig war. Er steckte mir seine Visitenkarte mit den Worten zu: »Melde dich doch einfach.«

Vielleicht sollte sein Angebot annehmen?, überlegte ich trotzig. Ich konnte es einfach nicht schaffen meine eigene Negativität zu überwinden und ging deshalb nach wenigen Stunden wieder nach Hause.

Ich sah auf meinem Handydisplay, dass mein Freund mir geschrieben hatte. Du kannst mir gestohlen bleiben!, dachte ich sauer und ignorierte ihn. Später dann las ich sie doch: »Du warst sicherlich das hübscheste kleine Ding auf der Feier« und »Alle Männer haben dich bestimmt angestarrt.« Sollten mich diese Sprüche etwa aufbauen? Ich war einfach nur enttäuscht und verärgert.

»Nächstes Mal klappt es bestimmt«, schrieb er später.

»Ja, klar – irgendwann in ein paar Jahren hast du bestimmt mal Zeit für mich!«, seufzte ich. Ich ging ins Bett und schlief unter Tränen ein.

Wieder war ich an einem Punkt angelangt, wo ich mich fragte, ob ich diese Beziehung weiterführen sollte oder nicht. Mir ging es nicht gut, dass wusste ich, aber ohne ihn leben zu müssen konnte ich mir auch nicht vorstellen. Eigentlich hatte er ja auch nichts Schlimmes getan. Wir hatten uns auch noch nie gestritten oder ähnliches. Immerhin war er einer der wenigen beständigen Faktoren in meinem Leben, welcher mir Halt gab und, obwohl er nicht direkt bei mir war, doch immer irgendwie für mich da war.

Am nächsten Tag hatte ich mich wieder ein wenig beruhigt, wobei mich die Trennungsfrage immer noch beschäftigte.

Meinem Freund ging es schlagartig besser. Er hatte versprochen, dass er mich die nächsten Tage auf jeden Fall wieder besuchen würde. Bis dahin besuchte er seine Mutter häufig und versuchte nebenher zu regeln, wie es in Zukunft mit seiner Praxis und seinen Patienten weitergehen solle. Er hatte einen Anruf von seiner Krankenversicherung bekommen, welche ihm mitteilte, dass er sofort eine Reha antreten müsse.

»Die sagen, ich habe keine Wahl, sonst darf ich erst einmal nicht in meinen Beruf zurückkehren«, erklärte er besorgt. Er konnte nicht fassen, dass er sofort fahren sollte und dann noch nicht einmal mitgeteilt bekam, wohin genau.

»Ich würde da nochmal anrufen. Die können dich doch nicht zur Reha zwingen!«, schrieb ich empört. Später, nach weiteren Telefongesprächen, erzählte er mir dann, er müsse die Reha machen, aber das mit dem ›sofort‹ wäre ein Missverständnis gewesen. Den Zeitraum könne er sich selbst aussuchen.

»Verstehe ich immer noch nicht. Wenn du nächstes Jahr erst eine Reha machst, was bringt das dann? Auf der anderen Seite wäre eine richtige Pause ohne Stress schon gut für dich«, überlegte ich.

Seine gelegentlichen Versprechen, dass wir uns definitiv endlich öfter sehen würden, nahm ich gleichgültig hin.

Mittlerweile wurde bei seiner Mutter eine mögliche Chemo in Betracht gezogen, welche sie anfangs komplett ablehnte, aber nun doch erwägte. Sie war jetzt wohl an dem Punkt angelangt, an dem sie verzweifelt einen Ausweg suchte.

»Sag deiner Mutter, sie soll bloß keine Chemo machen! Das ist das Allerschlimmste!«, riet ich und fuhr fort: »Wir hatten damals so viele Krebspatienten auf Station, welche eine Chemo haben machen lassen. Sie waren wochenlang in einem kleinen Zimmer gefangen, hofften auf ein Wunder und am Ende starben sie trotzdem.«

»Ich weiß, mir gefällt der Gedanke ja auch nicht«, erklärte er, »Ich werde nochmal mit meiner Mutter darüber sprechen.«

Nach Monaten änderte mein Freund plötzlich sein Profilbild. Auf dem neuen Bild war er zusammen mit einer Frau zu sehen, beide passend zu Halloween verkleidet.

»Was ist das für ein komisches Profilbild?«, fragte ich ihn, anstatt direkt zu fragen, »Wer ist die junge Frau da auf deinem Bild?«

»Das ist vom letzten Jahr«, erklärte er. Misstrauen regte sich wieder in mir.

»Ich fand dein altes schöner«, wobei es mir ganz klar einfach nicht gefiel, dass er auf dem Bild mit einer anderen Frau zu sehen war. *Das Bild ist vom letzten Jahr und du warst letztes Jahr auch mit Männern aus! Glaub ihm einfach*, verdeutlichte ich mir selbst.

In der folgenden Zeit arbeitete er wieder öfter in seiner Praxis. Er schien sehr im Stress zu sein, da er mit den Gehälterzahlungen und seiner Buchhaltung hinterher war.

»Siehst du die ganzen Briefe hier? Das sind die

ganzen Gehaltszahlungen für meine Mitarbeiter«, erklärte er mir gestresst. *So viele Mitarbeiter hast du doch gar nicht?*, wunderte ich mich. Zudem erklärte er, dass er die ganzen Berichte für seine letzten Sprechstunden noch hatte schreiben müssen. »Ist es nicht ein bisschen zu spät dafür?«, wollte ich wissen.

»Du kannst dich doch gar nicht mehr daran erinnern, was dir deine Patienten alles erzählt haben«, fuhr ich fort.

»Doch. Ich habe mir ja Notizen gemacht.«

»Wenn du wieder vorbeikommst, könntest du dann vielleicht mal unsere Lampen anbringen?«, fragte ich ihn vorsichtig.

»Ja klar, natürlich! Das hatte ich ganz vergessen«, antwortete er.

Ja, du vergisst einiges, dachte ich etwas höhnisch zu mir selbst. Er versprach mir nun schon seit fast acht Monaten, meine Lampen anzubringen, welche seit meinem Einzug immer noch in einer Ecke auf dem Boden lagen.

»Lüsterklemmen brauchst du«, erklärte er.

»Was für Klemmen?« Ich musste lachen.

»Ich bringe welche mit«, schrieb er dann.

»Werkzeug habe ich auch nicht«, beichtete ich.

»Was hast du eigentlich? Wie reparierst du denn kaputte Sachen?«, fragte er vorwurfsvoll.

»Dafür habe ich doch einen Freund«, witzelte ich. Am Ende vergaß er die Lüsterklemmen und das Werkzeug dann doch wieder.

In den nächsten Tagen musste er zum Onkologen, um Nachsorgetests durchführen zu lassen. Ich wartete natürlich immer nervös darauf zu hören, was der Arzt zu ihm gesagt hatte.

»Es gibt nicht so tolle Nachrichten«, schrieb mein Freund. »So wie es aussieht, muss der andere Hoden auch rausgenommen werden, meint der Arzt. Der Krebs hat doch schon gestreut«, teilte er mir mit bedrückter Stimme mit.

Irgendwie schockte mich gar nichts mehr. Und damit, dass der Krebs schon gestreut haben könnte, war zu rechnen gewesen.

»Das ist ja wirklich einfach nur furchtbar für dich«, antwortete ich. Ich konnte nicht verstehen, wieso der Arzt das nicht gleich festgestellt hatte und warum dann nicht beide Seiten in einem Rutsch gemacht worden waren. Ich fühlte mich sehr schlecht für ihn und befürchtete, dass sein Selbstbewusstsein dadurch sehr beeinträchtigt werden würde. Ihm wurde immerhin sein männlicher Stolz geraubt.

Mein Freund war zwischen der Arbeit und seiner Freizeit immer am Pendeln. Er besuchte seine Mutter oft und musste sie auch oft für Untersuchungen ins Krankenhaus bringen. Das kommende Wochenende würde er allerdings frei sein. Ich erinnerte ihn, dass meine Kinder von der Schule aus einen Laternenlauf hatten und dass er versprochen hatte mitzukommen. »Hatte ich das versprochen? Es tut mir leid, aber das habe ich völlig vergessen. Ich würde wirklich sehr gerne mit euch kommen, allerdings müsste ich dann einen Babysitter für meine Mutter organisieren«, erklärte er. Ich verstand das alles nicht. Seine Mutter hatte während seiner OP eine Woche lang komplett für sich alleine gesorgt und nun konnte sie nicht mal ein paar Stunden alleine überleben?

An diesem Punkt hätte ich damals einfach, ohne weitere Fragen und Diskussionen, einen Schlussstrich ziehen sollen, aber das war mir nicht in den Sinn gekommen.

Wenn du keine Lust hast mitzukommen, dann sag es doch einfach!, dachte ich sauer.

Am Freitag vor dem Wochenende war ich bei ihm in seiner Praxis gewesen. Ich war noch nie gut im Schauspielern und mir fiel es sehr schwer, meine Enttäuschung zu überspielen.

»Ist alles okay bei dir?«, fragte er.

»Klar«, log ich mit einem genervten Lächeln.

»Es tut mir wirklich leid, ich versuche es gerade allen recht zu machen«, entschuldigte er sich schnell.

Ja, nur bin ich diejenige, die ständig einstecken muss! Auf seinen Erklärungsversuch ging ich nicht ein.

»Sicher, dass bei dir alles okay ist?«, fragte er noch einmal, »Du bist irgendwie sehr still.«

»Ich bin einfach nur müde«, sagte ich gleichgültig. Innerlich fühlte ich mich enttäuscht und verärgert.

Später schrieb er mir, wie sehr er sich gefreut

hatte, mich zu sehen. Ich antwortete eine lange Zeit nicht. Als er dann abends nachhakte, ob mein Handy kaputt sei, antwortete ich: »Mir gingen vorhin so viele Sachen durch den Kopf. Als ich bei dir war, wusste ich einfach nicht was ich sagen sollte. Ich habe sowieso ständig Angst, das Falsche zu sagen. Ich stimme dir zu, dass alle glücklich sein sollten.«
Das Problem war nur, ich konnte ihm nicht eingestehen, dass ich mich schon seit langem absolut todunglücklich fühlte. Ich wusste, dass seine Mutter ihn sehr brauchte, aber war trotzdem der Meinung, dass er mir wenigstens etwas mehr Zeit schenken könnte. Ich versuchte mich immer wieder selbst zu überzeugen nicht ständig so negativ, sondern einfach glücklich zu sein und mich zu freuen, dass ich überhaupt einen Freund hatte und dass sich der Stress und alles andere auch bald wieder legen würden. Ich redete mir ein, dass es immer schlimmer ging, und dass bei uns eigentlich noch alles in einem akzeptablen Rahmen lag. »Ich möchte ja auch mehr Zeit mit dir verbringen und das werde ich auch bald so einrichten«, versprach er.

Laternenlaufen gingen wir alleine. An dem Abend war ich sehr genervt – hauptsächlich, weil er tatsächlich nicht mitkam. Meine Kinder wollten nicht hören und am Ende waren wir viel zu spät dran gewesen.

»Schnell raus jetzt«, sagte ich zu den beiden und

zog die Haustür hinter mir zu. Noch in derselben Sekunde, als die Tür zuschlug, dachte ich: *Scheiße! Der Schlüssel steckt noch drinnen!*

»Mist! Mist! Mist!«, schimpfte ich.

»Was ist denn los, Mami?«, fragten meine Kinder. Alles war einfach perfekt! Die beiden guckten mich panisch an und fingen an zu weinen: »Müssen wir jetzt auf der Straße schlafen?«

»Nein, natürlich nicht«, beruhigte ich sie und schimpfte dabei innerlich weiter.

»Ich habe mich ausgeschlossen«, schrieb ich ihm. Zum Glück half mein Freund mir wenigstens einen Schlüsseldienst zu suchen, der in nur wenigen Minuten unsere Haustür öffnete.

»So einfach geht das?«, fragte ich den Mann vom Schlüsseldienst verblüfft.

»Ja, wenn gewusst wie«, witzelte er.

Am folgenden Tag übernachtete mein Freund bei uns und war wegen seiner Mutter wieder sehr früh morgens weggegangen. *Eine ganze Nacht kann seine Mutter alleine bleiben!*, dachte ich. Es war schon außerordentlich merkwürdig.

»Bist du heil zu Hause angekommen«, fragte ich später.

»Ja, bin ich. Meine Mutter war auch schon wach und hat mich gesucht«, erklärte er. Ich verstand nicht, warum sich seine Mutter Sorgen machte, ja regelrecht Panik hatte, wenn ihr erwachsener Sohn mal eine Nacht unterwegs war. Und was ich noch viel weniger verstand war, warum er ihr nicht einfach erzählte, wohin er ging. Seine Mutter wusste, laut seinen Angaben, schon seit Monaten über unsere Beziehung Bescheid. Langsam gewann ich den Eindruck, dass sie eine sehr herrische dominante Frau sein musste. Vielleicht war sie auch ein wenig eifersüchtig gewesen? Viele Mütter kamen ja nicht damit klar, wenn ihre Söhne eine feste Partnerin in ihrem Leben hatten. Dann besteht wohl plötzlich Verlustangst. Trotzdem war ich der Meinung, dass er sich da als erwachsener Mann einfach besser durchsetzen musste.

Zu meiner Überraschung trafen wir uns am selben Tag später noch einmal auf seiner Arbeit.

»Toll dich so oft in so kurzer Zeit zu sehen«, freute ich mich.

»Ja, ich fand es auch toll, dich bei mir zu haben. Vor allem genieß ich immer noch die Nachwirkungen von meinem Schwanz in deiner feuchten Pussy«, schrieb er später.

»Mach mich nicht während der Arbeit scharf!«

»Oh doch! Du sollst immer scharf sein!«, erklärte er. Später erfuhr ich, dass er die Arbeit wieder einmal aufgrund von Kopfschmerzen früher abgebrochen hatte und in seinem Bett lag. Ich bekam nur noch eine »Gute Nacht«-Nachricht und sonst war er den restlichen Abend über still gewesen.

Am nächsten Morgen kam die nächste Nachricht: »Ich bin im Krankenhaus. Die letzte Nacht war furchtbar. Meine Mutter hat einen Schock erlitten und liegt wieder auf der Intensivstation. Es geht ihr immer schlechter und die Ärzte wissen nicht warum.«

»Sie ist wach, soweit ich weiß, aber wird anscheinend geistig behindert bleiben«, schrieb er.

Das tat mir alles fürchterlich leid, obwohl ich mir zur selben Zeit dachte, dass es für sie letztendlich vielleicht besser so ist. So würde sie hoffentlich nichts von den möglichen Schmerzen und dem Sterbeprozess merken.

Ob man an dem Punkt überhaupt noch etwas merkt?, fragte ich mich bei dem Gedanken an den Tod.

Mein Freund erklärte, dass er sich auf eine komische Art und Weise erleichtert fühlte, da er nun genau wusste, wie es um seine Mutter bestellt war.

»Das kann ich verstehen«, erklärte ich, »Nicht zu wissen was Sache ist, beunruhigt ja mehr als alles andere!«

»Wenn es mir möglich ist, soll ich die nächsten Tage mal vorbeikommen?«, fragte er.

»Du weißt doch – da brauchst du gar nicht zu fragen!«, antwortete ich sofort freudig.

Die anstehende Wahl in Amerika wurde auf meiner Arbeit aufs heftigste diskutiert. Gerade meine amerikanischen Arbeitskollegen regten sich heftig über ihre Landsleute und über den Kandidaten Trump auf. Ich diskutiere nicht gerne über Politik. Politiker locken doch sowieso nur mit Versprechen, während sie sich das dicke Geld in die

Tasche stopfen. Wer von denen sein Amt wohl freiwillig auf Mindestlohnbasis ausüben würde, hätte ich gerne gewusst.
Die Vorwahlen in Amerika interessierten mich allerdings schon. »Wieso wählt ein Volk einen Kandidaten wie Trump?«, fragte ich mich ernsthaft. Was sagt das über die Gesellschaft aus? Einer meiner Kollegen erklärte, dass er Trump für die bessere Wahl hielt, da es so wenigstens nicht zum Krieg mit Russland kommen würde.
Logisch! Kein Krieg mit Russland, aber dafür Weltkrieg mit den restlichen Ländern und Russland wahrscheinlich als Verbündeten, stellte ich mir schaudernd vor. Es war absolut unmöglich, dass Trump gewählt werden würde. »Was soll das geben, wenn der gewinnt - die Welt zerstören und Fast Food für alle oder wie?«, schrieb ich meinem Freund.

»Geil! Ich würde sofort nach Amerika ziehen«, kommentierte er.

»Ich finde das ehrlich gesagt sehr traurig. Ist doch auch irgendwie krank, dass Piloten Psychotests absolvieren müssen, aber die Menschen, die viel Macht haben und potentiell die Welt zerstören können, die kontrolliert niemand!«, schrieb ich empört und völlig verständnislos.
Mein Freund war wieder mal auf dem Weg zu seinem Arzt.

»Warum denn nun schon wieder?«, fragte ich ihn schon fast vorwurfsvoll.

»Heute werden endlich die Fäden gezogen«,

erklärte er.
Ach ja, stimmt!, dachte ich. Das mit seiner OP und der leidigen Krebsgeschichte hatte ich bei dem ganzen Drama mit seiner Mutter schon wieder völlig vergessen! Später schrieb er mir, dass die Fäden von einer jungen Arzthelferin gezogen worden waren und er sich dabei anscheinend etwas unwohl gefühlt hatte.

»Na ja, solange sie es gut gemacht hat«, bemerkte ich nur kurz.

»Das ja - sonst hat sie es mir leider nicht gut gemacht«, scherzte er. Manchmal waren seine Witze wirklich einfach sau blöd!
Er übernachtete bei uns und neuerdings verschwand er ständig in meinem Badezimmer. Dieses komische Verhalten war mir schon bei seinem letzten Besuch aufgefallen. Ich fragte mich warum, aber wollte ihn nicht direkt darauf ansprechen. Es ging mich ja eigentlich nichts an. Er konnte so oft auf die Toilette wie er wollte.

»Alles okay ...?«, fragte ich dann aber trotzdem.

»Ja klar, wieso?«, entgegnete er schon fast vorwurfsvoll. *Schreibt er etwa heimlich mit anderen Frauen?*, wunderte ich mich für einen kurzen Augenblick, aber verwarf diesen lächerlichen Gedanken sofort wieder.
Unser gemeinsamer Abend war wie jeder andere verlaufen. Er hatte sich auf dem Sofa breitgemacht und forderte harten Sex. Ich wusste, was er wollte und gehorchte kommentarlos. Im Bett

bestand er darauf, mich nochmal zu nehmen. Ich war eigentlich schon zu müde dafür gewesen, aber widersprach nicht.

»Leg dich auf den Rücken und mach die Beine hoch«, befahl er. Ich tat was er wollte. »Ich will dich nochmal in alle deine Löcher ficken«, sagte er mit kühler harter Stimme.

Eigentlich tat mir schon alles weh, aber ich wusste, dass ihm meine Beschwerden egal sein würden. Ich hoffte einfach, dass es schnell vorbei sein würde. Wir hatten jedes Mal ungeschützten Sex, wobei ich stets im Hinterkopf hatte, ob das nicht ein wenig zu gefährlich war. Ich traute mich nicht das Thema offen und direkt anzusprechen, sondern vertraute naiverweise darauf, dass er erfahren genug war und schon wusste, was er tat.

Nach jeder Übernachtung, welche ja nun zum Glück nicht täglich vorkamen, fühlte ich mich total geschlaucht und übermüdet.

Als ich am nächsten Morgen auf dem Weg zur Arbeit war, schlief ich im Bus ein und verpasste meine Haltestelle.

»Mist! Jetzt komme ich auch noch zu spät!«, fluchte ich. Zum Glück war mein Kunde sehr verständnisvoll, als ich mich für die Verspätung entschuldigte. Nach der Arbeit verbrachte ich dann ein paar Stunden mit meinen Kindern und ging abends kurz nach ihnen direkt schlafen.

Mein Freund war am selben Nachmittag zu seinem Bruder gefahren. Er hatte mir wie immer seinen Standort geschickt, mit der Adresse seines Bruders. Sein Bruder und er planten, sich mehrere in Frage kommende Pflegeheime für seine Mutter anzuschauen. Sie wollten gemeinsam entscheiden, welches das beste sei. Ich riet ihm, vor allem die Pfleger genau unter die Lupe zu nehmen. Das allgemeine Angebot des Pflegeheims war natürlich auch wichtig, aber letztendlich kam es auf die Fürsorge der Pfleger an und wie sie mit den Patienten umgingen. Durch meine eigenen Arbeitserfahrungen wusste ich, dass in vielen Fällen Patienten wie Objekte behandelt wurden, welche parieren mussten. Die meisten alten und auch kranken Menschen konnten sich nicht wehren und wurden oft sehr respektlos und ruppig behandelt.

Das restliche Wochenende verbrachte er mit schlafen, da er laut eigenen Angaben von der vorherigen Woche einfach komplett erschöpft war. »Du kannst nur froh sein, dass du keine Kinder hast, dann würdest du nämlich nie wirklich zur Ruhe kommen«, schrieb ich ironisch. In solchen Momenten machte ich mir immer Sorgen darüber, dass ein mögliches Zusammenziehen mit uns – ein plötzliches Leben mit zwei Kindern – wahrscheinlich viel zu viel für ihn sein würde.

Den folgenden Montag trafen wir uns bei ihm auf der Arbeit. Ab und zu, wenn ich etwas zu früh dran war, setzte ich mich in seinen Warteraum. Es war mir immer irgendwie ein unbehagliches Gefühl gewesen, zwischen den ganzen Patienten zu sitzen. *Die wundern sich wahrscheinlich alle, welche Probleme ich wohl habe*, dachte ich. Die Damen am Empfang kannten mein Gesicht mittlerweile und grüßten mich nun immer höflich. Ich grüßte nett zurück. Obwohl ich mir sicher war, dass sie wussten, dass ich nicht zu den Patienten gehörte, wurde ich trotzdem jedes Mal nach meinem Termin gefragt.

»Ich bin privat hier«, bekundete ich. Während ich wartete, bekam ich mit, wie seine Patienten seinen Behandlungsraum verließen. Die meisten Patienten waren Frauen, darunter auch recht junge Frauen. Ich fragte mich, wie viele von ihnen meinen Freund vielleicht insgeheim anhimmelten. Ich hatte ihn schon einmal gefragt, ob er jemals ein Verhältnis mit einer seiner Patientinnen eingehen würde. Seine Antwort lautete: »Niemals. Ich hatte schon wirklich heiße Patientinnen bei mir, aber ich konnte mich da immer zurückhalten. Das wäre auch unprofessionell.«

In der letzten Zeit war er bei meinen Besuchen irgendwie komisch. Er begrüßte mich zwar wie immer mit einem Kuss und sagte mir, dass er sich freue mich bei sich zu haben – aber ich hatte des Öfteren das Gefühl, dass er mit seinen Gedanken ganz woanders war. Seine Gestik und Mimik zeigten diese angebliche Freude nicht.

»Warte hier kurz«, bat er mich, »ich muss mal eben auf die Toilette.« Während ich wartete, schaute ich mir seine Zeugnisse an, welche in seiner Praxis an der Wand hingen. Zwei

Ausbildungen hatte er abgeschlossen und dafür Diplome erhalten. Mein Blick schweifte weiter hinüber zu seinem Schreibtisch, auf welchem ich ein Bild von ihm mit einer fremden Frau erblickte. Er umarmte sie und lehnte an einen Mercedes aus den 50igern. Die Fotografie war im vintage Stil bearbeitet worden. Mein Freund und die Frau waren im selben Stil gekleidet. Mit diesem komischen Trilby auf seinem Kopf, sah er aus wie ein Gangster. *Das Bild stand hier beim letzten Mal nicht,* da war ich mir ganz sicher.

»Was guckst du denn da?«, fragte er, als er wieder zur Tür hereinkam.

»Das Bild da«, ich deutete mit meinem Finger darauf.

»Ach ja, da habe ich mal für eine Bekannte, die als Fotografin tätig ist, als Model gearbeitet. Sie hat mir versprochen jedes Jahr zur selben Zeit ein neues Bild von dem Fotoshooting zu schicken. Sehr nett von ihr. Die Frau da kenne ich gar nicht - ist auch irgend so ein Model. Ich find das Auto nur geil«, grinste er mich an.

»Ja, das ist nett von ihr«, bestätigte ich.

Nachdem wir kurz über unseren bisherigen Tag geredet und zusammen einen Espresso getrunken hatten, wies er mich an auf meine Knie zu gehen. Sein Befehlston erregte mich immer wieder. Ich tat wie er verlangte. Als ich ihm näherkam, hatte ich plötzlich ein sehr merkwürdiges Gefühl. *Riecht er nach einer anderen Frau oder bildete ich mir das nur ein?*, fragte ich mich, wobei ich ein sehr mulmiges Gefühl in meinem Magen verspürte. Ich hielt kurz inne, woraufhin er mich sofort skeptisch anguckte und fragte, was los sei. Sollte ich ihn direkt darauf ansprechen? Wie hätte er wohl reagiert?

Das bildest du dir doch nur ein - das würde er doch nicht wirklich wagen! Du spinnst, redete ich mir ein.

Mir wurde schlecht bei dem Gedanken. Sicherlich würde er mir sowieso nicht die Wahrheit sagen, auch wenn ich richtigläge.

»Irgendwie bist du gerade komisch«, bemerkte er und fügte hinzu: »Das habe ich bei dir in letzter Zeit schon öfter festgestellt.«

Ich versuchte mich wieder zu fangen und die Gedanken und Zweifel in meinem Kopf zu vertreiben. Ich war überzeugt, dass er mich niemals betrügen würde. *Und wenn, dann hätte er sich ordentlich gewaschen und umgezogen, um alles zu vertuschen*, war ich mir sicher. Nach einiger Zeit merkte ich, wie er in meinem Mund kam. Sofort stand ich auf und richtete mich. Ich ging hinüber zu dem kleinen Spiegel, welcher an seiner Zimmerwand hing und wischte die verschmierte schwarze Mascara unter meinen Augen weg.

»Es war schön dich zu sehen«, sagte er lächelnd. Dann schickte er mich pünktlich weg mit den Worten: »Der nächste Patient kommt gleich.« Mit einem Gedankenchaos in meinem Kopf verließ ich ihn.

»Ich weiß auch nicht, was mit mir los ist

momentan«, schrieb ich ihm später und entschuldigte mich für mein vorheriges Verhalten.

»Ist schon okay. In der letzten Zeit ist ja auch wirklich vieles passiert – bei uns beiden«, antwortete er verständnisvoll. »Ich frage mich sowieso sehr oft, wie du das alles schaffst und dabei so motiviert bleibst«, fuhr er weiter fort. »Wenn ich gestresst bin und es mir nicht gut geht, dann passiert bei mir eher das Gegenteil – dann mache ich gar nichts mehr«, erklärte er.

Na ja, was hatte ich denn auch schon für eine Wahl? Ich musste ja Geld verdienen und mich um meine Kinder kümmern. Mein neues Fotobusiness brauchte auch Zeit, sonst würde es nie laufen. Mein Leben war bei dem ganzen Stress sicherlich kein Traum - ganz abgesehen von meinem persönlichen emotionalen Stress. Trotzdem, es musste weitergehen.

»Ich versuche eben trotzdem das Positive und wenn möglich Spaß in allem zu finden«, erklärte ich ihm.

»Das ist gut! Ich kann das leider nicht«, bedauerte er.

Mein Freund hatte abends eine Besprechung mit seinem Arbeitsteam. Er schickte mir ein Bild von der Runde.

»Die sehen aber alle recht genervt aus«, bemerkte ich.

»Happy sind sie nicht. Sie beschweren sich über meinen ständigen Krankheitsausfall«, erklärte er.

»Darf ich da auch mit protestieren?«, fragte ich neckisch.

»Mach mal.«

»Ich sehe meinen Freund fast nie, und wenn, dann immer nur zu kurz«, witzelte ich.

»Vielleicht können wir dieses Wochenende zusammen verbringen, das müsste eigentlich klappen«, schrieb er plötzlich. Große Freude stieg in mir auf, welche ich aber sofort versuchte in Grenzen zu halten. Aus Erfahrung wusste ich mittlerweile, dass die Wahrscheinlichkeit, dass ihm am Wochenende etwas dazwischenkommen könnte, einfach sehr hoch ist. Ich wollte nicht schon wieder enttäuscht werden.

Am Freitagmorgen schrieb er mir wie verärgert er war und dass er der größte Vollidiot auf Erden sei.

»Mir ist gerade aufgefallen, dass ich heute einen wichtigen Termin habe. Ich müsste eigentlich schon lange in Stuttgart sein, um dort einen Vortrag zu halten«, erklärte er mir verärgert.

Ich war vollkommen verwirrt und verstand überhaupt nicht wovon er sprach.

»Was denn für ein Vortrag und für wen?«, fragte ich.

»Moment, erzähle ich dir später. Ich warte gerade auf meinen Flieger. Hoffentlich komme ich noch halbwegs pünktlich an – Ärger bekomme ich so oder so«, schrieb er.

Ich verstand kein Wort. Er hatte auch nie etwas von einem bevorstehenden Vortrag erwähnt.

Aber auf der anderen Seite – er erzählte mir ja meistens nichts von dem, was in seinem Terminkalender stand. Diese Tatsache ärgerte mich auch immer sehr. Ich war wirklich keine Person, die ständig alles wissen wollte, aber er hätte mich ruhig ein bisschen mehr in sein Privatleben miteinbeziehen können. Ständig teilte er mir aus heiterem Himmel irgendwelche dringenden Termine mit. Später erklärte er, dass er morgens wie gewohnt in seine Praxis gegangen war und ihn seine Sprechstundenhelferinnen komisch angesehen hätten. Auf die Frage, warum sie das taten, erinnerten sie ihn dann daran, dass er gar nicht hätte in die Praxis kommen sollen. Er hätte eigentlich schon im Flieger nach Stuttgart sitzen sollen, um seinen jährlichen Vortrag zu halten. *Alles klar,* dachte ich vorwurfsvoll. Mich beschlichen schon wieder sehr große Zweifel.

»Was ist das überhaupt für ein Vortrag?«, fragte ich sehr genervt.

Er erklärte, dass es in dem Vortrag um das Thema ›Formen der Angst‹ ginge und dass sein Publikum ungefähr hundert Leute umfasste, welche alle Mitarbeiter, um genau zu sein ›Leitende Positionen‹, der Deutschen Bank waren.

Er berichtete, dass sein Vortrag nach hinten verschoben worden war und dass seine Verspätung von seinem Honorar abgezogen wurde.

»Das ganze wird heute spät werden. Ich wollte heute Abend eigentlich wieder zu Hause sein, aber das werde ich wohl nicht schaffen«, erklärte er.

»Dann wird das mit deinem Besuch nichts, richtig?«, fragte ich ihn, wobei ich sehr genervt und verärgert war. Ja, sogar wütend!

»Ja, gerne«, antwortete er.

Was sollte diese Antwort denn bedeuten? »Ja, gerne? Für was denn?«, schrieb ich sauer.

»Das sollte was anderes heißen«, tat er genervt ab und fuhr fort, »Warum bist du denn jetzt so sauer?«

Das wagte er noch zu fragen? Ich entschied, mich einfach nicht mehr zu melden. Später schickte er mir als Beweis und wohl in dem Versuch mich zu beruhigen, ein Bild, auf welchem man eine große Halle sehen konnte, die mit sehr vielen Menschen gefüllt war. Das Bild war von der Seite der Bühne aufgenommen worden. Er erklärte mir später, dass er auch ein paar Mal im Jahr für Google Vorträge hielt. *Schön für dich*, dachte ich sauer. Ich wollte ihm alle möglichen Anschuldigungen an den Kopf werfen, warum er mir solche Lügengeschichten auftischte, aber ich hatte keine Beweise dafür, dass es tatsächlich Lügen waren. Oder erzählte er doch die Wahrheit? Für eine Sekunde zweifelte ich doch wieder. Dann versuchte ich über das Internet herauszufinden, welche große Veranstaltung das in Stuttgart war. Diese Information hätte ja eigentlich auf irgendeiner Webseite der Deutschen Bank zu finden sein müssen. Nichts. Ich hätte vor Wut aus der Haut fahren

können.
Später beichtete er mir, dass sein Vortrag ein gelungener Erfolg gewesen wäre.
Interessiert mich einen Scheiß, dachte ich wütend, aber antwortete freundlich: »Freut mich für dich!«

»Wenn ich wieder zurück bin, müssen wir unbedingt reden«, schrieb er später.
Ich hatte ein mulmiges Gefühl, als ich diese Worte las.

»Hört sich ernst an. Worüber denn genau reden?«, fragte ich vorsichtig.

»Über das, was heute passiert ist. Du kannst nichts für das Gefühlschaos«, schrieb er weiter.
Ich las wohl nicht richtig! Natürlich konnte ich nichts für seine Unorganisiertheit und Vergesslichkeit! »Ich verstehe immer noch nicht genau, worüber du reden willst?«, entgegnete ich sauer.

»Ich weiß, dass du dich sehr auf mich gefreut hast und ich habe mich den ganzen Tag lang richtig schlecht gefühlt«, erklärte er seine Gefühlslage.
Gut so!, dachte ich. *Das hoffe ich aber auch, dass du dich schlecht fühlst, mir geht es nämlich auch schlecht!*

»Ich verstehe nur nicht, warum du mir nicht direkt gesagt hast, dass wir uns nicht sehen können?«, fragte ich verständnislos.

»Vergiss es einfach«, kam knapp zurück. Was sollte denn jetzt so eine patzige Antwort? Er hatte wirklich überhaupt kein Recht dazu den Motzigen zu spielen.
Wieso bin ich eigentlich immer diejenige, die am Ende ein

schlechtes Gewissen hat?!, fragte ich mich ernsthaft. Trotz meiner Wut versuchte ich die Lage etwas zu beschwichtigen.

»Ich finde es einfach schade, dass ich in fast einem Jahr noch nie zu dir in deine Wohnung konnte. Ich will dir ja keine Vorwürfe machen, ich weiß, dass du das alles nicht extra machst oder so«, versuchte ich ihn zu beruhigen. »Am Ende sind meine Gefühle ja mein Problem und nicht deins«, fuhr ich fort.

Er antwortete nicht mehr.

Am nächsten Morgen schrieb ich ihm auch wieder als Erste. »Bist du gestern gut nach Hause gekommen?«, fragte ich ihn. Ich mochte keinen Streit und wollte das Ganze so schnell wie möglich vergessen.

»Nein, ich bin in Frankfurt geblieben.«

»Hey, bist du jetzt etwa böse mit mir!?«, wollte ich verärgert wissen. Plötzlich hatte ich Angst, dass er mir nun nicht mehr antworten würde.

»Nein, alles gut – mach dir keine Gedanken. Mein Flieger geht gleich. Wir haben gerade Startprobleme«, erklärte er. *Natürlich mache ich mir Gedanken!*

Später am selben Tag besuchte er seine Mutter im Krankenhaus. Sie sollte am Folgetag entlassen werden. Er erklärte mir, wie sehr es ihm zu schaffen machte, seine Mutter in einem solch schrecklichen Zustand zu sehen. Es würde ihm absolut das Herz zerreißen, klagte er.

»Es tut mir wirklich sehr leid für dich und deine Familie«, schrieb ich ihm. »Zum Glück hat deine Mutter aber solch eine tolle Familie und vor allem solch tolle Kinder, die sich immer um sie kümmern. Sie hat sich bestimmt immer sehr geliebt gefühlt«, schrieb ich, wobei ich an Menschen denken musste, welche im Krankenhaus ganz alleine und verlassen gestorben waren. »Ich finde es nur sehr schade, dass ich sie nicht kennenlernen durfte«, fuhr ich, mit einem leichten Vorwurf, fort. Er hätte zumindest ein Kaffeetreff schon vor Monaten einrichten können!

»Ich weiß, sie hätte sich auch sehr gefreut dich kennenzulernen und hätte dich und deine Kids absolut geliebt«, antwortete er. Meine Wut auf ihn war plötzlich wieder vergessen.

Nach dem Besuch bei seiner Mutter kam er am nächsten Tag überraschenderweise spontan bei uns vorbei. Wir waren alle schon in unseren Schlafanzügen und ich war emotional eigentlich in keiner sehr guten Verfassung, da wir gerade zuvor mit meinem ältesten Kind geskypt hatten. Das nahm mich immer sehr mit. Vor allem wenn der Abschied unter Tränen stattfand, so wie dieses Mal. Sein Besuch baute mich wieder ein wenig auf und lenkte mich ab. Meine Kinder waren ihm sofort um den Hals gefallen, als er zur Tür hereinkam. Wir alle saßen noch kurz zusammen auf dem Sofa. Ich wunderte mich immer etwas, dass er nicht einmal vorschlug, meinen Kindern eine

Gutenachtgeschichte vorzulesen oder kurz mit ihnen zu spielen. Vor allem nachdem er mir schon so oft erzählt hatte, wie sehr er Kinder liebte und auch, wie gut er mit ihnen umgehen könne. In solchen Momenten fragte ich mich auch wieder, wie es wohl tatsächlich wäre, hätten wir Kinder zusammen.

Später, als wir endlich alleine waren, saßen wir auf dem Sofa und redeten über die üblichen Problematiken, die uns beide beschäftigten.

»Wie geht es deiner Mutter?«, fragte ich, mehr aus Höflichkeit als aus wirklichem Interesse.

»Ich will jetzt nicht über sie reden«, antwortete er schroff.

»Verstehe - entschuldige bitte«, seine bissige Art gefiel mir überhaupt nicht. Nach einer längeren Pause sagte ich dann: »Ich kann so nicht weitermachen, ich fühle mich einfach nur noch erschöpft.« Ich schaute ihn bittend an, in der Hoffnung er würde irgendetwas sagen, um alles besserzumachen. Ich kam in meinem Leben einfach nicht mehr klar. Alles war zu einer riesigen Belastung geworden. Am schlimmsten war, dass das Verhältnis mit meinen Kindern darunter litt. Ich hatte nie genug Zeit für die beiden. Abends wurde die Zeit auch nur hektisch zum Abendessen, Bettfertigmachen und dann für eine kurze Vorlesegeschichte genutzt. Danach arbeitete ich weiter – meistens bis Mitternacht oder länger. Mittlerweile war mir meine Lehrtätigkeit und das Geld, was ich damit verdiente, egal – glückliche Lebenszeit mit meinen Kindern war mir wirklich allemal wichtiger! Diese Beziehung, wenn man es überhaupt als solch eine bezeichnen konnte, belastete mich auch.

»Das kenne ich alles, das Problem mit der Arbeit. Aber man muss ja leider von irgendetwas leben«, merkte er an. »Mir ist ein gewisser Lebensstandard und Luxus schon sehr wichtig.«. Seinen Kommentar empfand ich ganz und gar nicht als hilfreich.

»Ich sehe es anders. Was bringt es mir, wenn ich eine teure Wohnung habe und mir teure Sachen leisten kann, aber keine Zeit habe, um sie zu genießen? Luxus gut und schön, aber Freizeit und einfach leben ist mir wichtiger!«, widersprach ich ihm. Überhaupt, es ging mir nicht um Geldfragen, sondern um die Probleme, die zwischen uns standen. »Momentan muss ich mich um meine Mutter kümmern«, lautete seine einzige Antwort. Später verlangte er wie immer meinen Gehorsam und benutzte mich, bevor wir schlafen gingen.

Am nächsten Morgen verließ er uns sehr früh. Ich konnte ihm wenigstens schnell noch einen Kaffee zum Mitnehmen kochen, damit er nicht gleich ins nächste Café hechten musste.

Später schrieb er mir dann: »Es tut mir wirklich sehr leid, dass ich kein guter Freund für dich bin!« Ich wunderte mich, wie er plötzlich auf so etwas kam. Er fuhr fort: »Ich würde dir gerne mehr Zeit schenken, wenn ich könnte.«

»Ist okay - damit muss ich momentan eben leben«, antwortete betrübt.

Am nächsten Tag zog seine Mutter aus dem Krankenhaus in das Pflegeheim. Mein Freund hatte sich von der Autobahn aus gemeldet.

»Ich hoffe, es klappt alles wie geplant«, schrieb ich.

Mittags war er dann immer noch damit beschäftigt, Dokumente für seine Mutter fertig zu machen und abends telefonierten wir wie so oft. Es war wieder einmal eins unserer ›utopischen Wunsch-Gespräch‹, in welchem wir davon träumten, wie es wäre, wenn endlich der ganze Stress vorbei ist, wir zusammenwohnen würden und viel Zeit miteinander verbringen könnten. Trotz allem was bis jetzt passiert war, bestärkten solche Gespräche meine Hoffnung auf eine glückliche Zukunft wieder.

»Vielleicht gibst du mir dann auch beim Sex mehr von dem, was du bis jetzt versucht hast zurückzuhalten. Du hattest schon öfter erzählt, dass du Angst hast dir selbst und deinen Kräften freien Lauf zu lassen«, versuchte ich mich vorsichtig auszudrücken.

»Ich freue mich auch schon darauf, dich richtig benutzen zu können«, bekräftigte er. »Ich würde dich sehr verletzen und dir viel Schmerz zufügen! Der Gedanke alleine macht mich geil.«

»Wie gesagt, ich habe schon einige Erfahrungen

mit Schmerz gemacht, aber kenne meine Grenzen noch nicht«, merkte ich etwas zögernd an.

»Ich hingegen habe Angst, dass ich nicht aufhören kann Grenzen zu überschreiten«, warnte er mich. »Ich würde dich zum Beispiel ficken bis du ohnmächtig wirst und dich dann auch noch hart weiterficken, wenn du bewusstlos bist«, konkretisierte er.

»Ich finde es einfach geil von dir benutzt zu werden - *wie* entscheidest du. Außerdem vertraue ich dir«, antwortete ich.

»Sehr gut! Ich will dir aber auch nicht nur beim Sex wehtun. Ich will dich auch einfach so schlagen, nur weil es mich anturnt«, merkte er an.

»Mich turnt es einfach an zu wissen, dass du geil bist«, erklärte ich.

»Vor allem will ich dich leiden sehen«, fuhr er fort.

Sein letzter Kommentar verwirrte mich etwas.

»Inwiefern leiden sehen? Du meinst Schmerzen?«, fragte ich nach.

»Schmerzen ja, aber ich will, dass du seelisch leidest«, sagte er mit kühler, gefühlsloser Stimme. Ich war mir nicht sicher, ob ich verstand wovon er sprach. Aber ich würde es sicherlich bald herausfinden.

»Was hast du denn bis jetzt schon erlebt?«, wollte er wissen. Vergangene Sexgeschichten mit Ex-Freunden waren eigentlich ein Thema, welches ich lieber vermied. Vor allem weil sie mir, im

Nachhinein, überwiegend sehr peinlich waren und ich diese Erinnerungen gerne verdrängte.

»Mein Ex-Freund fand es geil mich zu bestrafen, das hatte ich dir ja schon erzählt. Er hat mich oft mit der Gerte geschlagen, ins Gesicht geschlagen, manchmal war ich gefesselt oder er hat Lederschellen benutzt. Beim Sex hat er mich oft gewürgt«, fasste ich knapp zusammen, wobei dies noch nicht einmal die schlimmsten Dinge gewesen waren, die mein Ex getan hatte.

»Ich würde dich jetzt so gerne richtig hart ficken!«, sagte er. »Ich will, dass du verstehst, dass ich die absolute Kontrolle über dich haben will – immer!«, sagte er in einem härteren Ton. »Über alles - deinen Körper, deine Löcher, dein ganzes Leben«, fuhr er fort. »Hast du das verstanden?«, fragte er nachdrücklich.

»Ja, das habe ich verstanden«, antwortete ich. Am nächsten Morgen schrieb er mir etwas verärgert: »Hey, hast du mich heute Morgen vergessen? Wo bleibt mein Bild?« Alles schien wieder beim alten zu sein – ich freute mich. Ich wollte keinen Stress und auch keinen Streit mehr. Und auch sonst wollte ich alle Grübeleien, die mich solange gequält hatten, einfach nur vergessen.

»Du wärst der absolut letzte Mensch, den ich vergessen würde!«, antwortete ich und erklärte ihm: »Ich war heute Morgen in Eile gewesen, da wir zu spät aufgestanden sind. Dein Bild kommt sofort.«

»Gut. Was ziehst du heute an?«, wollte er dann wissen. Ich zeigte ihm ein Bild von dem Outfit, welches ich gewählt hatte.

»Okay, das gefällt mir! Deine Haare nicht«, bemängelte er.

»Ja, die mach ich jetzt. Ich hatte einfach noch keine Zeit«, erklärte ich noch einmal. Ich machte mir sonst nie aufwendig die Haare - für wen und warum auch? »Wie geht es dir heute?«, fügte ich an, denn mir war aufgefallen, dass ich ihn noch gar nicht gefragt hatte.

»Perfekt«, antwortete er.

Oh – das war aber mal eine überraschend positive Antwort! Ihm ging es sonst nie perfekt.

»Sehr gut, dass freut mich sehr! Und gibt es einen bestimmten Grund dafür?«, wollte ich wissen.

»Alles läuft gut und ich fühle mich gerade sehr gut und entspannt«, teilte er mir mit und hängte an, »Deshalb kann ich mir jetzt auch wieder Zeit nehmen, um einiges genauer zu planen. Ich möchte, dass wir, wenn wir zusammenleben, einige Partys veranstalten - dafür sollst du gut aussehen. Wir werden zusammen einkaufen gehen. Du wirst dir ein kurzes transparentes Kleid kaufen und passende Heels dazu. Dann gehst du zum Friseur und lässt dir deine Haare stylen und dich schminken. Bevor die Gäste kommen, hast du dann noch etwas Zeit, um alles in der Wohnung vorzubereiten. Zwischendurch ficke ich dich, um dich in Stimmung zu kriegen und du bist an meinem Schwanz so oft es geht. Wenn die Gäste kommen, bedienst du sie und ich führe dich vor. Sie dürfen dich anfassen und alles mit dir tun, was sie wollen. Natürlich werde ich aufpassen, dass alles mit Respekt und Integrität abläuft«, schilderte er mir seine Vorstellungen, wobei ich mich fragte, ob er diese ernsthaft in die Tat umsetzen würde.

»Aus Interesse – warum?«, wollte ich wissen.

»Weil es mir gefällt und ich es so will - weil es mir Spaß macht. Du wirst das geilste, gehörigste und hübscheste Eigentum sein«, schrieb er scheinbar sehr erfreut. »Was machst du gerade?«, fragte er dann.

»Ich war am Arbeiten, aber versuche mich gerade etwas abzulenken. Ich gucke ›Nymphomaniac‹. Frag nicht, wie ich darauf gekommen bin«, berichtete ich ihm etwas beschämt.

»Worum geht es?«, wollte er wissen.

»Eine Nymphomanin, welche ihre Lebensgeschichte und Beziehungen zu diversen Männern erzählt. Dabei werden Vergleiche gezogen zwischen normalem Verhalten, Dinge, die Ordnung und Struktur haben, und nymphomanem Verhalten«, schilderte ich kurz und hängte an, »Ist irgendwie ganz interessant - ich glaube als Mädchen habe ich auch nymphomanes Verhalten an den Tag gelegt.«

»Inwiefern genau?«, wollte er wissen.

»Na ja, ich war immer mit irgendwelchen Jungs-Geschichten abgelenkt - deshalb war ich, bis auf die letzten zwei Jahre, in der Schule auch so schlecht«, gab ich peinlich zu.

»Ich habe auch einiges abgezogen, was wirklich nicht okay war«, fuhr ich fort.

»Was genau hast du gemacht?«

»Ich hatte zwei Mal was mit Freunden von damaligen Freundinnen; ich will nicht sagen gute Freundinnen, aber in Ordnung war es nicht so ganz. Ich wechselte auch ziemlich häufig die Partner und hatte einige One-Night-Stands nach diversen Partys. Jungs waren das einzige, an das ich denken konnte. Ich weiß heute, dass es letztendlich nicht um Sex ging, sondern um die Nähe, Aufmerksamkeit und den Wunsch geliebt zu werden«, erklärte ich und versuchte mich zur selben Zeit für mein damaliges Verhalten zu rechtfertigen.

Er war nicht weiter auf meine Worte eingegangen, sondern schrieb nur: »Ich will deine Devotion und dass du immer für mich geil und feucht bist - immer!«

»Das bekommst du sowieso schon«, bemerkte ich. »Was turnt dich sonst noch an, außer das Benutzen?«, interessiert mich.

»Ich mag es, wenn du mir beim Blasen in die Augen guckst. Ich mag es auch, wenn die Technik beim Blasen variiert«, erklärte er mir und fuhr fort, »Mir gefällt es sehr, meinen Saft auf deinem Körper zu verteilen, dich zu fesseln und dir Schmerzen zu zufügen, wenn du hilflos bist. Quickies

mag ich gelegentlich auch. Und wie ich es dir schon mal erklärt habe, ich will, dass du in ganzen und längeren Sätzen antwortest.«
Wegen des letzten Punktes musste ich etwas lachen.

»Ich werde es versuchen. Ich habe beim Sex noch nie viel geredet, wahrscheinlich, weil ich meine Stimme einfach nicht sehr sexy finde«, versuchte ich ihm zu erklären.

»Wir werden das schon ändern. Ich werde dir zeigen wie. Zudem will ich, dass du einfach immer sexy bist, nicht nur im Bett«, betonte er.

»Ich glaube, das schaffe ich nur, wenn ich es auch selbst glaube«, erklärte ich ihm.

»Das wirst du schon.« Bei seinen Worten zweifelte ich daran, jemals das nötige Selbstbewusstsein dafür zu entwickeln.
»Der Gedanke, dich zu schwängern gefällt mir auch immer noch sehr und macht mich jedes Mal geil«, fuhr er dann fort.
Dieser Gedanke, ja, den hatte ich schon ganz vergessen. Ich hatte angenommen, dass dies nach seiner OP sowieso nicht mehr möglich war.
»Und morgen will ich wieder, dass du mir zeigst, was du anziehen wirst. Ich möchte, dass wir nächste Woche einen Termin finden, an dem wir zusammen einkaufen gehen können. Wir müssen dir neue Anziehsachen kaufen«, erklärte er zum Schluss. »Vergiss nicht das Bild für mich, bevor du schlafen gehst«, erinnerte er mich.

Das nächste Mal, als wir uns in seiner Praxis trafen, schloss er schnell die Tür und packte mich von hinten an meinen Haaren. Ich erschrak. Vor Überraschung fuhr ich mit meinen Händen an meinen Kopf. Grob zog er mich rückwärts an sich, sodass ich etwas stolperte und dann mit meinem Po gegen seinen harten Schwanz stieß. Er riss mein Kleid hoch.

»Beug dich nach vorne«, befahl er, wobei er mit seiner Hand meinen Nacken runterdrückte. »Mach die Beine breit!«, befahl er in einem leisen, aber scharfen Ton. Ich sah aus dem Augenwinkel, wie er den Ledergürtel seiner Hose öffnete und auszog. Wollte er mich damit schlagen? Ich machte mich auf den stechenden Schmerz gefasst und biss meine Zähne zusammen. Zu meiner Überraschung schnürte er aber den Gürtel in einer Schlaufe um meinen Hals. Das Ende des Gürtels hielt er fest in seiner rechten Hand, wie eine Leine. Mit der linken Hand ergriff er meinen Haarschopf und riss meinen Kopf ruckartig nach hinten. Ich schrie leise auf. »Sei still!«, zischte er.

»Ich werde dich jetzt schön hart ficken!« Ich spürte wie er mit seinem Schwanz in mich eindrang. Ich stöhnte leise auf, er fühlte sich so gut an. Mein Hals und Nacken schmerzten und ich versuchte nach Luft zu ringen, während sich der Gürtel immer enger zog. Mit meinen Händen wollte ich den Druck an meinem Hals lösen. Als er dies bemerkte, ließ er für einen kurzen

Augenblick meine Haare und den Gürtel los, ergriff meine Arme und zerrte diese überkreuz auf meinen Rücken. »Halt still!«, befahl er. Ich bekam ein wenig Luft, aber konnte mich nun gar nicht mehr bewegen. Er zog den Gürtel wieder fest, der schmerzhaft auf meine Kehle drückte. Dabei drang er weiter tiefer in mich ein. Es war ein bizarres Gefühl aus Schmerz und Lust. Meine Beine fingen an zu zittern und ein Kribbeln breitete sich in meinem ganzen Körper aus - ich bekam fast keine Luft mehr. »Entspann dich«, hörte ich seine Stimme wie aus weiter Ferne sagen.
Plötzlich überkam mich eine ungeheure Leichtigkeit und ich merkte wie aller Schmerz wich. Auf merkwürdige Art und Weise fühlte ich mich für einen Augenblick absolut frei. Das Gefühl war wunderschön.

Ich merkte nicht mehr, wie meine Beine nachgaben und ich zu Boden fiel. Dunkelheit überkam mich - es herrschte absolute Stille.
Dann ein heftiger Schlag in mein Gesicht: »Stell dich wieder hin!« Bei den Worten zog er mich an meinen Haaren hoch - der Gürtel baumelte immer noch an meinem Hals.
Für einen kurzen Moment war ich völlig benommen und verwirrt. Auf einmal kamen meine Erinnerung und auch mein Körpergefühl wieder zurück. Mein Hals schmerzte fürchterlich.

»Beug dich nach vorne und bleib so!«
Ich merkte, wie etwas Warmes auf meinen

unteren Rücken spritzte und langsam über meinen Po lief.

»Verteil meinen Saft auf deinem Körper und reib ihn schön ein«, sagte er herrisch. Ich fühlte mich absolut gedemütigt und kraftlos, aber tat wie er verlangte. »Du gehörst mir, hast du verstanden?«, zischte er, wobei er mich an meinem Hals packte und zu sich hochriss.

»Ja, ich bin dein Eigentum«, sagte ich schnell. Ich wusste, dass wenn ich nicht schnell antworten würde, er wütend und mir wahrscheinlich eine Ohrfeige verpassen würde. Die Ohrfeige bekam ich trotzdem.

»Hast du nicht etwas vergessen?«, fragte er fordernd. Wie ein Blitz fiel es mir ein: »Danke, mein Herr für deinen Saft«, brachte ich mit zittriger Stimme heraus.

Ich wusste nicht, wie ich das gerade Geschehene einordnen sollte. Es war irgendwie beängstigend, aber auf der anderen Seite auch sehr berauschend gewesen. *Ich hätte für immer weg sein können und hätte es nicht einmal gemerkt*, dachte ich mir später. Dass er tatsächlich mehr als bereit war, seine Fantasien in die Tat umzusetzen, wusste ich nun.

Am folgenden Wochenende war mein Freund wieder einmal auf Fortbildung und ich mit meinen Kindern bei meinen Eltern zu Besuch. Diesmal waren auch zwei meiner Geschwister angereist. Es gab große Debatten, da meine Schwester sich hatte tätowieren lassen, was meiner Mutter ganz und gar nicht gefiel. Sie regte sich fürchterlich darüber auf, da sie der Meinung war, dass nur Menschen im Knast Tattoos tragen. Ich kann nicht verstehen, warum sich manche Menschen über das was andere tun so aufregen müssen. Solche Dinge müssen einem selbst ja nicht gefallen, aber man kann doch akzeptieren, dass andere eben einen anderen Geschmack haben.

»Meine Mutter plant dich übrigens für Weihnachten mit ein - du bist herzlich willkommen, falls du herkommen möchtest«, teilte ich ihm in der Hoffnung mit, dass er die Einladung annehmen würde.

»Vielen Dank, das ist sehr lieb von ihr, aber ich werde Weihnachten definitiv bei meiner Mutter und meiner Familie verbringen«, erklärte er.

»Das kann ich verstehen, obwohl ich es natürlich auch sehr schön fände, wenn ich dich über Weihnachten wenigstens kurz sehen könnte - egal ob hier bei meinen Eltern oder bei euch«, antwortete ich enttäuscht. Er antwortete nicht darauf. Später, auf meine Frage hin, wie denn sein Tag gelaufen sei, schrieb er, dass er krank werde.

»Ich werde die Fortbildung wahrscheinlich abbrechen«, teilte er mit.

Oh Mann, nicht schon wieder!, dachte ich im Stillen.

Auf seinem Rückweg schickte er mir von unterwegs eine Sprachnachricht: »Na ihr Süßen, wie geht es euch? Ich denke an euch.« Als ich die Nachricht abhörte, konnte ich mich gar nicht auf

seine Worte konzentrieren, sondern war von den Geräuschen, welche im Hintergrund zu hören waren, abgelenkt. Ich hörte die Nachricht noch einmal und achtete genauer auf dieses Geräusch. Was war das? Es klang wie Asiatische Musik. »Was ist das für eine Musik?«, fragte ich ihn. »Du hattest doch eben geschrieben, du sitzt im Auto und bist unterwegs?«, fragte ich verwirrt und mit einem komischen Bauchgefühl.
Musst du immer gleich so misstrauisch sein!?, warf ich mir selbst vor.
Er schickte mir eine Antwort, welche sich sehr erbost anhörte: »Willst du mir etwas unterstellen? Natürlich saß ich eben nicht im Auto. Ich hatte kurz Pause auf einer Raststätte gemacht und da lief diese komische Musik im Hintergrund«, erklärte er mir empört. Mein schlechtes Gewissen kam sofort wieder auf. Ich hatte ihm fest versprochen nicht mehr an seiner Ehrlichkeit zu zweifeln. Nun hatte ich es - unrechtmäßig! - doch wieder getan.

»Bitte entschuldige, es tut mir wirklich sehr leid!«, antwortete ich sofort. *Er wird mich bestimmt wegen meinem ständigen Misstrauen verlassen!*, dachte ich panisch.

Der Tod - Es geht bergab

Die nächste Woche besuchte ich ihn wieder in seiner Praxis. Ich hatte ihm einen Kalender gebastelt und wollte ihn damit überraschen.

»Kannst du für fünf Minuten den Raum verlassen, bitte?«, bat ich ihn.

»Ja, natürlich. Was hast du denn geplant?«, wollte er neugierig wissen.

»Verrate ich doch nicht, wirst du ja sehen«, zwinkerte ich ihm zu.

Ich hatte ihm ein paar Kleinigkeiten besorgt, die er mochte - unter anderem seine Lieblingsschokokekse, guten Kaffee und auch einen Gutschein für unser Stamm-Café. Zudem hatte ich einige witzige Karten und Sprüche gesammelt, denn die mochten wir beide.

»Kann ich reinkommen?«, fragte er von der Tür aus.

»Ja.«

»Wow! Was hast du denn hier vorbereitet?!«, fragte er freudestrahlend. Ich freute mich über seine Begeisterung. »Nur ein paar Kleinigkeiten, um dich ein wenig aufzuheitern.«

Ich bemerkte, dass er bereits einen gekauften Kalender in seinem Regal stehen hatte. Ihm fiel wohl mein etwas fragender Blick auf und erklärte sofort: »Den hat mir eine Patientin mitgebracht. Ist doch nett, oder?«

»Ja, ist es«, bestätigte ich.

Am nächsten Tag, als ich mich schon auf meiner Arbeit befand, fragte er, ob ich gerade beschäftigt sei.

»Ich bin auf der Arbeit - was gibt es denn?«

Er hatte angerufen, daher wusste ich, dass es etwas Wichtiges sein musste, da er mich ansonsten während meiner Arbeitszeit nie anrief. Mit meinem Handy in der Hand verließ ich schnell den Klassenraum und ging über den Flur zu einer Fensterecke. Ich nahm den Anruf an.

»Sie ist tot«, hörte ich ihn leise und mit sehr traurig klingender Stimme am anderen Ende der Leitung sagen. Ein kalter Schauer lief mir über den Rücken und ich fing an zu zittern. Für ein paar Sekunden war ich wie weggetreten. Mit leerem Blick schaute ich aus dem Fenster. Eine lange Schweigepause herrschte.

»Es tut mir so furchtbar leid«, sonst konnte ich nichts hervorbringen.

Keine Worte der Welt hätten in irgendeiner Weise seine Schmerzen gelindert. Meine Kehle schnürte sich gänzlich zu und ich hörte, wie er am anderen Ende plötzlich anfing zu weinen, wobei mir auch die Tränen kamen.

»Ich bin einfach völlig fertig«, schluchzte er. Ich versuchte den Kloß in meinem Hals herunterzuschlucken und stark für ihn zu sein.

»Wann genau ist sie denn verstorben«, fragte ich langsam nach einer Weile.

Er erklärte mir kurz, dass seine Mutter

frühmorgens verstorben war und er nun auf dem Weg zu ihr sei. »Ich melde mich später wieder, wenn das in Ordnung ist.«

»Ja, tu das. Ich würde dich jetzt so gerne in den Arm nehmen und dir deinen Schmerz nehmen. Ich wünsche dir ganz viel Kraft, mein Herz. Ich bin in Gedanken bei dir«, sagte ich mitleidig, bevor er sich verabschiedete.

Nach dem Telefonat ging ich auf die Toilette und versuchte mich zu beruhigen. Als ich dann einige Zeit später das Klassenzimmer betrat, herrschte absolute Stille. Meine Schüler wussten sofort, dass etwas wirklich nicht stimmte. Ich ging schnurstracks auf meinen Arbeitstisch zu, wobei ich versuchte jeglichen Blickkontakt zu vermeiden. Auf meine Arbeit konzentrieren konnte ich mich nun nicht mehr.

Später erzählte ich zwei Kolleginnen, mit welchen ich auch privat sehr gut befreundet war, von den traurigen Neuigkeiten.

»Ach Süße, komm her«, sagte eine der beiden, während sich mich in den Arm nahm. Ich konnte meine Tränen nicht zurückhalten.

»Wenigstens ist es jetzt vorbei.«

Auf der einen Seite war es furchtbar, dass seine Mutter am Ende doch verstorben war, aber wenigstens musste sie nicht mehr leiden. »Ich denke an dich mein Herz«, schrieb ich ihm immer wieder und, »Melde dich, wenn du möchtest.«

»Ich melde mich zwischendurch. Tut mir leid,

dass ich gerade nicht ganz da bin. Hier sind alle total am Ende«, teilte er mir traurig mit.
Später schrieb er, dass er Ablenkung bräuchte. »Machst du heute den Lapdance-Kurs?«, fragte er.

»Nein, erst morgen«, erklärte ich. »Wie geht es denn deinen Geschwistern und deiner Familie? Könnt ihr euch gegenseitig ein bisschen trösten und ablenken?«, fragte ich besorgt.

»Nein«, antwortete er knapp. »Mir geht es wirklich beschissen! Es tut mir so leid, dass ich dir das alles gerade antun muss«, schrieb er.

Was für ein Blödsinn. Ich versuchte mich in seine Lage zu versetzen und überlegte, wie ich mich wohl fühlen würde, wäre meine Mutter gerade gestorben. Dass ich absolut nichts für ihn tun konnte, schmerzte am meisten. »Du musst dich für nichts entschuldigen. Ich kann mir nicht mal ansatzweise vorstellen, wie du dich gerade fühlst«, schrieb ich ihm mitfühlend.
Die nächsten Tage über meldete er sich kaum. Er konnte nicht schlafen und teilte mir immer wieder mit, wie furchtbar er sich fühlte. »Ich bin bei dir, mein Herz. Ich hoffe, du kommst zwischendurch doch irgendwie ein bisschen zur Ruhe.«
Ich erzählte meiner Familie von dem was passiert war. Alle sprachen ihr Beileid aus und baten mich dies an ihn weiterzuleiten. Ich vermisste ihn so sehr - wie immer. Bei allem, was ich tat, kam ich mir leer vor. Ich konnte meinem Leben einfach nichts Positives mehr abgewinnen. Der reißende

Fluss aus Angst, Verzweiflung und Niedergeschlagenheit, in welchen ich schon vor langer Zeit gefallen war, hatte sich mittlerweile in einen unerbittlichen Sog verwandelt, welcher mich immer weiter runterzog. Am liebsten hätte ich einfach nur bei ihm gesessen und seine Nähe gespürt, mit meinem Kopf auf seinem Schoß, so wie er es mochte und wo ich mich sicher fühlte.
Am nächsten Tag teilte er mir mit, dass die Beerdigung vier Tage später stattfinden würde und er bis dahin in der Wohnung seiner Mutter bliebe. Seine ganze Familie hatte sich mittlerweile eingefunden und die engsten Familienmitglieder waren mit der Planung der Beerdigung beschäftigt. Diese Situation stellte ich mir absolut grausam vor. Ich war mir nicht sicher, ob ich nach dem Tod einer geliebten Person in der Lage wäre, eine Beerdigung vorzubereiten.
»Ich hoffe, es ist nicht zu chaotisch und anstrengend bei euch mit deiner Familie«, schrieb ich besorgt.

»Weiß nicht, interessiert mich auch nicht. Ist ja nicht meine Aufgabe dafür zu sorgen, dass es ihnen gut geht«, antwortete er etwas schnippisch. *Das ist aber keine gute Einstellung*, dachte ich. Ich wusste zwar, dass er keine sehr gute Beziehung mit den meisten seiner Familienmitglieder hatte, aber in Zeiten der Trauer konnte man doch sicherlich über alte Zwiespältigkeiten hinwegsehen und sich gegenseitig trösten.

Mein Freund musste sich nun um die Überschreibung der Wohnung seiner Mutter kümmern. Er wollte diese unbedingt behalten. Ich verstand nicht warum, da es in meinen Augen unnötige Zusatzkosten waren, aber ich wollte mit ihm nicht darüber diskutieren.
Während er mit den Beerdigungsvorbereitungen beschäftigt war, musste ich arbeiten. Ich war völlig übermüdet und war in Gedanken immer nur bei ihm, was die Konzentration auf meine Arbeit unmöglich machte.
Abends telefonierte ich kurz mit meinem Freund. Ihm schien es so weit gut zu gehen. Am Telefon hörte er sich jedenfalls sehr ruhig an.

»Es freut mich, dass es dir den Umständen entsprechend gut geht, mein Herz«, sagte ich etwas beruhigt.

»Wie geht es dir denn, meine Hübsche?«

»Für nächstes Jahr nehme ich mir doch fest vor eine Therapie zu machen. Ich komme mit dem ganzen Stress und meinem Leben einfach nicht mehr klar«, teilte ich ihm entmutigt am Telefon mit. »Ich habe auch schon wieder Stress wegen meinem Ex-Mann«, erklärte ich dann.

»Das tut mir sehr leid. Ich glaube dir, dass das sehr belastend ist«, sagte er berührt. Es hatte wieder häufiger Diskussionen zwischen mir und meinem Ex-Mann wegen unserer Trennung stattgefunden. Ich wusste, dass er insgeheim immer noch hoffte, ich würde wieder zu ihm zurückkommen.

Meine Kinder hofften dies auch. »Mami, du liebst Daddy doch«, warfen meine Kinder mir oft vor. »Ohne Daddy ist doch dein Herz gebrochen und du musst für immer traurig sein«, als ich diese Worte hörte, konnte ich meine Tränen nicht mehr zurückhalten.

»Man kann auch mehr als einen Menschen lieben«, und, »Ich habe doch euch und bin deshalb sehr glücklich«, versuchte ich meinen Kindern zu erklären. Mit dieser Situation konnte ich nicht sehr gut umgehen und wusste nicht, wie ich meinen Kindern die Umstände hätte erklären sollen, ohne meine eigenen Emotionen und meine subjektive Einstellung gegenüber meinem Ex-Mann mit einfließen zu lassen. Ich wollte meine Kinder nicht unnötig mit negativen Gedanken belasten.

»Ich bin mir sicher, dass du alles bald wieder auf die Reihe bekommst. Du bist stark«, sagte mein Freund.

Ja, das hörte ich ständig, dass ich stark bin – ich fühlte mich aber ganz und gar nicht so. Ganz im Gegenteil – ich hatte mich noch nie so schwach, alleine gelassen und hilflos in meinem ganzen Leben gefühlt! »Klar schaffe ich das«, log ich.

Die nächsten Tage blieb ich weiterhin unmotiviert und lustlos. Mir ging es plötzlich noch schlechter, als die Wochen zuvor und ich fragte mich immer wieder verzweifelt, welchen Sinn mein Leben eigentlich hat. Ich lebte, aber irgendwie fühlte ich mich nicht lebendig. Es schien alles so zweck- und ziellos.

»Was habt ihr für Weihnachten geplant?«, versuchte ich ihn und mich abzulenken.

»Weiß ich nicht, hat noch keiner drüber gesprochen«, antwortete er. Nun, da seine Mutter tot war, hätte er ja eigentlich überlegen können, doch wenigstens einen Weihnachtstag mit uns zu verbringen. Ich wusste, dass es ihm gerade nicht gut ging, aber ich konnte dennoch nicht verstehen, warum er nicht wenigsten ein bisschen Zeit über Weihnachten mit mir und meinen Kindern einplanen konnte. Wollte er denn nicht mehr Zeit mit uns verbringen? Dieser Gedanke machte mich sehr traurig und unendlich enttäuscht.

Über die nächsten Tage schien es ihm wieder etwas besser zu gehen, obwohl wir trotzdem nicht so viel wie sonst schrieben.

»Sag mal, was wünschst du dir eigentlich zu Weihnachten?«, fragte ich.

»Mmh, kann ich gar nicht sagen - da habe ich mir noch gar keine Gedanken drübergemacht«, erklärte er mir. »Und du?«, wollte er wissen.

»Also, wenn du mir etwas schenken möchtest, dann würde ich mich sehr über eine Kopie des Bildes von dir, in deinen Teenagejahren freuen, welches du mir mal geschickt hattest«, teile ich ihm mit.

»Da erinnerst du dich noch dran?«, frage er mich verblüfft. Natürlich erinnerte ich mich daran, es war eines meiner absoluten Lieblingsbilder von

ihm.
Vor der Beerdigung musste er dringend Anwaltssachen klären. Er erzählte, dass sich die Familie schon wieder über Geldangelegenheiten und das Erbe gestritten hatte. Verstehen, wie sich eine Familie so benehmen konnte und das auch noch in Zeiten der Trauer, konnte ich wirklich nicht. Mein Freund erklärte mir, dass er vorhatte, sein Erbe an seine Brüder abzutreten, um die Streitereien zu beenden.

»Ist das dein Ernst!?«Ich war absolut sprachlos. Diese Entscheidung war wirklich außergesprochen nobel und bewundernswert. Wer würde schon freiwillig ein großes Erbe verschenken? Ich bewunderte ihn wirklich sehr für seine Selbstlosigkeit und dafür, dass ihm Harmonie und Friede wichtiger waren als Geld. *Wenn nur mehr Menschen so wie er wären, dann würde die Welt ganz anders aussehen,* dachte ich.

Am nächsten Tag schrieb er, dass er mit seiner Familie auf dem Weg zum Friedhof sei. Sie wollten sichergehen, dass für den nächsten Tag alles vorbereitet ist. Dann kam der Tag der Beerdigung.

»Ich denke an dich, mein Herz«, schrieb ich mitleidsvoll. Ich dachte den ganzen Tag über an ihn und meine Laune war dementsprechend betrübt. Er meldete sich nur einmal kurz abends und teilte mir mit, dass die Beerdigung gut verlaufen sei, aber dass ihn alles emotional sehr mitgenommen hätte.

»Jetzt lass uns bitte nicht mehr darüber reden«, bat er mich.
Seine Mutter war tot. Es konnte nichts mehr getan oder daran geändert werden. Ich verstand, dass es schwer sein musste, wenn Gefühle der Trauer immer wieder durch Worte aufgewirbelt wurden.

»Ich werde kein Wort mehr darüber verlieren«, versprach ich.
Ich vermisste ihn jeden Tag. Nach der Beerdigung hoffte ich, ihn endlich wiederzusehen, aber das war nicht der Fall. Ständig machte ich mir Gedanken über unsere Beziehung und wie alles weitergehen würde. Ich hätte gerne mit ihm darüber geredet, aber wie so oft war momentan einfach nicht der passende Zeitpunkt dafür. Ihm ging es ja sowieso schon so schlecht, da wollte ich ihn nicht noch mehr belasten. Irgendwann schrieb ich ihm, dass ich, sobald er wieder zurück sei, so schnell wie möglich direkt mit ihm reden wolle.

»Sollen wir jetzt telefonieren?«, fragte er mich daraufhin direkt.

»Nein, ich möchte gerne persönlich mit dir reden«, antwortete ich, wobei mir schlecht wurde. Ich wusste einfach nicht, was ich tun sollte. Ich wollte mich nicht trennen, aber so ging es auch nicht weiter.

»Ich merke, dass du schon länger unter mir leidest und das tut mir sehr leid«, bedauerte er. Was sollte ich mit dieser Aussage anfangen? Was wollte er damit andeuten?

»Wir sollten nächste Woche unbedingt reden, wenn ich wieder zurück bin«, fuhr er dann fort.

»Super, jetzt fühle ich mich noch schlimmer«, antwortete ich ihm. Panik stieg wieder in mir auf. Ich hatte Angst, dass er sich sofort von mir trennen würde.

»Lass uns später weiter darüber schreiben«, antwortete er.

»Können wir doch telefonieren?«, fragte ich in meiner Panik. Ich hasse es einfach, wenn mich etwas bedrückt und ich es nicht auf der Stelle klären kann.

»Lassen wir es einfach«, schrieb er kurz.

»Na toll! Erst bietest du an zu telefonieren und dann doch nicht?«, warf ich ihm vor.

»Das finde ich jetzt richtig scheiße«, schrieb ich ihm etwas sauer und hängte an. »Wenn du jetzt schon irgendwelche Entscheidungen getroffen hast, dann wüsste ich das gerne. Dann ist es wenigstens raus.«

»Was soll das? Wir sollten einfach mal reden. Ich hätte dir schon gesagt, wenn Schluss ist«, machte er mir klar. »Bis wir uns nächste Woche sehen, brauchst du dich auch nicht zu melden«, erklärte er dann.

Was soll der Scheiß denn jetzt?, fragte ich mich verunsichert. Natürlich wollte ich ihm schreiben und auch seine Stimme hören, aber zur gleichen Zeit war ich mehr als verletzt und genervt.

»Ich vermisse dich einfach so sehr«, schrieb ich

ihm zum Schluss. Dabei fühlte sich mein Herz unsagbar schwer an. Konnte er denn nicht wenigstens ein wenig Verständnis und Mitgefühl für mich zeigen? Meiner Meinung nach hätte er sich wenigstens jetzt ein wenig mehr Zeit für mich nehmen können.

Am nächsten Tag schrieben wir nur gelegentlich und dann auch nur kurz.

»Trägst du immer noch den Halsreif?«, fragte er plötzlich.

Natürlich tat ich das. Ich war mit meinen Nerven völlig am Ende gewesen. Diese ganze Situation stresste mich unheimlich.

»Natürlich. Warum fragst du so etwas!?«, fragte ich während ich Angst vor seiner Antwort hatte. Wollte er, dass ich den Reif ablege? »Wenn ich den Halbreif abnehmen soll, musst du es nur sagen«, schrieb ich dann. Ich hasste diese Ungewissheit - ich hatte die schlimme Befürchtung, dass unsere Beziehung sich ihrem Ende näherte.

»Nein, lass ihn an. Ich wollte nur wissen, ob du ihn noch trägst«, entgegnete er. »Ich würde mich sehr freuen, wenn du dir nicht so viele Gedanken machen würdest. Das würde mich auch beruhigen«, erklärte er mir.

Das war leichter gesagt als getan. Ich konnte meine Ängste und Gedanken ja nicht einfach so abschalten. Zusätzlich zu meinen normalen körperlichen Beschwerden hatte ich schlimme Kreislaufprobleme bekommen. Mir fiel es deshalb auf der Arbeit besonders schwer, mich auf meine Tätigkeit zu konzentrieren, ohne ständig ohnmächtig zu werden. Ich musste mich immer wieder hinsetzten. Während meiner Pause legte ich mich auf den Boden in einem der leeren Räume, um mich zu beruhigen und wieder zu mir zu kommen.

Selbstmordgedanken

Als ich wieder zu Hause war, ließen mich meine Zweifel nicht los, dass an seinen Geschichten irgendetwas nicht stimmte. Tausend Dinge, welche er die vergangenen Monate über getan und gesagt hatte, liefen filmartig in meinem Kopf in einer Dauerschleife.

Du bist absolut verrückt!, schrie es immer wieder in meinem Kopf.

Dann fasste ich einen Entschluss. Ich setzte mich an meinen PC und fing an zu recherchieren, in der Hoffnung, die Todesanzeige seiner Mutter zu finden. Seine Familie war doch so bekannt und er hatte mir erzählt, dass mehrere Todesanzeigen in den Zeitungen veröffentlicht worden waren. Irgendetwas hätte doch zu finden sein müssen. Nichts! Ich suchte weiter. Durch seinen Nachnamen stieß ich auf Kontaktdaten von einem seiner Brüder. Ich speicherte dessen Handynummer mit dem Gedanken: *Man kann ja nie wissen.*

Bei meiner Schnüffelei kam ich mir ziemlich schlecht vor. Normalerweise war ich nicht der Stalkertyp. Bis jetzt hatte ich mir, außer seiner beruflichen Webseite, keine seiner privaten Seiten angeschaut, da ich der Meinung bin, dass auch wenn man in einer Beziehung ist, jeder Partner immer noch das Recht auf Privatsphäre hat. Nun konnte ich mir aber nicht helfen und suchte nach jeglichen Informationen über ihn in den sozialen

Netzwerken. Ein Gefühlschaos von Neugier, Aufgeregtheit und Angst steigerte meine Nervosität und Angespanntheit. Ich hatte Angst vor dem, was ich möglicherweise finden würde. Nun schaute ich mir seine Bilder und seine Freundeslisten an. Er hatte fast nur weibliche Freunde. Einige Namen von Familienmitgliedern waren auch dabei. Auf den ersten Blick schien alles ganz harmlos. Seine Profilbilder zeigten irgendwelche teuren Designerartikel. *Das passt ja zu ihm!,* dachte ich. Ihm waren solch teurer Schnickschnack und materialistische Dinge wichtig. Über seine Seite stieß ich auf das Profil von seiner Mutter.

Nach ihrem Tod ist es vielleicht gesperrt worden, hatte ich angenommen. Auf diesem Profil fand ich einige Blumenbilder, aber sonst keine weiteren persönlichen Informationen und auch keine Beileidsbekundungen oder ähnliches. Ich hätte zumindest erwartet, dass ihre Freunde Trauernachrichten auf ihrem Profil hinterlassen hätten. *Gut, dass muss ja nichts bedeuten und bringt mich auch nicht weiter*, dachte ich enttäuscht.

Ich ging wieder zurück auf sein Profil und guckte mir seine Bilder noch einmal genauer an. Mein Herz blieb stehen. Dort war ein Foto, welches ihn in einem Café sitzend zusammen mit einer Frau zeigte. Die Frau hielt ein Baby auf ihrem Arm. *Okay* ..., dachte ich, *keine Panik!* Mein Herz raste.

Sie küssten sich nicht und er hielt sie auch nicht in seinem Arm. Sie saßen zudem relativ weit auseinander. *Vielleicht ist es nur eine gute Freundin!*, redete ich mir selbst ein. *Hör jetzt auf dich so verrückt zu machen!*, warf ich mir selber vor und beendete meine Suche. Ich wollte nichts mehr davon wissen und ich vertraute ihm.

Den nächsten Tag hatte ich zum Glück frei und plante diesen gemütlich in der Stadt zu verbringen. Gerne hätte ich ihn getroffen, aber unter den traurigen Umständen war das nicht möglich gewesen. Er trauerte immer noch, das konnte ich verstehen. Zudem war er ja sowieso nicht in der Stadt, sondern nach wie vor in der Wohnung seiner verstorbenen Mutter, welche zwei Stunden entfernt lag.

Da die Geschäfte noch geschlossen waren, entschloss ich mich ein wenig Zeit im Café mit Lesen zu verbringen. Ich hatte mich für unser Café entschieden. Das Café, in welchem wir uns das erste Mal getroffen hatten.

Aus irgendeinem Grund bekam ich sofort ein komisches Bauchgefühl, als ich dort ankam. Ich sollte nicht hier sein, warnte mich das Gefühl. Plötzlich hatte ich eine Vision, dass ich ihn hier treffen würde. Eine beunruhigende Nervosität stieg in mir auf. *Beruhig dich! Das ist völliger Quatsch, er ist ja nicht mal in der Stadt*, beruhigte ich mich.

Als ich vom oberen Stockwerk die Treppe herunterkam, um das Café wieder zu verlassen, blieb mein Herz stehen. Es war wie ein Déjà-vu. Da saß er - in unmittelbarer Nähe der Ausgangstür. Mir wurde schlagartig schlecht und ich fing an zu zittern. Langsam ging ich auf ihn zu. Er hatte seinen Kopf leicht gesenkt und bemerkte mich deshalb nicht. Er schien auf etwas oder jemanden zu warten und sah sehr müde und erschöpft aus. Mein Magen drehte sich und mir wurde furchtbar schwindelig. Wie konnte es sein, dass er hier war? Warum hatte er mir nicht geschrieben, dass er wieder zu Hause ist? Ein Gedankenchaos herrschte in meinem Kopf. Diese Gedanken erdrückten mich.

Wir hatten uns schon seit über einer Woche nicht mehr gesehen und seit der Beerdigung seiner Mutter nicht mehr miteinander gesprochen. Sollte ich mein Beileid ausdrücken? Sollte ich ihn in den Arm nehmen? Ihn trösten? Irgendwie erschienen mir all diese Überlegungen unangebracht. *Er dürfte gar nicht hier sein!*, schrie es in meinem Kopf. Ich konnte mich kaum bewegen.

»Hallo, was machst du denn hier?«, sprach ich ihn widerwillig, nach sehr langem Zögern, mit zittriger Stimme an.

Er schrak hoch. »Hallo«, erwiderte er und guckte mich nur müde und schon fast gleichgültig an. Mein Gefühl von Übelkeit wurde immer stärker und mein Kopf drehte sich. Er kam mir so fremd vor. *Das ist alles ganz falsch*, hallte es immer wieder in meinem Kopf. Er sah gestresst und blass aus.

»Setz dich doch«, sagte er und guckte mich mit leerem Blick an. Eigentlich hätte ich Mitleid mit ihm empfinden und ihm mein Mitgefühl ausdrücken sollen, aber aus irgendeinem Grund konnte ich das nicht. Ich fühlte mich schlecht und schuldig, weil er mir nicht leidtun konnte, aber ängstlich zu gleich. Ich holte mir einen Stuhl und setzte mich in unmittelbarer Nähe direkt ihm gegenüber.

»Ich wusste gar nicht, dass du schon wieder zurück bist, warum hast du mir denn nichts gesagt?«, fragte ich nach einiger Zeit des Schweigens. Ich schaute ihm direkt in seine Augen. Sie waren absolut leer. Langsam nahm ich seine Hände in meine. Ich wartete auf irgendeine Art von emotionaler oder körperlicher Reaktion von ihm. Seine Hände fühlten sich warm und ruhig an, aber er bewegte sich nicht.

»Ich bin nur kurz zurückgekommen, um ein paar Sachen abzuholen. Ich laufe schon seit Tagen in denselben Klamotten herum und stinke wie ein Tier«, erklärte er.

»Davon merkt man aber nichts - du siehst gut aus. Du hättest dich doch kurz melden können«, meinte ich nach einer Pause. »Ich habe dich schon seit fast zwei Wochen nicht mehr gesehen. Ich habe dich so sehr vermisst. Wir hätten doch kurz einen Kaffee zusammen trinken können.«

Seine Antwort fiel mit einem: »Ich wollte alleine sein«, sehr knapp aus. Es war wie ein Schlag ins Gesicht. Tat ich ihm denn nicht gut? Vermisste er mich denn gar nicht? Mich ließ das Gefühl nicht los, dass etwas nicht stimmte und meine Angst

verursachte immer stärkeres Zittern in mir. Ich kämpfte gegen meinen Schwindel und eine sich anbahnende Ohnmacht an. *Reiß dich zusammen und bleib ruhig*, sagte ich mir immer wieder. Er hingegen schien sehr ruhig.
Ich konnte verstehen, dass er Zeit für sich alleine brauchte. Nach dem Tod eines geliebten Menschen ist das wohl verständlich. Aber der überraschende Tod seiner Mutter lag nun schon ein paar Wochen zurück und er konnte mich doch nicht einfach komplett aus seinem Leben ausschließen. Ich schaute ihm lange misstrauisch direkt in seine Augen. Er hielt meinen Blicken stand.

»Ich hätte dich vielleicht aufheitern können …«, begann ich und bemerkte plötzlich Schweißperlen auf seiner Stirn, als er mir plötzlich entgegenfeuerte: »Warum bist du nur immer so scheiß stark? Kannst du kein Mitgefühl zeigen? Kannst du vielleicht verstehen, dass ich dich jetzt nicht sehen will!?«
Ich war völlig perplex. Meine Augen füllten sich langsam mit Tränen. *Ich und kein Mitgefühl?*, schrie es in mir vorwurfsvoll. Seine Worte trafen mich wie ein scharfes Messer mitten in mein Herz. Wenn er sich in Zeiten tiefster Trauer nicht an mich wenden und keinen Halt und Trost bei mir finden konnte, was war ich dann eigentlich für ihn? Ich wollte etwas antworten, etwas sagen, irgendetwas, was alles besser machen würde, aber ich konnte einfach keine Worte finden.

»Jetzt muss ich dich auch noch trösten, oder wie? Dabei bin ich doch derjenige, der bemitleidet werden sollte!«, sagte er dann vorwurfsvoll.

Ich fühlte mich unendlich schuldig, dass ich in dieser für ihn so schwierigen Zeit trotzdem nur an mich und meine eigenen Gefühle denken konnte. »Es tut mir leid«, sagte ich dann leise. Dabei hatte ich mir nichts mehr gewünscht, als einfach nur in seinem Arm zu liegen, aber er war so unerreichbar fern und kalt.

Plötzlich rief die Bedienung von der Kasse rüber: »Ihr Kaffee ist fertig!« Das momentane Gefühl von Schuld verflüchtigte sich sofort wieder und wurde erneut durch Misstrauen und das mulmige Bauchgefühl ersetzt. Warum hatte er zwei Kaffee bestellt, wenn er hier alleine war? An meinem Gesicht konnte er mir wohl mein Misstrauen ansehen und erklärte ohne, dass ich die Frage stellen musste: »Ich wollte kurz einen Freund, der in der Einkaufspassage arbeitet, treffen und ihm einen Kaffee mitbringen«. *Einen Freund, von dem er noch nie etwas erzählt hat, will er treffen, aber mich nicht?* Das ergab überhaupt keinen Sinn für mich und machte mich noch trauriger. Ich war sauer, enttäuscht, traurig und verärgert zugleich.

»Begleitest du mich ein Stück? Ich will mir ein paar Sachen kaufen gehen«, fragte er mich dann schnell. Ich nickte langsam. Noch etwas, was für mich komplett unlogisch und nicht nachvollziehbar war. Wieso ging er in Zeiten der Trauer nicht

einfach schnell zu sich nach Hause und holte sich dort ein paar Anziehsachen?
Wir verließen zusammen das Café und gingen in Richtung Einkaufspassage. In meinem Kopf kreisten hunderte von Fragen und das Gefühlschaos im mir überwältigte mich immer noch. Wie hatte es nur soweit kommen können? Der Tag hatte eigentlich gut begonnen.
Als wir durch die Eingangstür des Einkaufzentrums gingen, konnte ich meine Tränen nicht mehr zurückhalten. Wir blieben stehen. Er guckte mich nur fragend an und sagte etwas genervt: »Jetzt beruhig dich doch mal.«
Es ging nicht um seine Trauer oder den Tod seiner Mutter oder irgendwelche anderen Probleme, sondern darum, dass unsere Beziehung an ihrem Ende angelangt war. Das war mir jetzt ganz klar. Ich betete, dass er irgendetwas Tröstendes sagen, mich in seinen Arm nehmen oder irgendein Zeichen von Empathie zeigen würde - nichts! Er stand einfach nur vor mir und schaute mich mit kaltem Blick an. Ich hatte plötzlich das furchtbare Gefühl, dass ich diese Person vor mir gar nicht kannte. Mir war so schwindlig. Diese ganze Situation kam mir wie ein einziger Albtraum vor, aus dem ich einfach nicht aufwachen konnte.

»Was willst du von mir?«, fragte er ausdruckslos. *Einfach nur, dass du mich liebst!*, schrie es in mir, aber diese Worte konnte ich nicht laut aussprechen.

»Ich will die Wahrheit«, brachte ich mit leiser

Stimme hervor.

»Welche Wahrheit?« Er wusste ganz genau von welcher Wahrheit ich sprach.

»Was willst du von mir? Was soll ich jetzt tun?«, fragte ich, in der Hoffnung er würde mir eine ausführliche plausible Antwort geben.

»Ich will gar nichts von dir«, antwortete er kalt.

Gar nichts, hallten seine Worte in meinem Kopf wider.

»Und was sollte das alles - all die Versprechen über die letzten Monate?«, kam es aus mir heraus.

»Nimm es doch nicht so ernst - im Leben geht es doch immer nur um das Eine.«

Ich konnte nicht fassen, was er da sagte.

»Habe ich dir denn wenigstens etwas bedeutet?« Immer mehr Tränen liefen über mein Gesicht. Wahrscheinlich starrten mich alle möglichen fremden Menschen in der großen Halle der Passage an, aber ich bekam nichts davon mit. Meine ganze Wahrnehmung war nur auf ihn beschränkt.

»Natürlich bedeutest du mir etwas«, antwortete er. Seine Worte waren alles andere als überzeugend.

Dann zeig es mir!, schrie es in mir.

Alles, was ich dann nach einer langen Pause herausbringen konnte, war ein knappes: »Es tut mir leid, aber ich kann das nicht. Ich gehe jetzt besser.«

Ohne mich noch einmal zu ihm umzudrehen, ging ich direkt auf die Treppe zum Untergeschoss zu.

Meine Hände zitterten immer noch. Ich schrieb meiner Schwester, dass ich sie dringend sprechen müsse. Ihr Anruf kam ein paar Minuten später.

»Hey, alles gut? Was ist los?«, fragte sie aufgeregt. Ich erzählte was gerade passiert war.

»Ist es nicht komisch, dass jemand der trauert und angeblich am Boden zerstört ist, fast drei Stunden zurück in seine Stadt fährt, um dann dort Anziehsachen zu kaufen?« Ich war wegen meinen Gefühlen und meinen Gedanken komplett verwirrt und hatte jeglichen Realitätssinn verloren.

»Mmh. Naja, jeder trauert eben anders«, antwortete meine Schwester. »Ich würde ihn dafür nicht so schnell verurteilen«, fuhr sie fort, aber gab dann doch zu, dass sein Verhalten schon etwas komisch sei.

»Und dass er zwei Kaffee gekauft hat für einen ach so angeblich guten Freund, von dem ich nichts weiß, aber mir nicht mal kurz schreiben oder mich anrufen kann, kann ich auch nicht verstehen.« Bei den Worten empfand ich eine sehr starke Wut.

Meine Schwester, die eine sehr sachliche und optimistische Person ist, gab mir den Rat, mir erst einmal nicht so viele Gedanken zu machen und abzuwarten. Das konnte ich nicht. Nachdem unser Gespräch beendet war, lief ich völlig abwesend durch die Einkaufspassage. Irgendwie gelangte ich in den fünften Stock. Ich fing an, alles zu hinterfragen. Gesagtes, Situationen und seine

Verhaltensweisen gingen mir durch den Kopf. Ich suchte nach irgendwelchen Anhaltspunkten und Hinweisen, die meine Fragen beantworten würden. Von diesem Gedankendrang bekam ich Kopfschmerzen. Alles drehte sich. Durch die Verzweiflung meines Unwissens - was richtig und was falsch war, was ich glauben sollte und was nicht - breitete sich auf einmal ein unendliches Gefühl der Verzweiflung in mir aus. Alles fühlte sich so sinnlos an. Ich hatte einfach keine Kraft mehr. Plötzlich machte sich nur noch ein einziger Gedanke in meinem Kopf breit, welcher sich unheimlich leicht und befreiend anfühlte. Ich würde mich einfach über das Geländer fallen lassen und alles Drama, alle Sorgen in meinem Leben wäre sofort beendet. Die Vorstellung endlich von all meinen Belastungen befreit zu sein und ewige Ruhe zu finden, fühlte sich so gut an. Krampfhaft suchte ich nach Gründen, warum ich mich dieser Leichtigkeit nicht einfach hingeben sollte. Plötzlich rief mich etwas zurück.

»Du kannst deine Kinder nicht im Stich lassen!«, ermahnte mich eine innere Stimme. »Du kannst ihm nicht die Genugtuung geben und ihn gewinnen lassen, indem du dich selbst aufgibst!«
Die Stimme hatte Recht, mein Leben war zu wertvoll. Ich war mehr wert als er. Und ich wurde von meinen Kindern gebraucht! Langsam entfernte ich mich bei diesen Gedanken von dem Geländer. Der innere Drang ließ nach, aber die Übelkeit und

die Kopfschmerzen blieben.
Später, als ich auf dem Weg war, um meine Kinder abzuholen, fiel mir ein, dass ich die Handynummer seines Bruders gespeichert hatte.
Zögernd drückte ich auf Anruf. Mit jedem Klingelton schlug mein Herz schneller. Was sollte ich überhaupt sagen? Wie sollte ich erklären wer ich bin? Keiner nahm ab. Ich rief wieder an und tat dies ungefähr noch zehnmal.
»Hallo«, sagte plötzlich jemand am anderen Ende der Leitung. Mein Herz rutschte mir in die Hose und meine Stimme versagte.

»Hallo«, erwiderte ich nur kurz und versuchte dabei meine Gedanken zu sammeln, um die richtigen Worte zu finden. Bei ihm im Hintergrund war es recht laut. Ich konnte Kinderstimmen hören. *Sein Bruder hat also wirklich Kinder*, dachte ich.

»Ich weiß, dass hört sich jetzt bestimmt alles sehr komisch für Sie an, aber ich bin die Freundin von ihrem Bruder. Sie kennen bestimmt meinen Namen, oder?«, sagte ich langsam.
Mein Freund hatte seiner Familie angeblich schon viel von mir erzählt, deshalb war ich mir sicher, seinem Bruder würde schnell bewusst werden, mit wem er sprach.

»Nein, ich habe deinen Namen noch nie gehört«, antwortete er.
Seine Worte waren wie ein Schlag vor den Kopf. Er wusste wirklich überhaupt nichts von mir - nicht, dass ich die Freundin seines Bruders seit

nun schon fast immerhin einem Jahr war. Ich konnte es einfach nicht fassen.

»Ich weiß nicht, wie ich Ihnen meine Lage, meine momentane emotionale Lage, erklären soll«, sagte ich mit zitternder Stimme. »Ich bin absolut verzweifelt und am Ende. Ich hoffe, Sie können mir Antworten auf meine Fragen geben«, fuhr ich schließlich fort.

»Wie kann ich dir denn helfen?«, fragte er in einer sehr ruhigen freundlichen Stimme.

»Bitte sagen Sie mir, ob ihr Bruder verheiratet ist oder nicht«, sagte ich. »Bitte - ich flehe Sie an. Ich bin wirklich verzweifelt und möchte einfach nur die Wahrheit«, brachte ich verzagt hervor.

»Dazu kann ich leider nichts sagen, dass musst du ihn schon selber fragen«, antwortete er.
Ich wollte widersprechen, aber tat es nicht. Diesen Mann konnte ich nicht belästigen, es war nicht seine Angelegenheit.

»Okay, ich verstehe. Trotzdem vielen Dank.« Ich legte enttäuscht auf. Es schien als ob jeglicher Hoffnungsschimmer auf die Wahrheit erloschen war, wobei ich in dem Moment nicht realisierte, dass sein Schweigen bereits all meine Fragen beantwortet hatte.

Nach dem Gespräch hielt ich mir die Hände vors Gesicht. *Was um Himmelswillen hast du dir nur dabei gedacht oder was hast du erwartet?!*, warf ich mir selbst vor. Ich hatte überhaupt nicht nachgedacht - so wie immer! Es war doch klar, dass sein Bruder so reagieren würde. Wer war ich denn schon, außer eine völlig fremde Person? Ich hätte meinen Bruder auch nicht verraten, hätte mich jemand über ihn ausgequetscht! Trotzdem, eins war jetzt klar: Ganz im Gegenteil zu dem, was er mir immer erzählt hatte, wusste seine Familie absolut überhaupt nichts von mir!

Zu Hause musste ich mir immer wieder dieses Bild mit dieser Frau angucken. Das musste seine Frau sein! Ich fasste einen Entschluss: *Ich beende das Ganze einfach!*

Abends verfasste ich folgenden Brief, welchen ich ihm später als E-Mail schickte:

Mein Herz,
ich kann gar nicht beschreiben, wie ich mich gerade fühle. Du hast mir und meinen Kindern die kleine Hoffnung auf eine neue glückliche Familie und Glück im Leben genommen. Als ich vorhin entlang des Geländers der Passage lief, verspürte ich auf einmal diese Leichtigkeit, mich einfach über das Geländer fallen zu lassen. Das wäre die einfachste Lösung gewesen. Aber das konnte ich meinen beiden nicht antun.

Ich schenkte dir von Anfang an, ohne jeglichen Zweifel, mein ganzes Vertrauen. Wie du heute Morgen auf plumpe Art und Weise erklärt hast - dir ging es nur um eins … aber vielleicht merkst du jetzt, dass es nie nur um Sex geht. Ich bin kein Spielzeug, das man einfach ab und zu benutzen und es dann wieder in die Ecke stellt und warten lässt. Meine Kinder haben auch Gefühle und können mit ihnen

noch viel weniger umgehen, als ich mit meinen. Die beiden vermissen dich auch!
Ich war eine Zeit lang sehr glücklich. Du hast mir von Anfang an das Gefühl von Sicherheit und Geborgenheit gegeben. Du hast mich verstanden. Du hast mich so behandelt, wie ich es schon immer erhofft hatte von einem Mann. Deine Gesellschaft, deinen Humor und dich als Mensch habe ich sehr geschätzt. Du warst mein Antrieb, meine Motivation und meine Inspiration für alles. Du hast oft, wenn ich in deine Praxis kam, gefragt, warum ich so grinse - ich war einfach so unheimlich glücklich bei dir zu sein. Ja, ich habe mich in dich verliebt, mein Herz - und du hast mir mein Herz gebrochen. Ich könnte dir dafür alle möglichen Vorwürfe machen, aber tue es nicht. Stattdessen versuche ich nur die positiven Dinge und das, was du mir über mich selbst gezeigt hast, in meiner Erinnerung zu behalten. Ich hatte schon lange das Gefühl, dass etwas nicht stimmt. Ich habe es nie hinterfragt, weil ich das, was du mir gegeben hast, nicht verlieren wollte.
Wahrscheinlich hat dein Bruder dir erzählt, dass ich ihn angerufen habe. Ich wollte wissen, ob du mich doch einmal erwähnt hast. Die Tatsache, dass das nicht der Fall ist bekräftigt, dass du doch verheiratet bist – aber das lag sowieso auf der Hand. Ich denke, ich verstehe jetzt auch in etwa die ganzen Geschichten, die du immer als Tatsachen hingestellt hast.
Jetzt, wo ich schreibe und die Emotionen wieder hochkommen, finde ich alles nur unglaublich traurig. Warum das alles - all die Lügen? Für einen aufregenden Fick? Um eine kurze Abwechslung in dein Leben zu bringen, auf

hohe Kosten meinerseits? Ich habe mich wirklich sehr in dich verliebt - so sehr, wie ich es bis jetzt nur einmal vor fünfzehn Jahren erlebt habe. Und jetzt habe ich Angst an dieser Liebe zu dir zu zerbrechen. Ich hatte so viele schöne Vorstellungen und Gedanken von einem glücklichen Leben mit dir zusammen.

Vor allem hätte ich wirklich alles getan, um dich glücklich zu machen. Ich habe für dich viel verändert. Vielleicht waren es in deinen Augen keine großen Veränderungen, aber für mich schon. Ich bin nicht perfekt, aber ich bin stark und setze das, was ich mir in den Kopf gesetzt habe, durch! Ich möchte nicht nur das Fickstück sein, das für dich als Druckventil fungiert und für deine Wut und Unzufriedenheit – mit der ich nicht mal im Entferntesten etwas zu tun habe! – herhalten muss. Mit dem Wissen, dass deine Frau deine Zuwendung und Zeit bekommt und ich immer nur zweitrangig sein werde, kann und will ich nicht leben. Ich will nicht nur deinen Sex, ich will, dass du auf mich als Person scharf bist! Ich möchte einen Mann, der bereit ist, um mich zu kämpfen und der auch Emotionen investiert.

Ich kann meinen Kindern nicht jedes Jahr einen neuen Mann antun, welcher verspricht die Vaterrolle zu übernehmen und ihnen falsches Interesse und falsche Gefühle vorgaukelt, um dann plötzlich wieder aus ihrem Leben zu verschwinden. Am Ende darf ich dann wie immer die Drecksarbeit machen und ihnen erklären, warum wir wieder alleine sind und muss mit neuen Schuldgefühlen leben.

Was mich immer noch beschäftigt ist, warum du am Anfang auf eine feste Beziehung bestanden hast? Warum du mich überhaupt ausgesucht hast? Es hätte einfach nur Sex

sein können, dann hätte ich mich emotional auch nicht so intensiv auf dich eingelassen. Und um noch eins obendrauf zu setzen – warum hast du mir Hoffnung auf eine neue Familie gemacht? Ja, sogar von gemeinsamer Wohnung und weiteren Kindern gesprochen – nur um mich abzulenken und bei Laune zu halten!? Du warst in meinen Gedanken und in all meinen Zukunftsplänen, das hat mir Kraft, Freude und Zuversicht geben. Mein größter Wunsch im Leben war schon immer eine Familie zu haben, die liebevoll und respektvoll miteinander umgeht und für einander da ist. Aus irgendeinem Grund bleibt mir genau dies versagt. Ich weiß nichts über deine Kinder und über deine Frau, aber allein die Tatsache, dass du sie hinter ihrem Rücken betrügst, zeigt, dass eure Beziehung nicht glücklich ist. Ich hoffe für euch, dass ihr einen Weg finden werdet, der euch erlaubt glücklich miteinander zu leben.
Ich kann das alles emotional nicht verkraften.
Über mir ist gerade meine Welt zusammengebrochen - ich hoffe, du kannst deine retten!

Auf meinen Brief ging er gar nicht weiter ein, aber schrieb, dass er nicht verstand wovon ich sprach.

»Ich bin nicht verheiratet - ich verstehe überhaupt nicht, wie du darauf kommst!«, erklärte er empört. Immer noch den Unwissenden zu spielen war einfach dreist. Vor Wut ignorierte ich seine Antwort eine lange Zeit.
Lange konnte ich jedoch nicht standhaft bleiben und meldete mich wieder bei ihm. Ich erklärte, dass ich das Bild von ihm und dieser Frau

gefunden hatte. Laut Datum des Bildes war es an einem Wochenende aufgenommen worden, an dem er angeblich auf einer seiner Fortbildungen in Münster gewesen war.

»Das muss eine Verwechslung sein. Das mit dem Datum kann überhaupt nicht stimmen.«

»Doch!«, antwortete ich, »es stimmt! Ich habe das Datum in unserem Chat zurückverfolgt. Du warst an diesem Tag definitiv, laut deinen eigenen Angaben, nicht in der Stadt. Und wer ist diese Frau überhaupt?«, fragte ich ihn vorwurfsvoll.

»Sie ist nicht meine Frau!«, beteuerte er noch einmal. »Sie ist meine Ex-Verlobte. Und das Kind ist ihr Kind, von ihrem neuen Freund«, erklärte er.

»Warum hast du mich da belogen und mir nicht einfach gesagt, dass ihr euch trefft?«, fragte ich sauer.

»Weil ich keinen Stress wollte«, machte er mir klar. *Lügen kommen irgendwann immer ans Licht - hätte er doch lieber von Anfang an die Wahrheit gesagt!*

»Ich verspreche dir, sie bedeutet mir nichts und wir sind schon lange getrennt«, beteuerte er. Ich war immer noch unheimlich wütend wegen seiner Lügerei, aber ich versuchte ihm zu glauben.

»Ganz ehrlich. Ich habe absolut keine Gefühle mehr für sie - sie bedeutet mir nichts!«, wiederholte er noch einmal. Er entschuldigte sich tausendmal und schwor mir, dass ich ihm doch wichtig sei und dass er mich nicht verlieren wolle. Er schob seine Emotionsschwankungen und

Launenhaftigkeit auf seine momentane belastende Situation und den Stress durch den Tod seiner Mutter.

»Bitte, glaub mir - es ist die Wahrheit«, versicherte er.

Ich vergab ihm naiver Weise wieder einmal.

Der Unfall

Ein paar Tage später war ich ungeplant kinderlos. Meine Babysitterin hatte spontan angeboten, dass meine beiden Kinder bei ihr übernachten könnten. »Gerne«, freute ich mich.

»Ich bin heute Abend ganz alleine - du könntest mich besuchen oder ich komme zu dir?«, eröffnete ich ihm sofort freudig.

»Oh, das ist ja klasse! Ich schaue mal. Ich bin noch in der Wohnung meiner Mutter. Ich muss jetzt erst einmal meine Reifen wechseln lassen. Nachmittags habe ich einen Termin mit meinem Rechtsanwalt. Ist mir gerade erst wieder eingefallen. Ich melde mich später auf jeden Fall.« Seine Antwort war mehr als unbefriedigend. Ich war verärgert. Wieder ein Termin, den er vergessen hatte. Aber dieser Termin würde ja wohl nicht bis in die Nacht gehen und er hatte versprochen, sich zu melden.

Als ich abends auf dem Weg zum Sport war, erhielt ich endlich, nachdem ich den ganzen Tag gewartet hatte, eine Nachricht von ihm. Das heißt, er schickte mir nur ein Bild, auf welchem sein Auto zu sehen war, mit einem Totalschaden. Mein Herz blieb für eine Sekunde stehen. Mitten auf der Straße hielt ich an. Mir wurde übel und alles um mich herum drehte sich. *Was sollte das bedeuten? Geht es ihm gut?*

»Was ist passiert?«, fragte ich aufgeregt.

Keine Antwort.
Minuten später las ich endlich: »Ist alles total ärgerlich. Mir ist vorhin so ein Idiot in mein Auto gefahren. Er war wohl mit seinem Handy beschäftigt und ist dann bei Rot über die Ampel. Mein Auto ist nur noch Schrott.«

»Das ist ja furchtbar! Geht es dir gut? Und was ist mit dem anderen Fahrer?«, tippte ich mit zitternden Fingern.

»Ja, mir geht es gut. Ich habe nur starke Kopfschmerzen. Dem anderen Fahrer ist auch nichts passiert. Ich habe nur Angst, dass seine Versicherung wegen Fahrlässigkeit nicht bezahlen wird. Ich hatte das vorhin mal kurz nachgelesen«, erklärte er.
»Mich ärgert auch total, dass jetzt die neuen Reifen direkt hin sind!«
Das ist ja wohl nicht sein Ernst! Er macht sich Gedanken um die blöden Reifen und Versicherung. Was ist mit seinen Kopfschmerzen?, ich war fassungslos.

»War denn wenigstens ein Notarzt da?«

»Ja, da war ein Notarzt«, schilderte er.
Enttäuscht, aber verständnisvoll, las ich dann: »Sitze jetzt gerade im Zug. Ich werde das heute Abend nicht schaffen.«
Ich musste mir immer wieder dieses Bild angucken - irgendetwas stimmte damit nicht. Es sah nicht aus wie ein Handyschnappschuss. Überhaupt sah die Aufnahme eher wie ein Bild aus, welches man in einem Zeitungsartikel finden

würde. Mir war so schlecht bei der ganzen Sache, dass ich meine Gedanken überhaupt nicht richtig fassen konnte.
Kenne ich diese Kreuzung?, grübelte ich angestrengt. Kurzerhand entschloss ich mich, dieses Bild im Internet zu suchen. Dabei zitterte ich so sehr, dass ich es kaum vermochte die Eingabe auf dem Handy zu tätigen. Tatsächlich! Mir stockte der Atem. Auf der zweiten Suchseite erschien das Bild. Darunter befand sich ein Link zu einem Zeitungsbericht. Es handelte sich um einen schweren Unfall in Berlin, in welchen ein Rollerfahrer involviert gewesen war. Durch heranzoomen konnte man im Hintergrund des Bildes sogar ein Berliner Straßenschild erkennen.
Was hat er sich nur dabei gedacht? Ich war zutiefst schockiert und verwirrt, aber zugleich auch zornig. Mir war mittlerweile so schwindelig, dass ich immer wieder innehalten musste. Jeder Schritt war ein regelrechter Kampf. Mühsam schleppte ich mich bis zum Sportstudio. Kurz vor der Eingangstür hatte ich das Gefühl, ich würde in Ohnmacht fallen. Durch tieferes langsames Atmen versuchte ich mich zu beruhigen, wobei ich mich am Geländer hochzog. Meinen Sportkurs sagte ich sofort ab. Ich wäre nicht in der Lage gewesen, mich zu konzentrieren oder überhaupt ruhig zu bleiben.

»Du siehst auch wirklich nicht gut aus«, bemerkte meine Trainerin, während sie mich besorgt musterte.

»Meinst du ich soll wirklich ins Krankenhaus gehen? Mir ist irgendwie schlecht und die Kopfschmerzen sind schlimmer geworden«, las ich plötzlich.

»Ja! Natürlich, sofort! Kopfschmerzen und Schwindel können Anzeichen für eine Gehirnerschütterung sein«, antwortete ich unschuldig, wobei Wut in mir aufstieg.

»Dann gehe ich jetzt besser zum Arzt«, erklärte er. *Ja, geh du mal besser ins Krankenhaus*, dachte ich sauer.

Meine Wut hatte sich mittlerweile in unermessliche Rage gesteigert. Eine Weile lief ich verwirrt durch die Gegend, bis ich einen Entschluss fasste - ich würde kurzerhand zu seiner Praxis gehen.

Als ich dort ankam, wurde mein Gang wieder schwerer. Der Schwindel kehrte zurück und mein Herz raste.

»Reiß dich zusammen«, schrie es in mir, »du kannst jetzt nicht umfallen!«

Vor der Praxistür stockte ich für eine Sekunde. Was würde passieren, käme er jetzt durch die Tür? Nach kurzem Zögern trat ich ein. Im Anmeldezimmer saßen zwei der Rezeptionistinnen. Sie guckten mich verwundert an als ich nach ihm fragte und fingen dann an zu flüstern.

Was sollte das? Hatte er vielleicht Anweisungen gegeben, dass sie mich bloß nicht zu ihm hereinlassen sollen? Ich versuchte zu verstehen, was sie zueinander sagten, aber hörte nur Wortbrocken.

»Das ist doch merkwürdig …«, sagte die eine. »Er war doch eben noch …«, die andere. Beide sahen verwirrt aus. Dann drehte sich eine der Damen zurück zu mir und sagte: »Also, wir sind ja eigentlich sowieso nicht für ihn zuständig …«
Wie jetzt - nicht für ihn zuständig!? Es waren doch seine Rezeptionistinnen. So hatte er es mir jedenfalls immer weisgemacht und ich hatte doch auch die Abrechnungen für die Gehaltszahlungen gesehen!
Die Rezeptionistin fuhr fort: »Eben war er noch hier. Vielleicht möchtest du kurz warten?«
Aha! Er war also tatsächlich den ganzen Tag hier in der Praxis gewesen, soviel stand fest. Riesige Angst stieg in mir auf: *Was machst du, wenn er doch noch hier ist und jetzt aus seiner Praxis kommt?*

Panisch sah ich um mich. Das Wartezimmer war trotz später Stunde sehr voll. Ich versuchte nicht aufzufallen, wobei ich mein starkes Zittern nicht verbergen konnte. Mein Herz schlug so schnell, dass es sich anfühlte, als würde es jede Minute aus meiner Brust springen. Ich rang nach Luft. Mir gingen tausende Gedanken und Fragen gleichzeitig durch den Kopf.

Was machst du, wenn er dich durch die Glastür des Wartezimmers sieht? Was würde er tun?, meine Angst war riesen groß.

Mir fiel auf, dass ich immer noch seinen Halsreif trug. Ich nahm ihn ab und hielt ihn nun fest in meinen Händen. *Wenn er rauskommt, gibst du ihm einfach den Reif und gehst*, beschloss ich. Sich auf Diskussionen mit ihm einzulassen würde nichts bringen, da er, wie ich aus Erfahrung wusste, sowieso immer Ausreden und Antworten für alles hat.

Eine ganze Weile saß ich im Wartezimmer. Er war nicht da. *Er muss schon nach Hause gegangen sein*, folgerte ich. Entschlossen machte ich mich auf den Weg zu seiner Wohnung. Plötzlich bekam ich eine Nachricht von ihm: »Warst du bei mir auf der Arbeit?«

Mist. Die müssen ihn kontaktiert haben, dachte ich verärgert. Ich ignorierte ihn. Eine zweite Nachricht kam. »Antwortest du mal?«, las ich.
Ein paar Minuten später antwortete ich erst.
»Wie war es beim Arzt?«, fragte ich sarkastisch.

»Du warst tatsächlich in der Praxis«, schrieb er, wohl eher zu seiner Selbstbestätigung.
Mittlerweile war ich bei seiner Wohnung angekommen. Der nächste Schock. Auf dem Klingelschild stand nicht nur sein Name, sondern auch der seiner angeblichen Ex-Verlobten. Sie sind also doch immer noch zusammen!

»Komm bitte runter«, forderte ich ihn auf und wartete geduldig. Innerlich war ich kurz vor dem Explodieren, wobei ich immer noch nicht verstand, was er mit diesen ganzen Lügen überhaupt bewirken wollte. Neben meiner Wut empfand ich eine fürchterliche Angst. *Wer ist dieser Mensch überhaupt?*, fragte ich mich immer wieder.

»Ich habe doch schon geschrieben, dass ich nicht zu Hause bin«, erklärte er. Ich war kurz davor, komplett auszurasten und einfach bei ihm Sturm zu klingeln. »Ich bin bei meiner Familie«, erklärte er und schickte mir seinen Standort mit einer Adresse. Das war natürlich gelogen, das wusste ich. Die Rezeptionistinnen hatten es gerade bestätigt.

»Wann kommst du wieder?« Ich spielte sein Spiel mit.

»Warum fragst du?«

Ich antwortete nicht mehr. Jeder Versuch, die Wahrheit aus ihm herauszubekommen, war absolut vergebens. Es kamen ständig neue Nachrichten von ihm.

»Ich weiß, dass du die Nachrichten sehen kannst - auch ohne Lesebestätigung«, stichelte er. Daraufhin schickte ich ihm den Internetlink zu dem Bild.

»Können wir telefonieren?«

Ich ignorierte seine Frage. Seine heuchlerische Stimme und verlogenen Worte wollte ich nicht hören.

»Gut«, schrieb er dann, »du wolltest doch immer spontan überrascht werden, richtig?«

Sollte das jetzt ein Scherz sein? Überrascht ja, aber doch nicht so!, dachte ich wütend.

»Und deshalb erzählst du mir, du hattest einen Unfall?!« Ich war furchtbar erzürnt und zugleich komplett fassungslos wegen dieser gemeinen

Lüge und seiner Dreistigkeit.

»Ich musste mir doch etwas einfallen lassen. Du hinterfragst ja immer alles!«, kam als Vorwurf zurück.

»Natürlich, jetzt bin ich auch noch an allem schuld!?«

»Ich wollte dich zu einem Konzert entführen. Ich hätte es besser wissen sollen, aber ich hatte mich einfach so auf einen Abend mit dir gefreut«, schrieb er unschuldig.

Jetzt war ich die Schuldige, die alles kaputt gemacht hatte! Er übertraf sich immer wieder selbst in seiner Schamlosigkeit.

»Weißt du, was ich nicht verstehe? Du sagtest, dass du keine Zeit hast, weshalb ich mich sowieso schon darauf eingestellt hatte, dass wir uns nicht sehen. Warum musstest du dann noch eins obendrauf setzten und so tun, als ob du einen Unfall hattest!? Komm bitte kurz vorbei. Du wolltest mich doch sowieso abholen.«

Ein großer innerer Zwiespalt herrschte in mir. Ich war unglaublich wütend auf ihn und konnte seine Handlungsweise absolut nicht nachvollziehen, aber auf der anderen Seite wollte ich nicht, dass es nun so zu Ende gehen sollte. Insgeheim hoffte ich, dass er vorbeikommen und alles wieder gut werden würde.

»Bevor ich zu dir komme, möchte ich gerne mit dir telefonieren«, erklärte er.

»Nein, komm bitte zu mir«, forderte ich ihn

nochmals auf.

»Ich glaube, das ist keine gute Idee. Wir warten besser bis morgen, wenn wir uns beide wieder etwas abgeregt haben«, antwortete er knapp.

Ich verstand einfach nicht, was das alles sollte. Wenn er mich loswerden wollte, warum machte er dann nicht einfach Schluss? Sein Verhalten war einfach unverschämt!

»Es tut mir leid«, las ich plötzlich.

»Was genau?«, wollte ich wissen. »Die Lüge? Oder dass du mich immer noch belügst?«

Sei froh, dass du nicht vor mir stehst! Ich hätte ihm wehgetan, ihm so fest wie möglich in sein Gesicht geschlagen.

»Mir zu erzählen, dass du einen Unfall hattest ist wirklich so was von herzlos. Was glaubst du, was ich mir für Sorgen gemacht habe?«, schrieb ich erzürnt.

»Fick dich!«, kam plump zurück. *Wie bitte!?* Das konnte ja wohl nicht sein Ernst sein! So etwas hatte er noch nie zu mir gesagt oder geschrieben!

»Wow! Dein Einfallsreichtum und deine Wortgewandtheit machen mich einfach sprachlos«, antwortete ich sarkastisch. Fast hätte ich über seine stupide Antworte lachen müssen.

Ungefähr eine Stunde später schickte er mir ein lächerlich demonstratives Video von sich vor der Oper, mit der Nachricht: »Nur damit du Bescheid weißt, ich gehe jetzt allein!«

Dein lächerliches Video beweist gar nichts, dachte ich.

»Dann viel Spaß dir!«

»Ich bin wirklich wütend und gehe mich jetzt alleine betrinken«, kam als letzte Nachricht von ihm. Mir fehlten die Worte. *Was ist das für ein lächerlich kindisches Verhalten? Und so etwas kommt von einem erwachsenen Mann!? Da benehmen sich meine Kinder ja besser!,* dachte ich höhnisch. In meinem Leben war mir ja schon einiges untergekommen, aber so was!

Eine ganze Weile verstrich. Ich saß alleine in meinem Wohnzimmer. Stille. Ich versuchte mich mit Arbeit abzulenken, wobei ich meine Wut nicht ignorieren konnte. Gedanken verschiedenster Art drängten sich mir ständig immer wieder auf. Ich war wütend und enttäuscht, fühlte mich unheimlich einsam, hasste ihn und zur gleichen Zeit machte ich mir Vorwürfe. War ich am Ende doch diejenige, die im Unrecht war? Die Grübelei machte mich verrückt. Der Mensch, den ich liebte und der mich hätte lieben sollen, der hätte auf meiner Seite stehen sollen, war derjenige, der mich zu tiefst verletzt und im Stich gelassen hatte. Von ihm kam kein Wort mehr.

Trotz meiner Wut schrieb ich ihm nochmals. Ich konnte einfach keine Ruhe finden.

»Ich weiß nicht, ob dir auch nur ein wenig an mir liegt oder ob du auch nur im Geringsten nachvollziehen kannst, wie es mir gerade geht. Du wusstest, dass ich Zweifel habe und dass mein Vertrauen schwankt. Du wolltest mein Vertrauen -

dann kommt so etwas wie heute. Wegen dir geht es mir mehr als schlecht. Was soll ich zu allem sagen? Wenn mir jemand wichtig ist, dann kämpfe ich um die Person. Wenn alles wahr ist, was du sagst, warum bist du nicht zu mir gekommen? Ich bin mit den Nerven wirklich am Ende. Ich bitte dich, ich flehe dich an, wenn ich dir wirklich etwas bedeute, dann zeige es mir bitte und sag mir einfach die Wahrheit. Bitte sei einfach nur ehrlich! Ich weiß nicht mehr, was ich glauben soll und was nicht. Ich fühle mich schrecklich!«, appellierte ich ein letztes Mal an ihn, in der Hoffnung, er würde doch endlich Mitleid mit mir haben. Ich hätte alles verkraften können - alles! - aber dieser hilflose Schwebezustand der Verwirrung und dieses Unverständnis machten mich einfach fertig.

Plötzlich überkam mich eine neue Panikattacke. Ich durfte ihn nicht verlieren! Alles sollte einfach wieder in Ordnung sein, so wie vorher.

»Ich möchte dich heute noch treffen, bitte melde dich! Bitte komm vorbei«, schrieb ich in meiner Verzweiflung. Dabei wurde mir bewusst, wie hilflos sich meine Worte anhörten und wie erbärmlich mein Verhalten und mein Betteln waren. Trotzdem konnte ich es nicht fertigbringen, mich einfach von ihm zu lösen.

»Es tut mir leid, ich bin betrunken«, schrieb er eine Stunde später. »Ich verstehe, wie du dich fühlst«, erklärte er dann.

Das tust du ganz bestimmt nicht!, dachte ich in Tränen

aufgelöst.

»Bitte melde dich, bitte!« Ich stand völlig neben mir.

»Ich bin doch hier«, kam zurück.

»Ich bin wirklich am Ende«, versuchte ich ihm verständlich zu machen. Er schien mich und die emotionale Lage, in der ich mich gerade befand, gar nicht ernst zu nehmen. »Und was willst du jetzt?«, fragte er kalt.

Meine Augen waren so tränenverschwommen, dass ich kaum etwas sehen konnte. Seine emotionale Teilnahmslosigkeit verletzte mich zutiefst.

»Ich lese gerade, was du vorhin geschrieben hast«, erklärte er. »Ich bin immer noch zu wütend und komme nicht zu dir.«

»Dann ruf mich wenigstens an!«, flehte ich.

»Jetzt willst du reden, ja?«

Ich konnte wirklich nicht fassen, dass ich schon wieder in der Rolle der Schuldigen steckte und jetzt diejenige war, die sich erklären und entschuldigen musste.

»Ich möchte einfach nur die Wahrheit«, wiederholte ich.

»Wovon sprichst du? Ich verstehe echt gar nichts!«, heuchelte er. Seine Reaktion, diese gespielte Unwissenheit, war so unglaublich verletzend. Er hatte nicht mal den Anstand und den Mut dazu, zu dem was er getan hatte zu stehen. Er log, nur konnte ich beim besten Willen immer noch nicht verstehen wieso! Und das Schlimmste war, ich hatte keine handfesten Beweise gegen ihn.

Zu meiner Überraschung ließ er sich später doch zu einem Telefongespräch überreden. Ich war völlig aufgelöst und konnte mich gar nicht richtig artikulieren. Alles, was er mit einer gespielt lallenden Stimme hervorbrachte war, dass es ihm leidtäte.

Vorher hatte er mich schon sehr oft mit seiner Schauspielkunst überzeugt, aber diesmal nicht!

Du bist doch kein Stück betrunken!, dachte ich, aber hatte nicht die Kraft dazu es laut auszusprechen, da weitere Lügen zu unerträglich gewesen wären. Während unseres Gespräches musste er sich kurz entschuldigen und sich angeblich über dem Klo erbrechen. Der Schmerz und die tiefe Verzweiflung in mir überwogen so sehr, dass ich nicht einmal mehr mit ihm sauer sein konnte.

Ich frage mich bis heute, warum ich zu diesem Zeitpunkt seine Schauspielerei weiterhin akzeptierte. Ich vermute, dass ich in dem Moment einfach froh war, dass er wieder bei mir war und für einen Moment Frieden herrschte.

Die eigene Hoffnung aufzugeben ist immer am schwersten, so habe ich mittlerweile gelernt.

Die Wohnung

Am nächsten Morgen meldete er sich, zwar nicht wie gewohnt, aber er meldete sich immerhin. »Mir ist immer noch schlecht von gestern«, schrieb er.

Rate mal was, mir geht es auch total beschissen!

»Heute arbeite ich erst ab mittags und dann den ganzen Tag komplett durch«, warnte er vor.

»Kann ich vorher kurz zu dir kommen?«, fragte ich.

»Du bist doch schon auf der Arbeit?«

Er hatte ja keine Ahnung!

»Oder nach der Arbeit?«, fragte ich ohne nachzugeben.

»Zumindest glaube ich, dass du arbeitest«, korrigierte er sich und ignorierte dabei meine wiederholte Frage.

Am Abend zuvor hatte ich den Entschluss gefasst, sein Verwirrungsspiel nun zur Abwechslung einmal mit ihm zu spielen. Zudem schwor ich mir, dass ich nicht lockerlassen würde, bis ich die ganze Wahrheit wusste.

»Kann ich nach meiner Arbeit bei dir vorbeikommen?«, fragte ich noch einmal mit Nachdruck.

»Ich will keinen Stress.«

Hat wohl Angst - gut!

»Ich verspreche, keinen Stress, ich möchte nur kurz in Ruhe mit dir reden«, versicherte ich. »Lass mich später zu dir kommen.«

»Genau das meine ich ja, du lässt nie locker und akzeptierst einfach kein *Nein*«, antwortete er scheinbar verärgert.

Ich war entschlossen, ihn nicht entkommen zu lassen und fragte weiter.

»Wann hast du Pause? Dann komme ich zu dir«, gab er irgendwann nach.

Oh nein, das wirst du nicht tun! »Ich habe jetzt Pause. Ich komme zu dir«, beharrte ich.

Nach dem gestrigen Abend hatte ich mich auf meiner Arbeit spontan krankgemeldet. So oder so war ich in keiner Verfassung, um arbeiten zu können. Außerdem sah mein Gesicht nach dem ganzen Geweine aufgequollen aus und meine Augen waren knallrot. Mein Kopf schmerzte fürchterlich aufgrund der vielen Tränen und Grübeleien, welche sich ständig in meinem Kopf herumwälzten. Zudem hatte ich die ganze Nacht nicht geschlafen und war völlig übermüdet.

Anstatt meinen gewohnten Weg zu meiner Arbeit zu gehen, war ich spontan zu seiner Wohnung gefahren. Schon um fünf Uhr morgens. Meinen Kindern hatte er einmal erzählt, dass er eine der exklusiven Eigentumswohnungen neben der Oper beziehen würde. Später behauptete er, er hätte dies nie gesagt. Die Haustürnummer, welche er mir gegeben hatte, stimmte nicht. Diesen Schwindel hatte ich bereits aufgedeckt.

Direkt auffällig an den Haustüren vorbei und ihm

dann womöglich direkt in die Arme zu laufen, hatte ich vermeiden wollen. Nein, ich hielt sicheren Abstand und war hinter den Häusern entlanggegangen. Das Fenster seines Wohnzimmers hatte ich schnell entdeckt, da ich die gemusterten Gardinen und die auffällige Dekoration in seinem Wohnzimmer von den vielen Bildern, die er mir geschickt hatte, wiedererkannte.

Später quartierte ich mich in einem Café ein, welches sich direkt gegenüber von seiner Wohnung befand. Von dort aus konnte ich seinen Hauseingang gut beobachten. Ich war interessiert zu sehen, wer dort alles ein- und ausgehen würde.

Während ich im Café saß, schrieben wir weiter. Ich freute mich innerlich etwas darüber, dass er zur Abwechslung einmal verunsichert wegen meinem Standpunkt war.

»Wenn ihr wirklich nicht mehr zusammenlebt, dann ist es doch kein Problem, wenn ich kurz zu dir hochkomme, oder?«, fragte ich unschuldig.

»Von wem redest du?«

Seine Schauspielerei und dieses Getue, als ob er von nichts eine Ahnung hat, trieben mich in den Wahnsinn. »Lass mich einfach kurz deine Wohnung sehen«, schrieb ich nochmal.

Zu meiner Überraschung rief er mich plötzlich an. Er machte mir alle möglichen Vorwürfe. Wütend erklärte er, dass ich mich nicht wundern bräuchte, wenn er sich von mir entferne, da ich ihn immer nur stressen und ihm keine Ruhe lassen

würde.
Ja, dass er großen Stress hatte, dass glaubte ich ihm, da er in einer Sackgasse aus Lügen festsaß, aus der er nicht wieder heil herauskommen würde. Ich appellierte an ihn, dass mir und meinen Kindern die Wahrheit zustünde.

»Warte, ich komme runter.«

Ich war verblüfft. *Ist das sein Ernst?* Ich war skeptisch, ging aber zu seiner Haustür und wartete. Tatsächlich! Ich konnte ihn durch die Glastür auf mich zukommen sehen.

»Lass uns eine kurze Runde drehen, der Hund muss dringen raus«, sagte er hastig und sah dabei sehr gestresst aus. Sein Gesicht war bleich. Ich konnte ihm ansehen, dass es ihm mehr als schlecht ging.

»Warum kann ich nicht deine Wohnung sehen?«, fragte ich wieder.

»Was soll das? Was würde das beweisen?«, wollte er wissen.

Nach einer kurzen Diskussion überraschte er mich wieder und willigte tatsächlich ein, mir seine Wohnung zu zeigen.
Wir fuhren zusammen mit dem Fahrstuhl ein paar Stockwerke hoch, bis wir vor einer Haustür standen. Erst zweifelte ich, ob es tatsächlich seine Wohnungstür ist. Als wir eintraten, sah ich sofort die Bilder, welche ich ihm einmal geschenkt hatte, an der Flurwand hängen. *Es muss seine Wohnung sein*, war ich nun überzeugt.

Als ich mich weiter umschaute, traf mich der Schlag. Überall lagen Sachen, Kinderspielzeug und Müll herum! Ich konnte nicht fassen, auf welches Chaos ich da blickte. Hatte er sich nicht immer über mich lustig gemacht und mich dafür kritisiert, wie dreckig und unordentlich meine Wohnung sei? Ich musste innerlich lachen. Mein Klo ist sauberer als dieser Saustall!

»Und du sagst mir, meine Wohnung ist unordentlich?«, sagte ich schnippisch.

Sein breites Grinsen verriet mir, dass er genau wusste, dass seine Vorwürfe an mich eher selbstbezogen gewesen waren!

»Was sind das alles für Kinderspielsachen, die hier herumfliegen?«

Eine seiner typischen, scheinbar plausiblen, Antworten folgte: »Ich hatte dir doch gesagt, dass mein Bruder oft mit seinen Kindern bei mir ist«

»Willst du mich verarschen? Ich sehe doch, dass da hinten sogar ein Kinderzimmer eingerichtet ist!«, warf ich ihm lauthals vor.

»Rede doch nicht so laut«, versuchte er mich zu beruhigen.

»Das Kind auf dem Bild, das ist dein Kind, richtig?«

Nach einigem Zögern gab er es zu: »Ja, ich habe ein Kind.«

Ich spürte, dass sich eine gewisse Gleichgültigkeit in mir breitgemacht hatte. Mich konnte absolut nichts mehr schockieren. *Okay, wir sind schon mal einen Schritt weiter in der Wahrheitsfindung*, dachte ich etwas erleichtert.

»Und warum in aller Welt hast du mir das nicht einfach gesagt?!«, schrie ich ihn schon fast an.
»Und die Frau, die lebt doch hier!«
Die Tür zum Badezimmer stand einen Spalt breit offen, sodass man in der Dusche einen BH hängen sehen und auf dem Boden mehrere Frauenkleider verteilt liegen sehen konnte. Es war wirklich eine riesige Unordnung!

»Können wir jetzt bitte wieder gehen?«, fragte er nervös. Fast schweißgebadet schob er mich bei diesen Worten aus der Wohnung. Als wir unten ankamen, fuhren wir mit der Diskussion fort. Ich verlor nun völlig meine Fassung und konnte mich kaum noch beherrschen ihn nicht einfach anzuschreien. Seine ständigen neuen Ausreden trieben mich in den völligen Wahnsinn.

»Sei doch verdammt nochmal einfach nur ehrlich!«, schrie ich ihn unter Tränen an.
Seine Ablenkungsversuche das Thema zu wechseln und die Schuld auf mich und auf meine Fehler zu schieben, ließ ich ihm diesmal nicht durchgehen. »Lass die Ausreden! Ich weiß, welche Fehler ich in meinem Leben begangen habe und dazu stehe ich auch, ganz im Gegenteil zu dir!«, sagte ich wütend.
Vorwurfsvoll erklärte er, dass seine Ex-Verlobte wirklich ausgezogen sei und schon seit längerem in einer kleinen Wohnung um die Ecke lebte.

Wegen des gemeinsamen Kindes sei sie oft bei ihm und deshalb lägen auch ihre Sachen bei ihm herum. Ich glaubte ihm kein Wort.

»Wenn du willst, können wir sofort zusammen zu ihrer Wohnung gehen. Du kannst bei ihr klingeln und mit ihr reden«, stieß er verärgert hervor. Für einen Augenblick hielt ich inne. War das ein Bluff oder meinte er es ernst? *Er denkt wohl ich habe Schiss mit seiner Verlobten zu reden*, dachte ich voller Zynismus.

»Okay, lass uns gehen!«, brachte ich dann kurzerhand hervor.

Seine Verzweiflung war deutlich sichtbar. Plötzlich klingelte sein Telefon.

»Ich muss sofort in die Praxis. Ein Patient wartet auf mich.« Er ging schneller.

Natürlich! Das war ja mal wieder klar! Ich hätte vor Wut explodieren können, aber mir blieb nichts anderes übrig, als mit ihm zurück zu seiner Wohnung zu kehren. Als wir dort ankamen, blieb er stehen und drehte sich zu mir um. Ich guckte ihm direkt in seine Augen. Sie waren eiskalt und leer. *Wer ist dieser Mann?*, fragte ich mich und fühlte mich plötzlich sehr verängstigt. Die Kälte, welche er ausstrahlte, ließ mich erschaudern.

»Wie kannst du nur so herzlos sein?«, fragte ich ihn mit leiser trauriger Stimme.

Er starrte mich eine Weile an.

»Was willst du jetzt von mir?«, fragte er dann.

Alles drehte sich. Der Schmerz hatte mich

komplett eingenommen und jedes andere Gefühl oder Gedanken verdrängt.

»Ich will, dass alles so wird wie es am Anfang war. Ich will dich nicht verlieren«, schluchzte ich. Plötzlich fiel ich ihm um den Hals und klammerte mich fest an ihn. Es war, als hätte ich die Kontrolle über meinen Körper und meine Handlung verloren. Seine Arme hingen nur schlaff herunter. Ich konnte seinen inneren Konflikt und Schmerz spüren. Wahrscheinlich war meine Umarmung auch ein Ausdruck meines Mitgefühls und ein Versuch der Trostspendung gewesen.

Zu dem Zeitpunkt hatte ich noch nicht ahnen können, wie groß seine Probleme wirklich waren.

»Ich muss jetzt sofort losfahren. Wir schreiben uns später«, sagte er plötzlich hektisch.

Oh ja, wir schreiben! Ich würde das Ganze nicht einfach unter den Tisch fallen lassen!

Abends kam eine Nachricht von ihm: »Du stalkst mich jetzt im Internet?« Aus Versehen hatte ich bei einem seiner Profile auf ›Seite folgen‹ gedrückt.

»Ja, ist das ein Problem?«, fragte ich keck.

»Nein, ich wusste nur nicht, dass du eine Stalkerin bist.«

»Wieso Stalkerin? Ich folge nur deiner Seite. Das ist doch erlaubt?«, antworte ich unschuldig, wobei ich mich ärgerte, dass er mich erwischt hatte.

»Sag mal, war irgendetwas von dem, was du mir erzählt hast, wahr?«

»Meinst du die Frage jetzt ernst?«

Sein Verhalten war einfach unfassbar! »Ja, natürlich«, antwortete ich bissig.

»Wie was denn zum Beispiel? Die OP?«

»Alles«, antwortete ich, »die OP, deine Mutter, deine Krankheiten, der Krebs - einfach alles!«

»Ich zeige dir den Krankenhausbericht«, antwortete er.

»Ich will keinen Bericht! Ich will jetzt wissen, ob alles wahr ist«, schrieb ich nochmals fordernd.

»Ich verstehe, dass du wütend bist und so weiter, aber das geht zu weit!«

Er war zu weit gegangen, viel zu weit!

»Es war nur eine einfache Frage und ich brauche kein Mitgefühl. Du hast echt kein Gewissen oder Gefühle, was?«, setzte ich nach, als ich immer noch keine Antwort von ihm bekam.

»Warum hast du heute Morgen überhaupt gesagt, dass wir nochmal reden sollen? Verheiratet bist du ja wohl! Ich bringe dir nächste Woche deine Sachen vorbei und dann war's das«, teilte ich ihm mit.

»Ich bin nicht verheiratet«, beteuerte er.

»Egal wie, ihr lebt zusammen!«

»Wenn du das sagst«, kam knapp zurück. Dieses Geschreibe führte sich noch eine Weile sinnlos so fort.

Ich erzählte einem sehr guten Freund von dem ganzen Drama, welches sich in meiner Beziehung abspielte.

»Lass uns morgen treffen«, schlug er vor. Nach kurzer Überlegung willigte ich ein. Ich wusste, dass er auf mehr als nur Reden aus war. *Und wenn schon,* dachte ich trotzig, *mein sogenannter Freund ist selbst dran schuld, wenn ich ihm fremdgehe!*
Plötzlich zweifelte ich an allem in meinem Leben - vor allem an den Menschen in meinem näheren Umfeld. Diesem Bekannten vertraute ich jedoch. Wir kannten uns schon länger. Bis zu dem Zeitpunkt hatte er alles, was er je gesagt oder versprochen hatte, durch seine Taten bestätigt. Ganz im Gegenteil zu meinem Freund!
Wir trafen uns in einem Hotelzimmer und hatten Sex.

Dass diese Affäre in meinem Trennungsprozess eine wichtige Rolle spielte, wurde mir erst im Nachhinein bewusst. Sex mit einem anderen Mann zu haben half mir, mich von meiner körperlichen Abhängigkeit von meinem Freund zu lösen.
Ich schilderte meinem Bekannten, was sich über die letzten Tage und Wochen zugetragen hatte. Er riet mir, mich so schnell wie möglich zu trennen.

»Einer guten Freundin ist auch so was Ähnliches passiert. Der Typ war total krank! Spioniere da nicht weiter herum, das bringt doch alles nichts«, sagte er besorgt, »Du verletzt dich doch nur selbst.«

Seinen Worten stimmte ich zwar zu, aber ich konnte einfach nicht lockerlassen. Ich brauchte

Antworten. Ich musste alles irgendwie verstehen, um damit abschließen zu können.

Der Abflug

Es gab eine längere Sendepause. Ein paar Tage später meldete er sich und wir skypten. Ich war aufgeregt. Er zeigte mir sein Kind und erklärte die Umstände, welche zwischen ihm und seiner Ex-Verlobten herrschten. Vielleicht tat ich ihm doch Unrecht? Seine Lügerei war definitiv nicht in Ordnung gewesen, aber als er mir erklärte, dass ihn seine Ex-Verlobte nur wegen seines Geldes aushielt und ihn ständig als Babysitter missbrauchte, damit sie auf Partys gehen konnte, hatte ich doch Mitleid mit ihm.

»Du hättest mir das einfach gleich am Anfang ehrlich sagen sollen.« Erleichterung machte sich in mir breit. Er war wieder bei mir und es gab doch gute Gründe für sein merkwürdiges Verhalten.

»Ich hatte Angst, du würdest es nicht verstehen«, erklärte er.

Natürlich hätte ich es verstanden - ich war ja schließlich in einer ähnlichen, wenn nicht sogar noch komplizierteren Situation mit meinem Ex-Mann.

»Und von meiner Ex bin ich wirklich schon lange getrennt. Da sind überhaupt keine Gefühle mehr«, versicherte er.

Für einen Moment war alles wieder gut. Er hat ein Kind. Das war für mich kein Problem.

Er versprach mir von nun an über alles offen und ehrlich mit mir zu reden.

»Ich bin so froh, dass du mich und meine Situation verstehst«, sagte er immer wieder.
Über Weihnachten würde er ein paar Wochen Urlaub in den USA machen, teilte er mir mit. Das bräuchte er dringend, um seinen Stress abzubauen und von seiner nervigen Ex-Verlobten wegzukommen. Enttäuscht war ich, weil ich nicht mit ihm reisen konnte, aber ich gönnte es ihm.

Ein paar Tage später, kurz vor seiner Abreise, besuchte ich ihn noch einmal in seiner Praxis. Er schien sehr heiter gestimmt und recht aufgedreht. Als Erstes zeigte er mir ganz demonstrativ einen Ring.
»Hier siehst du, das ist mein alter Ehering - den trage ich schon lange nicht mehr, aber trage ihn trotzdem immer bei mir in meiner Arbeitstasche!«
Eigentlich hatte ich mit dem Thema schon abgeschlossen. Dann teilte er mir freudig mit, dass er sich selbst ein tolles Weihnachtsgeschenk gemacht hatte. Im Internet zeigte er mir stolz Bilder von einem Lederbett, welches einen ebenso stolzen Preis hatte.

»Sieht schick aus«, kommentierte ich mit falscher Begeisterung. Es war mir wirklich ganz egal, was er sich da gekauft hatte.
Ich fragte mich, ob er mir etwas zu Weihnachten schenken würde. Wäre dies der Fall, wäre jetzt die letzte Gelegenheit, um mir ein Geschenk zu geben. Ich war sehr enttäuscht, dass er mir die Kopie seines Bildes, welche ich mir gewünscht hatte,

scheinbar nicht besorgt hatte. Genaugenommen war ich enttäuscht, dass er mir wirklich gar nichts schenkte. Alles was er sagte war: »Wenn du möchtest, kannst du mein altes Bett haben«, und guckte mich mit seinem verschmitzten Grinsen an.

»Vielleicht, danke, ich überlege es mir«, erwiderte ich leicht genervt.

Dein altes Bett kannst du dir sonst wohin schieben!, dachte ich und war stinksauer.

»Ich finde es wirklich blöd, dass du jetzt so lange weg bist. Ich werde dich sehr vermissen«, erklärte ich.

»Solange ist es ja gar nicht und wir werden täglich skypen und telefonieren. Wenn ich wieder hier bin, gucken wir uns wirklich einmal ein paar Wohnungen an«, versprach er.

»Natürlich, gerne.«

»Gib mir nächstes Jahr nur ein, zwei Monate, dann habe ich mehr Luft«, fuhr er fort. »So, ich muss dich nun rausschmeißen - mein nächster Patient kommt jede Minute«, erklärte er. Wir verabschiedeten uns.

Um seine Ehrlichkeit zu bestärken, hatte er mir schon vor unserem Treffen die neue Adresse seiner Ex-Verlobten geschickt. Diese hatte ich bis jetzt links liegen lassen. Von seiner Praxis aus ging ich nun direkt dorthin und suchte auf der langen Liste von Klingelschildern nach ihrem Nachnamen. Was ich finden würde, ahnte ich, aber ich brauchte die Bestätigung. Mein Herz schlug schneller. Langsam stieg wieder Wut in mir auf. *Du bist einfach so bescheuert!*, warf ich mir ständig selbst vor. *Warum hast du dich bloß wieder um den Finger wickeln lassen!?* Ihr Name war nicht unter den Klingelschildern. Mein Magen drehte sich.

Am nächsten Morgen bekam ich eine heitere Nachricht von ihm. »Guten Morgen! Wie geht es dir? Ich bin gerade auf dem ersten Zwischenstopp in Amsterdam gelandet und trinke jetzt erst einmal einen Kaffee.«

Natürlich bist du gerade gelandet, dachte ich höhnisch.

»Ich hoffe, dein erster Flug war gut«, heuchelte ich. Während wir schrieben, machte ich mich auf den Weg zu einem Frühstücks-Date. Sicherlich nicht das Klügste, aber ich brauchte Ablenkung und es war nur frühstücken.

Auf dem Weg zum Café entschied ich mich spontan bei seiner Wohnung vorbeizuschauen. Aus sicherer Entfernung beobachtete ich sein Wohnzimmer. Mein Herz raste schon wieder und Schwindel bahnte sich an.

Ich stellte mich in den Schatten einer Hauswand, um nicht gesehen zu werden. Plötzlich bemerkte ich, wie mich ein Mann durch ein Fenster seines Büros skeptisch anstarrte. Ich fühlte mich sofort schuldig und verdächtig. *Ob er mich ansprechen wird?* Ich erstarrte. Meine Gedanken waren völlig paranoid.

In dem Wohnzimmer brannte Licht. Bewegung.

Plötzlich konnte ich schemenhaft zwei erwachsene Personen ausmachen, von denen eine ein Kind auf dem Arm trug. Mir wurde furchtbar schlecht und der Druck auf meinem Kopf, welchen ich sowieso aufgrund meiner Migräne hatte, wurde immer stärker. *Du wusstest doch, was du finden würdest!* Trotzdem ärgerte ich mich fürchterlich, hauptsächlich über meine eigene große und naive Dummheit! Ich ging.
Seine nächsten Nachrichten ignorierte ich und versuchte mein Frühstücksdate zu genießen, was mir ganz und gar nicht gelang. Teilnahmslos saß ich diesem fremden Mann gegenüber, der mir aufgeregt und freudestrahlend Dinge über sich erzählte. Keins seiner Worte nahm ich wahr, weswegen ich fast ein schlechtes Gewissen hatte. Niemand wird gerne als bloße Ablenkung benutzt. Zum Glück hatte er von alledem, was gerade in meinem Leben passierte, keine Ahnung. In Gedanken war ich meilenweit entfernt und versuchte zu entscheiden, was ich nun als nächstes tun sollte.

Auf meinem Rückweg ging ich noch einmal bei der Wohnung von meinem Freund vorbei. Alle Lichter waren aus.
Plötzlich fiel mir auf, dass ich immer noch seinen Halsreif trug. Ich entschloss mich zu seiner Haustür zu gehen, welche natürlich zugeschlossen war. Dennoch blieb ich stehen und wartete. Ein jüngerer Herr lief an mir vorbei und schaute mich

misstrauisch an. Paranoide Gedanken kamen mir wieder auf. Er ging ein paar Schritte an mir vorbei, drehte sich dann plötzlich um und kam zurück. Ich wurde nervös. *Was will er? Bin ich irgendwie aufgefallen?* Ich merkte, dass meine Gedanken völlig absurd waren.

»Brauchen Sie Hilfe?«, fragte er mit besorgtem Gesichtsausdruck..

»Nein, danke«, antwortete ich schnell.

Er schaute mich noch eine kurze Weile fragend an bevor er ging.

Plötzlich bemerkte ich, dass im Treppenhaus eine ältere Dame die Stufen herunterkam.

»Entschuldigen Sie, würden Sie mich bitte hereinlassen? Ich habe meinen Schlüssel vergessen.« Lächelnd sah ich sie an. Fragenden Blickes musterte sie mich kurz, dann ließ sie mich ein. Auf dem Weg zu seiner Wohnungstür fing ich stark an zu zittern. Diesmal nahm ich die Treppen. »Das ist sicherer!«, murmelte ich. *Stell dir vor, er steht im Aufzug!* Meine Angst wurde immer größer. Was, wenn sie doch noch zu Hause waren und einer der beiden die Tür aufmachte? Was machte ich dann!? *Egal, ich bin schließlich nicht die Schuldige!*, dachte ich entschlossen.

Ich nahm den Halsreif ab und hielt ihn für eine kurze Weile fest in meiner Hand. Er fühlte sich warm an. Ich zögerte. Den Halsreif hierzulassen bedeutete das endgültige Ende. Ich hängte ihn schnell an die Wohnungstürklinke und ging.

Als ich wieder zu Hause ankam, hörten seine Nachrichten plötzlich auf. Einer der beiden, oder beide, musste den Halsreif gefunden haben! Panik! Was sollte ich tun, wenn er vor Wut auf einmal vor meiner Haustür auftauchen würde? Würde er versuchen sich irgendwie an mir zu rächen? Von nun an stieg jedes Mal große Angst in mir auf, wenn ich das Haus verlassen musste. Er könnte mir auflauern oder plötzlich vor meiner Wohnung stehen.

Teil 2 - Die Trennung und das Leben danach

Heiligabend

Die nächsten Tage ging es mir so schlecht wie noch nie zuvor in meinem Leben. Mit meinen Nerven und meinen Kräften war ich völlig am Ende. Meine Kinder merkten natürlich, dass etwas nicht stimmte, aber ich brachte es nicht über mich ihnen von der Trennung zu erzählen. Sie fragten nach ihm und wollten wissen, wann er uns endlich wieder besuchen kommen würde.

»Er ist erst einmal im Urlaub«, erklärte ich.

Mich zur Arbeit zu schleppen fiel mir sehr schwer. Überhaupt konnte ich mich zu nichts motivieren. Die Nächte weinte ich durch und verbrachte die überwiegende Zeit mit Grübeln, was meine Migräne wieder verstärkte. Meinen Arbeitskollegen fiel natürlich auf, dass etwas mit mir nicht stimmte. Meinen engsten Freunden hatte ich erzählt, was passiert war. Sie konnten die ganze Geschichte, genauso wie ich, einfach nicht glauben.

»Das ist ja eine richtige Horrorstory«, sagte eine Freundin schaudernd.

Ja! Nur war es für mich eben nicht nur eine Geschichte, sondern meine Realität!

»Sei froh, dass du den los bist!«, tröstete mich eine andere Freundin. Das war ich ja auch, aber der Schmerz und die Verletzung saßen trotzdem tief in mir. Bei jedem Gespräch strömten mir immer wieder Tränen in meine Augen.

Ich war schon lange nicht mehr wütend. Meine Wut war von völliger Trauer und Verzweiflung abgelöst worden und egal was ich tat, nichts linderte meinen Schmerz. Mich quälten hunderttausende Fragen, auf welche ich einfach keine Antworten finden konnte. Alles, was er getan hatte, ergab überhaupt keinen Sinn. In meinem Kopf spielten sich immer wieder Szenen aus unserer Beziehung ab. Dinge, die er zu mir gesagt hatte gingen mir durch den Kopf. Ich versuchte aus all diesen Informationen ein klares Bild zu gewinnen, von dem was sich über das vergangene Jahr wirklich abgespielt hatte.

Im Internet suchte ich nach den Adressen und Namen, welche er mir geben hatte, aber konnte nichts finden, außer dass in der angeblichen Wohnung seiner Mutter eine große Ausländerfamilie mit acht Kindern lebte. Das Online-Profil seiner Verlobten war mir auch immer noch ein Rätsel. Diese Person hatte nur einen Kontakt auf ihrer Freundesliste und insgesamt nur zwei Bilder in mehreren Jahren gepostet. Regelmäßig aktiv schien sie dennoch in diversen Gruppen zu sein. *Wer tut so etwas? Wer nutzt ein soziales Netzwerk nur um Beiträge zu kommentieren?*, wunderte ich mich und fragte mich zur selben Zeit, ob es sich vielleicht um ein Fake-Profil handelte. *Vielleicht nutzt er es als Alibi für irgendwelche Lügenkonstrukte*, überlegte ich. *Oder vielleicht deckt er jemanden damit?* Mir kamen die absurdesten Gedanken.

Dann kam mir eine neue Idee. Zum ersten Mal, seit ich ihn kennengelernt hatte, ging ich zurück auf die Dating-Plattform. Ich durchsuchte die Männer-Profile. Bingo! Nach einer kurzen Suche hatte ich ihn gefunden. Sein Profilbild war ein Fake. Es zeigte den Oberkörper eines sportlichen durchtrainierten großen Mannes, welcher seine Hemdärmel hochgekrempelt hatte und an seinem Arm eine teure Uhr trug. Das war nicht sein Oberkörper!

Auf dem Hintergrundbild sah man eine teure Hotelsuite. Ich kannte diese Bilder und wusste genau, dass er dahintersteckte. Damals hatte er dieselben Bilder auf seinem anderen Profil benutzt. Ein falsches Alter gab er auch wieder an. »Du verlogener Dreckskerl!«, schimpfte ich leise vor mich hin. In seiner Profilbeschreibung stand, dass er gerade eine Trennung hinter sich gebracht hätte und nun auf der Suche nach etwas Spaß sei. Junge Frauen oder attraktive Pärchen wären ihm am liebsten, las ich. »Eloquenz, Respekt und Ehrlichkeit sollten immer gegeben sein«, stand da. Ich wäre vor Lachen fast vom Stuhl gefallen! Ja, vor allem Respekt und Ehrlichkeit hielt gerade er sehr hoch! Zudem konnte ich sehen, dass er dem *Gentlemans Club*, einer Gruppe auf dieser Dating-Plattform, angehörte. Ja, das war er, gar keine Frage. Dieses Bild, welches er von sich nach außen hin zu projizieren versuchte, war einfach so auffallend gekünstelt. Absolut nichts traf auf ihn zu – weder auf seinen Charakter, noch sein Aussehen. Es entsprach wohl eher seinem eigenen Traumbild von sich selbst!

In dem Gentleman Club fand ich mehrere von ihm verfasste Beiträge. Unglaublich! Einer von diesen Beiträgen war genau an dem Tag der Beerdigung seiner Mutter geschrieben worden. Wer um alles in der Welt würde so etwas tun!? Sein falsches Profil meldete ich sofort.

Immer mehr Fragen drängten sich mir auf. Den Zustand, in welchem ich mich befand, kann man gar nicht in Worten beschreiben. Mein Kopf fühlte sich schon seit Tagen an, als würde er jede Sekunde zerplatzen. Schlafen konnte ich nicht und jede Bewegung war zu einer großen Anstrengung geworden. Ich war so unglaublich müde. Am liebsten hätte ich einfach nur geschlafen, wochenlang.

Heiligabend kam und ich fuhr mit meinen Kindern zu meinen Eltern. Meine ganze Familie hatte sich dort eingefunden. Meine Mutter umarmte mich zur Begrüßung und fragte, wie es mir geht. Ich brach in Tränen aus. Natürlich wollten alle sofort wissen, was passiert ist.

»Ich habe mich getrennt«, brachte ich langsam hervor. Und ohne große Details zu berichten, erklärt ich kurz, dass alles, was mein Freund je gesagt oder getan hatte, gelogen gewesen war und dass er eine Verlobte hatte.

»Das tut uns so leid! Aber, es geht bestimmt bald wieder«, bekam ich zu hören.

Nein!, dachte ich. *Es geht bestimmt nicht bald wieder! Ihr versteht überhaupt nichts!*

Mein ganzes Leben, all meine Pläne und Zukunftsvorstellungen, waren von heute auf morgen von einem Menschen zerstört worden. Der Mensch, den ich glaubte zu kennen und dem ich vertraut hatte. Dies hier war etwas ganz anderes als normaler Trennungsschmerz. Ich fragte mich immer wieder, wie ein Mensch es schaffen konnte einen anderen Menschen emotional so fertigzumachen. Meine Gedanken wurden immer paranoider und ich fing an, alles in meinem Leben zu hinterfragen und anzuzweifeln. Seine ganzen Lügen hatten nicht nur auf Sex abgezielt. Wäre dies der Fall gewesen, hätte ich mich zwar geärgert, aber hätte es in gewisser Weise verstehen können. Er hatte mit mir gespielt, mich gequält, mir ständig seelischen Schmerz zugefügt und mich psychisch komplett fertiggemacht! Was war der Sinn hinter all seinen Manipulationen? Warum dieses ganze zusätzliche Drama?

Alle waren in fröhlicher Stimmung, nur ich konnte mich nicht mit ihnen freuen.

»Jetzt lass doch mal gut sein«, sagte meine Mutter. »Es gibt noch so viele andere Männer.«

Klar gab es die, aber mein Herz schmerzte plötzlich vor Sehnsucht nach ihm. Nie wieder würde ich irgendeinen Mann lieben und vertrauen können, geschweige denn überhaupt eine Beziehung wollen.

Ich fragte mich, ob seine Verlobte von seinem Treiben wusste. Sie tat mir mitunter am meisten leid. Mein Grübeln ging weiter und ich fasste einen neuen Entschluss. Ich würde unseren ganzen Chatverlauf an das Profil dieser Frau schicken. Gedacht getan. Als ich die E-Mail abgeschickt hatte, ärgerte ich mich über meine eigene typische unbedachte Irrationalität! *Du bist so bescheuert! Was hast du dir nur dabei gedacht?!*, warf ich mir selbst vor. Ich erzählte meinem Bruder davon, welcher sich ein Grinsen verkneifen musste und meinte, dass die Aktion sicherlich nicht die klügste gewesen sei. Nervosität stieg in mir auf und ich schaute immer wieder, ob ich eine Antwort erhalten hatte. *Die meisten E-Mails landen sowieso im Spamfilter*, redete ich mir ein.

Eine halbe Stunde später erhielt ich eine Nachricht: »Was soll ich damit?« Mein Herz raste.

Gute Frage, überlegte ich. Ich hatte mir keine konkreten Gedanken darüber gemacht, was ich mit meiner Nachricht genau bezwecken wollte. Mit einer Frage ihrerseits hatte ich nicht gerechnet. *Was ist das überhaupt für eine Antwort?*, wunderte ich mich dann. Es las sich wie etwas, was von ihm kommen könnte.

Mein Bruder fand diese Reaktion auch sehr komisch. »Ich wäre sehr vorsichtig«, warnte er. Ich konnte nicht entscheiden, was ich antworten sollte. Vor allem fragte ich mich, mit wem ich da überhaupt schrieb! Plötzliche Angst stieg in mir auf. »Vielleicht findest du es toll belogen zu werden? Ich nicht!«, schrieb ich schließlich.

»Nein, das finde ich natürlich auch nicht toll. Aber warum schickst du mir das jetzt?«

Auf ihre Frage hin schilderte ich kurz die Umstände, dass ich mit ihrem Verlobten fast ein Jahr lang zusammen gewesen war und die ganze Zeit nichts von ihr gewusst hatte.

»Können wir woanders schreiben?«, schlug sie vor. Wir tauschten unsere Handynummern aus.

»Tut mir leid, dass das jetzt an Weihnachten passiert. Aber sei froh, dass du ihn gerade nicht ertragen musst!«

Oh ja, er konnte froh sein! Ich hätte ihm sonst was angetan! Gedanken der Rache liefen durch meinen Kopf.

»Ich wünsche dir ganz viel Kraft! Und es tut mir auch wirklich leid wegen dem Timing. Die ganze Situation muss sehr schwer sein für dich! Ich helfe und unterstütze dich gerne. Du hast das alles wirklich nicht verdient!«, schrieb ich ihr mitfühlend. Dieser Mann hatte keine Frau verdient und schon gar keine Liebe oder Mitleid!

»Ich weiß nur nicht, wo ich hinsoll.« Sie schien verzweifelt. »Ich hoffe wirklich, dass er morgen wegfährt und dass ich in der Zeit eine Wohnung finde. Ich weiß auch nicht, was ich mit meinem kleinen Schatz tun soll. Was soll ich ihm später sagen, wenn er groß ist?«

Bei ihren Worten musste ich zurück an meine ähnliche Situation denken, als mein Ex-Mann in seinem Alkoholrausch übergriffig wurde und ich nicht wusste, wohin ich mit meinen Kindern flüchten sollte.

»Ich helfe dir wirklich sehr gerne. Wenn du absolut keinen Ausweg findest, dann komm übergangsweise zu uns. Du solltest da so schnell wie möglich weg!«, schrieb ich besorgt.

»Danke! Wenn ich wirklich keinen Ausweg finde, dann melde ich mich. Ab morgen ist er bei seiner Familie und danach fliegt er.«

Dieses Arschloch!, ärgerte ich mich. *Macht sich einen schönen Urlaub am Strand und lässt seine Frau und Kind alleine zu Hause - unfassbar!*

»Dein Kind hat dich und deine Liebe. Es ist nie leicht. Ich bin ja auch getrennt. Aber Kinder sind zäh. Mein Ex hat auch versucht, mich durch unsere Kinder zu erpressen«, vertraute ich ihr an.

»Ich bin froh, dass du den Mut hattest mich zu suchen. Ich kann das alles gerade gar nicht fassen«, schrieb sie und erklärte weiter: »Wir hätten sogar Mitte dieses Jahres heiraten sollen.«

Das ist ja interessant!, dachte ich. Es klickte plötzlich in meinem Kopf. *Das Bild auf seinem Schreibtisch damals, von der angeblichen Fotografin*, erinnerte ich mich, *das hatte sie ihm bestimmt am Jubiläumstag der Verlobung geschenkt!*

»Mir erzählte er, dass er es nicht geschafft hätte rechtzeitig die Papiere für unsere Hochzeit zu beantragen«, fuhr sie fort. »Den Halsreif hast du an unsere Haustür gehängt, richtig?«
Sie hatte ihn also gefunden folgerte ich daraus.

»Ja. Er sagte, dass er im Flugzeug sei. Ich wusste schon lange, dass er lügt, aber musste mich nochmal vergewissern. Er erzählte, dass du schon vor längerer Zeit in eine Nachbarstraße gezogen seist«, brachte ich seine Lügen ans Licht.

»Ja, ich wollte ausziehen, weil ich es bei ihm nicht mehr ausgehalten habe! Als ich den Halsreif fand, wusste ich sofort was Sache ist«, erklärte sie.

»Tut mir wirklich leid, aber ich wusste einfach nicht mehr was ich glauben kann und was nicht und wie ich mit allem umgehen sollte«, bedauerte ich.

»Mach dir keine Vorwürfe. Der Halsreif gehört mir, ich habe ihn aber schon lange nicht mehr getragen. Ich wusste gleich, was los ist!«

»Ich denke wirklich, du solltest schnell ausziehen und allen Kontakt abbrechen, er wird dich sonst immer wieder um den Finger wickeln.«
Dass er mir ihren Halsreif geschenkt hatte, war wirklich der Gipfel von allem! Und mir hatte er erzählt, der Reif wäre speziell für mich angefertigt worden.

»Hat er dir noch andere Sachen geschenkt? Die könnten auch alle von mir sein«, fragte sie.

»Nein, nichts. Er hat mich nur komplett von

vorne bis hinten verarscht!«

»So ist er! Du hast keine Ahnung, wozu er fähig ist und was er mir schon alles angetan hat!«

Oh doch! Eine Kostprobe davon hatte ich bekommen!

»Ich habe eine ungefähre Ahnung«, deutete ich an.

»Ich wollte ihn schon so oft verlassen, aber hatte am Ende dann immer zu viel Mitleid mit ihm.«

Ja, das kannte ich ja alles nur zu gut! Vor allem sein Talent die Mitleidsnummer abzuziehen und den Spieß immer wieder so umzudrehen, dass man sich selbst für schuldig und verrückt hält!

»Die letzte Geschichte bei mir war, dass er wegen eines Autounfalls ins Krankenhaus musste«, erzählte ich ihr, wobei ich innerlich zynisch lachen musste.

»Ich glaube, du brauchst wirklich Hilfe, um von ihm wegzukommen. Mit Kind ist es sicherlich schwerer, da man emotional nochmal mehr gebunden ist. Aber er wird dich immer weiter verletzten.« Ich sorgte mich sehr um ihr und ihres Kindes Wohl.

»Du hast die Bilder gemacht, die bei uns hängen, oder?«, wollte sie wissen. »Als er sein Handy für eine Sekunde aus den Augen ließ, konnte ich einen Teil eures Chats lesen. Ich bin so dumm und habe nicht auf mein Bauchgefühl gehört! Er meinte, es wäre nur ein Auftrag und nichts Privates.«

»Klar, er hat ja immer für alles eine Erklärung

oder Ausrede parat«, kommentierte ich. »Mir schrieb er irgendwann: »Stehe noch in der Einfahrt« Als Erklärung kam dann nur, er stünde in der Einfahrt seiner Praxis und müsste gerade seinen Damen helfen Stühle hochzutragen. Ich wusste, dass das Gebäude gar keine Einfahrt hat! Er hat ja auch immer schön alles mit Bildern hinterlegt. Seine Lügen sind so dreist offensichtlich!«, ärgerte ich mich. »Die Nachricht war dann wohl für dich gewesen?«

»Ja genau, er sollte mir helfen. Ich wartete zu Hause auf ihn. Das ist überhaupt sein Problem, er schreibt mit so vielen Frauen, dass er in seinen Chats durcheinanderkommt.«

»Und immer sind es seine Patienten, seine Damen oder seine Familie, die an allem schuld sind«, fuhr ich mit sarkastischem Unterton fort.

»Er braucht Hilfe, kann es aber einfach nicht zugeben. Das ›Erwischtwerdenwollen‹ ist ein verdeckter Hilfeschrei.«

Ja, damit hatte sie wohl Recht. Ich fragte mich dabei allerdings immer noch, was genau sein Problem ist.

»Ich stellte ihn mehrmals zur Rede, aber selbst da hat er mir weiter ins Gesicht gelogen«, erinnerte ich mich. »Wie viele Kinder habt ihr eigentlich?«

»Eins.«

Das Kind war nur wenige Wochen, bevor wir zusammengekommen waren, geboren worden. Ich konnte nicht verstehen, warum er ihr so etwas antat!

»Die Ausrede mit seinen ›Damen‹ kenne ich nur zu gut! Er lügt immer, auch wenn er weiß, dass man es weiß«, fuhr sie fort.

»Bis zuletzt war seine Version der Wahrheit, dass seine Mutter einen Gehirntumor hatte und dann auch daran gestorben ist.«

»Von seiner Mutter hat er die Gehirnprobleme geerbt!« Bei den Worten musste ich lachen.

»Tot ist sie nicht!«, eröffnete sie mir.

Geahnt hatte ich es bereits, es jetzt von ihr zu hören, erschütterte mich trotzdem. Dann wurde mir plötzlich klar: *Jedes Mal, wenn er von seiner Mutter gesprochen hatte, meinte er seine Verlobte!* Meine Fassungslosigkeit hätte man nicht in Worte fassen können.

»Hodenkrebs hatte er auch«, fuhr ich fort.

»Hodenkrebs?! Da war er ja richtig kreativ«, scherzte sie höhnisch.

Hätten wir uns gegenübergesessen, hätten wir bestimmt Tränen gelacht an diesem Punkt! Dieser Mensch war einfach nur erbärmlich und lächerlich!

»Er hat sogar öfter vor mir geweint«, erzählte ich.

»Oh, da musst du ihn aber tief getroffen haben - vor mir hat er noch nie geweint!«

Ich konnte immer noch seine roten, Tränen erfüllten Augen vor mir sehen. Vielleicht waren diese

Tränen ein Ausdruck seiner innerlichen Verzweiflung gewesen?

»Übrigens, er ist jetzt zeugungsunfähig«, witzelte ich.

»Er hatte schon mit seiner Ex-Frau Kinder geplant, aber es funktionierte nicht. Bei uns dauerte es auch lange.«

Was sagte er einmal im Scherz?, entsann ich mich, »Ich bin eigentlich arbeitslos und impotent.« Wahrscheinlich waren diese Worte zur Abwechslung sogar mal die Wahrheit gewesen.

»Wann hast du ihn erwischt, gestern?«

»Nein. Das alles zog sich schon länger hin. Zweifel hatte ich immer mal gehabt und wollte mich auch öfter trennen, aber genauso wie du glaubte ich immer wieder seinen Erklärungen, bis dann die richtigen großen Hämmer kamen«, erinnerte ich mich verärgert.

»Du bist wahrscheinlich die Patientin, die immer Selbstmord ankündigt und sich dann gestern endlich umgebracht hat«, schrieb sie.

Als ich dies las, konnte ich mich wirklich nicht mehr zurückhalten vor Lachen.

»Ich bin also eine seiner Patientinnen? Klasse! Sag ihm mal - die Tote lässt grüßen!« Das war wirklich der Witz des Jahrhunderts. »Er lebt einfach in einer kompletten Fantasiewelt.«

»Ja, er hat keinen Realitätsbezug«, stimmte sie zu. »Was macht er überhaupt gerade? Schläft er?«, wunderte ich mich auf einmal.

»Er wollte eigentlich schon heute fahren, hat aber dann eine Ausrede gefunden, warum er nicht abreisen kann. Er will die Kontrolle nicht verlieren und spioniert mir ständig nach. Ich glaube er hat Angst, ich könnte abhauen. Es ist immer dasselbe. Und was du mit ihm erlebt hast, ist genau dasselbe wie bei uns vor fünf Jahren.«

Ich stellte mir diese Situation einfach furchtbar vor. »Ich sag ja, du musst da weg! Vor allem hättest du mitbekommen sollen, wie er über dich redet. Er hat wirklich keinerlei Respekt vor dir oder Liebe für dich. Ich weiß nur, dass ihm euer Kind wichtig ist.«

»Ja, wobei er wirklich kein guter Vater ist - nicht so, wie ich es erwartet hatte. Ich vertraue ihm unser Kind nur sehr ungern an. Hatte er dir auch erzählt, dass seine Ex-Frau nach dreizehn Jahren Ehe plötzlich verschwunden ist?«, fragte sie dann. Ich überlegte kurz. Nein, davon hatte er nie etwas erzählt. Plötzlich kam wieder dieses Gefühl von Angst in mir auf. *Würde er es tatsächlich wagen einem Menschen etwas anzutun?* Es schauderte mir. Grausame Gedanken drängten sich mir auf, welche ich versuchte, sofort wieder zu verwerfen.

»Nein, er erzählte nur, dass du ständig wegrennst und ihn durch euer Kind um Geld erpresst. Und er erklärte, dass er nicht wüsste, wie er sich trennen könnte, ohne sein Kind zu verlieren. So schilderte er mir die Situation. Er hat dich als schlechte Mutter dargestellt, die sich nicht um ihr

Kind kümmert und immer nur Party macht.«

»Mir gegenüber wird er richtig aggressiv. Ich versuche mich meistens in einem Raum einzuschließen, wenn er mich nicht in Ruhe lässt. Er hört nicht auf, bis ich verzweifelt am Boden liege«, schilderte sie mir nun ihre Erfahrungen mit ihm.

»Oh Mann, dieses gemeine Arschloch!« Wut stieg in mir auf. Solch aggressives Verhalten ist in keinster Weise entschuldbar!

»Er tut das sogar vor unserem Kind. Das ist ihm alles egal«, schrieb sie weiter. Ich hoffte wirklich für sie, dass sie sich zum Wohle ihres Kindes aus dieser gefährlichen Situation retten würde.

»Er wird dich komplett zerstören, du musst da raus!«, ermahnte ich sie nochmals.

»Ja, ich weiß.«

»Er denkt nur an sich selbst«, hängte ich an.

Sie erzählte mir, dass er Türen aufbricht, damit sie sich nicht verstecken kann. Ihre Schilderungen erschütterten mich. *Welcher Mann würde eine Frau so behandeln? Nur ein absolut großer Feigling, der keinen Grips im Kopf hat, kein Herz und keine Eier in der Hose!*, dachte ich sauer.

»Er beobachtet mich jetzt auch. Er weiß, dass etwas nicht stimmt«, schrieb sie. *Was für ein kranker Mensch!*

»Ich fragte ihn auch, was er sich dabei gedacht hat, meinen Kindern den Vater vorzuspielen und uns die Illusion einer heilen Familie zu geben.«

»Kenne ich! Und man stumpft irgendwann ab

bei seinen Erklärungen«, bedauerte sie.

»Er braucht professionelle Hilfe!«

»Das haben wir alles schon hinter uns. Sobald die Therapeuten Fortschritte machen und sein wahres Ich zum Vorschein kommt, bricht er die Therapien sofort ab«, erklärte sie.

»Das kann ich mir gut vorstellen! Er ist ja sowieso der vollkommenen Überzeugung, dass er unfehlbar ist und alle anderen Menschen ein Problem haben, nur er nicht. Allwissend ist er seiner Meinung ja auch«, schrieb ich sarkastisch. »Gib dich bloß nicht selbst auf!«

»Nein, das habe ich nie getan und das stört ihn ja auch so an mir. Wenn ich zurückdenke, wie oft er mich schon betrogen hat …« Ihre Worte klangen sehr traurig.

»Er sagte mal zu mir, dass ich diejenige sei, mit der er am meisten schreiben würde. Allein die Aussage beinhaltet und bestätigt ja schon, dass er noch mit anderen schreibt«, schlussfolgerte ich rückblickend. »Er benimmt sich wie ein kleines Kind, das ständig Aufmerksamkeit braucht.«

»Er hatte auch schon immer viele Freundinnen. Alles angeblich nur rein platonisch. Irgendwann bekam ich heraus, dass er eine Affäre mit einer heißen Blondine hat. Die hatte auch Kinder«, erzählte sie.

»Und bei all dem bist du die ganze Zeit trotzdem bei ihm geblieben!?« Das verwunderte und verärgerte mich. Sie antwortete nicht.

»Mir hat er erklärt, dass er eine Basis zu Hause bräuchte, die ihm Halt und Kraft gibt«, erinnerte ich mich dann.

»Das Gequatsche kenne ich, dass ich seine wichtige ›Basis‹ bin. Ich bin immer diejenige, die seine ganze Scheiße auffangen muss. Das kotzt mich so an!«, schimpfte sie.

Am liebsten hätte ich sie geschüttelt und sie gefragt, warum sie seine Tour dann weiter freiwillig mitmacht!

»Er hat ein Sexsuchtproblem«, fuhr sie fort.

»Nicht nur das! Er will vergöttert werden und wissen, dass ihn alle geil finden. Anscheinend sind sein Ego und sein Selbstbewusstsein so klein, dass er diese ausgleichen muss«, schrieb ich sauer.

»Du bist wirklich gut!«, bemerkte sie.

Na ja, jetzt wo mir endlich die Augen geöffnet worden waren, waren das alles logische Schlussfolgerungen. Plötzlich stieg der paranoide Gedanke wieder in mir auf: *Mit wem schreibe ich hier eigentlich? Verarscht er mich vielleicht gerade wieder?*

Die Ausdrucksweisen, die sie benutze, kamen mir allzu bekannt vor.

»Es ist aber noch sehr viel schlimmer bei ihm. Er zog mich damals durch die Rotlichtszene, bis ich irgendwann nicht mehr mitmachen wollte. Er ist ein Psychopath, dem es nur um die Kontrolle geht.«

Mir schauderte bei ihren Worten. *Wie weit er gehen würde, hatte er mir ja erzählt und welche Fantasien und*

Vorstellungen er realisieren wollte, erinnerte ich mich und stimmte ihr zu, dass er definitiv sehr gestört sein muss.

»Ich wüsste gerne warum er so ist. Ich weiß, er hatte eine schlimme Kindheit, aber die hatte ich auch«, betonte ich.

»Hatten wir alle, sonst würden wir nicht auf solche Idioten hereinfallen und die Gewalt und Kontrolle mitmachen«, antwortete sie. »Seine Eltern unterdrückten ihn stark. Sein Vater war Alkoholiker und hat ihn immer wieder verprügelt und misshandelt«, erzählte sie.

Das waren natürlich keine schönen Vorstellungen und kein Umgang, den ein Kind verdient. Aber gerade deshalb, wenn das mit seiner Kindheit und wie er behandelt worden war wirklich stimmte, konnte ich noch weniger verstehen, warum er selbst, nach all diesen furchtbaren Erfahrungen, andere Menschen genauso schlecht behandelte. Er hätte es doch aus eigener Erfahrung besser wissen müssen!

»Und dann übt er auch noch solch einen Beruf aus«, merkte ich zynisch an.

»Er ist eben gut in dem was er tut, gerade weil er sich durch eigene Erfahrung mit Angst und gewissen Problemen einfach sehr gut auskennt«, erklärte sie.

Ich bekam das Gefühl, dass sie ihn verteidigte, obwohl sie zuvor selbst geschrieben hatte, dass er psychisch sehr krank ist und zu dem ein sehr großes Problem mit der Ehrlichkeit hatte. Der Zweifel kam wieder, ob sie wirklich die Verlobte ist. *Er würde sich auch sofort verteidigen und rechtfertigen!*, überlegte ich.

»Ich hoffe gerade, dass ich wirklich mit dir schreibe und nicht mit ihm und dass das hier keine neue Falle ist«, formulierte ich sehr vorsichtig.

»Keine Angst, ich hatte auch schon solche Gedanken. Du musst wissen, ob du mir vertraust oder nicht.«

Ich überlegte kurz und schrieb dann: »Schick mir bitte ein Bild von dir.«

Während ich mit ihr schrieb, saß ich im Wohnzimmer meiner Eltern und war in der Gesellschaft meiner ganzen Familie und meiner Kinder. Es war Heiligabend und konnte nicht einfach hinausgehen, um mit dieser fremden Frau zu telefonieren. Das wollte ich eigentlich auch gar nicht. Zudem war es schon sehr spät in der Nacht.

Erst kam keine Reaktion. Dann lud aber doch plötzlich ein Bild auf meinem Handydisplay. Man konnte das ungeschminkte gequälte Gesicht einer Frau in einem dunklen Zimmer sehen, die offensichtlich auf ihrem Rücken lag. Mir waren sofort wieder furchtbare paranoide Gedanken gekommen: Was, wenn er mir ein Bild von ihr geschickt hatte - ein altes Bild? Oder vielleicht lag sie gefesselt auf ihrem Bett und er hat sie dazu gezwungen sich fotografieren zu lassen? Oder wenn sie nur so freundlich tat und sie am Ende genauso gestört

war wie er? Vielleicht leitete sie alles, was ich ihr schrieb, direkt an ihn weiter?
Tausende solcher absurden Gedanken schossen mir durch den Kopf. Am Ende entschloss ich mich, ihr zu vertrauen. *Was kann denn auch jetzt noch passieren?*, dachte ich. Ich kontrollierte das Datum des Bildes, welches zumindest mit dem aktuellen Datum übereinstimmte.
»Danke!«, schrieb ich ihr dann bestätigend.

»Unser Kind schläft gerade neben mir«, erklärte sie, »deshalb muss ich etwas leise sein und kann mich auch nicht viel bewegen.«
Dann erzählte sie mir, dass sie sich schon gewundert hatte, warum er in der letzten Zeit plötzlich so hilfsbereit gewesen war, dass Kind abends freiwillig genommen und sich so viel und lange im Wohnzimmer aufgehalten hatte.

»Ja, wir haben fast täglich abends telefoniert oder geskypt. Das war dann wohl der wahre Grund dafür. Er telefonierte auch oft mit mir, wenn er abends spazieren ging.«

Ich schaute mir nochmals ganz genau alle Bilder und Videos an, welche er mir über das Jahr verteilt gesendet hatte. Auf einigen Bildern konnte man einen Krabbelstall im Hintergrund sehen. »Der ist für den Sohn meines Bruders«, hatte er mir erklärt. Bei einem der Videos hörte man sogar ganz kurz im Hintergrund sein Kind. *Warum ist dir das nicht schon früher aufgefallen?*, warf ich mir vor.

»Jetzt ist klar, warum er plötzlich angefangen

hat, mit seiner Mutter regelmäßig auf dem Sofa im Wohnzimmer zu telefonieren«, schlussfolgerte sie.

»Ich habe sogar mal mit seiner kranken Mutter telefoniert, welche angeblich nicht antworten konnte, weil sie ja zwischenzeitlich gelähmt war«, gab ich beschämt zu, wobei ich mir wirklich oberdämlich vorkam.

»Er hat mich natürlich immer wegen meinem Misstrauen und meiner Fragerei fertiggemacht«, fuhr ich fort.

»Dass er das fast ein Jahr durchgezogen hat, kann ich wirklich nicht glauben! Anscheinend haben wir uns ja auch öfter mittags um Minuten bei seiner Praxis verpasst. Und ich wunderte mich schon, warum er auf einmal nicht mehr so viele Pausen hatte«, schrieb sie.

»Das ist wirklich die Oberdreistigkeit!«

Ich lag also doch richtig mit meinem Verdacht, dass eine andere Frau vor mir bei ihm gewesen war, dachte ich und dem Gedanken, dass er Sex mit ihr gehabt hatte und dann wenige Minuten später mit mir, wurde mir schlecht! Ich fragte mich auch, wer sich bewusst so viel Stress macht? Wir hätten uns theoretisch jederzeit treffen und erahnen können, wer die andere ist. Ich hatte sie immerhin auf seinen Fotografien gesehen. Ich versuchte mir vorzustellen, wie er wohl geguckt hätte, wären wir beide zusammen in seine Praxis marschiert!

»Also, das alles hätte selbst ich ihm nicht

zugetraut und ich habe ja schon einiges erlebt mit ihm!«, schimpfte sie.

»Ja, er wollte sogar meine Kinder zu euch in eure Wohnung zum Übernachten einladen.«
Auf ihre Bitte hin schickte ich ihr ein paar Bilder, welche er mir geschickt hatte.

»Den Raum da, den kenne ich nicht«, schrieb sie plötzlich. Es war ein Bild, welches ihn sitzend in einer Art Krankenhauswartezimmer zeigte. Die Wände waren recht bunt. Plötzlich fragte ich mich, ob es möglich wäre, dass er noch weitere Kinder mit anderen Frauen bekommen hatte. *Was hatte er mir damals erzählt?*, versuchte ich mich zurückzuerinnern: »Die Frau meines Bruders ist schwanger und hat es bis zum sechsten Monat verheimlicht. Jetzt ist sie im Krankenhaus.«

Oh Mann! Wahrscheinlich war er zu diesem Zeitpunkt mit einer anderen Frau, die er geschwängert hatte, im Krankenhaus gewesen! Bei dem Gedanken drehte sich mein Magen um. Mich hatte er ja auch darauf gedrängt die Spirale herausnehmen zu lassen! Ich versuchte diese Gedankengänge und weiter Spekulationen abzuschalten. Es war einfach alles zu viel!

»Ich habe mit seinem Bruder telefoniert, um die Wahrheit herauszubekommen. Er wollte zu allem aber nichts sagen«, schrieb ich ihr.

»Das wundert mich. Ich frage mich, ob sein Bruder ihn morgen darauf ansprechen wird«, antwortete sie.

»Ich war einfach am Ende. Ich habe in den letzten zwei Wochen sechs Kilo abgenommen wegen dem ganzen Stress!«

»Wow, krass!«, staunte sie. Ich nannte ihr den Namen des Bruders, woraufhin sie mir erzählte, dass der Name nicht ganz richtig sein. Das verwunderte mich sehr. Ich hatte sogar einen Zeitungsartikel gefunden, in welchem er unter demselben Namen erwähnt worden war. Langsam glaubte ich, dass selbst sie noch nicht alle seiner Lügen aufgedeckt hatte.

»Adressen schickte er mir auch. Dass die alle nicht stimmen, weiß ich mittlerweile, aber vielleicht wohnt da eine seiner anderen Geliebten?«

»Nein, dort in seiner Heimatstadt würde er so etwas nicht wagen. Da kennt ihn jeder«, entgegnete sie.

Da war ich mir ganz und gar nicht sicher. Ich konnte mir sogar vorstellen, dass er gerade dies zu seinem Vorteil ausspielen würde, eben weil es niemand erwartete.

»Wir waren schon lange nicht mehr bei seiner Familie«, erzählte sie.

»Interessant! Und mir hat er immer erzählt, seine Familie belästige ihn ständig. Damit meinte er dann scheinbar seine Verlobte und sein Kind, schlussfolgerte ich. Dann fiel es mir wie Schuppen von den Augen - seine Mutter, das war sie, seine Verlobte! Wahrscheinlich sah er sie tatsächlich eher als seine Mutter als alles andere an.

Wir waren zurück auf das Kinderthema gekommen. »Scheinbar sucht er die Nähe zu Kindern«, schrieb sie und fuhr fort: »Seine letzte Affäre hatte ja auch drei.«
Das bezweifelte ich sehr stark. Es war ja nicht so, als ob er sonderlich viel Zeit mit meinen Kindern verbracht oder sich aktiv um sie bemüht und Interesse gezeigt hätte. Ich vermutete eher, dass Alleinerziehende leichtere Beute für ihn waren. *Genau wie mein Ex-Freund vor ihm. Der hat sich auch bevorzugt die Muttis rausgesucht!*, dachte ich sauer. Zudem hat er ja auch diesen Tick, dass er unbedingt Mädchen haben wollte.
»Ich weiß, er wollte Mädchen«, verdeutlichte ich.

»Ja, weil seine Mutter keine Mädchen bekommen hatte. Das hat sie ihre Jungs auch immer spüren lassen.«

»Es scheint so, als ob alle seine kranken Lebenspläne und Wünsche für ihn nicht in Erfüllung gegangen sind. Das ärgert ihn bestimmt sehr«, folgerte ich.

»Leider kann er nichts in seinem Leben genießen oder wertschätzen, deswegen lebt er auch in seinen Fantasiewelten.«

»Dabei sollte er einfach glücklich sein! Er hat seinen Traumberuf, eine tolle Frau, ein Kind und ein schönes Heim - was will er eigentlich noch?«, hängte ich an. »Und alles, was von ihm kommt, ist Undankbarkeit, Hinterhältigkeit und Verlogenheit. Sehr traurig, wirklich!«, fuhr ich fort. »Lass uns doch, wenn er weg ist, einfach mal treffen«, schlug ich ihr vor.

»Können wir gerne machen. Ich melde mich dann, wenn er ganz sicher weg ist«, antwortete sie.

»Wie habt ihr beiden euch eigentlich kennengelernt?«, fragte ich dann. Sie erklärte mir, dass sie sich über dieselbe Webseite wie wir gefunden hatten. *Natürlich!*

»Hast du ihn da in der letzten Zeit nicht mal gesucht? Er war nämlich wieder aktiv.«

»Seit wir das Kind bekommen haben, hat mich das alles nicht mehr wirklich interessiert. Ich hörte einfach auf zu fragen, da er mich sowieso immer nur anlügt.«

»Kann ich mir vorstellen und auch nachvollziehen. Aber nach fünf Jahren Lügen ist wohl klar, dass er nicht einfach damit aufhören wird«, ich hoffte, meine Worte würden sie zur Vernunft kommen lassen.

»Was hat er dir eigentlich gesagt, als du ihn wegen mir gefragt hast?«, wollte sie dann wissen.

»Na ja, ich wusste ja bis zum Ende nicht, ob du wirklich existierst oder wer du genau bist«, erklärte ich ihr und schrieb weiter: »Er versprach mir, dass er bald mehr Zeit für mich haben würde.«

»Das passt ja, ich wollte nämlich ausziehen und wunderte mich schon, warum er auf einmal so hilfsbereit war und sogar anbot, mir eine Wohnung zu suchen. Diesmal meinte ich es wirklich ernst mit dem Ausziehen!«, schrieb sie dann mit

Nachdruck.

»Aber du bist immer noch da… .«

»Ich kann mir einfach keine vernünftige Wohnung leisten«, brachte sie als Erklärung hervor. Ich bekam wieder den Eindruck, dass sie sich das selbst als Vorwand einredete, um eine plausible Entschuldigung zu finden, warum sie bei ihm bleiben musste.

»Aber du würdest doch Unterhalt und Kindergeld von ihm bekommen.«

»Davon kriege ich keine Wohnung und ich will nicht abhängig von ihm sein«, erklärte sie.

»Das musst du natürlich entscheiden! Ich würde da nicht ins kalte Wasser springen. Du hast immerhin ein Kind zu versorgen«, ich wusste nicht, was ich sonst noch dazu hätte sagen sollen.

»Die Kaution kann ich mir auch nicht leisten. Er hat sich mein Geld genommen, um sein neues Bett davon zu finanzieren«, schrieb sie weiter.

Was!? Das Bett hatte er mir ja gezeigt und auch noch so großkotzig damit geprahlt und mir erzählt, er hätte es gekauft.

»Er war so lieb zu mir gewesen und ich hoffte, alles wäre jetzt gut«, bedauerte sie.

Genau das ist ja seine Masche! Er ist immer nett, wenn etwas für ihn in Aussicht steht, was er haben will oder woraus er irgendeinen Nutzen ziehen kann!, dachte ich sauer.

Großzügiger Weise wollte er mir ja sein altes quietschendes Holzbett andrehen! *Meine Wohnung*

als Abstellraum benutzen!, dachte ich verärgert.
»Er sagte mir, er hätte das Bett gekauft«, erhellte ich sie.
»Nein, er ist fast immer pleite.«
Was? Wie konnte das sein, er arbeitete doch Tag und Nacht und bekam ein wirklich gutes Gehalt!?
»Seit ich ihn kenne bin ich dauerpleite. Er kann nicht mit Geld umgehen«, offenbarte sie mir.
»Gib dem bloß nicht dein Geld! Du kennst doch sein Spiel! Du weißt doch, dass seine Nettigkeiten nicht echt sind!«
Sie erklärte, dass sie stärker sei als er.
»Was kauft er denn so alles?«, fragte ich sie interessehalber.
»Ich habe keine Ahnung, das sind alles Praxisrechnungen.«
Also für seine Praxis kaufte er nichts, dass wusste ich. Und so viel und pausenlos, wie er mir täglich geschrieben hatte - während seiner Arbeitszeit! - war ich mir mittlerweile ziemlich sicher, dass seine Praxis ganz und gar nicht so gut lief, wie er es mir und seiner Verlobten vormachte.
»Warum steht auf eurem Klingelschild eigentlich ein Doktortitel vor seinem Nachnamen?«, fragte ich weiter.
»Wieso? Wie kommst du jetzt darauf?«
»Weil er kein Doktor ist. Wenn das jemand herausbekommt, macht er sich strafbar und muss dafür bezahlen«, antwortete ich kopfschüttelnd. Ich wusste, dass er nur eine einfache Ausbildung

gemacht und dafür ein Diplom erhalten hatte.

»Der Titel stimmt aber, ich habe das Dokument dazu selbst gesehen«, erklärte sie mir und schien davon überzeugt zu sein.

»Er ist kein Doktor und man kann nicht einfach nur Doktor sein, man ist immer Doktor in einem speziellen Fach. Außerdem, guck dir doch mal seine Abschlüsse an, die in seiner Praxis hängen«, brachte ich ihr verärgert entgegen. *Warum ist sie nur so starrköpfig?*, fragte ich mich verständnislos. Dann musste ich mir aber peinlicherweise eingestehen, dass ich ja selbst nicht besser gewesen war.

Ich ging nochmal auf seine Webseite, um mich wirklich zu vergewissern, dass ich Recht hatte. Auf der Webseite stimmten alle Angaben und auf den Praxisschildern stimmen sie auch. Er ist kein Doktor, da war ich mir sicher. Seiner Verlobten machte er weiß, dass er tatsächlich Doktor sei und sie schien es ihm immer noch abzukaufen. Sie erzählte, dass er deswegen vor ein paar Monaten sogar angeklagt worden war und dass sie einiges an Geld dafür hatten bezahlen müssen. *Wahrscheinlich war dies die angebliche Kontoplünderung gewesen, welche er mir vorgeschwindelt hatte*, überlegte ich. Während unseres Schreibens wurde mir immer bewusster, wie sehr sie ihm trotz allem vertraute und wie blind sie immer noch war. Sie verteidigte ihn und hatte aufgehört offensichtliche Lügen zu hinterfragen. Lügen, welche potentiell ihr eigenes Privatleben und das ihres Sohnes schwer in Gefahr bringen konnten.

»Er hatte seine Praxisschilder drucken lassen, bevor er den Doktortitel bekam. Dann wollte er sie nicht nochmal neu drucken lassen«, lautete ihre scheinbar plausible Antwort auf seinen Schwindel.

Soll sie das doch glauben, dachte ich und schrieb nichts mehr zu dem Thema.

»Was hat er eigentlich zu dem Halsreif an der Tür gesagt?«, interessierte mich.

»Er hätte ihn verloren, als er auf dem Weg war ihn zu verkaufen, um mir dafür etwas anderes zu schenken.« Ich konnte bei allem nur meinen Kopf schütteln. Er scheute wirklich vor keiner Lüge und Gemeinheit zurück!

»Mich überrascht einfach nichts mehr! Aber dass er meine Sachen klaut und sie an andere Frauen verschenkt, das hat mich schon getroffen. Und dass er dir scheinbar dieselben verlogenen Liebeserklärungen wie mir gemacht hat. Ich dachte doch immer, dass ich etwas Besonderes für ihn wäre, weil er bei mir blieb«, schrieb sie mir, wobei ich sehr gut mit ihr mitfühlen konnte und sie mir furchtbar leidtat. Sie liebte ihn eben, genauso wie ich ihn geliebt hatte. Er hingegen spielte nur sein Spiel und liebte absolut niemanden. Für diesen Mann war keine Frau etwas Besonderes. Er verarschte und nutze alles und jeden nur aus, nahm und zerstörte, so viel er eben konnte.

»Hast du denn Familie oder Freunde hier, die

dir helfen können?«, fragte ich.

»Nein, meine Familie ist nicht hier und meine letzten Freunde habe ich durch ihn verloren«, bedauerte sie.

»Das ist wirklich scheiße!«, bemerkte ich und versuchte zu überlegen, wie man ihr helfen könnte.

»Er hat sehr große Verlustängste«, bemerkte sie besorgt.

Ja, das wusste ich, mich hatte er ja auch nicht gehen lassen können, genauso wie seine Verlobte.

»Du schaffst das, du bist stark genug! Ich habe auch eine Trennung, ganz alleine ohne meine Familie, von meinem Mann geschafft. Wenn du ihn wirklich verlässt, dann brauchst du auch kein schlechtes Gewissen zu haben - das hat er sich mit all dem, was er dir angetan hat, selbst zuzuschreiben!«, versuchte ich sie zu bestärken. »Er verletzt alle schamlos ohne Reue, vor allem dich - seine Verlobte und Mutter seines Kindes! Er sollte kein Mitleid bekommen«, hängte ich an.

»Stimmt. Und die Nächste hat er bestimmt schon«, antwortete sie.

»Ja, das glaube ich auch. Das ist auch meine größte Sorge oder Überlegung, wie ich andere vor ihm warnen kann«, teilte ich ihr mit.

»Ich bin so angewidert von ihm!«, schrieb sie dann und fuhr fort: »Du kannst ihn nicht aufhalten, du wirst nur dir selbst damit schaden.«

Das werden wir noch sehen!, dachte ich dezidiert.

»Er wird nie wieder die Oberhand über mich gewinnen, dafür werde ich sorgen«, schrieb sie dann plötzlich. Sie schien wohl langsam doch den nötigen Kampfgeist und die richtige Einstellung zu entwickeln. Ich hoffte nur, dass sie ihre Trennung auch durchziehen würde.

»Na ja, wenn die nächste auf ihn reinfällt, dann geht das Spiel wieder von vorne los«, merkte ich an. »Aber ich denke keine Frau ist dumm genug und macht das ewig mit.«

»Das ist keine Dummheit«, bemerkte sie.

Da hatte sie allerdings Recht. »Stimmt, es ist die Hoffnung und der Glauben an die Menschlichkeit in ihm, welche einen immer wieder binden«, stellte ich fest.

»Wir hatten ja auch beide Zweifel und sind nicht gegangen«, zeigte sie auf.

»Da wird immer eine drauf reinfallen.«

»Das ist sein Problem«, bemerkte sie gleichgültig.

Ich sah das etwas anders - sein Problem war es sicherlich nicht. Ganz im Gegenteil, ihm wäre das einfach egal. Frauen waren für ihn wie Einwegflaschen - hatte er eine benutzt und völlig ausgesaugt, warf er sie weg und holte sich einfach eine neue. Es würde eher zum großen Problem der betroffenen Frauen werden, die nichtsahnend, so wie wir, alles glauben und alles für ihn tun würden.

»Mir ist es wichtig, mein Kind vor ihm zu retten.« Das konnte ich verstehen.

»Warum gehst du nicht zum Jugendamt und bittest um Hilfe?«, fragte ich.

»Das würde alles nichts nützen, die glauben mir sowieso nicht. Es ist ja auch sein Kind und er hat ein Recht darauf ihn zu sehen.« Dass die meisten Menschen einem solch eine Geschichte nicht abkaufen, das wusste ich mittlerweile aus eigener Erfahrung. Das war ja auch, unter anderem, das Fatale an solch einer Beziehung und solch kranken Menschen. Keiner glaubt, dass ein Mensch wirklich so gemein, manipulativ und bösartig sein kann. Am Ende wird man selbst für verrückt erklärt und muss sich für alles rechtfertigen!
Für diese Nacht verabschiedeten wir uns. Ich sagte ihr noch einmal, dass sie sich immer melden könne, wenn sie Hilfe brauchte oder einfach nur reden wollte.

Am nächsten Tag kamen nur noch ein paar Nachrichten von ihr.

»Hast du ihm gestern weitergeschrieben?«, fragte sie als erstes etwas vorwurfsvoll. War das ihr Ernst? Was sollte die Frage? »Nein! Wie kommst du darauf? Die letzte Nachricht kam von ihm vor zwei Tagen«, erklärte ich.

»Er weiß alles«, schrieb sie knapp.
Ich war verwirrt. Woher hätte er alles wissen können, außer sie hatte mit ihm geredet? Hatte er sich in unsere Handys gehakt!? *Sei nicht so paranoid!*, ermahnte ich mich.

»Ich hoffe, dir geht es gut«, schrieb ich besorgt.

In ihren letzten zwei Nachrichten erklärte sie, dass eine Trennung keine Option sei, denn obwohl sie wisse, dass er ein Schwein ist, liebte sie ihn zu sehr und könnte ihm auch nicht sein Kind entreißen. Sie erklärte mir auch, dass sie sich nicht mit mir treffen würde, weil sie das emotional nicht verkraften würde. In gewisser Weise konnte ich sie verstehen und hatte damit gerechnet. Aber über ihren Entschluss, sich nicht zu trennen, war ich trotzdem sehr bestürzt und enttäuscht. Ich hatte sie als stärker eingeschätzt. Dadurch, dass sie blieb, gewann er und bekam wieder einmal das, was er wollte.
Aus ihren Worten konnte ich herauslesen, dass sie sich als seine Mitleidende und auch Retterin ansah - diejenige, die es freiwillig auf sich nahm, ihm trotz seines kranken Selbst bei Seite zu stehen. In gewisser Weise bewunderte ich sie dafür, da sie, um dies tun zu können, unheimlich viel Kraft aufbringen und sich zur gleichen Zeit bewusstmachen musste, dass sie sich mit ihm für immer in einer Beziehung befinden würde, in der es niemals Liebe geben wird, sondern nur Abwertung, Lügen und Schmerz. Hinzu kam die zusätzliche Belastung durch das Kind, das ihr zwangsläufig auch Kraft rauben würde.

Das Kind tat mir bei allem sowieso am meisten leid. Es war verdammt dazu mit einem lieblosen Vater aufzuwachsen, welcher seine Wut und seine Aggressivität später wahrscheinlich auch an ihm austoben würde. Und das Allerschlimmste war: Die Chancen standen hoch, dass das Kind später wahrscheinlich selbst in irgendeiner Weise dieses negative Verhalten übernehmen und ein negatives Selbstbild entwickeln würde. Diese Gedanken machten mich unglaublich traurig und wütend. Wieder kam dieser Drang in mir auf, dass ich andere Frauen doch irgendwie vor ihm oder überhaupt vor solchen Menschen warnen muss.

Nach diesem letzten kurzen Chat hörte ich nie wieder etwas von ihr. Ich ahnte zu dem Zeitpunkt allerdings nicht, dass ich ihr noch einmal begegnen würde.

Monate später war ich mit meinen Kindern, wie so oft, auf dem Weg zum Spielplatz. Wir kamen aus der U-Bahn-Station und steuerten auf eine Ampel zu, um die große Kreuzung auf unserem Weg zum Park zu überqueren. Plötzlich bemerkte ich einen beachtlich großen Mann an der Ampel, welcher nur einige Meter vor uns stand. Mein Herz fing an zu rasen und mir wurde schlagartig schlecht. Panik stieg in mir auf - da stand er! Und neben ihm seine Verlobte mit Kinderwagen. In meinem Schock riss ich meine Kinder zur Seite, die geradewegs auf ihn zusteuerten. Tausend Gedanken schossen in meinen Kopf: Was würde er tun, sähe er mich? Was würde er sagen? Was würde seine Verlobte tun? Meine Kinder durften ihn nicht sehen, sie würden ihm direkt um den Hals fallen! »Bleibt mal stehen«, schrie ich meine

Kinder fast an, »Mami hat was vergessen.« Mit den Worten zog ich meine Kinder in die entgegengesetzte Richtung.

Die Ampel wurde grün und die beiden gingen über die Kreuzung, ohne uns zu bemerken. Ich war mit den Nerven völlig am Ende! Mein Herz raste so schnell, dass ich Angst hatte, ich könnte jeder Zeit bewusstlos umfallen.

Später dachte ich traurig: »Sie hat es tatsächlich nicht geschafft sich von ihm zu trennen.«

Der Abschluss

Die Weihnachtstage über blieben wir bei meinen Eltern. Meine Grübeleien, die mich in den Wahnsinn trieben, hörten einfach nicht auf. Zudem dachte ich auch immer wieder wütend: *Mir geht es total scheiße, während er sich jetzt schön am Strand sonnt und wahrscheinlich nicht auch nur einen Gedanken an mich verschwendet!*

Alle feierten, während ich anfing, im Internet zu recherchieren. Es musste doch irgendwelche Erklärungen und Gründe dafür geben, warum ein Mensch so bösartig und verlogen ist. ›Notorischer Lügner‹ gab ich in das Suchfeld ein. Ich las mir einige Seiten und Artikel durch, in welchen es hauptsächlich darum ging, wie man mit einem notorischen Lügner umgehen sollte. Die Informationen waren zwar interessant und trafen teilweise auf ihn zu, aber ich hatte das Gefühl, dass dies nicht die richtige Antwort war. Bei ihm steckte viel mehr dahinter. Dieses ganze manipulative Spiel, welches er mit mir gespielt hatte, seine ständige Kontrolle und sein Verlangen nach Macht, die Art und Weise, wie er andere immer kritisierte und abwertete, seine Demütigungen, gerade auch beim Sex und überhaupt seine Sexsucht, seine größenwahnsinnigen Fantasien und Überzeugungen, dass er der Geilste, Schönste und Intelligenteste auf der Welt ist - das alles hatte nichts mehr mit bloßem notorischen Lügen zu tun!

Als ich weitersuchte, stieß ich plötzlich auf etwas anderes: Narzisstische Persönlichkeitsstörung. Ich las interessiert. Der Artikel wurde mit der Frage eingeleitet: »Woran erkennt man einen Narzissten?« »Gibt es Menschen in Ihrem Umfeld, die Ihnen das Leben schwermachen, die nur an sich selbst denken, niemanden außer sich selbst dulden, ein riesiges Ego besitzen und sich für die Allergrößten halten?« Während ich dies las, nickte ich automatisch mit dem Kopf - ja, ja und nochmals ja! So eine Person kenne ich! Ich konnte es nicht fassen - jedes Wort und jede Information, traf eins zu eins auf meinen Ex-Freund zu. Ich wurde innerlich ganz nervös und aufgeregt. Zugleich empfand ich eine Art Freudegefühl. Dies schienen genau die Informationen zu sein, nach welchen ich gesucht hatte. Das Thema ließ mich einfach nicht mehr los.

»Was liest du denn da?«, fragte meine Mutter neugierig.

»Ich habe, glaube ich, die Antwort auf meine Frage gefunden. Narzissmus – das ist eine Persönlichkeitsstörung«, erklärte ich. »Diese Menschen können tatsächlich keine Empathie oder Mitleid empfinden. Das muss man sich mal vorstellen! Die sehen andere nur als Objekte und benutzen sie zu ihrem Spaß. Das ist total krank!«, fuhr ich fort.

»Meinst du nicht, dass du dich da ein bisschen zu sehr hineinsteigerst?«, versuchte mich meine

Mutter zu bremsen.

Über ihre Reaktion war ich ein wenig verärgert gewesen. Sie konnte nicht mal ansatzweise verstehen oder nachvollziehen, was in unserer Beziehung genau abgelaufen war und wie er mich psychisch fertiggemacht hatte - und warum die Informationen, welche ich hier nun bekam, wie eine Erlösung für meine zu tiefst verzweifelte Seele waren. Meine Mutter schüttelte indes nur mit dem Kopf und sagte: »Das es sowas gibt. Wie kann ein Mensch nur so sein?« Genau das wollte ich auch wissen. Die Charakteristika von Selbstverliebtheit und Grandiosität, bis hin zu der manipulativen und machthaberischen Art, trafen alle auf meinen Ex-Freund zu. Aber ich verstand immer noch nicht, wie und warum ein Mensch überhaupt so werden konnte. Dafür musste es doch irgendwelche Gründe geben? Kein Mensch kommt mit einer abgrundtief boshaften Ader auf die Welt - oder etwa doch?

Plötzlich schien meine Mutter das Thema sehr zu interessieren.

»Und wodurch entsteht diese Störung?«, wollte sie nun wissen.

»Scheinbar gibt es zwei ausschlaggebende Faktoren: einmal die eigenen genetischen Veranlagungen und zum anderen die äußeren Einflüsse. Die Hauptgründe scheinen in der Kindheit der betroffenen Person zu liegen, wobei zwei bestimmte Arten von Aufbringung des Kindes ausschlaggebend sind. Beide allerdings mit demselben Resultat: das Kind wird nicht genug geliebt«, gab ich die neu gewonnene Information so wieder, wie ich sie verstanden hatte.

Dass ein Kind Schaden nimmt, wenn es nicht geliebt wird, ist nachvollziehbar. Ich musste dabei an meine eigene Kindheit zurückdenken und dass ich mich auch nie geliebt gefühlt hatte.
Ich lernte, dass ein Kind durch übermäßige falsche Zuwendung - also, zum Beispiel einem hohen Maß an ständigem übertriebenen unangemessenen Lob und Überschüttung von Aufmerksamkeit, ohne wahre Gefühlsvermittlung - eine narzisstische Persönlichkeit entwickeln konnte. Auf der anderen Seite kann sich die gleiche Störung auch durch ein hohes Maß an emotional negativer Belastung und Mangel an liebevoller Zuwendung entwickeln. *Das passt ja*, dachte ich. Mein Ex-Freund hatte ja angeblich eine sehr schlimme Kindheit gehabt, mit seinem Alkoholiker-Vater und einer Mutter, die lieber Mädchen als Jungs gehabt hätte.

Die Wissenschaft nimmt weiter an, so lernte ich, dass die narzisstische Persönlichkeitsstörung eine Art Schutzmechanismus ist, welche dem betroffenen Menschen sozusagen hilft, sich von dem emotional verursachten seelischen Schmerz abzuschotten. Zudem schienen einige neurologische Untersuchungen zu zeigen, dass die Gehirnareale, welche für die Gefühlsempfindung von Empathie zuständig sind, bei Narzissten scheinbar nicht sehr ausgeprägt oder gar nicht aktiviert werden. Das gleiche ist auch der Fall bei Psychopathen. *Verständlich! Wie könnte man denn auch sonst andere verletzen oder im schlimmsten Falle sogar töten, wenn man dabei die Gefühle seines Gegenübers mitfühlen würde!*

Ich konnte nun nachvollziehen woher diese Kälte bei ihm kam und diese Unfähigkeit, die Trauer und den Schmerz anderer zu verstehen. »Wenn ich selbst von klein auf nie gelernt habe, wie sich Empathie überhaupt anfühlt und wie man sie durch Gestik und Mimik ausdrückt«, schlussfolgerte ich, »dann kann ich andere empathische Menschen natürlich nicht verstehen und empfinde ihr Verhalten als sonderbar oder gar nervig.« Plötzlich empfand ich ein großes Mitgefühl für ihn. Wie furchtbar musste es sein, kein Mitgefühl zu spüren und zwangsläufig auch keine Liebe empfinden zu können!? *Das sind doch wichtige Gefühle, die uns als Menschen überhaupt ausmachen*, dachte ich traurig.

Nun, da ich verstand was das Problem zu sein schien, war ich überzeugt, dass ich ihn retten konnte. *Er ist doch eigentlich ein intelligenter Mensch. Wenn ich ihm erstmal verständlich machen kann, dass er diese Störung hat, dann kann ich ihm helfen sich zu ändern,* dachte ich entschlossen.

Ich bombardierte ihn mit E-Mails voll Informationen über pathologischen Narzissmus. »Bitte, lies dir das alles durch«, appellierte ich an ihn. »Du musst nicht so weiterleben, wie du es bisher getan hast. Ich weiß, dass du dich ändern kannst!«, versuchte ich ihn zu motivieren. Ich spekulierte nicht darauf, ihn zurückzugewinnen, aber ich war felsenfest davon überzeugt, dass ich ihn heilen konnte. Plötzlich verspürte ich eine immer stärker werdende positive Energie in mir und war voller Tatendrang. Zudem regte sich die leise Hoffnung, dass wir vielleicht befreundet bleiben und ich ihn, sozusagen Schritt für Schritt, therapieren könnte. Auf meine E-Mails erhielt ich keine Antwort. Nichts. Ich war enttäuscht und ärgerte mich zugleich über sein zu großes Ego, seine Arroganz und seine bloße Sturheit nicht einmal zu versuchen, sich helfen zu lassen. *Will er sich denn nicht ändern und glücklich leben!?*, fragte ich mich verständnislos.

Später schrieb ich verschiedene Psychologen an und stellte immer wieder dieselbe Frage: »Kann ein Narzisst geheilt werden?« Die Antworten, welche ich bekam, waren alles andere als befriedigend. Ein Psychologe, der sich schon seit über zwanzig Jahren speziell mit diesem Thema befasste, schrieb mir, dass er in seiner ganzen professionellen Laufbahn noch nie die Heilung eines Narzissten erlebt hatte. Er erklärte, dass es sowieso sehr schwierig sei einen Narzissten zu therapieren oder ihn überhaupt freiwillig in eine Therapie zu bekommen, da Narzissten so unerschütterlich von ihrer eigenen Perfektion und ihrer

Unfehlbarkeit überzeugt sind. *Diese Sturheit kenne ich ja!*, dachte ich. Mein Ex-Freund konnte auch niemals einen Fehler oder eine persönliche Schwäche zugeben.

»Nur ein einziger Narzisst hatte sich freiwillig zu mir in Therapie begeben, da er selbstmordgefährdet war«, teilte mir der Psychologe mit. Dieser Narzisst hatte auch nicht geheilt werden können, aber dennoch hatte er wenigsten eingesehen, dass er diese Persönlichkeitsstörung besaß und er anderen Menschen mit seinem Verhalten schadete. Nach der Diagnose hatte dieser Narzisst sich angeblich entschlossen, keine weiteren Liebesbeziehungen einzugehen, um Frauen vor ihm zu schützen. Diese Fallschilderung beeindruckte mich zu tiefst. *Das zeigt doch wahre Charakterstärke!*, dachte ich mit Bewunderung. Jedoch zweifelte ich daran, ob dieser besagte Narzisst sich tatsächlich an seinen Schwur gehalten hatte. Narzissten tendieren ja dazu vieles zu versprechen und dann doch nur das zu tun, was in ihrem Interesse liegt.
Bei Narzissten kommt es wohl auch häufig vor, lernte ich, dass sie Süchten verfallen - Alkohol und Drogen - und in ihrer Verzweiflung sogar zum Selbstmord getrieben werden können. *Verständlich. Wahrscheinlich um irgendwie mit ihrer inneren Leere klarzukommen und dem ganzen Stress, den sie selbst in ihrem Leben kreieren*, sinnierte ich.

Meine absolute Überzeugung, meinem Ex helfen zu können, bröckelte immer mehr. Je mehr ich las,

umso besser verstand ich, dass der Narzissmus ein Teufelskreis war. Der Konflikt ist offensichtlich: Der Narzisst fühlt sich im Inneren leer und ganz klein, überspielt dies aber und gibt sich nach außen hin selbstbewusst, damit keiner sein wahres Ich erkennt. Damit diese äußere Fassade aber überhaupt bestehen kann, braucht er ständige Bewunderung und äußerliche Reize, um sein Ego immer wieder zu stärken. Ohne diese Bewunderung von anderen würde seinem falschen aufgeblasenen Ich schnell die Luft ausgehen. Dann würde er verzweifelt in seinen eigenen Ängsten und seiner inneren Leere versinken. *Narzissten sind also komplett abhängig von anderen. Man müsste diesen Menschen irgendwie helfen, ein starkes gesundes Selbst zu entwickeln*, überlegte ich und kam zu folgendem Schluss: Man müsste sie davon überzeugen, dass innere Schwächen und Ängste normal und an sich eigentlich gar keine Schwächen sind. Genaugenommen kann man ja nichts dafür, dass man so geworden ist, wie man eben ist. Jeder Mensch hat Schwächen! Aber könnte man auch das neurologische Problem lösen? Diese Frage trieb mich tagelang um. Unser Gehirn ist doch lernfähig, vielleicht könnte man diese inaktiven Gehirnteile wieder aktivieren. Ich hätte zu gerne die Meinung eines Gehirnforschers zu diesem Thema gehört.
In einem Anflug eines kleinen Hoffnungsschimmers auf eine Einsicht seinerseits, schrieb ich ihm einen letzten persönlichen Brief:

Ich schreibe dir noch ein letztes Mal, in der Hoffnung, dass ich dich doch irgendwie, und wenn auch nur ein wenig, in deinem Herzen erreiche.
Ich weiß, du trägst sehr viel Leid, Wut, Hass und Trauer in dir und was dir in deiner Kindheit angetan wurde, ist sicherlich sehr verletzend. Es hat dich geprägt, genau wie jeder Mensch durch seine Kindheit geprägt wird - jeder eben auf eine andere Art und Weise. Du hast nicht nur jegliches Vertrauen in dich selbst verloren, sondern viel schlimmer: die wahre Liebe zu dir selbst. Du sagtest gleich zu Anfang, dass du niemandem vertraust. Ein glückliches und gesundes Leben funktioniert nicht ohne Vertrauen! Du lebst nur, um Höhepunkte in deinem Leben zu finden und nutzt andere dafür aus. Unser Leben basiert auf Beziehungen und Beziehungen funktionieren immer nur, wenn es ein Geben und ein Nehmen gibt!
Ich habe dir meine Liebe geschenkt, genauso wie deine Verlobte dir ihre Liebe schenkt - und das immer noch nach fünf Jahren! Du kannst dich so unheimlich glücklich schätzen solche Zuneigung, Vertrauen und Liebe zu bekommen - so wie du selbst es immer bedingungslos von anderen verlangst. Ich bitte dich, öffne dich und fange an anderen zu vertrauen und dich selbst wiederzufinden! Du hast ein Kind, das dringend deine Liebe braucht! Überlege dir, wie dich deine Kindheit geprägt hat und was du nun für dein eigenes Kind möchtest. Es geht im Leben nicht darum Macht, Kontrolle, Recht zu haben und Manipulation, nur um andere zu überzeugen und zu beeindrucken. Das sind alles negative Züge, die negative Emotionen und

Enttäuschung mit sich bringen. Sei stärker! Konzentrier dich auf dein Leben und die kleinen, aber sehr wichtigen, Dinge.
Oberflächlichkeiten und Materielles sind nicht von Dauer und Wert. Lerne dich selbst zu lieben und lerne wahrzunehmen und zu verstehen, dass andere dich lieben und gib echte Gefühle zurück. Lass andere Menschen dich lieben für die Person, die du wirklich bist - nicht ein vorgespielter und vorgelogener Charakter.

Natürlich werden dir Menschen, vor allem Frauen, so wie du momentan bist, immer Aufmerksamkeit schenken, aber es wird immer aus den falschen Gründen sein. Das kurze Hoch von Bewunderung und dein Gefühl begehrenswert zu sein, werden deshalb auch nie lange anhalten und dich nicht erfüllen!
Du hangelst dich von Ast zu Ast - von Frau zu Frau - und deine Enttäuschung wird immer bleiben. Der Reiz wird nie lange genug andauern. Lebe in der Realität und schätze sie für das, was sie ist. Du dirigierst dein Leben! Es muss keine Scheinwelt geben, mit wirren Lügen und ständiger Kontrolle, Stress und Panik. So bist du doch selbst nicht glücklich! Hole dir Hilfe - jemanden der dich unterstützt. Sehe Hilfe von außen nicht als Schwäche in dir selbst an. Um sich helfen lassen zu können, muss man sich öffnen und man muss vertrauen können. Das alleine zeigt schon große Stärke! Jeder Mensch braucht mal Hilfe - das hast du mir selbst immer gesagt.
Versuch deinem Sohn das zu geben, was du als Junge nicht bekommen hast. Lass nicht zu, dass sich die Vergangenheit wiederholt.

Was meinst du wie sich all die Menschen - und vor allem Frauen - fühlen, deren Vertrauen du missbraucht hast? Du kannst nicht von deinen Eltern und dem was sie getan haben auf die ganze Menschheit schließen. Wie würde es sich anfühlen geliebt zu werden für die Person die du bist, für deine guten Taten und deine Ehrlichkeit? Wie wäre es völlig frei zu sein von Lügen? Möchtest du wirklich in Kauf nehmen all deine Freunde und Familie zu verlieren und am Ende eventuell ganz alleine dazustehen?
Ich wünsche dir so sehr, dass dir das gelingt, was nur Wenige schaffen - über deinen eigenen Schatten zu springen, dir deine Fehler einzugestehen und dich zu ändern. Bleib nicht Gefangener in deinem eigenen Geist und in deiner Fantasiewelt! Ändere dich, wenn nicht für dich selbst, dann wenigstens für dein Kind, damit es eine gesunde Persönlichkeit entwickeln kann.
Ich hätte noch tausend mehr Worte. Ich würde dir gerne zeigen, wie man liebt und wie man fühlt. Ich wünschte, ich könnte dir Emotionen beibringen, damit du verstehst, wie gut sich echte Liebe anfühlt (ohne dafür Forderungen stellen und erfüllen zu müssen!). Ich wünschte, du wüsstest, wie es sich anfühlt, lebendig zu sein (ohne die Qual und Erniedrigung anderer erzwingen zu müssen!) Ich wünschte, du könntest ein ›farbiges Leben‹, welches echt und real ist, leben. Ich wünschte, du könntest dich selbst lieben. Ich würde dich gerne in den Arm nehmen - du verstehst nicht, dass man das so tut, wenn man jemanden sehr mag.

Ich hoffe, du verstehst irgendwann, dass Menschlichkeit Imperfektion bedeutet. Imperfektionen sind etwas Natürliches und Schönes - sie machen uns einzigartig! Liebe,

Vertrauen und Ehrlichkeit, damit erreicht man viel mehr und vor allem langfristig etwas im Leben. Sie sind unabdinglich, um ein glückliches und erfülltes Leben führen zu können!

Eine große Trauer überkam mich, als ich diese Worte schrieb. Tränen liefen über meine Wangen, die ich nicht mehr zurückhalten konnte. Ich wusste in meinem tiefsten Inneren, dass ich auch auf diesen Brief keine Antwort erhalten würde, aber diese Worte zu schreiben half mir meinem inneren Schmerz freien Lauf zu lassen und ihn langsam zu verarbeiten.
Mir war nun bewusst, dass er für immer in seiner Dunkelheit verloren bleiben würde.

Silvester

Während ich fast ununterbrochen weiter recherchierte, las und lernte, versuchte ich gegen meine immer größer werdende innere Leere und Einsamkeit anzukämpfen. Ich tat, was ich schon immer in solchen Situationen getan hatte - ich suchte den Kontakt zu Männern. Ich ging zurück auf die Internetwebseite, welche ich solange gemieden hatte und stöberte ein wenig in den Profilen.

Silvester stand vor der Tür. Den Start ins neue Jahr wollte ich nicht mit meiner Familie, aber auch nicht ganz alleine verbringen. Eine Freundin aus Dortmund kündigte an, dass sie wahrscheinlich in meiner Stadt feiern würde und fragte, ob ich sie und ihre Freundin begleiten wolle. Darauf hatte ich keine wirkliche Lust. Überhaupt hatte ich zu nichts Lust und konnte keine Motivation aufbringen. »Ich überlege es mir«, teilte ich ihr mit.

Als ich die Profile durchlas, stieß ich auf eines, welches authentisch erschien und mir besonders zu sagte. Der Mann passte, zumindest von dem, was ich auf seinem Profilbild erkennen konnte, in mein typisches Beuteschema: Er war groß, kräftig gebaut, älter und seine Selbstbeschreibung sagte aus, dass er gebildet und humorvoll sei. Dominant war er scheinbar auch. *Nicht alle dominanten Männer müssen gleich Narzissten sein!*, redete ich mir ein. *Ich werde vorsichtig sein.*

Wie soll ich mein damaliges Verhalten heute

plausibel erklären? Alte Gewohnheiten lassen sich eben schwer ablegen. Ich steckte an dem Punkt immer noch in meinen gewohnten Mustern fest. Ich schrieb ihn per E-Mail an und wir tauschten unsere Handynummern aus.

Er war gerade im Urlaub, was bedeutete, dass wir Silvester nicht zusammen feiern konnten. Trotzdem schrieben wir weiter und es stellte sich heraus, dass uns etwas verband - eine Gemeinsamkeit in gesammelten Erfahrungen. Nach einer kurzen Schilderung meiner Ex-Beziehung und Erklärung, dass ich deswegen jetzt sehr vorsichtig bei Männern sei, weihte er mich ein, dass auch er schon einmal an eine Narzisstin geraten war. Er hatte mit ihr eine Beziehung von mehreren Jahren geführt und sogar ein Kind mit ihr bekommen. *Zum Glück habe ich kein Kind von meinem Ex-Freund bekommen!*, dachte ich erleichtert.

Seine Beziehung war genauso dramatisch, mit andauernden Lügen, Manipulationen und vor allem Seitensprüngen verlaufen.

»Ich dachte damals auch, dass ich total spinne oder verrückt werde«, teilte er mir mit. Interessant war, dass seine Ex-Partnerin auch ein Messie-Syndrom gehabt hatte. Könnte dies ein weiteres typisches Merkmal der narzisstischen Persönlichkeitsstörung sein? Eine Frage, die noch geklärt werden müsste.

Ich konnte nicht fassen, dass es also auch Narzisstinnen gibt! *Warum sollte es sie denn auch nicht geben?*, dachte ich schulterzuckend. Wir schilderten abwechselnd unsere Erfahrungen und konnten beide nur über unsere Dummheit und Blindheit lachen. Es tat gut mich mit jemandem auszutauschen, der mich zu hundert Prozent verstand und vor allem nachvollziehen konnte, welches Gefühlschoas ich gerade durchlebte. Er hatte die gleiche Mischung aus Liebe, Verzweiflung, Wut, Hass, Verwirrung und Selbstzweifel am eigenen Leib erlebt. Er erzählte, dass ihn seine Freunde eine lange Zeit für verrückt erklärt hatten. *Kenne ich doch alles*, dachte ich, *man erzählt die Geschichten und kein Schwein glaubt einem!*

»Geh bloß nicht zu dem zurück und lass dich nicht wieder um den Finger wickeln!«, warnte er.

»Keine Angst, das werde ich nicht«, versicherte ich ihm. Als ich ihm von meinem Rettungsversuch erzählte, sagte er nur: »Alles vergeudete Zeit! Den wirst du nie ändern, das wollen und können die gar nicht! Ich habe das bei meiner Ex-Freundin auch versucht. Alles vergebens!« Damit hatte er wohl Recht. »Kümmere dich lieber um dich selbst, deine Kinder und dein Leben!«, sagte er. *Leichter gesagt als getan*, dachte ich verzweifelt, wie sollte ich das schaffen, wenn ich mich absolut leer, einsam und verloren fühlte?

Nach seiner Fallschilderung fiel mir etwas auf: Für Männer mit narzisstischen Partnerinnen musste es wesentlich schwerer sein Gehör und Mitgefühl von seinen Mitmenschen zu

bekommen, da narzisstische Partnerinnen scheinbar gerne die Opferrolle zu ihren Gunsten ausnutzten. Seine Ex-Freundin hatte wohl so getan, als wäre er es, der sie missbrauchen wollte. Ich konnte mir gut vorstellen, dass in unserer Gesellschaft im Zweifel eher der Frau Gehör geschenkt wird. Dass Frauen auch Männern etwas derart Boshaftes und Hinterhältiges antun könnten, das kommt wohl seltener vor und wird deshalb nicht für möglich gehalten. Es gibt auch scheinbar keinen rechtlichen Weg, gerade wenn Kinder im Spiel sind, um sich vor dem Narzissten zu schützen. Eigentlich müsste das Jugendamt Persönlichkeitstests durchführen und wenn nachgewiesen ist, dass ein Elternteil narzisstischer Natur ist, dann sollte dieser nicht ohne Aufsicht mit dem Kind alleine gelassen werden. Dies ist sicherlich ein sehr heikles und kompliziertes Thema.
Etwas anderes fiel mir auf. Die Art und Weise wie er über seine Ex-Freundin schrieb, die Worte die er benutzte, zeigten, dass immer noch sehr viel Wut und Hass in ihm steckten. Dies hatte ich auch schon bemerkt, als ich in diversen Foren Schilderungen von anderen Opfern gelesen hatte.

Ich empfand mittlerweile überhaupt keine Wut mehr, sondern eher Mitgefühl für diese Menschen, die erwiesenermaßen krank sind. Natürlich war ich über das verärgert, was mir mein Ex-Freund angetan hatte, aber ich verstand, dass er aufgrund seiner Persönlichkeitsstörung gar nicht anders gekonnt hätte. Diese Menschen können nicht verstehen und fühlen, wie es ist Schmerz zu empfinden. Deshalb ist es absolut sinnlos ihnen Vorwürfe zu machen. Außerdem hilft es meiner Meinung nach nicht, sich über etwas zu ärgern, was schon passiert ist und was man nun sowieso nicht mehr ändern kann. Solche negativen Gedanken ziehen einen nur runter und bringen Kopfschmerzen und davon hatte ich wirklich schon genug gehabt!

Silvester kam. Weil ich mich am Ende nicht entscheiden konnte, was ich nun tun sollte, willigte ich doch ein, mit meiner Freundin und ihrer Begleitung zu feiern. Es war eine große öffentliche Party und wie ich schnell feststellte eine große Fehlentscheidung für mich dorthin zu gehen. *Warum machst du immer das, was du eigentlich nicht willst?*, warf ich mir vor. Das Ende vom Lied war, dass wir die Bekannte meiner Freundin sturzbetrunken verloren und ich von einem Unbekannten verfolgt wurde. Es war furchtbar! Alle meine unkontrollierbaren Ängste und mein paranoider Verfolgungswahn waren sofort wieder hochgekommen.

So konnte es nicht weitergehen, ich musste endlich gravierende Änderungen in meinem Leben vornehmen!

Das neue Jahr

Dieses Jahr wird alles anderes! Ich werde nie wieder - nie wieder! - dieselben Fehler wie früher begehen, schwor ich mir. Ich fühlte einen Anflug von neuer Motivation und Stärke. Es konnte nur noch bergauf gehen.

Obwohl mir alle Männer erst einmal gestohlen bleiben konnten und ich keinerlei Interesse an irgendeiner Art von Beziehung hatte, blieb ich weiterhin auf der Sex-Datingwebseite aktiv. In meine Profilbeschreibung schrieb ich als Abschreckung: »Narzissten und unehrliche Menschen bitte fernhalten!« Dass ich genau diese Menschen mit diesen Worten anziehen könnte, zog ich naiver Weise natürlich nicht in Betracht.

Der Austausch von verschiedenen Erfahrungen und Ansichtsweisen mit diversen Männern half mir auf merkwürdige Art, gewisse Dinge klarer zu sehen und zu verarbeiten. Zur gleichen Zeit lenkte es mich auf angenehme Weise von meinen Problemen und inneren Ängsten ab. Hier konnte ich verschiedenste Themen offen ansprechen, da ich wusste, dass die meisten Menschen hier unbefangener als die Norm sind. Insbesondere mit einem Kontakt fing ich an, intensiver über die Themen Devotion und Dominanz sowie Beziehung und Liebe zu philosophieren. Seine Reflektionsfähigkeit, Sachlichkeit und Offenheit reizten mich. *Endlich mal ein Mensch, der sich Gedanken macht und nicht nur stumpf durchs Leben läuft!*

Nach längerem Gedankenaustausch ließ ich mich von ihm zu einem Treffen überreden. Er schickte mir ein Bild von sich, woraufhin ich ihm gleich erklärte, dass er absolut nicht mein Typ sei. *Ein Kaffee kann aber ja nicht schaden*, überlegte ich mir, wobei ich wirklich in keinerlei emotionaler und vor allem sexueller Hinsicht an dieser Person interessiert gewesen wäre. Mich interessierten einzig und alleine seine Ansichten und philosophischen Ansätze.

»Vielleicht hast du ja doch Interesse«, schrieb er scheinbar hoffnungsvoll. Ein paar Tage später schickte er ein Bild von sich mit einer blonden jungen Frau. Man konnte sie in einem feinen Restaurant sitzen sehen. Mit ihr treffe ich mich heute, wir kennen uns schon länger.

»Schön. Viel Spaß euch beiden«, schrieb ich kopfschüttelnd. *Soll mich das jetzt etwa eifersüchtig machen!?*, dachte ich genervt.

»Ich will, dass du mir gehörst. Ich würde dir alles geben«, las ich plötzlich. Seine Antwort verwunderte mich und machte mich stutzig. *Dir gehören?* - das kannte ich doch irgendwoher.

Wir trafen uns. Ich hatte gleich ein komisches Gefühl. Diese angenehm ruhige Art kam mir merkwürdig bekannt vor. Sie erschien mir heuchlerisch. Auch diese scheinbare sofortige Vertrautheit, seine zuvorkommende Höflichkeit und seine sehr sachlich selbstbewusste Art riefen Argwohn in mir hervor. *Der ist zwar nett, aber sympathisch ist er mir irgendwie trotzdem nicht*, so mein erstes Gefühl. Er war sehr eloquent und auch gut gekleidet. Teure Marken trug er und eine Designer-Uhr. *Attraktiver macht ihn das auch nicht!*, fand ich.

Das Treffen verlief mit einem angenehmen Gespräch. Er sei ein sehr erfolgreicher Kaufmann, mit einer eigenen großen Firma, erklärte er, wobei seine Stimme wohl betont bescheiden klingen sollte. Zudem eröffnete er, dass er mehrere besondere Gaben besaß. »Das weiß aber fast niemand«, sagte er und deutete an, dass er sein Geheimnis nur vielleicht mit mir teilen würde. »Als junges Kind konnte ich schon perfekt zeichnen. Im Alter von sieben Jahren entwarf ich das allererste Hausboot«, verriet er mir. Heute würden wirklich Hausboote nach seinen Zeichnungen gebaut, so vertraute er mir an. »Bis jetzt waren alle meine Businessideen sehr erfolgreich. Ich habe ein ausgesprochen gutes Gespür für Erfolg. Aktien besitze ich auch. Durch gute Investitionen und meine Firmen habe ich einen gewissen Reichtum erlangt und lebe sehr bequem. Für dich ist es bestimmt nicht leicht, alleine mit zwei Kindern zu leben und eins so weit weg«, spekulierte er sachlich und ruhig.

Toll! Soll ich jetzt beeindruckt sein? Und was soll die Anspielung auf mein Leben als Alleinerziehende und wie gut ich über die Runden komme!?, ich war sehr verärgert. *Ich brauche keinen Sugar Daddy und kann mich und meine Kinder sehr gut alleine finanzieren!*

»Wir leben sehr glücklich und haben alles, was wir brauchen«, antwortete ich kurz.

»Mit meiner Gabe könnte ich deinen Kindern helfen«, versuchte er nochmals meine Neugierde zu wecken.

Interessiert mich ehrlich gesagt nicht, seine Anspielungen und sein überhebliches Getue nervten.

Als ich nicht darauf einging, enthüllte er endlich, dass er alle Informationen in Bildern abspeichern und diese auch noch Jahre später abrufen könnte, wann immer er wolle. *Unübertreffliches Gedächtnis und Informationen in Bildern abspeichern?*, überlegte ich, *das hatte mir doch auch mein Ex-Freund erzählt!* Ich wurde sehr unruhig und plötzlich stieg Panik in mir auf. Die medizinische Bezeichnung für diese Gabe nannte er mir und erklärte, dass es nur sehr wenige Menschen gibt, welche diese besitzen. Er bot an, diese Fähigkeit meinen Kindern beizubringen, damit sie schneller und besser lernen würden.

»Interessant«, sagte ich lächelnd, wobei es in mir schrie: *Ich glaube dir kein Wort!*

Während er sprach, versuchte ich ruhig zu bleiben. In seiner Gegenwart fühlte ich mich sehr unwohl und fing an zu zittern. Er sprach so überzeugend wie mein Ex-Freund - für eine Sekunde hatte ich ihm geglaubt. Er log, davon war ich überzeugt. Später gingen wir freundlich auseinander. Ich versuchte mir nichts von meiner Nervosität anmerken zu lassen und war froh, als ich diesen Typ los

war.
Nach diesem Treffen meldete ich mich nicht mehr bei ihm. Ein paar Tage später kam überraschend eine Nachricht. Ich kann mich nicht mehr an den genauen Wortlaut erinnern, aber die Nachricht las sich in etwa so: »Du hättest dich lieber von mir ficken lassen sollen, als an einem anderen Schwanz zu lutschen.« Als ich diese Worte las, war ich einfach nur sprachlos! So etwas hatte mir nicht einmal mein liebenswerter Ex-Freund an den Kopf geworfen und ich hatte diesen Mann nur einmal getroffen! *Gut, dass du dieses Mal auf dein Bauchgefühl gehört hast!* Ich war stolz und fühlte mich erleichtert zugleich. Trotzdem war es schlimm genug, dass ich mich überhaupt mit ihm getroffen hatte. Ich wusste, dass ich auf diese kranken Menschen nicht mehr hereinfallen würde, da ich ihre heuchlerische Art und Machenschaften komplett durchschaut hatte, aber ich musste Wege finden, um mich selbst zu schützen und meine tiefsten Dämonen zu bekämpfen, um nicht mehr ständig die falschen Entscheidungen zu treffen. Wie würde es mir jemals möglich sein, normale Männer kennenzulernen und Beziehungen zu diesen aufzubauen?
Rückblickend betrachtet war es wohl genau dieser Moment, in dem mir noch einmal ganz bewusst wurde, dass ich dringend fundamentale Veränderungen in meinem Leben vornehmen musste.

Der erste Schritt - die Vergangenheit

Es musste doch einen Grund geben, warum ich immer auf Arschlöcher hereinfiel - ja, sie seit geraumer Zeit sogar aktiv gesucht hatte! Und auch, warum ich mit meinem Leben und mit mir selbst so unglücklich war. Ich entschloss mich ganz zurück an den Anfang meines Daseins zu gehen, um herauszufinden, woher genau meine Probleme rühren könnten. Zu Anfang machte ich mir intensive Gedanken über alle meine Ex-Beziehungen. Nach einiger Zeit, langem Grübeln und großen Kopfschmerzen war mir bewusstgeworden, dass es definitiv einen roten Faden gab, welcher sich durch all meine Ex-Beziehungen zog. Zusammen war ich immer nur mit zwei Sorten Mann gewesen. Die eine Sorte war im Prinzip so wie ich - eher sozial und hilfsbereit, zwar nach außen hin nicht unbedingt schüchtern wirkend, aber doch eher ruhig, zurückhaltend und vor allem im Inneren nicht sehr selbstbewusst. Die Sorte, die eher freundlich, harmoniebedürftig und sexuell weniger aktiv ist und die sich leicht von anderen beeinflussen lässt, um gemocht und akzeptiert zu werden. Diese Sorte fand ich nicht sehr spannend, weshalb die Beziehungen auch nie lange gehalten hatten.

Die andere Sorte Mann hingegen, zu welcher die überwiegende Zahl meiner Ex-Partner gehörte, war mittelmäßig bis sehr dominant, zumindest scheinbar sehr selbstbewusst, sexuell durchschnittlich bis sehr aktiv, eher rücksichtslos, kontrollierend, nicht sehr empathisch und nicht rücksichtsvoll gegenüber anderen. Also das genaue Gegenteil von mir. Diese scheinbare Stärke und Unnahbarkeit, welche diese Männer für mich ausstrahlten, empfand ich als unheimlich anziehend und attraktiv.

Mein allererster Freund, das musste ich mir eingestehen, passte nicht wirklich in dieses Muster. Ja, er war dominant gewesen, aber nicht auf eine kranke kontrollierende Art, sondern eher auf eine natürlich selbstbewusste Weise. Er war auch der Einzige, der mich hatte fallenlassen. Jetzt wusste ich in etwa warum. Er hatte eine ›normale‹ selbstbewusste junge Frau gesucht und das war ich, zum damaligen Zeitpunkt zumindest, nicht gewesen. In dieser Beziehung war ich die krankhaft Eifersüchtige und Kontrollierende. Ich passte von Anfang an nicht in sein Beuteschema, deswegen war eine Trennung vorprogrammiert - das hatte ich von Anfang an gewusst. Trotzdem hatte ich gehofft, dass, wenn ich ihm alles geben würde, vor allem sexuell, er bei mir bliebe. Die Rechnung war nicht aufgegangen und er trennte sich nach einem Jahr von mir. Durch die Trennung bin ich damals in ein tiefes Loch gefallen. Er war mein Ein und Alles gewesen - die Person, die mich motiviert hatte und antrieb. Damals hatte sich meine ganze Welt nur um ihn gedreht. In meinem naiven

Liebeswahn war ich völlig überzeugt gewesen, dass er der einzige Mann sei, den ich jemals lieben würde. *Was ist das überhaupt für eine Liebe, die mich damals so krank gemacht hat?*, wunderte ich mich nun.

Die restlichen meiner Ex-Partner von der dominanten Sorte interessierten mich in meinen weiteren Überlegungen am meisten, denn schließlich zählte mein Ex-Freund auch zu dieser Gruppe. Genaugenommen waren er sowie sein Vorgänger absolute Extreme dieser Gruppe gewesen.
Warum also finde ich dieses dominante Verhalten so anziehend? Und mache mich völlig abhängig und lasse mich auch noch gerne unterdrücken und benutzen, obwohl ich weiß, dass es mir schadet!?, grübelte ich. *Warum bin ich eigentlich so wie ich bin?*
Ich dachte viel über meine Kindheit nach und fing an Vergleiche zu ziehen zwischen meinen Ex-Partnern und dem, womit ich aufgewachsen war. Plötzlich fiel es mir wie Schuppen von den Augen: Diese dominanten Partner waren letztendlich alle genauso wie mein Vater! Von wem hatte ich denn dieses unterwürfige Verhalten gelernt? Immer schön gehorchen, wenn mir jemand etwas in einem strengen Ton befahl, etwas von mir forderte oder verlangte? Mein Verhalten und die Auswahl meiner Partner konnten doch nicht von ungefähr kommen!

Ich sezierte jedes kleinste Detail meiner Kindheit. Dass ich einige Charaktereigenschaften von meinen Eltern übernommen hatte, wusste ich schon lange. Zum Beispiel den Drang nach Perfektion und die Art sich sofort zu stressen, wenn etwas nicht gleich erledigt wurde. Dieser Punkt war mir bereits in meiner Ehe zum Verhängnis geworden, als unsere Kinder auf die Welt kamen und ich die Perfektion in meinem alltäglichen Leben nicht mehr aufrechterhalten konnte. Mit drei Kindern, Haushalt, Studium und Arbeit kam ich irgendwann mit meinen Kontrollzwängen nicht mehr hinterher und musste lernen, dass es auch in Ordnung war, nicht jeden Tag fünf Mal das Haus zu putzen. Durch die Unordnung um mich herum fühlte ich mich anfangs in mir ›schmutzig‹, unwohl und in gewisser Weise schwach und machtlos. Irgendwann gelangte ich an einen Punkt der Erschöpfung, an dem ich mir klarmachen musste, dass es so nicht weitergehen konnte.

Die Welt dreht sich weiter, auch wenn du deine Arbeit nicht immer sofort erledigst. Es gibt sowieso immer mehr Arbeit, musste ich mir klarmachen.

Während ich meine gewohnten Muster langsam aufgab, fühlte ich mich ohne meine Kontrolle machtlos und dadurch unruhig in mir selbst, aber dies legte sich zum Glück irgendwann. *Die Zeit mit deinen Kindern ist wichtiger als all deine pedantischen Arbeitsanfälle!*, ermahnte ich mich immer wieder.

Von meinem Vater hatte ich gelernt in Stresssituationen mit Wutausbrüchen und Aggression zu reagieren. Dieses Verhalten hasste ich an mir am meisten. Vor allem meinen Kindern gegenüber empfand ich dann immer ungeheure Schuldgefühle, da sie solch ein Verhalten wirklich nicht verdienen. Ich brach jedes Mal in Tränen aus, weil ich wusste, dass das, was ich tat, falsch war, aber in den entsprechenden Momenten konnte ich mein Verhalten einfach nicht mehr kontrollieren. *Warum machst du das, obwohl du es als Kind selbst so gehasst hast!?*, warf ich mir oft vor.

Als ich meine Kindheit weiter bis an den Anfang zurückspulte - zumindest so weit zurück, wie es meine Erinnerung zuließ - fiel mir bewusst auf, dass ich als kleines Kind eigentlich sehr fröhlich, laut und sehr selbstbewusst gewesen war. Damals hatte ich mich nie um mein Aussehen gesorgt und auch nicht darum, ob ich intelligent genug war oder was andere womöglich über mich denken könnten. Was war passiert, dass ich mich so dramatisch geändert und dieses Selbstbewusstsein verloren hatte? Ich machte mir Gedanken über meine Erziehung und mir fiel auf, dass mein Vater immer Gehorsam verlangt und seinen Willen mit Strenge, Regeln, emotionalem Missbrauch und Manipulation erzwungen hatte. Es hatte die dämlichsten Regeln und Strafen gegeben, wie zum Beispiel, dass alle sitzen bleiben müssen, bis jeder aufgegessen hat. Mein Bruder wollte nie aufessen und somit mussten wir oft an die zwei bis drei Stunden am Essenstisch sitzen bleiben. Unsere Mutter sagte bei all dem nie ein Wort, wahrscheinlich um Streitereien und Diskussionen mit meinem Vater zu vermeiden. Die Regeln und Strafen waren eine Sache, aber wie mein Vater mich behandelt hatte, hatte ganz andere und viel schwerwiegendere Konsequenzen mit sich gezogen. Durch ihn hatte ich mich immer bedroht gefühlt - ja, ich hatte pure Angst vor ihm.

Mein Vater ist erst in meinem fünften Lebensjahr in mein Leben getreten. Als feststand, dass er meine Mutter heiraten würde, adoptierte er mich. Meinen leiblichen Vater kenne ich nicht und wollte ihn auch nie kennenlernen, da er seinerseits keinen Kontakt zu mir suchte. Später als Teenager bekam ich von meinem Opa erzählt, dass mein leiblicher Vater absolut selbstsüchtig, aggressiv und brutal gewesen sei und meine Mutter misshandelt hatte. Dies bekräftigte nochmals meinen Entschluss, dass es besser sei nicht in Kontakt mit ihm zu treten. *Was habe ich wohl in meiner genetischen Veranlagung von seinen schlechten Charaktereigenschaften mitbekommen?*, habe ich mich oft gewundert. Zum Glück würde ich es niemals erfahren!

Der Vater, mit dem ich aufwuchs, hatte kein wirkliches Interesse an uns Kindern. Es stand sehr schnell fest, dass wir immer nur zweitrangig sein würden und niemals diese Liebe und Aufmerksamkeit bekommen würden, welche er meiner Mutter schenkte. Wir wurden geduldet, weil wir da waren. Trotz der Art und Weise, wie meine Mutter vergöttert wurde, kann ich mich daran erinnern, dass sie anfänglich in der Beziehung häufig weinte und sich gelegentlich in ihrem Zimmer einschloss.

Aufgrund seiner Arbeit war mein Vater fast nie zu Hause gewesen. Darüber war ich sehr froh, da ich wusste, dass es dann keinen Ärger gab. Wenn er zu Hause war, musste er trotzdem arbeiten. Wir durften ihn auf keinen Fall stören und mussten uns leise verhalten. Ansonsten lief alles nach seinen Regeln. Was er sagte, wurde gemacht - ohne Diskussionen. Ich hätte mich niemals getraut ihm zu widersprechen oder keinen Gehorsam zu zeigen. Wenn er nicht zu Hause war, bestrafte uns meine Mutter nicht und setzte auch die Strafen nicht durch, welche mein Vater verhängt hatte. In diesen Momenten konnten wir uns alle entspannen. Aber sobald er wieder zurück war, durfte keiner einen falschen Schritt machen. Ich fühlte mich jedes Mal sehr angespannt und verängstigt.

Als ich auf das Gymnasium kam, fielen meine Leistungen, nach einem kurzen Hoch, rapide ab. In der Schule war ich die Mitläuferin, die sich immer anpasste und unterordnete, um nicht anzuecken. Eine eigene Meinung hätte ich mir niemals erlaubt! Lob zu Hause gab es fast nie und schon gar nicht von meinem Vater. Wenn ich eine schlechte Note nach Hause brachte, ging es jedes Mal richtig rund. Ich lernte mit der Zeit mich sehr überzeugend schlafend zu stellen, damit mein Vater mich in Ruhe ließ, wenn er spätabends nach

Hause kam. So hatte ich Strafen entkommen können. Als ich realisierte, dass ich niemals den Standard erreichen würde, welchen meine Eltern voraussetzten, gab ich irgendwann einfach auf mich in der Schule anzustrengen. Ich bekam ständig die Bestätigung, dass ich einfach zu dumm sei, um irgendetwas zu verstehen. Deshalb glaubte ich mit der Zeit immer weniger an mich selbst und übernahm diese negativen Rückmeldungen als Tatsache meiner Selbstüberzeugung.

Mein Vater hatte eine Art jemanden mit seinen Blicken zu töten. Gelegentlich fuhr er einen in einer sehr lauten und aggressiven Stimme an. Er packte mich hart am Arm oder am Nacken und wenn ich Pech hatte, flog ich sofort in mein Zimmer. Die meiste Zeit versuchte ich mich von ihm fernzuhalten. Sarkasmus und unterschwellige Witze oder Anspielungen auf die Schwächen von uns Kindern waren an der Tagesordnung. Auch das Bloßstellen vor Fremden mussten wir ertragen. So wie ich war, war ich nicht gut genug, das hatte ich schnell verstanden. Zuwendung und Nähe gab es bei meinem Vater nicht. Ich kann mich noch sehr gut daran erinnern, wie ich meine Freundinnen beneidete, wenn sie von ihren Vätern in den Arm genommen wurden. Mein größter Wunsch war es immer gewesen, auch nur einmal diese innige Zuneigung von meinem Vater zu bekommen. *Zuwendung einfach nur weil er mich liebt so wie ich bin*, davon träumte ich mein Leben lang vergebens.

Meine Mutter sagte einmal zu mir: »Du bist so dick geworden, bist du schwanger?« Diese und andere Worte brannten sich für immer in mein Gedächtnis ein. Als Kind wurde ich mit der Zeit immer sensibler und anfälliger für all das Negative, was andere über mich sagten oder ich zumindest als negativ interpretierte. Ich hörte auf, positive Rückmeldungen über mich wahrzunehmen.

Einige meiner Ex-Freunde beschwerten sich, dass ich keine Komplimente annehmen konnte.

»Verdreh deine Augen nicht so und glaub mir doch mal«, sagte einer. Ich konnte einfach nicht, denn seine Komplimente hörten sich für mich wie ein Witz an.

Von dem, was wirklich alles in meiner Kindheit passiert ist, habe ich wahrscheinlich das Meiste verdrängt, aber was mein Vater mich über mich selbst gelehrt hat, blieb in mir stecken und formte meine tiefsten Überzeugungen: *Ich bin ein Niemand. Ich bin zu dumm, um irgendetwas zu verstehen oder etwas Sinnvolles von mir zu geben und sollte deshalb auch besser den Mund halten. Meine Entscheidungen, Meinungen und Ansichten sind prinzipiell falsch. Ich bin nicht hübsch und auch in keinster Weise interessant. Die Art und Weise, wie ich mich benehme und bewege ist nervig oder lächerlich. Kurzum, ich bin nicht liebenswert und auch nicht wichtig oder in irgendeiner Weise interessant genug, um jegliche Art von Zuwendung und Aufmerksamkeit zu verdienen oder ihrer wert zu sein.*

Ich kann mich erinnern, dass ich meinen Eltern einmal sagte, dass ich glaube, sie lieben mich nicht. »Das stimmt doch gar nicht«, lautete die empörte Antwort. Danach folgte etwas in die Richtung wie: »Sei bloß nicht undankbar«, und, »Wir tun wirklich alles für euch Kinder.« Ja, das stimmte auch, wir Kinder hatten kein schlechtes Leben gehabt, aber das ist nicht der Punkt. Das wirklich Wichtige und Ausschlaggebende ist, dass ich mich nie geliebt fühlte. Nichts Materialistisches auf dieser Welt kann wahre Zuneigung und Liebe ersetzen. Und auch Worte alleine bedeuten nichts, wenn man sie nicht fühlen kann. Kein Mensch kann ohne Zuneigung und Liebe überleben, geschweige denn gesund aufwachsen.

Als Teenager empfand ich meinen Eltern gegenüber Wut und benahm mich eher trotzig und widerwillig. Allen Regeln, der Kontrolle meines Vaters und auch der Überbehütung meiner Mutter versuchte ich mich zu widersetzen. Ich lernte zu lügen und verheimlichte meinen Eltern, dass ich die Schule immer öfter schwänzte und mich gelegentlich mit fremden Männern traf. Später, als junge Frau, wurde mir bewusst, wie gefährlich mein rebellierendes Verhalten wirklich gewesen war.

Irgendwann sah ich ein, dass negative Gefühle meinen Eltern gegenüber nichts Positives bringen und mir persönlich mit meinen eigenen Problemen auch nicht weiterhelfen würden. Das

Verhalten meiner Eltern kam schließlich auch nicht von ungefähr. Es war ihnen, genauso wie mir, von ihren Eltern antrainiert worden. Ich wusste, dass gerade mein Vater eine sehr schwere Kindheit gehabt hatte. Sein Vater war auch stark narzisstisch veranlagt gewesen.

Meinen Vater bewundere ich und rechne es ihm sehr hoch an, dass er sich später Hilfe holte und seitdem kontinuierlich an sich arbeitet. Leider habe ich den Prozess seiner Veränderung damals nicht miterlebt, da ich bereits ausgezogen war. Als ich schon erwachsen war, entschuldigte sich mein Vater irgendwann bei mir und beteuerte, dass es ihm sehr leid täte kein guter Vater für mich gewesen zu sein. Zu diesem Zeitpunkt konnte ich seine Worte nicht annehmen, da meine Wut auf ihn und das was er mir angetan hatte doch wieder aufstieg. Tränen traten in meine Augen, während mich meine Erinnerungen und der damit verbundene Schmerz überkamen. *Eine Entschuldigung ist zwar gut und schön, aber es macht meine Kindheit und mein jetziges Leben auch nicht besser*, dachte ich verletzt und verzweifelt.

Es tut weh und ist beängstigend sich seine eigenen Schwächen und negativen Eigenschaften bewusstzumachen. Das Erkennen der eigenen Probleme ist eine Sache, aber sich dann auch wirklich einzugestehen, dass diese Schwächen das eigene Leben fundamental negativ belasten, eine ganz andere. Wer gibt schon gerne zu, dass er Schwächen und Probleme hat? Man lernt schließlich von klein auf, dass Schwächen etwas Negatives sind. In meinen Augen zeigt aber gerade dieses Annehmen der eigenen Imperfektionen wahre Stärke, da diese Teile zu uns gehören und sie zu leugnen zwangsläufig ein Leugnen des eigenen Selbst ist. Probleme zu verdrängen führt nur zu immer noch größeren Problemen, wie ich selbst mein ganzes bisheriges Leben lang feststellen musste.

Als mir all dies durch den Kopf ging, wurde mir klar, dass ich schon immer diese Liebe, die ich nicht von meinem Vater bekommen hatte, bei anderen Männern suchte. Durch all meine dominanten Ex-Partner hatte ich immer und immer wieder das Muster meiner Kindheit auferstehen lassen. Krampfhaft hatte ich Halt und Zuneigung gesucht, mit dem Verlangen danach und der Hoffnung darauf von ihnen beschützt und gerettet zu werden - gerettet vor mir selbst, meiner eigenen Leere und meiner Unfähigkeit mich selbst zu lieben. Dadurch, dass ich als Kind immer unterdrückt worden war, hatte ich nie gelernt selbstständig Entscheidungen zu treffen, geschweige denn an mich und meine eigenen Stärken zu glauben und darauf zu vertrauen, dass ich mein Leben ganz alleine regeln kann. Mein Vater hatte mir eine Abhängigkeit antrainiert, welche mir beigebracht hatte, dass es sicherer sei andere über mich und mein Leben entscheiden und bestimmen zu lassen.

Mir wurde ganz schlecht bei all diesen Gedanken und bei der Erkenntnis, dass, obwohl ich das Verhalten meines Vaters zutiefst verabscheute, ich trotzdem abhängig davon geworden war und mein Leben lang danach in anderen Männern gesucht hatte. *Dass solch ein Abhängigkeitsdrang und mein Verlangen nach Liebe durch Anerkennung und Unterwürfigkeit zu keiner glücklichen Beziehung führen kann, ist offensichtlich!*, verstand ich nun.

Ich habe einmal in einem Artikel gelesen, dass Menschen Gewohnheitstiere sind und immer nur nach dem suchen, was sie kennen - also das, womit sie aufgewachsen sind. Dies stimmt zu hundert Prozent. Auf der einen Seite ist es gut so, dass wir auf das vertrauen, was wir kennen, weil es uns ein Gefühl von Sicherheit gibt. Auf der anderen Seite kann es aber auch fatal sein, wenn man unbewusst nach dem sucht und auf das vertraut, was einem letztendlich schon immer geschadet hat und niemals Sicherheit bringen wird.

Meine Abhängigkeit und mein Vertrauen waren gerade in meiner letzten Beziehung so weit gegangen, dass ich dem Narzissten mein Leben anvertraut hätte, mit der vollen Überzeugung, dass er für mich die richtigen Entscheidungen treffen würde. Bessere Entscheidungen, als ich sie jemals für mich selbst treffen könnte. Meine eigenen Bedürfnisse hatte ich gerne für ihn zurückgestellt und war immer gehorsam geblieben. Gehorsamkeit bringt Aufmerksamkeit, Anerkennung und

Liebe - das hatte ich als Kind gelernt! Obwohl ich die Dominanz hasste, hatte ich sie auch lieben gelernt. Ich kannte es ja nicht anders! Ich wusste auch gar nicht, wie ich anders mit diesem herrischen, dominanten und kontrollierenden Verhalten hätte umgehen sollen, außer mich zu fügen und unterzuordnen.
Diese Abhängigkeit von der Dominanz war wie eine Droge, die ich immer wieder gebraucht hatte, um mein Sein - mein gestörtes Selbstbild - aufrechtzuerhalten. *Im Grunde bist du genauso krank wie der Narzisst*, wurde mir bewusst, wobei sich Verzweiflung in mir ausbreitete. Könnte ich jemals geheilt werden? Könnte ich mich und meine Verhaltensmuster jemals ändern? Oder war ich für immer verdammt dazu, ein unglückliches Leben zu führen und Sklave meines eigenen kranken Selbst zu bleiben? Als ich mir noch einmal Gedanken darüber machte, welche Charakteristika Narzissten ausmachen, stieg plötzlich eine neue Angst in mir auf. *Bin ich womöglich selbst eine Narzisstin?*, fragte ich mich mit plötzlichem Schrecken.
Mit Kritik hatte ich schon immer schlecht umgehen können, brauchte auch schon immer die Bewunderung und Zuwendung anderer und mochte es zudem mich in den Mittelpunkt zu stellen, um auf einem emotionalen Hoch zu bleiben. Vor allem wenn ich längere Zeit ohne Partner war, ging es mir immer sehr schlecht. Manipulieren und Schauspielern konnte ich auch ganz gut, da ich

diese Stärken als Kind aus meiner Not heraus entwickelt hatte, um mich selbst zu schützen. *Du bist wirklich wie der Narzisst, wenn du es genau nimmst*, warf ich mir selbst vor. Ich überlegte eine Weile und kam dann zu dem Entschluss, dass ich gar keine waschechte Narzisstin sein konnte: *Dafür bist du viel zu emotional und mitfühlend!* Im Gegensatz zum Narzissten bin ich sehr wohl in der Lage, mich in andere hineinzuversetzen und ihre Emotionen und auch ihren Schmerz nachzuempfinden. Außerdem hätte ich in dem Falle versucht, den Narzissten zu manipulieren und hätte ihn belogen und betrogen. Ausgenutzt, wenn man es so will, hatte ich ihn eigentlich nur, um seine Anerkennung und Zuwendung zu bekommen. Vielleicht konnte man dies als passive Form des Narzissmus bezeichnen, so meine Schlussfolgerung.

Mein Gefühl der Verzweiflung hielt trotzdem an. Wie konnte ich das alles stoppen? Wie konnte ich mich selbst und die Art und Weise wie ich war ändern? *Wenn mir dieses Verhalten antrainiert wurde, dann muss es doch auch logischerweise möglich sein, dass ich es mir wieder abgewöhne oder zumindest ändere*, überlegte ich.

Diese negativen Überzeugungen musste ich einfach loswerden. Das war der einzige Weg, um aus diesem Teufelskreis herauszukommen!

Die spontane Aktion

Meinen Plan, andere vor Narzissten zu warnen, vergaß ich nicht. Aber ich machte mir sehr lange Gedanken darüber, wie ich dies tun könnte, ohne meinem Ex-Freund direkt zu schaden und ohne irgendwelche Identitäten oder mich selbst in Gefahr zu bringen. Ich fasste einen Entschluss. Ich würde in einem Video meine Geschichte erzählen oder zumindest einen Großteil der ganzen Geschichte und dieses im Internet veröffentlichen. So könnte ich hoffentlich wenigstens einigen Menschen die Augen öffnen und sie darauf aufmerksam machen, dass es solche gestörten Menschen überhaupt gibt.

Das Schlimme ist ja, dass man nicht mit solch hinterlistiger Böswilligkeit rechnet, weil man sich nicht mal im Traum vorstellt, dass ein Mensch zu so etwas fähig sein kann. Ich hoffte, dass wenigstens der Großteil meiner Zuschauer wachsamer werden und vielleicht anhand bestimmter Anzeichen Narzissten im eigenen Leben und vor allem in Liebesbeziehungen identifizieren würde. Lediglich über die narzisstische Persönlichkeitsstörung aufklären wollte ich nicht. Mein Hauptziel war es vielmehr, dass vor allem die Opfer von Narzissten begreifen würden, dass sie nicht grundlos und durch Zufall Opfer geworden waren, sondern dass es hierfür triftige Gründe gibt. Es gibt in dem Sinne keine Narzissten-Opfer, da die Partner von

Narzissten die böswilligen Machenschaften freiwillig über sich ergehen lassen. Immerhin zwingt sie niemand in der Beziehung zu bleiben und dennoch tun sie es. Ich wusste nun, dass in den meisten Fällen Partner von Narzissten viel mehr Opfer ihres eigenen kranken Selbst sind - Opfer ihrer eigenen Persönlichkeitsstörung - welche die Abhängigkeit von dem Narzissten beeinflusst. Es ist eine unbewusste Sucht und eine verzweifelte Suche nach Liebe und Anerkennung.

Mehrmals hatte ich versucht das Video aufzunehmen, wobei mir anfangs immer wieder die Tränen kamen. Irgendwann reichte es mir dann und ich stellte die letzte Version einfach online. Bei der ganzen Sache war ich unheimlich nervös. Vor allem fragte ich mich, was mein Ex-Freund wohl tun würde, würde er dieses Video finden. *Du bist so bescheuert! Warum musst du nur immer solche unüberlegten Aktionen durchziehen!*, warf ich mir selbst vor.

Obwohl ich plötzlich große Angst verspürte, redete ich mir ein, dass das Video wahrscheinlich sowieso niemand finden und es ganz schnell in den großen Weiten des Internets verschwinden würde. Leider traf genau das Gegenteil zu! Mir wurde schnell bewusst - und ich war völlig davon überwältigt - wie viele andere Menschen in ähnlichen Beziehungen steckten und von ähnlichen Problemen betroffen waren.

Als ich die verzweifelten und teils auch

hasserfüllten Leidensgeschichten las, merkte ich, wie gut es mir gelungen war mein Beziehungsdrama hinter mich zu bringen. Mittlerweile war es für mich nur noch eine Geschichte und das Geschehene kam mir schon fast irreal vor - wie ein Albtraum, aus welchem ich endlich erwacht war. Über das meiste konnte ich mittlerweile nur noch lachen und sah Narzissten eher als armselige Gestalten an, die ohne die Hilfe anderer einfach nicht überleben können.

Dennoch musste ich lernen mein eigenes Leben endlich in die Hand zu nehmen und mein Selbstbewusstsein zu stärken. Ich wollte nicht mehr so sein wie ich war. Ich wollte glücklich leben und eins mit mir selbst sein!

Ich las viele Bücher und Arbeiten von diversen Psychologen zu den Themen Selbstliebe und Selbstfindung und guckte Filme und Videos in der Hoffnung, Antworten auf meine Fragen zu bekommen. Die Ratschläge, welche ich über Selbstliebe las, waren zwar plausibel, aber trotzdem konnte ich sie nicht auf mich und mein Leben beziehen. Ich verstand nicht, wie ein tägliches »Du bist schön« - Mantra vor dem Spiegel mein Selbstwertgefühl steigern sollte, wenn ich in meinem tiefsten Inneren nicht davon überzeugt war. Ich lernte viel über Meditation und andere Übungen zur Entspannung, welche mir aber auch nicht bei meinen Problemen weiterhalfen. Ich schaffte es einfach nicht, Ruhe in mir zu finden.

Lange Zeit war ich sehr verwirrt und verzweifelt gewesen. Ich hoffte eine Art Anleitung zu finden, wie ich mich und mein Verhalten konkret zum Positiven verändern könnte, aber so etwas schien es nicht zu geben. Woher sollte ich denn wissen, wie ein gesunder normaler Mensch zu sein hat? Was ist denn überhaupt normal? Und wer legt das fest? Wie kann ich mich verändern und etwas werden, von dem ich keine Ahnung habe, wie es sich anfühlt oder in seiner Art zu sein hat!? Solche Gedanken trieben mich jedes Mal in den scheinbaren Wahnsinn.

Irgendwann beschloss ich das Ganze anders aufzuziehen. *Wie bin ich denn eigentlich jetzt ganz genau? Was macht mich und meinen Charakter aus? Wo sind meine Stärken und Schwächen? Was stört mich überhaupt an mir am meisten und mit welchem Verhalten stehe ich mir selbst ständig im Weg?*, überlegte ich lange.

Es war offensichtlich, dass mein automatisch unterwürfiges Verhalten gegenüber autoritären Personen aufhören musste. »Du machst jetzt einfach ganz bewusst nicht mehr das, was andere von dir verlangten - ganz egal wer oder was und in welcher Situation!«, sagte ich streng zu mir selbst. Es war ja nicht so, als ob ich dieses Verhalten nur in meinen Beziehungen an den Tag legte. Nein, auch auf meiner Arbeit, gegenüber meiner Vorgesetzten zum Beispiel tat ich es ebenfalls. Sie war auch eine solch dominante Person, der niemand widersprechen durfte. Ich fragte mich, wer diesen

Personen eigentlich das Recht dazu gab, andere so zu behandeln? Ganz egal welche Stellung oder Status jemand hat - niemand sollte andere herumkommandieren und ihnen respektlos gegenübertreten! Durch den Narzissmus habe ich gelernt, dass gebieterisches, herrisches und dominierendes Verhalten immer eine nach Außentragung innerer Hilflosigkeit und eine Kompensation des geschwächten Selbstwertes und eines niedrigen Selbstbewusstseins darstellt. Aus diesem Verständnis heraus taten mir solche Menschen eigentlich nur leid, da sie offensichtlich nicht gelernt hatten, sich ohne Gewalt und auf freundliche, kooperative und respektvolle Art und Weise durchzusetzen. Auf einmal konnte ich für meine Vorgesetzte und auch anderen Menschen, die sich mir gegenüber so verhielten, nur noch Mitleid empfinden. Ich verspürte ihnen gegenüber plötzlich eine gewisse Stärke, die mir half mich diesem negativen Verhalten zu widersetzen. Auch wenn es mir anfangs schwerfiel, versuchte ich nun ganz bewusst bei den nächsten Gesprächen mit meiner Vorgesetzten meine Meinung zu äußern und diese auch durchzusetzen. Einfach kleinlaut beigeben würde ich nie wieder!

Ich dachte an all die Situationen, in welchen ich mich normalerweise unterwürfig verhielt und überlegte mir einen Plan, wie ich mich nun anders verhalten könnte, ohne mich ständig aufs Neue zu unterwerfen. Zu lernen auf mein Bauchgefühl zu hören, spielte hierbei eine sehr wichtige Rolle. Ich beschloss, dass ich von nun an nichts mehr tun würde, wenn meine innere Stimme: »Nein, Stopp!«, schreit.

Anfangs fiel mir die Veränderung meines gewohnten Verhaltens sehr schwer. Ich kam sehr oft in Versuchung, einfach wieder in meine alten Muster zu verfallen. Jedes Mal, wenn ich mich gegen meine Verhaltensmuster sträubte, wurde mir innerlich schlecht und ich bekam einen flauen Magen. *Nicht lockerlassen!*, ermahnte ich mich immer wieder. Mit der Zeit überwand ich langsam meine inneren Ängste, welche sich gelegentlich meldeten. Diese Angst warnte mich vor negativen Konsequenzen aufgrund meines neuen, scheinbar aufmüpfigen, Verhaltens. Sie ermahnte mich, dass ich nun nicht mehr gemocht werden könnte, da ich nicht das tat, was andere von mir verlangten. *Diese Angst existiert nur in deinem Kopf! Keiner hat das Recht dich herumzukommandieren!*, machte ich mir immer wieder klar.

Nach einiger Zeit wartete ich regelrecht auf Situationen, in denen ich üben konnte mich zu behaupten. Wenn ich es schaffte meine innere Angst zu überkommen, empfand ich jedes Mal ein unheimlich gutes Gefühl von Stärke und einen Triumpf darüber, meine eigene Schwäche überwunden zu haben. Es tat gut zum allerersten Mal in meinem Leben nicht immer nur nach der Pfeife anderer zu tanzen, sondern meine Wünsche und meinen

Willen durchzusetzen! Ich war endlich in Kontrolle über mich selbst und das, was in meinem Leben passierte.

Während dieses Prozesses wurde mir bewusst, dass, wenn zwei Menschen aufeinandertreffen, immer zwei unterschiedliche ›Willen‹ aufeinandertreffen. Bis jetzt hatte ich immer ein schlechtes Gewissen gehabt, wenn ich meinen Willen durchsetzen wollte, weil ich dachte, dass mein Gegenüber mich dann nicht mehr mag oder dass ich es nicht wert war, meinen Willen zu bekommen. Jetzt fragte ich mich, warum ich es nicht wert sein sollte? Wenn ich nachgab, bekam der andere seinen Willen und hatte dann ja auch kein schlechtes Gewissen! Fakt ist, dass wir alle immer etwas wollen und zwar das, was für uns richtig und gut ist, beziehungsweise uns in unserem Leben weiterbringt. Zu bekommen was wir wollen macht uns glücklich und zufrieden, da wir nur so unsere Ziele und Wünsche erreichen können.

Um mein etwas schlechtes Gewissen zu beruhigen, erklärte ich mir selbst, dass alles was ich tat in Ordnung sei, solange durch meine Handlungen keine andere Person ernsthaft emotional verletzt oder ausgenutzt wurde. Also nicht so, wie die Narzissten es tun!

Monate später las ich etwas zu diesem Thema, was meine Überlegungen noch einmal bestätigte. Menschen, die immer nur geben und nie lernen auch zu nehmen, müssen zwangsläufig unglücklich werden, weil sie ihre Wünsche nie erreichen können. Sie helfen immer nur anderen dabei, deren Wünsche zu realisieren. Dabei ist es ganz egal, wie nobel, sozial, aufopferungsvoll und selbstlos die Tat an sich auch sein mag. Dies hat nichts mit Selbstsucht zu tun, sondern vielmehr mit Selbstrespekt und Selbstachtung. Wer sich selbst ständig missachtet und den eigenen Willen immer nach hinten stellt, muss sich nicht wundern, wenn er sich irgendwann nur noch ausgenutzt, gestresst, missmutig und im schlimmsten Falle depressiv und leer fühlt.

Durch weitere spätere Recherchen lernte ich auch, dass Grenzsetzung nicht nur für die eigene Erfüllung wichtig ist, sondern auch ausschlaggebend für unser Maß an Selbstbewusstsein. Grenzen - also, was wir wollen und nicht wollen - definieren uns. Wie kann ich denn festlegen, wer ich bin - wo ich anfange und wo ich aufhöre - wenn ich gar nicht weiß, was ich überhaupt will?

Unser Wille zeigt uns selbst und auch anderen, wer wir sind und was wir uns gefallen lassen und was nicht. Ein gesunder Wille hilft uns, die richtigen Entscheidungen in unserem Leben zu treffen und den für uns optimalsten Weg zu wählen, missachtend was andere von uns denken, erwarten oder uns versuchen vorzuschreiben und einzureden. Dies bedeutet zwangsläufig auch zu lernen nicht immer anderen gefallen zu wollen. Wir haben die Wahl - entweder wir leben für andere, um es ihnen Recht zu machen oder wir nehmen unser eigenes Leben in die Hand und leben mit Entscheidungen, die uns glücklich machen, aber die anderen vielleicht nicht gefallen. Mein Entschluss stand fest, ich würde darauf pfeifen was andere über mich denken und würde nur noch das tun, was ich für mich als richtig erachte!

Nun wurde mir auch klar, warum ich meine Schwester schon immer bewundert habe. Sie war von meinen Eltern oft als Zicke bezeichnet worden, aber letztendlich hatte sie das einzig Richtige getan - sich vor allem meinem Vater widersetzt, weil das was er verlangte nicht gut für sie gewesen war. Sie hatte es immer geschafft, ihre Grenzen aufrechtzuerhalten.

Eine weitere meiner falschen Überzeugungen war meine Annahme, dass vor allem dominante Menschen besser seien als ich. Ich redete mir ein, dass ihre Meinungen und Ansichten mehr zählten als meine. Als Kind war meine Meinung immer herabgewertet worden, bis ich irgendwann aufhörte mir überhaupt eine zu bilden. Ich lernte das perfekte Chamäleon zu sein und mich allem und jedem anzupassen. Es war wie mit der Grenzsetzung - ich äußerte meine Meinung erst gar nicht, somit würde ich auch niemandem vor den Kopf stoßen. Keine eigene Meinung zu haben bedeutet aber, immer nur Mitläufer zu sein und Mitläufer sind langweilig. Ich war immer langweilig und uninteressant gewesen. Ich stimmte einfach jedem zu und hielt mich zurück. *Was hatte dein Ex-Freund einmal gesagt?*, versuchte ich mich zu erinnern, »Du bist wie ein Roboter!« Das stimmte. Ich wartete einfach Befehle ab und befolgte sie dann.

Was würde eigentlich passieren, wenn ich mir überhaupt einmal zutrauen würde eine eigene Meinung zu bilden und daran auch festzuhalten? Sollte irgendjemandem meine Meinung nicht passen, wäre es schließlich sein Problem nicht meins! *Du findest doch selbst Personen mit einer eigenen Meinung interessanter, also warum hältst du dich immer zurück!?*, warf ich mir vor. Was soll man überhaupt von einer Person halten, die andere Meinungen nicht akzeptieren kann? Zeigt das nicht lediglich eine gewisse Angst und Unvermögen neue Ansichten in Betracht zu ziehen und dabei möglicherweise festzustellen, dass die eigenen Ansichten falsch sind? Und steht nicht jedem eine eigene Meinung zu? Man muss ja nicht immer gleicher Meinung sein, aber man sollte unterschiedliche Meinungen akzeptieren, da sie ein Ausdruck unserer Individualität sind. Verschiedenheiten machen uns als Menschen doch erst interessant! Ich schwor mir, dass ich mir von nun an immer eine eigene Meinung bilden und an dieser Meinung festhalten würde, egal ob andere mir zustimmen oder nicht. *Und wenn jemand plausible Gegenargumente bringt, kannst du sie ja immer noch ändern, das ist schließlich erlaubt*, beschloss ich.

Ein weiteres meiner Probleme war, dass ich mir

aufgrund meines niedrigen Selbstwertes sehr oft Gedanken darübermachte, was andere über mich denken könnten. Ich hatte oft Angst mich falsch zu bewegen oder durch das was ich tat und sagte negativ aufzufallen oder komisch angeguckt zu werden. Solche Ängste verunsicherten mich oft und erlaubten es mir nicht, mich in der Gegenwart anderer zu entspannen. Mir war bewusst, dass diese Ängste völlig ungerechtfertigt und unbegründet waren. Aber wie könnte ich sie abstellen!? Doch wenn ich ehrlich war, warum sollten fremde Menschen, die mich gar nicht kennen, irgendetwas Negatives über dich denken? Und selbst wenn sie es tun, warum beschäftigte mich das überhaupt? Wann, so überlegte ich, bin ich eigentlich entspannt und einfach nur ich, ohne den Zwang zu empfinden mich verstellen zu müssen? In Gegenwart von meinen guten Freunden und Bekannten war ich nicht so selbstkritisch und befangen. Also fasste ich einen Entschluss: Ich würde mich selbst überlisten, indem ich mir einfach vorstelle, dass unbekannte Menschen, auf die ich tagtäglich traf, schon jahrelange Bekannte wären. Warum denn auch nicht? Wovor genau hatte ich denn eigentlich so viel Angst? Letztendlich sind wir doch alle irgendwie gleich und streben auch alle Harmonie und Zugehörigkeit und Anerkennung an. Es ist viel entspannter Fremden direkt und ohne Hemmung freundschaftlich gegenüberzutreten, als zu versuchen sich zu verstellen.

Durch meine letzten zwei Ex-Freunde hatte ich gelernt, dass Status, Beruf und auch Geld den Menschen in keinster Weise besser machen und nichts über seinen Charakter aussagen. Respekt sollte immer gegeben sein und man sollte bestimmten Menschengruppen nicht in den Arsch kriechen und andere wiederum herablassend behandeln, nur weil sie scheinbar weniger wert sind. *Wert,* sinnierte ich verärgert, ein Mensch hat keinen Wert. Wir sind doch keine Objekte! *Wenn ich einer Person einfach neutral gegenübertrete, dann kann ich nichts falsch machen*, so lautete mein neuer Plan. Aus Erfahrung wusste ich, dass das Bild, welches man sich automatisch von anderen macht, meistens sowieso nicht stimmt.

Dieser Trick half mir ungemein. Ich fing an allen Menschen offen und ehrlich gegenüberzutreten und mich einfach unverstellt natürlich zu geben. Ich merkte schnell, wie ich immer entspannter dabei wurde. Ich fühlte mich so wohl und zufrieden mit mir selbst. Warum hatte ich mich eigentlich immer verstellen müssen? Was würde denn schon passieren, wenn mich jemand nicht mochte? Ich mochte ja auch nicht alle Menschen und das war völlig in Ordnung so! Und die, die mich wirklich so mögen wie ich bin, deren Akzeptanz würde absolut echt sein. Mein selbstbewusstes ehrliches Auftreten brachte überraschende Folgen mit sich. Ich hatte das Gefühl, andere behandelten mich respektvoller und waren auch viel freundlicher

und offener. Menschen merken, wenn andere Angst haben oder sich verstellen. Das steckt in unseren Urinstinkten. Wiederum merken wir auch, wenn jemand zu sich selbst steht, sich selbst respektiert und dann auch diese Echtheit und diesen Selbst-Respekt nach außen hinträgt.
Das Problem, welches ich mit meinem Aussehen hatte, spielte ebenso negativ in mein selbstbewusstes Auftreten ein. Vom Prinzip war es auch hier genau das Gleiche, wie mit allem anderen: ich muss mir gefallen, sonst niemandem! Irgendwann stand ich vor meinem Spiegel und mir fiel auf, dass ich immer noch die falschen Wimpern an meinen Lidern hatte, welche ich mir auch nach der Trennung von dem Narzissten hatte erneuern lassen. Wie bescheuert ist es eigentlich, sich Plastik ins Gesicht zu kleben und anderen etwas zu verkaufen, was gar nicht zum eigenen Körper gehört!? *Wenn mich jemand ohne Plastik nicht mag, dann ist es sein Problem*, dachte ich, *ich will mich nicht mehr verstellen!* Obwohl es ziemlich wehtat, zog ich mir jede einzelne falsche Wimper von meinen echten Wimpern ab. Danach fühlte ich mich schon viel wohler.
Ich bin eben so wie ich bin! Warum sollte ich dagegen ankämpfen? Warum sollte man sich verändern wollen? Nur um anderen besser zu gefallen? Warum gefällt man ihnen nicht so wie man ist? Mit oder ohne falschen Wimpern oder jeglichen anderen Veränderungen - ich bleibe immer

derselbe Mensch! Ist es das überhaupt wert, sich mit Menschen abzugeben, die einen nicht so akzeptieren können, wie man wirklich aussieht oder ist!? Die Antwort war ein absolut klares: Nein!

Was genau sagt dieses kritisierende Verhalten überhaupt über andere aus? Menschen, die andere für ihr Aussehen kritisieren, haben mit sich selbst ein Problem, das wusste ich nun. Warum muss man oder sollte man irgendjemanden kritisieren? Was geht es mich überhaupt an, wie jemand anderes aussieht oder aussehen möchte?

Meine Selbstwahrnehmung war bei weitem nicht mehr so verzerrt wie früher, aber mit meinem Körper, nach drei Schwangerschaften, kam ich einfach nicht wirklich klar. Ich musste das Ganze realistisch sehen. In unserer Gesellschaft wird Frauen von klein auf ein komplett falsches Bild von dem, wie schöne Frauen auszusehen haben, vermittelt. Alleine durch die Modewelt lernt man als Frau, dass man Make-up tragen und so schlank wie möglich sein sollte. Ich kann mich nicht daran erinnern, dass wir uns in der Schule, zum Beispiel, einmal normale Frauenkörper angesehen haben oder unsere eigenen Körper unter die Lupe genommen haben, um zu verstehen was überhaupt ›normal‹ natürlich ist. Auch zu Hause war nie darüber gesprochen worden. Wenn überhaupt waren nur mal abwertende Bemerkungen gefallen wie: »Ach, die Models sind doch sowieso alle krank.« Das half mir aber nicht meinen eigenen Körper zu

verstehen und dass dieser sich auch im Laufe der Zeit verändern würde!
Du hast drei Kinder auf die Welt gebracht, dafür siehst du eigentlich noch ziemlich gut aus!, musste ich mir ehrlich eingestehen. Seit meiner Jugend hatte ich in meiner Vorstellung solch ein krankes Bild aufgebaut, wie ich meiner Meinung nach aussehen sollte, um schön genug zu sein. Hinzu kam, dass ich lange Zeit absolut überzeugt davon gewesen war, dass wenn ich endlich meinem Schönheitsideal entsprechen würde, ich auch endlich glücklich sein und sich all meine Probleme verflüchtigen würden. Nun, ganz ehrlich musste ich mir eingestehen, dass ich mich auch damals, während meiner Magersucht Phase mit unter 50 Kilogramm kein Stück glücklicher gefühlt hatte.

Ansonsten jedoch war mir klar: Wenn einen etwas stört, dann muss man aktiv etwas dagegen unternehmen! Ich hatte schon vor längerer Zeit angefangen Sport zu treiben und war auch so recht häufig an der frischen Luft unterwegs und ging viel spazieren. Ab und zu ging ich mit einer Arbeitskollegin laufen. Wenn man es nicht alleine schafft, dann holt man sich eben Hilfe. Durch den Sport bekam ich meinen Bauch leider nicht weg. Irgendwann jedoch dachte ich mir: *Warum sorgst du dich eigentlich ständig um Dinge, die du sowieso nicht ändern kannst!?* Ich machte mir noch einmal klar, dass ich nun mal drei Schwangerschaften hinter mir habe und entschloss mich dann ganz bewusst, mir

einfach keine Gedanken mehr zu machen, die nichts als Unsicherheit und Negativität mit sich brachten. Außerdem konnte ich froh sein gesund zu sein - andere Menschen haben mit viel größeren Problemen zu kämpfen als ich!
Solche und andere Gedankengänge und Veränderungsprozesse führte ich über einige Monate fort. Nach und nach korrigierte ich all meine falschen Überzeugungen, indem ich erst die Ursachen ergründete, das Problem dann so realistisch wie möglich aus verschiedenen Perspektiven betrachtete und am Ende versuchte mögliche Lösungen zu finden. *Was du dir immer für unnötige und schwachsinnige Sorgen gemacht hast!*, warf ich mir oft kopfschüttelnd selber vor.

Mein Selbstfindungsprozess schritt langsam fort und ich merkte, wie ich immer ausgeglichener in mir selbst wurde. Die Veränderungen wirkten sich nicht nur positiv auf mich und mein Wohlbefinden aus, sondern auch auf die Beziehung zu meinen Kindern. Ich war auf einmal viel entspannter, was wiederum die Reaktionen meiner Kinder auf mich positiv veränderte. Zudem merkte ich auch durch die Haltung und Reaktionen meiner Mitmenschen mir gegenüber, dass sich alles in die richtige Richtung entwickelte.

So viele hatten mir zuvor einreden wollen, dass man sich als Erwachsener seinem Schicksal einfach fügen muss - ich weiß nun ganz sicher, aus eigener Erfahrung, dass das nicht stimmt!

Wieder verspürte ich diesen inneren Drang, meine neuen Erkenntnisse mit anderen über das Internet zu teilen. Es war mir unheimlich wichtig verständlich zu machen, dass eine grundlegende Veränderung im Leben möglich ist. Man muss sich nur erst einmal entschließen, sein Leben aktiv in die eigenen Hände zu nehmen und die eigenen Ängste überkommen.

Liebe und Beziehungen

Mir kamen immer mehr neue Fragen in den Sinn, aber auch alte Fragen, welche mich schon mein Leben lang beschäftigt hatten, plagten mich weiter. Irgendwann würde ich sicherlich wieder eine feste Beziehung eingehen wollen, aber wie könnte ich es schaffen eine normale Beziehung zu führen? Was macht eine Beziehung aus? Warum gehen wir überhaupt Beziehungen ein? Woher weiß ich, welcher der passende Partner für eine langfristige Beziehung ist? Und wo oder wie kann ich ihn finden? Die wichtigste Frage überhaupt war: Was ist Liebe? Gibt es sie oder ist es nur eine Wunschvorstellung, der wir Menschen blind hinterherjagen? Falls es sie gibt: Woher würde ich wissen, dass ich einen Menschen wirklich liebe und er mich? Mein Kopf drehte sich. Bei diesen Fragen bekam ich Panik und hatte Angst niemals die richtigen Antworten zu finden. Ich wollte keine neuen Fehler begehen. Ich wollte nicht wieder verletzt werden.

Die verzweifelten Gedanken, dass es mir niemals gelingen würde einen passenden Partner zu finden, stimmten mich sehr traurig. Ich sprach mit ein paar Freunden über die Themen Beziehung und Liebe. Ihrer Meinung nach gab es keine wahre Liebe.

»Liebe bedeutet immer nur Schmerz«, erklärte einer. Sie waren überzeugt, dass es im Leben in

Hinsicht auf Beziehungen und Sex eigentlich nur darum ging, das zu tun, was einem selbst guttut und Spaß macht. »Man lebt ja nur einmal«, lautete die Begründung. »Ein Partner ist wie eine gute Investition. Da muss man weise wählen«, bei dieser Aussage eines Bekannten musste ich meine Wut stark zurückhalten. *Ein Partner ist doch kein Wertobjekt! Genau so denken Narzissten!*, schrie es zornig in mir. Mit diesen Philosophien konnte ich mich nicht anfreunden, da sie mir zu selbstsüchtig und eigennützig erschienen. Ich suche mir doch keinen Partner, nur um ihn auszunutzen. »Dann würde ich ja genauso wie der Narzisst handeln!«, schlussfolgerte ich erbost. Zusammen Spaß haben und einem anderen Menschen Liebe schenken ist doch das, was das Leben lebenswert macht, war meine Überzeugung. Das Leben ist voller spannender und erinnerungswürdiger Momente. Diese mit einem Partner teilen zu wollen schien mir ein viel erstrebenswerteres und erfüllenderes Ziel.

Ein Freund, der für seine Beziehungsprobleme die scheinbar passende Lösung gefunden hatte, weihte mich ein, dass Polygamie die richtige Antwort für mich sei. Seit einiger Zeit lebte er nun schon polygam, nachdem seine langjährige monogame Beziehung gescheitert war.

»Das solltest du auch einmal ausprobieren, dir wird es gefallen.« Bei den Worten lächelte er mich überzeugt an.

»Bei dir etwa? Mit deinen Frauen zusammen?«,

fragte ich verdutzt. Er nickte und grinste wieder. *Du schön als Hahn im Korb, mit vielen Frauen um dich. Dass dir das gefällt, kann ich mir gut vorstellen,* dachte ich höhnisch. Als er mir erklärte, wie toll es sei, sich mit mehreren Partnern gleichzeitig austauschen zu können, schossen mir wieder einmal hunderttausend Überlegungen durch den Kopf. Vor allem sein sexuelles Leben wäre nun viel erfüllter, offenbarte er mir.

»Und bei euch gib es keine Eifersucht?«, fragte ich zweifelnd.

»Nein, gar nicht. Wir verstehen uns alle super!«, versicherte er.

So wie er alles schilderte, hörte es sich zu perfekt und einfach an, weshalb meine Zweifel schnell wuchsen. Zugegeben sah ich gewiss Vorteile in solch einem Beziehungskonstrukt. Mehrere Partner bringen ohne Zweifel mehr Wissen und Abwechslung in eine Beziehung. Und wenn einen ein Partner verlässt, ist man nicht ganz alleine. *Sehr praktisch*, dachte ich grinsend. Trotzdem fragte ich mich, wieso es denn einfacher sein sollte, mit mehreren Partnern gleichzeitig erfolgreiche Beziehungen zu führen, wenn man es nicht mal schaffte, erfolgreich eine Beziehung mit nur einem Partner zu führen? Eine Beziehung ist immerhin eine Beziehung, welche in jedem Fall Arbeit bedeutet und vor allem Zeit braucht, um sich entfalten zu können. Mehr als ein Partner bedeutet zwangsläufig mehr Arbeit und Zeit. Wie genau man durch die Polyamorie besser oder einfacher Liebe finden oder verstehen kann, war mir ein Rätsel.

»Monogame Menschen limitieren sich unheimlich, in dem sie sich auf nur einen Partner festlegen«, erklärte er mit ernster Miene. Okay, sexuell limitierte man sich vielleicht. Ich persönlich hatte jedoch noch nie das Verlangen nach mehreren Sexpartnern gleichzeitig, wenn mich mein festerer Partner sexuell völlig erfüllte. »Warum sollte ich nach anderen Partnern suchen, wenn mich mein Partner glücklich macht?«, fragte ich ihn interessiert.

»Mit mehreren Partnern ist der Erfahrungsaustausch größer«, erklärte er sofort. Durch meine verschiedenen Partner war mein Erfahrungsschatz auch schon gewachsen. Nur hatte ich die Partner eben einzeln hintereinander gehabt. Außerdem könnte ich auch einfach mehrere Affären haben oder eine Freundschaft Plus eingehen – das wäre noch entspannter und einfacher als Poly-Beziehungen!

»Es geht ja auch mehr um den Erfahrungsaustausch«, elaborierte er dann.

»Das macht ja noch weniger Sinn. Meinen Erfahrungsaustausch bekomme ich durch meine Freunde und neue Menschen, die ich kennenlerne. Und natürlich auch durch das, was ich lese und lerne und so weiter«, argumentierte ich. Ich hatte in noch keiner meiner monogamen

Beziehung das Gefühl gehabt, dass ich in meiner persönlichen Weiterentwicklung limitiert gewesen wäre.

»Du bist ja auch nicht wie andere Frauen«, stellte er fest. Was sollte das denn nun schon wieder heißen!?

»Die meisten lernen und interessieren sich eben nicht so viel für Neues, so wie du«, betonte er.

»Okay, aber das ist doch dann nicht die Schuld des Partners, wenn die Frau sich nicht weiterentwickeln möchte!?«, sagte ich vorwurfsvoll. Seine Argumente überzeugten mich kein bisschen. Meiner Meinung nach kann man sich immer nur selbst limitieren. Während all meiner Beziehungen pflegte ich immer Kontakt zu vielen Menschen, durch welche ich mich persönlich bereichern konnte. Studiert und mich durch Eigeninitiative weitergebildet habe ich mich auch schon immer. Meiner Meinung nach limitiert nicht der monogame Partner, sondern vielmehr die eigene Entscheidung sich nur noch auf diesen einen Partner zu fixieren und ihn zu dem zentralen Mittelpunkt des eigenen Lebens zu machen. Ich habe dies schon oft bei anderen und auch mir selbst beobachtet. Freundinnen, die nur zu Hause auf ihren Mann warten und sich nur noch an ihn klammern. Sie sind oft verbittert und verärgert, wenn sich ihr Mann nicht rund um die Uhr um sie kümmert und ihnen Aufmerksamkeit schenkt. Diese Frauen lösen sich förmlich in ihrer Beziehung auf. Sie machen sich völlig abhängig, genauso wie ich es selbst bei meinen letzten zwei Ex-Freunden getan hatte.

Plötzlich wurde mir klar, warum mein emotionaler Absturz nach der Trennung von dem Narzissten so groß gewesen war. Es ist doch verständlich, dass, wenn man den eigenen Partner zu seinem einzigen Fixpunkt im Leben macht und dieser Fixpunkt dann auf einmal verschwindet, aller Halt wegfällt und man sich erstmal verloren fühlt. Ein autonomes Leben neben einer festen Beziehung weiterzuführen ist hier entscheidend. Man muss seine Kontakte und Interessen kontinuierlich pflegen und ihnen ausreichend Zeit schenken, denn diese werden nach einer Trennung zu wichtigen Stützen, welche einen auffangen, einem Sicherheit geben und den Trennungsschmerz somit erleichtern.

Für mich schrie das ganze Konstrukt der Polyamorie nach Verlustangst und Unsicherheit. Durchaus kann man mehrere Menschen lieben, aber muss man diese Liebe durch eine feste Beziehung mit ihnen beweisen? Der einzige Vorteil ist doch, dass man in einer Poly-Beziehung nicht so sehr verletzt wird, als mit nur einem Partner. *Aber auch viele Partner können einen verletzen!*, dachte ich kritisch. Vor Verletzung kann man sich letztendlich nur selbst schützen. Auch die Partner in einer Poly-Beziehung werden irgendwann zur Gewohnheit und alles wird zur Routine. Im Bett wird auch alles irgendwann gleich sein. Um die Spannung zu halten, müsste man theoretisch immer wieder neue Partner hinzuholen und die Partner selbst müssten alle offen und in ihren Einstellungen und Vorlieben flexibel bleiben. Und das kann ich doch auch in einer monogamen Beziehung erzielen! Mit nur einem Partner kann ich auch experimentieren. Es kommt doch eigentlich nur auf die eigene Kreativität an, davon bin ich fest überzeugt.

Die Polyamorie ist sicherlich für einige, vor allem diejenigen, welche Bindungsängste oder Verlustängste haben und nicht die Fähigkeiten besitzen, in einer Beziehung mit nur einem Partner selbst kreativ und erfinderisch zu sein, ein guter Weg, um sein Glück zu finden.

Ich brauchte nicht mehr den Kick durch ständig neue Abenteuer. Durch meine Sex-Freundschaften hatte ich gelernt, dass *Neu* immer nur so lange spannend ist, bis der Reiz des Unbekannten wieder verschwindet. Das Kribbeln am Anfang und die Spannung zwischen zwei sich noch fremden Menschen kann sicherlich ekstatisch sein, aber dann auch genauso schnell vergehen. Außerdem ist neu auch nicht immer gleich besser als das, was man vielleicht schon hat. Man müsste es schaffen, die vielen Facetten seines Partners immer wieder neu für sich zu entdecken. Das würde eine Beziehung jeglicher Art auf ewig lebendig halten, so meine Schlussfolgerung.

Unsere anfängliche Unterhaltung führte in eine endlose Diskussion und beantwortete für mich keine meiner Fragen. Mir war nur eins klar: Polyamorie ist keine Lösung für mich! Außerdem hätte ich sowieso erst einmal passende Partner finden müssen. Für so etwas habe ich keine Zeit.
Also stand ich wieder am Anfang. Ich ging noch einmal ein paar Schritte zurück in meinen ganzen Gedankengängen.

Wie funktionieren Beziehung überhaupt und was macht eine Beziehung stabil?, fragte ich mich. Es ist doch erstmal ganz egal, um welche Art von Beziehung es sich handelt. Wie funktionieren zum Beispiel meine Beziehungen mit meinen richtig langen Freunden?, das war eine für mich sehr wichtige Überlegung. Plötzlich wurden mir einige Dinge bewusst. Zum einen lag es auf der Hand, dass sich richtig gute und innige Beziehungen erst über lange Zeit entwickeln. Man muss Gelegenheit haben, den anderen Menschen in verschiedenen Lebenssituationen kennenzulernen.
Mir wurde klar, dass alle meine guten Freundschaften auf einer unabdinglichen Basis aus gegenseitigem Respekt und Akzeptanz fundieren. Ich dachte speziell an die Freundschaft mit meinem besten Freund. Wir akzeptierten uns gegenseitig so wie wir sind, ohne den anderen zu kritisieren. Jeder kann sein ungezwungenes Selbst sein und hat nicht das Bedürfnis sich verstellen oder beweisen zu müssen. Ich fühle mich in seiner

Gegenwart frei. Zudem besteht zwischen uns ein hohes Maß an Vertrauen. Ich fragte mich, woher dieses Vertrauen überhaupt kommt? Wir haben viele Höhen und Tiefen - herzergreifende und teils auch sehr schmerzhafte Momente - zusammen durchlebt und geteilt. Er kennt meine Dämonen, Schwächen und auch intime private Informationen, aber hat mich nie für diese verurteilt. Kleine Unstimmigkeiten haben wir auch hinter uns gebracht, ohne dass die Freundschaft daran zerbrochen ist. Auch wenn wir nicht in ständigem Kontakt sind, ist das Gefühl der Verbundenheit nie geschwunden. Wir sind immer füreinander da. Dass ich auf ihn zählen kann, hat er mir schon sehr oft bewiesen. Durch all das habe ich gelernt, dass ich ihm wirklich vertrauen kann. In unserer Freundschaft hat sich auch keiner von dem anderen abhängig gemacht. Wir sehen uns nicht als eins, sondern als zwei unabhängige Individuen. *Aber wie kann man all dies mit einer Liebesbeziehung vergleichen?*, überlegte ich weiter. Genaugenommen sollte auch ein Partner in einer Liebesbeziehung, unter anderem, die Rolle eines guten Freundes übernehmen.
Ich versuchte mich zurückzuerinnern, wie das eigentlich in der Vergangenheit abgelaufen war, als ich meine Ex-Freunde zum ersten Mal kennengelernt hatte. Die meisten hatte ich erstmal gedatet und diesen fremden Menschen beim allerersten Treffen noch kein Vertrauen geschenkt, sondern

eher Abstand gehalten. Meistens waren oberflächliche Unterhaltungen geführt worden, wobei ich noch keine enge Verbindung zu dem entsprechenden Mann verspürte. Aber dann plötzlich, nach dem ersten Körperkontakt oder Kuss, hatte ich immer sofort das Gefühl gehabt, dass wir nun auf einmal verbunden sind. Ich kannte den Menschen nicht besser, aber, es erschien mir immer wie eine Selbstverständlichkeit, dass wenn mir ein Mann körperlich nähergekommen war, er automatisch zu einer Vertrauensperson für mich wurde. *Wie absurd ist das eigentlich!?*, stellte ich kopfschüttelnd fest. Anderen Menschen vertraut man Monate oder Jahre lang nicht, man ist misstrauisch und hinterfragt alles, aber wenn einem jemand seine Zunge in den Mund schiebt oder man sogar im Bett landet, denkt man gleich, dass man dem anderen vertrauen kann!? Ich musste lachen. Nicht nur die Vertrauenssache ist ein Problem – man hat ja auch meistens gleich utopische Fantasievorstellungen, wie toll und perfekt der neue Partner ist. Am Anfang einer Beziehung ist ja sowieso immer alles spannend, neu und unheimlich aufregend. Da zweifelt man nicht und hinterfragt nichts. Der Partner tut einem gut, man ist für den Augenblick überglücklich und denkt: Das ist jetzt der Mensch fürs Leben! Alles wird gut bis ans Lebensende!
Bei den Gedanken kam mir ein bitterer Geschmack auf. Das anfängliche Bild, welches ich

von meinem narzisstischen Ex-Freund gehabt hatte, war am Ende in der Realität nun gar nicht auf ihn zugetroffen. Wie oft habe ich schon von anderen gehört und auch selbst erlebt, dass am Anfang einer Beziehung alles ganz traumhaft läuft, bis der Partner sich scheinbar plötzlich in einen Albtraum verwandelt. Aber kann es wirklich sein, dass sich unsere Partner von heute auf morgen komplett verändern? Oder ist es nicht wahrscheinlicher, dass wir uns gar nicht erst die Mühe machen und die Zeit nehmen den Partner wirklich kennenzulernen!? In meiner Ex-Beziehung hatte ich absolut grundlos, aber voller Überzeugung, an meinen Fantasievorstellungen und meiner positiven Wahrnehmung seiner angeblich gutmütigen Natur festhalten. *Wieso bloß!?*, fragte ich mich nun kopfschüttelnd.

Wie ich mittlerweile durch wissenschaftliche Texte gelernt habe, kommt dieser Zustand der verzerrten Wahrnehmung durch Hormonausschüttungen zustande. Besonders das Glückshormon Dopamin suggeriert Befriedigung und steigert unsere Euphorie so sehr, dass seine Intensität einem Kokainrausch gleichkommt. Dieser Rausch kann, laut wissenschaftlichen Tests, an die sieben Jahre fortdauern. Hinzu kommt, unter anderem, Adrenalin, welches uns das Schmetterlingsgefühl beschert, der Serotoninspiegel sinkt auf den von zwangsgestörten Menschen herab und Oxytocin gaukelt uns Vertrautheit vor und bindet uns an

den bisher fremden Menschen. Das nennen wir dann Verliebtheit, welche von Urtrieben her unserer Fortpflanzung dienen soll. Man kann sich nur ausmalen oder aus eigenen Erfahrungen nachvollziehen, welche Konsequenzen das Ende der Verliebtheitsphase in einer Beziehung mit sich ziehen kann. Wie oft habe ich mich schon gefragt, wie ich mich bloß in gewisse Männer verlieben konnte? Plötzlich fallen einem Dinge auf, die man anfangs überhaupt nicht wahrgenommen hat. Man lernt das wahre Ich des Partners kennen und wundert sich oder macht dem Partner sogar Vorwürfe, warum er denn auf einmal so anders ist.
In jemanden verliebt zu sein wird leider oft mit Liebe verwechselt, hat aber ganz offensichtlich absolut nichts damit zu tun. *So viel zum Kick von ständigen neuen Affären oder ständiger Partnersuche!*, dachte ich spöttisch beim Gedanken an meinen polygam veranlagten Bekannten. Jetzt wusste ich wenigsten, warum ich in der Gegenwart meines allerersten Freundes immer komplett Banane im Kopf gewesen war.
Diesen Rausch und dieses Kribbeln - diese Verliebtheit - musste ich in Zukunft irgendwie umgehen, auch wenn das Gefühl noch so schön ist. *Hör auf dir einen potentiellen Partner schön zu reden und guck lieber immer erst einmal genau hin und hinterfrage alles! Lass dir Zeit den Mann kennenzulernen!*, ermahnte ich mich. Mit einem potentiellen neuen Partner möchte ich immerhin, wenn alles passt, eine lange

Zeit zusammenbleiben. Also möchte ich sichergehen, dass ich diese Person so gut kennenlerne, dass ich ihr vertraue, bevor ich mich überhaupt auf irgendetwas Festes einlasse!
Ich hatte nun eine bessere Vorstellung, wie ich bei der Partnersuche vorgehen und worauf ich achten sollte, trotzdem fragte ich mich: *Welcher Partner könnte denn potentiell überhaupt zu mir passen?* Irgendwie müsste ich doch wenigstens schon einmal eine Vorauswahl treffen, bei all den Männern, die ich potentiell daten kann. Bei den vielen Menschen, die man heutzutage schnell über Dating-Plattformen erreichen kann, ist es ja besonders schwer überhaupt eine vernünftige Vorauswahl zu treffen.
Meinem alten Beuteschema konnte ich nicht folgen, sonst würde ich dem nächsten Narzissten in die Arme laufen! Ich überlegte: *Was hat mir eigentlich an meinen Ex-Freunden und Ex-Beziehungen gut gefallen und womit bin ich überhaupt nicht klargekommen oder was hat mir geschadet?* Mir fielen bei diesen Überlegungen einige Dinge auf, über welche ich mir noch nie zuvor Gedanken gemacht hatte. Ich selbst bin eine sehr optimistisch und positiv gestimmte Person, da ist es naheliegend, dass eher negativ und pessimistisch gestimmte Männer weniger zu mir passen. Spontanität, Offenheit, Kreativität und Abenteuerlust sind genau mein Ding. Ich machte mir Gedanken über meine weiteren Charaktereigenschaften: *Philosophisch veranlagt bin*

ich, wissbegierig, abenteuerlustig, weitgehend ordentlich, aber nicht super strukturiert, eher introvertiert, besserwisserisch, manchmal auch starrköpfig und Humor ist mir bei allem sehr wichtig! Ich liebe Kunst und Kreativität, Tanzen und Musik, bin aktiv, aber keine Extrem-Sportlerin. Weiterbildung und Wissensaustausch sind für mich unabdinglich. Alles, was mit den Themen Essen, Mode, Schönheit und so weiter zu tun hat, interessiert mich eher weniger. Deshalb würden mich auch eitle oder sehr stark modeinteressierte Männer überhaupt nicht reizen. Zudem bevorzuge ich definitiv Männer, die Eigeninitiative ergreifen, einfühlsam sind und die ihre Gefühle kommunizieren können und diese auch durch Taten anstatt zu vieler Worte zeigen. Zärtlichkeit und Körpernähe sind mir natürlich wichtig, genauso wie Ehrlichkeit und Offenheit. Die Liste ging weiter. Natürlich überlegte ich auch, was ich in eine Beziehung mitbringen würde - an positiven als auch negativen Eigenschaften - und wie viel ich bereit war an emotionaler Zuwendung und Zeit zu investieren. Ich suchte schließlich keinen Klammeraffen, sondern einen bodenständigen ebenbürtigen Partner.

Anhand meines Charakters, Erwartungshaltungen, Werte, bereits gesammelten Erfahrungen, Interessen und Vorlieben erstellte ich ein ungefähres Partnerprofil. *Es macht doch Sinn zu wissen was man sucht, bevor man sich überhaupt auf die Suche begibt!,* so meine logische Quintessenz. Mein Ziel war es hierbei nicht, den perfekten Partner zu finden, sondern das Partnerprofil lediglich als Richtlinie zu benutzen, um eine Vorauswahl unter den Männern zu treffen, die mich als potentielle Partner interessieren könnten.

Dating, Sex und Liebe

Nachdem einige Monate vergangen waren und ich mich mittlerweile gefestigter und ruhiger in mir selbst fühlte, entschloss ich mich, meine neue Partnersuchstrategie auszuprobieren. Zum Thema Dating hatte ich ein interessantes Video gesehen, in welchem die Sprecherin darauf aufmerksam machte, dass sich die meisten Menschen sorgen, ja sogar Angst haben, ihrem Date nicht zu gefallen. »Hoffentlich mag er mich«, hatte ich auch schon oft eingeschüchtert beim daten gezweifelt. Dabei hatte die Sprecherin ganz Recht, dass man eigentlich mit einer völlig anderen Einstellung an das Ganze herangehen sollte, nämlich: »Ich hoffe, ich mag ihn!«

In der Vergangenheit war ich meistens so darauf fixiert gewesen, dem Mann zu gefallen, dass ich mir nicht einmal ansatzweise ernsthafte Gedanken darübergemacht hatte, ob er überhaupt zu mir passt! Diese Erinnerungen und Gedanken sind schon fast beschämend. Entweder jemand mag mich so wie ich bin oder eben nicht! Und wenn Interesse besteht, dann wird sich der andere auch die Zeit nehmen, um mich wirklich kennenzulernen. Sollte dies nicht der Fall sein, dann würde ich nicht auf Teufel komm raus eine Beziehung erzwingen wollen. Manchmal kam mir Daten schon fast wie ein Gewinnspiel vor, so nach dem Motto: »Irgendwie kriege ich dich schon rum, egal mit

welchen Mitteln!«
Auch wenn der Mann vielleicht heiß aussieht oder ein cooler Typ zu sein scheint - wenn er einen schlechten Charakter hat, sollte man sich sofort verabschieden.
Über das Thema Dating unterhielt ich mich etwas später noch einmal mit einer guten Freundin, die auch auf Partnersuche war und sich hierfür Tipps eines renommierten amerikanischen Beziehungs-Coachs einholte. Dieser Coach gab diverse Ratschläge, wie man einen Partner mit einer bestimmten Portionierung an Interesse und inhaltlich genau kalkulierten Nachrichten so manipulieren kann, dass der andere einen für unwiderstehlich hält. *Warum sollte man versuchen jemanden zu manipulieren!?*, zweifelte ich gleich. Sicherlich konnte ich so tun, als sei ich schwer zu haben. Es ist ja bekannt, dass man meistens das will, was man nicht haben kann. Aber bei der Sache sah ich ein großes Problem: Diese ganzen Tricks bringen mir herzlich wenig, wenn ich jemanden versuche an mich zu binden, der aber schon von vorneherein einfach der falsche Partner für mich ist. Es würde sich eine Spannungskurve aufbauen, alles wäre am Anfang wieder rosarot und herrlich und dann würde schnell der nächste große Absturz kommen. Nein! Das sind alles nicht die richtigen Wege. Eine Partnersuche ist kein Spiel, in dem es darum geht, den anderen um jeden Preis zu gewinnen. Von nun an würde ich meinen Dates so

objektiv wie möglich begegnen und mich öffnen für das, was dieser Mann zu bieten hat. Dann würde ich überhaupt erst einmal entscheiden, ob mir dieser Mensch sympathisch und interessant genug ist, um ihn noch einmal zu treffen. *Guck einfach zunächst, ob es freundschaftlich passt. Wenn das schon nicht klappt, wird alles andere sowieso nichts!*, sagte ich mir entschlossen.

Ich lernte zwei Männer kennen, mit denen ich mich nach kurzem Schreiben auf ein Date traf. Ich ging das Ganze zum ersten Mal in meinem Leben einfach entspannt an. *Verlieren kann man ja sowieso nichts! Einfach mal gucken was passiert*, dachte ich und freute mich auf hoffentlich interessante Gespräche mit den für mich noch unbekannten Personen. Neue Freundschaften sind ja auch etwas Schönes. Die Herangehensweise, eher einen potentiell neuen guten Freund zu treffen als dem Zwang hinterherzujagen, einen neuen Partner finden zu müssen, entspannte mich sehr.

Als ich den ersten Mann traf, kam er mir sehr selbstbewusst entgegen und sprach mich direkt mit lauter bestimmender Stimme an. Ich war sofort beeindruckt. *Cooler Typ,* schrie meine innere Stimme. *Lass dich davon nicht täuschen!*, ermahnte mich dann aber sofort meine Vernunft.

Natürlich malte ich mir in Gedanken sofort ein Bild von ihm aus. *Lass dich davon nicht in die Irre führen, das sind nur Fantasien in deinem Kopf!*, warnte ich mich selbst. Ich wollte auf dem Boden bleiben und versuchen herauszufinden, wie er wirklich ist. Wir setzten uns in ein Café und unterhielten uns. Plötzlich schaute er mich komisch an. *Was glotzt der so?*, wunderte ich mich.

»Du trägst Ohrringe?«

»Ja, tue ich - wie man sieht«, sagte ich keck, wobei ich mich fragte, worauf er mit dieser Frage hinauswollte.

»Ich mag keine Ohrringe«, erklärte er und fuhr fort, »Die finde ich total abturnend. Ein einfaches natürliches Aussehen gefällt mir am besten bei Frauen.«

»Finde ich gut«, stimmte ich zu.

Die Unterhaltung war nett verlaufen und wir hatten viel gelacht, aber dass er als Partner für mich niemals in Frage kommen würde, war sofort klar. Als ich seine gelblichen kaputten Zähne bemerkte, fragte ich: »Du rauchst?«

»Ja, tue ich gelegentlich«, gab er zu.

Keine Kompromisse eingehen!, sagte ich zu mir selbst. Diesen Fehler hatte ich in der Vergangenheit schon zu oft begangen. Immer wieder hatte ich mir eingeredet, dass ich etwas tolerieren könnte, was ich eigentlich hasste. Oder dass ich mir sicher war, dass sich mein Partner schon für mich ändern würde oder dass ich ihn ändern könnte. Nein, auf einen Raucher würde ich mich definitiv nicht einlassen!

Über seine Bemerkung zu meinen Ohrringen und das natürliche Frauen anziehender sind, machte

ich mir allerdings noch lange Gedanken. Eins meiner neuen Lebensziele ist schließlich so natürlich und ›echt‹ wie nur möglich zu sein - nicht nur von meinem Verhalten, sondern auch von meinem Äußeren her.
Der Narzisst hatte ja alle möglichen Veränderungen von mir verlangt: meine Kleidung war für ihn nicht gut genug gewesen, falsche Wimpern mochte er und so weiter. Nun machte ich mir ernsthafte Gedanken, ob ich Ohrringe tragen sollte oder besser doch nicht. Obwohl eine scheinbar banale Frage, war sie dennoch für mich sehr gewichtig. *Stopp!*, dachte ich dann. Wer ist dieser Mann eigentlich, dieser Unbekannte, der auf nette aber bestimmende Art und Weise bei unserem allerersten Date direkt eine Forderung an mich gestellt hatte!? Was gab ihm überhaupt das Recht dazu? *Schön für ihn, wenn er keine Ohrringe mag - ich mag sie!*, dachte ich selbstsicher. Ich hatte schon immer gerne Ohrringe getragen, aber das Ausschlaggebende hierbei ist, dass ich dies schon immer nur für mich selbst getan hatte. Diese Überlegung war in gewisser Weise ein erleuchtender Gedanke für mich gewesen. *Worum geht es denn in meiner Selbstfindung?*, überlegte ich noch einmal ganz konkret. Es geht darum festzulegen, wie ich mich selbst am meisten mag und nichts zu tun, nur um anderen besser zu gefallen! Mit meinen Ohrringen zielte ich nicht darauf ab, andere zu beeindrucken und versuchte durch sie auch nicht

mein Äußeres aufzuwerten. Ich trug sie, weil sie mir gefielen. *Die Ohrringe bleiben!*, dachte ich entschlossen.
Aus der Begegnung mit diesem Mann hatte ich wieder etwas gelernt, und zwar sich nicht immer sofort von anderen verunsichern oder einschüchtern zu lassen, sondern lieber erst einmal einen Moment innezuhalten und sich wieder auf sich selbst zu besinnen. Etwas anderes hatte sich später bei dieser Bekanntschaft auch abermals für mich bestätigt, nämlich dass man mit seinen ersten Einschätzungen sehr oft völlig danebenliegt. Als ich ihn noch ein paar Mal freundschaftlich traf, stellte ich fest, dass er alles andere als selbstsicher war und auch anderen Vorstellungen, welche mir im Kopf umhergeirrt waren, ganz und gar nicht entsprach. *Gut, dass du diesmal nicht wie sonst gleich ins kalte Wasser gesprungen bist!*, dachte ich erleichtert.

Wochen später ließ ich mich nochmals auf ein weiteres Date ein. Es war wieder ein Mann, dem ich völlig Unvoreingenommen gegenübertrat. Er passte überhaupt nicht in mein altes Beuteschema, das war gut so, denn das wollte ich ja auch gar nicht. Ich hatte die erotische Anziehung - also, die Verliebtheit - früher immer mit Liebe verwechselt. Durch die Verliebtheit hatte ich mich oft täuschen lassen, aufgrund der Annahme, dass ich dieses Gefühl spüren müsste, um überhaupt Liebe finden zu können. Ich wusste ja nun, dass das, was wir Verliebtheit nennen, eigentlich nur der Fortpflanzung dient und zum größten Teil durch unsere Hormone - die Chemie - bestimmt wird. Ich versuchte also, mich von diesem Verliebtheitsgefühl beim Daten nicht irreführen zu lassen und Männern eine Chance zu geben, auch wenn ich mich nicht gleich unheimlich angezogen fühlte. Ich würde lieber meinem Partnerprofil folgen, denn die Grundeinstellungen und der Charakter waren mir wichtig und sollten, um eine beständige stabile Beziehung führen zu können, meiner Meinung nach stimmen. Ich wollte neue Menschen entdecken. Menschen, auf welche ich mich früher niemals eingelassen hätte. Natürlich ist mir das Aussehen des Mannes trotzdem wichtig. Schließlich muss man den Partner attraktiv und irgendwie anziehend finden, damit es mit der Erotik und dem Sex klappt. Ich fand es deshalb zum Beispiel schwachsinnig, dass manche Dating-Webseiten das Aussehen des anderen verhüllen. *Das Aussehen interessiert doch immer!*, wusste ich. Wenn man jemandem auf der Straße begegnet, ist das Aussehen ja zwangsläufig das Erste, was man aufgrund der Umstände überhaupt wahrnehmen kann und wonach man erst einmal beurteilen muss. Wenn man von dem Äußeren angezogen ist, muss man sich dann eben die Zeit nehmen, um den Charakter kennenzulernen.

Bei diesem Mann beschloss ich mich nun deshalb, bewusster auf andere Dinge zu achten, unter anderem, wie er mich behandelt und sich mir gegenüber verhält. Seine sexuelle Ausrichtung war mir erst einmal völlig egal. Wenn er ein dominanter Arsch oder sogar ein Narzisst ist, würde ich das sowieso schnell merken, da war ich mir sicher.

Er kam mit einem sympathischen Lächeln auf mich zu. Zur Begrüßung umarmten wir uns und gingen dann ein Stück spazieren. Auf den ersten Blick hätte ich nicht sagen können, dass er mein absoluter Traumtyp ist, aber er sah gut und vor allem auch gepflegt aus. Wir konnten uns von Anfang an zwanglos unterhalten - es war mir sehr wichtig, mich dabei entspannt zu fühlen!

Nach diesem ersten Date meldete er sich sehr oft von sich aus. Er schien großes Interesse an mir zu haben, was mich natürlich freute. Ich empfand ihm gegenüber nicht dieses Gefühl von unsterblicher Verliebtheit, aber das war völlig in Ordnung, das wollte ich auch nicht. Ich fühlte mich einfach glücklich und war interessiert an ihm. Immerhin suchte ich einen passenden Partner, der sich um mich bemüht und der für eine potentiell langfristige Beziehung geeignet ist. Ich wollte echte Liebe, die sich durch Innigkeit und Zweisamkeit entwickelt und mit der Zeit immer stärker wachsen würde.

Wir trafen uns recht schnell wieder. Nach einer Weile, als klar war, dass beiderseitige Sympathie bestand und wir uns gegenseitig zugeneigt waren, kamen wir uns schnell näher. Ich merkte, dass ich doch immer noch sehr vorsichtig und eher zurückhaltend war. Angst und Zweifel stiegen in mir auf, dass etwas zwischen uns schiefgehen könnte. Ich wollte nicht sofort wieder verletzt werden, aber mich selbst verschließen hätte die neue Beziehung zum Scheitern verurteilt. *Er kann dich nur kennenlernen und lieben lernen, wenn du dich ihm gegenüber öffnest und ihm vertraust*, machte ich mir bewusst. *Du hast ihn doch gerade erst getroffen und vorher hast du auch ohne ihn überlebt! Entspann dich einfach und genieße die Zeit mit ihm*, dachte ich nüchtern. *Und wenn es nicht sein soll, dann ist es eben so!*

Seine Zuwendung und Zärtlichkeit hatten mich völlig überwältigt und gewissermaßen verwirrt. Ich kannte solches Verhalten von Männern gar nicht. Mir wurde bewusst, wie sehr mich auch hier die Beziehung mit dem Narzissten beeinflusst und geschädigt hatte. Für mich war es schon regelrecht zur Normalität geworden, nicht sehr viel oder keine Zärtlichkeit zu bekommen. Dieser Mann suchte meine Nähe und hierbei ging es nicht nur um Sex. Meine Vorgeschichte kannte er nicht. Ich hatte nur ein paar Andeutungen gemacht, als das Thema Sex anfangs kurz zur Sprache gekommen war. Aber als er keine weiteren Fragen stellte, entschloss ich mich auch nicht weiter darauf einzugehen. Er verlangte nichts von mir und ich hatte auch nicht das Gefühl, dass ich zu irgendetwas gezwungen war. Er hätte niemals auch nur ansatzweise erahnen können, wie befreit ich mich in

diesen Momenten seiner Gegenwart fühlte.
Dieser Mann tat scheinbar kleine, aber sehr schöne Dinge für mich. Er fuhr zum Beispiel eine halbe Stunde vor seiner Arbeit zu mir, nur um mir Milch für meinen Kaffee zu bringen.

»Du bist absolut verrückt, aber sehr süß!«, bedankte ich mich bei ihm und fühlte mich überglücklich. Für ihn war solch eine Geste das Normalste der Welt - für mich war es das Tollste und Liebevollste, was ein Partner jemals für mich getan hatte.

»Du musst dich doch nicht bedanken, das ist doch selbstverständlich«, beschwichtigte er mich und meine überschwängliche Freude. Selbstverständlich ist solch ein selbstloses und zuvorkommendes Verhalten sehr wahrscheinlich in den allerwenigsten Beziehungen. Überhaupt wurde mir bewusst, wie furchtbar dankbar man einfach sein sollte, wenn man einen Partner in seinem Leben hat, der einen wirklich gut und mit Respekt behandelt.

Die sexuellen Erfahrungen mit ihm waren auch ganz anders als die, welche ich in meiner jüngsten Vergangenheit mit meinen dominanten Ex-Partnern gemacht hatte. Ich merkte, wie sich mein Partner wirklich auf mich einließ und es nicht wie sonst nur um ihn ging. Er war rücksichtsvoll und achtete darauf, dass ich mich bei allem wohlfühlte. Ich konnte mich völlig fallen lassen und entspannen, weil er mir das Gefühl von Sicherheit und

Vertrauen gab. Und obwohl Sex immer eine ›Zweisame-Einsamkeit‹ ist, hatte ich nicht einmal das Gefühl nur benutzt zu werden. Sein Verhalten zeigte mir, dass ich ihm als Person wichtig war und nicht, wie zuvor, nur ein kleines Sexspielzeug oder eine nette Abwechslung.

Etwas sehr Wichtiges fiel mir bei all dem auf: Ich hatte absolut kein Verlangen mehr nach Schmerz! Dieser innere Drang danach, welchen ich sonst immer verspürt hatte, war einfach verschwunden. Ich habe mir sehr lange und sehr viele Gedanken darübergemacht, warum ich so etwas in der Vergangenheit überhaupt gebraucht hatte. Dass das Schmerzempfinden zu einer Art Droge werden kann, welche man nach einer gewissen Zeit immer wieder spüren will, weiß ich. Schmerz ist ein Reiz. Aber warum hatte ich Schmerz von vorneherein überhaupt freiwillig zugelassen? Schließlich hatte ich mich ganz absichtlich und völlig bewusst schlecht behandeln und missbrauchen lassen. Zum einen war ich damals wohl überzeugt, dass ich nichts anderes verdient hätte. Zum anderen hatte ich Stärke und Kontrolle über meinen eigenen Körper und Geist beweisen wollen, indem ich den Schmerz ertrug. Nicht nur meinem Partner gegenüber, sondern auch mir selbst. Letztendlich aber, und das ist das wirklich Ausschlaggebende, hatte ich mich durch die Schmerzen lebendiger gefühlt, wobei der äußere Schmerz meinen inneren Schmerz überdeckte und gleichzeitig

symbolisch wiederspiegelte. Dadurch hatte ich wenigstens etwas fühlen können! *Vom Prinzip her fast wie bei der Anorexie,* wie ich mir etwas entsetzt eingestehen musste. Dass ich nun keinen Drang und Verlangen mehr nach Schmerz empfand, konnte ich mir nur dadurch erklären, dass ich zumindest ansatzweise begonnen hatte meine inneren Wunden und Schwachpunkte zu heilen. Innerlich war ich nicht mehr tot und leer, sondern fühlte mich lebendig und glücklich!
Ich musste wieder an *Fifty Shades* denken. Eigentlich sind die Bücher ja gar nicht schlecht, weil sie gerade Frauen dazu animieren sich sexuell auszuprobieren - herauszufinden was sie überhaupt erregt. Sex sollte abenteuerlustig und experimentierfreudig sein. Ein Spiel eben und im Spiel ist alles erlaubt, auch Schmerz - solange es nur ein Spiel bleib und es natürlich im beidseitigen Einverständnis der Beteiligten passiert! Trauriger Weise beschreibt *Fifty Shades* die sexuellen Anregungen und Abenteuer verpackt in eine waschechte narzisstische Beziehung. Ich hoffe wirklich sehr, dass Frauen, vielleicht auch gerade junge Frauen, nicht dadurch verleitet werden, sich willentlich auf dominante Männer einzulassen mit der Vorstellung, dass diese besser im Bett sind! Sich nur benutzen und ausnutzen zu lassen hat nichts mit gutem Sex zu tun!

Was macht guten Sex eigentlich aus? Die intime Beziehung mit dem Narzissten war sicherlich sehr reizvoll gewesen, aber ich würde diese Art von Sex eher als emotionsloses Ficken bezeichnen. Zudem gab es keine Abwechslung - er konnte ja nur auf eine Art, genauso wie mein Ex-Partner vor ihm!

Sex sollte gefühlvoll sein und kann immer nur gut werden, wenn man einen Partner hat, dem man vertraut und bei dem man sich völlig fallenlassen kann. Guter Sex entwickelt sich oft mit der Zeit und wird umso reifer und intensiver, desto besser man seinen Partner kennenlernt. Sex ist ein gemeinsames Kennenlernen, Erforschen, Experimentieren und Weiterentwickeln. Als einen guten Sex-Partner würde ich niemanden bezeichnen, der auf irgendeine Weise extrem ist und genau weiß, was er will und einfach nur seine Nummer durchzieht, ohne auf den anderen und dessen Wünsche zu achten. Nein! Ein guter Sex-Partner ist offen und flexibel - jemand der gewillt ist gemeinsam auf Abenteuerreise zu gehen und ab und zu auch mal Neues und Abwechslungsreiches auszuprobieren. So wird Sex, auch mit nur ein und demselben Partner, niemals langweilig.

Ich musste mir eingestehen, dass die Beziehung mit dem Narzissten, hinsichtlich meiner Körperwahrnehmung, zumindest ein Gutes gehabt hatte: Dadurch, dass er immer Bilder und Videos von mir verlangt hatte und ich gezwungen war, meinen Körper genauer zu betrachten, lernte ich auch mein Aussehen besser zu akzeptieren. So wie ich mich früher in meiner eigenen Haut fühlte, hatte mein Sexleben oft sehr negativ beeinflusst, weil ich mir ständig darüber Gedanken gemacht hatte, nicht schlank genug zu sein. Beim Sex muss der Kopf jedoch frei sein, sonst kann man nicht genießen! Ich erlebte Sex nun auf eine ganz neue Art und Weise - locker und entspannt. Experimentierfreudig bin ich immer noch, aber lege mich nicht mehr auf nur eine Richtung fest. Egal was es ist im Leben - alle Extreme limitieren immer nur, das hatte ich nunmehr endlich gelernt.

Obwohl ich mich mit meinem neuen Partner sehr gut verstand, ging die Beziehung nach einigen Monaten zu Ende. Nichts Dramatisches war vorgefallen, kein Streit oder irgendwelche Diskrepanzen, aber andere Steine des Lebens hatten sich uns in den Weg gelegt. Es war einerseits sehr schade, gerade weil er so ein unheimlich lieber Mensch ist, aber ich akzeptierte, dass gewisse Dinge im Leben einfach nicht sein sollen. Perfekte Partner gibt es nicht, sondern immer nur Partner, die besser als andere Menschen zu einem passen. Und auch bei diesen konnten sich die Umstände im Leben so verändern, dass am Ende eine Trennung vielleicht die beste Lösung ist. Nur weil eine Beziehung zu Ende geht, bedeutete es auch noch lange nicht, dass man alles nur noch negativ sehen muss. Wie viele Menschen haben denn wirklich nur einen Partner ihr ganzes Leben lang? Die Allerwenigsten! Ob sie wirklich glücklich mit diesem Partner sind, ist auch noch einmal eine ganz andere, aber sehr wichtige Frage! Die meisten gucken leider nur wie lange eine Beziehung gehalten hat und sehen dann eine Trennung als ein Scheitern der ganzen Beziehung an. Die Qualität einer Beziehung drückt sich aber doch vielmehr dadurch aus, wie glücklich man mit diesem Partner war. Man kann durchaus relativ kurze, aber sehr glückliche Beziehungen führen und natürlich auch lange. Eine Trennung ist dann auch kein Fehlschlag, sondern sie bedeutet nur, dass die Partner neue Lebensabschnitte beginnen, die sie zusammen, aus welchen Gründen auch immer, nicht beschreiten können. Partner sind Wegbegleiter und solange sie im eigenen Leben verweilen, sollte man sie achten und ihre Gesellschaft schätzen und genießen.

Die Zeit mit ihm hatte ich sehr genossen und er bestätigte mir dasselbe seinerseits. Mittlerweile war mir bewusstgeworden, dass meine Partner, realistisch gesehen, genauso unbeständig sein können wie alle anderen Dinge in meinem Leben. Ein Partner ist immerhin ein autonomes Individuum und ist somit jederzeit frei zu gehen. Genauso wie man selbst immer frei ist zu gehen. Ich empfand bei dieser Trennung keine negativen Gefühle, sondern war vielmehr dankbar dafür, dass ich diesen Menschen überhaupt hatte kennenlernen dürfen und dass er für mich - für diese Zeitspanne - ein so liebevoller Partner gewesen war. Erinnerungen bleiben für immer und werden zu einem Teil von uns. Ich möchte keine negativen Teile in mir tragen und deshalb auch keinen Groll gegen irgendwelche Ex-Freunde hegen, das war das Ziel für mein neues Leben. Zudem war ich auch ein wenig stolz, dass ich es geschafft hatte, mich endlich auf einen netten liebevollen ›normalen‹ Mann einzulassen.

Mir fiel wieder meine Frage ein: Warum suchen wir überhaupt Partner und gehen Beziehungen ein? Rein rational gesehen brauche ich doch keinen Partner. Mittlerweile war ich auch ohne vollkommen glücklich und kam, im Gegenteil zu meinen früheren Ängsten, auch ganz alleine sehr gut klar!

Wenn man überlegt, dass ein Mensch schon von Geburt an die Nähe anderer Menschen gewohnt ist und weiß, dass er dadurch Wärme, Nähe, Sicherheit und Zuwendung bekommt, dann ist es wohl logisch zu schlussfolgern, dass Menschen ohne Beziehungen zu anderen Menschen nicht leben können. Ohne den direkten Bezug zu anderen würden wir nichts lernen und uns auch nicht weiterentwickeln können, mal ganz abgesehen von den Glücksmomenten und schönen Gefühlen, die wir durch andere erleben.

Zu den vielen Arten von Beziehungen zählen eben auch Liebesbeziehungen, von welchen wir uns, unter anderem, dieselbe Sicherheit und Liebe erhoffen. Liebesbeziehungen sind aber nochmal etwas spezieller, da sie einfach sehr viel intimer sind als freundschaftliche oder familiäre

Beziehungen.

Bei diesen Überlegungen wurde mir bewusst, dass das Gefühl der Angst vor dem Alleinsein eine zentrale Rolle bei dem Beziehungsende von dem Narzissten gespielt hatte. Zu dem Zeitpunkt war meine Angst davor, wieder ohne Partner zu sein größer, als die Angst davor konkret ohne diese spezielle Person leben zu müssen! Es ging eigentlich gar nicht um den Narzissten! Meine Angst hatte ganz andere tiefliegendere Gründe, das war mir nun klar.

Jetzt suchte ich nicht mehr krampfhaft nach einem Partner, nur weil ich mir erhoffte durch ihn etwas ausgleichen zu können, was mir in meinem eigenen Leben oder in mir selbst fehlt. Meine Suche war nun alleine aus dem Wunsch heraus motiviert, mein Leben mit einem anderen, für mich speziellen Menschen teilen zu wollen. Ein guter Freund sollte es in erster Linie sein – jemand, der mich versteht und so annimmt wie ich bin, mit all meinen Fehlern.

Jemand mit dem ich lachen und schöne Momente genießen kann. Jemand, der interessant für mich ist und ich für ihn. All dies bedeutet Liebe, das war mir nun endlich bewusst. Liebe heißt ganz einfach annehmen und angenommen werden so wie man ist, mit allen Imperfektionen. Jetzt verstand ich auch, was ein Freund einmal zu mir gesagt hatte, nämlich dass man andere nur lieben kann, wenn man sich selbst liebt. Man muss seine eigenen

Imperfektionen kennen und lieben lernen, um die des Partners verstehen und lieben zu können. Liebe ist also kein bloßes Gefühl, welches scheinbar spontan auftritt und nicht beeinflusst werden kann - Liebe ist so viel mehr. Liebe bedeutet die eigene Einzigartigkeit mit all ihren Schwachpunkten zu erkennen und anzunehmen, genauso wie die unserer Mitmenschen und unserer Partner. Wenn ich also nicht alle Teile meines Selbst akzeptieren und annehmen kann, dann liegt es auf der Hand, dass ich die gleichen Schwächen auch immer in anderen Menschen suchen und kritisieren werde, so meine logische Schlussfolgerung. Wenn man völlig im Reinen mit sich selbst ist, dann kann man, rein theoretisch, jeden Menschen lieben. Als ich diese Erkenntnis erlangte, fühlte ich mich plötzlich unheimlich erleichtert und befreit. Liebe zu verstehen ist eigentlich ganz einfach!

Natürlich spielen in Liebesbeziehungen auch Sex und Erotik eine sehr wichtige Rolle. Diese Aspekte der Beziehung haben an sich nichts mit Liebe zu tun. Deshalb ist es auch nicht richtig zu sagen: »Liebe tut weh.« Nein!, es ist vielmehr das Verlangen nach einer Person, ob es nun sexueller Natur ist oder nicht, das weh tun kann. Liebe an sich schmerzt nie. Eine Liebesbeziehung besteht also genaugenommen aus zwei Elementen - einer freundschaftlichen Beziehung und einer sexuellen Beziehung. Eine gute und innige Freundschaft, basierend auf Liebe und Vertrauen, ist also definitiv ein guter Startpunkt und bildet die Grundlage für eine stabile Liebesbeziehung. Zudem müssen die anderen Elemente der Erotik und Anziehung natürlich ebenso stimmen. Es ist klar, dass es nicht unbedingt leicht ist einen Partner zu finden, bei welchem alle Elemente passen und stimmig sind. Zudem muss man allem genug Zeit geben.

Lebensziele

Meine Fragen in Sachen Beziehung und Liebe hatte ich beantwortet, aber grübelte weiter darüber, was überhaupt der Sinn meines Lebens sein sollte. Nach der Trennung von dem Narzissten fühlte ich mich komplett verloren. Er hatte es geschafft, mir den Boden unter meinen Füßen wegzureißen! Wie das überhaupt hatte passieren können, fragte ich mich immer noch. Mich von ihm komplett abhängig zu machen war gewiss einer der größten Fehler gewesen. Trotzdem musste ich mir eingestehen, dass sich mein Leben auch schon vor dieser Beziehung sinnlos angefühlt hatte. Seine Machenschaften und die Trennung hatten alles letztendlich nur verstärkt. Nun fühlte ich mich zwar gefestigter in mir selbst, aber die Frage nach dem Sinn von allem konnte ich mir nicht beantworten.

Rein biologisch gesehen sind wir nur auf dieser Welt, um uns fortzupflanzen. Ich habe Kinder und möchte keine weiteren - heißt dies, dass ich meinen Sinn nun schon erfüllt habe? Natürlich muss ich meine Kinder noch großziehen, aber was ist mit meinem eigenen Leben? Würde ich mich nun einfach abschuften müssen, damit ich meine Kinder und mich finanzieren kann, um dann irgendwann meine letzten Tage alt und klapprig zu verbringen bis hin zum Tod? Dieser Gedanke war grausam und nicht zu ertragen. *In dem Fall kann ich mich ja gleich ins Grab legen, sobald meine Kinder erwachsen sind*, dachte ich sarkastisch.

Welche Ziele habe ich bis jetzt eigentlich in meinem Leben verfolgt, um mein Leben sinnvoll zu gestalten? Studieren war nach meinem Abitur oberste Priorität gewesen, obwohl ich dann erst einmal ein Auslandsjahr einlegte, welches zu einer spontanen Auswanderung geführt hatte. Sogar zwei Studiengänge absolvierte ich dann trotzdem im Ausland. Momentan studiere ich sogar noch ein drittes Mal.

Ein weiteres Ziel, welches ich schon sehr früh - zu früh! - verfolgt hatte, war eine Familie zu gründen. Diesen Wunsch hatte ich mir erfüllt, auch wenn ich nun wieder alleine mit nur zweien meiner drei Kinder lebte.

Den richtigen Partner zu finden hatte auch schon mein Leben lang eine wichtige Rolle gespielt. *Daran arbeite ich ja immer noch!* Wobei ich jetzt natürlich ganz klar wusste, dass es nicht nur einen richtigen Partner für mich gibt.

Irgendwie schien es mir, als ob ich, im Großen und Ganzen, all meine Ziele schon erreicht hatte. Mein Fotobusiness und andere Arbeitsprojekte mussten zwar noch ausgebaut werden, aber dies war nichts, was mein Leben völlig erfüllte. Und mein Studium würde auch bald abgeschlossen sein.

Mir wurde klar, dass all meine bisherigen Ziele immer relativ kurzlebig und schnell abgeschlossen waren. Fast immer, wenn ich ein Ziel erreicht hatte, verspürte ich ein komisches Gefühl von Verlorenheit und dachte: *Und was nun? Wie soll es jetzt weitergehen?*

Es lag auf der Hand, dass ich etwas finden musste, was mir dauerhaften Halt und Motivation in meinem Leben geben würde. Übergreifende und immerwährende Lebensziele sozusagen.

Doch was erfüllt mich überhaupt? Was ist mir wirklich wichtig in meinem Leben? Was ist meine Antriebskraft?, überlegte ich.

Kreativität erfüllt mich!, schoss mir sofort in den Kopf. Jedes Mal, wenn ich mich durch meine Arbeit frei entfalten kann, dann fühle ich mich unheimlich glücklich. Ein sozialer Mensch bin ich auch schon immer gewesen. Mir bereitet es Freude anderen Menschen zu helfen und vor allem mein Wissen mit ihnen zu teilen. In gewisser Weise tue ich dies jetzt auch, indem ich über Narzissmus informiere und andere Beziehungsfragen beantworte.

Persönliche und intellektuelle Weiterbildung ist ein weiterer Punkt. Nichts Neues zu lernen bedeutet für mich Stillstand, deshalb hatte ich mich auch schon vor langer Zeit entschlossen, in meinem privaten Leben immer offen für Neues und Unbekanntes zu sein, auch wenn ich manchmal Angst oder Zweifel habe. Man kann immer und durch alles lernen, was mich sehr reizt und motiviert.

Wichtig ist mir natürlich auch, wie allen Menschen, glücklich zu sein. Dies wiederum hat sehr viel mit der persönlichen Einstellung und Ansichtsweise zu tun. Glücklich sein heißt letztendlich oft einfach positiv zu denken. Man kann alles immer aus mehreren Perspektiven sehen. Zum Beispiel hätte ich an den Spätfolgen der Beziehung mit dem Narzissten zerbrechen und verzweifeln können, aber ich hatte mich ganz bewusst dafür entschieden, daraus zu lernen und das Geschehene als Ausgangspunkt für meine persönliche Veränderung zu nehmen. In gewisser Weise bin ich sehr froh, dass ich dieses Trauma durchlebt habe, ansonsten hätte ich wahrscheinlich nie den Drang zu einer grundlegenden Veränderung verspürt. Glücklich zu sein und Dinge positiv zu sehen ist eine Ansichtssache, für die man sich oft aktiv entscheiden muss, das hatte ich selbst gelernt.
Mir wurde bewusst, dass ich einen Weg finden müsste, um all diese Aspekte, welche mich erfüllen, irgendwie auf alles, was ich in meinem Leben tue, zu beziehen.

Noch etwas Wichtiges fiel mir auf: Mir selbst treu zu bleiben, bei allem was ich mache, ist entscheidend. Ich würde nie wieder Mitläufer sein und mich von anderen in meinem Leben beeinflussen lassen! Klar war jetzt, dass immer nur ich selbst für mich entscheiden kann, was gut ist oder nicht. Nur ich kann herausfinden oder wissen, wie ich leben möchte! Andere können mir gerne ihre Meinungen mit- und Ratschläge erteilen, aber ich würde nicht mehr einfach blind vertrauen und nichts annehmen, ohne es nicht selbst hinterfragt zu haben. Klar ist, dass jeder Mensch in allem was er tut und denkt immer nur auf das limitiert ist, was er selbst bis jetzt in seinem Leben gelernt und an Erfahrungen gesammelt hat. Es kommt auf die Ansichts- und Auffassungsweisen an, welche man stetig weiterentwickeln und verändern kann, um sein eigenes Leben anders wahrzunehmen und zu leben. Menschen können einem sehr hilfreiche Tipps geben und sehr kluge und weise Ratschläge erteilen, aber man sollte sich trotzdem immer Gedanken über die erhaltenen Informationen machen und herausfiltern, was davon für einen selbst wichtig ist.

Natürlich wird man im Leben nicht nur durch seine Mitmenschen beeinflusst, sondern auch von den Medien, Politik und unseren gesellschaftlichen Normen und Werten. Wir leben leider in einer stark narzisstisch geprägten Gesellschaft, in welcher Schönheit, Reichtum, Macht und Status als etwas Erstrebenswertes und Besseres geschätzt werden. Auch hier ist es wichtig, alles zu hinterfragen und sich treu zu bleiben, auch wenn man Gefahr läuft, als Außenseiter dazustehen. *Doch lieber Außenseiter und ehrlich zu mir selbst bleiben, als Sklave von unserer oberflächlichen Gesellschaft sein!* Von nun an tue ich nur noch das, was mich glücklich macht und mich persönlich bereichert. Ich werde danach streben, meine Talente und mein Können zum Ausdruck zu bringen in allem was ich tue. Ich werde bewusster leben und danach streben durch meine Taten anderen etwas zurückgeben. Bei allem werde ich mir treu bleiben. Das sind meine neuen Lebensziele, schwor ich mir!

Ich steckte immer noch in demselben Lehrerjob fest, welchen ich schon ausgeübt hatte, als ich noch in der narzisstischen Beziehung steckte. Seit fast zwei Jahren quälte ich mich nun, aber redete mir immer wieder ein, dass die Arbeit ja gar nicht so schlimm sei. Durch den ständigen Stress hatte ich mehrere körperliche Leiden entwickelt und hatte zudem zwei Panikattacken erlebt, als mich an verschiedenen Situationen Schüler mit körperlicher Gewalt bedroht hatten. *Du tust ja eigentlich etwas Hilfreiches für andere*, so war meine Überzeugung. Dabei litt meine Gesundheit sehr darunter. *Okay, entweder dein Job und viel Geld oder deine Kinder und deine Gesundheit!*, sagte ich irgendwann streng zu mir selbst. Ein Großteil meines Gehaltes würde durch die Kündigung wegfallen, aber das musste ich erst einmal in Kauf nehmen. Es gab auch noch andere Jobs und Geld ist nicht alles - es macht, rein sachlich betrachtet, nicht glücklich. *Du hast dir neue Ziele gesetzt und dir geschworen, du würdest nur noch das tun, was dich erfüllt und glücklich macht!*, erinnerte ich mich und besiegelte somit meinen Entschluss zu kündigen.

Aus Erfahrung wusste ich, dass es immer für alles einen Ausweg gibt. Man muss nur erst einmal die eigene Angst überwinden. Drei Monate hatte es am Ende doch noch gedauert, bis ich endlich meinen Job an den Nagel hängte.

Sobald ich nicht mehr meiner gewohnten Arbeitsroutine und dem damit verbundenen Stress folgte, merkte ich, wie schnell sich all meine körperlichen Leiden verflüchtigten. Die Rückenschmerzen wurden weniger, ich hatte kein nervöses Augenzucken und auch keine Magenprobleme mehr. Mein tägliches Migräneleiden verschwand auch. Diese gesundheitlichen Besserungen zeigten mir, dass ich definitiv die richtige Entscheidung getroffen hatte!

Kontinuierlich achtete ich darauf bei allem, was ich in meinem Leben tat, meine neuen Lebensziele zu beachten und zu integrieren. Diese wurden zu Richtlinien, welche mir Halt gaben und mich sicher durch mein Leben führten. Sie gaben allem Struktur, welche ich zuvor in meinem Leben nie gehabt hatte und welche mir half, die für mich richtigen Entscheidungen zu treffen. Menschen, die mir nicht guttaten oder mich auf irgendeine Art und Weise belasteten, verabschiedete ich. Ich achtete bewusst darauf, dass ich meine kreative Arbeit wieder mehr förderte und auch regelmäßig privat kreative Projekte in Angriff nahm, da mich dies glücklich machte. Weiterhin bemühte ich mich auch regelmäßig die Menschen zu unterstützen, die Hilfe über meine Webseite suchten. Wenn ich von dort positive Rückmeldung bekam oder Erfolgsgeschichten las, dann motivierten diese mich umso mehr weiterzumachen. Ich nutze jede Gelegenheit, um zu lernen. Dies galt auch für Begegnungen mit anderen Menschen. Erfahrungsberichten anderer entnahm ich wertvolle Rückschlüsse und Informationen, welche mich in meiner eigenen Entwicklung weiterbrachten.

Mehr Zeit mit meinen Kindern zu verbringen würde mir, ab jetzt, am wichtigsten sein, entschied ich. Ich versuche mit ihnen jeden kleinen Moment zu genießen und nicht nur wie früher die Zeit so schnell wie möglich totzuschlagen. Mir war dabei schon lange bewusst, dass ich immer viel zu viel Zeit mit nichtigen Dingen vergeudet hatte, welche mein Leben nur negativ belasteten.

Wenn ich überlege, welche Momente mir bis jetzt in schönster Erinnerung geblieben sind, dann sind dies nicht meine beruflichen Erfolge, wie hart ich gearbeitet oder welche Ziele ich finanziell erreicht habe, sondern es sind Erinnerungen an emotionserfüllte Momente mit meiner Familie, meinen Kindern und Freunden und die vielen interessanten Menschen, die ich kennenlernen durfte. Es sind Erinnerungen an für mich außerordentliche Momente, in denen ich etwas aus eigener Kraft erschaffen habe, trotz aller Schwierigkeiten. *Das ist doch wirklich alles, was im Leben zählt,* sinnierte ich,

Momente, die für uns einen hohen emotionalen Wert haben.
Von nun an wollte ich sichergehen, dass ich am Ende meines Lebens so viele wie möglich von diesen schönen Erinnerungen haben würde, sodass ich sagen kann: *Mein Leben war wirklich absolut lebenswert! Ich würde nichts daran ändern und bereue nichts!*

In Bezug auf meine Kinder ist mein neues Ziel nicht ständig zu versuchen sie zu erziehen, sondern sie viel mehr in ihrer Selbstfindung zu unterstützen und sie auf ihrem Entwicklungspfad zu begleiten. Ich möchte, dass meine Kinder selbstständige, selbstbewusste und mit sich glückliche und zufriedene Erwachsene werden, die reflektiert durch ihr Leben schreiten und sich nicht von anderen diktieren lassen. *Letztendlich sind Kinder von Natur aus sowieso glücklich! Es ist ihre Umwelt, welche sie durch ihre tolle Erziehung und all ihr kluges Wissen unglücklich macht und sie dazu zwingt etwas zu werden, was sie nicht bestimmt sind zu sein*! Solche und andere Gedanken verärgern mich immer wieder. Wie viele tolle Erziehungsratgeber gibt es, die uns Tipps geben wie wir mit Regeln, Vorschriften und Kontrolle unsere Kinder in Schach halten können. Dabei sollte es weniger Regeln geben! Kontrolle und Macht beeinflussen jede Beziehung auf negative Art und Weise, auch die Beziehung zu unseren Kindern. Kinder sollten frei sein und ihr Leben selbst auszuprobieren können, um herausfinden, was sie wollen und vor allem wer sie sind,

beziehungsweise sein möchten. Autonomie führt dazu ein starkes Selbstbewusstsein zu entwickeln, welches unsere Kinder in ihrem späteren Leben brauchen. Dazu gehört auch Negatives zu bewältigen und zu lernen, mit Niederlagen klarzukommen, denn kein Leben läuft immer nur gerade. Der größte Fehler ist Kinder vor allem beschützen zu wollen, weil sie so nicht lernen sich selbst zu beschützen. Irgendwann stehen sie dann als junge Erwachsene alleine da und wissen nicht, wie sie in ihrem Leben klarkommen sollen.
Wir Erwachsenen haben vergessen wie es ist Spaß am Leben zu haben. Mit unserer Erziehung nehmen wir auch unseren Kindern den Spaß. Und dann wundern wir uns, warum das Leben immer langweiliger, gezwungener, monotoner und sinnloser erscheint. Erwachsene sind so schlau und erklären ihren Kindern wie das Leben funktioniert, aber kriegen ihr eigenes Leben nicht auf die Reihe. Genaugenommen ist das ziemlich lächerlich und traurig.

Positiver und bewusster zu leben, bedeutete mich im Allgemeinen nicht mehr so sehr zu stressen, nicht ständig zu grübeln und mir keine negativen Gedanken über Dinge zu machen, die ich sowieso nicht beeinflussen oder ändern kann. *Jeder Stress ist nur vergeudete Zeit*, machte ich mir ganz klar. Stress, Sorgen und Ängste existieren immer nur in unserem Kopf und sind somit nicht real - wir können uns bewusst dazu entscheiden, sie

abzuschalten oder sie positiv umzulenken. Zum Beispiel die Angst vor dem Alleinsein. *Bin ich jemals wirklich alleine?* Ich hatte schon immer Freunde, Bekanntschaften, Familie und später meine Kinder um mich. Wovor habe ich also wirklich Angst? *Angst davor, mit mir alleine zu sein!*, folgerte ich. Stress machte ich mir und sorgte mich ständig, dass ich mein Leben ohne Hilfe nicht meistern könnte, dabei hatte ich es nicht einmal wirklich versucht! *Bis jetzt bist du eigentlich, alles in allem, ziemlich gut alleine durchs Leben gekommen*, gestand ich mir ein.
Wegen anderen Menschen in meinem Leben hatte ich mich auch immer gestresst und geärgert. Nun sah ich ein, dass auch dies einfach nur vergeudete Zeit ist. Andere kann man sowieso nicht ändern! Und wenn sie scheiße sind, dann ist es eben so. In ihrem Leben sind sie bestimmt nicht glücklich. Hauptsache man selber ist glücklich, das ist alles was zählt!
Mein ganzes Leben lang hatte ich so viele lächerliche Ängste gehabt. Während meines Studiums hatte ich mich ständig gesorgt, ich würde es nicht schaffen und am Ende schloss ich als eine der Besten ab. Wegen meiner Arbeit stresste ich mich - ich musste mehr und schneller arbeiten. Das Fatale, gerade bei Arbeit, ist nur: Es gibt ja immer mehr Arbeit! Nach jeder Beziehung hatte ich Angst, ich würde nie wieder einen neuen Partner finden, aber natürlich lernte ich immer neue

Männer kennen. *Diese ganze Stressmacherei und diese Panikattacken sind einfach nur absurd. Leb doch einfach mal und genieße das, was du in deinem Leben hast!*, ermahnte ich mich selber. Fakt ist, das Leben geht so oder so immer weiter. Aber die mit negativen Dingen vergeudete Zeit wird man nie wieder zurückbekommen! Zeit ist mitunter das Allerwertvollste in unserem Leben. Man sollte sie wirklich so weise und opportun wie möglich nutzen! Und wenn man einmal in einer Sackgasse landet - ein neuer Weg wird sich immer finden, auch wenn es manchmal etwas Zeit braucht. Man muss nur lernen, ab und zu auf das Unbekannte und Ungewisse zu vertrauen und auch darauf, dass alles gut wird! Und gut wird es immer, weil man es selbst gut machen kann. Man muss nur sich selbst vertrauen.

Entspann dich einfach und mach das Beste aus dem, was in deinem Leben auf dich zukommt!

Abschlussworte

Wenn ich heute gefragt werde, wie es mir nach der Trennung von dem Narzissten geht, kann ich ganz ehrlich antworten: »Besser als je zuvor!«

»Aber du musst doch unglaublich wütend sein, wenn du an das denkst und was er dir angetan hat!?«, kommt dann überrascht zurück.

»Ehrlich gesagt nein, warum sollte ich? Ich verstehe die Hintergründe für sein Handeln. Warum sollte ich weitere negative Gefühle und Gedanken, die nur mir selbst schaden und mich in meinem Leben nicht weiterbringen, an ihn verschwenden?«, lautet meine Antwort. »Ich lasse mich doch nicht von einem Idioten völlig aus der Bahn werfen und mein ganzes Leben vermiesen!«
Tatsache ist, es wird immer Menschen geben, die uns schlecht behandeln - egal ob bewusst oder unbewusst. Schlussendlich ist es völlig egal, was genau diese Menschen tun, viel wichtiger ist es, wie wir damit umgehen und inwiefern wir uns und unser Leben davon beeinflussen lassen.

Jeder Mensch trägt Probleme, Lasten und Ängste mit sich - bei manchen sind diese größer, bei anderen kleiner. Letztendlich wissen wir in unserem tiefsten Inneren immer, wenn etwas in unserem Leben schiefläuft. Trotzdem machen wir weiter und beschweren uns lieber darüber, wie schlecht es uns geht und wie arm wir dran sind. Wir schaffen es nicht alleine klarzukommen und wundern uns dann, warum unsere Beziehungen auch immer in die Brüche gehen. Wir entwickeln körperliche Leiden und Neurosen und obwohl unser Körper laut nach Hilfe schreit, unterdrücken wir unsere Beschwerden immer weiter oder betrachten sie zumindest nur oberflächlich. »Es wird schon von alleine besser«, reden wir uns ein. Es ist genauso wie mit der Krankheit – wir ignorieren sie oft solange, bis es uns richtig scheiße geht. Erst dann schleppen wir uns zum Arzt. Wir freuen uns über eine offizielle Diagnose, anstatt den dahinterliegenden Problemen auf den Grund zu gehen und stopfen uns lieber mit Medikamenten voll, welche die Beschwerden angenehm vertuschen. Denn so ist es einfacher!

Der Narzisst hatte mich nur verletzen können, da ich mich durch die schon zu lange andauernde Verdrängung meiner eigenen Probleme verletzbar gemacht hatte. Er hat mir meine Schwächen aufgezeigt und mir zur gleichen Zeit Teile meines Selbst widergespiegelt. Dass er mich sogar fast zum Selbstmord getrieben hatte, zeigt nur, wie groß meine Verzweiflung und Leere wirklich war. Die Reaktionen unserer Umwelt und vor allem unsere Partner auf uns - egal ob Narzisst oder nicht - sagen sehr viel über uns selbst aus. »Mit welcher Sorte Mensch umgebe ich mich eigentlich? Warum? Und was sagt das über mich aus?«, sollte man sich fragen. Kein in sich gesunder Mensch würde freiwillig eine längerfristige

Beziehung mit jemandem eingehen, der seinen Partner kontinuierlich schlecht behandelt, benutzt und verletzt. Alles was im Leben passiert, passiert nicht ohne Grund!

Sogar als ich am absolut tiefsten Punkt meines Lebens angelangt war, ließ ich mich wieder von dem Narzissten beeinflussen und manipulieren, weil ich mich schon mein ganzes Leben lang an die Hoffnung und den Glauben geklammert hatte, dass mich ein anderer Mensch vor meinen eigenen Problemen retten kann. Der Narzisst war alles andere als eine Rettung. Alles was er getan hatte, war mir traumhaft schöne Luftschlösser zu bauen. Sie waren schön, aber eben nichts weiter als Luft! Ansonsten hat er meine Schwächen nur zu seinen Gunsten ausgenutzt, um mich immer tiefer in sein krankes Spiel zu verwickeln und mich und meine sowieso schon geschwächte Persönlichkeit dabei immer weiter zu zerstören.

Erst als wirklich jeglicher Hoffnungsschimmer erloschen war, war ich bereit, mich zum allerersten Mal in meinem Leben mit meinen Ängsten und Problemen auseinanderzusetzen. Ja – mir erst einmal überhaupt einzugestehen, welche diese Probleme sind. Leider bekommen wir schon von klein auf beigebracht, dass Fehler negativ sind und dass man Probleme lieber verstecken sollte, als sie offen zu zeigen und darüber zu sprechen. »Bloß nichts falsch machen, peinlich auffallen oder irgendwelche Schwächen zugeben. Lieber heimlich leiden, aber nach außen hin falsche Stärke zeigen!«, lautet das inoffizielle Motto, welchem die meisten Menschen folgen. Wir manipulieren, belügen und betrügen uns lieber selbst, als uns der Realität und unseren Ängsten zu stellen. Genauso gerne beschuldigen wir andere und suchen Fehler bei ihnen, anstatt bei uns selbst.

Als ich den zweiten Teil dieses Buches schrieb, dachte ich oft: Das hört sich jetzt alles irgendwie so einfach an. Aber einfach war es in meinen dunkelsten Stunden ganz bestimmt nicht und ist es teils auch jetzt nicht! Vor allem muss man lernen sich selbst vergeben zu können, sollte man doch einmal in alte Muster zurückrutschen und einen >Fehltritt< begehen. Sich ärgern bringt nichts, daraus lernen und noch einmal aufs Neue versuchen aber schon! Mein Veränderungsversuch war anfänglich ein zäher Prozess, welcher mich sehr viel Überwindung und Kraft gekostet hat und von der emotionalen Belastung her gar nicht in Worte zu fassen ist. Es gibt keinen schnellen Ausweg, keine Medizin, um sich selbst zu heilen. Und wenn man bedenkt, wie viele Jahre es gedauert hat, bis man zu dem geworden ist, wie man jetzt ist, dann wird auch nur ansatzweise klar, wie lange der Prozess dauern wird, um grundlegende Veränderungen im Leben durchzuführen und zu manifestieren.

Mit welchen alten Verhaltens- und Denkmustern ich mir immer selbst im Weg stand und wo meine

größten Schwächen lagen, erkannte ich damals recht schnell. Aber, das war lediglich der Startpunkt in meinem Selbstfindungsprozess gewesen. Herauszufinden wie ich mich ändern könnte, das hat lange gedauert. *Wie viel und was sollte ich überhaupt an mir ändern?*, fragte ich mich eine lange Zeit. Anfangs nahm ich an, dass ich etwas ganz anderes werden müsste. Ein besser anderer Mensch. Ich dachte, dass ich mir Eigenschaften aneignen müsste, die ich noch nicht besaß – aber darum geht es bei der Selbstfindung ganz und gar nicht! Es geht vielmehr darum, sich selbst zu erkennen und so anzunehmen wie man ist. Als Erwachsene haben wir ja bereits eine Persönlichkeit geformt. Diese ist der Ausgangspunkt in unserem Selbstfindungsprozess, in welchem es darum geht zu bestimmen, wie man mit sich selbst am glücklichsten leben kann. Wir sind unsere eigenen ständigen Wegbegleiter, und wenn wir nicht lernen selbst mit uns klarzukommen und uns zu akzeptieren, so wie wir sind, welcher andere Mensch sollte uns dann jemals akzeptieren und lieben können?
›Normal?‹ Was bedeutet das überhaupt? Kein Mensch ist normal und fehlerfrei, deshalb müssen wir aufhören, uns mit anderen zu vergleichen und uns als etwas Schlechteres oder Besseres zu bewerten. Jeder Mensch sollte lernen authentisch zu sein, sich nicht für andere zu verstellen und einfach so sein, wie er selbst mit sich auf glückliche Art und Weise leben kann.

Ändern sollte man nur die Schwachstellen, welche am meisten aus dem Gleichgewicht geraten sind. Denn darum geht es bei der Selbstfindung letztendlich - mit sich selbst ins Reine, also wieder in ein Gleichgewicht zu kommen. Nur die Extreme müssen wieder ausgeglichen werden, also all das, wodurch wir entweder uns selbst oder auch andere immer wieder schädigen, negativ beeinflussen und verletzten. So wie in meinem Fall, zum Beispiel meine ständige automatische Unterwürfigkeit. Dieses Verhalten durfte ich so nicht weiterführen, wenn ich glücklich leben wollte – und das wollte ich! Manchmal können wir Dinge an uns und unserer Persönlichkeit einfach nicht ändern, in dem Fall müssen wir lernen diese Schwachstellen zu akzeptieren. Wir müssen sie nicht lieben lernen, sondern ein Loslassen aller negativen Gefühle uns selbst gegenüber reicht.
Mögliche Lösungen, um störende alte Muster zu ändern, fand ich relativ schnell - allerdings liegt, wie so oft, zwischen Theorie und Praxis ein himmelweiter Unterschied. Gegen meine bisherige Art und Weise anzukämpfen und neuen Mustern zu folgen, löste große Konflikte in mir aus und kostete mich sehr viel Angstüberwindung. Auch heute falle ich gelegentlich zurück in alte Muster, allerdings werde ich mir dessen dann schnell bewusst. Man muss lernen, dass Veränderungen nicht von heute auf morgen passieren und vor allem auch, dass es immer wieder Rückschläge

geben kann. Sich nicht beirren zu lassen muss man lernen!

Eine weitere Tatsache wurde mir während meines Veränderungsprozesses schnell bewusst, nämlich dass man die Selbstfindung immer nur alleine durchführen kann. Tipps und Hilfe von anderen kann und sollte man sich einholen, aber die nötigen Schritte, um Veränderungen durchführen zu können, muss man letztendlich immer alleine gehen. Der Knackpunkt hier ist, dass ein Mensch nur dann lernfähig und bereit für Veränderung ist, wenn er eine Notwendigkeit dafür sieht und eine positive Motivation und Willensstärke dafür aufbringt. Man muss sich selbst ändern wollen, ansonsten können sich die Ratschläge und Worte anderer noch so toll anhören, man wird sie ohne den nötigen Willen niemals selbst umsetzen können. Wir Menschen sind am Ende immer nur motiviert, wenn wir einen Nutzen für uns aus einer Sache ziehen können - es muss sich für uns lohnen! Spätestens an diesem Punkt wird sicherlich noch einmal ganz klar, warum man einen Narzissten niemals verändern kann: er hat nicht die nötige Eigenmotivation und sieht zudem auch gar keinen Sinn in einer Veränderung - sie lohnt sich für ihn einfach nicht! Narzissten werden von Oberflächlichkeiten wie Geld, Status und Macht motiviert, emotionale Beweggründe interessieren sie nicht. Die Motivation, die mich angetrieben hatte, war mein Wunsch endlich glücklich und erfüllt zu leben.

Mich beschäftigte sehr lange, wohin mein Selbstfindungsprozess überhaupt führen sollte, wann er zu Ende wäre und wie ich überhaupt wissen würde, dass ich ›geheilt‹ bin. Dieses Grübeln führte sich fort, bis ich mir Gedanken über meine neuen Lebensziele machte und dabei feststellte, dass der Selbstfindungsprozess in sich ein Lebensziel ist. Wir leben dafür um herauszufinden, wer wir überhaupt sind. Wenn es ein ›Perfekt‹ in uns Menschen gibt, dann sind wir als Kinder perfekt. Im Laufe unserer Entwicklung eignen wir uns alle möglichen Imperfektionen, im Sinne von negativen Überzeugungen, an. Später müssen wir dann lernen diese zu erkennen und sie zu positiven Überzeugungen umzuwandeln. Sich selbst verzeihen zu können spielt hierbei eine sehr wichtige Rolle, um voranschreiten zu können. Es gibt keine Anleitung wie ein Mensch zu sein hat. Die richtige Antwort - wie wir zu sein haben oder richtiger, wie wir sein möchten - können immer nur wir selbst für uns bestimmen. Und um diese für uns richtige Antwort zu finden, leben wir!
Ein weiteres wichtiges Lebensziel ist es herauszufinden, was unser Leben für uns lebenswert macht.

Auch hier gibt es keine Vorgaben. Man muss an sich selbst glauben, die eigenen Ängste und Zweifel überkommen und darauf vertrauen, dass man die richtigen Entscheidungen trifft. Dabei gibt es

im Leben gar keine falschen Entscheidungen, vor allem dann nicht, wenn man lernt im Leben immer nur das zu tun, was einem selbst wichtig ist. Deswegen sollte man jeden Tag aufs Neue bewusst leben und erleben und das Beste aus allem machen!
Ich bin letztendlich zu der Erkenntnis gekommen, dass wir genaugenommen immer nur Angst vor uns selbst haben. Wir vertrauen lieber anderen, anstatt in uns selbst und tuen lieber das, was andere von uns erwarten, weil wir glauben, dass wir so nichts falsch machen, so nicht anecken und dadurch geliebt werden. Wir merken nicht, dass so lange wir das tun, was andere für richtig erachten, wir immer zwangsläufig Teile unserer eigenen Identität leugnen oder aufgeben müssen, um die Erwartungen erfüllen zu können und wir uns dabei selbst immer mehr verlieren.

Zurückblickend habe ich oft nur den kleinen Moment, in dem ich verweilte, in meinem Leben in einer Art Tunnelblick wahrgenommen. Dabei kam mir alles irgendwie statisch vor und ich war überzeugt, dass sich an mir und meinem Leben nichts änderte. Dabei verändert sich in unserem Leben ständig so Vieles, als auch wir selbst es tun - manchmal schneller, manchmal langsamer, aber es verändert sich. Das bedeutet logischerweise, dass auch wir immer flexibel und anpassungsfähig bleiben müssen. Die Selbstfindung bedeutet deshalb nicht, ein Ziel zu erreichen, sondern das Ziel ist die immer fortführende Weiterentwicklung und Anpassung. Wir werden immer wieder vor neue Herausforderungen gestellt und müssen deshalb auch immer wieder versuchen, das Gleichgewicht in uns selbst und unserem Leben wiederherzustellen. Tun wir das nicht, fallen wir aufs Neue in ein Loch aus Stress, Angst, Verzweiflung, Depression, entwickeln Krankheiten und, im schlimmsten Falle, Selbstmordgedanken. In der Hinsicht gibt es in dem Selbstfindungsprozess also auch kein Ankommen oder kein ›geheilt sein‹ - ob ein Mensch in sich gesund ist und geheilt, kann man immer nur daran messen, inwieweit er es vermag, mit sich selbst und seinem Leben glücklich und zufrieden zu sein.

»Kannst du anderen Menschen noch vertrauen? Kannst du Männern vertrauen?«, werde ich oft gefragt.

Man muss vertrauen können, sonst müsste man sein Leben in ständiger Angst verbringen und wäre auch nicht mehr fähig dazu gesunde Beziehungen, egal welcher Art, zu führen! Ich versuche nicht mehr so naiv zu sein und vertraue nicht voreilig. Aber gar nicht mehr zu vertrauen ist keine Option, wenn man glücklich leben möchte! Außerdem bin ich nun gefestigt genug in mir selbst, sodass ich mich schneller fangen kann, wenn jemand doch einmal mein Vertrauen missbraucht.

Ich habe für eine sehr lange Zeit versucht, Gefühle in mir zu unterdrücken oder zu leugnen, weil ich dachte so die Kontrolle über mich behalten und nach außen hin eine Fassade scheinbarer Stärke aufbauen zu können. Ich hatte Angst vor meinen Gefühlen. Nun habe ich gelernt, dass sie ein wichtiger Teil von mir sind. Gefühle sind das, was unser Leben facettenreich, wirklich lebenswert und interessant macht. Jedes Gefühl ist wichtig und hat einen Gegenspieler. Gefühle wie Trauer und Schmerz zum Beispiel, die wir oft als negativ empfinden, sind unabdinglich, da sie uns helfen die Freude und das Wohlsein auf der anderen Seite überhaupt wahrzunehmen. Versuchen wir Gefühle in unserem Leben zu unterdrücken, nehmen wir zwangsläufig die entsprechenden Äquivalente immer weniger wahr, weshalb sich unser Leben stetig monotoner anfühlt. Zu versuchen scheinbar schmerzhafte Gefühle, abzuschotten, ist also schädlich, da man ohne sie kein farbenfrohes Leben erfahren kann. Vielmehr sollte man lernen alle Gefühle anzunehmen, bewusst wahrzunehmen und sie zu durchleben, denn Gefühle zu haben, bedeutet zu lebendig zu sein!

Nach der Trennung von dem Narzissten hatte ich Angst emotionstot zu bleiben. Für eine Weile hatte ich einfach gar nichts mehr gespürt. Dieser Zustand der absoluten Leere war schlimmer als alle negativen Gefühle zusammen. *Lieber Schmerz und Leid empfinden, als einfach nur leer zu sein! So wie der Narzisst einfach nur leer ist*, lautet meine Überzeugung. Gerade in schlimmen Zeiten muss man sich daran erinnern, dass kein Gefühl jemals ewig anhalten wird. Wenn ich nun einmal in einer Trauerphase stecke, dann nehme ich meine Trauer bewusst war und durchlebe sie mit der Gewissheit, dass diese Trauer früher oder später – wenn die Zeit dafür reif ist - auch wieder vergehen wird. *Wie oft in deinem Leben hast du schon getrauert und das Gefühl gehabt, es wird nie besser werden? Aber dann wurde es immer wieder besser*, hielt ich mir ganz klar vor Augen. Das macht alles einfacher und gibt immer Hoffnung.

Wir sehen in unserem Leben oft nur den kleinen Augenblick in dem wir uns befinden und lassen uns von unseren Sorgen, Stress und unseren Ängsten überwältigen und erdrücken. Aber betrachten wir diesen Augenblick von außen und realisieren wie klein und nichtig er in unserer ganzen Lebensspanne ist, dann merken wir auch, dass all die Sorgen und Ängste eigentlich völlig unbedeutend und vor allem unnötig sind. Anstatt uns tagtäglich zu quälen, sollten wir lernen Wege zu finden, um unser Leben schöner und interessanter zu gestalten. Uns stehen doch alle Türen und alle Möglichkeiten offen!

Ich höre immer wieder von den verschiedensten Menschen, dass sie nichts mit dem Thema Narzissmus zu tun haben. Diese Menschen möchte ich fragen: »Wie oft - ganz ehrlich! - lässt du dich durch oberflächliche Dinge wie: Status, Anerkennung, Ruhm, Karriere, Geld, Aussehen und so

weiter verleiten, beeindrucken, verführen, manipulieren und benutzen, um das zu bekommen, was du willst oder um andere zu beeindrucken und ihnen besser gefallen zu wollen?« Der traurige Fakt ist, dass wir in einer narzisstischen Gesellschaft leben, welche Oberflächlichkeit und Materialismus zelebriert und von stark narzisstischen Persönlichkeiten regiert wird. Wir lernen von klein auf alles als selbstverständlich hinzunehmen und nichts zu hinterfragen, denn das könnte Ärger geben. Außenseiter wollen wir auch nicht sein und auch nicht peinlich auffallen. Wir verlieren immer mehr unsere eigenen Identitäten auf dem Weg eine uniforme Einheit zu werden. Wir können uns selbst dabei nicht lieben und hassen andere, wobei wir nicht verstehen, warum der Charakter unserer Gesellschaft immer schlechter wird.
Was hast du eigentlich Schlaues in der Schule gelernt?, fragte ich mich sehr oft während meiner Selbstfindungsphase. Hat irgendein Lehrer mal erklärt, wie man mit sich selbst glücklich werden kann, was der Sinn des Lebens ist oder wie man gesunde Beziehungen mit anderen Menschen führt? Nein! Alles, was wir lernen ist mit anderen zu konkurrieren, Leistung zu bringen und unsere Arbeit zu verrichten ohne zu widersprechen! Warum gibt es eigentlich kein Schulfach, welches sich auf Selbstfindung und Identitätsbestimmung konzentriert? Warum lernen wir nichts über die wirklich wichtigen Dinge im Leben, wie Selbstliebe, Liebe zu

anderen, Selbstregulation und Reflektion? Warum wird Menschen, so wie Gerald Hüther, die wirklich etwas Wichtiges zu sagen haben und unser Schulsystem positiv verändern könnten, kein Gehör geschenkt? Und dann wundern sich alle, warum Kinder und Jugendliche, trotz ihrer tollen Erziehung, so viele Probleme haben. »Die Kinder sind natürlich selbst dran schuld - ganz klar! Die Jugend von heute«, heißt es vorwurfsvoll. »Aber von wem lernen unsere Kinder und was genau lernen sie?«, lautet die entscheidende Frage. Ich beobachte meine Kinder, die schon im Kindergarten mitbekommen, dass man die neuesten Klamotten und Spielsachen haben muss, um Freunde zu gewinnen. Erwünschtes Verhalten wird belohnt und ansonsten wird von Kindern Gehorsam verlangt. *Wie traurig sind wir Menschen eigentlich?*, denke ich bloß kopfschüttelnd. Und Narzissmus geht die meisten nichts an!?

Das Beängstigende ist, dass die Evolution zeigt, dass dauerhafte Veränderungen in unseren Verhaltensweisen weitervererbt werden können. Wir haben Angst vor Umweltverschmutzung und Krieg, aber macht sich irgendjemand wirklich Gedanken darum, wohin sich die Menschheit entwickelt? Wir suchen nach Ablenkung in der digitalen Welt, weil sie uns von unserem eigenen Leben und Problemen ablenkt. Genaugenommen leben die meisten Menschen ebenso in Fantasiewelten, wie ich es in der narzisstischen Beziehung getan habe.

Was uns die Medien und die Politik versprechen, nehmen wir als wahr hin und streben nach dem Kick der neuesten Sensationen. Wir interessieren uns für negative Schlagzeilen, wenn etwas Positives passiert, wird es kaum beachtet. Wir treten in Gruppen ein, um irgendwie dazuzugehören. Wir folgen den neusten Hypes, um ein kurzes Hoch zu erleben. Religionsmitglieder suchen Halt bei Gott, statt zu lernen in sich selbst Halt zu finden und sich selbst zu lieben. Alles was anders ist als wir, wird sofort kritisiert, anstatt sich damit auseinanderzusetzen und es zu verstehen. Genauso, wie wir uns nicht mit uns selbst auseinandersetzen und uns nicht verstehen. Es geht hierbei nicht darum gleich zu werden, sondern zu lernen das ›Anderssein‹ zu akzeptieren. Wir leben verschwenderisch und machen uns keine Gedanken darum, wie es unsere Zukunft beeinflusst. Und wir sind unheimlich gut darin geworden uns alles Schädliche schön zu reden und nicht mehr hinzusehen, was in unserem Leben wirklich passiert.

»Was kann ich denn schon als einzelner Mensch ändern?«, werde ich oft vorwurfsvoll gefragt. Fakt ist, dass wir alle zusammen diese narzisstische Gesellschaft bilden und sie aktiv unterstützen! Würde es der Großteil der Menschheit schaffen, mit sich selbst ins Reine zu kommen, dann würde es auch mehr Liebe auf dieser Welt geben. Alles fängt klein an, ist aber wechselspielartig miteinander verbunden. Deshalb sollte sich letztendlich jeder mit dem Thema Narzissmus und vor allem mit sich selbst auseinandersetzten - nicht nur diejenigen, die an einen narzisstischen Partner geraten sind!

Ich hätte niemals auch nur ansatzweise erahnt, auf welchen Weg mich das Beziehungsdrama mit dem diesem Menschen lenken würde. Jetzt kommt es mir vor, als wäre ich endlich aus einem Albtraum erwacht. Ich kann zum ersten Mal in meinem Leben klarsehen. Mein Leben ist nicht perfekt und ich mache auch immer noch Fehler. Das ist auch völlig in Ordnung. Der Unterschied nun ist aber, dass ich mich und alles, was in meinem Leben passiert, besser verstehe, es locker sehe und mir nicht mehr so viele Vorwürfe und Stress mache. Wichtig ist es immer wieder inne zu halten und zu sich selbst zurückzufinden. Ich bin gespannt auf jeden neuen Tag, gehe durch jede offene Tür und nehme jede Gelegenheit wahr, um neue Erfahrungen zu sammeln und mich durch sie zu bereichern. Unser Leben ist ein Abenteuer, welchem wir offen und flexibel, aber auch entspannt und gelassen gegenübertreten sollten. Lernen kann man immer und für Veränderungen ist es nie zu spät und auch nie die falsche Zeit. Niemand kann uns zurückhalten, außer wir selbst! Und niemand kann uns unsere Hoffnung nehmen, außer wir selbst! An all diejenigen, die Angst vor sich selbst und ihren tiefsten Dämonen haben, die glauben, sie schaffen keine Veränderung und befürchten, dass sie für immer in ihrer Verzweiflung versinken müssen: Ganz ehrlich - was kann denn schlimmeres passieren, außer dass du am Ende sagen kannst:

»Ich habe wirklich alles gegeben, ich habe gelebt und mein Leben war absolut lebenswert!«

»Liebe ist alles im Leben.«

»Alles im Leben sollte immer eine Balance anstreben.«

»Zu leben bedeutet immer wieder zu sich selbst zu finden.«

(K.H.)

Danksagung

An dieser Stelle möchte ich allen Menschen in meinem Leben aus tiefsten Herzen danken, die mich in meinen dunkelsten Stunden unterstützt, mir zu gehört und mir Mut zugesprochen haben, dass ich stark bin - danke!

Besonders Armin möchte ich dafür danken, dass er seine eigene Erfahrung mit mir geteilt und mir dadurch ein stückweit die Augen geöffnet hat - danke, dass du so ein guter verständnisvoller Zuhörer und Freund bist!

Auch geht mein Dank an C., der mich aufgefangen hat, als ich am Boden zerstört und absolut am Ende war. Du reizt mich immer wieder mit deiner sachlichen nüchternen Art die Dinge neu zu betrachten und deinen philosophischen Anregungen, die mich zum Nachdenken und Reflektieren bringt - bitte hör nie auf damit!

Des Weiteren geht ein großer Dank an meine Geschwister, welche mir immer tatkräftig und auch emotional zur Seite gestanden und mich immer so akzeptiert haben, wie ich bin – ich liebe euch! Auch meinen Eltern danke ich und liebe euch, trotz aller Höhen und Tiefen.

Liebe Ela Marwich - du bist einfach spitze! Vielen Dank für all die Zeit, die du dir genommen hast, um meine Geschichte zu lesen und die Arbeit, die du geleistet hast, um mein Buch zu dem zu formen, was es jetzt ist. Ich bin sehr dankbar für all deine Ratschläge und habe auch den Gedankenaustausch und unsere Unterhaltungen sehr genossen.

Liebe Elke, danke für deine Hilfe mit dem Formatierungskram!

Liebe Beate, ich kann dir gar nicht genug dafür danken, dass du dir deine kostbare Freizeit genommen hast, um meine Geschichte zu lesen und zu korrigieren - vor allem, weil sie dich sehr berührt und teilweise auch belastet hat – danke!

Mein aller größter Dank geht an meine Kinder, die mir jeden Tag aufs Neue zeigen, wie unbeschwert leicht und wunderbar das Leben sein kann und von denen ich so viel lerne. Ihr seid meine kleinen Helden und die größte Freude in meinem Leben – ich liebe euch über alles!

Am Ende möchte auch all den, größtenteils unbekannten, Menschen danken, die durch meine Geschichte in mein Leben getreten sind und die ihre Geschichten, Gedanken und Emotionen mit mir geteilt haben und die mich bekräftigt haben mit dem, was ich tue, weiterzumachen – vielen Dank für euren Motivationsschub, eure Offenheit und euer Vertrauen!

FSC
www.fsc.org
MIX
Papier aus verantwortungsvollen Quellen
Paper from responsible sources
FSC® C141904

Druck:
Customized Business Services GmbH
im Auftrag der
KNV Zeitfracht GmbH
Ein Unternehmen der Zeitfracht - Gruppe
Ferdinand-Jühlke-Str. 7
99095 Erfurt